UMA QUESTÃO DE PRINCÍPIO

UMA QUESTÃO DE PRINCÍPIO

Ronald Dworkin

Tradução
LUÍS CARLOS BORGES

martins fontes
selo martins

© 1985 by Ronald Dworkin.
Publicado por acordo com Harvard University Press.
© 2019 Martins Editora Livraria Ltda., São Paulo, para a presente edição.
Esta obra foi publicada originalmente em inglês sob o título
A Matter of Principle por Harvard University Press.

Publisher Evandro Mendonça Martins Fontes
Coordenação editorial Vanessa Faleck
Produção editorial Carolina Cordeiro Lopes
Revisão técnica Gildo Sá Leitão Rios
Revisão da tradução Silvana Vieira
Revisão Maria Luiza Favret
Márcia da Cruz Nóboa Leme
Dinarte Zorzanelli da Silva

Dados Internacionais de Catalogação na Publicação (CIP)
Angelica Ilacqua CRB-8/7057

Dworkin, Ronald
 Uma questão de princípio / Ronald Dworkin ; tradução Luís Carlos Borges. – 3. ed. – São Paulo : Martins Fontes – selo Martins, 2019.
 608 p.

 Bibliografia
 ISBN: 978-85-8063-376-4
 Título original: A Matter of Principle

 1. Direito – Filosofia 2. Direito e política 3. Jurisprudência 4. Política e poder judiciário I. Título II. Borges, Luís Carlos.

19-0996   CDD-340.12

Índices para catálogo sistemático:
1. Direito : Filosofia 340.12

Todos os direitos desta edição reservados à
Martins Editora Livraria Ltda.
Av. Dr. Arnaldo, 2076
01255-000 São Paulo SP Brasil
Tel.: (11) 3116 0000
info@emartinsfontes.com.br
www.emartinsfontes.com.br

Sumário

Introdução VII

PARTE UM

O FUNDAMENTO POLÍTICO DO DIREITO

1. Os juízes políticos e o Estado de Direito................ 3
2. O fórum do princípio...................................... 41
3. Princípio, política, processo............................. 105
4. Desobediência civil e protesto nuclear.................... 153

PARTE DOIS

O DIREITO COMO INTERPRETAÇÃO

5. Não existe mesmo nenhuma resposta certa em casos controversos?.................................... 175
6. De que maneira o Direito se assemelha à literatura.. 217
7. Interpretação e objetividade............................... 251

PARTE TRÊS

LIBERALISMO E JUSTIÇA

8. O liberalismo.. 269

9. Por que os liberais devem prezar a igualdade............ 305
10. O que a justiça não é 319
11. Um Estado liberal pode patrocinar a arte?............... 329

PARTE QUATRO

A VISÃO ECONÔMICA DO DIREITO

12. A riqueza é um valor?... 351
13. Por que a eficiência?... 399

PARTE CINCO

A DISCRIMINAÇÃO INVERSA

14. O caso de *Bakke*: as cotas são injustas?................. 437
15. O que *Bakke* realmente decidiu?............................ 453
16. Como ler a Lei de Direitos Civis............................. 469

PARTE SEIS

A CENSURA E A LIBERDADE DE IMPRENSA

17. Temos direito à pornografia?.................................. 495
18. O caso *Farber*: repórteres e informantes............... 553
19. A imprensa está perdendo a Primeira Emenda?...... 565

Introdução

Este é um livro sobre questões teóricas fundamentais da filosofia política e da doutrina jurídica: sobre o que é o liberalismo e por que ainda precisamos dele, se devemos ser céticos quanto ao Direito e à moralidade, como a prosperidade coletiva deve ser definida, o que é interpretação e até que ponto o Direito é antes uma questão de interpretação que de criação. Também é um livro prático a respeito de questões políticas urgentes. É justo dar prioridade aos negros em empregos e vagas de universidades? Pode ser correto infringir a lei alguma vez? É incivilizado banir filmes sujos e injusto censurar livros para proteger a segurança nacional? Que direitos têm os suspeitos quando as taxas de criminalidade estão subindo? Justiça social significa igualdade econômica? Os juízes devem tomar decisões políticas? Trata-se, acima de tudo, de um livro sobre a inter-relação entre esses dois níveis da nossa consciência política: os problemas práticos e a teoria filosófica, questões de urgência e questões de princípio.

Os ensaios foram escritos separadamente ao longo dos últimos anos. As controvérsias que abordam são antigas, mas a história deu-lhes forma e importância novas. O antigo debate, se os juízes devem criar e realmente criam o Direito, tem mais importância prática do que jamais teve, pelo menos nos Estados Unidos. Parece muito provável que o homem que agora é presidente nomeará para o Supremo Tribunal juízes suficientes para estabelecer o caráter dessa instituição dominante durante uma geração, e as pessoas somente podem rever suas escolhas de maneira inteligente se tiverem uma visão clara do que é a prestação jurisdicional e para que serve o Supremo Tribunal. O desenvolvimento e o posicionamento de mísseis atômicos tiveram um poderoso impacto na postura das pessoas perante a desobediência civil e, de maneira mais geral, perante a ligação entre consciência e obrigação política, na Europa ocidental, assim como nos Estados Unidos e na Grã-Bretanha. Os programas de ação afirmativa, que procuram melhorar as relações raciais por meio de prioridades e cotas, continuam a dividir as pessoas conscientes e a colocar uma minoria contra outra; a recessão e o alto índice de desemprego mais uma vez dão a esses debates um tom amargo. Guerras antigas por causa da pornografia e da censura têm novos exércitos nas feministas radicais e na Maioria Moral*. O perene conflito entre a liberdade de imprensa, por um lado, e a privacidade e a segurança, por outro, parece mais agudo e mais desconcertante que nunca.

    A doutrina jurídica figura em boa parte do debate, não como um exercício de história ou doutrina jurídicas, mas antes porque o Direito confere uma forma especial e esclarecedora à controvérsia política. Quando questões políticas vão ao tribunal – como sempre acontece, mais cedo ou mais tarde, nos Estados Unidos, pelo menos –, exigem uma decisão que seja, ao mesmo tempo, específica e calcada em princípios. Devem ser decididas pormenorizadamente, na sua plena complexidade social, mas a decisão deve ser fundamentada como a emanação de uma visão coerente e imparcial de equidade e justiça porque, em última análise, é isso que o império da lei realmente significa. A análise jurídica, nesse sentido amplo, é mais concreta que a filosofia política clássica, mais embasada em princípios que a prática política. Ela proporciona o campo apropriado para a filosofia do governo.

    A Parte Um do livro estuda o papel que as convicções políticas devem desempenhar nas decisões que os vários funcionários e cidadãos tomam sobre o que é o Direito e quando ele

---

* Em inglês, *Moral Majority*, movimento norte-americano de direita em favor de rígidos padrões morais. (N. E.)

INTRODUÇÃO IX

deve ser imposto e obedecido. Rejeita a opinião, popular mas irrealista, de que tais convicções não devem representar absolutamente nenhum papel nessas decisões, que o Direito e a política pertencem a mundos inteiramente diferentes e independentes. Mas também rejeita a visão oposta, de que Direito e política são exatamente a mesma coisa, que os juízes que decidem casos constitucionais difíceis estão simplesmente votando suas convicções políticas pessoais como se fossem legisladores ou delegados de uma nova assembleia constituinte. Rejeita essa visão tosca com base em dois fundamentos, cada um deles fornecendo um tema de importância para o resto do livro.

Primeiro, a visão tosca ignora um limite crucial do julgamento. Os juízes devem impor apenas convicções políticas que acreditam, de boa-fé, poder figurar numa interpretação geral da cultura jurídica e política da comunidade. Naturalmente, os juristas podem, razoavelmente, discordar sobre quando essa condição é satisfeita, e convicções muito diferentes, até mesmo contraditórias, podem passar pelo teste. Mas algumas não. Um juiz que aceite esse limite e cujas convicções sejam marxistas ou anarquistas, ou tiradas de alguma tradição religiosa excêntrica, não pode impor essas convicções à comunidade com o título de Direito, por mais nobres ou iluminadas que acredite que sejam, pois elas não se podem prestar à interpretação geral coerente de que ele necessita.

Segundo, a visão tosca obscurece uma distinção de importância capital para a teoria jurídica, uma distinção que é a referência mais imediata do título do livro. Nossa prática política reconhece dois tipos diferentes de argumentos que buscam justificar uma decisão política. Os argumentos de política tentam demonstrar que a comunidade estaria melhor, como um todo, se um programa particular fosse seguido. São, nesse sentido especial, argumentos baseados no objetivo. Os argumentos de princípio afirmam, pelo contrário, que programas particulares devem ser levados a cabo ou abandonados por causa de seu impacto sobre pessoas específicas, mesmo que a comunidade como um todo fique consequentemente pior. Os argumentos de princípio são baseados em direitos. Como a visão simples de que Direito e política são a mesma coisa ignora essa distinção, ela deixa de observar uma ressalva importante na proposição de que os juízes devem servir e realmente servem a suas próprias convicções políticas ao decidir o que é o Direito. Mesmo em casos controversos, embora os juízes imponham suas próprias convicções sobre questões de princípio, eles não necessitam e, caracteristicamente, não impõem suas próprias opiniões a respeito da política sensata.

Discuti essa distinção alhures, e ela foi desafiada de várias maneiras. Alguns críticos fazem objeção à própria distinção; outros à afirmação que acabo de fazer, de que o julgamento é, caracteristicamente, uma questão antes de princípio que de política. Seus argumentos e minhas respostas estão reunidos num volume recente que também inclui comentários críticos sobre outros ensaios reimpressos neste livro[1]. Este livro não retorna ao argumento. Em vez disso, tenta demonstrar o valor prático da distinção em vários contextos. O capítulo 4, por exemplo, argumenta que a alegação a favor da desobediência civil deve ser elaborada de maneira diferente, e que está sujeita a diferentes tipos de ressalvas, quando a lei ou outra decisão oficial que está sendo desafiada é vista como um erro sério de política e quando é vista como um erro grave de princípio. Se os protestos contra o desenvolvimento de armas atômicas na Europa, por exemplo, são desafios mais à política que ao princípio, então a desobediência civil é uma questão muito diferente daquela dirigida em décadas anteriores a guerras injustas e à discriminação racial.

A Parte Dois sustenta a afirmação que acabo de mencionar, de que a análise jurídica é fundamentalmente interpretativa, e oferece uma avaliação geral da interpretação para descrever em que sentido ela assim o é. Também considera como essa afirmação tem influência numa questão teórica importante na

---

1. Marshall Cohen (org.), *Ronald Dworkin and Contemporary Jurisprudence* (Totowa, N.J.: Rowman and Allanheld, 1984). Sobre a distinção entre princípio e política, ver particularmente o ensaio de Kent Greenwalt e minha resposta a esse ensaio.

doutrina jurídica. Os advogados anglo-americanos, de maneira geral, têm sido céticos quanto à possibilidade de uma "resposta correta" em um caso genuinamente controverso. Se os juristas e juízes discordam quanto a qual é o direito e ninguém tem um argumento decisivo a favor de nenhum lado, então, que sentido faz insistir em que uma opinião é correta, e as outras são erradas? Com certeza, assim diz a visão comum, existem apenas respostas diferentes para a questão de direito e nenhuma resposta correta ou melhor. Alguns juristas que sustentam essa visão cética extraem o que consideram ser conclusões conservadoras: os juízes devem submeter-se às decisões tomadas pelas instituições mais representativas, como as legislativas, e, no caso do Direito constitucional, a decisões tomadas, muito tempo atrás, pelos constituintes. Outros encontram no ceticismo uma espécie de licença: se não há nenhuma resposta correta em um litígio jurídico de magnitude constitucional, ninguém tem o direito de que os tribunais decidam de alguma maneira específica e, portanto, os juízes devem tomar a decisão da maneira que lhes pareça melhor para o futuro da nação. A Parte Dois argumenta que esse desafio cético é alterado, e minimizado, assim que se compreende que o argumento e a análise jurídica são de caráter interpretativo. Pois os aspectos em que se pode dizer que os argumentos interpretativos admitem respostas corretas são suficientemente especiais, e complexos, para colocar em questão os conhecidos argumentos favoráveis ao ceticismo. Na verdade, assim que o Direito é visto dessa maneira, há pouco sentido em afirmar *ou* negar uma verdade "objetiva" para afirmações jurídicas.

A Parte Três volta-se da discussão direta do Direito para as questões de teoria política que se encontram no pano de fundo. Explora o presente estado da teoria liberal. O liberalismo, há não muito tempo, foi quase uma teoria política de consenso na Grã-Bretanha e nos Estados Unidos, pelo menos entre filósofos políticos e jurídicos. Eles discordavam sobre muitas coisas, mas todos pareciam aceitar, quase como um axioma, um tipo de individualismo igualitário. Isto é, acreditavam que a política devia ter duas ambições: primeiro, promover o poder dos cidadãos, um por um, de levar a vida da maneira que achassem melhor para si, e, segundo, reduzir a grande desigualdade de recursos que diferentes pessoas e grupos da comunidade têm à sua disposição para esse propósito. Mas o liberalismo, assim concebido, não é mais tão popular; os políticos agora competem para renegar vários aspectos desse ideal. Diz-se que ele fracassou. Provou, segundo alguns críticos, ser muito generoso e caro, e, segundo outros, ser muito divisório e mesquinho. A Parte Três sustenta que o novo consenso contra o liberalismo fundamenta-se em argumentos confusos, que foram encorajados pelo fracasso dos teóricos políticos liberais em identificar os princípios constitutivos do liberalismo e tornar clara a forma de igualitarismo em que os ideais liberais, bem compreendidos, se baseiam.

A Parte Quatro junta, novamente, as teorias política e jurídica. Examina uma tese atualmente influente sobre como os juízes devem decidir casos. Ela nega que os juízes devam sequer se preocupar com padrões morais, no sentido familiar. Suas decisões devem ser antes econômicas que morais; devem ter como objetivo antes tornar a comunidade, como um todo, mais rica que, em algum sentido diferente, mais justa. Essa postura, muitas vezes chamada de abordagem "econômica" do Direito, colonizou uma grande parte da educação jurídica norte--americana e fez embaixadores na Grã-Bretanha e em outras partes. Está associada a posições políticas conservadoras e, às vezes, parece uma capa para a política renascente do interesse próprio, que ameaça ocupar o terreno abandonado pelo liberalismo. Mas tem atração intelectual até mesmo para estudiosos do Direito e juízes não comprometidos com a defesa da desigualdade, e as revistas de Direito estão abarrotadas com suas produções. A Parte Quatro argumenta que a abordagem econômica, não obstante, carece de qualquer fundamento filosófico defensável.

As Partes Cinco e Seis são dedicadas a duas controvérsias complexas e tópicas. Cada uma ilustra o valor prático e a importância da distinção entre os argumentos de princípio e os de política. A Parte Cinco trata da controvérsia reinante a respeito

INTRODUÇÃO XIII

dos programas de discriminação positiva no emprego e na admissão à universidade e a escolas profissionais, programas destinados a promover a condição geral de negros e de outros grupos minoritários. Ela sustenta que tais programas são mais bem justificados não por meio de argumentos de princípio, pelos direitos das pessoas particulares que beneficiam, mas antes por argumentos de política, pelo benefício geral que asseguram ao conjunto da comunidade. Então, a questão crucial é saber se algum argumento de princípio se *opõe* a alguma política que busque beneficiar a comunidade dessa maneira. O capítulo 13 examina uma variedade de princípios que, pode-se pensar, forneceriam um argumento dessa natureza; conclui que nenhum deles o faz. Se é assim, as questões genuinamente importantes no debate sobre a discriminação positiva são questões inteiramente de política. Devemos avaliar vários programas de cotas e prioridades um por um, pesando custos e benefícios práticos, e não totalmente a partir de alguma escala de princípios.

A Parte Seis é sobre a censura. Considera, primeiramente, a questão controvertida dos livros, filmes e fotografias sexualmente explícitos. Uma alegação contra tal material poderia ser feita de duas maneiras. A primeira vale-se de um argumento de política; um excelente exemplo é oferecido pelo argumento baseado em objetivos do recente Relatório Williams, que afirma que a liberdade de expressão deve ser protegida, pelo menos até certo ponto, para promover as condições do florescimento humano. Descrevo esse relatório no capítulo 17: sustento que nenhuma justificação desse tipo irá mostrar-se adequada ao grau de liberdade que o próprio relatório recomenda. A segunda defesa da liberdade de expressão vale-se, pelo contrário, de argumentos de princípio. Descrevo uma defesa desse tipo, que recorre a um direito que as pessoas têm à liberdade da escolha sexual e, mais geralmente, a uma independência moral, ainda que suas escolhas não contribuam para melhorar a comunidade como um todo nem mesmo a longo prazo.

Os dois últimos ensaios giram em torno da liberdade da imprensa. Boa parte do debate recente foi deturpado porque aqueles que defendem privilégios especiais para a imprensa oferecem, como argumentos de princípio, o que, na verdade, são argumentos de política. O capítulo 18 discute, por exemplo, se um repórter deve ter permissão para reter informação a respeito de suas fontes, mesmo quando essa informação é necessária para a defesa em um julgamento criminal. Muitos repórteres acreditam que se forem forçados a revelar fontes confidenciais, tais fontes irão "secar", pois os informantes relutarão em correr o risco da exposição. Afirmam que a questão de exigir a revelação representa, portanto, um conflito de princípio entre dois direitos supostos: o direito de alguém acusado de um crime ter acesso a qualquer informação útil a sua defesa e o conflitante "direito de saber" do público, que a imprensa não será capaz de satisfazer tão plenamente se as fontes não forem reveladas. Considero essa visão errônea porque o alegado direito de saber do público não é, propriamente falando, um direito. O argumento a favor da livre circulação de informação é um argumento de política: de que a comunidade será beneficiada de várias maneiras se for bem informada. Se isso é correto, então o conflito entre um julgamento justo e a liberdade da imprensa não é, nesse caso, um conflito de princípio, mas antes uma disputa entre um princípio e a política. Ambos são importantes, mas, exceto em circunstâncias extraordinárias, a disputa deve ser resolvida a favor do princípio, isto é, a favor de um julgamento justo para o acusado.

O ensaio final do livro amplia essa discussão e torna-se uma advertência. Embora alguns dos defensores da imprensa combinem política e princípio para expandir a liberdade de imprensa, a confusão que criam é um desserviço ao seu objetivo. Põe em risco o cerne do princípio da Primeira Emenda, o genuíno e frágil direito à livre expressão. Corremos um risco maior de comprometer esse direito do que de perder os benefícios políticos mais evidentes da força da reportagem investigativa e, portanto, devemos tomar cuidado com o perigo que representa para a liberdade confundir os dois. A advertência é genérica. Se nos importamos tão pouco com o princípio que emprestamos suas cores à política quando isso serve a nosso propósito, depreciamos o princípio e diminuímos sua autoridade.

INTRODUÇÃO XV

    Revi ligeiramente os ensaios originais para este livro; principalmente, eliminei expressões temporais não mais adequadas. Não fiz, porém, mudanças substantivas nem propus novos argumentos pelo fato de alguns terem sido discutidos e criticados por outros autores, e não seria justo modificar meus argumentos ao reimprimir os ensaios nesta coletânea. Deixo essas mudanças e argumentos adicionais, na medida em que tratam do Direito, para um novo livro que estou escrevendo sobre teoria jurídica.

PARTE UM
O fundamento político do Direito

Capítulo 1
Os juízes políticos e o Estado de Direito*

Duas questões e dois ideais

Este ensaio é a respeito de duas questões e de suas ligações mútuas. A primeira é uma questão prática sobre como os juízes decidem e deveriam decidir casos controversos. Os juízes nos Estados Unidos e na Grã-Bretanha tomam decisões políticas? Naturalmente, as decisões que os juízes tomam *devem* ser políticas em algum sentido. Em muitos casos, a decisão de um juiz será aprovada por um grupo político e reprovada por outros porque esses casos têm consequências para controvérsias políticas. Nos Estados Unidos, por exemplo, o Supremo Tribunal tem de decidir questões constitucionais importantes que também são questões políticas, como a de determinar se criminosos acusados têm direitos processuais que dificultam mais a aplicação da lei. Na Grã-Bretanha, os tribunais têm de decidir casos que exigem a interpretação do direito do trabalho, como aqueles que dizem respeito à legalidade dos piquetes, quando os sindicatos favorecem uma interpretação, e as indústrias britânicas, outra. Quero indagar, porém, se os juízes devem decidir casos valendo-se de *fundamentos* políticos, de modo que a decisão seja não apenas a decisão que certos grupos políticos desejariam, mas também que seja tomada sobre o fundamento de que certos princípios de moralidade política são corretos. Um juiz que decide baseando-se em fundamentos po-

---

* Originalmente publicado em *Proceedings of the British Academy*, 64 (1978). © 1980 British Academy.

líticos não está decidindo com base em fundamentos de política partidária. Não decide a favor da interpretação buscada pelos sindicatos porque é (ou foi) um membro do Partido Trabalhista, por exemplo. Mas os princípios políticos em que acredita, como, por exemplo, a crença de que a igualdade é um objetivo político importante, podem ser mais característicos de um partido político que de outros. Há uma resposta convencional para minha questão, pelo menos na Grã-Bretanha. Os juízes não devem tomar suas decisões baseando-se em fundamentos políticos. Essa é a visão de quase todos os juízes, advogados, juristas e professores. Alguns juristas acadêmicos, porém, que se consideram críticos da prática judicial britânica, afirmam que os juízes efetivamente tomam decisões políticas, apesar do entendimento estabelecido de que não deveriam fazê-lo. J. A. G. Griffiths, da London School of Economics, por exemplo, num polêmico livro chamado *The Politics of the Judiciary*, afirmou que muitas decisões recentes da Câmara dos Lordes eram decisões políticas, embora esse tribunal se esforçasse para dar a impressão de que as decisões eram tomadas com base em fundamentos jurídicos técnicos, não em fundamentos políticos[1]. Será útil descrever brevemente algumas dessas decisões.

Em *Charter*[2] e *Dockers*[3], a Câmara dos Lordes interpretou a Lei de Relações Raciais de tal maneira que associações políticas, como o Clube Conservador de West Ham, não fossem obrigadas pela lei a não discriminar os negros. Em *Tameside*, a Câmara rejeitou uma ordem do ministro trabalhista revogando a decisão de um conselho conservador de não modificar seu sistema escolar segundo o plano abrangente patrocinado pelo governo do Partido Trabalhista[4]. No famoso caso *Shaw*, a Câmara dos Lordes confirmou a condenação do editor de um

---

1. J. A. G. Griffiths, *The Politics of the Judiciary* (Manchester: Manchester University Press, 1977; edição em brochura, Nova York: Fontana Books, 1977).
2. Charter v. Race Relations Board (1973), A.C. 868.
3. Docker's Labour Club v. Race Relations Board (1975), A.C. 259.
4. Secretary of State for Education and Science v. Tameside Metropolitan Borough Council (1976), 3 W.L.R. 641.

guia de prostitutas⁵. Sustentou que ele era culpado do que chamou crime no *Common Law* de "conspiração para corromper a moralidade pública", mesmo reconhecendo que nenhuma lei declarava que tal conspiração fosse crime. Em um caso mais antigo, *Liversidge contra Anderson*, a Câmara defendeu a decisão de um ministro que, na Segunda Guerra Mundial, ordenou a prisão de uma pessoa sem julgamento⁶. Griffiths acredita que em cada um desses casos (e em muitos outros que discute) a Câmara agiu a partir de uma postura política particular, que defende valores ou estruturas sociais estabelecidas e se opõe à reforma. Ele não diz que os juízes que tomaram essas decisões tinham consciência de que, contrariamente à visão oficial de sua função, estavam impondo uma posição política. Mas crê que, não obstante, era isso que estavam fazendo.

Portanto, existem os que pensam que os juízes britânicos realmente tomam decisões políticas. Mas isso não significa dizer que devem fazê-lo. Griffiths, tal como o compreendo, acha que é inevitável o judiciário desempenhar um papel político em um Estado capitalista ou semicapitalista. Mas não considera isso uma virtude do capitalismo; pelo contrário, trata o papel político dos juízes como deplorável. Pode ser que alguns juízes e acadêmicos – inclusive, talvez, o juiz Denning – realmente pensem que os juízes devem ser mais políticos do que recomenda a visão convencional. Mas essa continua a ser uma visão excêntrica – alguns diriam perigosa – de minoria.

A opinião profissional sobre o papel político dos juízes está mais dividida nos Estados Unidos. Um grande número de professores e estudiosos do Direito, e mesmo alguns juízes de tribunais prestigiados, sustentam que as decisões judiciais são inevitável e corretamente políticas. Têm em mente não apenas as grandes decisões constitucionais do Supremo Tribunal, mas também as decisões civis mais comuns, de tribunais estaduais que aplicam o *Common Law* referente a contratos. Pensam que os juízes atuam e devem atuar como legisladores, embora ape-

---

5. Shaw v. D.P.P. (1961), 2 W.L.R. 897.
6. Liversidge v. Anderson (1942), A.C. 206.

nas no que denominam "interstícios" de decisões já tomadas pelo legislativo. Essa não é uma visão unânime nem mesmo entre juristas norte-americanos refinados, nem é uma visão que o público em geral tenha aceitado plenamente. Pelo contrário, os políticos às vezes fazem campanha para cargos prometendo controlar os juízes que assumiram poder político erroneamente. Mas uma parcela muito maior do público aceita a doutrina política agora mais do que, digamos, há vinte e cinco anos.

Minha visão é que o vocabulário desse debate sobre a política judicial é muito primário e que tanto a visão britânica oficial quando a visão norte-americana "progressista" estão erradas. O debate negligencia uma distinção importante entre dois tipos de argumentos políticos dos quais os juízes podem valer-se ao tomar suas decisões. É a distinção (que tentei explicar e defender alhures) entre argumentos de princípio político, que recorrem aos direitos políticos de cidadãos individuais, e argumentos de procedimento político, que exigem que uma decisão particular promova alguma concepção do bem-estar geral ou do interesse público[7]. A visão correta, creio, é a de que os juízes baseiam e devem basear seus julgamentos de casos controvertidos em argumentos de princípio político, mas não em argumentos de procedimento político. Minha visão, portanto, é mais restritiva que a visão norte-americana progressista, mas menos restritiva que a britânica oficial.

A segunda questão que coloco neste ensaio é, pelo menos à primeira vista, menos prática. O que é o Estado de Direito? Os juristas (e quase todas as outras pessoas) pensam que há um ideal político distinto e importante chamado o Estado de Direito. Mas discordam quanto ao que é esse ideal. Há, na verdade, duas concepções muito diferentes do Estado de Direito, cada qual com seus partidários. A primeira é a que chamarei de concepção "centrada no texto legal". Ela insiste em que, tanto quanto possível, o poder do Estado nunca deve ser exercido contra os cidadãos individuais, a não ser em conformida-

---

7. *Taking Rights Seriously* (Cambridge, Mass.: Harvard University Press, 1977; Londres: Duckworth, 1978).

O FUNDAMENTO POLÍTICO DO DIREITO

de com regras explicitamente especificadas num conjunto de normas públicas à disposição de todos. O governo, assim como os cidadão comuns, devem agir segundo essas regras públicas até que elas sejam mudadas, em conformidade com regras adicionais sobre como elas devem ser mudadas, que também são especificadas no conjunto de normas. A concepção centrada no texto jurídico é, a meu ver, muito restrita porque não estipula nada a respeito do conteúdo das regras que podem ser colocadas no texto jurídico. Enfatiza que, sejam quais forem as regras colocadas no "livro de regras", elas devem ser seguidas até serem modificadas. Os que têm essa concepção do Estado de Direito realmente se importam com o conteúdo das normas jurídicas, mas dizem que isso é uma questão de justiça substantiva, e que a justiça substantiva é um ideal diverso que não é, em nenhum sentido, parte do ideal do Estado de Direito.

Chamarei a segunda concepção do Estado de Direito de concepção "centrada nos direitos". De muitas maneiras, é mais ambiciosa que a concepção centrada no livro de regras. Ela pressupõe que os cidadãos têm direitos e deveres morais entre si e direitos políticos perante o Estado como um todo. Insiste em que esses direitos morais e políticos sejam reconhecidos no Direito positivo, para que possam ser impostos *quando da exigência de cidadãos individuais* por meio de tribunais e outras instituições judiciais do tipo conhecido, na medida em que isso seja praticável. O Estado de Direito dessa concepção é o ideal de governo por meio de uma concepção pública precisa dos direitos individuais. Não distingue, como faz a concepção centrada no texto legal, entre o Estado de Direito e a justiça substantiva; pelo contrário, exige, como parte do ideal do Direito, que o texto legal retrate os direitos morais e os aplique.

Esse é um ideal complexo. A concepção do Estado de Direito centrada no texto legal possui apenas uma dimensão na qual uma comunidade política pode ser deficiente. Ela pode usar seu poder policial sobre cidadãos individuais de outras maneiras que não a especificada no livro de regras. Mas a concepção centrada nos direitos tem, pelo menos, três dimensões de fracasso. Um Estado pode fracassar no *âmbito* dos direitos individuais que alega impor. Pode declinar de impor direitos contra si, por exemplo, embora reconheça que os cidadãos têm tais direitos. Pode fracassar na *exatidão* dos direitos que reconhece: pode prover direitos perante o Estado, mas, por erro oficial, deixar de reconhecer direitos importantes. Ou pode fracassar na *equidade* de sua imposição de direitos: pode adotar regras que colocam os pobres ou alguma raça desfavorecida em desvantagem para assegurar os direitos que o Estado reconhece que eles possuem.

A concepção centrada nos direitos, portanto, é mais complexa que a concepção centrada no texto legal. Há outras diferenças importantes entre as duas concepções; algumas delas podem ser identificadas considerando-se os diferentes lugares em que ocorrem numa teoria geral da justiça. Embora as duas concepções rivalizem entre si como ideais do processo jurídico (porque, como veremos, recomendam diferentes teorias acerca da prestação jurisdicional), elas são, não obstante, compatíveis enquanto ideais mais gerais para uma sociedade justa.

Qualquer comunidade política será melhor se seus tribunais não tomarem nenhuma atitude que não as especificadas em regras publicadas previamente e, também, se suas instituições jurídicas fizerem cumprir quaisquer direitos que os cidadãos individuais tenham. Mesmo como ideais políticos gerais, porém, as duas concepções diferem da seguinte maneira. Um elevado grau de aquiescência à concepção centrada no texto jurídico parece ser necessário a uma sociedade justa. Qualquer governo que atue contrariamente ao seu próprio repertório legal muitas vezes – pelo menos em questões importantes para cidadãos particulares – pode não ser justo, não importa quão sábias ou justas suas instituições possam ser em outros sentidos. Mas a aquiescência às leis evidentemente não é suficiente para a justiça; aquiescência plena provocará injustiça muito séria se suas regras forem injustas. O contrário é válido para a concepção centrada nos direitos. Uma sociedade que consiga um bom índice em cada uma das dimensões da concepção centrada nos direitos é, quase que certamente, uma sociedade justa, embora possa ser mal administrada ou carecer de outras qualidades de uma sociedade desejável. Mas é um pensamento amplamente difundido, pelo menos, que a concepção centrada nos direitos não é necessária para uma sociedade justa porque, para que os direitos dos cidadãos sejam protegidos, não é necessário que os cidadãos sejam capazes de exigir o julgamento e a imposição desses direitos como indivíduos. Um governo de funcionários sábios e justos protegerá os direitos (assim diz o argumento) por sua própria iniciativa, sem o processo pelo qual os cidadãos podem discutir, como indivíduos, o que são esses direitos. Na verdade, a concepção do Estado de Direito centrada nos direitos, que insiste na importância dessa oportunidade, é muitas vezes rejeitada como legalista, como encorajadora de uma preocupação egoísta com a propriedade e os direitos individuais.

As duas concepções também diferem quanto a sua neutralidade filosófica, por assim dizer. A concepção centrada nos direitos parece mais vulnerável a objeções filosóficas. Supõe que os cidadãos têm direitos morais – isto é, outros direitos que não os declarados pelo direito positivo – de modo que uma sociedade pode ser sensatamente criticada com base no fundamento de que sua legislação não reconhece os direitos que as pessoas têm. Muitos filósofos, porém, duvidam que as pessoas tenham quaisquer direitos que não os concedidos a elas por leis ou outras decisões oficiais, ou mesmo que a ideia de tais direitos faça sentido. Duvidam particularmente que seja sensato dizer que as pessoas têm direitos morais quando (como a concepção centrada nos direitos deve admitir que ocorre frequentemente) é controvertido numa comunidade quais direitos morais elas têm. Isto é, a concepção centrada nos direitos deve supor que um Estado pode falhar na dimensão da exatidão mesmo quando é controvertido se falhou ou não; mas isso é apenas o que os filósofos duvidam que faça sentido. A concepção centrada nos direitos, portanto, parece aberta à objeção de que ela pressupõe um ponto de vista filosófico que é, ele próprio, controvertido, e que, portanto, não será aceito por todos os membros da comunidade.

A última diferença que mencionarei unirá as duas questões deste ensaio. Isso porque as duas concepções de Estado de Direito oferecem aconselhamento muito diferente quanto à questão de determinar se os juízes devem tomar decisões políticas em casos controversos – isto é, casos em que nenhuma regra explícita no livro de regras decide com firmeza a favor de qualquer uma das partes. Embora as duas concepções, enquanto ideais políticos gerais, possam ambas ter lugar numa teoria política completa, faz uma grande diferença qual é considerada como o ideal do *Direito* porque é esse ideal que governa nossas posturas quanto à prestação jurisdicional. A concepção centrada no repertório legal tem conselhos negativos e positivos a respeito de casos controversos. Argumenta, positivamente, que os juízes devem decidir casos controversos tentando descobrir o que está "realmente" no texto jurídico, em um ou outro sentido dessa afirmação. Argumenta, negativamente, que os juízes nunca devem decidir tais casos com base em seu próprio julgamento político, pois uma decisão política não é uma decisão sobre o que está, em qualquer sentido, no texto legal, mas, antes, uma decisão sobre o que deveria estar lá. A concepção centrada no livro de regras defende a visão britânica convencional a respeito de juízes políticos.

Devo agora fazer uma pausa para explicar a ideia de que se vale essa opinião positiva: a ideia de que faz sentido perguntar, em um caso controverso, o que está "realmente" no livro de regras. Em um sistema jurídico moderno surgem, tipicamente, casos controversos, não porque não há nada no livro de regras que tenha relação com a disputa, mas porque as regras que ali estão falam com voz incerta. *Charter*, por exemplo, era um caso controverso porque não estava claro se a lei que o Parlamento inseriu no livro – a regra de que organizações que servem "uma parte do público" não devem praticar discriminação – proibia uma agremiação política de negar a condição de sócio a negros. Nesse sentido, não é "claro" o que a legislação, bem compreendida, estipula. Um jurista que fala dessa maneira trata o repertório legal como uma tentativa de comunicação e supõe que uma regra não clara pode ser mais bem compreendida com a aplicação de técnicas que usamos para melhorar nossa compreensão de outros tipos de comunicação.

Diferentes gerações de juristas centrados no livro de regras – e diferentes juristas em cada geração – defendem diferentes técnicas para esse propósito. Alguns preferem questões de semântica. Argumentam da seguinte maneira. "O legislativo usa palavras quando estabelece uma regra, e o significado dessas palavras fixa as normas que ele estabeleceu. Assim, qualquer teoria sobre o significado da expressão 'uma parte do público' é uma teoria que torna mais preciso o significado da Lei de Relações Raciais. A concepção centrada no livro de regras, portanto, orienta os juízes no sentido de tentar desenvolver teorias semânticas. Eles deviam perguntar, por exemplo, qual seria considerado o significado da expressão 'uma parte do público' num contexto similar do discurso comum. Ou qual é o significado mais natural de algum componente da expressão, como a palavra 'público'. Ou qual se considerou ser o significado de expressões similares em outras leis. Compreende-se que diferentes juízes darão diferentes respostas a essas questões de semântica; nenhuma resposta será tão claramente correta a ponto de todos concordarem com ela. Não obstante, cada juiz estará tentando, de boa-fé, seguir o ideal do Estado de Direito segundo o livro de regras porque estará tentando, de boa-fé, descobrir o que as palavras no texto legal realmente significam."

Essas questões de semântica são muito populares na Grã--Bretanha. Um conjunto diferente de questões – questões de psicologia de grupo – é agora muito popular nos Estados Unidos. Os que preferem questões de psicologia de grupo a questões de semântica consideram que são as decisões e não as palavras que constituem o âmago da questão. "Por que são as regras particulares que uma legislação aprova (em vez de, por exemplo, as regras que os professores de Direito preferem) as que formam o livro de regras do Direito? Porque os legisladores receberam da comunidade como um todo autoridade para *decidir* que normas governarão. As palavras que eles escolhem são normalmente a melhor prova do que decidiram, pois se presume que os legisladores, para exprimir suas decisões, empregam as palavras em seus sentidos padrão. Se, porém, por alguma razão, as palavras usadas não exprimem unicamente uma decisão particular, então é necessário que nos voltemos para qualquer outra prova que possamos encontrar do que pretendiam fazer. Os legisladores – ou algum grupo importante entre eles – supunham que sua Lei de Relações Raciais seria aplicável a agremiações políticas, para proibir-lhes a discriminação racial? Se for esse o caso, então a lei representa essa decisão, e é essa decisão que está encerrada no livro de regras, corretamente compreendido. Mas se supunham que a lei não se aplicaria a agremiações políticas, então o livro de regras, corretamente compreendido, contém essa decisão."

Mais uma vez, não ocorre aqui nenhuma suposição de que todos os juristas sensatos concordarão quanto ao que os legisladores pretendiam. Pelo contrário, os defensores do modelo centrado no repertório legislativo sabem que mesmo advogados habilidosos discordarão no que diz respeito a inferências da intenção legislativa extraídas de uma mesma prova. Insistem, não obstante, em que a questão da intenção é a pergunta certa a fazer, pois cada juiz que a faz está, pelo menos, fazendo o melhor que pode para seguir o modelo do repertório legal e, portanto (segundo sua concepção), seguir o Estado de Direito.

As questões semânticas e psicológicas que esses diferentes grupos propõem são antes históricas que políticas. Um terceiro (e mais refinado) conjunto de questões históricas conquistou popularidade recentemente. "Suponha que um caso controverso não pode ser decidido com fundamentos semânticos. Talvez a expressão 'uma parte do público' possa ser usada adequadamente tanto para incluir como para excluir associações como clubes políticos. Suponha que não se possa decidir perguntando o que os legisladores que aprovaram a lei pretendiam conseguir. Talvez pouquíssimos legisladores tenham chegado a pensar na questão de se as agremiações políticas deviam ser incluídas. Devemos, então, fazer uma pergunta diferente da questão semântica e da questão psicológica, que é esta: o que a legislação teria decidido se, contrariamente ao fato, *houvesse* decidido se as agremiações políticas deviam ou não ser incluídas?". Os juristas que quiserem responder a essa questão contrafactual poderiam considerar, por exemplo, outras decisões que os mesmos legisladores tomaram em outras áreas do Direito. Ou poderiam considerar, mais amplamente, o modelo da legislação sobre relações raciais ou liberdade de associação em anos recentes. Poderiam usar tais provas para afirmar, por exemplo, que se o Parlamento tivesse sido forçado, por alguma razão, a debater uma cláusula estendendo explicitamente as leis às agremiações políticas, teria aprovado essa cláusula. No caso dessa questão histórica contrafactual é ainda mais evidente que no caso da questão semântica ou da questão psicológica que juristas sensatos discordarão quanto às conclusões a serem extraídas de uma mesma prova. Mas, outra vez, a concepção centrada no texto legal julga melhor que tentem responder a essa questão, embora venham a discordar, a que façam a pergunta diferente, política, sobre a qual eles certamente discordarão, acerca do que *deveria* ter feito o Parlamento. Pois a questão contrafactual, como as questões semântica e psicológica, mas ao contrário da questão política, é sustentada por uma teoria que também sustenta e explica a concepção centrada no repertório legal. Seguimos a lei, segundo essa teoria, porque atribuímos a uma instituição política a responsabilidade e o poder de decidir como o poder de polícia do Estado será usado. Se, em alguma ocasião, essa instituição não decidiu de fato essa questão (porque não percebeu que uma decisão era necessária), mas teria decidido de um jeito e não de outro se o tivesse feito, então está mais em conformidade com a base racional do sistema legal que o poder seja usado dessa maneira, não da maneira contrária. Se nenhuma das duas decisões que um tribunal poderia tomar estiver efetivamente registrada no repertório legislativo, é mais justo, segundo esse argumento, tomar a decisão que, não fosse por um acidente histórico, estaria na legislação.

Esse argumento a favor da questão contrafactual reconhece que a regra a ser aplicada não está no texto legal efetivo. Nesse aspecto, a questão contrafactual é diferente das questões semântica e psicológica, que, com mais plausibilidade, podem revelar o que está no texto jurídico efetivo, "bem compreendido". Mas os três tipos de questão possuem uma unidade mais fundamental. Cada uma pretende desenvolver o que se poderia chamar de um texto jurídico "retificado", no qual a coletânea de frases seja melhorada para registrar mais fielmente a vontade das várias instituições cujas decisões colocaram no texto jurídico aquelas frases. As questões em si são todas, politicamente falando, neutras, pois buscam antes trazer à superfície um fato histórico – a vontade de legisladores responsáveis – que impor um julgamento político distinto e atual a essa vontade. É perfeitamente verdadeiro – e reconhecido, como disse, pelo modelo centrado no texto legal – que qualquer resposta particular de um juiz a essas questões neutras políticas pode muito bem ser diferente da resposta de outro juiz. É a qualidade das diferentes questões históricas, não a certeza ou previsibilidade da resposta, que recomenda essas questões ao modelo centrado no texto jurídico. Essa concepção do Estado de Direito opõe-se a questões políticas, como a questão do que deveriam ter feito os legisladores, não porque essas questões admitam diferentes respostas, mas porque simplesmente são as perguntas erradas a fazer.

A concepção centrada nos direitos, por outro lado, insistirá em que pelo menos um tipo de questão política consiste justamente nas questões que juízes confrontados com casos controversos devem perguntar. Pois a questão final que *ela* apresenta em um caso controverso é a questão de determinar se o queixoso tem o direito moral de receber no tribunal aquilo que exige. O texto jurídico é *relevante* para essa questão final. Numa democracia, as pessoas têm, pelo menos, um forte direito moral *prima facie* a que os tribunais imponham os direitos que o legislativo aprovou. É por isso que alguns casos são casos fáceis no modelo centrado nos direitos, assim como no modelo centrado no texto jurídico. Se está claro o que o legislativo lhes concedeu, então também está claro o que elas têm direito moral de receber no tribunal. (Esse enunciado deve ser ressalvado numa democracia cuja Constituição limita o poder legislativo. Deve também ser ressalvado – embora seja uma questão complexa quais devem ser as ressalvas – numa democracia cujas leis são fundamentalmente injustas.)

Contudo, embora o modelo centrado nos direitos admita que o texto jurídico é, dessa maneira, uma fonte de direitos morais no tribunal, ele nega que o texto jurídico seja a fonte exclusiva de tais direitos. Se, portanto, surgem alguns casos sobre os quais o texto jurídico nada diz, ou se as palavras estão sujeitas a interpretações conflitantes, então é correto perguntar qual das duas decisões possíveis no caso melhor se ajusta aos direitos morais de fundo das partes. Pois o ideal da prestação jurisdicional, no modelo centrado nos direitos, é de que, na medida em que isso é praticável, os direitos morais que os cidadãos efetivamente possuem devem ser acessíveis a eles no tribunal. Portanto, uma decisão que leva em conta direitos de fundo será superior, do ponto de vista desse ideal, a uma decisão que, em vez disso, especula, por exemplo, sobre o que o legislador teria feito se houvesse feito alguma coisa.

É importante notar, porém, que a legislação continua a exercer influência sobre a questão de quais direitos as partes têm, no modelo centrado nos direitos, mesmo quando direitos morais de fundo também exercem uma influência[8]. Um juiz que segue a concepção do Estado de Direito centrada nos direitos tentará, num caso controverso, estruturar algum princípio que, para ele, capta, no nível adequado de abstração, os direitos morais das partes que são pertinentes às questões levantadas pelo caso. Mas ele não pode aplicar tal princípio a menos que este, como princípio, seja compatível com a legislação, no seguinte sentido: o princípio não deve estar em conflito com os outros princípios que devem ser pressupostos para justificar a regra que está aplicando ou com qualquer parte considerável das outras regras. Suponha que um juiz aprove o que se poderia chamar de um princípio cristão radical: de que cada cidadão possui o direito moral de ter para si o excedente dos que possuem mais riqueza que ele. Ele pode querer aplicar esse princípio a casos civis e contratuais difíceis, recusando o reparo de danos exigido de um réu pobre com base no fundamento de que o direito ao reparo de danos do queixoso mais

---

8. Explico por que com mais vagar no cap. 4.

rico deve ser contraposto ao direito do réu à caridade. Mas ele não pode fazer isso porque (para melhor ou pior) esse princípio é incompatível com o conjunto das normas jurídicas. Isto é, não se poderia dar nenhuma justificação adequada do que está na lei sem pressupor que o princípio cristão radical foi rejeitado. A concepção centrada nos direitos supõe que o livro de regras representa as tentativas da comunidade para captar direitos morais e requer que qualquer princípio rejeitado nessas tentativas não tenha nenhum papel na prestação jurisdicional.

Assim, um juiz que segue a concepção centrada nos direitos não deve decidir um caso controverso recorrendo a qualquer princípio que seja incompatível com o repertório legal de sua jurisdição. Mas, ainda assim, deve decidir muitos casos com base em fundamentos políticos, pois, nesses casos, os princípios morais contrários diretamente em questão são, cada um deles, compatíveis com a legislação. Dois juízes decidirão um caso controverso de tal tipo de maneiras diferentes porque defendem visões diferentes quanto aos direitos morais de fundo dos cidadãos. Suponha que um caso em que se aplica uma lei comercial exija uma escolha entre um princípio moral impondo *caveat emptor* e um princípio rival enfatizando os direitos morais mútuos dos sócios por força de contrato, na condição de membros de um empreendimento cooperativo. Pode muito bem ser – em uma dada etapa de desenvolvimento do Direito comercial – que nenhuma resposta seja, no sentido descrito, claramente incompatível com a legislação considerada como um todo. Cada juiz que decide essa questão de princípio faz o que faz não porque todas as possibilidades sejam excluídas pelo que já está na legislação, mas porque acredita que o seu princípio está correto ou, pelo menos, mais próximo de ser correto do que outros princípios também não excluídos. Assim, sua decisão é uma decisão política no sentido descrito. É justamente esse tipo de decisão política que a concepção centrada na legislação regularmente condena.

Os dois tópicos deste ensaio unem-se dessa maneira. A questão prática sobre se os juízes devem tomar decisões políticas em casos controversos liga-se à questão teórica de qual, entre duas concepções do Estado de Direito, é superior. A ligação é ameaçadora para a concepção centrada nos direitos porque muitas pessoas estão convencidas de que é errado os juízes tomarem decisões políticas e, assim, estarão ansiosas para rejeitar qualquer teoria sobre os ideais do Direito que as recomende. Assim, tratarei dos tópicos, agora unidos, perguntando se é fundamentada a convicção de que os juízes devem manter-se fora da política.

O argumento da democracia

Por que é errado juízes tomarem decisões políticas do tipo que digo que a concepção centrada nos direitos exige que tomem? Para muitos, um argumento parecerá decisivamente contrário a decisões judiciais políticas: as decisões políticas, segundo esse argumento, devem ser tomadas por funcionários eleitos pela comunidade como um todo, que possam ser substituídos periodicamente da mesma maneira. Esse princípio aplica-se a todas as decisões políticas, inclusive à decisão de quais direitos os indivíduos têm e quais destes deve ser possível impor judicialmente. Os juízes não são eleitos nem reeleitos, e isso é sensato porque as decisões que tomam ao *aplicar* a legislação tal como se encontra devem ser imunes ao controle popular. Mas decorre daí que não devem tomar decisões independentes no que diz respeito a modificar ou expandir o repertório legal, pois essas decisões somente devem ser tomadas sob o controle popular.

Esse é o conhecido argumento da democracia. Há uma resposta breve para esse argumento, pelo menos na Grã-Bretanha. Se o Parlamento, que é eleito pelo povo, está insatisfeito com uma decisão política particular tomada pelos juízes, ele pode revogar essa decisão por meio da legislação adequada. Infelizmente, essa resposta breve é breve demais. O tempo legislativo é um recurso escasso, a ser distribuído com algum senso de prioridades políticas, e é bem possível que uma decisão judicial fosse revogada se o Parlamento tivesse tempo para estabelecer todas as leis que gostaria, mas não será revogada por falta de tempo. Em alguns casos há uma dificuldade adicional na resposta breve. Quando uma questão é tema de grande controvérsia, o Parlamento pode ver-se incapacitado de modificar uma decisão judicial por razões políticas práticas, pois qualquer modificação enfureceria alguma parcela influente da comunidade ou afastaria algumas partes de uma coalizão governante. Pode ser que a questão quanto a se a Lei de Relações Raciais deveria aplicar-se a certos tipos de agremiação seja desse tipo. Qualquer decisão provocaria tamanha e efetiva oposição política que o Parlamento está atrelado a qualquer decisão tomada pelo tribunal.

Portanto, não podemos ficar satisfeitos com a resposta breve para o argumento da democracia. Mas há defeitos mais sérios nesse argumento. Ele supõe, em primeiro lugar, que a solução para casos controversos centrada no repertório legal – que insta os juízes a fazer perguntas históricas do tipo que descrevi em vez de perguntas políticas – realmente serve à democracia de uma forma que a concepção centrada nos direitos não faz. Supõe que essas perguntas históricas de fato trazem à superfície decisões que uma legislatura eleita efetivamente tomou. Mas, se olharmos mais detidamente as questões, descobriremos que a suposição não tem nenhum fundamento.

Suponha que uma lei possa ser interpretada de duas maneiras, cada uma das quais exigindo uma decisão diversa para um caso controverso. A expressão "um setor do público", por exemplo, pode ser interpretada de forma tal que a lei inclua apenas lugares acessíveis a todos que possam pagar por isso, e, nesse caso, uma agremiação política que não está aberta a membros de outros partidos não se enquadra na lei. Ou pode ser interpretada de maneira a excluir apenas ocasiões íntimas ou domésticas, como festas particulares, caso em que uma agremiação política enquadra-se na lei. As questões de semântica e de psicologia de grupo supõem que o Parlamento decidiu adotar uma ou outra dessas duas leis diferentes; elas visam prover técnicas para decidir qual das duas decisões ele (provavelmente) adotou.

As questões de semântica argumentam que se as palavras críticas da lei são palavras que podem ser usadas com mais probabilidade por alguém que tomou uma dessas decisões do que por alguém que tomou a outra, então, isso é prova, pelo menos, de que o legislativo tomou essa decisão. Assim, se as palavras "o público ou uma parte do público" têm mais probabilidade de ser usadas por alguém que decidiu excluir agremiações políticas da lei do que por alguém que decidiu incluí-las, o Parlamento provavelmente tomou a primeira decisão. Mas isso é falacioso. Pois, embora seja sensato afirmar que se a legislatura tomou uma ou outra dessas decisões, é mais provável que tenha tomado a que se expressa mais naturalmente pelas palavras que usou, não é sensato argumentar na outra direção, que, porque usou essas palavras, deve ter tomado uma ou outra dessas decisões. Pode não ter tomado nenhuma. Na verdade, o fato de que as palavras usadas são compatíveis com cada uma das decisões torna mais provável que não tenha tomado nenhuma delas, a menos que exista alguma prova independente de que o fez.

As questões de psicologia de grupo não fornecem essa prova independente, exceto em casos muito raros, porque a estratégia que recomendam também pressupõe, em vez de demonstrar, que os indivíduos cujas intenções estão em jogo tinham alguma intenção pertinente. As raras exceções são casos em que a história legislativa contém alguma declaração explícita de que a lei aprovada teve uma consequência em vez da outra, uma declaração feita sob tais circunstâncias que aqueles que votaram a favor da lei devem ter compartilhado essa compreensão. Na maioria dos casos, a história legislativa não contém nada tão explícito. As questões de psicologia de grupo fixam-se, então, em declarações periféricas feitas em audiências legislativas, ou no recinto do legislativo, ou em outros dispositivos de leis de áreas relacionadas, tentando demonstrar que essas declarações ou dispositivos são incompatíveis com a intenção de criar uma lei sob uma interpretação da expressão obscura, embora compatíveis com a intenção de criar uma lei sob a outra interpretação. Esse não é um argumento a favor da afirmação de que legisladores mais influentes pretendiam adotar essa segunda lei, a menos que se presuma que esses legisladores devem ter pretendido uma ou outra. Mas eles podem não ter pretendido criar nenhuma delas, e o fato de que não redigiram sua lei em palavras que levem claramente a efeito alguma das intenções é um argumento muito forte no sentido de que não o pretendiam.

Aqui, devemos tomar cuidado para não cair numa armadilha. Podemos nos sentir tentados a dizer, sobre qualquer legislador em particular, que ele pretendia aprovar uma determinada lei (isto é, uma interpretação específica das palavras que formam o projeto de lei a favor do qual ele vota) ou que não pretendeu aprovar uma lei que incluísse agremiações políticas. Se fosse assim, então as provas que sugerem que ele não pretendia aprovar uma lei que incluísse agremiações políticas, sugeririam que ele realmente pretendeu aprovar uma lei que não as incluísse. Mas não é assim. Um legislador pode votar com grande entusiasmo a favor de um projeto de lei porque sabe que ele forçará hotéis e restaurantes a deixar de praticar a discriminação, sem, com isso, ter a intenção de que a mesma proibição se aplique a instituições semipúblicas, como agremiações políticas, ou a intenção de que não se aplique. Pode ser simplesmente que ele não tenha considerado a questão. Ou pode, positivamente, ter pretendido que a lei fosse inconclusiva quanto à questão de incluir ou não tais instituições, pois cada uma das decisões, caso explícita, irritaria uma parcela importante do público ou, então, mostrar-se-ia pouco política.

Em qualquer caso, é irrelevante o argumento de que seria mais coerente ele ter tido a intenção de excluir agremiações políticas em vez de incluí-las – mais compatível com aquilo em que votara favoravelmente em outras partes da lei em questão ou em outras leis, ou mais compatível com os argumentos apresentados em audiências ou no recinto legislativo. Pode ser um argumento sobre o que ele deve ter pretendido na questão das agremiações políticas. Não é um argumento de que realmente o pretendeu porque é possível que desconhecesse, ou tivesse boas razões para desconhecer, o que a coerência exigia.

As questões contrafactuais que mencionei não estão expostas à mesma objeção. Não presumem que, individualmente, os membros do legislativo tomaram uma decisão ou tinham alguma intenção em qualquer um dos sentidos. Reconhecem que, talvez, ninguém tenha nem sequer pensado na questão relevante. Indagam o que os legisladores teriam decidido ou pretendido se, contrariamente ao fato, tivessem sido forçados a dar atenção à questão. Insistem em que essa questão admite uma resposta em princípio, embora seja difícil, em casos particulares, descobrir qual é a resposta, e embora a resposta de qualquer juiz em particular venha a ser controvertida. O argumento de que questões históricas contrafactuais respeitam a democracia é, portanto, diferente do argumento de que as questões semânticas e psicológicas respeitam a democracia. Ele diz o seguinte: "Suponhamos que decidimos ser provável, pesando as probabilidades, que o Parlamento teria incluído agremiações políticas na lei se, por alguma razão, tivesse sido forçado a decidir se deveriam ou não ser incluídas. Então, foi apenas por acidente que o Parlamento não decidiu efetivamente incluí-las. É (poderíamos dizer) a vontade latente do Parlamento que elas sejam incluídas e, embora uma vontade latente não seja uma vontade efetiva, está, não obstante, mais próximo do espírito da democracia impor a vontade latente do Parlamento do que encorajar os juízes a impor sua vontade na questão."

Esse argumento é infundado por uma série de razões. Primeiro, é no mínimo discutível que em muitos casos não exista nenhuma resposta, mesmo que em princípio, para uma questão histórica contrafactual. Os filósofos dividem-se quanto a ser necessariamente verdadeiro que, se tivesse sido obrigado a votar a questão das agremiações políticas, o Parlamento teria votado de modo a incluí-las ou votado de modo a não incluí-las. Mas deixemos de lado esse ponto filosófico e suponhamos que, em pelo menos um número de casos suficiente para sustentar o argumento da democracia, as questões históricas contrafactuais têm uma resposta correta, mesmo quando é controvertido saber qual é a resposta correta. Não obstante, é verdade que um grande número de questões contrafactuais *diferentes* podem ser levantadas sobre qualquer decisão legislativa, e as respostas a essas diferentes questões serão diferentes porque saber como o Parlamento teria decidido se tivesse sido obrigado a decidir dependerá da maneira como foi obrigado a decidir. Pode ser, por exemplo, que se o redator do Parlamento houvesse incluído agremiações políticas no primeiro esboço do projeto, essa cláusula teria sobrevivido por não haver sido proposta nenhuma emenda bem sucedida; mas também é verdadeiro que se o redator houvesse incluído uma cláusula excluindo as agremiações políticas, *essa* cláusula teria sobrevivido, mais uma vez, por não ter sido proposta nenhuma emenda bem sucedida. Qual é, então, a vontade parlamentar latente, supondo que nenhuma cláusula foi realmente inserida no projeto de lei em nenhuma etapa? A técnica contrafactual não pode funcionar a menos que estipule alguma forma canônica da questão contrafactual. Mas por que deveria uma forma da questão – uma hipótese sobre as condições em que o Parlamento pode ter sido obrigado a tomar uma decisão – ser superior a outra a partir do ponto de vista do argumento da democracia?

Há mais uma objeção. *Nenhuma* forma canônica da questão contrafactual que torne a questão genuinamente histórica seria aceitável para advogados e juízes na prática. Pois, embora as questões contrafactuais tenham entrado na prática jurídica, são usadas antes como questões políticas que históricas. A resposta que receberiam se fossem realmente questões históricas seria rejeitada pelos juízes como irrelevante para a decisão judicial. Considere a seguinte forma (arbitrária) da questão contrafactual: suponha que pouco antes da audiência final da Lei de Relações Raciais um membro do gabinete convencesse seus colegas de que a lei deveria tomar posição, em um sentido ou outro, a respeito das agremiações políticas, e que, como consequência disso, o Parlamento tenha assumido uma posição. Que posição teria assumido? Se a pergunta fosse feita a um historiador, ele rejeitaria quaisquer restrições *a priori* ao tipo de provas que seria relevante. Suponha que ele descobrisse que um ministro houvesse escrito uma carta para a amante sobre o tema das agremiações políticas, descrevendo a vulnerabilidade espe-

O FUNDAMENTO POLÍTICO DO DIREITO 23

cial de um ou outro de seus colegas à pressão de tais agremiações. Suponha que ele descobriu que o partido havia encomendado uma pesquisa política secreta sobre as opiniões do público a respeito dessa questão ou de questões relacionadas. Ele insistiria em ver a carta ou os resultados da pesquisa, se possível, e, se tivesse sorte suficiente para vê-los, insistiria em que seriam de relevância fundamental para a questão contrafactual que lhe haviam colocado. Ele estaria certo, se a questão fosse realmente uma questão histórica, porque seria menos provável que o gabinete propusesse incluir agremiações políticas se algum membro fosse vulnerável ou se o público se opusesse vigorosamente a sua inclusão.

Mas um juiz que perguntasse o que o Parlamento teria feito se examinasse o problema das agremiações políticas não está, é óbvio, interessado em cartas para amantes ou em pesquisas políticas secretas. Seu argumento não é que o Parlamento teria efetivamente tomado a decisão em questão se houvesse tomado alguma decisão na questão, mas sim que o Parlamento teria tomado essa decisão se estivesse atuando de forma compatível com alguma suposta justificação para o que realmente fez. Essa é uma questão bem diferente, e a história tem pouco a ver com ela. O argumento que compus a favor da questão contrafactual enfatizava que, se o Parlamento, caso tivesse sido forçado a escolher, houvesse incluído agremiações políticas, então, é apenas por acidente, do ponto de vista da democracia, que essas agremiações não estão explicitamente incluídas. Mas não é decorrência, a partir da afirmação diferente de que o Parlamento, por coerência, deveria ter incluído as agremiações políticas, que é apenas por acidente que não as tenha incluído explicitamente. Suponha que seja verdade que o Parlamento deveria tê-las incluído por coerência, mas que também seja verdade que, por razões políticas, se houvesse decidido alguma coisa, ele as teria excluído *de facto*. Então, a suposta teoria da democracia, de que decisões de questões políticas devem ser tomadas pelo Parlamento, não é um argumento no sentido de que as agremiações políticas deveriam ser incluídas.

Pode-se dizer, porém, que uma teoria diferente da democracia realmente torna relevante a questão do que o Parlamento, por coerência, deveria ter feito. O legislativo eleito pelo povo faz mais (segundo essa teoria) que aprovar os dispositivos particulares que constituem os repertórios legais. Ele escolhe as políticas gerais que o Estado deve seguir e os princípios gerais que deve respeitar. Se, num caso controverso, uma decisão decorre mais naturalmente dos princípios que o legislativo aplicou ao aprovar uma lei, então os juízes devem tomar essa decisão, mesmo sendo verdade, como questão de fato histórico, que o próprio legislativo teria adotado a outra se houvesse escolhido alguma. O legislativo endossa princípios aprovando a legislação que esses princípios justificam. O espírito da democracia é aplicado quando se respeitam esses princípios. Não é aplicado quando se especula se o próprio legislativo, em alguma ocasião particular, teria cumprido o prometido.

Esse argumento tem o propósito de defender as questões contrafactuais quando elas são usadas na prática. Reconhece que essas questões são antes avaliatórias, pelo menos no sentido descrito, e não apenas históricas, mas sustenta que questões avaliatórias nesse sentido realmente servem à democracia. Talvez fosse possível fazer com que um argumento similar justificasse as questões de psicologia de grupo. Seria possível dizer que essas questões realmente não supõem que os legisladores individuais têm a intenção de que a lei seja interpretada de uma maneira e não de outra. Em vez disso, perguntam que princípios se poderiam presumir que um legislador endossou ao votar a favor da lei, de modo que a decisão num caso controverso possa ser governada por esses princípios. Se as questões de psicologia de grupo forem compreendidas e defendidas dessa maneira, não serão, afinal, diferentes das questões contrafactuais. Quando um juiz indaga o que os legisladores devem ter pretendido realizar, ele quer perguntar que políticas ou princípios ajustam-se mais naturalmente à lei que aprovaram. Quando indaga o que teriam feito se lhes exigissem que respondessem à pergunta que têm diante de si, quer perguntar que respostas decorrem das políticas ou princípios que se ajustam mais naturalmente à lei que aprovaram. Nenhuma questão é realmente psicológica ou histórica; todas colocam a mesma pergunta básica numa roupagem psicológica ou histórica. Mas se as questões psicológicas e contrafactuais forem compreendidas dessa maneira, então não é mais plausível supor que um juiz, ao colocar essas questões para decidir um caso controverso, não está tomando uma decisão política. Pois as avaliações que essas questões, assim compreendidas, exigem não têm caráter diferente das avaliações recomendadas pela concepção de Estado de Direito centrada nos direitos. Se apenas um conjunto de princípios é compatível com uma lei, então um juiz que siga a concepção centrada nos direitos deve aplicar esses princípios. Se mais de um é compatível, a questão de qual interpretação decorre mais "naturalmente" da lei como um todo exige uma escolha entre maneiras de caracterizar a lei que reflita a própria moralidade política do juiz. Essa é a fonte da queixa que mencionei no início deste ensaio, de que os juízes britânicos realmente fazem julgamentos políticos segundo suas próprias luzes, disfarçados como julgamentos sobre intenções ou história legislativas. Isso é verdade, embora a sugestão de hipocrisia seja geralmente injusta. Se questões psicológicas ou contrafactuais forem colocadas como questões históricas genuínas, não fornecerão nenhuma resposta útil. Para que sejam úteis, devem ser compreendidas como questões que pedem o tipo de julgamento político que, na prática, é obrigatório para os juízes que as usam. Os juízes podem não reconhecer esses julgamentos, mas isso é falta de reconhecimento, não de integridade.

Direitos e democracia

O argumento da democracia, portanto, não oferece um argumento a favor da concepção da prestação jurisdicional centrada no repertório legal. Até agora, não contestei o pressuposto básico desse argumento, de que é ofensivo para a democracia que questões políticas de princípio sejam decididas por tribunais e não por funcionários eleitos. Devemos agora perguntar se esse pressuposto tem fundamento. Decisões judiciais de questões de princípio (distintas das de política) ofendem alguma teoria plausível de democracia?

O argumento de que o fazem supõe que a decisão de um legislativo eleito pela maioria do público é, em última análise, a melhor maneira de decidir questões sobre os direitos que têm os cidadãos individuais, reciprocamente e perante a sociedade como um todo. Mas isso pode ser assim por dois tipos diferentes de razões ou por alguma combinação das duas. A legislação pode ser um processo mais preciso que outros para se decidir o que são os direitos ou pode ser um procedimento melhor por outras razões que não a exatidão. Valemo-nos, até certo ponto, de ambos os tipos de justificativas no caso de outras teorias institucionais, como a teoria de que um tribunal do júri é um bom método para examinar acusações de crime. Pensamos que o julgamento por júri é um método razoavelmente preciso, mas também pensamos que é um bom método por razões que não são razões de exatidão.

Assim, devemos considerar o argumento da democracia, como estratégia para decidir questões sobre direitos, sob dois aspectos. Existem, primeiramente, razões institucionais para que uma decisão legislativa sobre direitos tenha probabilidade de ser mais exata que uma decisão judicial? É difícil avaliar a questão da exatidão abstratamente, isto é, separadamente de alguma teoria particular de direitos. Mas não consigo imaginar em que argumento se poderia pensar para demonstrar que decisões legislativas sobre direitos têm mais probabilidade de serem corretas que decisões judiciais. Obviamente, segundo qualquer teoria de direitos, decisões sobre direitos são melhores se baseadas em mais informações que menos informações sobre uma variedade de fatos. Mas não conheço nenhuma razão pela qual seja mais provável um legislador ter opiniões mais precisas sobre o tipo de fatos que, sob qualquer concepção plausível de direitos, seriam relevantes para determinar o que são os direitos das pessoas. Além disso, em qualquer teoria plausível de direitos, questões de coerência especulativa – ques-

O FUNDAMENTO POLÍTICO DO DIREITO 27

tões que testam uma teoria de direitos imaginando circunstâncias em que essa teoria produziria resultados inaceitáveis – têm probabilidade de ser importantes em um exame de direitos específicos porque nenhuma reivindicação de direito é fundamentada se não puder passar pelo teste do contraexemplo hipotético. Mas a técnica de examinar uma reivindicação de direito no que diz respeito à coerência especulativa é muito mais desenvolvida em juízes que em legisladores ou na massa dos cidadãos que elegem os legisladores.

Além disso, em alguns casos, o público que elege legisladores irá, com efeito, participar da discussão sobre se alguém tem ou não direito a algo, pois os interesses do público opõem-se à concessão de um direito. Isso será tipicamente verdade quando a discussão encontrar-se numa área politicamente sensível, como a das relações raciais. Grupos politicamente poderosos podem preferir que as agremiações políticas pratiquem a discriminação, e nenhuma força compensatória, exceto a própria minoria politicamente impotente, pode ter grande importância. Seria errado supor que em tais circunstâncias os legisladores carecerão de julgamento independente para identificar o direito em jogo ou a coragem de impô-lo. Mas, não obstante, é verdade que em tais casos os legisladores estão sujeitos a pressões a que não estão sujeitos os juízes, e isso deve contar como razão para chegar a conclusões fundamentadas sobre direitos. Estou afirmando agora apenas que os legisladores não estão, institucionalmente, em melhor posição que os juízes para decidir questões sobre direitos. Alguns podem objetar que, no estado atual da sociedade na Inglaterra, por exemplo, os juízes farão trabalho pior porque sustentam teorias piores sobre direitos. Eles provêm de uma classe particular, são educados de certa maneira específica e são membros de uma profissão específica, de tal modo que é muito provável que não apreciem os direitos de pessoas de classes muito diferentes. Nada do que disse até agora diz respeito a esse argumento. Considerarei sua força posteriormente.

Segundo, há outras razões de equidade, além de razões de exatidão, pelas quais a legislação deva ser a estratégia exclusiva para decidir que direitos as pessoas têm? Devemos considerar um argumento conhecido, que recorre à importância do respeito pela lei e a outros aspectos da estabilidade política. "É improvável que os legislativos cheguem a uma decisão sobre direitos que ofenda tanto algum setor influente da comunidade a ponto de ofender a ordem política. Se o legislativo cometer esse erro, o governo cairá, e o processo ordeiro da democracia substituirá a legislatura imprudente por outra. Os tribunais não têm nenhuma defesa automática contra decisões muito impopulares porque os juízes não têm nenhum temor direto da insatisfação popular com o seu desempenho. Pelo contrário, alguns juízes podem sentir prazer em desconsiderar entendimentos populares. Assim, se os juízes tomarem uma decisão política ultrajante, o público não poderá vingar-se substituindo-os. Em vez disso, perderá uma parte de seu respeito, não apenas por eles, mas pelas instituições e processos do próprio Direito, e a comunidade, como resultado, será menos coesa e menos estável. Com certeza, essa foi a consequência do experimento imprudente que levou os tribunais ao processo político acerca da Lei de Relações Industriais."

Esse argumento insiste em que os juízes não devem fazer julgamentos políticos, inclusive julgamentos políticos sobre direitos, porque o efeito de serem vistos fazendo julgamentos políticos diminuirá o respeito pela lei. Esse argumento particular, ao contrário de outros que discuto, não supõe que as questões "históricas" que um juiz pode colocar no lugar de questões políticas são apolíticas. Supõe apenas que elas serão *vistas* como apolíticas. Mas essa suposição é, na verdade, igualmente dúbia. Pois, exceto em alguns, em todos os casos em que uma decisão judicial foi ampla e publicamente criticada por ser política, os juízes expuseram fundamentos antes históricos que políticos para suas opiniões. A lei foi desrespeitada (seja lá o que for que isso signifique) pelo conteúdo da decisão, não pelo caráter dos argumentos oferecidos. A estabilidade política pode ser um argumento contra a legislação que, deliberada ou inadvertidamente, deixa a decisão de questões politicamente sensíveis aos juízes. Não é um argumento no sentido de que, se os juízes forem realmente obrigados a decidir tais questões, devem decidi-las sobre fundamentos antes históricos que políticos.

Além disso, a base factual do argumento, na melhor das hipóteses, não está provada. Grupos de cidadãos que reprovam intensamente uma decisão judicial reclamarão não apenas da decisão, mas também da natureza da instituição que a produziu. Podem sentir-se até impelidos a desobedecer à decisão, particularmente se têm o poder político para fazê-lo com impunidade. Mas, até agora, não há nenhuma prova de que a inclinação para desobedecer será geral e não local. Houve graves previsões, por exemplo, de que a hostilidade política à guerra norte-americana no Vietnã e a desobediência às leis que davam seguimento à guerra conduziriam a um colapso geral da lei e da ordem. Esse perigo foi visto, por diferentes grupos, simultaneamente, como um argumento contra a guerra e um argumento a favor da perseguição de dissidentes. Contudo, embora o crime continue a crescer nos Estados Unidos numa proporção tristemente regular, não há nenhuma prova de que esses eventos políticos tenham contribuído para tal.

De qualquer modo, se o argumento for considerado como voltado de maneira específica contra decisões francamente políticas pelos tribunais, ele falha por uma razão que até agora não mencionei. Pois supõe que o público faz distinção entre as decisões políticas tomadas pelo legislativo e aquelas tomadas pelos tribunais, e que o público acredita que as primeiras são legítimas, e as segundas, não. Mas, mesmo sendo esse o caso agora, o senso público de ilegitimidade presumivelmente desapareceria se os juristas e outras autoridades reconhecessem que tais decisões são compatíveis com a democracia e recomendadas por uma concepção atraente do Estado de Direito. Assim, o presente argumento incorre em petição de princípio quanto à questão de deverem ou não os juristas e autoridades abraçar essa conclusão. Ele constitui apenas um argumento no sentido de que o endosso profissional de tais decisões deve ser seguido – como inevitavelmente seria seguido – também por uma mudança nas posturas do público com respeito à lei.

Reconheço que há muitas diferenças entre a Grã-Bretanha e os Estados Unidos (mencionarei algumas mais tarde) que tornam suspeita qualquer comparação ligeira entre as posturas públicas nos dois países. Mas vale a pena notar que uma mudança na posição do Supremo Tribunal quanto à interpretação constitucional há algumas décadas – um deslocamento da confiança nos argumentos históricos para os argumentos políticos – não foi acompanhada por nenhuma perda séria no respeito do público pelas decisões do tribunal, tal como avaliada pela disposição do público a aquiescer. Pelo contrário, o Tribunal Warren conseguiu uma aquiescência quase milagrosa a decisões extremamente impopulares numa época em que a compreensão popular acerca do papel do tribunal ainda insistia na interpretação histórica, não na interpretação política, da Constituição – com certeza num grau muito maior do que hoje em dia. A opinião popular, nesse caso, acompanhou o tribunal.

A estabilidade política, porém, não é a razão principal – além das razões de exatidão – pela qual a maioria das pessoas quer que decisões sobre direitos sejam tomadas pelo legislativo. A razão é de equidade. A democracia supõe igualdade de poder político, e se decisões políticas genuínas são tiradas do legislativo e entregues aos tribunais, então o poder político dos cidadãos individuais, que elegem legisladores mas não juízes, é enfraquecido, o que é injusto. Learned Hand ofereceu essa razão, em suas famosas palestras Holmes, para resistir a decisões políticas tomadas pelo Supremo Tribunal. Disse que não desejaria ser governado por "um bando de guardiães platônicos", mesmo que soubesse como escolhê-los, o que não era o caso[9].

Se todo o poder político fosse transferido para os juízes, a democracia e a igualdade do poder político seriam destruídas. Mas agora estamos considerando apenas uma classe pequena e especial de decisões políticas. Não é fácil perceber como devemos examinar se e quanto os cidadãos individuais perdem, em

---

9. Learned Hand, *The Bill of Rights* (Cambridge, Mass.: Harvard University Press, 1962).

poder político, se forem atribuídas aos tribunais algumas dessas decisões. Mas parece plausível – seja como for que se meçam perdas de poder político – que alguns cidadãos ganham mais do que perdem.

Sem dúvida, é verdade, como descrição bem geral, que numa democracia o poder está nas mãos do povo. Mas é por demais evidente que nenhuma democracia proporciona a igualdade genuína de poder político. Muitos cidadãos, por um motivo ou outro, são inteiramente destituídos de privilégios. O poder econômico dos grandes negócios garante poder político especial a quem os gere. Grupos de interesse, como sindicatos e organizações profissionais, elegem funcionários que também têm poder especial. Membros de minorias organizadas têm, como indivíduos, menos poder que membros individuais de outros grupos que são, enquanto grupos, mais poderosos. Essas imperfeições no caráter igualitário da democracia são bem conhecidas e, talvez, parcialmente irremediáveis. Devemos levá-las em conta ao julgar quanto os cidadãos individualmente perdem de poder político sempre que uma questão sobre direitos individuais é tirada do legislativo e entregue aos tribunais. Alguns perdem mais que outros apenas porque têm mais a perder. Devemos também lembrar que alguns indivíduos ganham em poder político com essa transferência de atribuição institucional. Pois os indivíduos têm poderes na concepção de Estado de Direito centrada nos direitos, que não têm na concepção centrada na legislação. Eles têm o direito de exigir, como indivíduos, um julgamento específico acerca de seus direitos. Se seus direitos forem reconhecidos por um tribunal, esses direitos serão exercidos, a despeito do fato de nenhum Parlamento ter tido tempo ou vontade de impô-los.

Se algum indivíduo ganha mais do que perde quando os tribunais incumbem-se de decidir que direito ele tem, pode ser uma boa pergunta. O acesso aos tribunais pode ser caro, de modo que o direito de acesso é, dessa maneira, mais valioso para os ricos do que para os pobres. Mas como, normalmente, os ricos têm mais poder sobre o legislativo que os pobres, pelo menos a longo prazo, transferir algumas decisões do legislativo pode, por essa razão, ser mais valioso para os pobres. Membros de minorias organizadas, teoricamente, têm mais a ganhar com a transferência, pois o viés majoritário do legislativo funciona mais severamente contra eles, e é por isso que há mais probabilidade de que seus direitos sejam ignorados nesse fórum. Se os tribunais tomam a proteção de direitos individuais como sua responsabilidade especial, então as minorias ganharão em poder político, na medida em que o acesso aos tribunais é efetivamente possível e na medida em que as decisões dos tribunais sobre seus direitos são efetivamente fundamentadas. O ganho para as minorias, sob essas condições, seria maior num sistema de revisão judicial de decisões legislativas, tal como se aplica nos Estados Unidos e se aplicaria na Grã-Bretanha em algumas versões da Carta de Direitos constitucional proposta. Mas, não obstante, pode ser substancial, mesmo se o poder do tribunal para julgar direitos políticos for limitado a casos, como *Charter*, em que a legislatura não solucionou claramente a questão de que direitos se considerará que eles têm. Suponho, é claro, condições favoráveis, que podem não prevalecer. Mas não há nenhuma razão para pensar, abstratamente, que a transferência de decisões sobre direitos, das legislaturas para os tribunais, retardará o ideal democrático da igualdade de poder político. Pode muito bem promover esse ideal.

Juízes conservadores

Minha argumentação, até agora, foi teórica e institucional. Alguns pensarão que é, portanto, irrelevante, pois acreditam que os principais argumentos contra encorajar juízes a tomar decisões políticas são práticos e pessoais. "Os juízes britânicos são intensamente conservadores e protetores quanto às formas de autoridade estabelecidas. Talvez isso seja apenas um acidente histórico, ou a consequência inevitável de outros arranjos e tradições institucionais. Mas, de qualquer modo, é um fato, e seria perverso ignorar o fato ao considerar, por exemplo, se as minorias e os pobres se beneficiariam se os juízes

O FUNDAMENTO POLÍTICO DO DIREITO

fossem mais explicitamente políticos, ou se esses juízes tenderiam a fazer um trabalho melhor ou pior que o Parlamento na identificação de direitos políticos genuínos." Não contesto essa caracterização da presente geração de juízes na Grã-Bretanha. Com algumas distintas exceções, parece-me correta. Mas daí não decorre que os juízes, por mais conservadores que sejam, chegarão a decisões menos apreciáveis sob um regime que os encoraje a tomar decisões políticas sobre direitos individuais do que sob um regime que os obrigue a tomar decisões "neutras", levantando as questões "históricas" que descrevi. As várias decisões citadas por Griffiths e outros para demonstrar o caráter conservador dos juízes britânicos foram todas ostensivamente justificadas por esses fundamentos "históricos". Embora os críticos suponham, por exemplo, que a decisão de *Tameside* reflete a reprovação do juiz à *comprehensive education**, e que o *Caso de Shaw* reflete sua convicção de que a licenciosidade sexual deveria ser desencorajada, cada uma dessas decisões dá a ideia de que os juízes foram obrigados por considerações neutras de interpretação da lei e de interpretação do precedente para chegar às conclusões a que chegaram. Portanto, é difícil perceber como a orientação explícita dada aos juízes, que tomem decisões sobre direitos valendo-se de fundamentos políticos, poderia produzir decisões mais "conservadoras". A questão não é que os juízes deliberadamente ignoram seu dever de chegar a decisões valendo-se de fundamentos históricos e não de fundamentos políticos. É que as decisões "históricas" devem, dada a natureza de alguns casos, ser políticas.

Se a orientação explícita tivesse algum efeito sobre as decisões produzidas por juízes conservadores, poderia muito bem ser o de tornar essas decisões *menos* em vez de mais conservadoras. A obrigação de demonstrar o caráter político da decisão como uma decisão sobre direitos individuais e *não do bem--estar geral* deve atuar como uma influência liberal geral. No

---

* No sistema educacional britânico, ensino de alunos de diferentes graus de capacidade e classe social na mesma escola. [N. R.]

caso de Shaw, por exemplo, o tribunal sentiu-se obrigado, por sua visão dos precedentes, a considerar se a publicação do *Ladies Directory* tendia a corromper a moralidade pública. Essa questão, considerada em si mesma, trata da natureza do bem-estar geral (o visconde Simonds chamou-o de "bem-estar moral") da sociedade, e pode-se esperar que juízes conservadores, naturalmente, tenham uma visão mais conservadora do bem-estar público. Suponha, porém, que a teoria jurídica vigente exigisse que o tribunal se perguntasse primeiro se os precedentes exigiam, sem ambiguidade, que reconhecessem tal crime, e, se não o fizessem, se a teoria de que tal crime existia era mais compatível com os direitos de Shaw como indivíduo que a teoria contrária. Então, seria vigorosamente argumentado que os indivíduos têm um direito moral, pelo menos em princípio, de não ser punidos, exceto ao cometer um crime claramente tornado público de antemão, e que, em virtude desse direito, seria injusto punir Shaw. Duvido muito que mesmo juízes "conservadores" desejariam negar a atração inerente de tal direito ou que algum juiz competente argumentaria ser incompatível com as práticas jurídicas e políticas britânicas reconhecer isso. Mas um juiz solicitado a decidir segundo fundamentos de princípio político não podia ter mandado Shaw para a cadeia, a menos que rejeitasse o direito como uma questão de princípio moral ou argumentasse que a prática britânica o negava.

O caso *Charter*, que tenho usado como principal exemplo, foi decidido de uma maneira que se pode chamar de conservadora, e é por isso que os críticos consideram que se tratou de uma decisão política. Certamente os pareceres dos *Law Lords** não descrevem sua decisão como política: esses pareceres aplicam questões semânticas à expressão "um setor do público". Mas, sem dúvida, é justo comentar que juízes menos conservadores poderiam ter atribuído um significado mais vigoroso a essa expressão, pois teriam tido uma opinião diferente sobre a questão de se é ou não do interesse público que insti-

---

* Membros da Câmara dos Lordes encarregados de executar o trabalho jurídico. [N. E.]

O FUNDAMENTO POLÍTICO DO DIREITO 35

tuições semipúblicas percam uma parte do controle sobre o caráter de seus membros. Suponha, porém, que Suas Excelências houvessem se perguntado, em vez da questão semântica, que convida à influência desse julgamento do bem-estar geral, uma questão explicitamente política sobre os direitos conflitantes dos membros de minorias, de não sofrer discriminação, e dos membros de agremiações, de escolher seus associados por meio de critérios que consideram razoáveis. A Lei das Relações Raciais incorpora um meio-termo entre dois direitos: sustenta que o direito de estar livre de discriminação é suficientemente forte para impedir que instituições inteiramente públicas pratiquem a discriminação, mas não tão forte a ponto de aniquilar o direito rival de escolher associados em ambientes inteiramente privados, como o entretenimento doméstico ou os clubes exclusivos. Como se deve marcar o equilíbrio nos casos intermediários, não fixados explicitamente pela Lei, como sociedades não exclusivas, abertas, de modo geral, a todos os que tenham uma afiliação política particular?

Não é inconcebível que um juiz conservador discordasse de um julgamento inicial da Lei. Poderia pensar que a Lei subestima a liberdade de associação ou que é má política legislar a moralidade nas relações raciais (embora seja judicioso fazê-lo nas relações sexuais). Mas se lhe dissessem que deve decidir um caso como *Charter* segundo princípios de moralidade política, compatíveis com os princípios efetivamente presentes na lei, ele seria forçado a deixar de lado essas convicções por *não* serem compatíveis. Ele não pode sustentar que existe uma diferença moralmente relevante entre o grau em que a liberdade de associação é limitada por exigir que o Claridges não pratique a discriminação e o grau em que essa liberdade é limitada por exigências similares feitas ao Clube Conservador de West Ham. Embora reprove a maneira como o equilíbrio foi marcado na lei, não pode supor plausivelmente que um princípio político diferente, marcando o equilíbrio de modo a equiparar o clube a residências privadas, é compatível com essa lei. Quanto mais francamente política a matéria de um caso – quanto mais um caso é como *Charter*, não como o caso comercial discutido abstratamente antes – mais o caráter explicitamente político da lei ou do precedente em questão reduzirá a influência das convicções políticas do juiz, da maneira que acaba de ser descrita.

Aqui, mais uma vez, as supostamente neutras questões de semântica utilizadas pela Câmara dos Lordes autorizaram uma decisão que deu mais efeito às convicções pessoais do juiz do que teria permitido uma doutrina jurídica francamente política. As questões de semântica, justamente porque não têm forma política, não fazem discriminação entre os tipos de julgamentos políticos que, inevitavelmente, irão influenciar as respostas que os juízes lhes dão. Elas atraem julgamentos políticos ocultos, que podem ser incompatíveis em princípio com a legislação supostamente aplicada. As questões políticas que o modelo centrado nos direitos recomenda, porém, exigem que as respostas políticas dadas a elas sejam explícitas e fundadas em princípios, para que seu apelo e compatibilidade com princípios mais geralmente endossados possam ser testados.

Assim, mesmo os que pensam que os princípios políticos dos atuais juízes são infundados não têm, por essa opinião, uma boa razão para opor-se ao modelo centrado nos direitos e ao estilo de prestação jurisdicional que ele recomenda. É provável que esse modelo diminua o número de decisões que eles deploram. Existe, porém, mais uma razão, talvez mais importante, para que rejeitemos o argumento que recorre ao caráter conservador dos atuais juízes. Pois o caráter dos juízes é uma consequência da teoria da prestação jurisdicional em vigor; portanto, não se pode alegá-lo como razão para não mudar essa teoria. Se a concepção de Estado de Direito centrada nos direitos se tornasse mais popular do que tem sido, a educação jurídica tornar-se-ia quase certamente mais ampla e mais interessante do que é agora, e homens e mulheres que nunca pensariam numa carreira jurídica, por desejarem uma carreira que tenha influência para a justiça social, começariam a pensar de maneira diferente. A profissão mudaria, como mudou radicalmente nos Estados Unidos neste século, e os juristas que essa profissão valoriza e manda à magistratura seriam diferentes. O argumento de que a prestação jurisdicional política seria uma desgraça na Grã-Bretanha porque os juízes estão firmemente presos à ordem estabelecida incorre em petição de princípio. Se o Direito tivesse um lugar diferente aqui, pessoas diferentes teriam um lugar no Direito.

Dois ideais e dois países

Muitas pessoas resistirão à comparação que fiz entre a Grã-Bretanha e os Estados Unidos e argumentarão que o papel do Direito é tão diferente nos dois países que torna as comparações indignas de confiança. Concordo com o espírito da objeção, mas as diferenças não tocam o presente ponto. Não afirmo ser provável que a Grã-Bretanha caminhe para uma prestação jurisdicional mais abertamente política, mas apenas que seus juízes e juristas seriam diferentes se isso acontecesse. Reconheço que as diferenças na cultura jurídica refletem diferenças mais fundamentais, que tornam os Estados Unidos um terreno mais fértil para a concepção centrada nos direitos. Os norte-americanos são fascinados pela ideia dos direitos individuais, que é o signo zodiacal sob o qual seu país nasceu. Seu registro de reconhecimento e proteção desses direitos foi menos que espetacular. Mas o debate público nos Estados Unidos é dominado, num grau que os comentaristas britânicos acham surpreendente, pela discussão de quais direitos as pessoas têm.

Na Grã-Bretanha, o debate político está centrado na ideia diferente a que me referi várias vezes, embora não a tenha discutido, que é a ideia do século XIX de bem-estar geral ou bem coletivo. Quando o debate político fala de equidade, trata-se geralmente de equidade para com classes ou grupos na sociedade (como a classe operária ou os pobres), que é uma questão do bem-estar coletivo desses grupos. O debate norte-americano insistiu em que os direitos pertencem antes a indivíduos que a grupos e resistiu a medir a equidade por classes em vez de pessoas.

Essa diferença no vocabulário do debate político reflete e contribui para uma diferença na atitude geral para com juristas e juízes e o seu lugar no governo. Nos Estados Unidos os juristas muitas vezes foram infames, e os norte-americanos não lhes conferem nenhuma honra pública, como fazem com médicos e mesmo com alguns professores. Mas os Estados Unidos conferem aos advogados, como grupo, poder e influência numa grande variedade de questões, incluindo, notavelmente, o governo. Na Grã-Bretanha, os advogados são muito bem tratados. Vestem-se a caráter – embora, principalmente, como senhoras de meia-idade – e, quando se tornam juízes, sua dignidade é protegida por poderes muito amplos de desdém. Mas têm muito pouco poder real.

Até agora, disse pouca coisa diretamente para apoiar a concepção centrada nos direitos como ideal político. Estive muito ocupado com sua defesa. A argumentação positiva a favor dessa concepção é direta. Reconheço que uma sociedade dedicada a essa concepção de Estado de Direito pode pagar um preço, com certeza na eficiência e, possivelmente, no espírito comunitário, que, segundo se supõe, é deformado pela preocupação excessiva com o Direito. Mas essa sociedade faz uma promessa importante a cada indivíduo, e o valor dessa promessa parece valer a pena. Ela encoraja cada indivíduo a supor que suas relações com outros cidadãos e com o seu governo são questões de justiça e o encoraja, assim como a seus concidadãos, a discutir como comunidade o que a justiça exige que sejam essas relações. Promete-lhe um fórum no qual suas reivindicações quanto àquilo a que tem direito serão constante e seriamente consideradas a seu pedido. Não pode prometer-lhe que a decisão o agradará ou mesmo que estará certa. Mas isso não é necessário para tornar valiosos a promessa e o senso de justiça que ela cria. Posso ter dado a impressão de que a democracia e o Estado de Direito são conflitantes. Não é isso; pelo contrário, esses dois importantes valores políticos estão enraizados em um ideal mais fundamental, o de que qualquer governo aceitável deve tratar as pessoas como iguais. O Estado de Direito, na concepção que defendo, enriquece a democracia ao acrescentar um fórum independente, um fórum do princípio, e isso é importante, não apenas porque a justiça pode ser feita ali, mas porque o fórum confirma que a justiça, no fim, é uma questão de direito individual, não, isoladamente, uma questão do bem público[10].

---

10. Algumas das questões discutidas neste ensaio – em particular a teoria de psicologia de grupo da interpretação das leis – são desenvolvidas adiante, no cap. 16, "Como ler a Lei de Direitos Civis".

Capítulo 2
*O fórum do princípio**

Duas ideias nocivas

A Constituição é a lei fundamental dos Estados Unidos, e os juízes devem aplicar a lei. Sobre esse argumento simples e forte, John Marshall construiu a instituição da revisão judicial da legislação, uma instituição que é, simultaneamente, o orgulho e o enigma da doutrina jurídica norte-americana[1]. O enigma reside nisto. Todos concordam em que a Constituição proíbe certas formas de legislação ao Congresso e aos legislativos estaduais. Mas nem juízes do Supremo Tribunal nem especialistas em Direito constitucional nem cidadãos comuns conseguem concordar quanto ao que ela proíbe exatamente, e a discordância é mais grave quando a legislação em questão é politicamente mais controvertida e criadora de divergência. Portanto, parece que esses juízes exercem um poder de veto sobre a política da nação, proibindo as pessoas de chegar a decisões que eles, um número ínfimo de nomeados vitalícios, acham erradas. Como isso pode ser conciliado com a democracia? Qual é a alternativa, porém, exceto abdicar do poder que Marshall declarou? Esse poder encontra-se agora tão estabelecido em nosso sistema constitucional que a abdicação seria mais prejudicial ao consenso, mais uma derrota para a expectativa cultivada, do que simplesmente deixar tudo como antes. Parecemos

---

* Originalmente publicado em *New York University Law Review*, 56, n. 2-3 (maio-junho de 1981). © Ronald Dworkin.
1. Marbury v. Madison, 5 U.S. (1 Cranch) 137, 173-179 (1803).

aprisionados em um dilema, definido pela contradição entre a democracia e o antigo, fundamental e impreciso Direito, cada um dos quais é central para a nossa percepção de nossas tradições. O que se deve fazer? Pode haver uma saída. Escaparemos ao dilema se pudermos formular um programa apolítico para decidir casos constitucionais. Um programa que permita aos juízes, por exemplo, decidir se leis impondo um salário mínimo ou proibindo o aborto são constitucionais[2] sem decidir por si mesmos se leis de salário mínimo são injustas ou se leis proibindo o aborto violam direitos morais ou políticos fundamentais. Mas como podem os juízes decidir tais casos apoliticamente se o próprio texto da Constituição não é decisivo? Duas ideias são relevantes agora. Uma foi familiar durante muito tempo e, embora sua atração tenha crescido e depois declinado, conquistou uma nova geração de entusiastas. É a ideia de uma *intenção* constitucional – muitas vezes chamada de intenção "original" ou intenção dos "fundadores" da Constituição. Suponha que os juízes possam descobrir como os constituintes pretendiam que fossem compreendidos os dispositivos imprecisos da Constituição. Se os juízes seguem essa intenção original, não estarão eles mesmos fazendo escolhas substantivas, mas apenas impondo escolhas feitas há muito tempo por outros, escolhas a que o povo conferiu autoridade ao ratificar e aceitar a Constituição.

A segunda estratégia também tem uma longa história, mas recebeu vida e direção novas numa famosa nota de rodapé do juiz Harlan Stone e, agora, num interessante livro de John Ely[3]. Essa estratégia baseia-se não na ideia de uma intenção original, mas, antes, numa nítida distinção entre matérias de substância e matérias de processo. Suponha que os juízes assumam a obrigação não de rever a equidade ou justiça de decisões substanti-

---

2. Ver West Coast Hotel Co. v. Parrish, 300 U.S. 379 (1937) (sustentando a lei de salário mínimo para mulheres de Washington), anulando Adkins v. Children's Hospital, 261 U.S. 525 (1923). Ver Roe v. Wade, 410 U.S. 113 (1973) (Lei de aborto do Texas considerada inconstitucional).
3. United States v. Carolene Prods. Co., 304 U.S. 144, 152 n. 4 (1938). John Ely, *Democracy and Distrust* (Cambridge, Mass.: Harvard University Press, 1981).

vas tomadas pelos que aprovaram as leis sob revisão, mas apenas de verificar a equidade do processo pelo qual essas leis foram elaboradas. Pessoas sensatas podem discordar quanto à equidade de processos específicos. Mas os juízes que seguem suas próprias convicções a respeito da equidade do processo pelo menos não se imiscuirão em decisões substantivas. De qualquer modo, a revisão judicial do processo político apenas policia a democracia; não procura sobrepor-se a ela como faz a revisão judicial da substância.

Há duas maneiras de fugir da substância em decisões constitucionais. Minha proposição, neste ensaio, é de que ambos os caminhos terminam em fracasso, e no mesmo tipo de fracasso. Os juízes não podem decidir qual foi a intenção pertinente dos constituintes, ou qual processo político é realmente justo ou democrático, a menos que tomem decisões políticas substantivas iguais àquelas que os proponentes da intenção ou do processo consideram que os juízes não devem tomar. A intenção e o processo são ideias nocivas porque encobrem essas decisões substantivas com a piedade processual e finge que elas não foram tomadas. As velhas ideias são agora abandonadas aqui.

Intenção

Interpretação e Direito constitucional

Antes, porém, de começar minha defesa dessas afirmações, devo levantar uma questão preliminar para evitar certa confusão. Tornou-se comum distinguir as teorias de revisão judicial entre "interpretativas" e "não interpretativas"[4]. As teorias interpretati-

---

4. Ver, p. ex., *ibid.*, na p. 1; Thomas Grey, "Do We Have an Unwritten Constitution?", 27 *Stanford Law Review* 703 (1975); Michael J. Perry, "Interpretivism, Freedom of Expression, and Equal Protection", *Ohio State Law Journal*, 42: 261, 263-265 (1981). Embora essas expressões específicas sejam comuns, outras são usadas. Paul Brest, por exemplo, fala de "originalismo" e "não originalismo", pretendendo distinguir teorias originalistas de teorias que são interpretativistas em algum sentido que não envolve a interpretação do texto original. Ver Brest, "The Misconceived Quest for the Original Understanding", *Boston Uni-*

vas (de acordo com essa distinção) afirmam que a revisão judicial de decisões legislativas deve basear-se na interpretação da própria Constituição. Isso pode ser uma questão de interpretar o texto ou determinar a intenção dos constituintes ou, mais plausivelmente, alguma combinação de ambos. As teorias não interpretativas, segundo se afirma, supõem, ao contrário, ser válido que o tribunal, pelo menos algumas vezes, confronte decisões legislativas com modelos retirados de alguma outra fonte que não o texto, como a moralidade popular, teorias de justiça bem fundadas ou alguma concepção de democracia genuína[5].

A suposta distinção entre esses dois tipos de teoria oferece não apenas um esquema de classificação para as teorias de revisão judicial, como também um esquema para a discussão sobre tais teorias. Alguns constitucionalistas escrevem dissertações em que se propõe, por exemplo, que nenhuma teoria não interpretativa é compatível com a democracia[6]. Ou que qualquer teoria não interpretativa apoia-se necessariamente numa doutrina de Direito natural e que, portanto, deve ser rejeitada[7]. Ou que nenhuma teoria interpretativa pode ser correta ou adequada para sustentar o que quase todos concordam ser decisões próprias do Supremo Tribunal, como as decisões importantes que consideram inconstitucional a segregação racial na educação[8]. Dessa maneira, as teorias constitucionais são estudadas e rejeitadas aos montes.

---

versity Law Review, 60: 204-205 (1980). A discussão no texto aplica-se também a essa distinção.
  5. Ver Ely, nota 3 acima, pp. 43-72 (oferecendo um compêndio crítico desses padrões não textuais).
  6. Ver, p. ex., Raoul Berger, "Ely's Theory of Judicial Review", em Ohio State Library Journal, 42: 87, 120-121 (1981); Robert J. Bork, "Neutral Principles and Some First Amendment Problems", Indiana Law Journal, 47: 1, 6 (1971).
  7. Ver Raoul Berger, Government by Judiciary (Cambridge, Mass.: Harvard University Press, 1977), pp. 249-258, 387-396. (Os constituintes não pretendiam que o Direito natural desse aos juízes poder para se colocarem acima de limitações positivas da Constituição); Perry, "Interpretivism", nota 4 acima, pp. 267-70. (Os constituintes não constitucionalizaram o Direito natural.)
  8. Ver, p. ex., Grey, nota 4 acima, pp. 707-10, 718; Perry, "Interpretivism", nota 4 acima, pp. 265, 296-297, 300; Terrence Sandalow, "Judicial Protection of Minorities", Michigan Law Review, 75: 1162, 1179-1181, 1193 (1977). Brown v. Board of Education, 347 U.S. 483 (1954); Bolling v. Sharpe, 347 U.S. 497 (1954).

É natural, sem dúvida, que se procurem esquemas de classificação que forneçam estratégias de argumentação. Mas esse esquema é pobre, pela seguinte razão. Qualquer teoria passível de revisão judicial é interpretativa, no sentido de que tem como objetivo oferecer uma interpretação da Constituição enquanto documento jurídico original e fundador, e também pretende integrar a Constituição à nossa prática constitucional e jurídica como um todo. Ninguém propõe a revisão judicial a partir de uma tábula rasa. Cada teoria afirma fornecer a descrição mais esclarecedora do que realmente se trata nossa tradição constitucional efetiva, tomada como um todo — a "finalidade" ou "a melhor justificativa" do sistema constitucional que se desenvolveu ao longo de nossa história jurídica. Cada uma extrai de sua interpretação desse sistema uma visão particular de como interpretar melhor a Constituição como texto original. Portanto, a tese de que se pode traçar uma distinção útil entre teorias que insistem na interpretação e teorias que rejeitam a interpretação, seja da Constituição como documento particular, seja de nosso sistema constitucional como um todo, gera mais confusões que benefícios.

As teorias geralmente classificadas como "não interpretativas" — as que nos parecem mais ativistas ou liberadas do texto efetivo da Constituição — são claramente interpretativistas em qualquer sentido plausível. Elas não desconsideram nem o texto da Constituição nem os motivos dos que a fizeram; antes procuram colocá-los no contexto adequado. Os teóricos "não interpretativos" afirmam que o compromisso de nossa comunidade jurídica com esse documento particular, com esses dispositivos estabelecidos por pessoas com esses motivos, pressupõe um compromisso *prévio* com certos princípios de justiça política que, se devemos agir com responsabilidade, devem, por conseguinte, ser refletidos pela maneira como a Constituição é lida e aplicada. Essa é a antítese de um argumento de "tábula rasa" e um paradigma do método da interpretação. Não desconsidera nem o texto nem a intenção original, propondo em vez disso uma teoria que nos ensina como descobrir o que significa o primeiro e o que é a segunda.

Na verdade, pode parecer que as teorias comumente chamadas de "interpretativas" – as teorias que nos parecem mais presas ao texto da Constituição considerado isoladamente – têm mais probabilidade de revelar-se não interpretativas nesse sentido amplo. Pois parecem prestar bem pouca atenção a questões a respeito da "finalidade" de se ter uma Constituição ou de por que a Constituição é a lei fundamental. Parecem começar (e terminar) com a própria Constituição e supor que a teoria constitucional não precisa fazer nenhuma suposição que não seja extraída dos limites desse documento. Mas essa aparência é enganosa. Pois os teóricos "presos ao texto" supõem que sua discordância com as teorias "não interpretativas" seja uma discordância genuína. Supõem que estão certos e que seus oponentes estão errados quanto à maneira como os juízes do Supremo Tribunal devem levar a cabo a revisão judicial. Portanto, devem ter (ou, em todo caso, reconhecer que é desejável ter) razões que sustentem sua teoria de limitação ao próprio texto. Mas essas razões não podem ser extraídas do texto considerado isoladamente; seria petição de princípio. Devem ser extraídas de princípios de moralidade política – ou defendidos como tal – que, de alguma maneira, representem a conclusão ou finalidade da prática constitucional mais amplamente concebida.

Vale a pena examinar essa proposição, pois a alegada distinção entre teorias interpretativas e não interpretativas é muito difundida. Podemos aprofundar a questão perguntando que razão teria um teórico preso ao texto para opor-se a uma decisão que claramente representa algo que ele detesta. Suponha que o Tribunal sustentasse que o Senado, apesar dos claros dispositivos do texto constitucional, tal como emendado, é ilegal porque não é representativo e que, portanto, é incompatível com os princípios de democracia que se devem admitir para dar legitimidade à Constituição. Apoiado em qual teoria, que não incorre em petição de princípio, o teórico preso ao texto poderia opor-se a essa decisão? Poderia dizer que as pessoas não aceitariam tal decisão. Mas isso não é absolutamente claro e, de qualquer modo, ele acha que a decisão seria errada mesmo que fosse (a contragosto) aceita no final. Por quê?

Um "textualista" não pode simplesmente dizer que era a intenção dos que escreveram, ratificaram e aceitaram a Constituição que ela fosse a lei suprema; menos ainda que a Constituição, por si só, assim provê. Pois a questão em debate é a força da Constituição e, portanto, a relevância das intenções que se pode dizer que ela incorpora. Começando pelo começo. Um grupo de pessoas reuniu-se em Filadélfia e lá escreveu um documento, que foi aceito pelo povo, em conformidade com os processos estipulados no próprio documento, e continuou a ser aceito por ele da maneira e na medida em que tem sido. Se isso torna o documento em direito, só pode ser porque aceitamos princípios de moralidade política que têm essa consequência. Mas esses princípios poderiam não apenas estabelecer a Constituição como direito, mas também limitá-la. Não podemos dizer se esses princípios realmente têm essa consequência, é claro, até decidirmos o que são esses princípios. Qualquer resposta a essa pergunta deve assumir a forma de uma teoria política demonstrando por que a Constituição deve ser tratada como direito, e certas teorias políticas plausíveis pelo menos levantam a questão de se o documento deve ser limitado de alguma maneira.

Suponha que o textualista proponha, como a teoria pertinente, que o governo legítimo deve contar com o consentimento dos governados. Essa é uma proposição notoriamente ambígua, e até mesmo a decisão mítica, sustentando a ilegalidade do Senado, poderia ser justificada por alguma versão dela. Alguém que apoiasse a decisão poderia argumentar, por exemplo, que o consentimento requerido deve ser mais amplo que o obtido no processo original de ratificação, que deve, de qualquer modo, ser contemporâneo, que está longe de ser claro que o Senado não representativo conte com tal consentimento e que a disponibilidade do processo de emenda, sobretudo dado o papel do Senado no processo mais exequível, não é resposta. Essa não é uma alegação tola; em todo caso, não tão tola quanto seria a decisão mítica, e, portanto, não podemos explicar nossa percepção do caráter absurdo dessa decisão supondo que essa interpretação do consentimento dos governados é, ela própria, absurda.

O defensor do "texto" poderia sair-se melhor recorrendo ao conceito de Direito, não à teoria política? Nenhuma das vigentes teorias filosóficas do Direito oferece os argumentos necessários. Nem mesmo as teorias positivistas, que parecem as mais prováveis. Nem a teoria do positivismo de Bentham nem a de Austin. Nem mesmo a de Kelsen[9]. Cada uma delas tem como consequência que, se a decisão do Tribunal fosse aceita, isso demonstraria que o Tribunal é soberano. A versão de positivismo de Hart pode parecer mais promissora[10]. Mas a teoria de Hart sugere que, como a Constituição foi imediatamente aceita como direito em virtude do processo de ratificação, deve existir uma regra de reconhecimento – uma teoria do processo, aceita geralmente, por meio da qual a legislação torna-se direito – em virtude da qual a Constituição tornou-se direito. Mas essa regra é precisamente a ideia de um direito por trás do Direito, à qual recorreu a decisão mítica.

Mas estou me desviando do meu objetivo. Se o teórico preso ao texto recorre a algum conjunto de princípios políticos, como os princípios verdadeiramente incrustados na tradição norte-americana, para justificar sua confiança na limitação ao texto da Constituição, sua teoria torna-se explicitamente interpretativa, no sentido amplo agora usado. Mas isso também é verdade se ele recorre a uma teoria do Direito, porque qualquer teoria do Direito é uma interpretação, nesse sentido amplo, de uma prática social ainda mais complexa que a prática constitucional. Qualquer afirmação sobre o lugar que a Constituição ocupa em nossa estrutura jurídica deve, portanto, basear-se numa interpretação da prática jurídica em geral, não da Constituição de alguma maneira isolada da prática geral. Os estudiosos que dizem partir da premissa de que a Cons-

---

9. Ver Jeremy Bentham, *Of Laws in General*, org. por H. L. A. Hart (Atlantic Highlands, N. J.: Humanities Press, 1970); J. L. Austin, *The Province of Jurisprudence Determined* (Londres, 1832), pp. 9-33; Hans Kelsen, *Pure Theory of Law* (Berkeley: University of California Press, 1978), pp. 193-5 [*Teoria pura do Direito*, São Paulo, Martins Fontes, 1998].
10. Ver H. L. A. Hart, *The Concept of Law* (Berkeley: University of California Press, 1976).

O FUNDAMENTO POLÍTICO DO DIREITO 49

tituição é direito subestimam a complexidade de suas próprias teorias.

Não estou sugerindo que *não* é evidente que a Constituição seja o Direito fundamental. A decisão bizarra que imaginei, de sustentar que o Senado é ilegal, é absurda exatamente porque os dispositivos claros da Constituição estão, para nós, fora do alcance da contestação jurídica. Mas isso é porque, pelo menos até esta data, nenhuma interpretação minimamente plausível da nossa prática jurídica como um todo pode contestar a posição fundamental da Constituição. Algo como a decisão bizarra teria sido mais plausível no início (exatamente como *Marbury contra Madison*, plausível na época, teria sido implausível se não tivesse sido decidido até um século depois). A decisão mítica é absurda agora porque sua interpretação da prática jurídica é absurda agora. A ideia da Constituição como o Direito fundamental está tão cimentada nos pressupostos comuns que constituem nossa ordem jurídica que uma interpretação que a negasse seria a interpretação de outra coisa completamente diferente, como uma interpretação de estilos arquitetônicos que afirmasse que a catedral de Chartres não é gótica, ou uma interpretação de Hamlet que ignorasse o príncipe.

Mas se poderá dizer agora que, apesar de todas as teorias constitucionais serem interpretativas no sentido amplo que estive usando, existe, não obstante, uma distinção importante entre essas teorias, que interpretam a prática constitucional de modo a tornar decisiva a intenção dos "fundadores" da Constituição, e as teorias que não o fazem. Algumas teorias (o argumento diria) sustentam que a melhor interpretação de nossa prática jurídica como um todo exige que as decisões legislativas somente sejam anuladas pelo Tribunal quando fosse a intenção dos constituintes que assim ocorresse, ao passo que outras teorias acreditam, pelo contrário, que a melhor interpretação autoriza a intervenção do Tribunal mesmo quando não fosse essa a intenção dos constituintes. Mas não podemos dizer se essa distinção é importante, nem mesmo o que significa, a menos que obtenhamos uma ideia melhor do que se trata a intenção dos constituintes.

A intenção dos constituintes

"Muitas vezes é problemático o que um determinado congressista ou representante em uma convenção constitucional pretendeu ao votar a favor de um dispositivo constitucional específico, especialmente um dos dispositivos mais vagos, como a cláusula da igualdade perante a lei ou do devido processo legal. Um determinado representante pode não ter tido nenhuma intenção sobre certa questão, ou sua intenção pode ter sido indeterminada. As dificuldades obviamente aumentam quando tentamos identificar a intenção do Congresso ou de uma convenção constitucional como um todo, porque se trata de uma questão de combinar intenções individuais em alguma intenção de grupo geral. Mesmo quando cada congressista ou representante tem uma intenção determinada e averiguável, a intenção do grupo pode, ainda assim, ser indeterminada, pois pode ou não haver representantes suficientes sustentando alguma intenção particular para torná-la a intenção da instituição como um todo."

Esse é o campo comum entre as duas escolas rivais de intenção constitucional. Elas continuam o raciocínio de maneiras diferentes. Um lado afirma que, apesar das dificuldades, deve-se fazer o máximo esforço, com os recursos da história e da análise, para descobrir qual foi a intenção coletiva dos constituintes em questões de interpretação controvertidas. Acreditam que o estudo histórico persistente revelará intenções originais importantes e relevantes. O esforço é importante em qualquer caso porque, segundo essa escola, somente identificando a intenção constitucional original é que os juízes podem evitar tomar decisões substantivas que ameaçam a democracia. O outro lado argumenta que qualquer esforço para descobrir a intenção coletiva original dos constituintes irá se revelar infrutífero, ou mesmo desarrazoado. Terminará na descoberta de que não existem, ou existem muito poucas, intenções coletivas relevantes, ou, talvez, apenas intenções coletivas que são mais indeterminadas que decisivas, em um sentido ou outro, ou então, talvez, intenções tão contrárias à nossa presente concepção de justiça que, no fim, devem ser rejeitadas como guia para a presente Constituição.

Ambos os lados desse debate consideram que a intenção dos constituintes, se existe, é um fato psicológico complexo, trancado na história, à espera de ser extraído de panfletos, cartas e antigos anais. Mas esse é um erro comum e sério porque não há nada semelhante a uma intenção dos constituintes esperando para ser descoberto, mesmo que em princípio. Existe apenas alguma coisa esperando para ser criada.

Iniciarei minha defesa dessa afirmação expondo meu entendimento acerca de como o conceito de uma intenção "constitucional" funciona efetivamente na prática jurídica contemporânea. Compartilhamos as suposições de que, por exemplo, quando irrompe a controvérsia de determinar se a cláusula de igualdade perante a lei proíbe as escolas segregadas, é relevante perguntar a respeito dos propósitos ou convicções que estavam "na mente" de algum grupo de pessoas que, de alguma maneira, estiveram ligadas à adoção da Décima Quarta Emenda, pois essas convicções e propósitos devem ter alguma influência ao se decidir que força tem agora a cláusula da igualdade perante a lei. Concordamos quanto a essa proposição geral, e essa concordância nos dá o que poderíamos chamar de *conceito* de uma instituição constitucional. Mas discordamos sobre como preencher os vazios da proposição. Em que sentido deve ter havido algum propósito na mente de determinadas pessoas, em que sentido essas pessoas devem ter estado ligadas à adoção do dispositivo constitucional, e assim por diante – quanto a isso discordamos.

Concepções diferentes da intenção constitucional dão respostas diferentes a essas perguntas. A ideia de Brest, de que uma intenção de grupo é o produto dos "votos de intenção" dos membros do grupo, é (parte de) uma tal concepção. A ideia de uma "compreensão coletiva", que discuto no capítulo 16, poderia ser usada para elaborar outra, muito similar. Cada uma dessas concepções afirma dar a resposta "correta" à pergunta do que é uma intenção constitucional. Mas essa é uma questão de preencher as lacunas criadas pelo conceito comum ao se fazerem escolhas políticas, não uma questão de entender melhor o que uma intenção de grupo, considerada como um fato psicológico complexo, realmente é.

Não há nenhum fato persistente da matéria – nenhuma intenção "real" estabelecida na história, independente de nossas opiniões sobre a prática jurídica ou constitucional adequada – contra o qual se possa testar a precisão das concepções que construímos. A ideia de uma compreensão constitucional original, portanto, não pode ser o início nem o fundamento de uma teoria da revisão judicial. Na melhor das hipóteses, pode ser o meio de uma tal teoria, e o que veio antes não é a análise psicológica da ideia de intenção e, menos ainda, a pesquisa histórica detalhada. É uma moralidade política substantiva – e controvertida.

Devo precaver-me para não afirmar com demasiado vigor essa proposição. Não quero dizer que podemos afirmar sensatamente qualquer conclusão política que escolhermos na linguagem da intenção, de tal modo que, se pensamos que os delegados da convenção constitucional original deviam ter abolido a escravidão, por exemplo, podemos dizer que pretenderam fazê-lo, seja o que for que tenham dito ou pensado. O conceito de intenção constitucional é limitado por esses aspectos do conceito de intenção que não são contestados, como sugeri em minha descrição da suposição comum que nos oferece o conceito. Não obstante, é um conceito aberto a muitas e diferentes concepções rivais, como veremos, e seus contornos incontestados não determinam qual delas é a melhor a escolher.

Essa é a minha compreensão de como o conceito de intenção constitucional funciona em nossa doutrina jurídica. Muitos estudiosos constitucionais parecem supor, pelo contrário, que a ideia de uma intenção legislativa, incluindo uma intenção constitucional, está tão bem definida na prática jurídica que, assim que todos os fatos psicológicos pertinentes forem conhecidos, não poderá haver espaço para dúvida ou debate quanto ao que era a intenção legislativa ou constitucional. Brest, por exemplo, num artigo recente e admirável, pressupõe que a linguagem comum e jurídica que compartilhamos estabelece a

O FUNDAMENTO POLÍTICO DO DIREITO 53

ligação entre os processos ou disposições mentais de uma pessoa e as suas intenções de maneira suficientemente satisfatória para propósitos jurídicos[11]. Levanta várias questões sobre as intenções de um prefeito que decreta um regulamento proibindo a entrada de veículos em um parque, e discute-as a partir da suposição de que conhecemos a história completa dos processos mentais do prefeito. As respostas que oferece para a maioria de suas próprias questões são confiantes e imediatas. Diz, por exemplo, que se o prefeito nunca imaginou que um helicóptero poderia despejar carros no parque como campanha promocional – se a imagem de um acontecimento tão bizarro nunca passou por sua mente – então com certeza ele não pretendeu banir carros que entrassem dessa maneira, mas teria proibido esse meio de entrada se houvesse pensado nele.

Essa é uma afirmação sobre a intenção de um único legislador, e, como veremos, esse tipo de afirmação levanta menos problemas que as afirmações sobre as intenções dos legisladores como um grupo. Na verdade, porém, não há nenhum conceito compartilhado, mesmo de intenção legislativa individual, que determine se o prefeito tinha ou não essa intenção, ou mesmo que seja indeterminado se a tinha ou não. Suponha que estejamos convencidos, por exemplo, de que se alguém houvesse chamado a atenção do prefeito para a possibilidade de helicópteros atirarem carros do céu depois de redigido o regulamento, mas antes de sua assinatura, ele teria confiado em que a linguagem, tal como redigida, certamente proibiria essa manobra. Mas também estamos convencidos de que, como o prefeito não desejava esse resultado, teria mudado o decreto especificamente para permitir as descargas dos helicópteros. Isso estabelece que sua intenção era proibir a descarga do helicóptero? Ou que essa não era sua intenção? Ou que sua intenção quanto a esse aspecto era indeterminada?

Considere os três seguintes argumentos: (1) o objetivo de deferir às intenções de um legislador, quando as palavras que usou admitem interpretações diferentes, é assegurar que nada

---

11. Brest, nota 4 acima.

seja proibido a menos que ele tenha desejado que se proibisse, e sabemos, a partir de provas contrafactuais, que o prefeito não queria proibir a descarga do helicóptero. (2) O objetivo de deferir às intenções de um legislador, em tal caso, é assegurar que suas palavras sejam lidas com o significado ou sentido em que ele as usou e esperou que fossem compreendidas, e as provas contrafactuais demonstram que o prefeito usou essas palavras e pretendeu que tivessem um sentido que proibiria a entrada heterodoxa. (3) O objetivo de deferir às suas intenções é complexo; inclui o objetivo de que suas palavras sejam entendidas com o sentido que pretendeu e o de que nada deve ser proibido que ele não tenha desejado proibir. Normalmente esses dois objetivos pedem o mesmo resultado, mas as provas contrafactuais demonstram que, no caso, sustentam resultados contrários e que, portanto, devemos dizer que a intenção do legislador era indeterminada.

Esses três argumentos propõem três teorias (parciais) da intenção legislativa de um único legislador. A primeira propõe que a intenção legislativa diz respeito ao resultado jurídico que o legislador desejaria que seu ato tivesse se houvesse pensado em um caso problemático; a segunda, que se trata do que ele teria esperado que fosse nesse caso; e a terceira, do que ele teria esperado e desejado que fosse. Nenhuma dessas três é estabelecida ou eliminada pela convenção linguística jurídica, menos ainda por qualquer conceito de intenção da linguagem comum. São concepções antagônicas desse conceito, no seu uso jurídico, e a escolha entre elas depende, como sugerem os argumentos a favor de cada uma, de posições mais gerais nas teorias jurídica e política. Brest está claramente errado ao supor que existe apenas uma resposta plausível, exigida por algum conceito compartilhado de intenção, sobre o que o prefeito pretendia nesses exemplos. (Uso seu argumento como exemplo apenas porque é excepcionalmente perspicaz e refinado. Quase todos os que escrevem sobre intenção constitucional fazem uma suposição similar.) As várias questões de Brest sobre o prefeito não nos ensinam, como ele pensa, que o nosso conceito de intenção tem consequências bizarras quando se torna peça central de uma teoria de interpretação constitucional ou de leis, mas sim que não temos nenhum conceito firmado capaz de desempenhar esse papel.

As questões de Brest descrevem *escolhas* a serem feitas no desenvolvimento de um conceito de intenção legislativa ou constitucional por meio da teoria política. Suponha que a melhor teoria do governo representativo sustente que uma lei abrange todos os casos que o legislador teria desejado que abrangesse se houvesse pensado neles (embora não tenha pensado neles ou mesmo, detalhadamente, em nenhum), contanto apenas que a linguagem da lei, como linguagem, seja ampla o suficiente para abarcar esses casos. Podemos apresentar essa conclusão adotando a primeira das três concepções de intenção legislativa que acabo de descrever. Mas seria um erro dizer que nossa teoria sobre o alcance adequado de uma lei decorre de nossa teoria independente de intenção. O argumento funciona ao contrário.

Estivemos considerando até agora apenas a questão da intenção individual. Mas a teoria constitucional exige a ideia de uma intenção de grupo, distinta da intenção individual, e parece ainda mais claro que não temos nenhum conceito estabelecido de uma intenção de grupo que faça da intenção dos autores constitucionais meramente uma questão de fato histórico puro, um fato que descobrimos simplesmente ao descobrir tudo que se passava em suas mentes. Em seções subsequentes tentarei sustentar essa afirmação demonstrando que não existe nenhuma resposta indisputável ou natural para a pergunta quanto a quais aspectos dos estados mentais individuais são relevantes para uma intenção de grupo, ou para a questão adicional de como esses estados mentais relevantes devem ser combinados para constituir uma intenção de grupo.

Mas devo, primeiramente, reconhecer uma ressalva final para o meu objetivo geral. Embora o conceito de intenção constitucional seja um conceito controvertido, a prática jurídica pode, não obstante, solucionar, por convenção, alguns aspectos desse conceito que a linguagem comum deixa em aberto, de modo que a intenção constitucional torne-se parcialmente um termo técnico. No capítulo 16 sugiro que a nossa prática jurídica efetivamente limitou dessa maneira um conceito de intenção legislativa. A convenção jurídica estipula, por exemplo, que enunciados feitos em um relatório de comitê que acompanha um projeto de lei comum do Congresso, são aprovados de fato, como uma espécie de intenção de grupo oficial, juntamente com o próprio projeto de lei. Mas também enfatizo que essa convenção deixa em aberto muitas questões sobre a intenção legislativa e, portanto, sujeitas a concepções rivais desse conceito. De qualquer modo, é óbvio que não existe nenhuma convenção igualmente elaborada sobre intenção constitucional. Não existe nenhuma convenção, por exemplo, ligando várias passagens dos Documentos Federalistas à própria Constituição ou negando essa ligação. Pelo contrário, a prática constitucional em si não exclui nem inclui automaticamente, como faz a prática legislativa, questões que um historiador poderia considerar pertinentes para determinar a intenção dos autores da Constituição. De qualquer modo, os que insistem na relevância da intenção original não estão em posição de recorrer a nenhuma convenção de tal tipo. Sustentam que o Supremo Tribunal ignorou a intenção dos constituintes e, portanto, não podem supor que a prática do Tribunal estabeleceu uma convenção que defina essa intenção.

Formulando uma intenção original

Devemos considerar, nesta seção, a variedade de escolhas de que dispõe um jurista para idealizar ou formular uma concepção de intenção constitucional. Poderíamos começar por uma distinção geral entre a concepção psicológica pura e o que chamarei de concepção mista. Uma concepção psicológica pura sustenta que uma intenção constitucional é constituída apenas por processos ou disposições mentais selecionados ou outros estados psicológicos de indivíduos identificados, como congressistas ou delegados de uma convenção constitucional. Uma concepção mista, por outro lado, considera a intenção constitucional constituída parcialmente por algumas características mais "objetivas" – por exemplo, a leitura "natural" do documento. Ou, de maneira diferente, o conjunto de valores ou propósitos que o esquema do documento, tomado como um todo, supõe ou promove. Ou o significado que um membro inteligente e reflexivo da comunidade vincularia ou deveria vincular ao documento. (Esses são meramente exemplos de formas que uma concepção mista poderia assumir.) Os estados psicológicos irão figurar numa concepção mista, mas não serão tudo.

Minha distinção entre as concepções psicológica e mista de intenção constitucional é muito geral; há muitas versões diferentes de ambos os tipos e qualquer versão particular deve responder a muitas questões deixadas em aberto pela descrição geral. Tentarei indicar, de modo geral, o que são essas questões adicionais. Vou descrevê-las como ocorreriam a alguém que tentasse formular uma concepção psicológica, embora seja óbvio que as questões que enfrentaria ao formular uma concepção mista não seriam menos numerosas ou difíceis.

Quem vale? As concepções psicológicas devem, para começar, identificar os indivíduos cujos estados psicológicos devem valer. No caso constitucional, serão os delegados da convenção original e os membros dos congressos que propuseram as várias emendas? Todos os delegados ou membros, inclusive os que votaram contra? Os estados psicológicos de alguns – por exemplo, os que falaram, ou que falaram com mais frequência, nos debates – são mais importantes que outros? E os estados psicológicos dos que estiveram envolvidos no processo de ratificação? Ou os estados psicológicos das pessoas como um todo, ou das que participaram de debates públicos ou que leram os documentos pertinentes, quando adotados? Valem apenas estados psicológicos de alguns momentos particulares da história? Ou o processo é mais dinâmico, de modo que estados psicológicos posteriores devam figurar? Se for assim, de quem? De juízes do Supremo Tribunal? Congressistas que podiam ter feito pressão por emendas mas que, por compreenderem a

Constituição de certa maneira, não o fizeram? Segmentos do público que formaram certas concepções sobre a força da Constituição para protegê-los de certas maneiras e, portanto, tomaram certas decisões políticas, inclusive, talvez, a decisão de não fazer campanha por emendas? Se algum desses grupos não vale, então, por que não? Gritar "democracia" não é, como veremos, uma resposta. Nem mesmo murmurar.

Infelizmente, os juristas usam vários tranquilizantes intelectuais para se convencerem de que responderam pelo menos a algumas dessas questões, embora não o tenham feito. Trata-se geralmente de personificações, como, por exemplo, na expressão "a intenção do Congresso". Os juristas constitucionais têm uma personificação ainda mais perigosa à mão, na terrível expressão "Os Fundadores". Pessoas não familiarizadas com o Direito constitucional não têm ideia de quão frequentemente os juristas constitucionais valem-se dessa expressão. Li inúmeros artigos em que se debate vigorosamente, ao longo de páginas, qual era a intenção dos "Fundadores" sobre determinada questão, sem nenhuma tentativa de indicar quem eram – ou são – essas pessoas, e por quê.

Que estado psicológico: esperanças e expectativas? Deixemos por aqui a questão de quem vale. Em seguida vem a questão de que processos mentais ou outros estados psicológicos estão em jogo. Notamos certa confusão sobre a intenção individual ao discutirmos os pressupostos da linguagem comum de Brest a respeito da intenção. Estamos interessados nas expectativas de um legislador sobre o que um projeto de lei particular fará ao Direito, ou estamos interessados também em suas posturas a respeito dessas expectativas? Os filósofos (particularmente Paul Grice)[12] desenvolveram uma importante análise da "intenção do falante", isto é, o que um falante quer dizer ao usar uma frase,

---

12. Ver H. P. Grice, "Utterer's Meaning and Intentions", *Philosophical Review*, 78: 147 (1969); H. P. Grice, "Utterer's Meaning, Sentence-Meaning and Word Meaning", *Foundations of Language*, 4: 225 (1968); H. P. Grice, "Meaning", *Philosophical Review*, 66: 377 (1957).

distintamente do que essa frase significa no mais abstrato. A intenção do falante é determinada por aquilo que o falante espera que o ouvinte compreenda que o falante pretende que compreenda (essa formulação da conhecida análise de Grice ignora importantes sutilezas e complicações).

No caso normal, as expectativas do falante também são suas esperanças sobre como será compreendido. Se digo que a lua é azul esperando que você compreenda isso de certa maneira, faço-o porque desejo que você o compreenda dessa maneira. Mas alguém pode usar palavras esperando que sejam compreendidas de um modo que terá consequências que ele deplora. Ele pode não ter refletido, por exemplo, sobre todas as implicações de que as palavras sejam compreendidas exatamente no sentido em que esperava que o fossem. O prefeito na minha elaboração do exemplo de Brest estava nessa posição. Disse, ao discutir esse exemplo, que em tal caso poderíamos ter de escolher entre a intenção de um falante, no sentido de suas expectativas segundo Grice, e as suas esperanças.

No caso mais comum, quando um legislador vota como membro de um corpo legislativo, sua intenção de falante e suas esperanças podem separar-se de maneiras que ele compreende plenamente, não apenas mais tarde, como o prefeito, mas até mesmo quando ele vota. Suponha que ele vota a favor da Décima Quarta Emenda como um todo porque lhe oferecem apenas a escolha de votar a favor ou contra ela como um pacote. Ele espera que a emenda seja compreendida como abolindo a segregação na escola, mas lamenta muito isso e conta com que não seja compreendida dessa maneira. Ou suponha que vote a favor dela principalmente porque espera que seja compreendida como abolindo a segregação, embora tema e, na ponderação, pense que não será. Quando consideramos sua intenção legislativa individual, ao determinar a intenção do grupo como um todo, devemos procurar suas expectativas, no sentido de Grice, sobre como o texto provavelmente será interpretado? Ou devemos examinar suas esperanças, que podem ser diferentes? Talvez todo o legislativo esperasse que a emenda fosse compreendida de certa maneira, mas uma maioria (formada pelos que votaram contra ela e pelos que votaram a favor, embora preferissem que ela não fizesse o que era esperado que fizesse) esperava que fosse compreendida de outra. Qual é, então, a intenção legislativa[13]? Não pretendo afirmar que as expectativas ou as esperanças de um congressista devam ter prioridade quando estão separadas, mas apenas que se deve fazer uma escolha. Outras escolhas, de um tipo similar, também devem ser feitas. Devemos dar respostas diferentes quando o congressista (ou outra pessoa) em questão é alguém que se opunha à legislação, supondo que tais pessoas devem ser consideradas? Todas as expectativas (ou esperanças ou temores) de um congressista contam, ou apenas as que foram, de alguma maneira, expressas institucionalmente? Suponha que a única prova que temos do que um congressista pensava acerca do que realizaria um projeto de lei é uma conversa com a mulher no café da manhã. Isso conta? Por que não? Por razões referentes ao tipo de prova? Ou porque estamos interessados apenas no que era seu estado psicológico quando estava em certo edifício ou rodeado por seus colegas? Ou porque não é apenas no seu estado psicológico que estamos interessados? Nesse caso, nossa teoria tornou-se uma teoria mista[14].

Que estado psicológico: negação e delegação? Qualquer concepção útil de intenção constitucional deve tomar uma posição sobre as questões relacionadas da negação e da delegação. Na-

---

13. Pode ser um erro supor que um voto, em um grande corpo legislativo, seja um ato de fala. Não posso examinar essa sugestão aqui.
14. É interessante que a prática dos textualistas constitucionais pareça, aqui, diferir da dos textualistas congressuais. No processo comum de uma interpretação da lei, não estaríamos interessados em cartas escritas por um senador a seu filho na faculdade. Mas suponha que se encontrasse uma carta de Madison para o sobrinho. Comparar Ely, nota 3 acima, pp. 35-6 (comparando a explicação de Madison da Nona Emenda no recinto do Congresso – desfavoravelmente – com sua primeira discussão em uma carta para Jefferson). Sem dúvida, a diferença reflete a questão observada anteriormente: que a convenção conseguiu fazer da ideia de uma intenção de grupo um termo técnico mais presente em contextos de interpretação legislativa comum do que na interpretação constitucional.

turalmente, há uma diferença entre um congressista não pretender que certa legislação tenha um efeito particular e pretender que não tenha. Mas a diferença não é plenamente considerada numa teoria constitucional porque se supõe, de modo geral, que se algum legislador não tem nenhuma dessas intenções, deve ter uma terceira intenção, que é a de que a matéria seja deixada à determinação futura de outros, inclusive, visivelmente, os tribunais. A formulação de Perry dessa suposição parece-me representativa. Ele diz:

> Se os Fundadores realmente cogitaram P... pretenderam que a cláusula proibisse P ou não pretenderam. Se não pretenderam, deixaram para que fosse resolvido no futuro se a cláusula devia ser considerada como proibindo P ou pretenderam que a cláusula não proibisse P. Mas, novamente, não há nenhuma prova de que os autores de importantes disposições limitadoras de poder pretenderam que servissem como normas em aberto[15].

Essa análise da estrutura da intenção permite três valores: um constituinte pode pretender proibir, ou não proibir, ou deixar a questão em aberto, delegando a decisão a outras instituições. Perry usa essa estrutura de três valores para concluir que os autores da Décima Quarta Emenda pretenderam não proibir escolas públicas segregadas, pois não há provas de que tivessem qualquer das duas intenções.

Mas essa análise não leva em conta a possibilidade de todas as três afirmações positivas serem falsas. Em muitas concepções conhecidas de intenção, elas podem ser todas falsas, mesmo quando a condição de Perry é satisfeita, isto é, mesmo quando as pessoas cujas intenções estão em questão "cogitaram" (em algum sentido) na matéria à sua frente. Perry supõe que os congressistas que examinaram a Décima Quarta Emenda devem ter "cogitado" a questão de se a emenda abolia ou não escolas públicas segregadas, pois havia escolas públicas segregadas a sua volta enquanto debatiam. Mas suponha

---

15. Perry, "Interpretivism", nota 4 acima, p. 299.

que algum congressista nunca imaginou que a emenda teria esse efeito; o pensamento nunca lhe veio à mente. A vacuidade – nem ao menos reconhecer a questão – é um modo de cogitação? De qualquer modo, como já observamos, não decorre daí que o congressista que nunca imaginou que a emenda eliminaria escolas segregadas pretendia que ela não o fizesse. Suponha que o congressista cogitou da possibilidade de maneira mais ativa. Suponha que disse a si mesmo: "Pergunto-me o que o Supremo Tribunal fará a respeito das escolas segregadas quando o caso surgir, como deve acontecer algum dia. Acho que há duas possibilidades. Os juízes podem pensar que, já que pretendíamos proibir a discriminação em questões referentes a interesses fundamentais, exige-se que decidam se a educação é, na verdade, um interesse fundamental. Ou podem pensar que devem ser guiados por nossas intenções mais específicas a respeito das escolas segregadas, caso em que podem tentar decidir se a maioria de nós pensou ativamente que a cláusula que estávamos aprovando proibiria a segregação. Ou podem pensar que o efeito do que fizemos foi delegar-lhes a questão como uma questão nova de moralidade política, de modo que têm o poder de decidir por si mesmos se, todos os aspectos considerados, seria melhor permitir ou proibir a segregação. Espero que não façam essa última escolha porque penso que os tribunais devem decidir o que fizemos, não o que eles querem. Mas não sei qual é a resposta certa para a questão do que fizemos. Isso depende da concepção correta de intenção constitucional a ser usada, e, não sendo um jurista constitucional, nem ao menos pensei muito sobre isso. Na verdade, tampouco tenho nenhuma preferência, num sentido ou em outro, quanto a escolas segregadas. Também não pensei muito sobre isso."

Essa é uma descrição realista da postura de determinados legisladores a respeito de muitas questões. Mas o esquema de três valores proposto por Perry e pressuposto por muitos outros comentaristas é simplesmente inadequado diante dessa postura. O legislador que descrevo não tem nenhuma das intenções (usando essa palavra em qualquer sentido familiar) que Perry considera exaustivas[16]. Mas Perry é livre para construir uma concepção de intenção constitucional que realmente permita a inferência que descreve. Ele pode introduzir um tipo de fechamento em sua concepção, tornando um princípio regulador o fato de que se algum participante do processo constitucional não pretendeu limitar o poder legislativo federal ou estadual de alguma maneira, ou pretendeu delegar essa decisão a outros, então considerar-se-á que ele não pretendeu limitar esse poder. Esse fechamento assegura que não existam "lacunas" em nenhum esquema pessoal de intenção sobre a legislação. Não é uma objeção o fato de que isso se afasta do uso comum de "intenção". Estamos, afinal, construindo uma concepção para um uso particular. Mas, novamente, a escolha precisa de uma justificação.

Que combinação de intenções individuais? Todas essas distinções e comentários tiveram o objetivo de identificar as pessoas cujos estados psicológicos devem ser levados em conta numa concepção psicológica pura de intenção constitucional, bem como definir qual estado psicológico dessas pessoas deve ser levado em conta. Mas tal concepção também precisa oferecer a função desses estados que deve fornecer a intenção constitucional dos constituintes como grupo, pois esses estados psicológicos irão diferir de uma pessoa a outra, em alguns casos radicalmente. Será que devemos adotar o que se poderia chamar de uma abordagem de "intenção majoritária", que insiste em que a intenção constitucional deve ser um conjunto de intenções efetivamente sustentadas por cada membro de uma subclasse particular definida (numericamente, mas de maneira aproximada) como o "grosso" ou a "maioria" da população pertinente? (Essa é a conclusão da teoria da "intenção de voto" de Brest, sobre o modo como as intenções individuais combi-

---

16. Perry claramente supõe que seu esquema de três valores esgota a questão, pois seu argumento exige essa suposição e porque ele afirma "expor as várias relações possíveis entre a compreensão original de qualquer dispositivo constitucional limitador de poder e qualquer prática política atual que se afirma violar o dispositivo." Perry, "Interpretivism", nota 4 acima, p. 299.

nam-se numa intenção de grupo. Mas ele está errado, mais uma vez, ao pensar que essa escolha é imposta a nós por algum conceito estabelecido do que é uma intenção de grupo.) Nesse caso, com frequência podemos esperar não encontrar absolutamente nenhuma intenção coletiva a respeito de questões importantes, pois mesmo pessoas cujos estados psicológicos contemplam a mesma direção em alguma questão podem divergir o suficiente para que nenhuma opinião concreta, de nenhuma pessoa em particular – sobre, por exemplo, o que exatamente a cláusula da igualdade perante a lei deveria proibir –, obtenha o número de consentimentos necessários. Se ligássemos a concepção de intenção majoritária à estipulação de fechamento na negação que descrevi, o efeito total poderia muito bem ser o de que a intenção constitucional original não torna praticamente nada inconstitucional.

Ou será que devemos adotar alguma abordagem de "intenção representativa", segundo a qual a intenção constitucional é um tipo de intenção composta não muito diferente da intenção efetiva de qualquer legislador, mas idêntica à intenção de absolutamente ninguém? (Podemos pensar nisso como a intenção de algum legislador médio ou representativo hipotético, da mesma maneira que um sociólogo elaborando a "moralidade popular" de alguma comunidade pode descrever um conjunto de visões que não é sustentado na totalidade por ninguém.) Obviamente, essa escolha exige mais julgamento (e, consequentemente, abre mais espaço para a discordância não empírica), mas seria oferecida uma intenção positiva maior e, portanto, se atribuiria menos poder a qualquer regra de fechamento que fosse incluída.

Intenções abstratas e concretas

Não prosseguirei com essas várias questões colocadas pela tentativa de criar uma intenção constitucional: elas são evidentes e de importância evidente, embora raramente sejam respondidas, ou mesmo reconhecidas, nos debates acadêmicos recentes. Mas devo discutir com mais vagar um problema especial e, talvez, menos óbvio. Imagine um congressista que vota a favor de uma lei que declara ilegais os consórcios na restrição à livre concorrência, e cujo estado psicológico tem o seguinte caráter. Ele acredita que os consórcios que restringem a livre concorrência devem ser proibidos e é por isso, de modo geral, que vota a favor do projeto de lei. Mas também acredita que uma fusão iminente na indústria química não restringe o livre comércio e espera que nenhum tribunal decida que ela o faz. O que é a sua intenção "legislativa" no que diz respeito a essa fusão? Devemos distinguir os níveis diferentes de abstração em que poderíamos descrever essa intenção. Podemos dizer que ele pretende proibir quaisquer associações que sejam realmente uma restrição à livre concorrência, ou que ele pretende não proibir a fusão da indústria química. O primeiro é um enunciado relativamente abstrato de sua intenção, que se ajusta às palavras em que votou (ou, para dizer o mesmo de maneira diferente, enuncia sua intenção abstrata). O segundo é um enunciado muito mais concreto (ou o enunciado de uma intenção muito mais concreta) porque leva em consideração não apenas essas palavras, mas suas opiniões a respeito de sua aplicação adequada[17]. Faz diferença qual dos dois enunciados consideramos adequado à nossa concepção de intenção legislativa. Se escolhemos o enunciado abstrato, então, os juízes que acreditam que a fusão da indústria química realmente restringe o comércio acreditarão estar servindo às intenções do congressista ao proibi-la. Se escolhemos o enunciado concreto, então, proibir a fusão frustrará suas intenções, quer a fusão restrinja o comércio, quer não. Qual deveríamos escolher?

Essa questão surge também no contexto constitucional. Suponha que um congressista vote a favor de uma emenda que exija "igualdade perante a lei" porque acredita que o governo

---

17. A distinção entre intenção concreta e intenção abstrata está relacionada – mas é diferente dela – com a distinção, na filosofia da linguagem, entre posturas propositivas "transparentes" e "opacas". Ver, p. ex., W. V. Quine, *Word and Object*, "Quantifiers and Propositional Attitudes", *Journal of Philosophy*, 53: 177 (1956).

deve tratar as pessoas como iguais, e que isso significa não tratá-las de maneira diferente no que diz respeito a seus interesses fundamentais. Por exemplo, acredita que a cláusula a favor da qual ele vota seria violada por leis criminais que estabelecessem penas diferentes para brancos e negros culpados do mesmo crime, pois acredita que a sujeição à pena toca uma questão fundamental. Mas também acredita que escolas públicas separadas e desiguais não violariam a cláusula, pois não considera a educação um interesse fundamental. Mais uma vez podemos distinguir uma formulação abstrata e uma formulação concreta de sua intenção. Pela primeira, ele pretende que tudo o que seja realmente um interesse fundamental seja protegido, de modo que se um tribunal estiver convencido de que a educação é (ou, talvez, que se tenha tornado) um interesse fundamental, o tribunal deve acreditar estar servindo à sua intenção ao declarar a segregação ilegal. Mas na segunda formulação, concreta, sua intenção é proteger o que ele mesmo compreende como um interesse fundamental, e um tribunal que abole a segregação opõe-se em vez de servir à sua intenção.

Uma maneira de mostrar a distinção, que usei em outras ocasiões, ajusta-se ao exemplo constitucional, mas não ao exemplo congressional que acabamos de usar. Quando expressões como "devido processo legal" ou "igualdade perante a lei" estão em jogo, podemos descrever a intenção de um legislador ou delegado abstratamente, como pretendendo a formulação legal do "conceito" de justiça ou igualdade, ou concretamente, como pretendendo a consagração em lei de sua "concepção" particular desses conceitos[18]. Meu uso inicial da distinção, nesses termos, atraiu inúmeras críticas[19]. Considero que esses críticos cometem um erro importante; mas talvez seja um erro que encorajei ao oferecer certos exemplos sobre como

---

18. Ver Ronald Dworkin, *Taking Rights Seriously* (Cambridge, Mass.: Harvard University Press, 1977; Londres, Duckworth, 1978), pp. 131-49.
19. Ver, p. ex., Henry P. Monaghan, "Our Perfect Constitution", *New York University Law Review*, 56: 379-380, e n. 155: Stephen R. Munzer e James W. Nickel, "Does the Constitution Mean What It Always Meant?", *Columbia Law Review*, 77: 1029, 1037-1041 (1977); Perry, "Interpretivism", nota 4 acima, p. 298.

funciona a distinção entre conceitos e concepções na linguagem comum[20]. Eles acham que qualquer congressista em particular que votou a favor da Décima Quarta Emenda tinha uma intenção abstrata ou concreta – que ou pretendia proibir leis que tratam as pessoas de maneira diferente quanto ao que são, de fato, seus interesses fundamentais, ou pretendia proibir atos que tratam as pessoas de maneira diferente no que ele considerava serem seus direitos fundamentais – mas não ambos, e é uma questão de fato histórico inequívoco saber qual dessas intenções ele tinha[21]. Mas ambos os enunciados sobre sua intenção são verdadeiros, embora em níveis diferentes de abstração, de modo que a questão para a teoria constitucional não é saber qual enunciado é historicamente verdadeiro, mas qual enunciado usar ao elaborar uma concepção de intenção constitucional.

A escolha é de extrema importância. Se o enunciado abstrato é escolhido como o modo ou nível adequado de busca da intenção original, os juízes devem tomar decisões substantivas de moralidade política não no lugar dos julgamentos feitos pelos constituintes, mas antes a serviço desses julgamentos. A árdua pesquisa histórica dos "intencionalistas" a respeito das intenções concretas de estadistas dos séculos XVIII ou XIX é, então, inteiramente inútil. Os intencionalistas poderiam ser capazes de defender sua escolha de intenção concreta recorrendo a alguma teoria controvertida de democracia representativa, ou a alguma outra teoria política, que torna as intenções

---

20. Disse que alguém que diz aos seus filhos que não tratem os outros injustamente "pretende" que eles não façam o que é, na verdade, injusto, não o que ele, o pai, pensa que é injusto. Dworkin, *Taking Rights Seriously*, p. 134. Isso não nega que, se o pai acha que é injusto "colar" nos exames, ele pretende que seus filhos não colem nos exames. Em vez disso, toca uma questão que discuto posteriormente neste ensaio, a questão da intenção "dominante" do pai. Quero dizer que o pai não teria pretendido que seus filhos não "colassem" nos exames se não tivesse pensado que "colar" era injusto.

21. A formulação de Perry compreende essa ideia: "Não há provas sustentando a proposição de que os constituintes dos dispositivos constitucionais, como as cláusulas da liberdade de expressão, liberdade de imprensa e igualdade perante a lei, pretendiam constitucionalizar 'conceitos' amplos e não 'concepções' particulares." Perry, "Interpretivism", nota 4 acima, p. 298.

concretas dos legisladores decisivas para a interpretação. Mas essa estratégia desmentiria sua própria afirmação, de que o conteúdo da intenção original é apenas uma questão de história e não de teoria política. Será que podem defender a intenção concreta de maneira mais neutra, puramente histórica, colhendo mais informações sobre o que tinham em mente os delegados ou congressistas? Penso que não, mas examinarei certas maneiras em que a tentativa poderia ser feita.

Intenção dominante Poderíamos dizer que se alguém tem uma intenção abstrata e uma concreta, uma delas deve ser dominante – uma deve impelir a outra. Certamente há casos em que essa distinção faz sentido. Suponha que um delegado numa convenção constitucional odeia psiquiatras e acredita que permitir a prova de psiquiatras em julgamentos criminais, prática na qual eles obtêm grandes honorários, ofende o devido processo legal. Se ele vota a favor de uma cláusula de devido processo legal, será razoável perguntar se a sua intenção dominante era proibir violações do devido processo legal ou punir psiquiatras, e podemos fazer progressos na decisão utilizando uma demonstração contrafactual. Se sua concepção de devido processo legal fosse diferente, e ele acreditasse que permitir a prova de psiquiatras não o ofendia, ainda assim teria votado a favor da cláusula? Se não, sua razão para votar a favor dela foi punir psiquiatras. Sua intenção dominante era prejudicar os psiquiatras negando-lhes os honorários; banir violações do devido processo legal foi apenas uma intenção derivada ou instrumental.

A distinção entre intenções dominantes e derivadas deve funcionar de maneira diferente, é claro, quando a intenção concreta de um legislador é a intenção negativa de não proibir algo. A questão contrafactual adequada, então, é esta: se ele tivesse tido uma convicção diferente, e acreditasse que o dispositivo em questão proibiria o que ele na verdade pensava que não proibiria, teria ele, não obstante, votado a favor desse dispositivo? Se nosso congressista tivesse tido uma concepção diferente de igualdade, por exemplo, e pensasse que escolas segregadas violariam uma cláusula de igualdade perante a lei, teria ele, ainda assim, desejado impor a igualdade ao governo?

O FUNDAMENTO POLÍTICO DO DIREITO 69

Podemos encontrar razões para pensar que alguns congressistas não teriam votado a favor de uma cláusula de igualdade perante a lei sob essas circunstâncias. Essas razões poderiam ser tão desabonadoras como as razões do congressista que odiava psiquiatras. Talvez ele não suportasse a ideia de escolas integradas por uma questão de reação visceral e, portanto, teria votado contra elas mesmo pensando que a justiça exigia integração. Nesse caso, poderíamos dizer que sua intenção de que as escolas segregadas não fossem proibidas era sua intenção dominante, não porque sua intenção abstrata fosse um meio para esse fim, mas porque a intenção concreta prevaleceria sobre a intenção abstrata se ele tivesse consciência do conflito. Por outro lado, poderíamos muito bem descobrir provas positivas de que um determinado congressista, ainda assim, teria votado a favor da cláusula, mesmo pensando que ela realmente proibia a segregação. Poderíamos encontrar uma carta relatando que ele, pessoalmente, era a favor da integração, por outras razões.

Nos casos mais interessantes, porém, o resultado de nosso teste contrafactual não seria estabelecer a intenção concreta ou a abstrata como dominante. Pois a nossa demonstração contrafactual é notavelmente rigorosa. Exige que imaginemos que as crenças de nosso congressista a respeito da igualdade eram muito diferentes do que na verdade eram – nenhuma contrafactual menos forte serviria ao argumento em favor da intenção dominante – e, portanto, devemos supor que o resto da sua teoria política sofreu mudanças que tornariam naturais para ele as convicções que agora supomos que ele tem. Mas isso terá o efeito de reduzir drasticamente a quantidade de provas históricas efetivas que podem ser relevantes para responder à demonstração contrafactual.

Suponha que descobríssemos, por exemplo, que nosso congressista considerava a liberdade um valor muito mais importante que a igualdade. Poderíamos sentir-nos tentados pela conclusão de que ele não teria votado a favor da cláusula de igualdade perante a lei se pensasse que uma exigência constitucional de igualdade eliminaria as escolas segregadas porque isso seria uma invasão substancial da liberdade. Mas essa é uma conclusão ilegítima, pois as convicções de alguém sobre o conteúdo e a importância da igualdade apoiam-se mutuamente, e não temos nenhuma razão para pensar que se nosso congressista tivesse achado a igualdade mais abrangente do que achou, também não a teria achado mais importante do que achou. Isto é, nossas especulações devem incluir não apenas as hipóteses de que ele pensou de maneira diferente a respeito de uma questão particular de moralidade política, mas de que ele, portanto, pensou de maneira diferente sobre a moralidade pública em geral, e assim que abrimos a questão de como suas crenças políticas mais gerais podem ter sido diferentes do que efetivamente foram, perdemos completamente nossas certezas. Não quero dizer que somos levados à conclusão de que, se tivesse pensado que a cláusula abrangeria a segregação na escola, ele, não obstante, teria votado a favor dela. Só que é extremamente improvável descobrir provas históricas que possam sustentar a conclusão oposta. A maioria das provas que poderíamos considerar relevantes teria sido descartada na formulação adequada da questão contrafactual. Assim, não podemos encontrar, no teste contrafactual, nenhuma base geral para a tese de que as intenções concretas dos constituintes devem ter sido suas intenções dominantes.

Intenção de delegar Considere agora uma tentativa diferente de justificar essa tese. Suponha que eu coloque a seguinte questão contrafactual: se nosso congressista tivesse imaginado que alguma outra autoridade (um legislador estadual, talvez, decidindo se deve ou não estabelecer escolas segregadas, ou um juiz decidindo se as escolas segregadas são inconstitucionais) poderia apoiar uma concepção de igualdade diferente da sua, segundo a qual a segregação é uma violação da igualdade, teria ele desejado que o outro funcionário considerasse a segregação inconstitucional? Essa é uma questão contrafactual muito diferente da que consideramos na última seção, pois agora compreendemos que nosso congressista continua a pensar que a segregação não viola a igualdade. Perguntamos se, acreditando

O FUNDAMENTO POLÍTICO DO DIREITO 71

nisso, ele teria desejado que um juiz ou autoridade impusesse (o que ele, o congressista, considerou ser) uma visão equivocada de igualdade. Talvez sim, pela seguinte razão. Ele poderia ter pensado que uma constituição deve refletir não os melhores padrões de justiça em algum sentido objetivo, mas antes a concepção de justiça que os cidadãos sustentam de uma época para outra, e poderia também ter pensado que o melhor meio de concretizar essa ambição seria encorajar legisladores e juízes a empregar suas próprias concepções. Mas, embora nosso congressista possa ter sustentado tal visão da prática constitucional adequada, ele provavelmente não o fez. Provavelmente teria desejado (o que pensava ser) o padrão correto de justiça a ser aplicado, fosse então popular ou não. Nesse caso, nossa presente questão contrafactual seria respondida: não. Nosso congressista não teria desejado que um juiz posterior, que discordasse do que ele acreditava ser a teoria correta de igualdade, aplicasse sua própria teoria. Mas seria um erro muito grave apresentar essa conclusão dizendo que a intenção concreta do congressista, de que a segregação não fosse abolida, foi sua intenção dominante e que sua intenção abstrata, de que a igualdade fosse protegida, foi apenas derivada. Não temos direito a essa conclusão porque nossa questão contrafactual não discriminou as duas intenções ao supor que ele não sustentava mais sua concepção permissiva de igualdade.

Intenção interpretativa Isso nos leva a um terceiro argumento, mais interessante, de que os juízes devem ter em vista antes as intenções concretas que as intenções abstratas dos constituintes, que é justamente o que os constituintes pretendiam que fizessem. Não sei se os constituintes, como grupo, tinham alguma visão própria sobre os assuntos que estivemos discutindo. Não sei se eles mesmos pensaram que os juízes, ao interpretar um texto problemático, deviam ter em vista as intenções dos legisladores, ou, se pensaram nisso, como teriam respondido às questões que levantei sobre quais indivíduos podem ser considerados os autores da lei, ou quais estados psicológicos desses autores contam para se determinarem suas intenções, se são as intenções abstratas ou as concretas que contam, e assim por diante. Mas suponhamos que viéssemos a descobrir, por meio da pesquisa adequada, que os constituintes realmente tinham opiniões a respeito dessas questões e achavam que as intenções concretas do legislador, não as abstratas, deviam ser decisivas na interpretação da legislação problemática. Teriam pensado, ao aplicar essa tese à própria obra, que as autoridades futuras, diante de dificuldades de interpretação da Constituição, deviam ter em vista a sua concepção, a concepção dos constituintes, de justiça e igualdade, mesmo que estivessem convencidas de que essas concepções eram pobres. Tudo isso solucionaria a questão para nós? Decorreria daí então que essa é a concepção correta da intenção constitucional a ser seguida por nossos juízes e outras autoridades?

Poderíamos chamar as opiniões dos constituintes sobre o desempenho judicial adequado de sua intenção "interpretativa" geral[22]. No meu ensaio anterior sugeri que a maioria dos delegados e congressistas que votaram a favor das cláusulas "amplas" da Constituição provavelmente não tinham uma intenção interpretativa que favorecesse intenções concretas. Não há nenhum motivo para supor que eles achavam que os congressistas e legisladores estaduais deveriam guiar-se por suas concepções, as concepções dos constituintes, de devido processo legal, igualdade ou crueldade, certo ou errado[23] (pretendi que isso fosse um argumento *ad hominem* contra a visão de que a interpretação "estrita" da Constituição exigia deferência máxima para com os desejos dos constituintes). Os críticos reclamam que não ofereci, nem tinha absolutamente nenhuma prova a favor dessa opinião[24]. Isso é um exagero. Tinha boas provas na linguagem em que as emendas foram esboçadas. É extremamente implausível que as pessoas que acreditavam que suas opi-

---

22. Acompanho Brest nessa expressão; Brest, nota 7 acima, pp. 212, 215-6, embora com algumas reservas quanto a denominar intenções essas opiniões.
23. Dworkin, *Taking Rights Seriously*, pp. 133-6.
24. Ver, p. ex., Munzer e Nickel, nota 19, acima, pp. 1.039-41; nota 21, acima.

O FUNDAMENTO POLÍTICO DO DIREITO

niões sobre o que vale como igualdade ou justiça deviam ser seguidas, teriam usado apenas a linguagem geral de igualdade e justiça ao idealizar suas determinações. É óbvio que não teriam conseguido descrever detalhadamente as aplicações das cláusulas que pretendiam, mas poderiam ter encontrado uma linguagem que oferecesse mais provas de suas próprias concepções em vez de simplesmente nomear os próprios conceitos. É difícil perceber que provas, além das provas da linguagem, deveríamos esperar encontrar para sustentar minha afirmação se ela fosse verdadeira. Meus críticos, nesse aspecto, tampouco sugerem que provas têm para sustentar sua afirmação.

Assim, atenho-me a minha opinião de que, se os que votaram a favor das cláusulas do devido processo legal, da punição cruel e incomum e da igualdade perante a lei sustentavam alguma teoria a respeito de como as autoridades futuras deveriam decidir o que a Constituição exigia, provavelmente acreditavam que suas intenções abstratas deviam ser seguidas. Mas o erro que, segundo creio, foi cometido pelos meus críticos é diferente. Eles estão equivocados se pensam que a intenção interpretativa dos constituintes tem alguma importância.

Brest concorda com os críticos em que, na medida em que a intenção dos constituintes deve ser nosso guia geral, suas intenções interpretativas precisam ser decisivas em todas as questões relativas a qual conceito de intenção devemos usar, inclusive a questão sobre se devem valer as intenções abstratas ou as concretas. Ele diz que o primeiro trabalho de alguém que está procurando descobrir e aplicar a intenção dos constituintes seria descobrir sua intenção interpretativa[25]. Mas por quê? Suponha que tenhamos decidido (por razões da teoria jurídica ou de outra teoria política) que a prática constitucional bem fundada exige que os juízes tenham em vista e apliquem as intenções abstratas dos constituintes, embora para isso os juízes devam fazer julgamentos de moralidade política. Descobrimos, então, que os próprios constituintes, em nosso lugar, teriam chegado a uma decisão diferente sobre essa questão. Por

---

25. Brest, nota 4 acima, p. 215.

que isso faria diferença para nós? Por que não considerar a nossa visão a respeito de uma questão complexa, e não a deles, de modo que não abandonássemos nossas razões, se elas são boas, só porque pessoas de outra época teriam discordado? Podemos ser seduzidos pela seguinte resposta: "Devemos aceitar as opiniões deles sobre essa questão porque eles fizeram a Constituição, e são suas intenções sobre como ela deveria ser interpretada que devem ser levadas em conta, não nossas visões contrárias." Mas essa é uma resposta muito ruim. Lembre em que pé está a discussão. Argumento que qualquer concepção de intenção constitucional deve ser defendida com bases políticas, expondo, por exemplo, alguma teoria do governo representativo como superior a outras teorias. Os intencionalistas retrucam que uma concepção pode ser defendida como a melhor em bases neutras, e isso particularmente quando se trata da escolha das intenções concretas em lugar das abstratas. Mas, então, o presente argumento – de que devemos ter em vista as intenções concretas se os constituintes pretenderam que assim fizéssemos – é circular, como veremos a seguir.

Devemos ter cuidado para distinguir entre as razões que podemos ter para buscar a intenção dos constituintes e as intenções que encontramos ao fazê-lo. Obviamente poderíamos justificar nossa decisão geral inicial de pesquisar sua intenção dizendo que eles pretendiam que assim fizéssemos. Esse "argumento" naturalmente incorreria em petição de princípio. Mas nosso propósito no momento – tentar definir uma concepção aceitável de intenção constitucional – é parte do projeto de justificar a busca da intenção, não do projeto de descobrir o que foi pretendido. Estamos tentando formular, com mais exatidão do que geralmente se faz, o *sentido* ou *tipo* de intenção coletiva que temos razões para acatar. Mas então não podemos, sem igualmente incorrer em petição de princípio, dizer que devemos acatar um tipo ou sentido de intenção em vez de outro porque aqueles cujas intenções são destacadas nessa descrição pretendiam que assim fizéssemos. Se alguém argumenta que os juízes devem ter em vista a intenção abstrata e não a concreta, porque era isso que os constituintes pretendiam, seria

O FUNDAMENTO POLÍTICO DO DIREITO 75

pertinente, como objeção, assinalar que eles não o pretenderam. Mas essa não foi nossa razão. Estamos supondo, para os presentes propósitos, que encontramos nossa razão em argumentos gerais sobre a prática constitucional justa ou sensata. Se for assim, o fato imaginado de que os constituintes tinham outros entendimentos sobre isso não é pertinente.

Há um ponto geral importante aqui[26]. Alguma parte de qualquer teoria constitucional tem de ser independente das intenções, convicções ou mesmo atos das pessoas que a teoria designa como constituintes. Alguma parte deve ter força própria na teoria política ou moral; do contrário, a teoria seria inteiramente circular da maneira que acaba de ser descrita. Seria como a teoria de que a vontade da maioria é a técnica adequada para a decisão social porque é o que a maioria quer. Por essa razão, uma teoria constitucional divide-se em dois níveis. No primeiro nível a teoria afirma de quem são as convicções, intenções e atos, e de que caráter, que fazem uma constituição. Apenas no segundo nível é que a teoria olha para os atos, intenções e convicções descritos no primeiro nível e declara o que nossa Constituição efetivamente provê. Se o primeiro nível, independente, afirma que as intenções abstratas dos constituintes prevalecem na determinação do que é a nossa Constituição, não temos nenhuma razão para afastar essa opinião se for descoberto que os constituintes teriam pensado de maneira diferente. O primeiro nível é para a teoria, não para eles.

Detalho essa proposição porque muitos supõem que a ampla decisão inicial de ter em vista as intenções dos constituintes necessariamente inclui a decisão de ter em vista também suas intenções interpretativas. Em algumas circunstâncias, essa suposição seria ainda mais obviamente ilegítima ou autoanuladora. Suponha que tivéssemos tomado a decisão inicial de ter em vista a intenção dos constituintes, mas descoberto, enquanto investigávamos suas teorias de intenção constitucional, que eles achavam que suas intenções não deveriam ter

---

26. Discuto esse ponto com mais vagar e aplico-o à teoria política do utilitarismo no cap. 17, "Temos direito à pornografia?".

nenhuma importância, em qualquer concepção. Podiam todos ter pensado, por exemplo, que a Constituição deveria ser interpretada segundo o "significado claro" de suas palavras, sem nenhuma referência às intenções ou a outros estados psicológicos dos autores. Ou suponha (para tomar outro exemplo) que tivéssemos decidido, por nossas próprias razões, que se deveriam considerar não apenas as intenções dos delegados e congressistas, mas também as das autoridades estaduais que fossem líderes no processo de ratificação. Mas quando tivemos em vista a intenção interpretativa destes, descobrimos que eles, no nosso lugar, teriam considerado apenas os delegados e congressistas e ignorado pessoas como eles próprios. Não significa, em nenhum dos exemplos, que deveríamos ignorar as intenções substantivas que tínhamos resolvido consultar antes. Se o primeiro nível de nossa teoria constitucional nos dá boas razões para ter em vista o que os constituintes pretenderam ao aprovar o devido processo legal, a igualdade perante a lei ou outras cláusulas da Constituição, dizer que essas razões não lhes teriam parecido boas não é um argumento contrário. Mas não temos, para remeter a questão da intenção abstrata contra a intenção concreta às intenções interpretativas dos constituintes, motivo maior do que temos para remetê-las à questão de se suas intenções deveriam ou não ser consideradas.

Resumirei o raciocínio desta seção. A escolha mais importante, ao construir uma concepção de intenção constitucional, é a escolha entre um enunciado abstrato e um enunciado concreto dessa intenção. Não se trata de descobrir qual das intenções um determinado constituinte teve; ele teve ambas. Tampouco podemos estabelecer, por meio da evidência histórica, que as intenções concretas dos constituintes foram dominantes para eles. Temos boas provas, na linguagem da Constituição, de que os constituintes não sustentavam a opinião interpretativa de que somente suas intenções concretas deveriam ser levadas em conta. Mas isso não é importante, pois a questão de qual de suas intenções deveria contar não pode ser remetida às suas intenções.

O FUNDAMENTO POLÍTICO DO DIREITO 77

Isso tem importância?

Esse longo catálogo de problemas e questões teve a intenção de demonstrar que a ideia de uma intenção legislativa ou constitucional não tem nenhuma interpretação natural estabelecida que faça do conteúdo da intenção dos constituintes uma simples questão de fato histórico, psicológico ou de outro tipo. A ideia pede uma formulação que juristas e juízes também irão desenvolver de maneira diferente. Qualquer justificativa para uma formulação e, portanto, para um entendimento do que os constituintes pretenderam, deve ser encontrada não na história, na semântica ou na análise conceitual, mas na teoria política. Deve ser encontrada, por exemplo, num argumento de que uma concepção ajusta-se melhor à teoria mais convincente de governo representativo. Mas, então, a ideia com que começamos, de que os juízes podem tomar decisões constitucionais apolíticas ao descobrir e impor a intenção dos constituintes, é uma promessa que não pode ser cumprida. Pois os juízes não têm como descobrir essa intenção sem construir ou adotar uma concepção de intenção constitucional em vez de outra, isto é, sem tomar as decisões de moralidade política que tinham como objetivo evitar.

Há uma resposta óbvia para essa conclusão vigorosa: "Sua observação é tecnicamente correta, mas exagerada. Talvez seja verdade que a ideia de uma intenção constitucional original não seja, como muitas vezes se supõe, uma questão histórica neutra. Talvez seja necessário tomar decisões políticas ao escolher uma concepção dessa intenção original em vez de outra. Mas não são os mesmos tipos de decisões políticas que a escola da 'intenção original' quer que os juízes evitem. Eles querem que os juízes abstenham-se de decisões políticas substantivas, como a decisão quanto a ser injusto ou não proibir o aborto, executar assassinos condenados ou interrogar suspeitos sem um advogado. A escolha de uma concepção da intenção dos constituintes depende, como você várias vezes sugeriu, não de decisões políticas substantivas como essas, mas antes de decisões sobre a melhor forma de democracia representativa, e, embora essa seja uma questão de teoria política e possa ser controvertida, não é uma questão de teoria política substantiva. Assim, a escola da 'intenção original' poderia aceitar todos os seus argumentos sem renunciar às suas exigências mais importantes." Essa resposta é inadequada por seus próprios pressupostos. Mesmo que os juízes precisem apenas ter em vista questões de processo ao escolher uma concepção de intenção constitucional, a concepção que escolhem pode, não obstante, exigir que decidam questões de caráter mais claramente substantivo. Isso é obviamente verdadeiro, por exemplo, a respeito do ponto que discuti mais detalhadamente: a escolha entre um enunciado de intenção abstrata e outro de intenção concreta. Talvez a razão por que os juízes devam ter em vista antes as intenções abstratas que as concretas (se é que devem) encontre-se em alguma teoria processual sobre o nível adequado de abstração para uma constituição democrática. Mas os juízes que aceitam esse entendimento da intenção constitucional devem decidir se proibir o aborto viola a igualdade, ou se a pena capital é cruel e incomum, a fim de aplicar o que julgam ser a intenção original.

Mas a resposta que apresentei é interessante porque mostra como os dois tópicos gerais deste ensaio — as fugas da substância pelas rotas da intenção e do processo — estão ligados. A intenção não poderia nem sequer começar a oferecer uma rota a partir da substância se a distinção entre substância e processo, a distinção de que depende a segunda rota, fosse ela própria invalidada. Se a escola da "intenção original" fosse obrigada a reconhecer não apenas que as consequências de certas concepções de intenção constitucional exigem que os juízes decidam questões de substância, mas que a escolha entre essas concepções é, em si mesma, uma questão de substância, então não seria capaz de estabelecer sua posição mesmo encontrando um bom argumento político a favor de uma concepção que tem em vista apenas intenções concretas. O jogo já estaria perdido.

Na próxima parte deste ensaio veremos que a distinção entre substância e processo na qual a escola da "intenção original" deve basear-se é uma ilusão. Mas permita-me primeiramente terminar o presente resumo destacando um aspecto que antes ficou esquecido. Perguntei se a distinção entre teorias constitucionais "interpretativas" e "não interpretativas" seria útil se entendêssemos "interpretativas" no sentido de apoiarem-se nas intenções constituintes. Sugiro agora que seria útil, por duas razões. Primeiro, quase toda teoria constitucional apoia-se em alguma concepção da intenção ou compreensão originais. Teorias "não interpretativas" são as que enfatizam um enunciado especialmente abstrato de intenções originais (ou poderiam ser facilmente revistas de modo que tornasse essa ênfase explícita sem nenhuma mudança na substância do argumento). Seu argumento é distorcido pela insistência em dizer que não se apoiam em nenhuma concepção de intenção original.

A segunda razão é mais importante. A distinção sugere, como disse, que se podem formular argumentos esclarecedores a favor ou contra teorias "interpretativas" ou "não interpretativas" como classe. Mas isso agora parece ser uma suposição irracional. A questão importante para a teoria constitucional não é se a intenção dos que fizeram a Constituição deveria ser considerada, mas antes o que deveria contar como essa intenção. Qualquer resposta bem-sucedida a essa questão será complexa, pois uma concepção de intenção constitucional é composta de muitas decisões distintas, das quais descrevi apenas algumas. Poderíamos querer dizer, por exemplo, que a melhor resposta é aquela dada pela melhor concepção de democracia. Mas isso não dividirá as teorias constitucionais em duas grandes classes e oferecerá um argumento geral a favor de uma classe e contrário à outra. Coloca uma questão que, podemos esperar, destacará uma teoria dentre as outras, dentro e fora de qualquer grande classe que poderíamos inicialmente construir. A teoria constitucional não é um comércio de atacado.

Processo

Processo e democracia

"Os Estados Unidos são uma democracia. A Constituição estabelece isso, e nenhuma interpretação de nosso sistema constitucional que o negasse poderia ser plausível. Esse fato claro oferece simultaneamente um freio e um incentivo à revisão judicial da constitucionalidade das leis. Democracia significa (se é que significa alguma coisa) que a escolha de valores políticos substantivos deve ser feita pelos representantes do povo, não por juízes não eleitos. Assim, a revisão judicial não deve basear-se nas opiniões dos juízes sobre, por exemplo, se as leis que proíbem a venda de anticoncepcionais violam o direito à intimidade. Por essa razão *Griswold* estava errado, assim como estavam *Roe contra Wade* e *Lochner*[27]. Os liberais aprovam a primeira dessas duas decisões e abominam a terceira; os conservadores, vice-versa. Mas uma teoria bem fundamentada da revisão judicial – a única teoria compatível com a democracia – condena todas, e condena qualquer outra decisão que se apoie expressa ou implicitamente na ideia de devido processo legal substantivo.

"Mas se nosso compromisso com a democracia significa que o Tribunal não pode tomar decisões de substância, significa igualmente que o Tribunal deve proteger a democracia. Em particular, o Tribunal deve fazer a democracia funcionar assegurando, nas palavras da famosa nota de rodapé do juiz Stone, que não se permita legislação 'que restrinja os processos políticos dos quais comumente se pode esperar que ocasionem a anulação de legislação indesejável', e que não se permita que 'o preconceito contra minorias definidas e isoladas' limite a ação dos processos políticos dos quais comumente se pode es-

---

27. Griswold v. Connecticut, 381 U.S. 479 (1965) (derrubando a proibição do uso de anticoncepcionais em Connecticut. Roe v. Wade, 410 U.S. 113 (1973) (derrubando a lei antiaborto do Texas). Lochner v. New York, 198 U.S. 45 (1905) (derrubando a lei de Nova York de carga horária máxima para os padeiros).

perar que protejam as minorias[28]. Assim, o Tribunal deve ser agressivo em sua proteção da liberdade de expressão e sensível às consequências do preconceito, porque esses são os valores da própria democracia."

Essa é uma paráfrase de como Ely interpreta a nota de rodapé de *Carolene Products*[29]. Essa é a sua teoria da revisão judicial, sua própria rota a partir da substância. O argumento contém uma série de proposições: (1) A revisão judicial deve ter em vista o processo da legislação, não o resultado isolado desse processo. (2) Ela deve avaliar esse processo segundo o padrão da democracia. (3) A revisão baseada no processo, portanto, é compatível com a democracia, ao passo que a revisão baseada na substância, que tem em vista os resultados, é antagônica a ela. (4) O Tribunal, portanto, erra quando cita um valor substantivo putativamente fundamental para justificar a revogação de uma decisão legislativa. *Griswold* e *Roe contra Wade* foram decididos erroneamente, e o Tribunal deveria abster-se de tais aventuras no futuro. Ely defende cada uma dessas proposições, que, juntas, constituem seu livro.

Penso que a primeira proposição é vigorosa e correta[30]. Mas as outras três são erradas de diferentes maneiras e, em todos os aspectos, enganosas: são erros que ofuscam e subvertem o discernimento. A revisão judicial deve atentar para o processo, não para evitar questões políticas substantivas, como a questão de que direitos as pessoas têm, mas, antes, em virtude da resposta correta a essas questões. A ideia de democracia é de pouquíssima utilidade na procura dessa resposta. Também não decorre, a partir simplesmente do compromisso com o processo e não com os resultados isolados do processo, que as chamadas decisões de "devido processo legal substantivo", que Ely e outros deploram, sejam imediatamente excluídas. Pelo contrário,

---

28. United States v. Carolene Prods. Co., 304 U.S. 144, 152 n. 4 (1938).
29. J. Ely, nota 3 acima.
30. Argumento a favor disso em *Taking Rights Seriously*, pp. 234-9, e em "Social Sciences and Constitutional Rights – The Consequences of Uncertainty", *Journal of Law and Education*, 6: 3, 10-12 (1977), e esboçarei o contorno principal de meu argumento na próxima seção.

o compromisso com o processo confere a algumas dessas decisões um respaldo novo e mais poderoso.

Nesta seção sustento que o ideal abstrato de democracia, em si mesmo, não oferece nenhuma sustentação maior para uma doutrina jurídica da revisão judicial baseada no processo que para uma baseada nos resultados. Na seção seguinte tento desenvolver uma base diferente para a revisão baseada no processo, numa teoria de direitos enquanto trunfos sobre a vontade da maioria, e então afirmo que o argumento de Ely, bem compreendido, é na verdade esse argumento e não o argumento da democracia que se encontra no título e na superfície de seu livro.

Ely insiste em que o papel adequado do Supremo Tribunal é policiar o processo da democracia, não rever as decisões substantivas tomadas por meio desses processos. Isso poderia ser persuasivo se a democracia fosse um conceito político preciso, de modo que não pudesse haver lugar para discordância quanto a ser ou não democrático um processo. Ou se a experiência norte-americana definisse unicamente alguma concepção particular de democracia, ou se o povo norte-americano concordasse agora com uma única concepção. Mas nada disso é verdade, como Ely reconhece[31]. Deve-se ler seu argumento, portanto, como supondo que uma concepção de democracia é a concepção certa – certa como questão de moralidade política "objetiva" – e que a tarefa do Tribunal é identificar e proteger essa concepção certa. Está longe de ser claro, porém, que essa suposição seja compatível com o argumento de Ely contra o que ele chama de teorias de revisão constitucional de "valor fundamental". Ele diz, como parte desse argumento, que não pode haver direitos políticos substantivos a serem descobertos pelo Tribunal porque não há nenhum consenso quanto a quais direitos políticos substantivos as pessoas têm, ou mesmo se elas têm algum. Ele pode supor que há uma resposta correta

---

31. Esse é o ônus do argumento de Ely, de que nem a tradição nem o consenso oferecem uma base sólida para a descoberta de valores fundamentais. Ver J. Ely, nota 3 acima, pp. 60-9.

para a questão do que é realmente a democracia, embora não haja nenhum consenso quanto ao que é essa resposta?

Mas agora quero prosseguir com uma questão diferente. Em que sentido o conceito de democracia é um conceito processual distinto de um conceito substantivo? Preciso cuidar para que não haja confusão aqui. Não estou perguntando sobre o *conteúdo* de uma concepção de democracia, mas sobre o tipo de *caso* necessário para demonstrar que uma concepção de democracia é superior a outra. Algumas teorias da democracia colocam o que tendemos a considerar como questões de substância na própria descrição da democracia. A teoria de democracia celebrada nas "democracias populares", por exemplo, supõe que nenhuma sociedade é democrática se a sua distribuição de renda é muito desigual. Winston Churchill, valendo-se de uma ideia muito diferente, disse certa vez que democracia significa que uma batida na porta logo cedo é do leiteiro[32].

Outras teorias insistem em que a democracia é um processo para tomar decisões políticas, um processo que deve ser definido independentemente de qualquer descrição das decisões efetivamente tomadas. Definem a democracia como um conjunto de processos que governam a participação dos cidadãos na política – processos sobre votar, falar, fazer petições e exercer pressão – e esses processos não incluem nenhuma restrição quanto ao que funcionários democraticamente eleitos podem fazer ou as razões que têm para fazê-lo. Mesmo aceitando essa visão (ela só é plausível, poderia acrescentar, se tivermos uma visão muito generosa do processo), resta a questão de como decidir quais processos constituem a melhor concepção de democracia.

Poderíamos distinguir duas estratégias gerais para tomar essa decisão, dois tipos de "casos" a favor da democracia. Suponha que tracemos uma linha entre "insumo" e "resultado" da seguinte maneira. Argumentos-insumos a favor da democracia baseiam-se inteiramente em alguma teoria sobre a alocação

---

32. Ver Hugh Thomas, *A History of the World* (Nova York: Harper & Row, 1979), p. 388 (citando Churchill).

adequada do poder político, entre as pessoas e os oficiais que elas elegem ou entre as próprias pessoas, e não fazem nenhuma referência à justiça ou sabedoria da legislação que possa ser o resultado dessa alocação de poder. Argumentos-resultados, por outro lado, baseiam-se, pelo menos em parte, em previsões e julgamentos desse tipo. O argumento utilitarista puro a favor da democracia (para tomar um exemplo familiar) é um argumento-resultado. Os utilitaristas podem concordar em que a *definição* de um estado democrático consiste em um conjunto de processos que descrevem quem pode votar, como estabelecer os distritos de votação, e assim por diante. Mas eles argumentariam que os processos democráticos são justos porque têm mais probabilidade que outros de produzir decisões substantivas que maximizem a utilidade. Qualquer outra questão sobre qual dos processos alternativos constitui a melhor concepção de democracia deve, portanto, ser submetida ao teste da utilidade a longo prazo, isto é, ao teste dos resultados.

A distinção entre argumentos-insumos e argumentos-resultados para a democracia é importante no contexto constitucional. Se o Supremo Tribunal precisa desenvolver sua própria concepção de democracia porque não consegue encontrar nenhuma concepção suficientemente precisa na história ou no consenso presente, então deve considerar o que vale como bom argumento a favor de uma concepção em vez de outra. Se o Tribunal pode valer-se, para esse propósito, de um argumento--insumo, então pode evitar confrontar as questões de justiça substantiva que Ely diz que deve evitar. Mas se não pode – se os únicos casos plausíveis a favor da democracia (e, portanto, os únicos casos plausíveis a favor de uma concepção de democracia) são argumentos-resultados – então o Tribunal deve encarar quaisquer questões de substância que o melhor caso torne pertinente. O argumento de Ely de que o Tribunal pode evitar questões de substância apoiando suas decisões na melhor concepção de democracia seria então autoanulador. Pelo menos uma vez Ely reconhece (como deve e tem de reconhecer) que o Tribunal precisa definir qual é para si a melhor concepção de democracia e, assim, fazer novos julgamentos políticos de algum tipo[33]. Ele tem apenas dois argumentos a favor do programa que descreve: que os tribunais estão bastante habilitados para fazer julgamentos sobre o processo justo, mas muito mal habilitados para fazer julgamentos políticos substantivos, e que julgamentos feitos em tribunal sobre processos são compatíveis com a democracia, ao passo que julgamentos feitos em tribunal sobre substância não são. Se o Tribunal não pode fazer os julgamentos sobre processo que Ely recomenda sem fazer os julgamentos sobre substância que ele condena, então sua teoria será distorcida por seus próprios argumentos. O argumento de Ely (ou qualquer outra versão de uma teoria *Carolene Products*) pode sobreviver a esse desafio oferecendo um argumento-insumo a favor da democracia?

Parece improvável que possa haver tal caso, pelo menos se tivermos em mente um caso suficientemente vigoroso, não apenas para recomendar a democracia como uma ideia vaga e geral, mas para fornecer razões que apoiem a escolha de uma concepção de democracia em detrimento de outra. Os argumentos-resultados podem facilmente ser vigorosos a esse ponto. O utilitarismo puro pode não apenas recomendar a ideia geral de governo da maioria, mas também, como sugeri, dispositivos extremamente precisos sobre, por exemplo, a formação de distritos para representação, a limitação do voto por faixas etárias ou de outras maneiras, a liberdade de expressão e a proteção das minorias. Mas onde buscaríamos teorias-insumos tão poderosas? Parece, pelo menos à primeira vista, que nossas ideias sobre a alocação justa de poder político esgotam-se com a recomendação geral de alguma forma de democracia e são inadequadas para discriminar qual forma.

Poderíamos testar essa intuição inicial estudando os argumentos que o próprio Ely oferece a favor de uma versão particular de democracia. Ele supõe que a melhor concepção de

---

33. Ver Comentário, *New York University Law Review*, 56: 525, 528 (1981) (observações de J. Ely) ("Em algum ponto ... [meu] juiz ficará substancialmente sozinho" ao elaborar um modelo processual de democracia); cf. J. Ely, nota 3 acima, 75n. (a própria participação pode ser considerada como um valor; o Tribunal deve buscar "valores participativos").

democracia inclui um esquema para a proteção da livre expressão, que ele descreve como manter abertos os canais de mudança política. Infelizmente, embora Ely escreva com grande interesse e vigor sobre a liberdade de expressão, o que ele diz é com o propósito de oferecer conselhos concretos sobre como o Tribunal deve decidir casos de livre expressão. Ely supõe, em vez de demonstrar, que seus conselhos originam-se de considerações mais de processo que de substância[34]. É assim? Ely pode efetivamente fornecer um argumento-insumo a favor da proposição de que a democracia deve incluir a livre expressão?

Há uma variedade de teorias nessa matéria, cada uma delas alegando explicar o valor da regra que proíbe o governo de restringir o que seus cidadãos podem dizer. Talvez a mais conhecida seja a teoria de John Stuart Mill, que chama a atenção para o valor a longo prazo de tal regra para a comunidade como um todo. Mill argumenta que a verdade sobre as melhores condições da organização social – as condições que, de fato, irão melhorar o bem-estar geral – tem mais probabilidade de surgir de um mercado de ideias irrestrito do que de qualquer forma de censura. Mas esse é um argumento-resultado utilitarista a favor da liberdade de expressão, não um argumento-insumo, baseado em processo (também é um caso muito duvidoso, mas essa é outra questão). Outras teorias que defendem a liberdade de expressão enquadram-se na escola que Ely chama de teorias de "valor fundamental". Curiosamente, a mais conheci-

---

34. Ao elogiar a "teoria" que o Tribunal adotou na área da Primeira Emenda como "a certa", Ely simplesmente afirma que "direitos como esses [livre associação], sejam ou não mencionados explicitamente, devem, não obstante, ser protegidos, e vigorosamente, porque são fundamentais para o funcionamento de um processo democrático aberto e eficaz"; *ibid*. p. 105.

Ver John Stuart Mill, *On Liberty*, org. por C. V. Shields (Indianapolis, Ind.: Bobbs-Merrill, 1956), pp. 19-67. "Opiniões e práticas erradas gradualmente cedem ao fato e ao argumento; mas fatos e argumentos, para produzir qualquer efeito na mente, devem ser colocados diante dela", *ibid*., p. 25. Portanto, o "erro peculiar de silenciar a expressão de uma opinião" é que rouba à espécie humana a "oportunidade de trocar o erro pela verdade" e de conquistar "a percepção mais clara e a impressão mais viva da verdade produzida pela sua colisão com o erro"; *ibid*., p. 21.

O FUNDAMENTO POLÍTICO DO DIREITO 87

da dessas teorias também pertence a Mill. Ele argumenta que a livre expressão é uma condição essencial para a evolução da personalidade individual; que a capacidade de falar abertamente sobre questões de interesse geral é de importância fundamental, pois sem ela as pessoas não alcançarão o desenvolvimento que deveriam ter.

Um outro argumento conhecido a favor da livre expressão poderia, aparentemente, fornecer um argumento-insumo, pelo menos à primeira vista. Poderíamos dizer, juntamente com Madison, que a democracia é um embuste (ou, pior, autoanuladora) a menos que as pessoas sejam bem informadas, e que a liberdade de expressão é essencial para dar-lhes a informação necessária para tornar a democracia uma realidade[35]. O juiz Brennan recentemente ofereceu um argumento similar a partir da estrutura de democracia, a peça central de seu caso a favor da liberdade de expressão em *Richmond Newspapers*[36]. O argumento de Madison não é a favor da igualdade de poder político, pessoa por pessoa. É, antes, um argumento a favor da maximização do poder político do povo como um todo, do poder da população de eleger os oficiais ideais e controlá-los depois de eleitos, de modo a conseguir o que o povo, distinto dos que estão efetivamente no poder, realmente quer. É um argumento a favor do aumento do poder político do *demos*, não da igualdade de poder político entre o *demos*.

---

35. "Um governo popular sem informação popular nem os meios de obtê-la é apenas um prólogo de uma farsa ou de uma tragédia, ou, talvez, de ambos. O conhecimento sempre governará a ignorância: e um povo que pretende ser seu próprio governo deve armar-se do poder que o conhecimento oferece." Carta de James Madison a W. T. Barry (4 de agosto, 1822), reimpressa em *The Writings of James Madison*, org. por G. Hunt (1910), 9: 103.

36. Richmond Newspapers, Inc. v. Virginia, 448 U.S. 555, 587 (1980) (Juiz Brennan, concordando com o julgamento). O juiz Brennan argumentou que "a Primeira Emenda ... tem um papel *estrutural* no processo de assegurar e incrementar nosso sistema republicano de autogoverno"; *ibid*. Esse papel envolve ligar "a Primeira Emenda àquele processo de comunicação necessário para que uma democracia sobreviva, e isso implica solicitude não apenas para com a própria comunicação, mas para com as condições indispensáveis da comunicação significativa"; *ibid.*, p. 588.

Além disso, é um argumento fraco, pelo menos quando utilizado para justificar a extensa liberdade de expressão que Ely e outros compreendem que a Primeira Emenda provê. Tento demonstrar o porquê no ensaio publicado como capítulo 19 deste livro. Qualquer restrição no poder de uma legislatura democraticamente eleita diminui o poder político das pessoas que elegeram essa legislatura. Pois o poder político é o poder de tornar mais provável que as decisões políticas sejam tomadas como queremos. Suponha que a maioria deseje que não se publique nenhuma literatura simpática ao marxismo, mas a Constituição nega-lhe o poder de alcançar esse objetivo por meio da política comum. O poder político da maioria com certeza é diminuído por essa proibição constitucional. Podemos querer dizer que a maioria não tem nenhum direito de proteger (o que julga ser) seu interesse por meio da censura, pois isso impedirá outros de trabalharem para formar uma nova maioria dedicada a novos valores. Mas cada membro da presente democracia poderia preferir aceitar menos informação para si e, assim, diminuir sua oportunidade de mudar de opinião, apenas porque não quer que outros, que agora concordam com ele, tenham uma oportunidade similar. Portanto, o argumento de que a atual maioria não tem nenhum direito de censurar opiniões é, na verdade, um argumento para reduzir o poder político de qualquer maioria.

O argumento madisoniano pode ser compreendido como indicando que, embora uma restrição constitucional à censura diminua, nesse sentido, o poder político das pessoas como um todo, ela também aumenta esse poder de outra maneira. Ela oferece uma base maior de informação sobre a qual as pessoas podem agir. Na melhor das hipóteses, porém, isso apenas demonstra que qualquer proteção constitucional da livre expressão tem probabilidade de envolver uma barganha, na qual uma perda de poder político em um sentido é compensada por um ganho em outro sentido. Não há nenhuma razão para pensar que o poder político como um todo, no final, seja sempre incrementado. Se a população está geralmente bem informada ou, pelo menos, suficientemente bem informada, para ter alguma ideia do que poderia ganhar e perder por algum ato de censura, então o poder político da maioria será diminuído de maneira geral pela proteção constitucional da expressão. Se essa questão é duvidosa, então, o espírito geral da democracia parece supor que a escolha, de se o ganho na informação vale a perda de poder político direto, será melhor se feita pela maioria do povo de tempos em tempos.

Portanto, a livre expressão não pode ser justificada por um argumento-insumo voltado para a maximização do poder político do povo como um todo. Contudo, parece mais sensato, de qualquer modo, argumentar a favor da livre expressão não a partir do objetivo de maximizar o poder político geral, mas a partir do objetivo diferente de tornar mais equitativo o poder político, pessoa por pessoa, em toda a população. Uma lei que proíba a publicação de literatura marxista realmente parece diminuir a igualdade do poder político. Se for assim, então uma revogação constitucional de tais leis, mesmo que diminua o poder político geral, distribui esse poder de maneira mais equitativa: a democracia consiste em oferecer ao povo como um todo tanto poder político quanto seja compatível com a igualdade de tal poder, e a livre expressão é necessária para prover essa igualdade.

Mas agora precisamos de uma medida do poder político adequado para servir a essa concepção igualitária de democracia, e não está claro qual devemos usar. Poderíamos considerar primeiro a seguinte sugestão: a igualdade de poder político consiste em ter as mesmas oportunidades que os outros de influenciar decisões políticas; as mesmas oportunidades de votar, escrever para congressistas, reivindicar reparação, expressar-se a respeito de questões políticas, e assim por diante. Se há um mecanismo de influência disponível para alguns, ele deve estar disponível para todos. Isso levanta imediatamente a questão de se a igualdade nessas oportunidades é ameaçada quando alguém rico pode comprar anúncios em jornais, prometer contribuições substanciais para campanhas políticas etc., enquanto outros não têm recursos para influenciar a política de nenhuma dessas maneiras. Poderíamos deixar essa questão de lado, porém, distinguindo um direito e o valor desse direito[37]. Poderíamos dizer, provisoriamente, que a igualdade política exige pelo menos que todos tenham a mesma oportunidade de influenciar as decisões políticas, de modo que quaisquer impedimentos jurídicos se apliquem a todos, deixando de lado a questão de se a igualdade política também exige que as oportunidade de todos tenham o mesmo valor para cada um deles. Uma lei proibindo a expressão de teorias marxistas viola a igualdade política assim descrita? Suponha que alguém diga que, embora a lei realmente negue certa oportunidade de influenciar decisões políticas, ela nega essa oportunidade a todos. Isso soa um pouco como a observação de Anatole France, de que as leis da França são igualitárias porque proíbem tanto ricos quanto pobres de dormir embaixo das pontes[38]. Mas o que está errado no argumento? É um argumento melhor no caso *Cohen* (Foda-se o alistamento!)[39]? Uma lei proibindo as pessoas de usar mensagens obscenas nas costas impede Cohen de expressar seus argumentos políticos dessa maneira. Mas também proíbe seus rivais políticos de usar "Foda-se Karl Marx!" nas costas de seus paletós listrados. O Supremo Tribunal protegeu Cohen valendo-se do argumento, aqui expresso em linhas gerais, de que o meio, incluindo o estilo retórico, é parte da mensagem[40]. Esse também é o argumento de Ely a favor da decisão do Tribunal[41]. Mas algumas pessoas, em qual-

---

37. Adoto essa distinção a partir de John Rawls, *A Theory of Justice* (Cambridge, Mass.: Harvard University Press, 1971), pp. 204-5.
38. A. France, *The Red Lily*, trad. por W. Stephens (1908), p. 95.
39. Cohen. V. California, 403 U.S. 15 (1971).
40. O tribunal raciocinou: "Muito da expressão linguística serve a uma dupla função comunicativa: comunica não apenas ideias ... mas também emoções de outro modo inexprimíveis ... Não podemos sancionar a opinião de que a Constituição, embora solícita para com o conteúdo cognitivo da linguagem individual, tem pouca ou nenhuma consideração por essa função emotiva que, praticamente falando, pode muitas vezes ser o elemento mais importante da mensagem geral que se busca comunicar"; *ibid.*, p. 26.
41. Em *Cohen*, onde o dano ostensivo "derivou inteiramente do conteúdo comunicativo" da mensagem, o Tribunal recusou-se, acertadamente, a designar "linguagem ofensiva" como fala descuidada, reconhecendo "que o que parece ofensivo para mim pode não ser ofensivo para você". J. Ely, nota 3 acima, p. 114.

quer lado de uma disputa política, aproveitariam a oportunidade de usar o meio e a retórica de Cohen e, portanto, seriam igualmente limitadas por uma regra anti-*Cohen*.

Se queremos dizer que uma regra anti-*Cohen* violaria a igualdade do poder político, portanto, devemos trazer de volta a ideia que deixamos de lado, prematuramente, um instante atrás. Devemos dizer que a igualdade de poder político precisa levar em conta não apenas as oportunidades que as pessoas têm se quiserem usá-las, mas do valor dessas oportunidades para elas. Segundo essa descrição, os que se opõem radicalmente à estrutura política devem ter permissão para fazer seus protestos em linguagem adequada à percepção que têm da ocasião, para que a livre expressão tenha para elas o mesmo valor que tem para um membro do *establishment* burguês. Devemos levar em conta o valor para defender a livre expressão sobre os presentes fundamentos, mesmo no caso mais fácil que expus primeiramente. Uma lei proibindo a publicação de literatura marxista viola a igualdade de poder político porque, embora deixe os marxistas livres para dizerem o que qualquer pessoa pode dizer, torna a livre expressão menos valiosa para ele. Na verdade, destrói seu valor para ele, embora não diminua de maneira alguma seu valor para outros, que nunca serão atraídos pelo marxismo e nunca irão querer ouvir o que pensam os marxistas.

Assim que admitimos que um caso supostamente insumo a favor da livre expressão deve introduzir a dimensão do valor, o perigo é evidente. Pois a medida mais natural para o valor de uma oportunidade encontra-se nas consequências, não em processos adicionais. Direitos de participar no processo político são igualmente valiosos para duas pessoas apenas se esses direitos tornam provável que cada um receba igual respeito, e os interesses de cada um receberão igual atenção não apenas na escolha de funcionários políticos, mas nas decisões que esses funcionários tomam. Mas, então, o caso a favor da livre expressão (ou de qualquer outra característica que distingue uma concepção de democracia de outra) repentinamente parece ser um argumento-resultado. Se o valor das oportunidades políticas que um sistema oferece é igual, dependerá de ser provável ou não que a legislação, no fim do processo, trate todos como iguais.

Mas é controvertido qual é o padrão correto para decidir se alguma legislação trata as pessoas igualmente. Se alguém acredita que a legislação trata as pessoas como iguais quando pesa todas as suas perspectivas de utilidade sem nenhuma distinção individual, então usará o que descrevi anteriormente como argumento utilitarista puro a favor da defesa da democracia e da escolha entre concepções rivais de democracia. Se alguém rejeita essa descrição utilitarista, de tratar as pessoas como iguais, em favor de alguma descrição supondo que as pessoas não são tratadas como iguais a menos que as decisões legislativas respeitem certos direitos fundamentais, então isso deve, inevitavelmente, afetar seu cálculo de quando um processo político oferece igualdade genuína de poder político. Mas isso significa que os juízes encarregados de identificar e proteger a melhor concepção de democracia não podem evitar de tomar exatamente os tipos de decisões de moralidade política que Ely insiste em que eles evitem: decisões sobre direitos substantivos individuais. Os juízes podem acreditar que a resposta utilitarista à questão dos direitos individuais é a correta – que as pessoas não têm nenhum direito. Mas essa é uma decisão substantiva de moralidade política. E outros juízes discordarão. Se o fizerem, então a sugestão de que devem defender a melhor concepção de democracia não os livrará de ter de considerar que direitos as pessoas têm.

Igualdade e processo

Suponha que comecemos no outro extremo. Em vez de perguntar o que a democracia exige, o que leva à questão de que direitos as pessoas têm, vamos fazer a segunda pergunta diretamente. Poderíamos colocar a pergunta, inicialmente, no contexto do outro tópico principal que atrai o interesse de Ely: a justiça racial. Suponha que o preconceito racial seja tão difundido numa comunidade que leis estabelecidas especificamente com o propósito de colocar a raça desprezada em desvantagem satisfaçam, de modo geral, as preferências da maioria das pessoas, mesmo avaliadas quanto à intensidade e a longo prazo. O utilitarismo puro (e o majoritarismo puro) endossaria então essas leis porque são leis que uma legislatura que avaliasse as preferências de todos os cidadãos igualmente, sem nenhuma consideração com respeito ao caráter ou à origem dessas preferências, aprovaria. Se um juiz aceita a descrição do utilitarismo puro de tratar as pessoas como iguais, então ele deve concluir que, nessas circunstâncias, as leis deliberadamente planejadas para colocar os negros em desvantagem econômica (negando-lhes acesso a certos empregos ou profissões, por exemplo) tratam os negros como iguais. Ele não pode valer-se da igualdade ou de qualquer teoria igualitária de democracia para condenar tais leis.

Sabemos, porém, que tais leis não tratam os negros como iguais. Em que teoria de igualdade devemos então nos apoiar? Temos uma escolha inicial aqui. Poderíamos argumentar, primeiro, que essas leis não passam pelo teste da igualdade porque ofendem algum interesse substantivo dos negros que, em si, é tão importante que não deve ser deixado de fora do cálculo utilitarista. Este recorre às consequências da legislação enquanto distintas das razões ou fundamentos dos legisladores para aprová-la. Mas precisamos então de uma teoria que nos diga qual interesse é ofendido aqui e por que ele é fundamental. É um interesse econômico? Um interesse individual em ter as mesmas oportunidades que os outros têm? Um interesse de grupo em ter as mesmas oportunidades que outras raças têm? Por que qualquer um desses é um interesse fundamental? Aceitamos que muitos interesses importantes que as pessoas têm podem, não obstante, ser comprometidos em nome do bem-estar geral; as pessoas prosperam em alguns negócios, ao passo que outras vão à falência por causa de decisões políticas justificadas pela alegação de que a comunidade, de modo geral, estará em melhor situação. Por que os interesses comprometidos pela legislação racialmente discriminatória (quaisquer que sejam) são diferentes? Não pode ser porque as pessoas se importam mais com esses interesses ou sofrem mais quando são oprimidas pelas alegações do bem-estar geral. Está longe de ser claro que seja assim, e, de qualquer modo, uma análise utilitarista pura levará em conta esse sofrimento especial ou preferência especialmente forte em seus cálculos. Se os interesses, não obstante, são oprimidos, por que merecem a proteção extraordinária de direitos? Não acho que questões como essas possam ser respondidas satisfatoriamente. Devíamos, portanto, considerar nossa segunda opção. Poderíamos argumentar que leis racialmente discriminatórias são inegualitárias não porque violam interesses especialmente importantes, mas porque é inaceitável colocar o preconceito entre os interesses ou preferências que o governo deve buscar satisfazer. Nesse caso, localizamos o defeito da legislação na natureza da justificativa que se deve dar a ela, não nas suas consequências, concebidas independentemente de sua justificativa. Admitimos que leis que têm exatamente os mesmos resultados econômicos podem ser justificadas em diferentes circunstâncias. Suponha que não existisse nenhum preconceito racial, mas que as leis cujo efeito é especialmente desvantajoso para os negros beneficiassem a comunidade como um todo. Essas leis, então, não seriam mais injustas do que leis que causam desvantagem especial a importadores de carros estrangeiros ou norte-americanos vivendo no exterior, mas que beneficiam a comunidade como um todo. A legislação racialmente discriminatória é injusta, em nossas circunstâncias, porque não há nenhuma justificativa livre de preconceito ou, de qualquer modo, porque não nos podemos convencer de que algum órgão político que aprova tal legislação esteja valendo-se de uma justificativa livre de preconceito.

Penso que esse segundo argumento é fundamentado e proporciona uma base adequada (ainda que não necessariamente exclusiva) para a revisão judicial[42]. Além disso, em certo senti-

---

42. Elaborei e defendi esse tipo de abordagem para justificar *alguns* direitos em Dworkin, *Taking Rights Seriously*, pp. 234-6, 275-7. Ver também cap. 17, "Temos direito à pornografia?". E ver Dworkin, "Social Sciences", nota 30 acima, pp. 10-2.

do, é uma justificativa-"processo" ou justificativa-"Carolene Products" para essa revisão. Sustenta que os direitos criados pelas cláusulas de devido processo legal e igualdade perante a lei da Constituição incluem direitos a que a legislação não seja aprovada por certas razões, não direitos a que a legislação não seja aprovada com certas consequências. Essa é a teoria de que o próprio Ely se vale (apesar de muitas coisas que diz)[43].

Mas seria uma erro supor (como faz Ely) que os juízes poderiam escolher ou aplicar essa teoria da revisão judicial sem deparar com questões que são, segundo qualquer descrição, questões substantivas de moralidade política. Os juízes devem decidir que o utilitarismo puro é errado, por exemplo, e que as pessoas realmente têm direitos que estão acima da maximização da utilidade irrestrita e das decisões majoritárias que servem à utilidade irrestrita. Essa não é uma decisão processual do tipo que, segundo Ely, os juízes e advogados tomam melhor. Ele afirma que a democracia exige que a maioria decida questões importantes de princípio político, e que a democracia, portanto, é comprometida quando essas questões são deixadas aos juízes. Se isso for correto, então os próprios argumentos de Ely condenam a única teoria de "processo" da revisão judicial disponível, a própria teoria que ele mesmo oferece, se bem interpretado. Se queremos uma teoria da revisão judicial que produza resultados aceitáveis – isso permitiria que o Tribunal eliminasse leis racialmente discriminatórias mesmo que elas beneficiassem a comunidade como um todo, contando os interesses de cada um como um –, não podemos nos valer da ideia de que o Supremo Tribunal deve estar preocupado com o processo *enquanto distinto da* substância. A única ver-

---

43. Ver J. Ely, nota 3 acima, pp. 82-4. Ely oferece uma teoria de representação que incorpora a ideia de que autoridades eleitas devem demonstrar "igual consideração e respeito" para com todos (*ibid.*, p. 82) e rejeita implicitamente a concepção utilitarista pura do que isso significa em favor de algo como a concepção apresentada no texto. A concepção utilitarista pura não sustentaria o argumento de Ely, de que os interesses das minorias, constitucionalmente, têm "representação virtual" no processo político (*ibid.*, pp. 82-4) e que as decisões políticas baseadas no preconceito (inconstitucionalmente) negam tal representação (*ibid.*, p. 153).

são aceitável da própria teoria de "processo" faz o processo correto – o processo que o Tribunal deve proteger – depender de se decidir que direitos as pessoas têm ou não. Assim, faço objeção à caracterização que Ely oferece de sua própria teoria. Na opinião dele, ela permite aos juízes evitar questões de substância concernentes à moralidade política. Mas faz isso apenas porque a própria teoria decide essas questões, e os juízes somente podem aceitar a teoria se aceitam as decisões de substância encerradas nela.

Chegamos agora a uma questão mais importante que a da caracterização. Ely pensa que uma teoria de "processo" da revisão judicial limitará nitidamente o alcance dessa revisão. Diz, por exemplo, que tal teoria impede o Tribunal de impor "o direito de ser diferente"[44]. Mas isso parece ser arbitrário e necessitar de mais justificativas do que Ely oferece. Por que o preconceito racial é a única ameaça ao tratamento igual no processo legislativo? Se o Tribunal deve assegurar que as pessoas sejam tratadas como iguais nesse processo, não deve também, por essa mesma razão, anular leis que tornam ilegais os anticoncepcionais e as práticas homossexuais? Suponha que a única justificativa plausível para essas leis encontre-se no fato de que a maioria dos membros da comunidade acha que a contracepção ou a homossexualidade são contrários à moralidade sexual sadia. Ou que a vontade da maioria é atendida pela proibição de contraceptivos e de relações homossexuais. Ou que a utilidade a longo prazo, levando em conta a profunda oposição da comunidade a essas práticas, será mais bem atendida dessa maneira. Se é injusto considerar o preconceito racial como um fundamento para a legislação porque isso impede que se tratem as pessoas como iguais, por que também não é injusto e, portanto, uma negação da igualdade de representação, considerar as convicções morais da maioria quanto à maneira como as outras pessoas devem viver?

---

44. J. Ely, "Democracy and the Right to be Different", *New York University Law Review*, 56: 397, 399-405 (1981).

O FUNDAMENTO POLÍTICO DO DIREITO

Algumas pessoas pensam ser axiomático que qualquer distinção jurídica baseada em raça seja ofensiva à democracia, de modo que não precisamos de nenhuma explicação mais geral sobre o motivo pelo qual a discriminação racial é inconstitucional. Mas isso parece arbitrário e o Supremo Tribunal aparentemente o rejeitou. Assim como Ely[45], que, portanto, precisa de uma explicação mais geral de por que considerar o preconceito racial como uma justificação política que viola a igualdade. Assim que é fornecida essa explicação mais geral, surge a questão de saber se a explicação vai além da raça e se ela se estende também à legislação baseada em opiniões populares a respeito da moralidade sexual.

Ely discute esse problema apenas entre parênteses, numa nota de rodapé sobre a legislação que torna crime as práticas homossexuais:

> Não há tampouco nada de inconstitucional em declarar ilegal um ato devido a um sentimento *bona fide* de que ele é imoral: a maioria das leis criminais faz isso, pelo menos em parte. (Tentar impedir a população inteira de agir de maneiras que se entendem ser imorais não é como simplesmente colocar em desvantagem comparativa um dado grupo por simples hostilidade a seus membros ... Ao educar meus filhos para que não ajam de maneiras que penso ser imorais, até mesmo punindo-os quando eles o fazem, posso incorrer na condenação de alguns, mas a falta é o paternalismo ou algo assim, não o fato de não

---

45. Ver, p. ex., Fullilove v. Klutznick, 448 U.S. 448, 480-492 (1980) (Juiz Burger, anunciando o julgamento do Tribunal) (sustentando a constitucionalidade da exigência da Lei de Trabalho no Serviço Público, de que as organizações subvencionadas usem pelo menos 10 por cento das subvenções para contratar serviços de empresas de propriedade de minorias); Regents of Univ. of Cal. v. Bakke, 438 U.S. 265, 320 (1978) (Juiz Powell, anunciando o julgamento do Tribunal) (A Constituição não proscreve o uso de programas de admissão que levem em consideração a raça nas universidades estaduais); *ibid.*, pp. 328, 336-40, 350-62 (Juiz Brennan, em parte concordando e em parte discordando do julgamento); nem a Constituição nem o Título VII veda o tratamento preferencial de minorias raciais como meio de remediar a discriminação social passada). Ver J. Ely, "The Constitutionality of Reverse Racial Discrimination", *University of Chicago Law Review*, 41: 723, 727-741 (1974).

levar em conta os interesses de meus filhos ou de avaliá-los negativamente.)[46]

Isso não é satisfatório. Ely está errado ao pensar que a legislação contra os homossexuais é motivada tipicamente pela preocupação com os seus interesses. (Mesmo que estivesse certo, isso não ofereceria a diferenciação necessária. A discriminação racial é com frequência justificada, às vezes sinceramente, pela proposição de que os negros estão melhor "no seu lugar" ou "com os da sua raça".) Ele está certo, porém, ao supor que uma justificativa utilitarista das leis contra homossexuais não "deixa de levar em conta" os seus interesses ou de avaliá-los negativamente. Ela considera plenamente o dano para os homossexuais, mas julga-o suplantado pelos interesses dos que não querem associar-se a homossexuais praticantes ou que julgam inferiores sua cultura e suas vidas. Mas uma justificativa utilitarista da discriminação racial não ignora os interesses dos negros ou o dano que a discriminação lhes causa. Considera-os com o máximo valor pleno e julga-os suplantados pelos interesses de outros que não querem associar-se a negros ou que julgam inferiores ou repugnantes sua cultura e seus hábitos. As duas justificativas utilitaristas são formalmente similares, e nada no argumento de Ely mostra por que ofende a concepção adequada de democracia permitir uma, mas não a outra.

Tampouco sua distinção geral entre processo e substância oferece a distinção necessária. Devemos perguntar por que um processo que considera o preconceito racial como fundamento para uma lei nega a igualdade de representação e, depois, perguntar se a nossa explicação tem a consequência adicional de também negar um papel às convicções populares a respeito da moral sexual privada. Argumentei em várias ocasiões, como nas linhas seguintes, que a única explicação adequada realmente tem essa consequência. A legislação baseada no preconceito racial é inconstitucional não porque qualquer distinção que use

---

46. J. Ely, nota 3 acima, p. 255, n. 92 (citação omitida).

a raça seja imoral, mas porque qualquer legislação que possa ser justificada apenas pelo recurso às preferências da maioria sobre quais de seus concidadãos são dignos de interesse e respeito, ou que tipos de vida seus concidadãos devem levar, nega a igualdade[47]. Se eu estiver certo, então as restrições à liberdade que só podem ser justificadas pela alegação de que a maioria julga repugnante a homossexualidade, ou desaprova a cultura que ela gera, são ofensivas à igualdade e, portanto, incompatíveis com uma teoria da representatividade baseada na igualdade de atenção e de respeito. Não decorre daí que nenhuma legislação sobre a conduta sexual seja permitida. A lei contra o estupro, por exemplo, pode ser justificada recorrendo-se aos interesses das pessoas em geral por meio de uma teoria da justiça que não se apoia nas convicções populares. Mas não acho que leis proibindo atos homossexuais consensuais possam ser justificadas dessa maneira.

Não pretendo, aqui, reproduzir minha argumentação a favor dessas várias afirmações[48]. Mas se Ely continuar a rejeitar meu argumento, deve oferecer uma teoria de igualdade que seja superior.

Resta ver que teoria ele pode oferecer. Em todo caso, porém, sua teoria deve basear-se em alguma afirmação ou suposição sobre que direitos as pessoas têm que prevaleçam sobre um cálculo utilitarista irrestrito e que direitos elas não têm. Assim, mesmo que ele possa apresentar uma teoria que justifique essa distinção entre preconceito racial e populismo moral, terá abandonado sua afirmação principal, de que uma teoria adequada da revisão judicial não necessita tomar posição a respeito de tais direitos.

---

47. Para a mais recente versão desse argumento e minha resposta aos seus críticos, ver *Ronald Dworkin and Contemporary Jurisprudence*, nota 1 acima, e "Temos direito à pornografia?", cap. 17.

48. Essas afirmações foram criticadas. Ver, p. ex., H. L. A. Hart, "Between Utility and Rights", *Columbia Law Review*, 79: 828, 838-846 (1979), e J. Ely, "Professor Dworkin's External/Personal Preference Distinction", *Duke Law Journal*, 5: 959 (1983).

Minhas reservas estendem-se, devo acrescentar, ao exemplo paradigmático oferecido por Ely da revisão judicial inadequada, que é o caso de *Roe contra Wade*[49]. Mas aqui a questão é mais complexa. Quais são as justificativas disponíveis para proibir o aborto, digamos, no primeiro trimestre? Se deixarmos de lado como infundada, do ponto de vista médico, a ideia de que o aborto é uma ameaça para a mãe, então duas justificativas principais vêm à mente. A primeira recorre às opiniões morais da maioria, sem admitir que sejam fundadas. Mas se acreditarmos que considerar tais preferências como justificativa para restringir a liberdade é uma negação da igualdade, então nossa teoria condena essa justificação como inaceitável. A segunda apela para os interesses do nascituro. Se crianças não nascidas são pessoas cujos interesses podem ser considerados pela legislação, então essa segunda justificativa tem fundamento e passa pelo teste da igualdade. Mas o Tribunal deve decidir sozinho essa questão profunda e indemonstrável. Não pode encaminhar à maioria a questão de determinar se crianças não nascidas são pessoas, pois fazer isso é considerar que suas opiniões morais oferecem uma justificativa para as decisões legislativas, e é isso exatamente o que nossa teoria da igualdade de representação proíbe (pela mesma razão, tampouco pode delegar essa questão ao legislativo ou aceitar qualquer resposta que o legislativo ofereça). Não estou argumentando (agora) a favor de nenhuma opinião a respeito do aborto, ou que *Roe contra Wade* foi corretamente decidido. Insisto apenas em que usar "processo", "democracia" ou "representação" como fórmulas mágicas não traz nenhuma solução. O trabalho todo ainda está por fazer.

O fórum do princípio

Vimos inúmeras pessoas de talento empenhando-se em reconciliar a revisão judicial com a democracia. A estratégia é a mesma: demonstrar que a revisão judicial adequada não re-

---

49. 410 U.S. 113 (1973).

O FUNDAMENTO POLÍTICO DO DIREITO

quer que o Supremo Tribunal substitua julgamentos legislativos substantivos por novos julgamentos de sua autoria. As táticas são diferentes. Um programa afirma que o Tribunal pode atingir o nível certo de controle constitucional valendo-se da "intenção" dos constituintes. Outro, que o Tribunal pode evitar infringir a democracia policiando os processos da própria democracia. Ambos os programas se autoanulam: incorporam justamente os julgamentos substantivos que dizem que devem ser deixados ao povo. Essa fuga da substância deve terminar na substância.

Se queremos a revisão judicial – se não queremos anular *Marbury contra Madison* – devemos então aceitar que o Supremo Tribunal deve tomar decisões políticas importantes. A questão é que motivos, nas suas mãos, são bons motivos. Minha visão é que o Tribunal deve tomar decisões de princípio, não de política – decisões sobre que direitos as pessoas têm sob nosso sistema constitucional, não decisões sobre como se promove melhor o bem-estar geral –, e que deve tomar essas decisões elaborando e aplicando a teoria substantiva da representação, extraída do princípio básico de que o governo deve tratar as pessoas como iguais. Se estou certo a respeito disso e do que isso significa, são questões para a teoria jurídica e política, e são essas questões que devemos tentar responder.

Devemos, não obstante, aceitar tudo isso com pesar? Devemos realmente ficar embaraçados porque, segundo nossa versão de democracia, um tribunal nomeado deve decidir para todos algumas questões de moralidade política? Talvez – mas essa é uma questão muito mais complexa do que muitas vezes se reconhece. Se renunciamos à ideia de que existe uma forma canônica de democracia, então devemos também renunciar à ideia de que a revisão judicial está errada porque compromete inevitavelmente a democracia. Não decorre daí que a revisão judicial seja correta. Apenas que a questão não pode ser decidida por rótulos. Os melhores princípios de moralidade política exigem que sempre se atenda à vontade da maioria? A pergunta responde a si mesma. Mas esse é apenas o início de um estudo cuidadoso da moralidade da revisão judicial.

Se levamos a cabo esse estudo, devemos manter sempre em mente o que ganhamos com a ideia e a prática dessa instituição. Não me refiro apenas às mudanças em nosso direito e costumes realizadas pelo Supremo Tribunal. Todo estudioso de nossa história jurídica encontrará decisões a serem deploradas, assim como decisões a serem celebradas. A revisão judicial assegura que as questões mais fundamentais de moralidade política serão finalmente expostas e debatidas como questões de princípio e não apenas de poder político, uma transformação que não pode ter êxito – de qualquer modo, não completamente – no âmbito da própria legislatura. Isso é mais importante que as efetivas decisões a que se chegam nos tribunais com essa incumbência.

A revisão judicial é uma característica distintiva de nossa vida política, invejada e cada vez mais copiada em outros lugares. É uma característica penetrante porque obriga o debate político a incluir o argumento acerca do princípio, não apenas quando um caso vai ao Tribunal, mas muito antes e muito depois. Esse debate não é necessariamente muito profundo nem é sempre muito vigoroso. É, não obstante, valioso. Nas últimas décadas, os norte-americanos debateram a moralidade da segregação racial e chegaram a um grau de consenso, no nível do princípio, que antes se julgava impossível. Esse debate não teria tido o caráter que teve, não fosse o fato e o simbolismo das decisões do Tribunal. Tampouco a conquista do consenso é essencial para o valor que tenho em mente. Os funcionários públicos norte-americanos – especialmente o grande número dos que foram para a faculdade de Direito – discordam quanto ao grau em que os acusados de crimes devem ser protegidos à custa da eficiência no processo criminal e quanto à pena capital. Discordam quanto a distinções de gênero e outras distinções não raciais na legislação, quanto à ação afirmativa*, ao aborto e aos direitos dos escolares a uma educação pública igual, vi-

---

* Nos Estados Unidos, ação favorecendo aqueles que tendem a sofrer discriminação, especialmente no recrutamento para empregos. Seu uso é frequente também na seleção de candidatos para a universidade. [N. R.]

vam eles em bairros ricos ou pobres. Mas esses funcionários, como grupo, são extremamente sensíveis às questões de princípio político e moral latentes nessas controvérsias; mais ainda, creio, que os funcionários articulados e de educação esmerada da Grã-Bretanha, por exemplo. Não quero dizer que o Tribunal foi seu professor. Muitos deles discordam profundamente do que o Tribunal disse. Mas não seriam tão sensíveis ao princípio sem a cultura jurídica e política de que a revisão judicial constitui o âmago. Também o público que eles representam não leria, pensaria, debateria, nem, talvez, votaria como vota sem essa cultura.

Learned Hand preveniu-nos de que não deveríamos ser governados por juízes-filósofos mesmo que nossos juízes fossem melhores filósofos[50]. Mas essa ameaça é e continuará a ser uma hipérbole. Chegamos a um equilíbrio em que o Tribunal desempenha um papel no governo, mas não, mesmo exagerando, o papel principal. Os juristas acadêmicos não prestam nenhum serviço ao tentar disfarçar as decisões políticas que esse equilíbrio atribui aos juízes. O governo por sacerdotes acadêmicos guardando o mito de alguma intenção original canônica não é melhor que o governo por guardiães platônicos em roupagens diferentes. O melhor que fazemos é trabalhar, abertamente e com boa vontade, para que o argumento nacional de princípio oferecido pela revisão judicial seja o melhor argumento de nossa parte. Temos uma instituição que leva algumas questões do campo de batalha da política de poder para o fórum do princípio. Ela oferece a promessa de que os conflitos mais profundos, mais fundamentais entre o indivíduo e a sociedade irão, algum dia, em algum lugar, tornar-se finalmente questões de justiça. Não chamo isso de religião nem de profecia[51]. Chamo isso de Direito.

---

50. Learned Hand, *The Bill of Rights* (Cambridge, Mass.: Harvard University Press, 1958), p. 73.

51. Perry, "Noninterpretive Review", nota 25 acima, pp. 288-96.

Capítulo 3
*Princípio, política, processo**

Nada tem mais importância prática imediata para um advogado que as regras que governam suas estratégias e manobras, e nada produz mais indagações profundas e filosóficas que a questão do que deveriam ser essas regras. Uma dessas questões é formulada rapidamente. As pessoas têm um direito profundo de não ser condenadas por crimes de que são inocentes. Se um promotor acusasse uma pessoa que ele soubesse ser inocente, não seria justificativa nem defesa dizer que condenar a pessoa pouparia à comunidade certo gasto ou que, de alguma outra maneira, promoveria o bem-estar geral. Mas, em alguns casos, é incerto se alguém é culpado ou inocente de algum crime. Decorre daí, do fato de que cada cidadão tem o direito de não ser condenado se for inocente, que ele tem direito aos processos mais exatos possíveis para pôr à prova sua culpa ou inocência, não importa quão dispendiosos esses processos possam ser para a comunidade como um todo?

Suponha (para colocar um argumento tosco) que os tribunais fossem marginalmente mais precisos se os júris fossem compostos por 25 e não por 12 jurados, embora os julgamentos se tornassem muito mais longos, as revisões de processo mais frequentes, e todo o processo mais caro. Se continuarmos a usar apenas doze jurados para poupar a despesa extra, o resultado será que algumas pessoas serão condenadas, apesar de

---
* Publicado originalmente em *Crime, Proof and Punishment, Essays in Memory of Sir Rupert Cross* (Londres e Boston: Butterworths, 1981). © Ronald Dworkin.

inocentes. Essa decisão é um ato de injustiça para todos os que são julgados por um júri de doze? Se for, devemos então reconhecer que nosso sistema penal – nos Estados Unidos e na Grã-Bretanha, assim como em toda a parte – é injusto e viola sistematicamente os direitos individuais. Pois os procedimentos que proporcionamos para pôr à prova a culpa ou inocência são menos exatos do que poderiam ser. Às vezes, fazemos isso simplesmente para economizar o dinheiro público e, às vezes, para assegurar diretamente algum benefício social específico, como proteger o poder da polícia de colher informações sem exigir que ela revele os nomes dos informantes quando a defesa solicita essa informação. Se isso não é injustiça sistemática, por que não o é?

Se as pessoas não têm direito aos julgamentos mais exatos possíveis, seja qual for o custo, então a que nível de exatidão elas têm direito? Devemos partir para o outro extremo, e sustentar que as pessoas acusadas de crime não têm direito a nenhum nível particular de exatidão? Essa seria nossa suposição se escolhêssemos os processos de julgamento e as normas sobre as provas baseados inteiramente nos cálculos de custo e benefício sobre o melhor benefício para a sociedade como um todo, equilibrando os interesses dos acusados com os interesses dos que ganhariam com a economia de recursos públicos para "maior bem do maior número". Essa abordagem utilitarista seria compatível com nossa ardorosa declaração de que os inocentes têm direito de ser libertados? Se não, existe algum meio-termo disponível entre essas duas exigências extremas, de que um indivíduo tem direito aos processos mais exatos possíveis e de que ele não tem direito a absolutamente nada no que diz respeito a processos?

São questões difíceis. Não conheço nenhuma discussão sistemática a esse respeito na filosofia política. Em vez disso, elas foram deixadas à simples fórmula de que questões de prova e processo devem ser decididas encontrando-se "o equilíbrio correto" entre os interesses do indivíduo e os interesses da comunidade como um todo, o que meramente reformula o problema. Na verdade, é pior que uma mera reformulação, pois os interesses de cada indivíduo já estão equilibrados com os interesses da comunidade como um todo, e a ideia de um equilíbrio adicional, entre seus interesses isolados e os resultados do primeiro equilíbrio, é, portanto, de difícil compreensão. Devemos tentar encontrar respostas mais úteis para nossas questões, inclusive, se possível, uma explicação de por que essa conversa de "equilíbrio correto" pareceu tão adequada. Mas vale a pena pararmos, primeiro, para observar como nossas questões estão ligadas a uma série de questões aparentemente diferentes, teóricas e práticas, do direito referente às provas.

As questões sobre substância e processo no Direito penal surgem também no Direito civil, e, embora nesse caso o conflito entre questões de interesse individual e público talvez seja menos dramático, é mais complexo. Quando uma pessoa recorre à justiça em uma questão civil, ela pede ao tribunal que imponha seus direitos, e o argumento de que a comunidade estaria melhor se esse direito não fosse aplicado não é considerado um bom argumento contra ela. Aqui, devemos tomar cuidado para não cair numa conhecida armadilha. Muitas vezes, quando o queixoso expõe seu caso indicando uma lei que lhe concede o direito que ora reivindica, a própria lei, como fato histórico, foi aprovada porque o legislativo pensou que o público se beneficiaria como um todo, numa espécie de solução utilitarista, se pessoas como o réu tivessem um direito jurídico ao que a lei especifica (ou seja, a lei foi aprovada por razões não de princípio, mas de política). Não obstante, a reivindicação do queixoso, baseada nessa lei, é uma reivindicação de direito.

Suponha, por exemplo, que o queixoso promova a ação baseado numa lei que lhe confere uma indenização tripla por danos contra um réu cujas práticas comerciais reduziram a competição com desvantagem para o primeiro. Suponha que o legislativo aprovou essa lei apenas por razões econômicas. Ele acreditava que a lei encorajaria investimentos, criaria empregos, reduziria a inflação e, de outras maneiras, contribuiria para o bem geral. Contudo, mesmo num caso tão definido, o queixoso está se valendo de um argumento de princípio quando promove a ação no tribunal, não de um argumento de política.

Pois ele ainda teria o direito de vencer, em nossa prática jurídica, mesmo se admitisse (e o tribunal concordasse) que a lei era insensata do ponto de vista político e não teria as supostas consequências benéficas, de modo que o bem-estar público ganharia com sua rejeição. Não é necessário, para fazer de sua reivindicação uma reivindicação de princípio e não de política, que alguém realmente pense que a lei é insensata como política. Basta que sua reivindicação seja independente de quaisquer suposições sobre a sabedoria da lei. Até que a lei seja revogada, ele continua a ter o direito à indenização tripla por danos, seja o que for que se pense dos fundamentos políticos que lhe dão esse direito.

Portanto, o mesmo problema que vimos na estrutura do processo criminal surge também em ações civis. Pois é ainda mais claro nesse caso que no caso criminal que os julgamentos oferecem menos que a garantia ótima e possível de exatidão. E mais claro ainda que a economia assim alcançada é justificada por considerações do bem-estar público geral. As duas perguntas que levantamos sobre o Direito penal reaparecem aqui. O papel do bem-estar social na instauração do processo civil é compatível com nossa compreensão de que, se o queixoso ou o réu tem o direito legal de ganhar a causa, ele deve ganhá-la mesmo que o público perca? Se é compatível, as partes de uma ação civil têm direito a algum nível específico de exatidão? Ou é apenas uma questão de quais processos e normas sobre as provas funcionam no interesse público geral?

Essas perguntas, tal como aplicadas a casos civis, sugerem mais uma questão sobre o direito acerca das provas, uma questão que se refere mais amplamente à teoria da decisão judicial. Receio que levará um pouco mais de tempo para ser formulada. Acabei de dizer que o queixoso numa ação civil afirma um direito a vencer, e não meramente um argumento de política no sentido de que sua vitória seria do interesse geral. Isso teria a concordância geral quanto ao que podemos chamar de casos fáceis, isto é, quando o direito a vencer do queixoso é estabelecido sem controvérsias pela doutrina, como uma lei ou uma decisão anterior de um tribunal suficientemente elevado. To-

O FUNDAMENTO POLÍTICO DO DIREITO

dos concordariam que o argumento do queixoso – que se apenas indicar uma lei já tem um argumento – é antes um argumento de princípio que de política.

Isso, porém, é menos claro num caso controverso, isto é, quando juristas competentes se dividem quanto a qual decisão se exige, porque as únicas leis ou precedentes pertinentes são ambíguos ou não há nenhuma opinião firmada com pertinência direta, ou porque o direito, por alguma razão, não está assente. Em tal caso, os advogados do queixoso, não obstante, apresentarão um argumento no sentido de que, levando-se tudo em consideração, sua demanda é mais forte que a do réu, e os advogados do réu apresentarão um argumento diferente, no sentido oposto. No fim, o juiz (talvez toda uma série de juízes, se houver recursos) decidirá dando preferência a um dos dois argumentos ou, talvez, fornecendo um diferente. Acredito que mesmo em casos controversos como esses, os argumentos que os advogados propõem e os juízes aceitam são antes argumentos de princípio que de política, e que é assim que deve ser. Mesmo em um caso desse tipo, quando a lei é (dependendo da metáfora preferida) nebulosa, não estabelecida ou inexistente, creio que o queixoso pretende afirmar que tem direito a vencer e não meramente que a sociedade ganharia se ele vencesse.

Mas não persuadi todos de que é assim (para dizer o mínimo), e vários críticos propuseram um grande número de exemplos contrários à minha afirmação. Muitos deles são extraídos da lei de processos em geral e da lei sobre provas em particular. Considera-se que uma série de decisões inglesas recentes fornece um tal conjunto de contraexemplos. Em *D contra National Society for the Prevention of Cruelty to Children*, por exemplo, uma mulher que fora falsamente acusada por um informante anônimo de crueldade para com os filhos, moveu uma ação contra o órgão de defesa dos menores e pediu o nome do informante[1]. O órgão resistiu, argumentando que receberia menos informações anônimas e, portanto, estaria em pior posição

---

1. [1978] AC 171, [1977] 1 A11 ER 589.

para proteger crianças de modo geral se fosse conhecido que podia ser forçado a divulgar os nomes dos informantes. A Câmara dos Lordes disse que, embora normalmente os tribunais ordenassem a revelação de tal tipo de informação em inquéritos anteriores ao julgamento, o argumento do órgão tinha fundamento nesse caso, pois seria contrário ao interesse público que o nome do informante fosse revelado.

O Tribunal de Apelação chegou ao resultado oposto num caso semelhante, mas por meio de um argumento que aparentemente confirma a importância de argumentos de política em casos como esses[2]. Um empregado desconhecido da British Steel Corporation divulgou um memorando interno confidencial para a Granada Television, que usou o memorando como base para um programa que fazia críticas à direção. A empresa exigiu a devolução do documento, e a Granada assentiu, mas apenas depois de desfigurar o documento para remover todas as pistas quanto à identidade do empregado desleal (assim o considerava a empresa). A companhia promoveu então uma ação pedindo o nome do empregado, valendo-se do precedente proporcionado pela decisão da Câmara dos Lordes em *Norwich Pharmacal*[3]. O juiz Denning, no Tribunal de Apelação, sugeriu que, a não ser por certas circunstâncias que ele considerava afetarem a questão, teria recusado a revelação com base no fundamento de que a imprensa pode servir melhor ao interesse público se não for obrigada a revelar o nome de seus informantes. Na verdade, juntamente com seus colegas do Tribunal, ele ordenou a revelação porque, a seu ver, a Granada havia se comportado mal. Não havia informado à empresa com suficiente antecedência que estava de posse do memorando, e a entrevista baseada no memorando não fora conduzida com o decoro adequado.

Esse fundamento da decisão é fútil e perigoso. Não cabe aos tribunais criticar o critério editorial ou a cortesia da imprensa, e qualquer Estado de Direito que subordine os poderes

---

2. British Steel Corporation v. Granada Television Ltd. (não relatado).
3. [1976] AC 171, [1977] 1 A11 ER 589.

da imprensa ao que os juízes pensam a respeito de suas maneiras é uma ameaça maior à sua independência do que uma regra categórica exigindo que revelem o nome de seus informantes. Mas o julgamento de fundo do tribunal – de que o efeito sobre o acesso do público à informação deve ser levado em consideração quando se decide que material pode ser revelado na instrução de processos em litígio de direito civil – é de grande importância. Pois, mesmo se dissermos que em *D contra NSPCC* o tribunal atrelou a questão da demonstração – de se exigiria ou não a revelação do nome do informante – aos direitos antagônicos das crianças que estariam menos protegidas se fosse ordenado esse tipo de revelação, não podemos ter essa visão quanto a *Granada*. Nenhum membro do público tem direito à informação que companhias de televisão perderiam se fossem forçadas a divulgar os nomes dos que entram em contato com elas confidencialmente. Esse fato óbvio às vezes é obscurecido pela expressão, popularizada pela imprensa em anos recentes, de que o público possui o que se chama "direito de saber". Essa expressão somente faz sentido se for entendida meramente no sentido de que, em geral, é do interesse do público ter mais e não menos informação a respeito, por exemplo, da administração interna de indústrias estatais. Não significa que qualquer membro individual do público tenha direito a essa informação no sentido estrito de que seu direito constituiria um argumento de princípio exigindo a revelação. Isto é, não significa que seria errado negá-la, mesmo que a comunidade como um todo sofresse com sua revelação. Assim, a suposição de fundo na *Granada*, de que, se não tivesse havido falta de decoro por parte da companhia de televisão, o pedido da Steel Corporation teria sido negado por causa do interesse do público na informação, parece valer-se de um argumento de política e não de princípio para justificar uma decisão judicial[4].

Mas, se for assim, devem-se levantar dúvidas sobre os aspectos descritivo e normativo de minha afirmação sobre casos

---

4. Ver cap. 19, "A imprensa está perdendo a Primeira Emenda?".

controversos. O aspecto normativo sustenta que seria errado os juízes decidirem ações civis com base em fundamentos de política. Essa é uma afirmação sobre a decisão final de um caso. Ela exige (colocando subjetivamente) que um juiz só conceda indenização por danos a um réu se acredita que ele tem direito a essa reparação. Não é suficiente acreditar que estará atendendo ao interesse público com a criação de um novo direito no queixoso. Isso, em si, não estipula nada sobre como o juiz deve formar sua opinião quanto ao queixoso ter ou não direito a um dado remédio jurídico. Não diz que ele não deve levar em conta o interesse público ao determinar como ele (ou outros juízes de fato e Direito) deve proceder ao examinar essa questão. Portanto, o argumento normativo que proponho não condena, em si, os juízes que consideram as consequências sociais de uma norma relativa a prova em confronto com outra ao decidir se a NSPCC ou a Granada Television devem fornecer certa informação que será usada na determinação de seus direitos jurídicos substantivos.

Ainda assim, a força normativa de minha afirmação seria, com certeza, diminuída – ou mesmo desapareceria se os juízes estivessem autorizados a decidir questões processuais com base no que podemos chamar de argumentos de política puros. Se tivessem permissão, por exemplo, de decidir exigir ou não que a NSPCC forneça os nomes dos informantes simplesmente confrontando a perda potencial para os queixosos com os ganhos potenciais para as crianças num cálculo de custo-benefício padrão. Pois isso converteria a afirmação orgulhosa de que a sociedade honra reivindicações feitas em nome de direitos, mesmo à custa do bem-estar geral, em um gesto vão, facilmente anulado pela recusa dos processos necessários para a garantia do exercício desses direitos sem nenhum motivo melhor que esse mesmo interesse público. Assim, aqueles que se orgulham dessa afirmação orgulhosa têm motivo para verificar se é possível encontrar algum meio-termo entre a ideia inexequível da máxima exatidão e a negação resignada de todos os direitos processuais.

Surgem ameaças paralelas contra o aspecto descritivo de minhas afirmações sobre a prestação jurisdicional. Mais uma vez, minha afirmação diz respeito à decisão final das ações judiciais. Digo que os juízes julgam pleitos civis antes por meio de argumentos de princípio que de política, mesmo em casos muito difíceis. Quero dizer que só concedem o benefício que o queixoso exige se estão convencidos de que ele tem direito a esse benefício, ou que negam o benefício se estão convencidos de que o queixoso não tem tal direito. Mais uma vez, isso não implica, estritamente falando, nenhuma afirmação sobre como os juízes decidem se o queixoso tem ou não o direito. Não afirmo, certamente, que os juízes nunca levam em conta as consequências sociais ao fixar normas de convencimento ou outras regras processuais. Assim, não constitui um exemplo contrário à minha afirmação quando os juízes consideram o interesse do público ao decidir se uma organização de proteção a crianças ou um ramo da imprensa deve revelar informações que têm relação com a decisão à sua frente.

Mas, outra vez, minhas afirmações descritivas seriam ameaçadas por qualquer concessão de que essas decisões, com frequência, não passavam de questões de política, isto é, que muitas vezes foram tomadas apenas por um cálculo utilitarista de rotina, confrontando-se o dano para a posição financeira de algum litigante contra os ganhos para a sociedade em geral no caso de alguma regra excludente. Pois, como a distinção nítida entre decisões substantivas e de processo é arbitrária a partir de um ponto de vista normativo, como acabamos de ver, qualquer teoria descritiva que dependa tanto dessa distinção, mesmo que factualmente correta, não pode ser uma teoria profunda sobre a natureza da prestação jurisdicional, mas tem de ser apenas uma afirmação que por acaso é verdadeira, talvez por razões de acidente histórico, no que diz respeito a uma parte da prestação jurisdicional e falsa no que diz respeito a outra.

Assim, qualquer um que pense, como eu, que a prestação jurisdicional substantiva no Direito é uma questão de princípio, e que essa é uma importante afirmação tanto em termos normativos quanto teóricos, tem um interesse especial em saber se é possível encontrar um meio-termo entre as afirmações exageradas e as niilistas sobre os direitos que as pessoas têm a processos no tribunal. Porém, antes que finalmente me volte para essa e outras questões levantadas até agora, descreverei outra discussão jurídica que suscita essas questões de maneira diferente. O Tribunal de Apelação e a Câmara dos Lordes deram origem a uma discussão fascinante sobre as exigências do que na Grã-Bretanha se denomina justiça natural e nos Estados Unidos, devido processo legal. No caso *Bushell contra Secretary of the State for the Environment*, por exemplo, surgiu a questão de se o departamento do meio ambiente, que manteve audiências para decidir sobre a construção ou não de uma estrada atravessando parte da cidade de Birmingham, poderia corretamente excluir do âmbito dessas audiências o seu próprio "Livro Vermelho", um documento que estabelece certas previsões gerais sobre o fluxo de tráfico que o departamento desenvolvera para o país como um todo[5]. O departamento não permitiu que os grupos que se opunham à estrada contestassem os números do Livro Vermelho, que ele propunha usar em relação com sua decisão, limitando-se, em vez disso, a ouvir questões puramente locais. Mais tarde, o departamento admitiu que os números do Livro Vermelho não eram precisos, pois não levavam em conta a redução prevista no uso de estradas devido aos custos elevados do combustível, embora, não obstante, argumentasse que sua decisão, que foi a de construir a estrada, era, de qualquer modo, a decisão correta.

Os grupos de oposição levaram o departamento ao tribunal, e o Tribunal de Apelação, numa decisão de lorde Denning, sustentou que a recusa da oportunidade de contestar o Livro Vermelho foi uma negação da justiça natural e, portanto, tornava inválidas as audiências e a decisão. A Câmara dos Lordes, com a opinião dividida, decidiu contrariamente. Argumentou que o departamento estava dentro de seus direitos ao limitar as audiências locais a questões que variavam de uma localidade para outra, excluindo as previsões gerais sobre fluxo de tráfico e outras questões que precisam ser decididas

---

5. (1979) 123 Sol Jo 605, CA; revisado [1980] 2 A11 ER 608, HL.

O FUNDAMENTO POLÍTICO DO DIREITO

centralmente para orientar todas as decisões locais de maneira uniforme.

Bushell apresenta o mesmo problema que estivemos considerando, sobre a ligação entre decisões políticas substantivas e processuais, mas no sentido inverso. Pois é incontrovertido (acho) que a decisão de construir ou não uma estrada numa certa direção é, na ausência de circunstâncias especiais que suponho não terem estado presentes, uma questão de política. Se era do interesse geral do público construir a estrada conforme desejava o departamento, considerando-se plenamente, nessa determinação, o impacto adverso sobre os particularmente incomodados por essa decisão, então foi correta a decisão de construir a estrada. Nenhum indivíduo ou grupo tem qualquer direito, no sentido estrito, contra essa decisão (não seria errado construir a estrada contra a objeção de alguma pessoa em particular, se construir a estrada fosse, na verdade, do interesse geral). Naturalmente, se a estrada ameaçasse seriamente a vida ou a saúde de qualquer indivíduo, isso modificaria a situação. Seria possível pensar que essa pessoa teria um direito contra a estrada exatamente nesse sentido estrito. Mas esse é o tipo de circunstância especial que estou supondo que estava ausente no caso.

Se a questão quanto a construir uma estrada numa certa direção é uma questão de política, então não seria também uma questão de política a questão adicional quanto à forma e dimensão das audiências públicas a se realizarem para se tomar a decisão? O Tribunal de Apelação, na verdade, negou essa ligação. Sustentou que as considerações de "justiça natural" aplicam-se mesmo a audiências a serviço de decisões de política. Portanto, devemos perguntar se o compromisso com direitos processuais nos processos jurídicos criminais e civis, quando tivermos identificado esses direitos, realmente têm essa consequência.

Identificamos uma série de questões que agora enunciarei outra vez, embora de maneira ligeiramente diferente. (1) É coerente, com a proposição de que as pessoas têm direito de não ser condenadas por um crime que não cometeram, negar às pessoas quaisquer direitos, no sentido estrito, a processos que ponham à prova sua inocência? (2) Se não, a coerência exige que as pessoas tenham direito aos processos mais precisos possíveis? (3) Se não, existe algum meio-termo defensável, segundo o qual as pessoas têm alguns direitos processuais, mas não aos processos mais precisos possíveis? Como tais direitos poderiam ser formulados? (4) Nossas conclusões são válidas para o Direito civil, assim como para o Direito penal? (5) As decisões que os tribunais tomam a respeito do processo, no decorrer de um julgamento, são decisões de política ou de princípio? O que deveriam ser? (6) As pessoas têm direitos processuais no que diz respeito a decisões políticas acerca de uma política?

Será conveniente começar pela primeira dessas questões. Imagine uma sociedade que estabeleça como absoluto o direito de não ser condenado se inocente, mas que negue não apenas o direito ao processo mais exato possível, mas também qualquer direito a algum processo específico. Essa sociedade (que chamarei de sociedade eficiente em custos) planeja processos criminais, inclusive normas de prova, medindo o sofrimento estimado daqueles que seriam erroneamente condenados se uma regra particular fosse escolhida, mas que seriam absolvidos se um padrão de exatidão mais elevado fosse estabelecido, em comparação com os benefícios para outros que decorrerão de se escolher essa regra em vez do padrão mais elevado.

Não é verdade que o direito de não ser condenado se inocente é um mero embuste, sem nenhum valor na sociedade eficiente em custos. Pois o direito proíbe os promotores de acusarem pessoas que eles sabem ser inocentes. Certamente existe valor moral, mesmo numa sociedade eficiente em custos, nessa proibição. Pois há uma injustiça especial em afirmar que alguém cometeu um crime quando se tem conhecimento de que isso é falso. Entre outras coisas, é uma mentira. Assim, parece não haver nenhuma incoerência lógica num esquema moral que aceita o risco de erros involuntários sobre culpa ou inocência para economizar fundos públicos para outros usos, mas que não permite mentiras deliberadas para o mesmo propósito.

Mas há outro tipo de incoerência, que levará um momento para ser explicada. Os direitos políticos, como o de não ser condenado se inocente, funcionam principalmente como instruções ao governo, e podemos ser tentados a pensar que não há nada errado quando o governo observa a instrução e comete um erro sem culpa. Mas isso é falso, pois a violação de um direito constitui um tipo especial de dano, e as pessoas podem sofrer esse dano mesmo quando a violação é acidental. Devemos distinguir entre o que podemos chamar de dano simples que uma pessoa sofre por meio da punição, seja essa punição justa ou injusta – por exemplo, sofrimento, frustração, dor ou insatisfação de desejos que ela sofre só por perder sua liberdade, ser espancada ou morta –, e os danos adicionais que se pode dizer que ela sofre sempre que sua punição é injusta, pelo simples fato dessa injustiça. Chamarei estes últimos de "fator de injustiça" em sua punição, ou seu dano "moral". O dano que alguém sofre pela punição pode incluir ressentimento, escândalo ou alguma emoção similar, e é mais provável que inclua alguma emoção desse tipo quando a pessoa punida acredita que a punição é injusta, quer seja quer não. Qualquer emoção desse tipo é parte do dano simples, não o fator de injustiça. Esta é uma noção objetiva que pressupõe que alguém sofre um dano especial quando tratado injustamente, quer tenha conhecimento disso ou se importe com isso quer não, mas que não sofre esse dano quando não é tratado injustamente, mesmo acreditando que está sendo e realmente se importe com isso. É um questão empírica se alguém que é punido injustamente sofre mais danos simples quando sabe que as autoridades cometeram um erro do que quando sabe que elas deliberadamente armaram-lhe uma cilada. Mas é um fato moral, se a suposição do último parágrafo estiver certa, que o fator de injustiça em seu dano é maior no segundo caso.

Pode-se ser cético quanto à ideia de um fator de injustiça, enquanto componente do dano, no seguinte sentido. Poder-se-ia afirmar que a ideia confunde a quantidade de dano que alguém sofre em decorrência de decisões oficiais com a questão diferente de se esse dano é justo ou injusto. Alguém que sofre certo grau de dor, frustração ou incapacitação decorrente de certa punição – o dano "simples" – não sofre *mais* dano quando é inocente do que quando é culpado. O dano que realmente sofre é injusto no primeiro caso, seja qual for sua dimensão, mas dizer que a injustiça, de alguma maneira, aumenta o dano, apenas confunde a discussão. Não obstante, realmente sentimos mais compaixão por alguém quando sabemos que foi tapeado, ainda que mais nada saibamos sobre sua perda, e realmente acreditamos que alguém a quem se contou uma mentira sofre um dano, mesmo quando ele permanece ignorante do fato e não sofre nenhum dano simples como consequência.

Para meu presente objetivo, contudo, não é importante se a ideia de um dano moral distinto é aceita ou rejeitada, pois, mesmo se abandonamos essa ideia, ainda assim devemos aceitar sua substância de forma diferente. Pois, certamente, queremos ser capazes de dizer que a situação é pior quando uma pessoa inocente é condenada, apenas por causa da injustiça, mesmo que relutemos em dizer que essa pessoa está em pior situação; e até para dizer isso precisamos de uma noção de custo moral ou prejuízo moral no valor dos resultados ou situações. Essa noção terá a mesma função em meu argumento que a ideia de um dano moral para uma pessoa individual, exceto pelo fato de que trata o dano como geral, não como especificado. Suponha que descubramos que uma pessoa executada por assassinato muitas décadas atrás era, na verdade, inocente. Desejaremos dizer que o mundo ficou pior do que pensávamos, embora possamos acrescentar, se rejeitarmos a ideia de dano moral, que ninguém sofreu nenhum dano que ignorássemos nem ficou numa situação pior, de alguma maneira, do que imaginávamos. No restante deste ensaio, aplicarei a ideia de dano moral às pessoas, embora pouca coisa seria alterada nos argumentos se, em vez disso, usasse a ideia de um custo moral para as situações, não atribuível a pessoas.

Podemos agora perceber por que parece tão estranha a conduta de nossa imaginada comunidade eficiente em custos, que reconhece um direito absoluto de não ser condenado se inocente, mas que submete questões de prova e processo a uma análise utilitarista comum de custo e benefício. Pois não faz sentido para nossa sociedade estabelecer como absoluto o direito de não ser condenado quando inocente, a menos que essa sociedade reconheça o dano moral como um tipo distinto de dano contra o qual as pessoas devam ser especialmente protegidas. Mas o cálculo utilitarista que a sociedade eficiente em custos utiliza para determinar como serão os processos criminais é um cálculo que não pode incluir o dano moral. O fator de injustiça numa punição errada escapará a qualquer cálculo utilitarista, por mais refinado que seja, que meça o dano por meio de algum estado psicológico ao longo do eixo prazer-dor, ou por meio da frustração de desejos ou preferências ou como alguma função ao longo das hierarquias de preferência cardinais ou ordinais de pessoas individuais, mesmo que o cálculo inclua as preferências que as pessoas têm no sentido de que nem elas nem outros sejam punidos injustamente. Pois o dano moral é uma noção objetiva, e se alguém é moralmente prejudicado (ou, na linguagem alternativa, se há um prejuízo moral na situação) quando é punido sendo inocente, esse dano moral ocorre mesmo que ninguém saiba ou suspeite dele, e mesmo que – e talvez especialmente nesse caso – pouquíssimas pessoas se importem.

Portanto, a prática da sociedade eficiente em custos só faz sentido se aceitamos que há um grande dano moral distinto quando alguém é enganado, mas nenhum quando ele é condenado por engano. Isso é muito implausível e explica, na minha opinião, por que a combinação de processos nos parece bizarra. Devemos perguntar como os processos da sociedade eficiente em custos devem ser mudados para dar lugar ao reconhecimento do dano moral. É necessário – ou possível – insistir no direito aos processos mais precisos? Primeiramente, porém, devemos considerar duas possíveis objeções ao argumento que acabo de propor, de que os processos que a sociedade eficiente em custos, tal como se apresentam, realmente revelam uma espécie de incoerência moral.

Disse que seu endosso de um direito absoluto de não ser condenado se inocente demonstra o reconhecimento do dano moral como um tipo independente e importante de dano, ao passo que sua aceitação de um cálculo utilitarista comum sobre questões processuais nega essa independência e importância. Alguém poderia contestar cada uma dessas afirmações. Poderia dizer, primeiro, que uma sociedade que rejeitasse a ideia de dano moral acima e além do dano simples, e visasse apenas à maximização da utilidade em alguma concepção comum (digamos, maximizar o equilíbrio do prazer diante da dor), faria bem em adotar um direito absoluto de que ninguém seja condenado por um crime quando se sabe da sua inocência. Afirmaria que uma sociedade que permite que as autoridades sequer brinquem com a ideia de condenar deliberadamente uma pessoa inocente gerará mais dano simples que uma sociedade que não permite isso. Essa é a hoje conhecida defesa utilitarista dos dois níveis de sentimentos morais comuns. Tal defesa parece-me, neste e em outros casos, retrógrada. Os que argumentam dessa maneira não têm nenhuma prova direta a favor de suas afirmações instrumentais. (Como poderiam saber ou mesmo ter boas razões para crer que uma sociedade de inteligentes funcionários de conduta utilitarista, que somente em ocasiões muito especiais considerariam condenar o inocente, seria pior, no que diz respeito à utilidade a longo prazo, que uma sociedade que desqualificasse seus funcionários de fazer isso uma vez sequer?) Em vez disso, sustentam, a partir do fato de que nossas intuições morais reprovam que se condene o inocente, que tal desqualificação deve servir aos interesses utilitaristas de longo prazo de qualquer sociedade.

Mas não preciso apoiar-me em minhas suspeitas gerais quanto a argumentos desse tipo. Pois a justificação em dois níveis das convicções morais comuns, por mais persuasiva ou não que possa ser em outros contextos, não está em questão aqui. Os membros da sociedade eficiente em custos de meu exemplo consideram (como acho que a maioria de nós) que seria errado condenar deliberadamente o inocente, mesmo que houvesse um benefício utilitarista de longo prazo a ser ganho. Consideram, em outras palavras, que o direito de não ser condenado quando inocente é um direito genuíno, superior até mesmo à utilidade a longo prazo, não um direito instrumental a serviço dela. É essa opinião que, segundo penso, pressupõe a ideia de dano moral.

Em segundo lugar, alguém poderia dizer que o teste utilitarista que a sociedade eficiente em custos utiliza para determinar os procedimentos não rejeita, na verdade, essa ideia nem supõe que não há nenhum dano moral quando alguém é condenado erroneamente, porque mesmo um teste utilitarista comum será efetivamente sensível ao dano moral. Pois suponha que realmente descobrimos que alguém condenado e punido por assassinato muito tempo atrás era inocente. Com isso, descobrimos que o dano simples causado a ele, considerado por si só, era desnecessário, pois as políticas utilitaristas gerais do Direito penal teriam sido igualmente promovidas – talvez até de maneira melhor – se ele não fosse punido. Descobrimos que o dano simples, que se reflete na soma utilitarista, era injustificado pelo teste utilitarista simples, e isso nos dá razão para lamentar os processos que o produziram ou permitiram. Poderíamos ainda concluir, é claro, que desses processos, não obstante, resultou mais ganho líquido do que teria resultado de processos mais precisos, porque o dano simples desnecessário foi menor, no total, do que teria sido a despesa adicional dos processos mais precisos. Nosso teste, porém, é sensível ao dano moral, pois identifica o dano simples associado com o dano moral como desnecessário e, portanto, como tendo peso, por si só, contra os processos que o permitiram.

Mas esse argumento é falho porque não é verdade, em nenhum sentido relevante, que o dano simples associado ao dano moral era desnecessário. Condenar essa pessoa em particular, apesar de inocente, poderia, por uma enorme variedade de razões, ter contribuído de maneira especialmente eficiente para a coibição, ou para outra consequência do sistema penal que a utilidade aprove. Na verdade, se às vezes poderia ser do interesse utilitarista a longo prazo da comunidade que as autoridades condenassem deliberadamente alguém que julgassem inocente (e essa possibilidade é a ocasião para reconhecer um direito contra isso), então, igualmente, às vezes poderia ser do interesse utilitarista a longo prazo da comunidade que alguém inocente fosse condenado inocentemente. Não decorre daí, portanto, que quando descobrimos uma injustiça passada também descobrimos uma ocasião em que a utilidade teria ganho, mesmo considerando apenas as consequências diretas dessa injustiça, se ela tivesse sido evitada. Assim, mesmo a descoberta de um grande número de tais incidentes não nos daria, automaticamente, um custo utilitarista para contrapor aos custos de termos adotado processos mais caros.

Parece ainda mais claro que mesmo quando o dano simples que é também dano moral é um erro do ponto de vista utilitarista – quando a utilidade teria sido promovida se o dano simples tivesse sido evitado – a magnitude do dano simples pode ser muito diferente da magnitude do dano moral. Quando alguém velho, doente e fraco é executado por uma comunidade que erroneamente o considera culpado de traição, o dano simples, considerado em termos utilitaristas frios, pode ser bem pequeno, mas o dano moral muito grande. A diferença será importante quando se levantar a questão de se a possibilidade desse dano justifica a adoção de processos caros que reduzirão suas chances. Se, no cômputo geral, o incidente se inclui apenas na dimensão do dano simples, então não se pode absolutamente propor o argumento a favor de processos mais caros. Mas se ele é incluído na dimensão de seu dano moral, pode pesar muito.

Portanto, essas objeções efetivamente reforçam minha sugestão de que uma sociedade que submete questões de processo criminal a um cálculo utilitarista comum não reconhece a independência ou importância do dano moral, ou, se o reconhece, não reconhece que mesmo a condenação acidental de uma pessoa inocente é ocasião de dano moral. A sociedade eficiente em custo que imagino, portanto, realmente age sem coerência. Mas isso não é tudo, pois precisamos agora encarar a segunda questão de nossa lista. Se a sociedade eficiente em custo é defeituosa, devemos substituí-la por uma prática na qual todas as outras necessidades e benefícios sociais sejam sacrificados para que se produza o mais elaborado e preciso processo criminal que o mundo já viu?

O FUNDAMENTO POLÍTICO DO DIREITO 123

Poderíamos impor essa terrível exigência ordenando que se evitasse o dano moral como lexicalmente prioritário a todas as outras necessidades. Não decorreria exatamente desse ordenamento lexical que nunca teríamos uma desculpa para escolher menos que o mais preciso processo criminal, pois poderia haver outras formas de dano moral além da condenação inocente do inocente. Talvez haja dano moral, por exemplo, não detectado em nenhum cálculo utilitarista comum, quando a sociedade negligencia a educação dos jovens, de modo que a provisão de fundos para a educação pública competisse com os fundos para a exatidão do julgamento criminal mesmo sob a restrição do ordenamento lexical. Mas uma sociedade governada por essa restrição seria obrigada a fornecer o nível mais elevado possível de exatidão para o sistema (como poderíamos chamá-lo) de evitar inteiramente o dano moral, e nunca poderia devotar fundos públicos a comodidades, como a melhoria do sistema viário, por exemplo, na medida em que qualquer despesa adicional do processo criminal poderia melhorar sua exatidão. Nossa sociedade claramente não observa essa imposição, e a maioria das pessoas a consideraria severa demais.

Contudo, não poderíamos escapar à severa exigência se fôssemos obrigados a admitir que condenar acidentalmente um inocente é tão mau quanto incriminá-lo falsa e deliberadamente. Admitiríamos incriminar falsamente alguém por roubo armado se, por alguma razão, cem roubos armados potenciais pudessem ser com isso evitados? Se o produto nacional bruto fosse assim triplicado? Se um dado montante de lucro dessa espécie não justificaria uma única violação deliberada do direito de não ser condenado quando inocente, então esse montante de lucro não poderia justificar a adoção de processos que aumentariam a chance de se condenar erroneamente ainda que uma única pessoa ao longo do período pertinente.

Na seção precedente neguei a premissa desse silogismo grosseiro. Disse que é moralmente pior condenar deliberadamente o inocente porque o ato deliberado envolve uma mentira e, portanto, um insulto especial à dignidade da pessoa. Agora é importante examinar se isso está certo – se há um fundamento possível para essa distinção. Porque, se não há, devemos aceitar o ordenamento lexical de evitar qualquer risco de condenações errôneas em detrimento de qualquer comodidade que possamos obter com processos menos caros, por mais doloroso que isso possa parecer.

Proponho os dois seguintes princípios de atuação justa no governo. Primeiro, qualquer decisão política deve tratar todos os cidadãos como iguais, isto é, como tendo direitos iguais a interesse e respeito. Não é parte desse princípio que o governo nunca possa impor deliberadamente um dano simples maior a uns que a outros, como faz, por exemplo, quando lança impostos especiais de importação sobre petróleo ou gasolina. É parte do princípio que nenhuma decisão possa impor deliberadamente a algum cidadão um risco de dano moral muito maior do que impõe a outro. O dano moral é tratado como especial por esse princípio de igualdade. Segundo, se é tomada e anunciada uma decisão política que diz respeito à igualdade tal como exigida pelo primeiro princípio, então, uma imposição posterior dessa decisão não é uma decisão política nova que também deva ter efeitos equitativos. O segundo princípio refere-se à equidade de sujeitar-se a compromissos abertos, justos quando adotados – à equidade de, por exemplo, acatar resultado de um lance de cara ou coroa quando ambas as partes concordaram razoavelmente quanto ao lance.

Cada um desses dois princípios desempenha um papel na determinação das regras de processo criminal. Sob certas circunstâncias (que discutirei mais adiante), a decisão de adotar uma norma de provas particular em julgamentos criminais trata os cidadãos como iguais porque, antecipadamente, é igualmente provável que cada cidadão seja arrastado para o processo criminal, apesar de inocente, e igualmente provável que se beneficie da economia conquistada pela escolha dessa norma em vez de uma regra socialmente mais onerosa. Essa decisão, portanto, respeita o primeiro princípio da igualdade. Quando qualquer cidadão é acusado de crime, a decisão de aplicar essa norma de prova em seu julgamento, em vez de colocá-la de lado ou anulá-la, é uma decisão que pode muito bem gerar uma desvantagem especial para esse cidadão, pois pode oferecer-lhe um risco maior de dano moral do que o faria uma regra alternativa, um risco maior não oferecido aos que não foram acusados de um crime. Mas o segundo princípio estipula que a aplicação da regra a ele não é uma decisão política nova, mas, antes, um desdobramento da decisão anterior, que foi justa para com ele. Portanto, o segundo princípio insiste em que o julgamento sob a regra estabelecida não é o momento de tratá-lo de outra forma, senão como igual.

Esses dois princípios de equidade, combinados, explicam por que a condenação deliberada de alguém que se sabe ser inocente é pior que uma condenação equivocada sob procedimentos gerais arriscados, fixados de antemão. Incriminar falsamente alguém é um caso de decisão política nova que não trata a pessoa como igual, tal como exige o primeiro princípio. Não é (nem pode ser) apenas a aplicação a seu caso de compromissos públicos abertos, estabelecidos de antemão (incriminar falsamente deixaria de ter sentido se fosse um compromisso público incriminar falsamente pessoas que se submetessem a certo teste público). Pelo contrário, é a decisão de infligir a uma determinada pessoa dano moral especial, e isso é verdadeiro mesmo se ela fosse selecionada por sorteio dentre um grupo de candidatos à falsa incriminação. Assim, uma violação deliberada do princípio contra a condenação do inocente envolve mais dano moral que uma condenação equivocada acidental, porque a primeira viola a condição de igualdade da vítima da maneira especial condenada pelos princípios da equidade, além de tomar parte no dano moral residual da segunda.

Mas estabelecemos apenas que correr o risco de injustiça acidental, da maneira como se corre esse risco pelas regras do processo criminal, não é tão ruim quanto infligir um dano moral deliberado. Não avançamos muito no que diz respeito a decidir quão ruim é o primeiro e como devemos equilibrar o risco de dano moral acidental com os ganhos sociais gerais obtidos pela aceitação de tais riscos. Poderíamos pensar em buscar ajuda numa direção diferente. Refiro-me a tirar proveito do fato de que todos nós, como indivíduos, nas várias decisões que tomamos sobre como conduzir nossas vidas, distinguimos o dano moral do dano simples e aceitamos certo risco de dano moral, em troca de outros ganhos.

Poucos de nós considerariam tão mau ser punido por um crime que cometemos, quanto por um crime que não cometemos, mas que a comunidade pensa que cometemos. A maioria de nós teme a injustiça com um medo especial. Odiamos ser enganados mais do que ser derrotados ou desmascarados justamente. Isso não porque o dano simples seja maior. Pelo contrário, se o dano simples é maior, isso é porque acreditamos que ser enganado é pior, e, portanto, sentimos raiva e ressentimento, que multiplicam o dano simples. Alguns também sentem repulsa por si mesmos, que é, para eles, uma consequência paradoxal de serem tratados com desprezo pelos outros.

Não é inevitável considerarmos a injustiça pior que o castigo merecido. A culpa aumenta o dano simples no segundo caso, e o orgulho recém-encontrado, pelo menos para pessoas fortes, pode reduzi-lo no primeiro. Mas a fenomenologia normal da própria culpa inclui a ideia do dano moral como um dano especial para outros, acima e além do dano simples que se causa a eles. Pois por qual outro motivo deveríamos sentir-nos culpados por causar dano deliberadamente se sentimos menos culpa, ou mesmo nenhuma, por causar o mesmo dano acidentalmente? E talvez a dor especial da culpa seja o reconhecimento da afirmação de Platão, de que quando um homem é injusto ele inflige dano moral a si mesmo.

Assim, é correto dizer que distinguimos, em nossa própria experiência moral, entre dano moral e dano simples, e, com frequência, consideramos pior uma ofensa que inclui dano moral. Mas não conduzimos nossas vidas para alcançar o mínimo de dano moral a qualquer custo; pelo contrário, aceitamos riscos substanciais de sofrer injustiça para conquistar mesmo ganhos bastante marginais no curso geral de nossas vidas. Fazemos isso quando aceitamos promessas, firmamos contratos, confiamos nos amigos e votamos a favor de características processuais do Direito penal que asseguram menos que os níveis mais elevados de exatidão. Na verdade, em certas circunstâncias, podemos considerar o esquema dos processos criminais e civis como uma malha tecida a partir das convicções da comunidade a respeito do peso relativo de diferentes formas de danos morais, comparados entre si, em contraposição aos sacrifícios e ofensas comuns.

Não quero dizer que a avaliação *correta* dos danos morais em confronto com os danos simples, mesmo com o propósito de um justo levantamento dos riscos, é constituída por uma decisão social. Isso seria compreender erroneamente a ideia de dano moral e da comparação com o dano simples. O dano simples pode ser mais bem compreendido, talvez, em termos subjetivos: alguém sofre dano simples na medida em que a privação causa-lhe dor ou frustra planos que ele considera importantes para sua vida. Mas o dano moral, como disse, é uma questão objetiva; e se alguém sofre ou não dano moral em algumas circunstâncias, bem como o peso ou importância relativa desse dano em comparação com o que os outros ganham por meio das práticas ou eventos que o produzem, são antes fatos morais que psicológicos. Nossa experiência moral comum demonstra apenas que reconhecemos o dano moral mas não o consideramos como lexicamente mais importante que o dano simples ou as perdas de vários tipos. Não demonstra que estamos certos em nenhum dos aspectos.

Não obstante, nossa experiência comum realmente sugere uma resposta útil para a questão prática de como uma sociedade deve decidir qual é a importância do dano moral. Em certas circunstâncias, essa questão deveria ser deixada às instituições democráticas, não porque o legislativo ou o parlamento serão necessariamente corretos, mas porque é uma maneira justa, nessas circunstâncias, de decidir questões morais sobre as quais pessoas sensatas e sensíveis discordam. Será uma maneira justa de decidir quando a decisão satisfizer o primeiro princípio da equidade que descrevi, se a decisão tratar todos como iguais, porque, seja qual for a concepção escolhida da importância dos diferentes danos morais, essa decisão será igualmente favorável ou contrária ao conjunto dos interesses antecipados por cada pessoa, isto é, pela combinação de seus interesses morais e básicos.

Suponha uma sociedade de pessoas, cada uma das quais tem, antecipadamente, igual possibilidade de ser acusada de um crime, e cada uma delas sofreria o mesmo dano simples, causado pela mesma punição, se fosse condenada. Essa sociedade estabelece, por decisão de maioria, um código penal que define crimes, vincula-lhes punições e estipula processos para julgamento dos diferentes tipos e níveis de crimes assim definidos. O interesse total de todos é ameaçado ou promovido por essa decisão e no mesmo grau. As pessoas discordarão quanto à prudência da decisão. Os membros da minoria perdedora irão pensar que o nível de exatidão oferecido pelos processos para julgar algum crime é muito baixo e, portanto, subestima o dano moral de uma condenação injusta por esse crime, ou que esse nível é muito elevado e, portanto, superestima o dano em comparação com os benefícios deixados de lado pelo uso dos recursos da sociedade com esse fim. Mas, como o dano moral é uma questão objetiva e não depende da percepção que as pessoas individualmente têm do dano moral, ninguém pensará que a decisão da maioria é injusta no sentido de que favorece mais os interesses de alguns que de outros. O governo da maioria parece ser uma técnica especialmente adequada para se tomar essa decisão social.

Nunca é verdade, em tempo algum, que todos os membros de uma sociedade têm uma probabilidade igual de ser acusados de algum crime específico. Se há desigualdade econômica, os ricos têm mais probabilidade de ser acusados de conspirar pelo monopólio e os pobres de dormir embaixo de pontes. Se as pessoas diferem no temperamento, os impulsivos têm mais probabilidade de ser acusados de alguns crimes e os ambiciosos de outros. E assim por diante. Assim, a constituição de uma sociedade justa poderia muito bem insistir em que as punições vinculadas a vários crimes deveriam ser compatíveis segundo alguma teoria razoavelmente objetiva da importância dos crimes, e que o dano moral presumido de uma condenação injusta seja correlacionado com a gravidade das punições numa escala uniforme.

Mesmo assim, as circunstâncias que imaginamos para uma justa decisão pela maioria serão comprometidas se alguma minoria tiver mais probabilidade de ser acusada de crimes em geral ou de crimes que acarretam punições relativamente sérias. Esse fato, porém, não justifica abandonar o processo de decisão da maioria, a menos que o risco seja muito grande para determinados indivíduos. Tampouco jamais será verdadeiro, em nenhuma sociedade real, que pessoas diferentes sofrerão exatamente o mesmo dano simples decorrente de qualquer punição dada. Mas esse fato fornece menos razão ainda para uma objeção à decisão da maioria, porque diferenças desse tipo têm muito menos probabilidade de ser correlacionadas com classe econômica ou social e, portanto, muito menos probabilidade de provocar injustiça sistemática. Devemos observar uma terceira complexidade no caso. No mundo real, pessoas diferentes se beneficiarão de maneira diferente com qualquer uso alternativo dos fundos públicos economizados pela escolha de processos criminais menos dispendiosos. Isso será verdade mesmo quando essa economia assumir a forma mais abstrata, que é a de economias acrescentadas aos fundos sociais para propósitos gerais. Mas a sociedade pode economizar sacrificando a exatidão no processo criminal de maneiras muito mais concretas, como faz, por exemplo, ao reconhecer um privilégio da polícia (ou de organizações como a National Society for the Prevention of Cruelty to Children ou a Granada Television, mencionadas anteriormente) de não fornecer informações sobre informantes, ou, mais convencionalmente, ao reconhecer um privilégio médico-paciente de modo a melhorar a assistência médica. A justificativa para se sacrificar a exatidão do julgamento nesses últimos casos é uma justificativa de política tanto quanto no caso em que o ganho é a economia de dinheiro que poderia ser usado em estradas, hospitais ou em um teatro nacional. Mas a decisão sobre quem ganha – crianças, por exemplo, ou o setor do público que tem interesse na política – é parte da decisão de reduzir a exatidão, em vez de ser, como no caso geral, uma decisão que deixa a distribuição do ganho para a ação política posterior. Uma vez mais, porém, o compromisso com nossas condições imaginadas é pequeno se, como nesses exemplos, a classe que deixa de se beneficiar não é uma classe que esteja em campos sociais ou econômicos gerais distintos da maioria que toma a decisão.

Portanto, mesmo no mundo real, as decisões majoritárias que estabelecem um nível particular de exatidão em decisões criminais anteriormente a julgamentos específicos, pela escolha de normas de prova e outras decisões processuais, somente poderão ser acusadas de injustiça séria se essas decisões fizerem discriminação contra algum grupo distinto, de uma ou outra das maneiras retratadas. Não é suficiente, para tornar injustas essas decisões, que deem valores diversos a danos morais de diferentes tipos, contanto que essa valoração seja coerente e imparcial.

As decisões antecipadas desse tipo podem mostrar preocupação especial para com o dano moral, não apenas pagando um preço alto pela exatidão, mas também, e especialmente, pagando um preço *em* exatidão para precaver-se contra um erro que envolva dano moral maior que um erro na outra direção. Isso é evidenciado, por exemplo, pela regra de que a culpa deve ser demonstrada para além de qualquer dúvida razoável, e não pelo equilíbrio de probabilidades, e também por regras, como a de que o acusado não pode ser compelido a testemunhar – cuja complexa justificação inclui fazer a balança pesar em favor do acusado, às custas da exatidão –, assim como defender o acusado contra certos tipos de erros e impressões errôneas que possam comprometer a exatidão. Os exemplos são mais raros no Direito civil, porque geralmente se presume que um erro em qualquer direção envolve dano moral igual. Mas quando o ônus de provar a verdade recai sobre o réu em um processo de difamação, por exemplo, depois de o queixoso ter provado a difamação, isso pode representar alguma determinação coletiva no sentido de que é um dano moral maior sofrer libelo falso e não ressarcido que ser condenado a indenização por um libelo que é realmente verdadeiro.

O FUNDAMENTO POLÍTICO DO DIREITO

A ideia de um dano moral, juntamente com o fato de que a lei de uma comunidade oferece um registro de sua avaliação da importância relativa do dano moral, permite-nos explicar os dois tipos diferentes de direito que se pode dizer que as pessoas têm no tocante ao processo criminal. Primeiro, as pessoas têm o direito de que os processos criminais atribuam a importância correta ao risco do dano moral. Em algumas circunstâncias, seria claro que esse primeiro direito foi violado, como seria se, por exemplo, alguma comunidade decidisse casos criminais por meio de cara ou coroa, ou não permitisse que o acusado estivesse presente em seu julgamento, que tivesse um advogado ou que apresentasse provas se assim o desejasse, ou se usasse apenas cálculos utilitaristas comuns para escolher os processos criminais, como o faria a sociedade eficiente em custos. Em outros casos, seria discutível se o risco do dano moral foi corretamente calculado, e pessoas razoáveis e sensíveis poderiam discordar. O segundo direito, que é o direito à avaliação coerente da importância do dano moral, é de grande importância prática nessas circunstâncias. Pois permite que alguém afirme, mesmo em casos em que a resposta correta para o problema do dano moral seja profundamente controvertida, que tem direito a processos compatíveis com a avaliação da comunidade do dano moral contemplado na lei.

Ambos os direitos são direitos no sentido estrito de um direito que identificamos anteriormente, pois cada um deles prevalece sobre o equilíbrio de ganhos e perdas simples que forma um cálculo utilitarista comum. Assim que o conteúdo do direito é determinado, a comunidade deve fornecer aos acusados de um crime, pelo menos, o nível mínimo de proteção contra o risco de injustiça exigido por esse conteúdo, ainda que o bem-estar geral, agora concebido sem nenhuma referência ao dano moral, mas apenas tal como constituído por ganhos e perdas simples, sofra consequências. Mas, em cada caso, o direito é um direito a esse mínimo de proteção, não um direito a tanta proteção quanto a comunidade poderia oferecer se estivesse disposta a sacrificar o bem-estar geral. O segundo direito, por exemplo, obriga a comunidade a uma aplicação coerente de sua teoria do dano moral, mas não exige que substitua essa teoria por uma diferente, que valorize mais a importância de evitar a punição injusta. Portanto, identificar e explicar esses direitos é uma resposta útil para a terceira questão relacionada anteriormente. O conteúdo desses direitos provê um meio-termo entre a negação de todos os direitos processuais e a aceitação de um grande direito ao máximo de exatidão.

A distinção entre esses dois direitos não é firme e segura. Pois a empresa exigida pelo segundo direito – encontrar a descrição de dano moral que está contemplada no Direito penal substantivo e processual como um todo – não consiste apenas em estabelecer uma documentação textual e histórica, embora isso seja parte do trabalho. Consiste também em interpretar essa documentação, e isso significa oferecer-lhe uma justificativa – processo que, como tentei explicar alhures, vale-se, embora não seja idêntico a ela, da citação de princípios que se consideram, de maneira independente, moralmente corretos[6].

Essa ligação entre reivindicações de coerência e reivindicações de correção independente é exibida nas várias tentativas do Supremo Tribunal de interpretar a cláusula do devido processo legal na Décima Quarta Emenda, que é a sede constitucional desses direitos, pelo menos para o processo criminal. Já se disse que essa cláusula protege, por exemplo, "aqueles princípios fundamentais de liberdade e justiça que se encontram na base de todas as nossas instituições civis e políticas" (*Hurtado contra Califórnia* 110 US 516, 1884), "a decência máxima de uma sociedade civilizada" (*Adamson contra Califórnia* 332 US 45, 1947), princípios que são "básicos em nosso sistema de jurisprudência" (*Re Oliver* 333 US 257, 1948), e, na mais famosa formulação da cláusula, "princípios de justiça tão firmemente enraizados na tradição e na consciência de nosso povo que são considerados fundamentais" e, por essa razão, "implícitos no conceito de liberdade organizada" (*Palko*

---

6. Ronald Dworkin, *Taking Rights Seriously* (Cambridge, Mass.: Harvard University Press, 1977; Londres: Duckworth, 1978), cap. 4.

contra Connecticut 302 US 319, 1937). Todos esses excertos de decisões constitucionais são tidos pelos constitucionalistas como, *grosso modo*, formulações diferentes da mesma ideia.

Não obstante, a história desempenhará um papel importante na determinação do conteúdo do segundo direito, o direito à coerência no processo, e, em alguns casos, não pode haver argumento mais forte para algum arranjo institucional que o argumento de que sempre foi assim. É difícil supor, por exemplo, que o Direito penal teria sido necessariamente muito diferente, se sua antiga prática tivesse exigido dez ou catorze jurados em vez de doze, embora a primeira escolha teria evitado muitos novos julgamentos e, portanto, economizado um bocado de gastos ao longo dos séculos, enquanto a segunda teria sido muito mais dispendiosa. É difícil resistir à suposição de que o número efetivamente escolhido foi, em grande parte, fortuito. Mas o número de jurados é, sem dúvida, uma consideração tão importante na proteção de um acusado contra a injustiça, quando se exige um veredicto unânime para sua condenação, que qualquer mudança significativa desse número – digamos, reduzindo-o para seis –, em casos de pena capital ou casos sob a ameaça de punições severas, seria considerada uma violação dos direitos do acusado, justamente porque seria uma diminuição significativa no nível de segurança proporcionado há tanto tempo ao centro do processo criminal. Numerosas decisões do Supremo Tribunal que aplicam a cláusula do devido processo legal contra os estados testemunham a importância do que poderia ser considerado como acidentes da história, transformados em doutrina constitucional pelo direito à coerência, agora concebido independentemente do primeiro direito ou direito de fundo a uma descrição correta do dano moral.

O segundo direito, portanto, atua como uma força conservadora distinta que protege o acusado de mudanças na avaliação do dano moral. Mas também atua como uma alavanca para a reforma, ao reconhecer como erros mesmo processos antigos – ilhas de incoerência que não podem ser inseridas em nenhuma justificativa que vincule o nível de importância ao fator de injustiça na condenação equivocada, necessária para explicar o fundamento do direito. Essa segunda função, reformadora, precisa ser manuseada com grande cuidado, pois deve respeitar o fato de que os processos criminais proporcionam proteção como um sistema, de modo que a força de uma norma de prova, por exemplo, pode ser compreendida erroneamente, a menos que seu efeito seja estudado em combinação com outros aspectos desse sistema. Se a lei não provê um fundo com o qual réus indigentes possam conduzir a cara pesquisa relevante para a defesa, isso pode demonstrar que se dá pouco peso ao dano moral de uma condenação injusta, a não ser que o efeito dessa falha seja avaliado como parte de um sistema que coloca um grande fardo de provas sobre a acusação e protege o réu também de outras maneiras.

Não obstante, não é uma resposta suficiente à objeção de que algumas características do Direito penal conferem um valor incoerentemente baixo à importância de evitar a injustiça, dizer que outras partes do direito do processo criminal erram na direção oposta. Pois o que deve ser demonstrado não é que os erros de cada lado da linha estabelecida irão cancelar-se mutuamente no decorrer do julgamento criminal, mas, antes, que um sistema de regras, tomado em conjunto, não oferece mais que o risco estabelecido em cada caso, dadas as exigências antagônicas exibidas nesse caso. A função reformadora também deve ser sensível ao ponto que observamos em nossa discussão da sociedade eficiente em custos. O valor que a sociedade confere ao dano moral pode ser estabelecido em outras partes de seu direito que não o processo criminal, de modo que esse processo poderia ser incompatível com o restante da prática jurídica e política, para além de qualquer incoerência interna no âmbito das próprias regras de processo.

No que diz respeito às funções de controle e reforma do segundo direito, porém, há espaço para a afirmação cética de que um princípio que permite divergência entre juristas sensatos não oferece nenhuma proteção genuína. Pois (como em quase todas as partes da análise jurídica) a questão de quanto a lei valoriza evitar o dano moral, e qual dos dois processos antagônicos chega mais perto do respeito a essa valoração, não são questões que admitem demonstração, e juristas sensatos irão discordar. Embora o segundo direito não seja tão inerentemente controverso na aplicação quanto o primeiro, pode quase sê-lo. Mas (novamente aqui como em outros casos) seria um erro considerar que a afirmação cética exclui a importância de um princípio moral ou jurídico ou que é uma desculpa para que não se proponha e defenda como persuasiva uma aplicação desse princípio. Pois a importância prática de um princípio contestável não é algo que possa ser estabelecido *a priori*, antes de verificar até que ponto o princípio nos afasta da injustiça (do que consideramos ser injustiça). Essa forma tola de ceticismo é, muitas vezes, uma profecia que cumpre a si mesma.

Onde estamos? Vimos que as pessoas levadas a um processo criminal não têm direito aos processos mais exatos possíveis para que se examinem as acusações contra elas. Mas têm dois outros direitos genuínos: o direito a processos que avaliem adequadamente o dano moral, nos cálculos que estabelecem o risco de injustiça que os ameaça; e o direito relacionado, e mais importante em termos práticos, de tratamento equitativo no que diz respeito a essa avaliação. É esse segundo direito que explica os casos de devido processo legal no Supremo Tribunal, alguns dos quais mencionei e que, em breve, considerarei em um contexto ligeiramente diferente. Proponho primeiro, porém, aplicar a descrição de processo criminal que desenvolvemos para a quarta e quinta questões que relacionei. Estas consistem no problema do processo civil, e na questão de determinar se o direito referente à prova, nos casos civis, exibe um defeito ou lacuna importante na teoria da prestação jurisdicional que afirma que os casos civis devem ser e, caracteristicamente, são decididos em bases de princípios, não de políticas.

Claramente, ninguém tem direito aos processos mais exatos possíveis para o julgamento de suas reivindicações no Direito civil. Não obstante, alguém acusado de delito por danos causados por dirigir com negligência, quando, na verdade, não estava ao volante, ou alguém que é incapaz de demandar uma reparação por dano à sua reputação porque não consegue descobrir o nome da pessoa que a difamou, ou alguém que perde um caso de contrato porque as normas de prova tornam confidencial a informação que teria fundamentado a reivindicação, sofre injustiça, embora o montante do dano moral possa ser diferente nesses diferentes casos. Portanto, os litigantes civis têm, em princípio, os mesmos dois direitos que descobrimos para os acusados de crime. Têm direito a processos justificados pela avaliação correta da importância do dano moral a que se arriscam no processo, e o direito correlato a uma avaliação adequada desse dano nos processos a eles proporcionados em comparação com os processos proporcionados a outros em diferentes casos civis.

O primeiro desses dois direitos é um direito referente à própria norma jurídica. Todos têm o direito de que a legislação estabeleça processos civis que avaliem corretamente o risco e importância do dano moral, e esse é um direito perante os tribunais, quando essas instituições atuam de maneira explicitamente regulamentar, como, por exemplo, quando o Supremo Tribunal aprova e publica regras de procedimento, independentemente de qualquer ação judicial. O segundo é um direito perante os tribunais em sua capacidade de prestação jurisdicional. É um direito à aplicação coerente da teoria de dano moral que figura na fundamentação da prática jurídica estabelecida. Nos Estados Unidos, o direito equivalente em julgamentos criminais é também um direito constitucional, por meio da cláusula de devido processo legal da Quinta e Décima Quarta emendas da Constituição. Isso significa que os tribunais têm o dever de conhecer os processos de revisão estabelecidos por legislação expressa para verificar se a teoria histórica do dano moral, adotada nas tradições da prática criminal, foi suficientemente respeitada. Não parece haver nenhum direito constitucional geral similar no campo civil. As cláusulas de devido processo legal foram interpretadas de modo a exigir, pelo menos, uma audiência e a forma de julgamento em certos tipos de processos civis que podem resultar na privação de propriedade[7]. Mas

---

7. Ver, p. ex., Mathews v. Eldridge 424 U.S. 319 (1976); Goldberg v. Kelly 397 U.S. 254 (1970).

o legislador não é obrigado, no campo civil, a nenhuma avaliação histórica do risco que vale a pena correr quando adota alguma nova norma de convencimento destinada a economizar dinheiro ou a conseguir algum benefício concreto para a sociedade como um todo – exceto por meio da operação da cláusula de igualdade perante a lei e de outros dispositivos destinados a assegurar que os cidadãos sejam tratados como iguais em cada uma dessas decisões. De qualquer modo, é o direito jurídico *tout court*, inteiramente separado de qualquer direito constitucional, que nos interessa nesta seção.

Quando introduzi esta questão, disse que casos como *D contra NSPCC* e *Granada* colocam um importante problema para as teorias de prestação jurisdicional, porque, nesses casos, argumentos sobre o que conduz ao bem-estar geral parecem desempenhar um papel de controle no litígio civil. As partes discordam não apenas sobre os direitos substantivos em questão, mas sobre os mecanismos jurídicos que serão usados para decidir essa questão final, e os juízes consideram o impacto, sobre a sociedade como um todo, dos diferentes mecanismos como, pelo menos em parte, pertinente à sua decisão dessa questão processual. Será que essa prática coloca em dúvida – ou mesmo constitui uma desajeitada exceção – à proposição geral de que a prestação jurisdicional é antes uma questão de princípio que de política?

Devemos notar, primeiro, que mesmo que as questões processuais fossem decididas como questões óbvias de política, isso não representaria nenhuma contradição clara à afirmação de que a questão substantiva subjacente é uma questão de princípio. Isso decorre do fato de que as práticas da sociedade eficiente em custos que discutimos, no campo criminal, não eram logicamente contraditórias. Mas haveria uma espécie de incoerência moral, paralela à incoerência moral que encontramos nessa sociedade. Pois a ideia de que a prestação jurisdicional é uma questão de princípio – de que alguém tem direito de vencer uma ação se a lei estiver do seu lado, mesmo que a sociedade em geral perca com isso, e mesmo que o direito de que se vale tenha por origem fundamentos de política – pressupõe que alguma importância distinta, pelo menos, é vinculada ao dano moral; e se é assim, então é moralmente incoerente deixar os processos que oferecem proteção contra esse dano moral a um cálculo utilitarista que nega esse pressuposto. Mas essas reflexões também demonstram por que a análise simplista, de que questões processuais em casos como *D contra NSPCC* e *Granada* são decididas sobre fundamentos de política, é enganosa. Pois a questão central levantada em tais casos é a de saber se a parte que pleiteia o benefício de determinado procedimento tem direito a fazê-lo, por força de seu direito geral a um nível de exatidão compatível com a teoria do dano moral expressa no Direito civil como um todo. Isto é, a questão diz respeito ao conteúdo do segundo direito que distinguimos. Isso explica por que os cálculos dos juízes não são (como seriam se a análise simplista fosse satisfatória) como os cálculos imaginados para estabelecer processos criminais na sociedade eficiente em custos. Os juízes que decidem casos controversos a respeito de prova e processo não pesam meramente o dano simples associado a uma decisão imprecisa com os ganhos sociais advindos de processos ou regras que aumentam o risco de decisões imprecisas. Pelo contrário, assim que temos à mão as distinções que trouxemos à tona, percebemos que os cálculos são, antes, aqueles adequados a um esquema de justiça que reconhece o direito processual distinto que identificamos como um direito jurídico.

Esse fato é às vezes tão obscurecido quanto revelado pela retórica judicial. Rupert Cross cita, por exemplo, a seguinte declaração de lorde Edmund Davies em *D contra NSPCC*:

> Como a revelação de todas as provas relevantes para o julgamento de uma questão é sempre matéria de considerável interesse público, a questão a ser determinada é se está claramente demonstrado que no caso particular o interesse público seria, não obstante, mais bem atendido pela exclusão de provas, apesar da sua relevância. Se, na ponderação, a questão permanecer duvidosa, deve-se ordenar a revelação[8].

---

8. [1978] AC em 245, citado em Rupert Cross, *Evidence*, 5ª ed. (Londres: Butterworths, 1979), p. 315.

Isso parece a linguagem da ponderação comum de custo- -benefício, arrematada por uma decisão a favor da revelação das informações relevantes. Mas, num segundo exame, não faz nenhum sentido se compreendida dessa maneira.

Não se pode pensar sensatamente que o público tem um interesse "considerável" em conhecer a identidade da pessoa que acusou D falsamente de crueldade para com os filhos, ou mesmo em conhecer a identidade de todas as pessoas acusadas de fazer tais acusações falsas. É difícil, por exemplo, imaginar qualquer decisão política que o público pudesse tomar de maneira mais inteligente se estivesse de posse dessa informação. Talvez haja pessoas de curiosidade mórbida, para as quais seria vantajoso ler o nome do informante nos tabloides matutinos. Mas não se pode considerar que esse ganho contrabalançaria a perda para as crianças, se o trabalho da organização corresse algum risco de sofrer com a revelação, e não justificaria a suposição a favor da revelação em casos "duvidosos". Com certeza, devemos compreender que a referência ao interesse público pela informação diz respeito ao seu interesse em que a justiça seja feita, não ao seu interesse pela informação em si. Contudo, mesmo essa formulação seria enganosa se se considerasse que diz respeito à preocupação efetiva do público em que a justiça seja feita no litígio civil, como poderia ser revelado, por exemplo, numa pesquisa do Gallup. Pois nem o juiz nem pessoa alguma tem qualquer percepção exata do grau em que o público se preocupa com isso – com certeza, alguns importam-se mais que outros e alguns não se importam nem um pouco – e nem ele nem qualquer outra pessoa pensaria que se deve revelar menos material em um litígio durante aqueles períodos inevitáveis em que o público como um todo importa- -se menos, talvez por estar mais ocupado com matérias de interesse sazonal, como o Campeonato Nacional.

Referências ao interesse do público pela revelação ou pela justiça somente fazem sentido como referências disfarçadas e enganosas aos direitos individuais, isto é, referências ao nível de exatidão a que os litigantes têm direito *em contraposição*, por exemplo, ao interesse público pelo fluxo de informação para órgãos públicos ou jornais úteis. Pois o público realmente tem um interesse inequívoco, do tipo que poderia ser detectado em alguma análise utilitarista, pela eficiência dessas instituições. O que está em questão, nesses casos, é se o litigante tem direito a um nível de exatidão, medido em termos do risco de dano moral, que deva prevalecer sobre esses interesses que são, de outro modo, importantes e legítimos. Essa é uma questão de princípio, não de política, embora seja, como espero que a discussão deste ensaio esclareça, uma questão de princípio especial em vários sentidos.

Primeiro, trata-se de uma questão que exige, na determinação do conteúdo de um direito, atenção para as consequências sociais de diferentes regras e práticas. Tentei, em outras partes, distinguir entre questões de política e questões de princípio que envolvem considerações importantes para prevenir a infeliz confusão entre esses dois tipos de questões sociais[9]. As consequências, porém, entram nos cálculos reforçando o direito em discussão, o direito a uma avaliação coerente da importância do dano moral, de um modo particularmente intrínseco. Pois nossa linguagem não nos proporciona uma métrica para formular esse conteúdo de maneira suficientemente detalhada para que seja útil, exceto de modo comparativo, isto é, expondo os tipos de ganho social que justificariam ou não correr um risco particular de uma espécie particular de dano moral. Essa é a consequência de algo que me esforcei para enfatizar, que o direito em questão é o direito de que seja atribuída uma importância particular ao risco do dano moral, não o direito a um nível global específico de exatidão no julgamento, passível de definição autônoma. Se uma determinada regra de instrução promove, ainda que marginalmente, a exatidão de um julgamento e não custa nada à sociedade, seja em despesa geral seja em políticas antagônicas específicas, a abstenção do tribunal em adotar essa regra demonstraria que ele estimou o risco de injustiça em quase zero. Mas se uma regra promovesse um alto grau de exatidão, mas custasse muito à comunidade, a absten-

---

9. Dworkin, *Taking Riths Seriously*, pp. 307 ss.

O FUNDAMENTO POLÍTICO DO DIREITO

ção de adotar essa regra seria compatível com uma estimativa muito alta do risco de injustiça.

A queixosa em *D contra NSPCC* argumentou que se fosse atribuído ao risco de injustiça civil seu valor normal, o perigo desse risco seria mais importante que a perda social que poderia decorrer da revelação do nome do informante. Não havia como o tribunal decidir se ela estava certa sem considerar não apenas o valor atribuído ao risco de injustiça em casos civis em geral – o valor sugerido nas observações de lorde Edmund Davies a respeito de casos duvidosos –, mas também o valor complexo para a sociedade do trabalho daquela organização. Mas seria um erro concluir que o tribunal, por ter considerado a segunda questão com certo detalhe, estava diante de um problema de política e não de princípio.

Em segundo lugar, o papel do princípio na decisão de um tribunal a respeito de questões processuais parece deixar margem ao arbítrio judicial e, portanto, para argumentos genuínos de política, de um tipo que normalmente não tem lugar em questões substantivas. Quando questões de substância estão em jogo, os direitos do réu começam onde terminam os do queixoso, de modo que, uma vez que se decida, por exemplo, que o queixoso não tem nenhum direito a indenizações por quebra de contrato, decorre daí que o réu tem direito a que não sejam conferidas indenizações por danos. Essa é a consequência, como tentei explicar em outro texto, não de alguma lógica intrínseca na gramática de direitos e deveres (pelo contrário, já que essa gramática tem três valores), mas, antes, do fato de que o Direito substantivo é exposto naquilo que denominei conceitos "dispositivos", como o da responsabilidade no contrato, cuja função é precisamente transpor a lacuna entre o fracasso do direito do queixoso e o sucesso do direito do réu[10]. Mas essa ligação entre as duas pretensões não é válida no caso do processo, pois está claro que o fato de o queixoso não ter direito à admissão de algum documento, por exemplo, não implica que o réu tenha direito à sua exclusão.

---

10. Ver cap. 5, "Não existe mesmo nenhuma resposta certa em casos controversos?"

Devemos ter cuidado para não compreender erroneamente esse ponto. O direito processual básico no litígio civil é o de que se avalie coerentemente o risco do dano moral de um resultado injusto, de modo que as decisões processuais de um tribunal não atribuam menos importância a esse risco do que lhe atribui o direito como um todo. Ambas as partes têm esse direito processual, embora, na maioria dos casos, apenas uma se valha desse direito para exigir algum benefício processual. Mas nenhuma parte tem qualquer direito *contra* processos *mais* exatos que a exatidão exigida por esse direito. Portanto, pode *parecer*, quando fica claro que a parte que requer a admissão de alguma prova não tem nenhum direito a isso, que ainda se apresenta uma questão genuína de política, a de determinar se a sociedade ganharia ou perderia por permitir provas desse tipo. Pois se o público ganharia mais com a revelação, então a razão para revelá-lo deveria ser antes o interesse do público que os direitos processuais de quaisquer das partes, e isso quer dizer que as razões para admiti-la devem ser antes de política que de princípio.

Contudo, deve estar claro, a partir da discussão precedente, que essa linha de argumentação fracassa. Ela pressupõe que o direito processual é um direito a um nível fixo de exatidão, não o direito à atribuição de certo peso ao risco de injustiça e dano moral. Se o direito fosse um direito a um dado nível de exatidão, então a decisão do tribunal seria tomada, como supõe o argumento, em dois passos: o primeiro, um julgamento de princípio perguntando se o nível de exatidão exigido seria alcançado, como questão de probabilidade antecedente, mesmo que a prova fosse excluída, e o segundo, um julgamento político, se as coisas fossem assim, de excluí-lo ou não. Mas como a decisão é a de determinar se o risco de dano moral foi devidamente avaliado, esses dois passos transformam-se em um. Pois se os cálculos de "política" indicam que o público não se beneficiaria com a exclusão dessa prova, ou de uma regra excluindo provas como essas, então uma decisão de, não obstante, excluir essa prova não indicaria absolutamente nenhuma preocupação com o risco de dano moral e violaria claramente o direito processual da parte que reivindica a admissão. Assim, embora as razões sejam diferentes, os cálculos instrumentais e de consequências associados às decisões processuais encontram-se tão plenamente fundados em argumentos de princípio quanto estão ao surgir em decisões substantivas. As consequências não figuram na decisão de admitir ou não provas às quais nenhuma parte tem direito, mas em decidir se uma das partes tem direito a obter essas provas.

A decisão do Tribunal de Apelação no caso *Granada*, apesar de barroca, ilustra bastante bem o fundamento em princípios dos argumentos voltados para as consequências do processo, embora o caso seja complicado pelo fato de a British Steel ter promovido a demanda reivindicando a informação que queria numa ação independente, sob o dispositivo encontrado em *Norwich Pharmacal*, não como parte de uma ação substantiva maior contra a empresa de televisão. O Tribunal de Apelação sustentou que a British Steel, "em princípio", não tinha direito à informação porque o perigo de que sofresse injustiça por falta dessa informação era superado pelo interesse público pelo livre fluxo de informação, que, segundo o Tribunal, seria prejudicado se informantes potenciais soubessem que seus nomes poderiam ser revelados em um litígio. Essa não foi uma mera análise de custo-benefício, pois conferia aos interesses de futuros queixosos na posição da British Steel um peso muito maior do que esses interesses teriam em tal análise. Ela equiparou esses interesses a interesses de evitar o dano moral. Não obstante, sustentou que esses interesses, adequadamente ponderados, eram menores que o interesse público pela notícia. Mas sustentou então que, nas circunstâncias particulares desse caso, levando em conta a conduta menos que exemplar da Granada, o interesse público não foi bem atendido pela proteção da confidencialidade do informante (é difícil perceber como a conduta da Granada solapou o valor da notícia que colheu para o público, mas é isso que o tribunal deve ter pensado, se sua decisão é racional). Nesse caso, porém, a ameaça de injustiça para com a British Steel não foi superada pelo interesse público nos fatos envolvidos no caso. Portanto, a abstenção de exigir a revelação teria violado o direito dessa companhia a uma atenção adequada para com a ameaça de injustiça sobre ela.

A sexta e última questão que distingui refere-se a se os cidadãos podem ter algum direito processual de participar do que são claramente decisões de política (além de seu direito a participar na eleição do governo que decide essas questões, como todos os cidadão fazem) porque essas decisões, de alguma maneira, afetam-nos particularmente. Essa questão é levantada, como disse, pela decisão *Bushell*, na Câmara dos Lordes, sustentando que, embora se exigisse uma audiência relacionada com a decisão do governo de construir uma estrada numa área particular como parte de um programa nacional, essa audiência não necessitava incluir nenhuma repergunta por residentes locais sobre a questão de se eram corretas as suposições gerais do departamento pertinente a respeito do fluxo de tráfico no país. Lorde Diplock, no discurso mais ponderado entre os juízes, disse que se a equidade exige a oportunidade de tais reperguntas depende "de todas as circunstâncias", o que inclui, "como mais importante, a própria opinião do inspetor quanto a se a discussão irá capacitá-lo a fazer um relatório mais útil ao ministro na tomada da decisão, o que seria suficiente para justificar as despesas e transtornos, para outras partes envolvidas na investigação, que fossem ocasionados pela prolongação resultante." Essa linguagem sugere que as pessoas particularmente afetadas pela decisão de planejar uma estrada não têm direito a absolutamente nenhum processo particular na condução de nenhuma audiência, além do que a lei poderia explicitamente prever, de modo que a decisão quanto a quais processos proporcionar é inteiramente uma questão de considerações políticas de custo-benefício, no estilo da sociedade baseada em custos e benefícios que imaginamos.

O exposto nas seções precedentes deste ensaio não sugere nenhuma falha no argumento de lorde Diplock – a menos que acreditemos que se o governo constrói uma estrada inadequada

O FUNDAMENTO POLÍTICO DO DIREITO 145

porque se vale de previsões erradas sobre o trânsito, comete um ato de injustiça para os que serão importunados por essa estrada. Uma estrada inadequada é um ato de injustiça? Considero que ninguém tem direito a que não se construa a estrada, no sentido estrito de que seria errado construí-la, mesmo que fosse uma política sensata fazê-lo. Suponha que digamos, porém, que, como uma decisão deliberada de construir uma estrada que se sabe não ser justificada por fins utilitaristas é um ato injusto e impõe dano moral a todos que perdem com isso, uma decisão equivocada de construir uma estrada que não se justifica por fins utilitaristas é também um ato de injustiça, embora de injustiça menos grave. Esse argumento poderia tentar valer-se de alguma analogia com a proposição de que a condenação equivocada de um inocente é um ato de injustiça, embora não tão grave quanto uma incriminação falsa e planejada. Mas a comparação é inválida porque não faz nenhum sentido dizer que uma pessoa tem direito ao que um cálculo utilitarista lhe proporciona, pelo menos no sentido em que podemos dizer que as pessoas têm direito de não ser punidas por um crime que não cometeram.

Mas o erro no presente argumento é mais profundo que isso, pois persiste mesmo se admitimos que, quando o governo comete um erro em seus cálculos de política, ele viola direitos de cada cidadão. Lorde Diplock considera que mesmo que a sociedade perca por causa de alguma decisão sobre uma estrada pode, não obstante, se beneficiar com processos que correm um risco maior de permitir esse tipo de erro do que com outros processos mais caros. Tudo depende de determinar se as custas processuais mais elevadas de, por exemplo, permitir o exame local de todas as características do programa nacional valem os ganhos que teriam probabilidade de resultar *previamente* no projeto efetivo do programa. Se não valem, então o fato, disponível apenas em retrospecto, de que o processo mais dispendioso teria efetivamente produzido um programa melhor, não indica que a abstenção em seguir esse processo privasse os cidadãos do que a utilidade recomenda. Pelo contrário, a melhor análise da utilidade prévia recomendaria o processo mais barato, acompanhado por um risco maior do programa pior, não o processo mais dispendioso seguido por uma probabilidade maior do melhor. Nesse caso, a decisão de não permitir a ampliação do debate deu aos cidadãos aquilo a que tinham direito a ter pela presente hipótese: a decisão que maximizava a utilidade média esperada. Assim, não violou equivocadamente seu direito alegado ao que o cálculo de utilidade recomendaria, mesmo que, de fato, tenha produzido uma estrada que o cálculo de utilidade condenaria. Naturalmente, a decisão quanto a se os processos mais dispendiosos valeriam o custo é, ela própria, uma decisão política. Mas o fato de que os números do Livro Vermelho estavam efetivamente errados não demonstra, mesmo em retrospecto, que os processos mais dispendiosos teriam sido melhores. O argumento de lorde Diplock é justamente o de que a decisão política secundária deveria ser tomada pelo governo, por meio do órgão administrativo em questão, não pelos tribunais.

Seria compreender muito mal esse argumento, porém, concluir que o julgamento sobre quais processos os órgãos administrativos devem seguir é sempre ou necessariamente uma decisão de política secundária que não deve ser tomada pelos tribunais. No controvertido caso de *Mathews contra Eldridge* (424 US 319, 1976), o Supremo Tribunal teve de decidir se o governo dos Estados Unidos podia suspender os benefícios de seguridade social de alguém sem uma audiência, em conformidade com a cláusula do devido processo legal. O Tribunal disse que a decisão sobre se a audiência era necessária dependia de três fatores:

> primeiro, o interesse privado que será afetado pela ação oficial; segundo, o risco de sacrifício equivocado de tal interesse devido aos processos usados, e o valor provável, se houvesse algum, de salvaguardas processuais adicionais ou substitutivas; e, finalmente, o interesse do governo, incluindo a função envolvida e os encargos fiscais e administrativos que a exigência processual adicional ou substitutiva acarretaria.

O Tribunal observou, no tocante a esse terceiro fator, que qualquer despesa adicional em que a administração fosse obrigada a incorrer, se a cláusula do devido processo legal fosse interpretada como exigindo audiências quando do cancelamento de benefícios, viria dos fundos disponíveis para outros beneficiários da seguridade social. Decidiu, com base nas avaliações que propôs, que a Constituição não exige uma prévia audiência para decidir sobre o encerramento de benefícios de seguridade social.

Embora seja difícil dizer, a partir da superfície da retórica judicial, se uma determinada avaliação deve ser um cálculo de custo-benefício no estilo utilitarista ou não (como vimos ao estudar o discurso de lorde Edmund Davies no caso *D contra NSPCC*), a linguagem do Supremo Tribunal nesse caso realmente é parecida com a de lorde Diplock em *Bushell*. E foi interpretada por comentaristas jurídicos como pedindo uma análise utilitarista inequívoca[11]. Se essa é a interpretação correta, o Tribunal cometeu um erro sério ao supor que sua avaliação é a que a Constituição exige. Pois, uma vez que o Congresso especificou quem tem direito a benefícios da seguridade social, as pessoas que o Congresso designou têm direito a esses benefícios. Decorre daí que há um fator de injustiça no dano ocasionado a essas pessoas quando elas são privadas erroneamente de seus benefícios, um fator de injustiça que não pode ser detectado por nenhum cálculo utilitarista, mesmo um cálculo refinado que coloque em jogo a questão do valor previsto da utilização de processos mais dispendiosos. Essa é a distinção importante entre *Bushell* e *Mathews*. Ninguém tem direito de que uma estrada não seja construída num lugar onde estragará a paisagem, mas as pessoas realmente têm direito a benefícios que o Congresso (sensatamente ou não) lhes assegurou. Há, portanto, um risco, não apenas de dano simples, mas de dano moral, em qualquer julgamento administrativo no segundo caso, um risco ausente no primeiro, e a utilidade é inadequada em um deles, mas não no outro.

Não quero dizer que a decisão do tribunal em *Mathews* foi necessariamente incorreta. Pois não somos confrontados

---

11. Ver, p. ex., Mashaw, "The Supreme Court's Due Process Calculus for Administrative Adjudication in *Mathews v. Eldridge*: Three Factors in Search of a Theory of Value", *University of Chicago Law Review*, 44: 28 (1976).

nesse caso – não mais do que no caso do processo criminal – com uma escolha evidente entre nenhum direito processual e um direito a algum processo específico, independentemente do custo. Os participantes do processo administrativo têm os mesmos direitos processuais gerais que os litigantes têm no tribunal, pois esses direitos são, primordialmente, direitos políticos. As pessoas têm direito de que o fator de injustiça seja levado em conta e devidamente avaliado em qualquer decisão que as prive daquilo a que têm direito em todos os processos destinados a examinar seus direitos substantivos. Mas daí não decorre automaticamente que têm ou não direito a uma audiência de qualquer âmbito ou estrutura particulares. Isso depende de uma variedade de fatores, que, claramente, incluem os que foram mencionados pelo Tribunal em *Mathews*. O Tribunal estava errado não por pensar que eram relevantes esses fatores, mas por supor que o valor do pedido do autor se referia apenas ao dano simples que ele sofreria se seus pagamentos fossem cancelados – se essa for a interpretação correta do que disse o Tribunal. O valor do pedido deve refletir a apreciação adequada do risco de dano moral, embora possa muito bem ocorrer que a balança se incline para o lado que nega uma audiência plena.

Como a questão apresentada ao tribunal num caso como *Mathews* é uma questão de princípio, que exige um julgamento quanto a ter sido satisfeito ou não o direito a uma avaliação compatível do risco de dano moral, trata-se de uma questão adequada para a prestação jurisdicional, e o Tribunal erraria se simplesmente aceitasse a decisão da administração nessa questão, embora possa acatar, com base no conhecimento especializado, o parecer do órgão administrativo quanto aos componentes consequenciais da questão. Mais uma vez, isso torna *Mathews* diferente de *Bushell*. No segundo caso, a questão do processo foi, ela própria, integrada a outras questões no julgamento de natureza política, sem nenhuma questão distinta de concessão de direitos. O esquema institucional geral que atribui questões de política ao executivo, e não aos tribunais, atribui a questão do processo à administração. Em *Mathews* há uma clara questão de princípio, e os tribunais não podem deferir, nessa matéria, sem ser infiéis à sua responsabilidade de dizer quais são os direitos constitucionais das pessoas.

Devemos agora perguntar, no entanto, se existem outras justificações – além do risco de injustiça substantiva que foi nossa principal preocupação neste ensaio – a favor de processos dispendiosos para órgãos administrativos ou outros. Em seu tratado mais recente e importante sobre Direito constitucional, Laurence Tribe sugere uma distinção entre dois fundamentos de princípio diferentes para as exigências constitucionais de devido processo legal em casos como *Mathews*. Ele diz que essas exigências podem ser compreendidas instrumentalmente, como estipulando processos que são justificados porque aumentam a exatidão dos julgamentos substantivos subjacentes, ou intrinsecamente, como algo a que as pessoas têm direito quando o governo age de maneira que as discrimina, a despeito de qualquer efeito que o processo possa ter sobre o resultado final. A segunda interpretação pressupõe, como ele diz, que

> o direito de ser ouvido e o direito a que se explique o porquê são analiticamente distintos do direito de obter um resultado diferente; esses direitos a intercâmbio expressam a ideia elementar de que ser uma *pessoa*, não uma *coisa*, é, pelo menos, ser consultado sobre o que se faz com uma ... Pois quando o governo age de maneira que discrimina determinados indivíduos – de maneira que pode ter como premissa suposições a respeito de pessoas específicas – ele ativa a preocupação especial de que, em vez de simplesmente *lidar com* as pessoas, *converse com* elas, pessoalmente, a respeito da decisão[12].

Tribe observa que as decisões efetivas do Tribunal parecem mais compatíveis com a primeira dessas duas interpretações da exigência do devido processo legal do que com a segunda, porque, segundo ele, o Tribunal talvez não tenha percebido a distinção.

---

12. Laurence Tribe, *American Constitutional Law* (Mineola, N.Y.: The Foundation Press, 1978), pp. 503-4.

Essa análise é de inegável interesse. Mas a referência à "preocupação especial" merece alguma atenção. Não pode pretender chamar a atenção simplesmente para um aspecto do dano simples que pode ser negligenciado. Pois, embora possa ser psicológico o fato de que algumas pessoas geralmente se importam mais com uma decisão adversa se ela for tomada impessoalmente, sem sua participação, esse é o tipo de dano que figura em qualquer cálculo utilitarista decente, não uma razão para que a decisão de promover uma audiência não deva ser baseada em tal cálculo. É duvidoso, de qualquer modo, se esse tipo de dano simples teria mais peso que a perda para outros beneficiários da seguridade social, ou dos programas de bem-estar federais, sobre os quais, no fim, recairia o custo de audiências dispendiosas.

Portanto, a "preocupação especial" deve ser o fato ou risco de algum dano moral, não apenas um tipo especial de dano simples. Mas não pode ser apenas o risco de injustiça substantiva, pois esse é o dano contemplado pela interpretação instrumental das exigências processuais. A interpretação intrínseca aponta para uma forma diferente de dano moral. Mas qual? A linguagem sobre conversar com as pessoas em vez de lidar com elas, e sobre tratá-las como pessoas e não como coisas, é de pouca importância no caso, como geralmente acontece na teoria política. Pois não mostra por que o dano indubitável das decisões injustificadas não é apenas o dano simples, e afirmações sobre quais formas de tratamento tratam uma pessoa como pessoa são, na melhor das hipóteses, conclusões de argumentos, não premissas. Tampouco é de muita ajuda a referência ao fato de que a decisão é sobre indivíduos particulares, não sobre grandes grupos de pessoas. Precisamos saber por que isso faz diferença. A única sugestão nessas passagens é a de que uma decisão sobre poucas pessoas "pode ter como premissa suposições a respeito de pessoas específicas". Mas isso nos traz de volta à exatidão, pois sugere que o dano moral encontra-se no fato de considerar que alguém tem ou não incapacidades ou qualificações particulares, e isso só pode ser visto como dano moral, sem mais razões, se a suposição for falsa.

Assim, é necessário mais trabalho para estabelecer um sentido relevante de dano moral, distinto de inexatidão. Talvez Tribe quisesse apenas sugerir que as exigências constitucionais do devido processo legal são justificadas porque decisões administrativas inexatas produzem dano moral, além de dano simples – caso em que seu argumento não exige uma distinção entre aspectos instrumentais e intrínsecos do devido processo legal, mas, antes, uma distinção no aspecto instrumental que chame a atenção para a importância da proteção contra um tipo de dano moral que está fora do âmbito de cálculos utilitaristas de custo-benefício.

Ainda assim, temos a intuição de que algo mais está em jogo nas questões processuais além desse tipo de dano moral. Suponha que uma pessoa seja punida, sem nenhum julgamento, por um crime que temos certeza de que ela realmente não cometeu. Sentimos que sofreu uma injustiça, mas é falso supor que isso tenha muita relação com o risco de que ela seria condenada, apesar de inocente. Pois temos certeza de que o risco era inexistente. Sem dúvida, nosso senso de injustiça aqui está ligado à ideia de que as pessoas devem ser ouvidas antes que a sociedade chegue oficialmente a certos tipos de conclusão a respeito delas. Mas essas conclusões devem conter algo que as desabone. Talvez não seja exagerado dizer que deve ser algo que acarrete seu descrédito moral, usando a moralidade, nesse caso, no mais amplo dos dois sentidos que John Mackie proveitosamente distinguiu[13]. Isso explicaria a ideia do instituto jurídico da perda de direitos civis, que é inconstitucional porque resultaria de determinações legislativas, não judiciais, da culpa dos indivíduos ou grupos nomeados.

Continua em aberto a questão sobre que dano moral, distinto do risco de injustiça substantiva, encontra-se nessas determinações de culpa *ex parte* que não oferecem nenhum papel ao indivíduo condenado. Essa é uma questão muito grande para ser esboçada aqui. Mas, sem dúvida, não existe nenhuma

---

13. John Mackie, *Ethics: Inventing Right and Wrong* (Nova York: Penguin Books, 1977), pp. 106-7.

questão sobre qualquer dano moral desse tipo em audiências públicas sobre rodovias como as que figuravam em *Bushell*. Pode haver mais espaço para discussão no caso de uma decisão de cancelar benefícios da seguridade social, mas isso, com certeza, deve depender do tipo de fundamento invocado ou implicitamente sugerido para o cancelamento.

Capítulo 4
*Desobediência civil e protesto nuclear**

Esta discussão sobre desobediência civil foi preparada para uma conferência sobre o assunto organizada pelo Partido Social-Democrata da Alemanha em Bonn. A ideia é nova para a maioria das plateias alemãs. Elas sabem que a desobediência civil foi muito discutida no que chamam de tradição anglo--americana; consequentemente, pediram-me que descrevesse a forma que a discussão assumiu na Grã-Bretanha e nos Estados Unidos. Na verdade, a história da ideia foi um tanto diferente nos dois países. Os Estados Unidos sofreram uma longa série de divisões políticas que tornaram os dilemas da legalidade particularmente agudos. A escravidão foi a primeira questão a produzir uma literatura filosófica, um debate nacional. Antes da Guerra Civil, o Congresso norte-americano aprovara a Lei do Escravo Fugitivo, que tornava crime os nortistas ajudarem escravos foragidos a escapar dos caçadores de escravos; muitas pessoas violaram essa lei porque suas consciências não permitiam que elas a acatassem. As seitas religiosas geraram uma segunda crise de anuência, de caráter bastante diferente. As testemunhas de Jeová, por exemplo, são proibidas por sua crença de saudar uma bandeira, e as leis de muitos estados exigiam que as crianças começassem o dia escolar saudando a bandeira norte-americana. A recusa das testemunhas em obedecer a essa lei desencadeou algumas das mais importantes decisões

---

* Esse ensaio é a adaptação de uma comunicação feita numa conferência sobre desobediência civil organizada por Jürgen Habermas, sob os auspícios do Partido Social-Democrata Alemão, em Bonn, setembro de 1983. © Ronald Dworkin.

do Supremo Tribunal em nossa história constitucional, mas seus atos foram vistos e julgados, inicialmente, como atos de desobediência civil.

Os europeus, com certeza, têm conhecimento das situações mais recentes de desobediência nos Estados Unidos. Martin Luther King Jr. é respeitado em todo o mundo. Ele conduziu uma campanha de desobediência contra as leis Jim Crow, que perpetuavam contra a sua raça, um século depois de terminada a Guerra Civil, as marcas da escravidão. Esse movimento de direitos civis fluiu e juntou-se a uma grande corrente de protestos contra o envolvimento norte-americano no Vietnã. A guerra originou alguns dos capítulos mais violentos da desobediência civil na história norte-americana e boa parte da literatura filosófica mais interessante a respeito do assunto.

A história inglesa da desobediência civil em épocas recentes é mais pobre. Pensa-se em Bertrand Russell, preso por pacifismo, e, antes disso, nas sufragistas e nos primeiros dias do movimento operário. Mas esses episódios não produziram nenhum persistente debate nacional a respeito dos princípios da desobediência civil; de qualquer modo, debates sobre princípios são menos comuns na Grã-Bretanha, menos compatíveis com o temperamento da vida e da política britânicas. Agora, porém, a Grã-Bretanha, juntamente com o resto da Europa ocidental e os Estados Unidos, tem nova ocasião de desobediência civil na polêmica e assustadora questão de decidir se as armas nucleares norte-americanas devem ou não ser instaladas na Europa.

Boa parte da literatura filosófica que acabei de mencionar parece, à primeira vista, excessivamente terminológica. Os filósofos políticos devotaram muita atenção à definição de desobediência civil, à questão de como ela é diferente de outros tipos de atividade criminosa politicamente motivada. Esses exercícios, porém, são terminológicos apenas na superfície. Têm como objetivo descobrir diferenças na qualidade moral de diferentes tipos de ações, em diferentes tipos de situações. As distinções aqui são de essência; vamos perdê-las de vista no calor da decisão e do julgamento práticos, a menos que estejam gravadas na teoria através da qual vemos o mundo político.

A desobediência civil, quaisquer que sejam as diferenças adicionais que possamos desejar estabelecer nessa categoria geral, é muito diferente da atividade criminosa comum, motivada por egoísmo, raiva, crueldade ou loucura. É também diferente – isso é mais facilmente negligenciado – da guerra civil que irrompe em um território quando um grupo desafia a legitimidade do governo ou das dimensões da comunidade política. A desobediência civil envolve aqueles que não desafiam a autoridade de maneira tão fundamental. Eles não veem a si mesmos – nem pedem aos outros que os vejam desta forma – como pessoas que estão buscando alguma ruptura ou reorganização constitucional básicas. Aceitam a legitimidade fundamental do governo e da comunidade; agem mais para confirmar que contestar seu dever como cidadãos.

Se pensamos na desobediência civil dessa maneira geral, abstraídas as distinções adicionais que estou prestes a fazer, podemos agora dizer algo que não poderíamos ter dito há três décadas: que os norte-americanos aceitam que a desobediência civil tem um lugar legítimo, ainda que informal, na cultura política de sua comunidade. Poucos norte-americanos, hoje em dia, condenam ou lamentam os movimentos da década de 1960 pelos direitos civis e contra a guerra. As pessoas do centro, assim como as da esquerda política, têm uma opinião favorável sobre os episódios mais famosos de desobediência civil, pelo menos em retrospecto. Admitem que essas ações realmente engajaram o senso moral coletivo da comunidade. A desobediência civil não é mais uma ideia assustadora nos Estados Unidos.

Que tipo de teoria da desobediência civil queremos? Se queremos que seja sólida, não oca, devemos evitar um atalho tentador. A desobediência civil é uma característica de nossa experiência política, não porque algumas pessoas sejam virtuosas e outras más, ou porque algumas têm o monopólio da sabedoria e outras da ignorância. Mas porque discordamos, às vezes profundamente, tal como discordam pessoas independentes com um vívido senso de justiça, a respeito de questões muito sérias de moralidade e estratégia políticas. Assim, uma teoria da desobediência civil é inútil se declara que apenas algumas pessoas estão certas ao desobedecer às leis e decisões que são más ou estúpidas, que a justeza da desobediência emana diretamente do caráter errôneo da lei. Quase todos concordarão em que *se* uma decisão particular é muito má, as pessoas devem desobedecer a ela. Mas essa concordância será inútil em casos particulares concretos, pois as pessoas discordarão então quanto a se a lei *é* tão má assim ou se é realmente má. Devemos aceitar uma tarefa mais difícil. Devemos tentar desenvolver uma teoria da desobediência civil que possa obter a concordância quanto ao que as pessoas devem efetivamente fazer, mesmo diante da discordância substantiva quanto à prudência ou justiça da lei que está sendo desobedecida. Mas isso significa que precisamos ter cuidado para *não* subordinar a justeza de qualquer decisão sobre a desobediência civil a saber qual lado é o certo na controvérsia subjacente. Isto é, devemos ter como objetivo tornar nossos julgamentos dependentes dos tipos de convicções que cada lado tem, não da solidez dessas convicções. Podemos chamar uma teoria desse tipo de teoria *operacional* da desobediência civil.

A chave para nosso sucesso encontra-se na seguinte distinção. Precisamos fazer duas perguntas diferentes e insistir na sua independência. A primeira é esta: o que é certo que as pessoas façam, *dadas* as suas convicções, isto é, o que é a coisa certa para pessoas que acreditam que uma decisão política é, em certo sentido, errada ou imoral? A segunda é: como o governo deve reagir se as pessoas violam a lei quando isso, dadas as suas convicções, é a coisa certa a fazer, mas a maioria que o governo representa ainda acha que a lei é bem fundada? Essas questões têm a estrutura formal de que necessitamos para produzir uma teoria sólida, pois as pessoas podem, em princípio, responder a elas da mesma maneira em qualquer ocasião particular, mesmo que discordem quanto aos méritos da controvérsia política subjacente. Os da maioria podem perguntar-se, no espírito da primeira questão: "O que para nós seria certo fazer se tivéssemos as crenças deles?". Os da minoria podem perguntar, no espírito da segunda: "O que para nós seria certo fazer se tivéssemos o poder político e as crenças da maioria?". Assim, pelo menos, podemos ter esperança de encontrar uma concordância preliminar quanto às melhores respostas a essas questões, embora não tenhamos o consenso a respeito das convicções morais e estratégicas substantivas em jogo.

Quando consideramos a primeira pergunta – sobre o que é certo que as pessoas façam se acreditam que as leis estão erradas – tudo depende do *tipo* geral de desobediência civil que temos em mente. Até agora, estive falando como se os famosos atos de desobediência civil que mencionei tivessem todos tido os mesmos motivos e circunstâncias. Mas não tiveram, e devemos agora observar as diferenças. Alguém que acredite ser profundamente errado negar ajuda a um escravo fugitivo que bate à sua porta e, pior ainda, entregá-lo às autoridades, acha que a Lei do Escravo Fugitivo exige que ele se comporte de maneira imoral. Sua integridade pessoal, sua consciência, o proíbe de obedecer. Soldados convocados para lutar numa guerra que julgam iníqua estão na mesma posição. Chamarei a desobediência civil de pessoas nessa circunstância de desobediência "baseada na integridade".

Compare com a posição moral dos negros que violaram a lei durante o movimento pelos direitos civis, sentando-se em balcões que lhes eram proibidos em busca do privilégio de comer hambúrgueres gordurosos ao lado de pessoas que os odiavam. Seria errôneo dizer que estavam lá por obedecer à consciência, que violaram a lei porque não podiam, com integridade, fazer o que a lei exigia. Ninguém tem o dever moral geral de buscar e reivindicar direitos que acredita possuir. Eles agiram por uma razão diferente: para opor-se a uma política que consideravam injusta e alterá-la, uma política de opressão de uma minoria pela maioria[1]. Os que violaram a lei no movimen-

---

1. Uso a palavra "maioria" em um sentido talvez especial: para designar os que, por enquanto, têm o controle da máquina política de um sistema político con-

to dos direitos civis e muitos dos civis que a violaram ao protestar contra a guerra do Vietnã pensavam que a maioria estava buscando seus próprios interesses e objetivos injustamente, pois o faziam desconsiderando os direitos de outros, os direitos de uma minoria interna, no caso do movimento pelos direitos civis, e de uma outra nação, no caso da guerra. Essa é a desobediência civil "baseada na justiça".

Esses dois primeiros tipos de desobediência civil envolvem, embora de diferentes maneiras, convicções de princípio. Há um terceiro tipo que envolve julgamento de política. As pessoas às vezes violam a lei não porque acreditam que a política a que se opõem é imoral ou injusta, tal como descrito, mas porque acham que é insensata, estúpida e perigosa para a maioria, assim como para qualquer minoria. Os recentes protestos contra a colocação de mísseis norte-americanos na Europa, na medida em que violaram a lei local, foram, na maioria das vezes, ocorrências desse terceiro tipo de desobediência civil, que chamarei de desobediência "baseada em política". Se tentássemos reconstruir as crenças e posturas das mulheres de Greenham Common, na Inglaterra, ou das pessoas que ocuparam bases militares na Alemanha, descobriríamos que a maioria – não todas, mas a maioria – não acreditava que a decisão de seu governo de aceitar os mísseis era a ação de uma maioria buscando seus próprios interesses na violação dos direitos de uma minoria ou de outra nação. Achava, em vez disso, que a maioria fizera uma escolha tragicamente errada do ponto de vista comum, não só do ponto de vista dos seus próprios interesses, mas do de todos os demais[2]. Pretendia não forçar a

---

venientemente democrático. Podem não ser a maioria numérica, mas têm o poder assegurado por meio de eleições, em processos que são, pelo menos aproximadamente, democráticos.

2. É verdade que algumas pessoas formularam argumentos de princípio contra a instalação de armas nucleares. Certos grupos religiosos afirmaram, por exemplo, que, como seria errado usar armas atômicas, mesmo defensivamente, também era errado ameaçar usá-las, mesmo que essa ameaça tornasse a guerra nuclear muito menos provável. Esse é um argumento de princípio um tanto rígido, até mesmo contraintuitivo, e a maioria das pessoas que faz campanha contra mísseis formula o argumento de política, muito diferente, de que mais mísseis não deterão a guerra nuclear, mas, ao contrário, irão torná-la mais provável.

maioria a manter-se fiel a princípios de justiça, mas simplesmente fazê-la recobrar o juízo.

Há um perigo evidente em qualquer distinção analítica que, como esta, repousa em diferenças de estados de espírito. Qualquer movimento ou grupo político incluirá pessoas de crenças e convicções muito diferentes. Tampouco as convicções de uma pessoa irão ajustar-se com precisão a categorias preordenadas. A maioria dos que protestaram contra a guerra norte-americana no Vietnã, por exemplo, acreditava que a política de seu governo era *simultaneamente* injusta e tola. Não obstante, a distinção entre tipos de desobediência civil (e as distinções adicionais que traçarei) são úteis e importantes porque nos permitem fazer perguntas hipotéticas mais ou menos da seguinte maneira. Podemos tentar identificar as condições em que os atos de desobediência civil seriam justificados se as convicções e motivos dos agentes fossem aqueles associados a cada tipo de desobediência, deixando a questão adicional de determinar se seria plausível considerar que as convicções em jogo numa determinada ocasião incluem convicções desse tipo.

Considere nesse espírito o primeiro tipo de desobediência civil, quando a lei exige que as pessoas façam o que sua consciência absolutamente proíbe. Quase todos concordariam, penso eu, que pessoas nessa posição agem corretamente, dadas as suas convicções, quando violam a lei. Naturalmente, a violência e o terrorismo não podem ser justificados dessa maneira. Se a consciência de uma pessoa não lhe permite obedecer a uma lei, tampouco deve permitir que mate ou fira pessoas inocentes. Mas é difícil pensar em outras ressalvas que uma teoria operacional teria de reconhecer aqui. Não poderia, por exemplo, acrescentar a tentadora ressalva adicional de que um cidadão deve ter esgotado o processo político normal, na medida em que este ofereça alguma perspectiva de reverter a decisão política a que ele se opõe. A desobediência baseada na integridade é, tipicamente, uma questão de urgência. O nortista a quem se pede que entregue um escravo ao proprietário, ou mesmo o escolar a quem se pede que saúde a bandeira, sofre uma perda definitiva ao obedecer e não é de muita valia para ele que a lei seja modificada logo depois. Outra ressalva é mais plausível. Uma teoria pode insistir em que um agente leve em conta as consequências e não viole a lei se o resultado provável, a seu ver, não for melhorar a situação, mas piorá-la. Mas essa preocupação consequencialista estaria longe de ser incontrovertida. Alguém deveria matar civis inocentes no Vietnã ou ajudar a devolver um escravo ao cativeiro apenas porque, se violasse a lei, estaria contribuindo para uma reação que levaria à morte de mais civis e manteria mais pessoas na escravidão? Talvez as pessoas tenham uma prerrogativa moral de recusar-se a fazer o mal mesmo quando sabem que, como resultado, mais mal será feito. Essa possibilidade, na verdade, é muito discutida na filosofia moral.

Volte-se agora, tendo em mente ainda a primeira de nossas duas questões principais, para a desobediência baseada na justiça, como o movimento pelos direitos civis e muitos dos protestos civis contra a guerra no Vietnã. Quando as pessoas estão certas em violar a lei para protestar contra programas políticos que acreditam ser injustos? Devíamos começar, mais uma vez, admitindo que a desobediência civil é, pelo menos às vezes, justificada nessas circunstâncias. Mas nossas condições agora serão muito mais estritas. Certamente insistiríamos na condição que rejeitamos para a desobediência baseada na integridade. As pessoas devem esgotar o processo político normal, buscando reverter o programa de que não gostam por meios constitucionais; não devem violar a lei a menos que esses meios políticos normais não ofereçam mais esperança de sucesso. Insistiríamos também na condição adicional consequencialista, que eu disse que seria problemática para a desobediência baseada na integridade e que, neste caso, parece essencial e inequívoca. Alguém cuja justificativa para violar a lei é "Mas estou fazendo isso para reverter uma política imoral", não tem nenhuma boa resposta para a objeção "Você está simplesmente favorecendo essa política com o que faz."

Essas duas condições adicionais refletem uma importante diferença entre os dois primeiros tipos de desobediência. A desobediência baseada na integridade é defensiva: tem como objetivo apenas que o agente não faça algo que sua consciência

O FUNDAMENTO POLÍTICO DO DIREITO 161

proíbe. A desobediência baseada na justiça, ao contrário, é instrumental e estratégica: procura um objetivo geral – o desmantelamento de um programa político imoral. Surgem assim, na nossa teoria a respeito do segundo tipo, ressalvas consequencialistas que não cabem na teoria sobre o primeiro tipo. E uma nova distinção torna-se imperativa. A desobediência baseada na justiça pode usar duas estratégias principais para alcançar seus objetivos políticos. Podemos chamar a primeira de estratégia persuasiva. Ela espera obrigar a maioria a ouvir os argumentos contra seu programa político, na expectativa de que a maioria mude de ideia e rejeite o programa. A segunda estratégia é não persuasiva. Não procura mudar a opinião da maioria, mas elevar o custo de dar prosseguimento ao programa que a maioria ainda prefere, na esperança de que esta julgue o novo custo inaceitavelmente elevado. Há muitas formas diferentes de estratégia não persuasiva – muitas maneiras diferentes de elevar o custo – e algumas delas são mais atraentes, quando disponíveis, que outras. Uma minoria pode elevar o custo, por exemplo, fazendo a maioria escolher entre abandonar o programa e mandá-la para a cadeia. Se a maioria tem os sentimentos normais de pessoas decentes, essa estratégia não persuasiva pode ser eficaz. No outro extremo, encontram-se as estratégias não persuasivas de intimidação, medo e angústia, e, no meio, estratégias de inconveniência e de despesa financeira: interromper o tráfego, bloquear importações, impedir órgãos ou departamentos oficiais de funcionar com eficiência ou mesmo de funcionar.

Obviamente, as estratégias persuasivas aperfeiçoam a justificativa para a desobediência baseada na justiça. Mas só o fazem quando as condições são favoráveis ao seu sucesso. As condições eram realmente favoráveis para o movimento pelos direitos civis nos Estados Unidos na década de 1960. A retórica da política norte-americana, durante algumas décadas, esteve impregnada do vocabulário da igualdade, e a Segunda Guerra Mundial elevara na comunidade a consciência da injustiça da perseguição racial. Não nego que houvesse e que ainda reste muita hipocrisia nessa retórica e nesse alegado compromisso. Mas a própria hipocrisia constitui uma alavanca para as estratégias persuasivas. A maioria, mesmo no sul, ficava envergonhada quando era obrigada a olhar para suas próprias leis. Não havia nenhuma possibilidade de uma maioria política dizer "Sim, é isso que estamos fazendo. Estamos tratando uma parte da comunidade como inferior a nós", e depois desviar os olhos com equanimidade. A desobediência civil forçou todos a olhar o que a maioria já não podia ignorar, por várias razões. Assim, as mentes mudaram, e a prova mais evidente dessa mudança é o fato de que, no meio da batalha, a lei tornou-se uma aliada do movimento, não uma inimiga.

Às vezes, porém, estratégias persuasivas não oferecem nenhuma grande perspectiva de sucesso, pois as condições estão longe de ser favoráveis, como é o caso talvez na África do Sul. Quando as estratégias não persuasivas são justificadas, se é que o são, na desobediência baseada na justiça? É ir muito longe, penso eu, dizer que nunca. A afirmação seguinte, cuidadosamente circunspecta, parece melhor. Se alguém acredita que um determinado programa oficial é profundamente injusto, se o processo político não oferece nenhuma esperança realista de reverter o programa em breve, se não existe nenhuma possibilidade de desobediência civil persuasiva eficaz, se estão disponíveis técnicas não persuasivas não violentas com razoável chance de sucesso, se essas técnicas não ameaçam ser contraproducentes, então, essa pessoa faz a coisa certa, dada a sua convicção, quando usa esses meios não persuasivos. Isso pode parecer extremamente frágil para alguns leitores, mas cada uma das ressalvas que relacionei parece necessária.

Chego finalmente à desobediência civil baseada na política: quando seus agentes buscam reverter uma política porque pensam que ela é perigosamente imprudente. Acreditam que a política a que se opõem é má para todos, não apenas para alguma minoria; acham que sabem, melhor do que a maioria, o que é do interesse dela, assim como do seu próprio interesse. Mais uma vez, podemos distinguir estratégias persuasivas e não persuasivas nesse novo contexto. As estratégias persuasivas pretendem convencer a maioria de que sua decisão, a respeito de seus mais altos interesses, está errada, e, assim, fazê-la renunciar ao programa a que antes favoreceu. As estratégias não persuasivas pretendem aumentar o preço que a maioria deve pagar por um programa que continua a preferir. A distinção entre estratégias persuasivas e não persuasivas é até mesmo mais importante no caso da desobediência baseada na política que na desobediência baseada na justiça, pois parece problemático que as estratégias não persuasivas possam ser justificadas numa teoria operacional da primeira. Para entender por quê, devemos observar um problema permanente para qualquer forma de desobediência civil. A maioria das pessoas aceita que o princípio do governo da maioria é essencial para a democracia; refiro-me ao princípio de que, uma vez estabelecida a lei pelo veredicto dos representantes da maioria, ela deve ser obedecida também pela minoria. A desobediência civil, em todas as suas várias formas e estratégias, tem uma relação tempestuosa e complexa com o governo da maioria. Ela não rejeita o princípio inteiramente, como poderia fazer um revolucionário radical; os desobedientes civis permanecem democratas no coração. Mas ela exige algum tipo de ressalva ou exceção, e poderíamos diferenciar e julgar os diferentes tipos e estratégias de desobediência combinados, perguntando que tipo de exceção cada um requer e se é coerente exigir essa exceção e, ainda assim, afirmar fidelidade ao princípio como um todo.

As estratégias persuasivas, quer figurem na desobediência baseada na justiça, quer na desobediência baseada na política, têm uma vantagem considerável aqui. Alguém cujo objetivo é persuadir a maioria a mudar de ideia, aceitando argumentos que acredita serem sensatos, claramente não desafia o princípio do governo da maioria de nenhum modo fundamental. Aceita que, no fim, a vontade da maioria deva prevalecer e pede apenas, por meio de uma ressalva ou anexo a esse princípio, que a maioria seja forçada a considerar argumentos que poderiam fazê-la mudar de ideia, mesmo quando ela, inicialmente, parece não estar disposta a isso. As estratégias não persuasivas não dispõem dessa explicação, e é por isso que, particularmente numa democracia, são sempre inferiores do ponto de vista moral. Mas quando as estratégias não persuasivas são usadas na desobediência civil baseada na justiça, sujeitas às condições que relacionei, podem, pelo menos, recorrer a uma exceção permanente e bem compreendida ao princípio do governo da maioria, não apenas nos Estados Unidos, mas também na Alemanha e em muitos outros países. Refiro-me à exceção admitida pelo poder constitucional dos juízes, de julgar nulos os atos dos representantes da maioria quando, na visão dos juízes, suas decisões infringem os princípios de justiça contidos na Constituição. Esse poder supõe que a maioria não tem nenhum direito de agir injustamente, de abusar do poder que detém servindo a seus próprios interesses à custa dos direitos de uma minoria. Não afirmo que a revisão judicial por um tribunal constitucional seja um tipo de desobediência civil não persuasiva. Mas apenas que a revisão judicial apoia-se numa ressalva ao princípio do governo da maioria – a de que a maioria pode ser obrigada a ser justa, contra a sua vontade – à qual as estratégias não persuasivas podem recorrer para explicar por que sua contestação ao governo da maioria é diferente da rejeição inequívoca deste.

A desobediência baseada na política não pode utilizar o mesmo recurso porque a ressalva permanente que acabo de mencionar não se estende a questões de política. Assim que se admite que a questão se refere apenas ao interesse comum – que não há nenhuma questão acerca dos interesses distintos da maioria e da minoria –, a razão convencional para limitar a maioria desaparece e surgem apenas candidatos dúbios ao seu lugar. Alguém que não espera persuadir a maioria a aceitar seu ponto de vista obrigando-a a levar em conta seus argumentos, mas sim fazê-la pagar tão alto por sua política a ponto de fazê-la desistir sem se convencer, deve recorrer a alguma forma de elitismo ou paternalismo para justificar o que faz. E qualquer recurso a *essa* forma realmente parece atingir as raízes do princípio do governo da maioria, atacar seus fundamentos em vez de simplesmente reivindicar sua elaboração ou uma ressalva para ele. Se esse princípio tem algum significado, é o de que, no fim, é a maioria, não uma minoria, que tem o poder de decidir o que é do interesse comum. Assim, os meios não persuasivos usados na desobediência baseada na política parecem ser os que têm menos chance de encontrar justificação em qualquer teoria operacional de caráter geral. Disse antes que a maioria dos que invadem terras ou lugares públicos para protestar contra a instalação de mísseis nucleares na Europa têm motivos que tornam sua desobediência uma desobediência baseada em política. Portanto, é importante examinar se eles podem considerar plausivelmente que o meio que utilizam é persuasivo, e isso, por sua vez, depende de se suas condições são suficientemente favoráveis ao sucesso de uma estratégia persuasiva. A diferença entre o movimento dos direitos civis e o movimento antinuclear é, nesse aspecto, razoavelmente nítida. Tornou-se óbvio, logo no início do movimento pelos direitos civis, que as *invasões* e outras técnicas de desobediência tinham força persuasiva, pois era claro que se tratava de uma questão de justiça e que o movimento tinha a tradição retórica, assim como a justiça, a seu lado. Era necessário apenas forçar o olhar de um número suficiente de pessoas que teriam vergonha de desviar o rosto. As questões de política na base da controvérsia nuclear são, pelo contrário, notavelmente complexas. Sem dúvida, não é evidente, de modo algum, se é mais provável que a colocação de mísseis na Europa irá desencorajar ou provocar a agressão, por exemplo, ou mesmo qual seria um bom argumento a favor de alguma das visões. É difícil perceber, nessas circunstâncias, como se poderia iluminar a discussão ou fortalecer o debate por meio de atos ilegais. Ao contrário, tais atos parecem tornar mais provável que o público como um todo preste *menos* atenção às questões complexas em que se deve basear qualquer visão inteligente, porque ele pensará que possui, pelo menos, uma razão simples e fácil de entender para colocar-se ao lado da política que seus líderes adotaram: a de que qualquer mudança nessa política significaria ceder à chantagem civil.

Se isso está certo, os que hoje apoiam a invasão e outros atos ilegais como protesto contra a política nuclear devem, se são honestos consigo mesmo, admitir que têm em mente uma estratégia não persuasiva. Pretendem elevar o preço de uma política que consideram ser um erro trágico, tornar o preço tão alto que a maioria ceda, embora isso signifique render-se à coerção da minoria. Assim, devem enfrentar a questão que eu disse ser altamente problemática: se uma teoria operacional sólida pode justificar esse tipo de desobediência. Pode ser útil examinar se julgaríamos adequado utilizar meios não persuasivos como atos de desobediência em protesto contra outras políticas, não nucleares, que as pessoas consideram gravemente equivocadas. A desobediência não persuasiva seria justificada contra um política econômica ruim? Os governos dos Estados Unidos e da Grã-Bretanha estão seguindo políticas econômicas que julgo insensatas porque agirão contra o interesse geral a longo e a curto prazo. Também penso, a propósito, que essas políticas econômicas são injustas; mesmo que estivessem a serviço dos mais altos interesses da maioria, ainda assim seriam injustas para com uma minoria que tem direitos perante essa maioria. Mas pretendo deixar de lado essa consideração adicional de injustiça neste argumento e supor apenas que muitas pessoas como eu acham a política monetarista errada para todos. O fato de acreditarmos nisso justificaria atos ilegais cujo objetivo fosse impor um preço tão alto, em inconveniência e segurança, que a maioria abandonasse sua política econômica, mesmo que continuasse convencida de que essa seria a melhor política?

Penso que a resposta é não. É claro, porém, que os riscos de uma estratégia nuclear ruim são muito maiores que os riscos de uma política econômica errada. O fato de que há muito mais em jogo invalida a analogia? Jürgen Habermas sustentava que a legitimidade política é ameaçada quando se tomam decisões de enorme consequência apoiadas apenas por uma maioria simples ou pequena[3]. Podemos recorrer a esse princípio para justificar a desobediência civil não persuasiva à decisão de aceitar os mísseis? A dificuldade é evidente. Pois exatamente

---

3. Em publicação anterior à conferência em que esse ensaio foi apresentado.

esse mesmo princípio seria válido contra a decisão do governo de *não* colocar os mísseis. Essa é uma decisão tanto quanto a decisão de aceitá-los, e, segundo pesquisas recentes, parece que não conseguiria obter nem uma maioria simples, e muito menos a extraordinária maioria exigida pelo princípio de Habermas. A presente controvérsia, em resumo, é a tal ponto simétrica que mina o valor desse princípio. Os que se opõem aos mísseis acreditam que a instalação causará um dano irreparável, pois ameaça a própria existência da comunidade. Mas isso é exatamente o que as pessoas do outro lado – e estamos supondo que são um pouco mais numerosas – pensariam sobre uma decisão de não colocar os mísseis. Elas acham que essa decisão tornaria mais provável a guerra nuclear e ameaçaria a existência da comunidade. Assim, ao aceitar mísseis, nenhum governo viola nenhum princípio de legitimidade que não teria violado ao rejeitá-los.

Não podemos ser dogmáticos a ponto de afirmar que nenhum argumento melhor do que o que pude desenvolver será encontrado a favor da desobediência civil nessas circunstâncias. Podemos apenas chegar à frágil conclusão de que os que defendem essa forma de desobediência civil têm agora o ônus de demonstrar como uma teoria operacional poderia aceitá-la. Podem dizer que esse desafio é irrelevante; que boas perguntas sobre quais justificativas poderiam ser aceitas por todos os lados de uma disputa tornam-se triviais quando o mundo está prestes a acabar. Há sabedoria nessa impaciência, sem dúvida, que não pretendo negar. Mas quando abandonamos o projeto deste ensaio, e subordinamos a correção do que fazemos inteiramente à sensatez do que pensamos, não podemos esperar respeito nem oportunidade por parte daqueles que pensam que somos ingênuos e tolos.

Estive falando, até agora, apenas sobre a primeira das duas perguntas principais que distingui no início. Quando as pessoas que se opõem a uma decisão política fazem a coisa certa, dadas as suas convicções, ao violar a lei? Serei mais breve no que diz respeito à segunda pergunta. Suponha que estejamos convencidos, após examinar a primeira pergunta, de que uma pessoa agiu corretamente, dadas as suas convicções, ao agir ilegalmente. Como o governo deveria reagir ao que ela fez? Devemos evitar dois erros grosseiros. Não devemos dizer que se alguém teve motivos, dadas as suas convicções, para violar a lei, o governo não deve puni-lo. Não existe nenhuma contradição e, muitas vezes, há muito sentido em decidir que alguém deve ser punido apesar de ter feito exatamente o que nós, se tivéssemos suas convicções, faríamos e teríamos obrigação de fazer. Mas o erro oposto é igualmente ruim. Não devemos dizer que se alguém violou a lei, por qualquer razão que seja e por mais honrosos que sejam seus motivos, sempre deve ser punido porque a lei é a lei. Os juristas, mesmo os mais conservadores, já quase não repetem essa máxima porque sabem que, na maioria dos países, pessoas que se sabe terem cometido um crime, às vezes, não são levadas a julgamento, e acertadamente. A ideia da discricionariedade da ação legal – numa ampla série de crimes devido a uma ampla variedade de razões para não instaurar ação legal – é um elemento consagrado da teoria jurídica moderna.

Quando o governo deve abster-se de punir? O utilitarismo pode ser insuficiente enquanto teoria geral de justiça, mas formula uma excelente condição necessária para a punição justa. Ninguém deve ser punido, a menos que a punição ocasione algum bem geral, a longo prazo, considerados todos os aspectos envolvidos. Obviamente essa condição não é suficiente para a punição. Mas é uma condição necessária, e às vezes evitará a decisão de promover ação legal por desobediência civil. Acho que a polícia alemã tomou a decisão certa em Mitlangen, por exemplo, ao ignorar os atos ilegais de protesto. Prender e processar os transgressores provavelmente teria causado mais mal do que bem.

Uma vez que rejeitamos essas duas alegações primárias e equivocadas – que é sempre errado processar alguém e que é sempre certo fazê-lo – enfrentamos uma questão mais difícil. Suponha que fizesse algum bem punir uma pessoa que violou o direito por causa de sua consciência; suponha que isso desencorajaria atos similares e, portanto, tornaria a vida mais pacífica e eficiente para a maioria. Não obstante, seria adequado não puni-la simplesmente porque seus motivos eram melhores que os motivos de outros criminosos? A sugestão soa elitista para muitas pessoas. Mas, assim que respondemos a nossa primeira questão, reconhecendo que alguém estaria certo ao violar a lei, dada a sua convicção de que a lei é injusta, parece incoerente não reconhecer isso também como uma razão que os promotores podem e devem levar em conta ao decidir acusar ou não, mesmo quando o teste utilitarista for positivo[4]. E como uma razão para punir mais brandamente alguém que foi processado e condenado. Ou seja, é uma razão que pode figurar na avaliação, juntamente com as razões utilitaristas a favor da punição. Essas razões antagônicas podem ser muito fortes, e, nesse caso, pesarão mais que o fato de o acusado ter agido em nome de sua consciência. Por isso é exagero dizer que pessoas que fazem o que consideram correto, dadas as suas convicções, nunca devem ser punidas por fazê-lo.

Tenho duas posições finais. A primeira é o reflexo da questão que acabo de discutir. As pessoas que agem por desobediência civil buscam a punição ou mesmo exigem ser punidas? Minha visão é simples. Acho que Sócrates estava errado ao pensar que a desobediência civil é incompleta, de certa maneira falsa, sem a punição, sem que o agente se apresente e diga: "Violei a lei da comunidade; punam-me." Entendo o apelo dessa visão, seu apelo dramático, mas parece-me errada e confusa. Não pode ser sensata, para começar, quando estamos considerando a desobediência baseada na integridade. Alguém que se recusou a ajudar caçadores de escravos ou a lutar numa guerra que julga imoral cumpre melhor seu propósito quando seu ato é dissimulado e nunca descoberto. A punição, é claro, pode ser parte da estratégia quando a desobediência é baseada na justiça ou na política. Alguém pode desejar ser punido, por

---

4. Ver Dworkin, *Taking Rights Seriously* (Cambridge, Mass.: Harvard University Press, 1977; Londres: Duckworth, 1978), pp. 206 ss.

exemplo, porque está seguindo a estratégia não persuasiva que mencionei, obrigando a comunidade a perceber que terá de prender pessoas como ela se prosseguir com certa política. Mas não devemos confundir esse argumento instrumental para aceitar a punição com qualquer exigência moral ou conceitual de submissão a ela. Se um ato de desobediência civil pode alcançar seu objetivo sem punição, isso geralmente é melhor para todos os envolvidos.

Trato, finalmente, de uma ressalva importante para o argumento como um todo. Estive supondo durante todo este ensaio que os atos que temos em mente como atos de desobediência civil são realmente violações do direito. Mas pode ocorrer que, numa visão mais refinada e esclarecida do direito, não o sejam. Habermas e outros enfatizaram a ambiguidade entre legalidade e legitimidade, indicando em que aspectos essas ideias poderiam ser opostas. Nos Estados Unidos e na Alemanha, cujas constituições reconhecem direitos políticos abstratos e também direitos jurídicos, haverá uma área adicional inevitável de ambiguidade quanto ao que é o direito. Muitos anos atrás, sustentei que a Constituição dos Estados Unidos, se bem compreendida, poderia de fato sancionar atos geralmente considerados como violações da lei[5]. Não me surpreenderia se houvesse argumentos do mesmo caráter a respeito do direito alemão atual, e sei que os constitucionalistas desse país consideram a possibilidade. Pouca coisa resultará disso, porém, se não tivermos o cuidado de observar uma distinção final muitas vezes ignorada na teoria jurídica.

Devemos decidir se esse argumento, de que atos considerados como desobediência civil são efetivamente protegidos pela Constituição, ainda é viável quando os tribunais determinaram que esses atos não contam, a seu ver, com tal proteção. Estamos bem familiarizados com o aforismo de que o direito é o que o tribunal diz que ele é. Mas isso pode significar duas coisas bem diferentes. Pode significar que os tribunais estão sempre certos quanto ao que é o direito, que suas decisões criam

---

5. *Ibid.*, pp. 208-9.

O FUNDAMENTO POLÍTICO DO DIREITO

o direito, de tal modo que, quando interpretam a Constituição de determinada maneira, essa no futuro será necessariamente a maneira certa de interpretá-la. Ou pode significar simplesmente que devemos obedecer às decisões dos tribunais, pelo menos de maneira geral, por razões práticas, embora nos reservemos o direito de sustentar que o direito não é o que eles disseram. O primeiro modo de ver é o do positivismo jurídico. Creio que está errado e, no fim, corrompe profundamente a ideia e o Estado de Direito. O argumento que exorto os alemães a adotar, de que o direito, bem compreendido, pode apoiar o que chamamos de desobediência civil, só pode ser um argumento efetivo quando rejeitamos esse aspecto do positivismo e insistimos em que, embora os tribunais possam ter a última palavra, em qualquer caso específico, sobre o que é o direito, a última palavra não é, por essa razão apenas, a palavra certa.

PARTE DOIS
O Direito como interpretação

Capítulo 5
*Não existe mesmo nenhuma resposta certa em casos controversos?**

Qual é a questão? Quando não existe nenhuma resposta certa para uma questão de Direito? Suponha que o legislativo aprovou uma lei estipulando que "contratos sacrílegos, de agora em diante, serão inválidos." A comunidade está dividida quanto a se um contrato assinado no domingo é, apenas por essa razão, sacrílego. Sabe-se que bem poucos legisladores tinham essa questão em mente quando votaram, e agora estão igualmente divididos quanto a se ela deve ser interpretada assim. Tom e Tim assinaram um contrato no domingo, e agora Tom processa Tim para fazer cumprir os termos do contrato, cuja validade Tom contesta. Diremos que o juiz deve buscar a resposta certa para a questão de se o contrato de Tom é válido, mesmo que a comunidade esteja dividida quanto a qual é a resposta certa? Ou é mais realista dizer que simplesmente não há nenhuma resposta certa para a questão?

Esse tema é central para um grande número de controvérsias sobre o que é o Direito. Foi debatido sob muitos títulos, inclusive a questão de se os juízes sempre têm poder de decidir em casos controversos e se existe o que os filósofos chamam de "lacunas" no Direito. Quero agora defender a visão impopular – que, nas circunstâncias acima descritas, a pergunta sobre o contrato de Tom pode muito bem ter uma resposta certa –

---

* Publicado originalmente em *New York University Law Review*, 53, n? 1 (abril de 1978). © Ronald Dworkin.

em oposição a certos argumentos sobre os quais se apoiam seus oponentes, consciente ou inconscientemente. Tentarei também demonstrar qual o significado da tese de nenhuma resposta certa e por que as ocasiões em que uma questão não tem nenhuma resposta correta em nosso sistema jurídico podem ser muito mais raras do que geralmente se supõe. Começarei, porém, insistindo num esclarecimento da questão que remove a ambiguidade problemática.

Certos conceitos jurídicos, como os de contrato válido, responsabilidade civil e crime, têm a seguinte característica: se o conceito é válido em determinada situação, os juízes têm o dever, pelo menos *prima facie*, de decidir certos pleitos num certo sentido, mas se não é válido, os juízes devem, *prima facie*, decidir os mesmos pleitos no sentido oposto. Chamarei tais conceitos de "dispositivos". Da maneira como falam e argumentam, os juristas parecem admitir, a respeito dos conceitos dispositivos, o que poderíamos chamar de "tese da bivalência": isto é, que em todos os casos, ou a asserção positiva, de que o caso enquadra-se num conceito positivo, *ou* a asserção oposta, de que não se enquadra, deve ser verdadeira mesmo quando é controvertido qual delas é verdadeira. Os juristas parecem presumir, por exemplo, que uma troca de promessas constitui ou não um contrato válido. Se constitui, então os juízes têm pelo menos o dever *prima facie* de fazer cumprir essas promessas se assim for requerido em sua jurisdição; mas, se não constitui, os juízes têm pelo menos o dever *prima facie* de não fazê-lo sobre fundamentos contratuais. Os juristas parecem supor que uma pessoa privada é responsável ou não, conforme o direito, pelo dano que seu ato causou; se for, os juízes têm o dever de condená-la à reparação dos danos, mas se não for, eles têm o dever de não fazê-lo. Eles parecem supor que uma determinada conduta, levando em conta a intenção e as circunstâncias, constitui ou não um crime; se constitui, e o autor não tem nenhuma outra defesa, o juiz (ou o júri) tem o dever de considerá-lo culpado; mas, se não constitui, o juiz (ou júri) tem o dever de julgá-lo inocente.

Se é verdade que uma troca de promessas constitui ou não um contrato válido, que alguém processado por um delito é ou não responsável por danos, e que alguém acusado de um crime é ou não culpado, então todos os casos em que essas questões são dispositivas têm uma resposta certa. Pode ser incerto e controvertido qual é a resposta correta, assim como é incerto e controvertido se Ricardo III assassinou os príncipes. Não decorreria dessa incerteza que não há nenhuma resposta certa para a questão jurídica, não mais do que parece decorrer da incerteza sobre Ricardo que não há nenhuma resposta certa para a questão de ter ele assassinado ou não os príncipes. Mas é verdade que uma troca de promessas sempre constitui ou não um contrato válido, ou que alguém sempre é responsável ou não por dano, ou culpado ou não de um crime?

Posso agora demonstrar a ambiguidade latente na tese de que em alguns casos uma questão de Direito não tem nenhuma resposta. Podemos distinguir duas versões dessa tese. Ambas negam que a tese da bivalência é válida para conceitos dispositivos importantes. Negam que uma troca de promessas sempre constitui ou não um contrato válido (e que um réu sempre é ou não responsável por dano etc.). Mas divergem quanto ao caráter do argumento que cada uma propõe. A primeira versão sustenta que a conduta linguística superficial dos juristas, acima descrita, é enganosa porque sugere que não há nenhum espaço lógico entre a proposição de que um contrato é válido e a proposição de que não é válido; isto é, porque não admite que ambas as proposições possam ser falsas. Na verdade, porém, se examinarmos mais profundamente a matéria, descobriremos que pode ser falso tanto que um contrato é válido como que não é válido; falso tanto que uma pessoa é responsável como que não é responsável por algum ato; e falso tanto que um determinado ato constitui um crime como que não constitui. Em cada caso ambas as proposições podem ser falsas, porque em cada caso, não esgotam o espaço lógico que ocupam; em cada caso, há uma terceira possibilidade independente que ocupa o espaço entre as outras duas. Nessa primeira versão da tese, a pergunta "O contrato de Tom é válido ou inválido?" é tão equivocada quanto a pergunta "Tom é jovem ou velho?". A segunda pergunta pode não ter nenhuma resposta correta porque ignora uma terceira possibilidade, que é a de Tom ser um homem de meia-idade. Segundo a primeira versão, a pergunta jurídica também ignora uma terceira possibilidade, que é a de que uma troca de promessas pode não constituir nem um contrato válido, de modo que os juízes tenham o dever de impor a troca, nem um contrato inválido, de modo que os juízes tenham o dever de não o impor, mas alguma outra coisa, que poderia ser chamada, por exemplo, de contrato "incoativo".

A segunda versão da tese de nenhuma resposta correta, por outro lado, não supõe que exista algum espaço lógico, nesse sentido, entre as proposições de que um contrato é válido e de que não é válido, ou de que uma pessoa é responsável ou não o é, ou de que um ato é um crime ou não o é. Não supõe que exista alguma terceira possibilidade e, no entanto, nega que uma das duas possibilidades disponíveis sempre seja válida, porque pode não ser verdade que uma delas o seja. Por essa segunda versão da tese, a pergunta "O contrato de Tom é válido ou não é válido?" é como a pergunta "Tom é de meia-idade ou não?". Pode não haver nenhuma resposta certa para a segunda questão se Tom tiver uma idade que se encontre na fronteira entre a juventude e a meia-idade, não porque reconhecemos categorias de idade distintas tanto da meia-idade como da não meia-idade, mas porque, no limite, é um erro dizer que alguém é ou não é de meia-idade.

Não pretendo sugerir, ao fazer essa comparação, que a segunda versão da tese deva supor que os conceitos de contrato válido, de responsabilidade e de crime são imprecisos como o conceito de meia-idade. Não obstante, como veremos, alguns argumentos a favor da segunda versão baseiam-se em afirmações sobre a imprecisão, outros são de caráter diferente sugerido pela seguinte comparação. Alguns filósofos acreditam que não existe nenhuma resposta certa para a questão de se Charles era corajoso se Charles estiver morto e se nunca deparou com qualquer ocasião de perigo durante sua vida, não porque "corajoso" seja impreciso, mas porque é errado dizer que um homem foi corajoso ou não corajoso se não podemos ter nenhuma prova pertinente à questão do que ele era[1]. A segunda versão da tese pode ser defendida, como também veremos, de uma maneira que parece mais próxima desse argumento que do argumento da imprecisão.

Podemos formular mais formalmente a diferença entre a primeira e a segunda versão da tese de nenhuma resposta correta. Definamos (~p) como a negação lógica de (p), de modo que se (p) é falso, (~p) é verdadeiro, e se (~p) é falso, (p) é verdadeiro. Representemos a proposição de que o contrato de Tom é válido como "p" e a proposição de que seu contrato não é válido como "não p". A tese da bivalência supõe que a questão sobre o contrato de Tom deve ter uma resposta certa, mesmo que não tenhamos certeza de qual é, porque (não p) é idêntico a (~p) e ou (p) é verdadeiro ou (~p) é verdadeiro, pois ((p) ou (~p)) é necessariamente verdadeiro. Ambas as versões da tese de nenhuma resposta correta concordam que isso é um erro, mas discordam sobre que tipo de erro é. A primeira versão argumenta que (não p) não é idêntico a (~p); (não p) devia ser representado como uma proposição (r) que não seja a negação lógica de (p) (não pretendo, com a escolha de "r" nessa representação, sugerir que a primeira versão deve sustentar que (não p) não está estruturado, mas apenas que não é a negação de (p)). Sem dúvida, ((p) ou (r)) não é necessariamente verdadeiro; não admite a possibilidade de (q), que não é nem (p) nem (r), mas outra coisa intermediária. A segunda versão, por outro lado, não nega que (não p) seja idêntico a (~p); em vez disso, sustenta que em alguns casos nem (p) nem (~p) são verdadeiros, isto é, que a bivalência não é válida.

Se alguma versão da tese estiver certa, então podem existir muitas ações judiciais em que seria errado dizer que qualquer uma das partes tem direito a uma decisão, e correto dizer que o juiz tem poder discricionário para decidir em qualquer um dos sentidos. Mas essa importante diferença existe.

---

1. Ver Michael Dummett, "Truth", em Peter Strawson (org.), *Philosophical Logic* (Oxford: Oxford University Press, 1967), pp. 64-6.

Se a primeira versão for válida, essa discricionariedade é prevista afirmativamente pela lei, não porque a lei distinga circunstâncias em que trocas de promessas, por exemplo, enquadram-se numa categoria distinta que tem a discricionariedade como consequência. Se a segunda versão for válida, por outro lado, segue-se a discricionariedade, não por previsão afirmativa, mas por ausência: como a lei não estipula nada, nem mesmo a discricionariedade, o juiz deve fazer o que puder, por sua própria conta.

A primeira versão

Podemos facilmente imaginar um sistema jurídico tal que, se alguém afirmasse que há sempre uma resposta certa quando se pergunta se os juízes têm o dever de impor o cumprimento de promessas recíprocas ou de recusar-se a fazê-lo, estaria cometendo um erro do tipo suposto pela primeira versão. Afinal, mesmo em nosso Direito, há muitas decisões que um juiz não tem o dever de tomar em nenhum sentido. É assim, por exemplo, quando o queixoso pede o adiamento em algum dia particular e o réu pede que isso seja negado. Também é assim quando o réu foi condenado por um crime para o qual a lei prevê uma sentença de três a cinco anos, e a promotoria pede a sentença máxima, enquanto a defesa pede a sentença mínima. O conceito de dever oferece um espaço entre a proposição de que o juiz tem o dever de decidir num certo sentido e a proposição de que ele tem o dever de decidir no outro sentido; esse espaço é ocupado pela proposição de que ele não tem nenhum *dever* de decidir, quer num sentido quer no outro, mas antes uma permissão ou, como dizem os juristas, um "poder discricionário" para decidir num ou noutro sentido.

Esse espaço pode ser facilmente explorado para introduzir uma forma de contrato que não é válida nem inválida, no sentido em que atualmente usamos esses termos, mas incoativa. O direito pode prever, por exemplo, que, se um contrato for firmado por duas pessoas, cada uma delas com 21 anos, é "válido", e os juízes têm o dever de aplicá-lo; se qualquer uma das partes tem menos de 16 anos, o contrato é "inválido", e os juízes não devem aplicá-lo; mas, se a parte mais jovem tiver entre 16 e 21 anos, o contrato é "incoativo", e o juiz tem o poder discricionário de aplicá-lo ou não, dependendo do que ele pensa ser a coisa certa a fazer. A lei pode estipular, de maneira similar, circunstâncias em que alguém que causou dano não é responsável nem não responsável por esse dano, mas, como poderíamos dizer, "vulnerável à responsabilidade", ou circunstâncias em que um ato não é nem um crime nem um não crime, mas, talvez, "criminoso". Em um sistema jurídico como esse, naturalmente, seria errado traduzir "O contrato de Tom é válido" como "*p*" e o "O contrato de Tom não é válido" como "~*p*" e, portanto, errado recorrer à tese da bivalência para argumentar que uma dessas proposições deve ser verdadeira.

A primeira versão da tese de nenhuma resposta correta afirma que, ao contrário do que parecem dizer os juristas, nosso sistema jurídico é realmente assim; isto é, que há, entre cada conceito dispositivo e sua aparente negação, um espaço ocupado por um conceito distinto, como o de um contrato incoativo, embora, na verdade, não tenhamos um nome específico para esse conceito distinto. Mas de que argumento dispomos para sustentar essa afirmação? É uma afirmação semântica, sobre o significado de conceitos jurídicos, e seria natural, portanto, sustentar essa afirmação recorrendo a uma prática linguística que seja decisiva. Mas, como os juristas realmente parecem tratar "não válido" como a negação de "válido", "não responsável" como a negação de "responsável", e "não é crime" como a negação de "é crime", o argumento não pode tomar esse curso normal. Não pode ser como o argumento de que "velho" não é a verdadeira negação de "jovem". O argumento pode prosseguir simplesmente chamando a atenção para uma prática linguística difundida, ou, o que é mais provável, simplesmente lembrando ao falante que cometeu o erro como ele, na condição de falante dessa língua, fala normalmente. Como o argumento jurídico não pode ser desenvolvido dessa maneira direta, não fica claro como pode sê-lo.

Seria evidentemente falacioso, por exemplo, argumentar a favor da primeira versão da seguinte maneira: "Há um espaço lógico entre a proposição de que um juiz tem o dever de aplicar o contrato e a proposição de que um juiz tem o dever de não o aplicar. Esse espaço é ocupado pela proposição de que ele tem o poder discricionário de aplicá-lo ou não. Como o dever de um juiz de aplicar um contrato é uma consequência da proposição de que o contrato é válido, e o dever de não aplicar um contrato é uma consequência da proposição de que o contrato não é válido, deve existir, portanto, um espaço paralelo entre essas duas proposições sobre o contrato, disponível para a proposição de que o contrato é incoativo."

Esse seria um argumento falacioso porque não decorre do fato de que o conceito de dever tem, nesse sentido, três valores, de que os conceitos usados para definir ocasiões de dever também devam ter três valores. No tênis, por exemplo, os juízes têm o dever de marcar falta se um saque sai inteiramente da quadra, e o dever de não marcar falta se ele não sai. Há um espaço entre as proposições de que um juiz tem o dever de marcar falta e de que ele tem o dever de não marcar falta, mas não decorre daí que exista um espaço entre as proposições de que o saque caiu inteiramente fora da quadra e de que não caiu. Os conceitos dispositivos são usados para descrever as ocasiões do dever oficial, mas não decorre daí que esses conceitos devam, eles próprios, ter a mesma estrutura que o conceito de dever.

Alguém que deseje defender a primeira versão da tese, porém, fará objeção a essa analogia, e com razão. Dirá, corretamente, que o conceito de contrato válido não descreve simplesmente as circunstâncias factuais sob as quais os juízes têm certo dever. Podemos facilmente imaginar as regras de tênis sendo mudadas, de modo que, por exemplo, o juiz tenha o dever de marcar falta se a bola cair na linha da quadra. Mas não podemos imaginar uma mudança nas regras do Direito, de modo que os juízes não tenham mais nem sequer o dever *prima facie* de aplicar um contrato válido; em todo caso, se tal mudança ocorresse, certamente diríamos que o próprio conceito de contrato teria mudado radicalmente. Pois usamos esse conceito (e os conceitos de responsabilidade por dano e crime) não apenas para relatar de maneira neutra que certos eventos, comparáveis à queda da bola em certa área, ocorreram, mas como um argumento em si de que certas consequências jurídicas, inclusive deveres públicos, decorrem desses fatos.

Embora, porém, isso com certeza seja verdadeiro, não está claro que conclusões úteis um defensor da primeira versão pode inferir. Suponha que ele levasse o assunto adiante e dissesse não apenas que os enunciados sobre contratos sempre oferecem fundamentos para afirmações sobre o dever público, mas que tais enunciados não podem ser distinguidos de enunciados sobre o dever. Poderia alegar, por exemplo, que dizer que um contrato é válido significa o mesmo que dizer que um juiz tem o dever de impor as promessas que o compõem, e dizer que ele é inválido significa o mesmo que dizer que ele tem o dever de não impor essas promessas. Se essas equivalências de significado são válidas, então a primeira versão da tese é uma decorrência inequívoca. Como há espaço entre as duas proposições sobre o dever judicial, e como as duas proposições sobre contratos significam a mesma coisa que as proposições sobre o dever judicial, também deve haver espaço entre as duas segundas proposições.

Esse argumento seria impecável se a teoria semântica na qual se baseia, de que proposições de Direito são equivalentes em significado a proposições sobre deveres públicos, fosse bem fundada. Mas não é. Devem existir algumas diferenças de significado entre a proposição de que um contrato é válido e a proposição de que os juízes têm o dever de impor as promessas que compõem o contrato, isso porque, normalmente, considera-se que o primeiro enunciado oferece um argumento a favor do segundo, e não apenas que constitui uma reafirmação do mesmo, que incorre em petição de princípio. Se existe uma ligação conceitual, não simplesmente contingente, entre conceitos dispositivos e direitos e deveres jurídicos, também existe uma ligação conceitual, não meramente contingente, entre tais conceitos e os tipos de eventos que relatam. Se um jurista diz que seu cliente tem direito a ganhar a causa porque o contrato pelo qual promove a ação judicial é válido, ou porque o contrato pelo qual está sendo processado é inválido, ele indica sua prontidão para propor certos tipos de argumentos e não outros, para apontar fatos relacionados com oferta, aceitação, capacidade, ilegalidade ou erro, em vez de outros tipos de fatos, na sustentação do pleito de seu cliente. A teoria semântica, que meramente traduz enunciados sobre contratos em enunciados sobre deveres públicos, obscurece, portanto, o papel importantes e distintivo dos conceitos dispositivos na argumentação jurídica. Esses conceitos propiciam um tipo especial de ponte entre certos tipos de eventos e as afirmações conclusivas sobre direitos e deveres válidos, quando provado que esses eventos ocorreram. Ambos designam premissas para afirmações conclusivas e insistem em que, se as premissas que designam não ocorrerem, é válida a afirmação conclusiva oposta, não apenas a negação da primeira. A necessidade de conceitos que tenham essa função na argumentação jurídica surge *porque* os conceitos de direito e dever em que se inserem as afirmações conclusivas são estruturados, isto é, porque há espaço entre as afirmações conclusivas opostas. Sua função é negar que o espaço assim oferecido possa ser explorado pela rejeição das duas afirmações opostas. Os conceitos dispositivos só podem preencher essa função porque a primeira versão da tese de nenhuma resposta correta é falsa; se houvesse espaço entre as proposições de que um contrato é e não é válido, esse conceito não poderia preencher o espaço oferecido pelos conceitos de direito e dever.

A analogia correta, nessa análise da matéria, não é entre conceitos jurídicos dispositivos e eventos factuais em um jogo, como uma bola caindo dentro ou fora de uma área física. A analogia correta é entre esses conceitos e conceitos dispositivos que cumprem a mesma função em um jogo. O conceito de um saque no tênis "dentro" ou "fora" *tout court*, em vez de dentro ou fora de uma área física, é um conceito dispositivo do tênis. Os eventos que levam a considerar um saque "dentro" podem mudar, dentro de limites, como quando as regras mudam de modo que um saque em cima da linha seja considerado "fora", mas o conceito dispositivo, não obstante, tem a função de ligar quaisquer eventos que constituam o fato de um saque ser "dentro" a deveres oficiais, de maneira a preencher o espaço deixado aberto pela estrutura das afirmações de dever.

Alguém que defenda a primeira versão da tese de nenhuma resposta correta, é claro, discordará da minha análise da função dos conceitos dispositivos. Dirá que a função desses conceitos é impor, não suprimir, a estrutura de afirmações de direitos e deveres. Mas não pode vencer antecipadamente essa disputa comigo; se acredita que o modo como os juristas usam o conceito justifica sua análise da função e não a minha, ele deve fornecer provas afirmativas extraídas da prática deles. Posso assinalar o fato de que os juristas tratam a afirmação de que um contrato não é válido como a negação da afirmação de que é válido, a afirmação de que alguém não é responsável como a negação da afirmação de que é, e assim por diante; e também posso demonstrar que os juristas não usam palavras do tipo que essa análise sugere que usariam, como contratos "incoativos" ou "vulnerabilidade à responsabilidade" ou atos "criminosos". Esses são argumentos poderosos a meu favor e, embora não sejam conclusivos, não vejo nenhum argumento que ele possa oferecer pelo seu lado.

Um argumento que ouvi em diversas formas, na melhor das hipóteses, incorre em petição de princípio. É o seguinte: "Um enunciado jurídico comum, como 'O contrato de Tom é válido', é apenas uma forma abreviada de um enunciado mais longo e preciso, a saber, 'A lei prevê que o contrato de Tom é válido.' De modo similar, o enunciado 'O contrato de Tom não é válido' é apenas uma forma abreviada do enunciado 'A lei prevê que o contrato de Tom não é válido.' Mas os dois enunciados mais longos podem evidentemente ser falsos. A lei pode simplesmente silenciar, isto é, não prever nada em sentido nenhum. Mas, nesse caso, como os dois enunciados mais breves têm o mesmo significado que os enunciados mais longos, os enunciados mais breves também são ambos falsos, que é exatamente o que prevê a primeira versão da tese de nenhuma resposta correta."

Devemos perguntar o que significa propor que "O contrato de Tom é válido" tem o mesmo significado que "A lei prevê que o contrato de Tom é válido." Pode ser que signifique que a segunda é uma maneira redundante de dizer a primeira, do mesmo modo que "Juridicamente, o contrato de Tom é válido" pode ser considerado uma maneira redundante de dizer "O contrato de Tom é válido." Nesse caso, porém, não se apresentou nenhuma razão para se supor que "A lei prevê que o contrato de Tom é válido" e "A lei prevê que o contrato de Tom não é válido" podem ser ambos falsos. Não é evidente que "Juridicamente, o contrato de Tom é válido" e "Juridicamente, o contrato de Tom não é válido" podem ser ambos falsos. Isso é o que a primeira versão deve provar, não pressupor. Se parece evidente para alguém que "A lei prevê que o contrato é válido" e "A lei prevê que o contrato não é válido" podem ser ambos falsos, isso é porque ele personifica "a lei", isto é, porque a considera uma pessoa que pode prever (p), ($\sim p$) ou nenhuma delas. Mas a lei não é uma pessoa.

Talvez, no entanto, a proposta se baseie não nessa redundância, mas numa semântica mais ambiciosa, que sustenta que proposições comuns de Direito têm o mesmo significado que proposições sobre o que alguma pessoa ou instituição disse. "A lei prevê que o contrato de Tom é válido" pode ser lido, com base nessa compreensão, como "As autoridades competentes aprovaram alguma regra segundo a qual contratos como os de Tom devem ser cumpridos", ou algo do tipo. Certamente pode ser falso que as autoridades competentes aprovaram essa regra ou alguma regra exigindo o contrário. Mas não é evidente que "O contrato de Tom não é válido" significa a mesma coisa que "As autoridades aprovaram alguma regra segundo a qual o contrato não é válido" (ou que "Tom não é culpado de um crime" significa a mesma coisa que "As autoridades aprovaram alguma regra segundo a qual o que Tom fez não é crime"). Pelo contrário, isso parece errado. Um forte argumento contra isso é justamente o fato de "O contrato de Tom não é válido" parecer a negação de "O contrato de Tom é válido" (e "Tom não é culpado de um crime" a negação de "Tom é culpado de um crime"). Portanto, o argumento em consideração (na segunda interpretação, assim como na primeira) não é um argumento a favor da primeira versão da tese de nenhuma resposta correta; antes pressupõe essa tese.

Mencionarei um argumento mais evidente que o defensor da primeira versão pode oferecer, o qual poderíamos chamar de argumento do realismo. Ele pode dizer que minha análise da função dos conceitos dispositivos deve estar errada porque, se estivesse certa, a prática jurídica seria grosseiramente irrealista no seguinte sentido: se examinamos as condições efetivas que a lei prevê para afirmar a validade de contratos, percebemos que, na verdade, às vezes não há nenhuma resposta certa para a questão de se esses requisitos são satisfeitos em um caso particular. Como não pode haver nenhuma resposta certa para a questão de se um acordo é sacrílego ou não, por exemplo, não pode haver nenhuma resposta correta para a questão de se o contrato de Tom é válido ou inválido, quer os juristas pensem que há uma resposta correta, quer não. Esse tipo de imprecisão ocorre com tal frequência que seria irrealista e, na verdade, impertinente os juristas insistirem em que, não obstante, não existe nenhum espaço lógico entre o conceito de um contrato válido e o de um contrato inválido. Isto é, a frequência de tais casos oferece um forte motivo para ajustar a semântica jurídica de modo a abrangê-los, e deveríamos esperar, portanto, que os juristas já tivessem feito esse ajuste. Eles podem não ter desenvolvido efetivamente nomes específicos para cada uma das terceiras categorias que foram forçados a reconhecer – talvez lamentem tais terceiras categorias e desejem ocultá-las do público em geral – mas, não obstante, têm de reconhecer tais casos como distintos. Se examinamos cuidadosamente as nuanças de seus argumentos, portanto, poderemos esperar perceber traços de um conceito inominado efetivamente em uso.

Exponho esse argumento do realismo porque penso que foi influente. Devemos notar, porém, que não é um argumento independente a favor da primeira versão da tese de nenhuma resposta correta; pelo contrário, supõe que a segunda versão já foi demonstrada. O senso comum que os juristas supostamente possuem é o senso comum necessário para aceitar a segunda versão da tese e adaptar sua semântica à veracidade dela. Podemos, portanto, ignorar perfeitamente o argumento do realismo e voltar-nos para a segunda versão da tese de nenhuma resposta correta. Se a segunda versão fracassa, o argumento do realismo desmorona; se a segunda versão é válida, o argumento do realismo não tem nenhum interesse filosófico independente.

A segunda versão

Considerarei os três argumentos em que poderíamos pensar como apoio para a segunda versão da tese de nenhuma resposta correta. A primeira supõe que a inevitável imprecisão ou textura aberta da linguagem jurídica às vezes torna impossível dizer que uma proposição de Direito particular é verdadeira ou falsa. A segunda supõe que as proposições de Direito, como a proposição de que o contrato de Tom é válido, têm uma estrutura oculta, explicada pelo positivismo jurídico, que explica como pode ser verdadeiro que nem o contrato de Tom seja válido nem que seu contrato não seja válido. A terceira fixa-se no fato de que, às vezes, como em nosso exemplo, uma proposição de Direito é contestada de tal maneira que nenhum lado tem qualquer chance de provar que o outro está errado; esse argumento supõe que as proposições de Direito inerentemente controvertidas não podem ser nem verdadeiras nem falsas.

O argumento da imprecisão

É uma ideia muito popular entre os juristas que a imprecisão da linguagem que usam garante que, inevitavelmente, não haverá nenhuma resposta correta para certas perguntas jurídicas. Mas a popularidade dessa ideia baseia-se na incapacidade de distinguir entre o fato e as consequências da imprecisão na linguagem jurídica consagrada.

Considere o argumento de que, como a palavra "sacrílego" é imprecisa, não pode haver nenhuma resposta certa para a questão de ser válido ou não o contrato de Tom. Reitero que o argumento comete um erro que não é importante no momento. Confunde o caso em que o legislador usa um termo impreciso, como "de meia-idade" ou "vermelho", com o caso diferente em que estabelece um conceito que admite concepções diferentes. Porém, não insistirei nessa diferença aqui, porque alguém que aceita a distinção pode simplesmente acreditar que, em cada caso, o que o legislador disse não dita uma resposta particular para a questão do contrato de Tom, seja porque usou um termo impreciso, seja porque, se eu estiver certo, pela razão diferente de que usou um conceito que admite concepções diferentes. Portanto, neste ensaio, vou supor que "sacrílego" é impreciso, e que a lei em questão é, por isso, imprecisa no sentido em que seria imprecisa uma lei prevendo que contratos assinados por pessoas de meia-idade não são válidos.

De qualquer modo, o argumento da imprecisão comete um erro adicional. Supõe que se o legislador aprova uma lei, o efeito dessa lei sobre o Direito é determinado exclusivamente pelo significado abstrato das palavras que usou, de modo que se as palavras são imprecisas, deve decorrer daí que o impacto da lei sobre o Direito deve, de alguma maneira, ser indeterminado. Mas essa suposição está claramente errada, pois os critérios de um jurista para estabelecer o impacto de uma lei sobre o Direito podem incluir cânones de interpretação ou explicação legal que determinam que força se deve considerar que uma palavra imprecisa tem numa ocasião particular, ou, pelo menos, fazer sua força depender de questões adicionais, que, em princípio, têm uma resposta certa. Esses critérios podem referir-se a questões de intenção ou a outros fatos psicológicos. Os juristas são livres, por exemplo, para argumentar que a extensão de "sacrílego", nessa ocasião de uso, deve ser restrita a casos que pelo menos uma maioria dos que votaram a favor da lei tinham em mente, ou que teriam desejado aceitar se lhes tivessem sido propostos. Mas os critérios não podem basear-se em fatos psicológicos. Pode o jurista afirmar, como eu mesmo fiz², que o impacto da lei sobre o Direito é determinado pela pergunta de qual interpretação, entre as diferentes possibilidades admitidas pelo significado abstrato do termo, promove melhor o conjunto de princípios e políticas que oferecem a melhor justificativa política para a lei na época em que foi votada. Ou pode sustentar a posição muito mais conservadora de que, se uma lei usa linguagem imprecisa, deve-se considerar que mudou o *status quo ante* apenas no âmbito justificado pelo âmago indisputável da linguagem empregada.

Essa última sugestão é interessante, não porque a recomendação de proteger o *status quo* seja popular ou atraente, mas porque demonstra vigorosamente que a imprecisão na linguagem jurídica consagrada não garante a indeterminação das proposições de Direito. Mas a sugestão está aberta a uma objeção evidente. Suponha que eu faça a sugestão desta maneira: (A) Se a proposição de que um contrato particular é sacrílego não é verdadeira, então o Direito deve tratá-la como falsa, de modo que todas as proposições de Direito que seriam verdadeiras se ela fosse falsa são verdadeiras. Pode-se retrucar que, assim como pode ser indeterminado se um contrato é sacrílego, também pode ser indeterminado se a proposição de que é sacrílego é verdadeira. Afinal, alguém que busque aplicar (A) na prática pode descobrir que está genuinamente confuso quanto to a determinar se (A) exige que ele trate um contrato particular como sacrílego ou como não sacrílego. Suponha que todos os contratos estejam ordenados num espectro que vai dos claramente sacrílegos aos claramente não sacrílegos. Haverá um grupo, numa das extremidades, para o qual a proposição "Este contrato é sacrílego" será verdadeira, e outro grupo, perto do meio, para o qual a proposição não será nem verdadeira nem falsa. Mas ainda há outros (aproximadamente a um terço do espectro) para os quais não está claro se é verdadeira ou nem verdadeira nem falsa. Portanto, instruções como (A) não podem eliminar a indeterminação, embora possam reduzi-la.

---

2. Ver Ronald Dworkin, *Taking Rights Seriously* (Cambridge, Mass.: Harvard University Press, 1977; Londres: Duckworth, 1978), pp. 81, 107-10.

Essa última objeção levanta algumas questões interessantes, mas não consegue refutar meu exemplo presente. Permita-me recapitular meu argumento com a Pessoa (*V*), que insiste em que a imprecisão na linguagem jurídica produz necessariamente indeterminação nas proposições de Direito. *V*, que acompanha a segunda versão da tese de nenhuma resposta correta, argumenta que se "ø" é um termo impreciso, então haverá sentenças da forma "*x* é ø" que são verdadeiras, outras que são falsas e, ainda, outras que não são nem verdadeiras nem falsas (isso é diferente da asserção, que seria feita por alguém que defendesse a primeira versão da tese, de que, em alguns casos, "*x* é ø" e "*x* não é ø" são ambas falsas). Respondo (nesta parte do argumento) que se é assim, então não haverá indeterminação se for adotado um princípio legal que exija que se a sentença "*x* é ø" não for verdadeira, seja tratada como falsa. Ora, o presente objetor (*R*) refuta que, embora isso possa reduzir a indeterminação, não pode eliminá-la; *R* sobe um nível de linguagem para afirmar que, se "ø" é impreciso, então haverá casos em que "'*x* é ø' é verdadeiro" não será verdadeiro nem falso. Se tento fazer frente a *R* modificando o princípio legal que recomendei para determinar que se "'*x* é ø' é verdadeiro" não é verdadeiro, então, deve ser tratado como falso, não consegui nada. *R* pode subir ainda mais um nível de linguagem e eu ficarei em sua perseguição para sempre.

Mas o movimento inicial de *R* é válido? Pode ser que "'*x* é ø' é verdadeira" não seja nem verdadeiro nem falso? Não, se sustentarmos o esquema original de *V*, de três valores de verdade exaustivos – verdadeiro, falso, nem verdadeiro nem falso. Se "*x* é ø" é verdadeiro, então "'*x* é ø' é verdadeiro" é verdadeiro; mas se "*x* é ø" é falso *ou* nem verdadeiro nem falso, então "'*x* é ø' é verdadeiro" é falso. Em nenhum dos três casos possíveis "'*x* é ø' é verdadeiro" não é nem falso nem verdadeiro. Assim, *R* parece ser vítima da própria formulação que *V* faz de seu argumento. O argumento de *V* supõe que as proposições de Direito são indeterminadas apenas quando alguma proposição da forma "*x* é ø" é indeterminada como consequência da imprecisão de "ø", mas também supõe que sempre que é indeterminado se "ø" é válido, então a proposição de que "x é ø" não é verdadeira[3].

Portanto, a objeção que estivemos discutindo pode ser posta de lado. Não há nenhuma razão para supor que não se pode encontrar nenhuma teoria geral da legislação que ofereça uma resposta para a questão do que acontece à lei quando alguma instituição usa linguagem imprecisa. Pode-se dizer agora, porém, que não existe tal teoria da legislação com aceitação geral. Se examinarmos as decisões de tribunais chamados a interpretar leis contendo termos imprecisos, descobriremos que os tribunais ou discordam quanto às técnicas de interpretação da

---

3. O argumento de *V* supôs a bivalência entre "é verdade" e "não é verdade". *R* pode negar isso e alegar que "é verdade" é impreciso? O argumento de *V* de que a imprecisão produz a indeterminação repousa na distinção entre "*x* não é ø" e "não é verdade que *x* é ø". Essa distinção é necessária para sua afirmação de que "*x* é ø", e "*x* não é ø" não poderia ser verdadeiro sem que uma fosse falsa. Só podemos compreender a distinção se tivermos critérios independentes para afirmar que algo é "ø" e afirmar que não é (com "independentes" quero dizer que os critérios para afirmar um não são apenas a ausência dos critérios para afirmar o outro). De outro modo, não poderíamos compreender a ideia de que nossos critérios não podem ser satisfeitos pela asserção de qualquer um deles. A alegada imprecisão de "ø" consiste nessa independência de critérios. Mas podemos distinguir dessa maneira entre (1) "*p* não é verdade" e (2) "não é verdade que *p* é verdade"? (1) diz (na análise que acaba de ser descrita) que os critérios para afirmar (*p*) não são cumpridos. Não diz que os critérios para afirmar (~*p*) são cumpridos. Mas (2) parece não dizer nada mais que a mesma coisa, isto é, que os critérios para afirmar (*p*) não são cumpridos. O que, mais ou menos, poderia se considerar que afirma? Mas se (1) e (2) não fazem diferentes afirmações, então não se pode demonstrar que "é verdade" é impreciso, pelo menos na teoria de imprecisão de *V*. O leitor pode ter a impressão de que *R* foi tapeado por esse argumento. Afinal, a circunstância para a qual *R* chamou a atenção poderia muito bem ocorrer, apesar de toda essa complexa argumentação. Uma pessoa a quem se diz que, se não é verdade que um contrato é sacrílego, ela deve tratar o contrato como não sacrílego, pode, ainda assim, achar difícil ter certeza de que não é verdade que o contrato diante dela seja sacrílego. Concordo. Mas isso é um problema para *V*, não para minha resposta a *R*. Alguém que defenda a tese da bivalência, que descrevi anteriormente, pode dizer que todo contrato é sacrílego ou não é, embora possa ser incerto qual das duas coisas é, e homens sensatos podem divergir a respeito. *V* deve demonstrar que essa afirmação é errada, pois a proposição de que um contrato é sacrílego pode não ser verdadeira nem falsa. O problema prático de *R* constitui (penso) um empecilho para toda a abordagem de *V*, pelo menos se for considerado um argumento a favor da segunda versão da tese de nenhuma resposta correta.

O DIREITO COMO INTERPRETAÇÃO

lei ou concordam apenas quanto a um conjunto de princípios que usam termos como "intenção" e "propósito", que são, à sua própria maneira, tão imprecisos quanto "sacrílego". Mas e daí? Mesmo que consideremos esses pronunciamentos dos tribunais como enunciados canônicos de Direito, tal como as leis, ainda deixamos em aberto a questão de como o direito é afetado pelo fato de os tribunais, *nesses* enunciados canônicos, terem usado termos imprecisos.

Imagine que coloquemos a questão sobre o contrato de Tom, para a qual supostamente não existe nenhuma resposta certa, desta maneira. Dado que o legislador aprovou uma lei que estabelece que contratos "sacrílegos" são nulos, dado seja o que for que possamos supor sobre o estado de espírito dos legisladores que fizeram isso, dado seja o que for que possamos supor sobre as atitudes do público em geral para com o Sabá, e dados os demais aspectos que possam ser relevantes, o contrato de Tom é válido, de modo que ele tem direito ao cumprimento do prometido, ou o contrato é inválido, de modo que Tom tem direito a não ser obrigado a cumpri-lo? A imprecisão do termo "sacrílego" e a imprecisão inerente a qualquer explicação que os legisladores possam ter dado de seu próprio estado de espírito ou os membros do público a respeito de suas atitudes, são fatos que devemos levar em conta. Não significam que nossa pergunta não tem nenhuma resposta certa. Se alguém agora assinala que os próprios enunciados que os juízes fazem sobre a interpretação de leis contêm termos imprecisos, simplesmente acrescenta mais um fato. Se concordamos em que esse fato é relevante para nossa pergunta, como claramente é, então poderíamos acrescentar à nossa lista de considerações que os juízes fizeram tais enunciados. Nada foi dito ainda, com base na imprecisão do termo "sacrílego", que nos faça duvidar que a pergunta tem uma resposta.

Enfatizo essa ressalva porque penso que a ideia geral, de que algumas questões jurídicas não têm nenhuma resposta certa porque a linguagem jurídica às vezes é imprecisa, não resulta da imprecisão, mas de razão diferente, que descrevo posteriormente, de que não pode haver nenhuma resposta certa para uma questão jurídica quando juristas sensatos discordam quanto ao que é a resposta certa. O conceito de contrato válido não é impreciso como o conceito de meia-idade, e, do fato de que às vezes a linguagem da lei relativa à validade de um contrato seja imprecisa, não decorre que também seja imprecisa a questão de ser o contrato válido ou não. Isso, porém, torna mais provável que os juristas discordem quanto ao contrato ser ou não válido do que se a lei não contivesse termos imprecisos – não porque o significado de termos seja decisivo em questões de validade, mas porque os juristas realmente discordam quanto às técnicas de interpretação e explicação usadas para responder a tais questões.

O argumento do positivismo

O positivismo jurídico tem muitas formas diferentes, mas todas apresentam em comum a ideia de que a lei existe apenas em virtude de algum ato ou decisão humanas. Em algumas formas de positivismo, esse ato é o ato de autoridade de uma pessoa ou grupo com poder político efetivo; em outras formas, pode ser um ato tão passivo quanto a aceitação geral e casual de uma regra baseada nos costumes; mas, em todas as formas, algum conjunto de atos é definido como necessário e suficiente. Podemos, portanto, enunciar a estrutura do positivismo, como tipo de teoria jurídica, desta maneira: se "p" representa uma proposição de direito, e "$L(p)$" expressa o fato de que alguém ou algum grupo atuou de maneira que torna (p) verdadeiro, então o positivismo sustenta que (p) não pode ser verdadeiro a menos que $L(p)$ seja verdadeiro.

Pode parecer, portanto, que o positivismo, em qualquer de suas diferentes formas, fornece um argumento a favor da segunda versão da tese de nenhuma resposta correta. Suponha que (p) não pode ser verdadeiro a menos que $L(p)$ seja verdadeiro, e que $(\sim p)$ não pode ser verdadeiro a menos que $L(\sim p)$ seja verdadeiro. Para qualquer valor plausível de "L", em alguns casos, tanto $L(p)$ como $L(\sim p)$ são falsos. Se "L" expressa o fato de que um poder soberano emitiu uma determinada ordem, por exemplo, pode ser falso que ele tenha ordenado esse ato, e também falso que tenha ordenado que esse ato não fosse praticado, ou seja, é falso que tenha proibido esse ato. Mas se $L(p)$ e $L(\sim p)$ são ambos falsos, então nem (p) nem $(\sim p)$ podem ser verdadeiros, que é o que sustenta a segunda versão da tese de nenhuma resposta correta.

Naturalmente, o fato de o positivismo jurídico sustentar a segunda versão da tese de nenhuma resposta correta não valeria como prova definitiva da segunda versão sem uma prova independente de que o positivismo está certo. Não obstante, como o positivismo, em uma forma ou outra, é uma teoria jurídica muito aceita, a ligação aparente entre essa teoria e a segunda versão, se pudesse ser sustentada, forneceria apoio importante à segunda versão e também explicaria a grande popularidade da tese de nenhuma resposta correta. Pode-se demonstrar, porém, que nenhuma das formas conhecidas de positivismo realmente sustenta a segunda versão, e que a única forma que poderia fazê-lo ofereceria sustentação apenas num grau muito limitado.

Podemos distinguir os tipos de positivismo não apenas distinguindo os diferentes valores dados a "L" na estrutura geral que descrevi, mas também distinguindo diferentes relações supostamente válidas entre (p) e $L(p)$. O positivismo semântico sustenta que (p) é idêntico em significado a $L(p)$, de modo que, por exemplo, "O contrato de Tom é válido" significa a mesma coisa que "Um poder soberano ordenou que contratos como o de Tom sejam cumpridos", ou algo do tipo. Claramente, o positivismo semântico não pode oferecer um argumento a favor da segunda versão da tese de nenhuma resposta correta. A segunda versão reconhece que "O contrato de Tom não é válido" é a negação lógica de "O contrato de Tom é válido"; reconhece que se a segunda proposição é representada como "p", a primeira deve ser representada como "$\sim p$". Se uma forma particular de positivismo semântico atribui a "L" um valor tal que $L(p)$ e $L(\sim p)$ não possam ser ambos falsos, então o argumento a favor da segunda versão da tese acima descrita, para essa forma de positivismo, se sustenta. Mas se atribui a "L" algum valor tal que $L(p)$ e $L(\sim p)$ possam ser ambos falsos (como faz a forma de comando do positivismo semântico), então ele se contradiz, porque, como (p) e $(\sim p)$ não podem ser ambos falsos, não é possível que (p) signifique a mesma coisa que $L(p)$ e $(\sim p)$ signifique o mesmo que $L(\sim p)$. O positivismo semântico, portanto, tem de negar que "O contrato de Tom não é válido" seja a negação de "O contrato de Tom é válido"; só tem o direito de negar isso, é claro, se já tiver sido demonstrado que o comportamento linguístico superficial dos juristas é enganoso no sentido que a primeira versão da tese afirma.

Existem, porém, formas de positivismo que não afirmam que a relação entre (p) e $L(p)$ seja de identidade de significado. Algumas formas de positivismo afirmam apenas a relação de vinculação lógica mútua, de modo que é logicamente necessário, por exemplo, que o contrato de Tom seja válido se um poder soberano determinou que contratos como o seu fossem aplicados e vice-versa. Outras afirmam apenas a relação ainda mais fraca da equivalência funcional de verdade, de modo que, sempre que o contrato de Tom for válido, será verdadeiro que algum poder soberano determinou que os juízes aplicassem contratos como o dele, e vice-versa.

É fácil demonstrar, porém, que nem o positivismo de vinculação mútua nem o positivismo de equivalência funcional de verdade podem sustentar a segunda versão da tese de nenhuma resposta correta. Apresentarei o argumento a favor da segunda forma, a forma mais fraca de positivismo; o argumento, obviamente, também é válido para a forma mais forte. Se (p) tem equivalência funcional de verdade com $L(p)$, então (p) é falso, e não simplesmente não verdadeiro, quando $L(p)$ é falso. Portanto, quando $L(p)$ é falso, $(\sim p)$, que é a negação lógica de (p), deve ser verdadeiro. Como $L(p)$ deve ser verdadeiro ou falso, então (p) ou $(\sim p)$ deve ser verdadeiro, que é o que a segunda versão nega.

O argumento do positivismo que descrevi anteriormente nesta seção é enganador, pois tira proveito da suposta distinção entre a negação interna de $L(p)$, que é $L(\sim p)$, e a negação externa de $L(p)$, que é $\sim L(p)$. Se (p) tem equivalência funcional de verdade com $L(p)$, então parece decorrer naturalmente que $(\sim p)$ tem equivalência funcional de verdade com $L(\sim p)$. Isso parece deixar $\sim L(p)$ sem equivalência nenhuma, de modo que parece plausível que nem (p) nem $(\sim p)$ sejam verdadeiros quando $\sim L(p)$ é verdadeiro. Mas tudo isso negligencia o fato de que se $L(p)$ é realmente equivalente a (p) e $L(\sim p)$ é equivalente a $(\sim p)$, então decorre da primeira equivalência que $\sim L(p)$ é equivalente a $(\sim p)$ e, portanto, que $L(\sim p)$ e $\sim L(p)$, sendo equivalentes à mesma coisa, são mutuamente equivalentes. O positivismo de equivalência funcional de verdade, se reconhece que a primeira versão da tese de nenhuma resposta correta é falsa, oferece um argumento contra, não a favor, da segunda versão.

Isso tem uma consequência interessante. Sempre se supôs que os valores que as formas tradicionais de positivismo atribuem a "L" usam os significados comuns dos termos que empregam, que a teoria do comando usa, por exemplo, o significado comum de "comando". Mas, a menos que o positivismo sustente a primeira versão da tese de nenhuma resposta correta, isso não pode ser assim. No significado comum de "comando", a proposição de que alguém mandou que um contrato não fosse aplicado não é equivalente à proposição de que não mandou que o contrato fosse aplicado. Mas se sustentamos que "O contrato de Tom é válido" tem equivalência funcional de verdade com "Os legisladores mandaram que tais contratos fossem aplicados", e que "O contrato de Tom não é válido" é a negação lógica de "O contrato de Tom é válido", então decorre daí que "Os legisladores mandaram que o contrato não seja aplicado" é equivalente a "Os legisladores não mandaram que o contrato seja aplicado"[4].

---

4. Neste ensaio, estou interessado apenas em demonstrar que o positivismo jurídico, mesmo se for verdadeiro, não oferece um bom argumento a favor da segunda versão da tese de nenhuma resposta correta. Esse parágrafo sugere um argumento contra o próprio positivismo (é, na verdade, uma maneira de formular o que, em várias conferências, chamei de "argumento simples" contra o positivismo). Não proponho prosseguir com o argumento neste ensaio, mas pode ser útil observar es-

De qualquer modo, nenhuma forma de positivismo que estipule a equivalência funcional de verdade ou a vinculação mútua entre qualquer proposição jurídica e alguma proposição acerca da elaboração da norma pode sustentar a segunda versão da tese de nenhuma resposta correta. Para que o argumento do positivismo seja eficaz, deve-se encontrar alguma forma de positivismo que torne especial a ligação entre essas proposições, de modo que uma proposição de Direito seja verdadeira

tes pontos: (1) O argumento, tal como apresentado aqui, falha diante do que chamei de positivismo semântico no texto. Falha, por exemplo, diante de uma forma de positivismo que afirma que "O contrato de Tom é válido" *significa* que os juízes têm o dever de aplicar o contrato, e a proposição de que "O contrato de Tom não é válido" *significa* que os juízes têm o dever de não aplicá-lo. Mas o positivismo semântico não é indefensável. (2) O argumento também falha diante de uma forma de positivismo que sustenta as seguintes afirmações. As proposições de Direito podem ser divididas em duas categorias, que podem ser chamadas de inerentemente positivas (ou inerentemente mandatórias ou alguma coisa do tipo) e inerentemente negativas (ou inerentemente permissivas etc.), tais que, para toda proposição de Direito e sua negação, uma é inerentemente positiva e a outra inerentemente negativa. Se é assim, então pode-se defender uma forma de positivismo que sustenta que uma proposição de Direito positiva é equivalente em função de verdade a algum enunciado a respeito de atos legislativos, de modo que, por exemplo, é verdadeira se e apenas se a autoridade soberana assim ordenou, mas que não é assim para proposições de Direito negativas, que podem ser verdadeiras em virtude de a autoridade soberana não ordenar a proposição positiva relacionada. Mas observe que essa forma de positivismo pressupõe um tipo de reducionismo. Isto é, supõe que todas as proposições de Direito que, na superfície, não afirmam nem negam deveres ou permissões podem ser traduzidas, sem nenhuma modificação nem perda de significado, em proposições que o façam. Também supõe que, quando essa redução é levada a cabo, cada proposição assim reduzida pertencerá a uma categoria oposta àquela a que é reduzida a sua negação, em vez de, por exemplo, cada uma ser vista como (no fundo) afirmações de permissão que não podem, como questão de Direito, ser ambas verdadeiras. Supõe, além disso, que a proposição normativa que expressa, de que tudo que não é proibido é permitido, corresponde à realidade da prática jurídica. Essa suposição pode ser razoável em casos em que o Direito intervém numa tábula rasa, como quando são estabelecidas normas jurídicas de propriedade para uma comunidade que não tem nenhum esquema de propriedade (pré-jurídico). Não é razoável quando alguma área do Direito desenvolve-se passo a passo em vez de instaurar e depois refinar algum princípio abrangente, como no caso, por exemplo, do desenvolvimento de grandes partes do direito sobre a negligência. Não considero essas breves observações como argumentos eficazes contra uma distinção canônica positiva/negativa (ou mandatória/permissiva), mas apenas como um lembrete das dificuldades que tal distinção deve vencer.

O DIREITO COMO INTERPRETAÇÃO

se, e apenas se, uma proposição sobre atos legislativos for verdadeira, mas não seja falsa quando essa proposição sobre atos legislativos for falsa. Nenhuma das formas ortodoxas de positivismo parece tornar plausível essa ligação especial e limitada. Se uma proposição jurídica é verdadeira quando, e apenas quando, um poder soberano emitiu uma espécie particular de comando, então por que não deveria ser falsa quando ele não emitiu esse comando? Se uma proposição de Direito é verdadeira apenas quando alguma regra da qual decorre a proposição foi estabelecida, adotada ou aceita de acordo com alguma regra de reconhecimento, por que não deveria ser falsa quando não foi estabelecida, adotada nem aceita nenhuma regra de tal tipo?

Tentarei sugerir, por meio de uma analogia, como um positivista poderia conseguir responder a essas perguntas difíceis e, com isso, tornar mais plausível do que parece essa ligação unilateral especial. Suponha que um grupo de estudiosos de Dickens pretenda discutir David Copperfield como se David fosse uma pessoa real. Eles propõem, por exemplo, dizer que David frequentou a Salem House, que foi industrioso etc. Poderiam muito bem desenvolver as seguintes regras básicas governando essas várias asserções:

(1) Qualquer proposição sobre David deve ser afirmada como "verdadeira" se Dickens a disse, ou se disse alguma outra coisa que teria sido incoerente caso Dickens a negasse.
(2) Qualquer proposição pode ser negada como "falsa" se Dickens a negou, ou se disse alguma outra coisa que teria sido incoerente caso Dickens a dissesse.

A primeira versão da tese de nenhuma resposta correta não seria válida nessa tarefa. Considere qualquer conceito que usamos para descrever pessoas reais, de tal modo que, se for verdade que uma pessoa tem o atributo em questão, é falso que ela não o tem, e, se é falso que ela tem o atributo, é verdadeiro que ela não o tem. Esse conceito terá o mesmo comportamento lógico na discussão literária. Se for verdadeiro que David frequentou a Salem House, então deve ser falso, pelas regras, que ele não a frequentou, e vice-versa. Se é verdadeiro que lá David teve um caso com Steerforth, então deve ser falso, pelas regras, que ele não teve, e vice-versa. Se é verdade que David tinha sangue tipo A, então é falso que não tinha, e vice-versa. Podemos até mesmo dizer, sobre David como pessoa real, que, para qualquer atributo, é verdadeiro que David ou tinha esse atributo ou não o tinha, porque a lei do terceiro excluído é uma verdade necessária que seria incoerente Dickens negar depois de ter dito absolutamente qualquer coisa sobre David.

Mas a segunda versão da tese de nenhuma resposta correta seria válida na tarefa literária, pois haveria muitas proposições sobre David que os participantes saberiam não ser possível afirmar como verdadeiras nem negar como falsas. Dickens nunca disse que David teve um caso homossexual com Steerforth e, se o negasse, isso não seria incompatível com nada do que disse. Mas ele não o negou e, se o afirmasse, isso não seria incompatível com nada do que disse. Assim, os participantes não podem afirmar nem negar a proposição, não porque carecem de informação suficiente, mas porque têm informação suficiente para ter certeza de que, pelas suas regras, a proposição não é verdadeira nem falsa.

Esse relato sugere uma forma de positivismo que provê a ligação especial que descrevi entre proposições de Direito e proposições sobre atos legislativos. O Direito é um empreendimento tal que as proposições de Direito não descrevem o mundo real da maneira como o fazem as proposições comuns, mas são antes proposições cuja asserção é garantida por regras básicas como as do exercício literário. Uma proposição de Direito pode ser afirmada como verdadeira, por essas regras básicas, se o poder soberano emitiu um comando de certo tipo, ou se funcionários adotaram certos tipos de regras de certa maneira, ou algo assim. A mesma proposição somente poderá ser negada como falsa se o poder soberano ordenou o contrário, ou se os funcionários adotaram um regra contrária etc. Essa forma de positivismo não pressupõe a primeira versão da tese de nenhuma resposta correta porque não sugere a existência de nenhum espaço conceitual, na instituição do Direito, entre qualquer proposição e sua negação aparente. Não supõe que a pro-

O DIREITO COMO INTERPRETAÇÃO 201

posição de que um contrato é válido e a proposição de que não é válido podem ser ambas falsas. Mas realmente sustenta a segunda versão da tese, porque demonstra como uma proposição particular pode não ser nem verdadeira nem falsa, não por causa de alguma imprecisão ou textura aberta na linguagem consagrada, mas porque as regras básicas da tarefa jurídica, como as regras básicas da tarefa literária que descrevi, têm essa consequência.

Devemos agora observar que essa forma de positivismo difere de outras formas mais conhecidas num aspecto importante. O positivismo ortodoxo, em cada uma de suas formas, afirma alguma espécie de ligação conceitual entre o direito e o ato ou atos particulares designados pela teoria como atos constituintes de lei. Para um positivista austiniano, por exemplo, o fato de o direito ser o comando do poder soberano não é simplesmente a consequência das práticas jurídicas particulares de alguns países. Pelo contrário, é constitutivo da própria ideia de direito. Mas a nova versão do positivismo que elaborei, baseada na analogia do exercício literário, não permite ao positivismo uma pretensão tão global. Ele deve contentar-se em dizer (como acontece) que os cidadãos e funcionários de uma determinada jurisdição seguem regras básicas sobre a afirmação e a negação de proposições jurídicas de tal modo que nenhuma proposição pode ser afirmada, a menos que um poder soberano tenha feito o comando adequado, ou negada, a menos que um poder soberano tenha feito o comando contrário, e que, por essa razão, há proposições de Direito que não podem ser afirmadas nem negadas. Todavia, sua afirmação não é a de que devem existir, em qualquer sistema jurídico, questões de Direito que por esse motivo não têm nenhuma resposta certa, mas, apenas, de que, por esse motivo, tais questões existem. Ele deve pelo menos reconhecer a possibilidade de outro sistema jurídico que siga regras básicas muito diferentes a respeito da afirmação e da negação de proposições de Direito, e deve também reconhecer que questões de Direito que não têm respostas certas no sistema que ele descreve têm respostas certas nesses outros sistemas, ainda que nenhum comando ou atos legislativos adicionais tenham ocorrido ali[5]. Não é difícil imaginar esses outros sistemas. Os participantes do exercício literário (retornando a essa analogia) escolheram regras básicas menos rigorosas. Poderíamos, na verdade, distinguir muitas variedades do exercício literário relaxando progressivamente essas regras básicas. A segunda forma do exercício poderia permitir, por exemplo, que proposições adicionais sobre David pudessem ser afirmadas como verdadeiras (ou negadas como falsas) se fosse realmente muito provável (ou realmente muito improvável) que uma pessoa real, que tivesse as qualidades verdadeiras para David segundo o exercício-padrão, também tivesse as características afirmadas nas proposições adicionais. A segunda versão da tese de nenhuma resposta correta ainda seria válida para a segunda forma do exercício literário, mas nessa forma haveria bem menos casos de questões que não têm nenhuma resposta correta do que na primeira, não porque os dados primários do que disse Dickens mudaram, mas porque as regras básicas agora garantem a afirmação ou a negação de muito mais elementos. Podemos imaginar uma terceira forma do exercício em que o número de tais perguntas seria reduzido a perguntas muito aborrecidas que ninguém desejaria fazer. As regras dessa terceira forma estipulam que uma proposição adicional sobre David pode ser afirmada como verdadeira (ou negada como falsa) se

---

5. Espero que o "novo" positivista não faça um tipo diferente de afirmação. Ele pode dizer que um sistema *jurídico* existe apenas se cidadãos e autoridades seguem as mesmas regras fundamentais que ele estipulou e que, se não o fazem (mas, ao contrário, seguem algumas regras básicas diferentes do tipo que descrevo em parágrafos subsequentes), então o sistema não pode ser considerado um sistema jurídico. Ele não poderia apresentar nenhuma justificativa na linguagem comum para esse exemplo de tirania linguística, de modo que sua teoria se tornaria simplesmente uma estipulação infrutífera, como se um estudante de literatura afirmasse que as diferentes formas de crítica literária descritas no parágrafo seguinte do texto não são formas de crítica *literária*. Cairia na mesma banalidade se dissesse que, apesar de um sistema político poder ser considerado um sistema jurídico, mesmo seguindo diferentes regras básicas, a resposta para a questão a respeito da função de um tribunal só poderia ser considerada uma resposta *jurídica* se fosse conformar a suas próprias regras fundamentais.

O DIREITO COMO INTERPRETAÇÃO

ela ajustar-se melhor (ou pior) que sua negação às proposições já estabelecidas, porque explica de maneira mais satisfatória por que David era o que era, disse o que disse ou fez o que fez segundo as proposições já aceitas. Na verdade, a crítica literária muitas vezes assume a forma de um exercício muito mais próximo dessa terceira forma do que das outras duas.

De modo semelhante, podemos imaginar formas diferentes da tarefa jurídica supondo regras básicas progressivamente menos estritas de afirmação e negação das proposições de Direito. Podemos imaginar uma incumbência como a primeira forma do exercício literário, na qual os participantes afirmam ou negam proposições de Direito apenas se algum legislador legítimo afirmou ou negou essas proposições, ou outras que se vinculam a elas. Mas também podemos imaginar uma tarefa muito mais parecida com a terceira forma, na qual os participantes afirmam (ou negam) proposições que se ajustam melhor (ou pior) à teoria política que oferece a melhor justificativa para proposições de Direito já estabelecidas.

A questão de se existe ou não uma resposta correta para qualquer questão específica de Direito dependerá essencialmente de qual das formas da tarefa jurídica está em jogo. Se for semelhante à primeira forma do exercício literário, então a questão quanto ao contrato de Tom ser válido ou não terá uma resposta certa com base nos fatos simples que estipulei no início do ensaio. Mas, por outro lado, se for como a terceira forma, essa questão, quase com certeza, terá uma resposta certa, pois é muito improvável, por razões que considerarei mais detalhadamente na próxima seção, que uma resposta não se ajuste melhor no sentido que acabo de descrever. Se um positivista deseja argumentar que, em casos como o de Tom, não há nenhuma resposta certa, de modo que a discricionariedade judicial deve ser exercida, quer queira quer não, então ele precisa demonstrar que nossa prática jurídica é como a primeira forma do exercício literário e não como a terceira (deixo de lado a questão de se a última valeria como descrição positivista do Direito). Contudo, se nosso sistema é mais parecido com a primeira forma do que com a terceira, é uma questão de fato. Portanto, mesmo que aceitemos a análise geral de Direito que ofereci, que sustenta que proposições jurídicas não são diretamente verdadeiras nem falsas em relação a algum parâmetro externo, mas, antes, proposições cuja afirmação ou negação é permitida por regras básicas que variam com a prática, nada podemos inferir, a partir dessa teoria geral do Direito, quanto à medida em que a segunda versão da tese de nenhuma resposta correta é verdadeira para qualquer jurisdição jurídica específica.

O argumento da controvérsia

Tratarei agora o que penso ter sido o argumento mais influente a favor da segunda versão da tese de nenhuma resposta correta, embora esse argumento nem sempre tenha sido reconhecido ou claramente exposto no pensamento daqueles que influenciou. O argumento pode ser apresentado na forma de uma doutrina que chamarei de tese da demonstrabilidade. Essa tese afirma que, se não se pode demonstrar que uma proposição é verdadeira, depois que todos os fatos concretos que possam ser relevantes para sua veracidade sejam conhecidos ou estipulados, então ela não pode ser verdadeira. Com "fatos concretos" quero designar fatos físicos e fatos relativos ao comportamento (incluindo os pensamentos e atitudes) das pessoas. Com "demonstrar" quero dizer fundamentar com argumentos de tal tipo que qualquer pessoa que compreenda a linguagem em que foi formulada a proposição deva assentir à sua veracidade ou ser condenada por irracionalidade.

Se a tese da demonstrabilidade é válida, então devem existir questões jurídicas para as quais não se pode dar nenhuma resposta certa, porque nem a proposição de que algum conceito dispositivo é válido nem a proposição de que ele não é válido podem ser verdadeiras. Se juristas sensatos podem discordar quanto a se contratos firmados no domingo são sacrílegos no sentido legal, porque sustentam visões diferentes sobre como devem ser interpretadas as leis que contêm termos imprecisos, então não se pode demonstrar a veracidade da proposição de que o contrato de Tom é válido, mesmo que todos os fatos sobre o que os legisladores tinham em mente sejam conhecidos ou estipulados. Portanto, pela tese da demonstrabilidade, não pode ser verdadeira. Mas o mesmo é válido para a proposição de que o contrato de Tom não é válido. Como nenhuma dessas proposições pode ser verdadeira, e como se supõem que elas esgotam o âmbito de respostas possíveis, então não há nenhuma resposta certa para a pergunta.

A tese da demonstrabilidade, portanto, oferece um argumento conclusivo em favor da segunda versão da tese de nenhuma resposta correta. Mas por que deveríamos aceitar a tese da demonstrabilidade? Naturalmente, qualquer um que abrace uma forma estrita de empirismo na metafísica irá aceitá-la. Se acreditamos que nenhuma proposição pode ser verdadeira exceto em virtude de algum fato que a faça verdadeira, e que não existe nenhum fato no mundo, a não ser os fatos concretos, a tese da demonstrabilidade decorre dessa metafísica. Somente seria possível acreditar racionalmente que uma proposição é verdadeira, mesmo que sua veracidade não seja demonstrada depois de conhecidos ou estipulados todos os fatos concretos, se houvesse alguma outra coisa no mundo em virtude da qual ela pudesse ser verdadeira. Mas se não há mais nada, não se pode acreditar racionalmente que ela é verdadeira; a impossibilidade dos fatos concretos em fazê-la verdadeira teriam esgotado qualquer esperança de fazê-la verdadeira.

Mas se, por outro lado, supomos que existe alguma outra coisa no mundo, além de fatos concretos, em virtude da qual proposições de Direito possam ser verdadeiras, a tese da demonstrabilidade, na forma em que a expressei, deve ser falsa. Suponha, por exemplo, que há fatos morais, que não são simplesmente fatos físicos ou fatos relativos a pensamentos ou atitudes das pessoas. Não quero dizer que existam o que às vezes se denominam fatos morais "transcendentes" ou "platônicos"; na verdade, não sei o que seriam. Pretendo apenas supor que uma determinada instituição social, como a escravidão, pode ser injusta, não porque as pessoas pensam que é injusta ou têm convenções segundo as quais ela é injusta, ou qualquer coisa do tipo, mas apenas porque a escravidão é injusta. Se existem tais fatos morais, então pode-se racionalmente supor que uma proposição de Direito é verdadeira mesmo que os juristas continuem a discordar quanto à proposição depois de conhecidos ou estipulados todos os fatos concretos. Pode ser verdadeira em virtude de um fato moral que não é conhecido nem estipulado. A tese da demonstrabilidade, portanto, parece depender de uma resposta à pergunta acerca do que existe. Meu objetivo, neste ensaio, não é tornar plausível a ideia de que os fatos morais existem, mas tentar sustentar a ideia de que existem alguns fatos, além dos fatos concretos. Quero, para esse propósito, considerar novamente a terceira forma do exercício literário que descrevi na última seção. Os participantes afirmam uma proposição sobre David como verdadeira (ou a negam como falsa) se essa proposição ajusta-se melhor (ou pior) que sua negação às proposições já estabelecidas, porque ela explica de maneira mais satisfatória por que David fez o que fez, disse o que disse ou pensou o que pensou, segundo as proposições estabelecidas.

Não pretendo levantar a questão de se pessoas fictícias são, em algum sentido, reais, de modo que se possa dizer que todas essas proposições são verdadeiras a respeito de alguém ou de alguma coisa. Isto é, não pretendo sugerir que, além dos fatos concretos, existem fatos como o de David Copperfield ter lido *Hamlet* pela primeira vez na Salem House. O exercício literário que imagino não precisa dessa suposição para ter sentido. Mas requer a suposição de que existem fatos de coerência narrativa, como o fato de que a hipótese de David ter tido uma relação sexual com Steerforth oferece uma explicação mais satisfatória para o que ele fez e pensou subsequentemente do que a hipótese de que ele não teve.

Isso não é, na minha opinião, um fato concreto. Não é o tipo de fato que seja, mesmo em princípio, demonstrável por métodos científicos comuns. Como ninguém nunca teve exatamente a história e o caráter que Dickens disse que David tinha, não podemos fornecer argumentos de probabilidade comuns, mesmo quando conhecidas todas as histórias de pessoas reais, que convenceriam necessariamente qualquer homem racional a aceitar ou rejeitar a hipótese. Em alguns casos, o argumento a favor de uma proposição será tão forte, sem dúvida, que diremos que qualquer participante que não concorde com essa proposição é incompetente para o exercício. Em outros casos, não diremos isso; diremos que há tanto a dizer sobre ambos os lados que a discordância entre participantes competentes seria razoável.

Suponha que o exercício prossiga com relativo sucesso. Os participantes muitas vezes concordam e, mesmo quando discordam, compreendem suficientemente bem os argumentos de ambos os lados para classificar cada conjunto, por exemplo, numa ordem aproximada de plausibilidade. Suponha agora que um filósofo empirista examina os procedimentos do grupo e diz que não existem fatos de coerência narrativa ou que, de qualquer modo, não existem tais fatos quando homens razoáveis podem discordar quanto ao que eles são. Acrescenta que ninguém, portanto, pode ter razão para pensar, em resposta aos termos do exercício, que o argumento de que David teve um caso com Steerforth é mais forte que o argumento de que ele não teve. Por que deveriam ser persuadidos pelo que ele diz? Esse caso não é como o exemplo de Dummett a respeito da bravura de Charles, que mencionei anteriormente. Os participantes realmente têm razões para preferir uma proposição à outra, ou pelo menos acham que têm, e, mesmo quando discordam, cada um deles pensa que pode distinguir casos em que seus oponentes têm razões genuínas a seu lado de casos em que eles não têm. Se todos cometeram um erro, e nenhuma razão existe, é difícil entender por que pensam que podem fazê-lo e como seu exercício chegou a ter tal êxito.

O argumento do filósofo seria comprometido, além disso, pela seguinte consideração. É muito provável que, se fosse convidado a participar do exercício, descobriria, pelo menos depois de escutar o grupo por algum tempo, que mesmo ele teria opiniões acerca da coerência narrativa e seria capaz de fornecer argumentos que os outros reconheceriam como argumentos, e assim por diante. Mas como pode dizer que acredita ser mais provável que David tenha tido um caso com Steerforth, e oferecer razões para essa opinião, e ainda assim sustentar que ninguém pode ter razões para tal opinião ou que todas as convicões desse tipo são ilusões? Suponha que diga que, embora seja verdade que ele e os outros participantes têm tais opiniões, eles as têm apenas como participantes, de modo que seria inteiramente impossível para um observador ou crítico independente dizer que as opiniões de um participante são superiores às de outro. O observador ou crítico independente teria essas opiniões, se viesse a ser um participante, mesmo em casos controvertidos? Se não, então os participantes, com razão, terão dúvidas quanto à capacidade dele de julgar seus debates. Mas, se for assim, ele realmente pensa, após refletir, que alguns dos participantes têm o argumento melhor, a saber, aqueles com quem ele concordaria. Por que deixaria de ter essa opinião, e que razões teria para sustentá-la, quando se retira do debate e reassume o papel de crítico? Naturalmente, ele não pode demonstrar suas opiniões, seja como participante seja como crítico, mais do que os outros participantes podem demonstrar as suas. Mas o fato de um crítico estar nessa posição não oferece mais argumentos a favor da tese da demonstrabilidade que o fato de um participante estar na mesma posição.

Poderíamos agora tomar a ofensiva contra o filósofo e afirmar que o sucesso alcançado no exercício constitui uma razão para supor que existem os fatos de coerência narrativa sobre os quais os participantes debatem. Ele poderia opor-se a esse argumento tentando demonstrar que o fato de um determinado participante sustentar uma opinião particular sobre a coerência narrativa pode ser explicado satisfatoriamente considerando-se apenas a personalidade, os gostos e a história do participante, de modo que não é necessário, para explicar suas opiniões, supor nenhum fato objetivo ao qual esteja reagindo, da maneira como normalmente supomos fatos objetivos ao explicar por que as pessoas têm opiniões a respeito de fatos concretos. É incerto como ele poderia demonstrar isso. Talvez possa inventar uma máquina capaz de prever, com grande precisão, qual seria a opinião de um participante acerca de qualquer possível pergunta sobre David, assim que fosse alimentada com informações altamente específicas sobre a química sanguínea do participante. Naturalmente, é muito especulativo dizer que, se a máquina fosse construída, forneceria tais previsões no caso desse exercício literário, mas não no caso de, por exemplo, astrônomos debatendo sobre o número de luas de Júpiter. Se a tese da demonstrabilidade depende da hipótese de que a máquina forneceria resultados positivos em um caso, mas não em outro, então ela se apoia numa base muito frágil.

Suponhamos, não obstante, que tal máquina pudesse ser construída e que forneceria uma informação judiciosa sobre o exercício literário. O que se segue? Seria lícito se o filósofo concluísse que o exercício literário é especial no seguinte sentido: em muitos exercícios, incluindo as ciências experimentais, os participantes são instruídos a reagir a suas observações do mundo exterior de um modo que aumente nosso conhecimento coletivo do mundo. No exercício literário, os participantes são instruídos a responder a certas questões altamente específicas que, como a máquina supostamente provou, não podem ser consideradas questões sobre o mundo exterior. São instruídos a submeter suas respostas às disciplinas da reflexão e da coerência e, depois, a fazer certas afirmações que a instrução que receberam os autoriza a fazer com base na autoridade dessas respostas assim disciplinadas. O exercício, conduzido por participantes assim instruídos, serve a um propósito – talvez recreativo ou cultural – que não é aumentar nosso conhecimento coletivo do mundo exterior.

Suponha que realmente possa ser feita a distinção, ou alguma versão mais refinada, entre atividades como a astronomia e atividades como os jogos literários. Seria uma descoberta importante e, certamente, gostaríamos de marcar a distinção de alguma maneira. Suponha que um filósofo argumente que, em consequência da distinção, não deveríamos dizer que as proposições afirmadas pelos participantes do exercício literário podem ser verdadeiras ou falsas. Se ele explicasse que desejava marcar a distinção importante dessa maneira, poderíamos ou não concordar que a restrição que ele sugere seja uma forma adequada de fazer isso. Mas devemos ter cuidado para estipular o que não se deve inferir da decisão de restringir assim o uso de "verdadeiro" e "falso".

Não se deve inferir, por exemplo, que os participantes não têm nenhuma razão para pensar que um julgamento de coerência narrativa é superior a outro quando discordam a respeito de qual é superior. Eles ainda têm a razão que a atividade os ensina a reconhecer – o fato de sua resposta disciplinada e refletida às diferentes perguntas que eles fazem por exigência da atividade. O filósofo pode admitir isso, mas depois dizer que eles devem reconhecer que a atividade que os encoraja a fazer julgamentos desse tipo baseia-se numa ilusão. Mas se o exercício cumpre o seu propósito, seja qual for, que reforma seria justificada como consequência do que ele diz? Se nenhuma reforma seria justificada, qual é a ilusão?

Nosso filósofo poderia dizer que a ilusão é a suposição de que os fatos sobre coerência narrativa fazem parte do mundo externo no mesmo sentido em que os fatos sobre o peso do ferro pertencem ao mundo. Mas os participantes certamente não pensam que a coerência narrativa é o mesmo tipo de coisa que o peso do ferro, ou que faz parte do mundo exterior tanto quanto o peso do ferro. O filósofo pode dizer que eles pensam que seus julgamentos de coerência narrativa são objetivos, quando foi demonstrado que são meramente subjetivos. Mas sua teoria nos faz perder a antiga distinção. Seja qual for o sentido que possam ter os enunciados sobre a coerência narrativa, esse sentido lhes é atribuído pela atividade que instrui os participantes a fazer e a responder a tais enunciados. A afirmação de que as razões de um não são melhores que as razões de outro – não fornecem nenhuma garantia superior para sua asserção – só pode ser feita de *dentro* da atividade. De dentro da atividade (exceto em certas circunstâncias que discutirei em breve) essa afirmação é simplesmente falsa, ou, se quisermos evitar essa palavra, simplesmente não garantida. Nosso filósofo, é claro, pode dizer que uma instituição assim construída é uma instituição tola, e talvez seja esse o caso. Se é ou não, vai depender de se a atividade, tomada como um todo, atende a algum propósito valioso e se o atende melhor do que o faria uma forma modificada da atividade.

A terceira forma do exercício literário, portanto, cria problemas para a tese da demonstrabilidade. Sugeri, na seção anterior, que nosso sistema jurídico pode assemelhar-se a essa forma do exercício literário. Na verdade, apresentei em outra parte uma teoria de prestação jurisdicional que oferece a seguinte descrição de nossa atividade jurídica[6]. Uma proposição de Direito, como a proposição de que o contrato de Tom é válido, é verdadeira se a melhor justificativa que se pode fornecer para o conjunto de proposições de Direito tidas como estabelecidas fornece um argumento melhor a favor dessa proposição que a favor da proposição contrária, de que o contrato de Tom não é válido, mas é falsa se essa justificativa fornece um argumento melhor a favor dessa proposição contrária. Há diferenças importantes entre a ideia de coerência empregada nessa descrição do raciocínio jurídico e a ideia de coerência narrativa utilizada no exercício literário. O raciocínio jurídico faz uso da ideia de coerência normativa, que é claramente mais complexa que a coerência narrativa e, pode-se considerar, introduz novos fundamentos para afirmações de subjetivismo. Não obstante, a comparação talvez ajude a explicar por que é razoável supor que pode existir uma resposta correta para a questão de se o contrato de Tom é ou não válido, mesmo que a resposta não possa ser demonstrada.

A comparação também é útil por outra razão. Ela nos ajuda a compreender por que, embora rejeitemos a tese da demonstrabilidade e, portanto, rejeitemos a ideia de que não existe nenhuma resposta certa sempre que a resposta certa não seja demonstrável, seria razoável dizer que em certos casos muito especiais não existe nenhuma reposta certa para uma questão de Direito. Em algumas circunstâncias, inclusive na terceira forma do exercício literário, pode ser justificada a recusa dos participantes em afirmar que David tem ou não algum atributo. Suponha que se levante a questão de determinar se David

---

6. Dworkin, "Hard Cases", *Taking Rights Seriously*.

tinha sangue tipo A ou não, e não há nenhuma razão para pensar que um garoto com esse tipo de sangue estaria mais propenso que um garoto com outro tipo de sangue a ter a história e o caráter que Dickens estipula. A proposição de que David tinha sangue tipo A não é vaga; podemos dizer que qualquer garoto que existiu tinha sangue tipo A ou não, e que existe uma resposta certa para a questão de se ele o tinha ou não, embora nunca nos seja possível saber. Mas as condições assertivas do exercício literário proíbem que se diga isso sobre David; parece mais sensato, dadas essas condições, dizer que, embora a proposição de que ele tinha esse tipo de sangue não seja verdadeira, a proposição de que ele não o tinha também não é verdadeira. Em tal caso, os fundamentos para afirmar que não existe nenhuma resposta certa para a questão não se baseiam numa crítica externa da atividade ou em qualquer posição filosófica externa como a tese da demonstrabilidade. Os fundamentos consistem simplesmente em que essa é a resposta correta *nos* termos da própria atividade. Podemos imaginar uma controvérsia genuína sobre se, em um caso particular, essa *é* a resposta certa. Alguns poderiam dizer que existe uma razão para pensar que garotos como David seriam mais propensos a ter sangue tipo A; outros diriam que há razão para pensar que seriam mais propensos a não o ter; e outros ainda pensariam que não há razões para pensar nem uma coisa nem outra, ou que, quaisquer que fossem as razões, seriam tão igualmente equilibradas que não se poderia fazer nenhuma discriminação sensata.

As ocasiões em que os participantes seriam tentados a dizer que não há nenhuma resposta certa para alguma pergunta sobre David seriam uma função de duas considerações. A primeira é a extensão do romance, ou melhor, a densidade das informações que Dickens realmente fornece. A segunda é o caráter da pergunta. Se a questão diz respeito a uma característica distribuída aleatoriamente por uma população, de modo que o fato de um garoto ter as características específicas que Dickens descreveu, não importa quão densa seja a descrição, pode ter pouca influência sobre a questão de se ele tem ou não tal característica, então é mais provável que a questão não tenha nenhuma resposta certa.

Podemos imaginar questões, dentro de um sistema jurídico, que não teriam nenhuma resposta certa pela mesma razão? Isso depende não só do sistema jurídico, mas também de como compreendemos e expandimos a afirmação, mencionada há pouco, de que uma proposição de Direito é bem fundada se faz parte da melhor justificativa que se pode oferecer para o conjunto de proposições jurídicas tidas como estabelecidas. Argumento que há duas dimensões ao longo das quais se deve julgar se uma teoria fornece a melhor justificação dos dados jurídicos disponíveis: a dimensão da adequação e a dimensão da moralidade política[7]. A dimensão da adequação supõe que uma teoria política é *pro tanto* uma justificativa melhor que outra se, *grosso modo*, alguém que a sustentasse pudesse, a serviço dela, aplicar mais daquilo que está estabelecido do que alguém que sustentasse a outra. Duas teorias diferentes podem fornecer justificativas igualmente boas, segundo essa dimensão, em sistemas jurídicos imaturos, com poucas regras estabelecidas, ou em sistemas jurídicos que tratam apenas de um âmbito limitado da conduta de seus participantes. Mas, em um sistema moderno, desenvolvido e complexo, a probabilidade antecedente desse tipo de empate é muito pequena. O empate é possível em qualquer sistema, mas será tão raro nos sistemas modernos a ponto de ser exótico. Não quero dizer que será raro que os juristas discordem sobre qual teoria fornece, mesmo nessa dimensão, uma justificativa melhor. Será raro que muitos juristas concordem que nenhuma fornece uma adequação melhor que a outra.

A segunda dimensão – a dimensão da moralidade política – supõe que, se duas justificativas oferecem uma adequação igualmente boa aos dados jurídicos, uma delas, não obstante, oferece uma justificativa melhor que a outra se for superior enquanto teoria política ou moral; isto é, se apreende melhor os direitos que as pessoas realmente têm[8]. A disponibilidade des-

---

7. *Ibid.*
8. Examino a relação entre essas duas dimensões da justificativa em "A Reply to Critics", *Taking Rights Seriously* (brochura, 1978).

sa segunda dimensão torna ainda mais improvável que algum caso específico não tenha nenhuma resposta certa. Mas a força da segunda dimensão – e o caráter da indeterminação que introduz – será objeto de disputa, porque juristas que sustentam tipos diferentes de teoria moral irão avaliá-las de maneira diferente. Céticos morais declarados argumentarão que a segunda dimensão não acrescenta nada porque nenhuma teoria é superior, em matéria de moralidade política, a nenhuma outra. Se algum caso, levando em conta apenas a primeira dimensão, não tem resposta certa, esse caso não tem nenhuma resposta certa *tout court*. Alguém que sustente uma antiquada teoria utilitarista de direitos, de prazer-dor, por outro lado, achará inacreditável que duas teorias distintas o suficiente para exigir decisões diferentes em qualquer caso específico, venham a ter o mesmo resultado na segunda dimensão. Reconhecerá a possibilidade teórica de que dois conjuntos distintos de regras morais tenham exatamente as mesmas consequências de prazer-dor a longo prazo; mas achará que a possibilidade é tão pequena que pode ser ignorada na prática.

No caso de algumas teorias referentes aos direitos individuais, será problemático saber se existe até mesmo a possibilidade teórica de nenhuma resposta correta. Suponha uma teoria de moralidade política baseada nos direitos que busque fundamentar os direitos individuais particulares em algum presumido direito absoluto de ser tratado com equidade, isto é, com igual interesse e respeito. Dois juristas que aceitem essa teoria geral podem sustentar concepções diferentes acerca do que considerar como igual respeito. Um terceiro jurista pode plausivelmente acreditar que nenhum deles está certo porque as duas concepções de respeito são igualmente boas? Assim que compreendemos as ideias do antiquado utilitarista, podemos entender qual o sentido de supor uma equivalência, nesse sistema, entre dois atos ou duas regras ou princípios. São equivalentes se cada um produz exatamente o mesmo saldo positivo de prazer. Mas não é tão fácil perceber como alguém poderia aceitar a ideia geral da teoria do igual respeito e, ainda assim, sustentar não que tem dúvidas quanto a qual

O DIREITO COMO INTERPRETAÇÃO

concepção é melhor, mas que nenhuma delas o é. Parece não haver nenhum espaço aqui para a ideia comum de um empate. Se não existe nenhuma resposta certa em um caso controverso, isso deve acontecer em virtude de algum tipo mais problemático de indeterminação ou incomensurabilidade na teoria moral. A questão, portanto, de se existem casos sem nenhuma resposta certa em um determinado sistema jurídico – e se tais casos são raros ou numerosos – não é uma questão empírica comum. Acredito que tais casos, se é que existem, devem ser extremamente raros nos Estados Unidos e na Grã-Bretanha. Alguém que conteste isso não pode, se os argumentos deste ensaio estão certos, fundamentar seu argumento valendo-se simplesmente da tese da demonstrabilidade ou dos outros argumentos *a priori* considerados anteriormente. E nem provavelmente terá êxito se tentar encontrar exemplos efetivos de casos sem nenhuma resposta certa numa investigação, caso a caso, dos relatos jurídicos. Cada relato de caso contém um parecer sustentando que, na comparação, um lado tem o melhor argumento no debate jurídico. Alguns casos trazem também um parecer discordante, mas isso também indica que um lado tem o melhor argumento. Talvez, tanto as opiniões da maioria como as da minoria estejam erradas. Talvez alguma combinação de análise jurídica e filosófica possa demonstrar que, nesse caso particular, nenhum argumento a favor de qualquer dos lados é comparativamente mais forte. Mas é extremamente improvável que um argumento de que é isso que aconteceu num determinado caso convença todos os juristas. Qualquer caso citado como exemplo por um estudioso será contestado pelos outros.

O argumento de que estou errado, portanto, deve ser um argumento filosófico. Deve contestar minha suposição de que em um sistema jurídico complexo e abrangente é improvável que duas teses difiram a ponto de exigir respostas diferentes em algum caso e, ainda assim, adequar-se igualmente bem ao conteúdo jurídico relevante. Deve fornecer e defender alguma ideia de ceticismo, ou de indeterminação na teoria moral, que torne plausível supor que nenhuma de tais teorias pode ser preferida em detrimento da outra com base na moralidade política. Não acho que tal argumento tenha sido fornecido, apesar de certamente não ter demonstrado que isso seja impossível.

Capítulo 6
*De que maneira o Direito se assemelha à literatura**

Sustentarei que a prática jurídica é um exercício de interpretação não apenas quando os juristas interpretam documentos ou leis específicas, mas de modo geral. O Direito, assim concebido, é profunda e inteiramente político. Juristas e juízes não podem evitar a política no sentido amplo da teoria política. Mas o Direito não é uma questão de política pessoal ou partidária, e uma crítica do Direito que não compreenda essa diferença fornecerá uma compreensão pobre e uma orientação mais pobre ainda. Proponho que podemos melhorar nossa compreensão do Direito comparando a interpretação jurídica com a interpretação em outros campos do conhecimento, especialmente a literatura. Também suponho que o Direito, sendo mais bem compreendido, propiciará um entendimento melhor do que é a interpretação em geral.

O Direito

O problema central da doutrina jurídica analítica diz respeito ao sentido que se deve dar às proposições de Direito. Refiro-me aos vários enunciados que os juristas fazem ao descrever o que é o Direito com relação a uma certa questão. As proposições jurídicas podem ser muito abstratas e gerais – como a

---

* Publicado originalmente em *Critical Inquiry*, setembro de 1982. Reimpresso em W. J. T. Mitchell (org.), *The Politics of Interpretation* (Chicago e Londres: Chicago University Press, 1983). © Ronald Dworkin.

de que os estados dos Estados Unidos não podem fazer discriminações raciais na prestação de serviços básicos aos seus cidadãos –, ou relativamente concretas – como a proposição de que alguém que aceita um cheque no curso normal de uma transação, sem notar nenhum defeito no título, tem o direito de saque ante o emitente –, ou muito concretas – como a proposição de que a sra. X é responsável por danos perante o sr. Y, na quantia de $ 1.150, porque ele escorregou em sua calçada escorregadia e quebrou a bacia. Em cada caso surge uma dificuldade. De que tratam as proposições jurídicas? O que pode torná-las verdadeiras ou falsas?

A dificuldade surge porque as proposições de Direito parecem ser descritivas – dizem respeito a como as coisas são no Direito, não como deveriam ser – e, no entanto, revelou-se extremamente difícil dizer exatamente o que é que elas descrevem. Os positivistas jurídicos acreditam que as proposições de Direito são, na verdade, inteiramente descritivas: são trechos da história. Uma proposição jurídica, a seu ver, somente é verdadeira caso tenha ocorrido algum evento de natureza legislativa do tipo citado; caso contrário, não é. Isso parece funcionar razoavelmente bem em casos muito simples. Se o legislativo de Illinois aprova as palavras "Nenhum testamento será válido sem três testemunhas", a proposição de Direito, de que um testamento de Illinois precisa de três testemunhas, parece ser verdadeira apenas devido a esse evento histórico.

Mas, em casos mais difíceis, a análise falha. Considere a proposição de que um esquema de ação afirmativa (ainda não examinado pelos tribunais) é constitucionalmente válido. Se isso é verdade, não pode ser por causa do texto da Constituição nem de decisões anteriores dos tribunais, porque juristas razoáveis, que sabem exatamente o que diz a Constituição e o que fizeram os tribunais, ainda assim podem discordar quanto a ser ou não verdade (duvido de que a análise dos positivistas seja válida mesmo no caso simples do testamento, mas essa é uma outra questão, sobre a qual não discutirei aqui).

Quais são as outras possibilidades? Uma é supor que proposições de Direito controvertidas, como o enunciado da ação afirmativa, não são, de modo algum, descritivas, mas expressões do que o falante quer que o Direito seja. Outra é mais ambiciosa: enunciados controvertidos são tentativas de descrever algum Direito objetivo puro ou natural, que existe em virtude da verdade moral objetiva, não da decisão histórica. Mas os dois esquemas consideram alguns enunciados jurídicos, pelo menos, como puramente valorativos, distintos de enunciados descritivos: expressam o que o falante prefere – sua política pessoal – ou o que ele acredita ser objetivamente exigido pelos princípios de uma moralidade política ideal. Nenhum desses esquemas é plausível, pois alguém que diga que um determinado plano de ação afirmativa, que não foi examinado pelos tribunais, é constitucional, realmente pretende descrever o Direito como é, não como quer que seja ou como pensa que deveria ser, de acordo com a melhor teoria moral. Poderia dizer que lamenta que o plano seja constitucional e que, segundo a melhor teoria moral, não deveria sê-lo.

Há uma alternativa melhor: as proposições de Direito não são meras descrições da história jurídica, de maneira inequívoca, nem são simplesmente valorativas, em algum sentido dissociado da história jurídica. São interpretativas da história jurídica, que combina elementos tanto da descrição quanto da valoração, sendo porém diferente de ambas. Essa sugestão parecerá adequada, pelo menos à primeira vista, para muitos juristas e filósofos jurídicos. Eles têm o costume de dizer que o Direito é uma questão de interpretação – mas, talvez, somente por causa do que entendem por interpretação. Quando uma lei (ou a Constituição) é obscura em algum ponto, porque algum termo crucial é impreciso ou uma sentença é ambígua, os juristas dizem que a lei deve ser interpretada, e aplicam o que chamam "técnicas de interpretação da lei". A maior parte da literatura presume que a interpretação de um documento consiste em descobrir o que seus autores (os legisladores ou os constituintes) queriam dizer ao usar as palavras que usaram. Mas os juristas reconhecem que, em muitas questões, o autor não teve nenhuma intenção e que, em outras, é impossível conhecer sua intenção. Alguns juristas adotam uma posição mais cética. Segundo eles, sempre que os juízes fingem estar descobrindo a intenção por trás de alguma legislação, isso é apenas uma cortina de fumaça atrás da qual eles impõem sua própria visão acerca do que a lei deveria ter sido. A interpretação como técnica de análise jurídica é menos comum no caso do *Common Law*, mas não desconhecida. Suponha que o Supremo Tribunal de Illinois decidisse, muitos anos atrás, que um motorista negligente que atropelou uma criança era responsável pelo dano emocional sofrido pela mãe da criança, que estava ao lado dela na rua. Uma tia promove uma ação contra outro motorista descuidado pelo dano emocional sofrido ao ouvir pelo telefone, a muitas milhas do lugar do acidente, que sua sobrinha fora atropelada. A tia tem direito a reparação por esse dano? Os advogados muitas vezes dizem que isso é uma questão de interpretar corretamente a decisão anterior. A teoria jurídica da qual o juiz anterior realmente se valeu, ao tomar sua decisão sobre a mãe na rua, inclui a tia ao telefone? Mais uma vez, os céticos assinalam ser improvável que o primeiro juiz tivesse em mente alguma teoria suficientemente desenvolvida para decidir o caso da tia em qualquer sentido, de modo que um juiz que "interpreta" a decisão anterior está, na verdade, criando um novo Direito da maneira que julga melhor.

Contudo, a ideia da interpretação não pode servir como descrição geral da natureza ou veracidade das proposições de Direito, a menos que seja separada dessas associações com o significado ou intenção do falante. Do contrário, torna-se simplesmente uma versão da tese positivista de que as proposições de Direito descrevem decisões tomadas por pessoas ou instituições no passado. Se a interpretação deve formar a base de uma teoria diferente e mais plausível a respeito de proposições de Direito, devemos desenvolver uma descrição mais abrangente do que é interpretação. Mas isso significa que os juristas não devem tratar a interpretação jurídica como uma atividade *sui generis*. Devemos estudar a interpretação como uma atividade geral, como um modo de conhecimento, atentando para outros contextos dessa atividade.

O DIREITO COMO INTERPRETAÇÃO 221

Seria bom que os juristas estudassem a interpretação literária e outras formas de interpretação artística. Isso pode parecer um mau conselho (escolher entre o fogo e a frigideira), pois os próprios críticos estão completamente divididos sobre o que é a interpretação literária, e a situação não é melhor nas outras artes. Mas é exatamente por isso que os juristas deveriam estudar esses debates. Nem todas as discussões na crítica literária são edificantes ou mesmo compreensíveis, mas na literatura foram defendidas muito mais teorias da interpretação que no Direito, inclusive teorias que contestam a distinção categórica entre descrição e valoração que debilitou a teoria jurídica.

A literatura

A hipótese estética

Para que os juristas se beneficiem de uma comparação entre a interpretação jurídica e a literária, porém, devem ver a segunda sob certa luz, e nesta seção tentarei dizer qual é (gostaria que as observações seguintes não fossem controvertidas entres os estudiosos de literatura, mas receio que serão). Os estudantes de literatura fazem muitas coisas sob os títulos de "interpretação" e "hermenêutica", e a maioria delas é também chamada de "descobrir o significado de um texto". Não me ocuparei, exceto incidentalmente, de uma coisa que esses estudantes fazem, que é tentar descobrir qual sentido algum autor quis dar a uma determinada palavra ou expressão. Estou interessado em teses que ofereçam algum tipo de interpretação do significado de uma obra como um todo. Estas assumem às vezes a forma de afirmações sobre personagens: que Hamlet realmente amava sua mãe, por exemplo, ou que ele realmente a odiava, ou que realmente não havia nenhum fantasma, mas apenas o próprio Hamlet numa manifestação esquizofrênica. Ou sobre eventos na história por trás da história: que Hamlet e Ofélia eram (ou não eram) amantes antes do início da peça. Mais comumente, oferecem hipóteses diretas sobre o "objeto", o "tema", o "significado", o "sentido" ou "tom" da peça como um todo: que *Hamlet* é uma peça sobre a morte, por exemplo, ou sobre gerações, ou sobre política. Essas afirmações interpretativas podem ter um propósito prático. Podem orientar um diretor que está montando uma nova encenação da peça, por exemplo. Mas também podem ser de importância mais geral, ajudando-nos a obter uma compreensão melhor de partes importantes de nosso ambiente cultural. Naturalmente, dificuldades quanto ao significado pretendido pelo falante com uma determinada palavra do texto (um "ponto crucial" da interpretação) podem influenciar essas questões maiores. Mas estas últimas dizem respeito ao objetivo ou significado da obra como um todo, não ao sentido de uma expressão particular.

Os críticos divergem muito acerca de como responder a tais questões. Na medida do possível, pretendo não tomar partido, mas tentar absorver as discordâncias numa descrição suficientemente geral daquilo sobre o que estão discordando. Minha sugestão aparentemente banal (que chamarei de "hipótese estética") é a seguinte: a interpretação de uma obra literária tenta mostrar que maneira de ler (ou de falar, dirigir ou representar) o texto revela-o como a melhor obra de arte. Diferentes teorias ou escolas de interpretação discordam quanto a essa hipótese, pois pressupõem teorias normativas significativamente diferentes sobre o que é literatura, para que serve e o que faz uma obra de literatura ser melhor que outra.

Imagino que muitos estudiosos rejeitarão essa sugestão, alegando que confunde interpretação com crítica ou porque, de qualquer modo, é irremediavelmente relativista e, portanto, um exemplo de ceticismo que nega totalmente a possibilidade de interpretação. Na verdade, a hipótese estética pode parecer apenas outra formulação da teoria, hoje popular, de que, como a interpretação cria uma obra de arte e representa apenas a sanção de uma certa comunidade de críticos, existem somente interpretações e nenhuma interpretação melhor de qualquer poema, romance ou peça. Mas a hipótese estética não é tão desarrazoada, fraca ou inevitavelmente relativista como pode parecer de início.

A interpretação de um texto tenta mostrar-*lo* como a melhor obra de arte que *ele* pode ser, e o pronome acentua a diferença entre explicar uma obra de arte e transformá-la em outra. Talvez Shakespeare pudesse ter escrito uma peça melhor com base nas fontes que utilizou para *Hamlet* e, nessa peça melhor, o herói teria sido um homem de ação mais vigoroso. Não decorre daí, porém, que *Hamlet*, a peça que ele escreveu, seja realmente como essa outra peça. Naturalmente, uma teoria da interpretação deve conter uma subteoria sobre a identidade de uma obra de arte para ser capaz de distinguir entre interpretar e modificar uma obra. (Qualquer teoria útil da identidade será controvertida, de modo que esse é um caso evidente no qual as discordâncias na interpretação dependerão de discordâncias mais gerais quanto à teoria estética.)

Todas as teorias contemporâneas de interpretação parecem usar, como parte de sua resposta a essa exigência, a ideia de um texto canônico (ou partitura, no caso da música, ou um objeto físico singular, no caso das artes em geral). O texto estipula uma restrição severa em nome da identidade: todas as palavras devem ser levadas em consideração e nenhuma pode ser mudada a fim de torná-*lo* uma obra de arte melhor. (Essa restrição, por mais familiar que seja, não é inevitável. Uma piada, por exemplo, pode ser a mesma, ainda que contada de diferentes formas, nenhuma das quais canônica; a interpretação de uma piada escolherá uma maneira particular de apresentá-la, que pode ser inteiramente original, para revelar seu sentido "real" ou por que ela é "realmente" engraçada.) Portanto, o estilo de interpretação de qualquer crítico literário será sensível às suas convicções teóricas a respeito da natureza de um texto canônico e das evidências que o corroboram.

Um estilo interpretativo também será sensível às opiniões do intérprete a respeito da coerência ou integridade na arte. Uma interpretação não pode tornar uma obra de arte superior se trata grande parte do texto como irrelevante, ou boa parte dos incidentes como acidentais, ou boa parte do tropo ou estilo como desarticulado e respondendo apenas a padrões autônomos das belas-letras. Portanto, não decorre da hipótese estética que, como um romance filosófico é esteticamente mais valioso que uma história de mistério, um romance de Agatha Christie seja na verdade um tratado sobre o significado da morte. Essa interpretação falha não apenas porque um livro de Agatha Christie, considerado como um tratado sobre a morte, seja um tratado pobre, menos valioso que um bom texto de mistério, mas porque a interpretação faz do romance um desastre. Todas as frases, exceto uma ou duas, seriam irrelevantes para o tema suposto, e a organização, o estilo e as figuras seriam adequadas não a um romance filosófico, mas a um gênero inteiramente diferente. Alguns livros oferecidos originalmente ao público como textos de mistério ou de suspense (e considerados assim por seus autores) foram "reinterpretados" como algo mais ambicioso. O presente interesse crítico por Raymond Chandler é um exemplo. Mas o fato de que essa reinterpretação possa ter sucesso no caso de Chandler, mas não no de Christie, ilustra a restrição da integridade.

Há, não obstante, espaço para muita discordância entre os críticos acerca do que considerar como integração, de que tipo de unidade é desejável e qual é irrelevante ou indesejável. É realmente uma vantagem que a língua do leitor, ao ler um poema em voz alta, "imite" os movimentos ou instruções que figuram nos tropos ou na narrativa do poema? Isso promove a integridade adicionando ainda outra dimensão de coordenação? É uma vantagem quando conjunções e fins de versos são dispostos de tal modo que o leitor, ao "atravessar" um poema, desenvolva suposições e leituras contraditórias ao longo do caminho, chegando ao fim com uma compreensão bem diferente daquela que tinha em pontos distintos do percurso? Isso acrescenta outra dimensão de complexidade à unidade ou será que compromete a unidade, pois uma obra de literatura deveria ser capaz de ter o mesmo significado ou importância quando lida uma segunda vez? Escolas de interpretação surgirão ou desaparecerão, em resposta a essas questões da teoria estética, que é o que sugere a hipótese estética.

No entanto, as principais diferenças entre as escolas de interpretação são menos sutis, pois não tocam nesses aspectos quase formais da arte, mas na função e no propósito da arte mais amplamente concebidos. A literatura tem (primária ou substancialmente) um propósito cognitivo? A arte é melhor quando é, de alguma maneira, instrutiva, quando aprendemos com ela alguma coisa sobre como são as pessoas ou como é o mundo? Se é assim e se a psicanálise é verdadeira (desculpe-me pela maneira crua de expressar isto), então uma interpretação psicanalítica de um texto literário mostrará por que ele é uma arte bem-sucedida. A arte é boa na medida em que é comunicação bem-sucedida no sentido comum? Se for, então uma boa interpretação irá concentrar-se no que o autor pretendeu, porque a comunicação só tem êxito quando expressa o que um falante quer expressar. Ou a arte é boa quando é expressiva em um sentido diferente, na medida em que tem a capacidade de estimular ou inspirar a vida daqueles que a desfrutam? Se for, a interpretação colocará o leitor (ou ouvinte ou observador) no primeiro plano. Indicará a leitura da obra que a torna mais valiosa – melhor como obra de arte – nesse sentido.

As teorias da arte não existem isoladamente da filosofia, da psicologia, da sociologia e da cosmologia. Alguém que aceita um ponto de vista religioso provavelmente terá uma teoria da arte diferente da de alguém que não o aceita, e teorias críticas recentes nos permitiram entender até que ponto o estilo interpretativo é sensível às convicções sobre significado, referência e outras questões técnicas na filosofia da linguagem. Mas a hipótese estética não presume que todos os que interpretam a literatura tenham uma teoria estética plenamente desenvolvida e consciente. Tampouco todos os que interpretam devem subscrever inteiramente uma ou outra das escolas que descrevi toscamente. Na minha opinião, os melhores críticos negam que a literatura tenha uma única função ou propósito. Um romance ou peça podem ser valiosos em inúmeros sentidos, alguns dos quais descobrimos lendo, olhando ou escutando, não mediante uma reflexão abstrata de como deve ser e para que deve servir a boa arte.

Não obstante, qualquer um que interpreta uma obra de arte vale-se de convicções de caráter teórico sobre a identidade e outras propriedades formais da arte, assim como de opiniões mais explicitamente normativas sobre o que é bom na arte. *Ambos* os tipos de convicções figuram no julgamento de que uma certa maneira de ler um texto torna-o melhor do que outra. Essas convicções podem ser inarticuladas (ou "tácitas"). Ainda são convicções genuínas (e não meramente "reações") porque qualquer crítico ou leitor pode perceber sua força em ação não apenas em um momento isolado de interpretação, mas em todas as ocasiões, e porque figuram na argumentação e são sensíveis a ela[1] (essas afirmações fracas não tomam partido no debate corrente quanto à existência ou não de "princípios de valor" necessários ou suficientes na arte, ou se uma teoria da arte poderia justificar uma interpretação, na ausência da experiência direta da obra que está sendo interpretada)[2].

Nada disso toca a objeção maior que previ contra a hipótese estética: que ela é trivial. Obviamente (o leitor poderia dizer), estilos interpretativos diferentes são fundados em teorias diferentes sobre o que é arte, para que ela serve e o que faz dela uma boa arte. A questão é tão banal que poderia muito bem ser colocada de outra maneira: diferentes teorias de arte são geradas por diferentes teorias de interpretação. Se alguém pensa que a estilística é importante para a interpretação, achará melhor uma obra de arte que integre pronúncia e tropo; se alguém é atraído pela desconstrução, privará a referência, em seu sentido corrente, de qualquer lugar proeminente numa descrição da linguagem. Tampouco minha elaboração da hipótese auxiliará, de qualquer maneira, a escolher entre as teorias de interpretação ou a refutar a acusação de niilismo ou relativismo.

---

1. Ver Gareth Evans, "Semantic Theory and Tacit Knowledge", em Steven H. Holtzman e Christopher M. Leich (orgs.), *Wittgenstein: to Follow a Rule* (Londres: Routledge & Kegan Paul, 1981).
2. Pode ser uma das muitas diferenças importantes entre a interpretação na arte e a interpretação no Direito, que não examino neste ensaio, que nada no Direito corresponda à experiência direta de uma obra de arte, embora alguns juristas da escola romântica realmente falem do "sexto sentido" de um bom juiz, que lhe permite compreender quais aspectos de uma cadeia de decisões jurídicas revelam o princípio de Direito "imanente", embora ele não possa explicar plenamente por quê.

O DIREITO COMO INTERPRETAÇÃO

Pelo contrário, como as opiniões das pessoas sobre o que constitui a boa arte são inerentemente subjetivas, a hipótese estética abandona a esperança de resgatar a objetividade na interpretação, exceto, talvez, entre os que sustentam a mesma teoria da arte, o que não é muito útil.

Sem dúvida, a hipótese estética é banal em aspectos importantes – tem de ser abstrata para oferecer uma descrição daquilo sobre que discordam uma ampla variedade de teorias – mas talvez não seja tão fraca assim. A consequência dessa hipótese é que as teorias acadêmicas de interpretação deixam de ser vistas como análises da própria ideia de interpretação – como muitas vezes alegam ser – e passam a ser candidatas à melhor resposta para a questão substantiva colocada pela interpretação. A interpretação torna-se um conceito de quais teorias diferentes são concepções rivais (segue-se que não existe nenhuma diferença radical, mas apenas uma diferença no nível de abstração, entre oferecer uma teoria da interpretação e oferecer uma interpretação de uma determinada obra de arte). A hipótese, além disso, nega as profundas distinções que alguns estudiosos cultivaram. Não há mais uma distinção categórica entre a interpretação, concebida como algo que revela o real significado de uma obra de arte, e a crítica, concebida como avaliação de seu sucesso ou importância. Ainda resta alguma distinção, pois sempre existe uma diferença entre dizer quão boa pode se tornar uma obra e dizer quão boa ela é. Mas convicções valorativas sobre a arte figuram em ambos os julgamentos.

Objetividade é outra coisa. Permanece sem resposta a questão de se é acertado considerar os principais juízos que fazemos sobre arte como verdadeiros ou falsos, válidos ou inválidos. Essa questão é parte do tema filosófico mais geral da objetividade, atualmente muito discutido na ética e na filosofia da linguagem, e ninguém que estude apenas o juízo estético tem direito a uma opinião. É claro que nenhuma afirmação estética importante pode ser "demonstrada" como verdadeira ou falsa; não se pode oferecer nenhum argumento a favor de alguma interpretação que seja, com certeza, do agrado de todos, ou pelo menos de todos com experiência e formação naquela forma de arte. Se é isso o que significa dizer que os juízos estéticos são subjetivos – que não são demonstráveis –, então eles são subjetivos. Mas não decorre daí que nenhuma teoria normativa sobre a arte seja melhor que qualquer outra, nem que uma teoria não pode ser a melhor que se produziu até o momento. A hipótese estética inverte (penso que a seu favor) uma conhecida estratégia. E. D. Hirsch, por exemplo, sustenta que apenas uma teoria como a sua pode tornar objetiva a interpretação e tornar válidas as interpretações particulares[3]. Isso me parece um equívoco quanto a dois aspectos relacionados. A interpretação é um empreendimento, uma instituição pública, e é errado supor, *a priori*, que as proposições centrais a qualquer empreendimento público devam ser passíveis de validação. Também é errado estabelecer muitos pressupostos a respeito de como deve ser a validade em tais empreendimentos – se a validade requer a possibilidade da demonstrabilidade, por exemplo. Parece melhor proceder de modo mais empírico nesse caso. Devíamos primeiramente estudar uma série de atividades em que as pessoas supõem ter boas razões para o que dizem, razões que elas consideram geralmente válidas e não apenas a partir de um ou outro ponto de vista individual. Podemos, então, julgar os padrões que as pessoas aceitam, na prática, para pensar que têm razões desse tipo.

Tampouco a questão da reversibilidade – que uma teoria da arte pode depender de uma teoria da interpretação tanto quanto o contrário – constitui um argumento contra a hipótese estética. Não defendo nenhuma explicação particular de como as pessoas vêm a ter teorias de interpretação ou teorias de arte; pretendo apenas afirmar as ligações, em termos de argumentos, que existem entre essas teorias, não importa como se tenha chegado a elas. Naturalmente, mesmo no nível do argumento, esses dois tipos de teorias se reforçam mutuamente. O fato de que essa teoria gera uma teoria de interpretação obviamente

---

3. Ver E. D. Hirsch, Jr., *Validity in Interpretation* (New Haven, Conn.: Yale University Press, 1967).

O DIREITO COMO INTERPRETAÇÃO

tola é uma razão clara para duvidar de qualquer teoria sobre o que seja um objeto de arte, por exemplo. Meu objetivo é exatamente demonstrar que a ligação é recíproca, de modo que qualquer um chamado a defender uma abordagem particular de interpretação seria forçado a valer-se de aspectos mais gerais de uma teoria da arte, quer ele o percebesse quer não. E isso pode ser verdadeiro mesmo que o oposto também seja, até certo ponto, verdadeiro. Seria um erro considerar que essa dependência mútua oferece, por si só, algum motivo para o ceticismo ou relativismo quanto à interpretação. Esse parece ser o bordão de lemas como "a interpretação cria o texto", mas não há, na ideia de que o que consideramos ser uma obra de arte deve harmonizar-se com o que consideramos ser o ato de interpretar uma obra de arte, nenhuma consequência cética mais imediata do que na ideia análoga de que aquilo que consideramos que deve ser um objeto físico precisa adequar-se bem a nossas teorias do conhecimento, contanto que acrescentemos, em ambos os casos, que a ligação também é válida inversamente.

A intenção do autor

O principal teste da hipótese estética encontra-se, porém, não na sua resistência a essas várias acusações, mas no seu poder explicativo e, particularmente, no seu poder crítico. Se aceitamos que as teorias de interpretação não são análises independentes do que significa interpretar alguma coisa, mas antes baseiam-se em teorias normativas sobre a arte, das quais também dependem, devemos então aceitar que são vulneráveis a críticas contra a teoria normativa em que se baseiam. Realmente acho, por exemplo, que as teorias mais doutrinárias da intenção dos autores são vulneráveis nesse sentido. Essas teorias devem supor, pela presente hipótese, que o que é valioso numa obra de arte, o que nos deveria levar a valorizar uma obra de arte mais do que outra, limita-se ao que o autor, em algum sentido estrito e restrito, pretendeu colocar nela. Essa afirmação pressupõe, como sugeri anteriormente, uma tese mais geral de que a arte deve ser compreendida como uma forma de comunicação falante-público; após um exame adicional, porém, revela-se que mesmo essa tese duvidosa não a sustenta.

Os intencionalistas fariam objeção a essas observações. Insistiriam em que sua teoria da interpretação não é uma descrição do que é valioso em um livro, poema ou peça, mas apenas uma descrição do que qualquer livro, poema ou peça específicos significam, e que devemos compreender o significado de algo antes de podermos decidir se é valioso e em que reside seu valor. E objetariam negando que consideram apenas as intenções do autor "em algum sentido estrito e restrito" ao determinar o significado de sua obra.

Na primeira dessas objeções, a teoria da intenção do autor apresenta-se não como o resultado da hipótese estética – não como a melhor teoria de interpretação no plano estipulado por essa hipótese –, mas antes como rival dela, uma teoria melhor sobre o que é uma interpretação. Mas é muito difícil entender a teoria da intenção do autor como algum tipo de rival da presente hipótese. Para quais questões ela propõe uma resposta melhor? Não, certamente, alguma questão sobre a linguagem comum ou mesmo sobre o significado técnico das palavras "significado" ou "interpretação". Um intencionalista não pode supor que todos os seus críticos e todos aqueles que ele critica pretendem designar, quando dizem "interpretação", a descoberta da intenção do autor. Tampouco pode pensar que suas afirmações descrevem com exatidão o que cada membro da comunidade crítica realmente faz sob o título de "interpretação". Se fosse assim, suas críticas e polêmicas seriam desnecessárias. Mas se sua teoria não é semântica nem empírica da maneira descrita, que tipo de teoria é?

Suponha que um intencionalista responda: "Ela aponta para uma questão importante sobre obras literárias, ou seja, 'o que o autor da obra pretendia que ela fosse?'. Sem dúvida, essa é uma questão importante, mesmo que sua importância seja preliminar a outras questões igualmente ou mais importantes a respeito do significado ou valor. É, na verdade, o que a maioria das pessoas, por muito tempo, chamou de 'interpretação'. Mas

O DIREITO COMO INTERPRETAÇÃO

o nome não importa, contanto que a atividade seja reconhecida como importante e que se entenda que os estudiosos, em princípio, são capazes de oferecer respostas objetivamente corretas para a questão que ela propõe."

A resposta reduz-se a isto: podemos descobrir o que um autor pretendia (ou, pelo menos, chegar a conclusões probabilísticas sobre isso), e é importante fazê-lo para outros propósitos literários. Mas por que é importante? Que outros propósitos? Qualquer resposta irá supor que o valor ou significado na arte vincula-se primariamente ao que o autor pretendia, só porque ela é aquilo que o autor pretendia. Do contrário, por que deveríamos avaliar o que esse estilo de interpretação declara ser a obra de arte? Mas, então, a afirmação de que essa forma de interpretação é importante depende de uma teoria normativa da arte muito controvertida, não de uma observação neutra preliminar a toda avaliação coerente. Nenhuma teoria plausível de interpretação sustenta que a intenção do autor é sempre irrelevante. Às vezes, é claramente o âmago da questão, como é o caso quando alguma questão gira em torno do que Shakespeare quis dizer com "falcão" como algo distinto de "serrote". Não obstante, há controvérsias quanto a se precisamos ou não saber se Shakespeare achava que Hamlet era são ou um louco fingindo ser louco, para decidir se a peça que ele escreveu é boa. O intencionalista pensa que sim, e é exatamente por isso que sua teoria de interpretação não é antagônica à hipótese estética, mas antes uma pretendente à coroa que a hipótese oferece.

A segunda objeção à minha crítica contra as teorias da intenção do autor pode revelar-se mais interessante. Os intencionalistas tornam central à interpretação o estado de espírito do autor. Mas compreendem erroneamente, até onde sei, certas complexidades desse estado de espírito, em particular, ignoram como interagem as intenções *para* uma obra e as opiniões *sobre* ela. Tenho em mente uma experiência que é familiar a qualquer um que crie alguma coisa, de repentinamente perceber algo "nela" que antes não sabia que estava lá. Às vezes, isso se expressa (a meu ver, não muito bem) no clichê do autor, de que seus personagens parecem ter inteligência própria. John Fowles oferece um exemplo da ficção popular.

Quando Charles deixou Sarah na beira do penhasco, ordenei-lhe que fosse diretamente para Lyme Regis. Mas ele não foi; sem motivo algum, voltou-se e foi para a Leiteria. Ora, o que é isso, você dirá – o que realmente quero dizer é que, enquanto escrevia, passou pela minha cabeça que talvez fosse mais engenhoso fazê-lo parar para tomar leite ... e encontrar Sarah outra vez. Isso certamente é uma explicação do que aconteceu, mas só posso dizer – e sou a prova mais confiável – que a ideia claramente pareceu vir de Charles, não de mim. Não é só que ele começou a ganhar autonomia; tenho de respeitá-la e desrespeitar todos os planos quase divinos que fiz para ele se quiser que ele seja real[4].

Se formos dar crédito a essa descrição, Fowles mudou de ideia sobre como "realmente" prossegue a história, em *A mulher do tenente francês*, quando estava na metade do livro. Mas também pode ter mudado de ideia a respeito de algum aspecto do "cerne" do romance anos depois, como há rumores de que o fez após ver o filme realizado a partir do livro. Pode ter enxergado de maneira diferente os motivos de Sarah depois de ler o roteiro de Harold Pinter ou de ver Meryl Streep no papel: Pinter e Streep estavam interpretando o romance, e uma das interpretações, ou ambas, pode ter levado Fowles a mudar *sua* interpretação outra vez. Talvez esteja errado ao supor que esse tipo de coisa aconteça com frequência. Mas acontece com frequência suficiente, e é importante entender o que é que acontece.

O intencionalista quer que escolhamos entre duas possibilidades. Ou o autor repentinamente percebe que antes tinha uma "intenção subconsciente", que só agora ele descobre, ou mudou de intenção depois. Nenhuma dessas explicações é satisfatória. O subconsciente corre o perigo de tornar-se o flogisto* aqui, a menos que haja alguma prova independente, além da nova visão que o autor tem de sua obra, para sugerir que ele

---

4. John Fowles, *The French Lieutenant's Woman* (Boston: Little, Brown, 1969.), pp. 105-6.

* Substância que os químicos do século XVIII supunham existir nos corpos inflamáveis e que era liberada na combustão. O autor parece aludir à criação de algo imaginário para sustentar fatos que não se consegue explicar. [N. E.]

tinha uma intenção subconsciente anterior. Não quero dizer que as características de uma obra de arte da qual o autor não tenha consciência devam ser acidentes aleatórios. Pelo contrário. Se um romance é mais interessante e mais coerente quando supomos que os personagens têm motivos diferentes daqueles que o romancista pensou ao escrevê-lo (ou se os tropos e estilo do poeta tendem a reforçar seu tema de maneira que ele não avaliou na época), a causa disso deve encontrar-se, de algum modo, no talento do artista. Existem mistérios não solucionados na psicologia da criação, mas a suposição de *intenções* subconscientes, não apoiada por outras provas do tipo daquelas em que insistiria um psicanalista, não resolve nenhum mistério e não fornece nenhuma explicação. Esse, porém, não é o ponto crucial, porque se Fowles teve ou não uma intenção subconsciente de fazer Charles ou Sarah personagens diferentes do "plano quase divino" que ele imaginava ter, suas decisões e convicções posteriores não consistem nem se baseiam em nenhuma descoberta dessa intenção anterior. Elas são produzidas ao se confrontar não o seu eu anterior, mas a obra que ele criou.

Tampouco constitui uma intenção nova e distinta a nova opinião que Fowles forma a respeito de seus personagens propriamente ditos (como na segunda sugestão do intencionalista). Não é uma intenção sobre que tipo de personagens criar, porque é uma opinião sobre o tipo de personagens que ele criou; e não é uma intenção que diz respeito a como os outros devem compreender o livro, embora possa ou não incluir uma expectativa desse tipo. Fowles mudou de opinião à medida que escrevia o livro, mas mudou-a, como ele insiste, analisando o texto que já tinha escrito, tratando seus personagens como reais no sentido de poderem ser desligados de seus planos iniciais, em resumo, interpretando-o, não explorando as profundezas subconscientes de algum plano anterior ou descobrindo que tinha um novo plano. Se é verdade que mudou de ideia novamente, depois de ver o filme, isso não foi, outra vez, uma nova intenção retrospectiva ou uma antiga intenção redescoberta. Foi outra interpretação.

Um autor é capaz de separar o que escreveu de suas intenções e crenças anteriores, de tratá-lo como um objeto em si. É capaz de chegar a novas conclusões sobre sua obra, fundamentadas em juízos estéticos: de que seu livro é mais coerente e é uma análise melhor de temas mais importantes, interpretados de maneira um tanto diferente da que pensou quando estava escrevendo. Este é um fato importante por várias razões, mas, para meu atual propósito, quero enfatizar apenas uma. Qualquer descrição completa do que Fowles "pretendia" quando começou a escrever *A mulher do tenente francês* deve incluir a intenção de produzir algo que possa ser considerado dessa maneira, por ele e, portanto, pelos outros, e, assim, deve incluir a intenção de criar algo independente de suas intenções. Transcrevo Fowles mais uma vez e, mais uma vez, como testemunho, e não por sua metafísica: "Apenas um motivo é compartilhado por todos nós [romancistas]: *desejamos criar mundos tão reais quanto o mundo que é, mas diferentes*. Ou era. É por isso que não podemos planejar... Também sabemos que um mundo genuinamente criado deve ser independente de seu criador."

Suponho que considerar algo que se produziu como um romance, um poema ou uma pintura, em vez de um conjunto de proposições ou sinais, *depende* de considerá-lo como algo que pode ser separado e interpretado no sentido que descrevi. De qualquer modo, é assim que os próprios autores consideram o que fizeram. As intenções dos autores não são simplesmente conjuntivas, como as de alguém que vai ao mercado com uma lista de compras, mas estruturadas, de modo que as mais concretas delas, como as intenções sobre os motivos de um personagem particular em um romance, dependem de opiniões interpretativas cujo acerto varia com o que é produzido e que podem ser alteradas de tempos em tempos.

Podemos, talvez, isolar o conjunto completo de opiniões interpretativas que um autor tem em um momento específico (digamos, no momento em que manda as provas finais para o impressor) e declarar solenemente que essas opiniões, em sua concretude plena, determinam o que é o romance ou o que significa (essas opiniões seriam inevitavelmente incompletas, mas essa é outra questão). Contudo, mesmo que chamemos (erroneamente) de "intenções" esse conjunto particular de opiniões, estamos, ao escolhê-las, ignorando outro tipo ou nível de intenção, que é a intenção de criar uma obra cuja natureza ou significado não seja determinado dessa maneira, porque é uma obra de arte. É por isso que a escola da intenção do autor, tal como a compreendo, baseia o valor de uma obra de arte numa visão estrita e restrita das intenções do autor.

Direito e literatura

A corrente do Direito

As observações preliminares sobre a interpretação literária podem ter sugerido uma distinção muito nítida entre o papel do artista na criação de uma obra de arte e o do crítico que a interpreta posteriormente. O artista não pode criar nada sem interpretar enquanto cria; como pretende criar arte, deve pelo menos possuir uma teoria tácita de por que aquilo que produz é arte e por que é uma obra de arte melhor graças a este, e não àquele golpe do pincel, da pena ou do cinzel. O crítico, por sua vez, cria quando interpreta; pois embora seja limitado pelo fato da obra, definido nas partes mais formais e acadêmicas de sua teoria da arte, seu senso artístico mais prático está comprometido com a responsabilidade de decidir qual maneira de ver, ler ou compreender aquela obra a mostra como arte melhor. Contudo, há uma diferença entre interpretar quando se cria e criar quando se interpreta e, portanto, uma diferença reconhecível entre o artista e o crítico.

Quero usar a interpretação literária como um modelo para o método central da análise jurídica; assim, preciso demonstrar como mesmo essa distinção entre artista e crítico pode ser derrubada em certas circunstâncias. Suponha que um grupo de romancistas seja contratado para um determinado projeto e que jogue dados para definir a ordem do jogo. O de número mais baixo escreve o capítulo de abertura de um romance, que ele depois manda para o número seguinte, o qual acrescenta um capítulo, com a compreensão de que está acrescentando um capítulo a esse romance, não começando outro, e, depois, manda os dois capítulos para o número seguinte, e assim por diante. Ora, cada romancista, a não ser o primeiro, tem a dupla responsabilidade de interpretar e criar, pois precisa ler tudo o que foi feito antes para estabelecer, no sentido interpretativista, o que é o romance criado até então[5]. Deve decidir como os per-

---

5. Mesmo o primeiro romancista tem a responsabilidade de interpretar até o ponto em que qualquer autor deve fazê-lo, o que inclui não apenas interpretar enquanto escreve, mas interpretar o gênero em que ele propõe escrever. Romancistas com números mais elevados terão menos "liberdade criativa" que romancistas com números menos elevados? Em certo sentido, nenhum romancista tem nenhuma liberdade, pois cada um é obrigado a escolher a interpretação que (segundo acredita) faz da obra de arte em continuação a melhor possível. Já vimos, porém (e a discussão do Direito, mais adiante, desenvolverá), duas dimensões diferentes, ao longo das quais qualquer interpretação pode ser avaliada: a dimensão "formal", que indaga até que ponto a interpretação se ajusta e se integra no texto até então concluído, e a dimensão "substantiva", que considera a firmeza da visão sobre o que faz que um romance seja bom, da qual se vale a interpretação. Parece razoável supor que os romancistas subsequentes irão acreditar de modo geral – mas, com certeza, não inevitavelmente – que menos interpretações podem resistir ao primeiro desses testes do que teria sido possível se eles houvessem recebido menos capítulos. A maioria dos intérpretes pensaria que certa interpretação de *A Christmas Carol* – de que Scrooge era inerentemente mau, por exemplo – passaria pelo teste da integridade logo após as páginas de abertura, mas não perto do final do romance. Nossa ideia de que os romancistas posteriores são menos livres pode refletir justamente esse fato. Isso não significa, é claro, que é mais provável haver consenso a respeito da interpretação correta num ponto posterior que anterior da cadeia, ou que um romancista posterior tem mais probabilidade de encontrar um argumento que "prove", sem possível dúvida racional, que sua interpretação é a correta. A discordância razoável é possível tanto no aspecto formal como no substantivo e, mesmo quando a maioria dos romancistas pensasse que apenas uma interpretação específica poderia ajustar-se ao romance até certo ponto, algum romancista imaginativo poderia encontrar alguma mudança dramática no enredo que (na sua opinião) unificaria inesperadamente o que parecera desnecessário e redimiria o que parecera errado ou trivial. Mais uma vez, devemos ser cuidadosos para não confundir o fato de que o consenso raramente seria obtido, em qualquer ponto do processo, com a afirmação de que a interpretação de qualquer romancista específico deve ser "meramente subjetiva". Nenhum romancista, em nenhum ponto, será capaz de simplesmente ler a interpretação correta do texto que recebe de maneira mecânica, mas não decorre desse fato que uma interpretação não seja superior às outras de modo geral. De qualquer modo, não obstante, será verdade,

sonagens são "realmente", que motivos os orientam, qual é o tema ou o propósito do romance em desenvolvimento, até que ponto algum recurso ou figura literária, consciente ou inconscientemente usado, contribui para estes, e se deve ser ampliado, refinado, aparado ou rejeitado para impelir o romance em uma direção e não em outra. Isso deve ser interpretação em um estilo não subordinado à intenção porque, pelo menos para todos os romancistas após o segundo, não há um único autor cujas intenções qualquer intérprete possa, pelas regras do projeto, considerar como decisivas.

Alguns romances, na verdade, foram escritos dessa maneira (incluindo o romance pornográfico *Naked Came the Stranger*), embora com um propósito desmistificador, e certos jogos de salão para dias chuvosos, em casas de campo inglesas, apresentam estrutura semelhante. Em meu exercício imaginário, porém, espera-se que os romancistas assumam sua responsabilidade seriamente e reconheçam o dever de criar, tanto quanto puderem, um romance único, integrado, em vez de, por exemplo, uma série de contos independentes com personagens de mesmo nome. Talvez seja uma incumbência impossível; talvez o projeto esteja fadado a produzir não apenas um romance ruim, mas absolutamente nenhum romance, porque a melhor teoria da arte exige um criador único, ou, se mais de um, que cada qual tenha algum controle sobre o todo. Mas e quanto às lendas e piadas? Não preciso insistir mais nessa questão porque estou interessado apenas no fato de que a incumbência faz sentido, que cada um dos romancistas na cadeia pode ter alguma ideia do que lhe está sendo pedido, sejam quais forem os temores que cada um possa ter sobre o valor ou o caráter do que será produzido.

Decidir casos controversos no Direito é mais ou menos como esse estranho exercício literário. A similaridade é mais

---

para todos os romancistas, além do primeiro, que a atribuição de encontrar (o que acreditam ser) a interpretação correta do texto até então é diferente da atribuição de começar um novo romance deles próprios. Ver, para uma discussão mais completa, de minha autoria, "Natural Law Revisited", *University of Florida Law Review*, 34: 165-188 (1982).

evidente quando os juízes examinam e decidem casos do *Common Law*, isto é, quando nenhuma lei ocupa posição central na questão jurídica e o argumento gira em torno de quais regras ou princípios de Direito "subjazem" a decisões de outros juízes, no passado, sobre matéria semelhante. Cada juiz, então, é como um romancista na corrente. Ele deve ler tudo o que outros juízes escreveram no passado, não apenas para descobrir o que disseram, ou seu estado de espírito quando o disseram, mas para chegar a uma opinião sobre o que esses juízes *fizeram* coletivamente, da maneira como cada um de nossos romancistas formou uma opinião sobre o romance coletivo escrito até então. Qualquer juiz obrigado a decidir uma demanda descobrirá, se olhar nos livros adequados, registros de muitos casos plausivelmente similares, decididos há décadas ou mesmo séculos por muitos outros juízes, de estilos e filosofias judiciais e políticas diferentes, em períodos nos quais o processo e as convenções judiciais eram diferentes. Ao decidir o novo caso, cada juiz deve considerar-se como parceiro de um complexo empreendimento em cadeia, do qual essas inúmeras decisões, estruturas, convenções e práticas são a história; é seu trabalho continuar essa história no futuro por meio do que ele faz agora. Ele *deve* interpretar o que aconteceu antes porque tem a responsabilidade de levar adiante a incumbência que tem em mãos e não partir em alguma nova direção. Portanto, deve determinar, segundo seu próprio julgamento, o motivo das decisões anteriores, qual realmente é, tomado como um todo, o propósito ou o tema da prática até então.

No caso hipotético que descrevi anteriormente, sobre o choque emocional da tia, o juiz deve decidir qual é o tema, não apenas do precedente específico da mãe na rua, mas dos casos de acidente como um todo, inclusive esse precedente. Ele pode ser obrigado a escolher, por exemplo, entre estas duas teorias sobre o "significado" da corrente de decisões. Segundo a primeira, os motoristas negligentes são responsáveis perante aqueles a quem sua conduta pode causar dano físico, mas são responsáveis perante essas pessoas por qualquer dano – físico ou emocional – que realmente causem. Se esse é o princípio correto, então a diferença decisiva entre esse caso e o caso da tia consiste apenas em que a tia não corria o risco físico e, portanto, não pode ser indenizada. Na segunda teoria, porém, os motoristas negligentes são responsáveis por qualquer dano que é razoável esperar que prevejam, se pensarem sobre sua conduta antecipadamente. Se é esse o princípio correto, então a tia tem direito à reparação. Tudo depende de determinar se é suficientemente previsível que uma criança tenha parentes, além de seus pais, que possam sofrer choque emocional ao saber de seu ferimento. O juiz que julga o caso da tia precisa decidir qual desses princípios representa a melhor "leitura" da corrente de decisões a que deve dar continuidade.

Podemos dizer, de modo geral, sobre o que estão discordando aqueles que discordam quanto à melhor interpretação do precedente jurídico? Disse que uma interpretação literária tem como objetivo demonstrar como a obra em questão pode ser vista como a obra de arte mais valiosa, e para isso deve atentar para características formais de identidade, coerência e integridade, assim como para considerações mais substantivas de valor artístico. Uma interpretação plausível da prática jurídica também deve, de modo semelhante, passar por um teste de duas dimensões: deve ajustar-se a essa prática e demonstrar sua finalidade ou valor. Mas finalidade ou valor, aqui, não pode significar valor artístico, porque o Direito, ao contrário da literatura, não é um empreendimento artístico. O Direito é um empreendimento político, cuja finalidade geral, se é que tem alguma, é coordenar o esforço social e individual, ou resolver disputas sociais e individuais, ou assegurar a justiça entre os cidadãos e entre eles e seu governo, ou alguma combinação dessas alternativas (essa caracterização é, ela própria, uma interpretação, é claro, mas permissível agora por ser relativamente neutra). Assim, uma interpretação de qualquer ramo do Direito, como o dos acidentes, deve demonstrar seu valor, em termos políticos, demonstrando o melhor princípio ou política a que serve.

Sabemos, a partir do raciocínio equivalente na literatura, que essa descrição geral da interpretação no Direito não é uma licença para que cada juiz descubra na história doutrinal seja o que for que pensa que deveria estar lá. A mesma distinção é válida entre a interpretação e o ideal. O dever de um juiz é interpretar a história jurídica que encontra, não inventar uma história melhor. As dimensões de ajuste fornecerão alguns limites. Não existe, é claro, nenhum algoritmo para decidir se uma determinada interpretação ajusta-se satisfatoriamente a essa história para não ser excluída. Quando uma lei, Constituição ou outro documento jurídico é parte da história doutrinal, a intenção do falante desempenhará um papel. Mas a escolha de qual dos vários sentidos, fundamentalmente diferentes, da intenção do falante ou do legislador é o sentido adequado, não pode ser remetida à intenção de ninguém, devendo ser decidida, por quem quer que tome a decisão, como uma questão de teoria política[6]. Em casos de *Common Law*, a questão do ajuste é mais complexa. Qualquer hipótese particular sobre a finalidade de uma sequência de decisões ("essas decisões estabelecem o princípio de que alguém que não se encontra na área de risco físico não pode obter compensação por dano emocional") tende a encontrar, em algum caso anterior, se não contraexemplos evidentes, pelo menos linguagem ou argumento que pareça sugerir o contrário. Assim, qualquer concepção útil de interpretação deve conter uma doutrina do erro – tal como a teoria de interpretação de qualquer romancista no caso do romance em cadeia. Às vezes, um argumento jurídico reconhecerá explicitamente tais erros: "Conquanto os casos de *A contra B* e *C contra D* possam ter sustentado o contrário, eles foram, em nossa opinião, decididos erroneamente e não precisam ser seguidos aqui." Às vezes, a doutrina do precedente proíbe essa abordagem rude e exige algo como: "Julgamos, em *E contra F*, de tal forma, mas esse caso levantou questões especiais e deve, pensamos, restringir-se a seus próprios fatos", o que não é tão pouco engenhoso quanto parece.

Pode parecer que essa flexibilidade destrói a diferença na qual insisto, entre interpretação e uma decisão nova sobre o

---

6. Ver acima, cap. 2, "O fórum do princípio".

O DIREITO COMO INTERPRETAÇÃO 241

que o Direito deve ser. Não obstante, essa restrição superior existe. O senso de qualquer juiz acerca da finalidade ou função do Direito, do qual dependerá cada aspecto de sua abordagem da interpretação, incluirá ou implicará alguma concepção da integridade e coerência do Direito como instituição, e essa concepção irá tutelar e limitar sua teoria operacional de ajuste – isto é, suas convicções sobre em que medida uma interpretação deve ajustar-se ao Direito anterior, sobre qual delas, e de que maneira (o paralelo com a interpretação literária também é válido aqui).

Deve ser evidente, porém, que a teoria de ajuste de qualquer juiz muitas vezes não conseguirá produzir uma interpretação única (a distinção entre casos controversos e fáceis no Direito talvez seja justamente a distinção entre casos em que se consegue isso e casos em que não se consegue). Assim como duas leituras de um poema podem encontrar apoio suficiente no texto para demonstrar sua unidade e coerência, dois princípios podem, cada um, encontrar apoio suficiente nas várias decisões do passado para satisfazer qualquer teoria plausível de adequação. Nesse caso, a teoria política substantiva (como considerações substantivas acerca do mérito artístico) desempenharão um papel decisivo. Falando sem rodeios, a interpretação do Direito de acidentes, segundo a qual um motorista descuidado é responsável perante aqueles cujo dano é substancial e previsível, só é uma interpretação melhor, provavelmente, porque enuncia um princípio mais sólido de justiça que qualquer princípio que faça distinção entre dano físico e emocional ou que vincule a compensação pelo dano emocional ao risco de dano físico (devo acrescentar que essa questão, como questão de moralidade política, é muito complexa, e muitos juízes e advogados eminentes abraçaram ora um lado, ora outro).

Poderíamos resumir esses pontos desta maneira. Os juízes desenvolvem uma abordagem particular da interpretação jurídica formando e aperfeiçoando uma teoria política sensível a essas questões, de que dependerá a interpretação em casos específicos, e chamam isso de sua filosofia jurídica. Ela incluirá características estruturais, que elaborem a exigência geral de que uma interpretação se ajuste à história doutrinal, e afirmações substantivas sobre os objetivos sociais e os princípios de justiça. A opinião de um juiz sobre a melhor interpretação será, portanto, a consequência de convicções que outros juízes não precisam compartilhar. Se um juiz acredita que o propósito dominante de um sistema jurídico, o principal objetivo a que deve servir, é econômico, então verá nas decisões passadas sobre acidentes alguma estratégia para reduzir os custos econômicos dos acidentes de modo geral. Outros juízes, que acham repugnante qualquer imagem desse tipo da função do Direito, não descobrirão nenhuma estratégia assim na história, mas apenas, talvez, uma tentativa de reforçar a moral convencional referente à falta e à responsabilidade. Se insistimos em um grau elevado de neutralidade na nossa descrição da interpretação jurídica, portanto, não podemos tornar nossa descrição da natureza da interpretação jurídica muito mais concreta do que a fiz.

A intenção do autor no Direito

Pretendo, em vez disso, considerar várias objeções que poderiam ser feitas, não aos detalhes de meu argumento, mas à tese principal, de que a interpretação no Direito é essencialmente política. Não gastarei mais tempo na objeção geral já assinalada: de que essa visão do Direito torna-o irredutível e irremediavelmente subjetivo, apenas uma questão do que cada juiz, individualmente, acha melhor ou do que ele comeu no café da manhã. Para alguns juristas e estudiosos do Direito, isso não é, em absoluto, uma objeção, mas apenas o início da sabedoria cética sobre o Direito. Mas a essência do meu argumento é que a distinção categórica entre descrição e avaliação na qual se apoia esse ceticismo – a distinção entre encontrar o Direito logo "ali" na história e inventá-lo completamente – está mal colocada aqui, pois a interpretação é algo diferente de ambas.

Quero, portanto, repetir as várias observações que fiz sobre a subjetividade e a objetividade na interpretação literária.

Não há nenhuma razão óbvia na descrição que fiz da interpretação jurídica para duvidar que uma interpretação do Direito pode ser melhor que outra e que uma pode ser a melhor de todas. Isso, se for o caso, depende de questões gerais de filosofia, não mais peculiares ao Direito que à literatura, e faríamos bem, ao considerar essas questões gerais, se não partíssemos de nenhuma ideia estabelecida sobre as condições suficientes e necessárias da objetividade (por exemplo, que nenhuma teoria de Direito será sólida, a menos que possa demonstrar sua solidez, a menos que possa arrancar assentimento até de uma pedra). Enquanto isso, podemos, sensatamente, tentar desenvolver os vários níveis de uma concepção de Direito para nosso uso, de encontrar a interpretação de uma prática complexa e extremamente importante, que nos pareça, ao mesmo tempo, o tipo certo de interpretação para o Direito e certa enquanto esse tipo de interpretação.

Considerarei uma outra objeção, um tanto diferente, com mais detalhes: a de que minha hipótese política sobre a interpretação jurídica, como a hipótese estética sobre a interpretação artística, não oferece um lugar adequado à intenção do autor. Ignora que a interpretação no Direito é simplesmente uma questão de descobrir o que pretendiam os vários atores do processo jurídico – constituintes, membros do Congresso e legislaturas estaduais, juízes e funcionários do executivo. Mais uma vez, é importante perceber o que está em jogo aqui. A hipótese política abre espaço para o argumento da intenção do autor como uma concepção de interpretação, uma concepção que afirma que a melhor teoria política confere papel decisivo na interpretação às intenções dos legisladores e juízes do passado. Vista dessa maneira, a teoria da intenção do autor não contraria a hipótese política, mas contesta sua autoridade. Portanto, se a presente objeção é realmente uma objeção à argumentação desenvolvida até aqui, ela deve ser compreendida de modo diferente, como propondo, por exemplo, que o próprio "significado" da interpretação no Direito exige que apenas essas intenções oficiais sejam consideradas ou que, pelo menos, haja um firme consenso entre os juristas nesse sentido. Ambas as afirmações são simplistas, como as afirmações equivalentes sobre a ideia ou a prática da interpretação na arte.

Suponha, portanto, que realmente consideremos a teoria da intenção do autor mais como uma concepção que uma explicação do conceito de interpretação jurídica. A teoria parece ter base mais sólida, como sugeri anteriormente, quando a interpretação se volta para um texto jurídico canônico, como uma cláusula da Constituição, o artigo de uma lei ou um dispositivo de contrato ou testamento. Mas, assim como notamos que a intenção de um romancista é complexa e estruturada de maneiras que embaraçam qualquer teoria simples da intenção do autor na literatura, devemos agora perceber que a intenção de um legislador é complexa de modo similar. Suponha que um constituinte vote a favor de uma cláusula que garante a igualdade de tratamento, sem distinção de raça, em questões que afetam interesses fundamentais das pessoas; mas ele pensa que a educação não é uma questão de interesse fundamental e, portanto, não acredita que a cláusula torna inconstitucionais escolas racialmente segregadas. Podemos distinguir no caso uma intenção abstrata e uma concreta: o constituinte pretende proibir a discriminação em tudo o que é realmente de interesse fundamental e também pretende não proibir escolas segregadas. Essas não são intenções isoladas, distintas; nossa análise descreve a mesma intenção de maneiras diferentes. Mas importa muito qual descrição uma teoria da intenção legislativa aceita como canônica. Se aceitamos a primeira descrição, então um juiz que deseja seguir as intenções do constituinte, mas acredita que a educação é uma questão de interesse fundamental, irá considerar a segregação inconstitucional. Se aceitamos a segunda, não o fará. A escolha entre as duas descrições não pode ser feita mediante nenhuma reflexão adicional sobre o que uma intenção realmente é. Deve ser feita decidindo-se que uma descrição é mais adequada que a outra, por força da melhor teoria da democracia representativa ou com base em outros fundamentos abertamente políticos (poderia acrescentar que ainda não se produziu nenhum argumento convincente, tanto quanto sei, no sentido de que devemos nos submeter às intenções mais concretas do constituinte, o que é da maior importância em discussões acerca de se a "intenção original" dos constituintes exige, por exemplo, a abolição da discriminação racial ou da pena capital). Quando consideramos os problemas de interpretação do *Common Law* consuetudinário, a teoria da intenção do autor mostra-se sob uma luz ainda mais pobre. Os problemas não dizem respeito meramente às provas. Talvez possamos descobrir o que estava "na mente" de todos os juízes que decidiram casos a respeito de acidentes em uma ou outra época de nossa história jurídica. Poderíamos também descobrir (ou especular) as explicações psicodinâmicas, econômicas ou sociais para que um juiz tenha pensado como pensou. Sem dúvida, o resultado de toda essa pesquisa (ou especulação) seria um conjunto de dados psicológicos essencialmente diferentes para cada um dos juízes anteriores incluídos no estudo, e somente se poderia introduzir ordem no conjunto, se é que se poderia, por meio de sumários estatísticos de qual proporção de juízes, em cada período histórico, provavelmente sustentou qual opinião e esteve mais ou menos sujeito a qual influência. Mas esse conjunto, mesmo organizado pela estatística, não seria mais útil ao juiz que tentasse responder o que realmente significam, no todo, as decisões anteriores, do que a informação similar para um dos romancistas, na corrente que imaginamos, tentando decidir que romance os romancistas anteriores da cadeia escreveram coletivamente. Esse julgamento, em cada caso, exige um novo exercício de interpretação que não é nem pesquisa histórica pura nem uma expressão inteiramente nova de como as coisas deveriam ser em termos ideais.

Um juiz que acreditasse na importância de discernir a intenção do autor poderia tentar escapar a esses problemas selecionando um juiz em particular, ou um pequeno grupo de juízes do passado (digamos, aqueles que decidiram o caso mais recente semelhante ao dele ou que ele considera mais próximo do dele) e perguntando que regra esse juiz ou grupo de juízes pretendeu estabelecer para o futuro. Isso colocaria os juízes anteriores na condição de legisladores e, portanto, acarretaria todos os problemas que surgem ao se interpretar uma lei, inclusive o sério problema que acabamos de observar. Mesmo assim, no fim das contas, não evitaria os problemas especiais da prestação jurisdicional no *Common Law*, porque o juiz que assim interpretasse teria de supor-se com o direito de examinar apenas as intenções do juiz ou juízes anteriores que selecionou, e não poderia supor tal coisa, a menos que acreditasse que ser isso o que juízes na sua posição deveriam fazer era fruto da prática judicial como um todo (e não apenas as intenções de algum *outro* juiz selecionado antes).

A política na interpretação

Se minhas afirmações sobre o papel da política na interpretação jurídica são fundadas, devemos esperar descobrir opiniões claramente liberais, radicais ou conservadoras não apenas sobre o que a Constituição e as leis de nossa nação deveriam ser, mas também sobre o que são. E é isso exatamente o que encontramos. A interpretação da cláusula da igualdade de proteção da Constituição dos Estados Unidos oferece exemplos especialmente vívidos. Não pode haver nenhuma interpretação útil do que significa essa cláusula que seja independente de alguma teoria sobre o que é a igualdade política e até que ponto a igualdade é exigida pela justiça. A história do último meio século do Direito constitucional é, em grande parte, uma investigação exatamente dessas questões de moralidade política. Juristas conservadores argumentaram persistentemente (embora não de maneira coerente) a favor de um estilo de interpretar essa cláusula baseado nas intenções do autor e acusaram outros, que usavam um estilo diferente, com resultados mais igualitários, de inventar em vez de interpretar o Direito. Mas tratava-se de uma vociferação com o intuito de ocultar o papel que suas próprias convicções políticas desempenhavam na sua escolha do estilo interpretativo, e os grandes debates jurídicos quanto à cláusula da igualdade de direitos teriam sido mais esclarecedores se fosse mais amplamente reconhecido que valer-se de uma teoria política não é uma corrupção da interpretação, mas parte do que significa interpretação.

A política deve desempenhar algum papel comparável na interpretação da literatura e de outras formas artísticas? Ficamos acostumados com a ideia da política da interpretação. A teoria da interpretação de Stanley Fish, particularmente, supõe que as disputas entre escolas rivais de interpretação literária são mais políticas que lógicas: professorados rivais em busca de domínio[7]. E, naturalmente, é um truísmo da sociologia da literatura, e não meramente da contribuição marxista para essa disciplina, que a moda na interpretação é sensível a estruturas políticas e econômicas mais gerais, que ela, aliás, expressa. Essas afirmações importantes são externas: referem-se às causas da ascensão desta ou daquela abordagem da literatura e da interpretação.

Muitas das dissertações apresentadas na conferência para a qual este ensaio foi inicialmente preparado discutem essas questões[8]. Mas agora estamos preocupados com a questão interna, mais com a política na interpretação do que com a política da interpretação. Até que ponto princípios de moralidade política podem efetivamente ser considerados como argumentos a favor de uma interpretação particular de uma obra ou a favor de uma abordagem geral da interpretação artística? Há muitas possibilidades, e muitas delas tiram proveito de afirmações desenvolvidas ou mencionadas nesses ensaios. Disseram que nosso compromisso com o feminismo, nossa fidelidade à nação ou nossa insatisfação com a ascensão da nova direita devem influenciar nossa avaliação e apreciação da literatura. Na verdade, era a percepção geral (embora não unânime) da conferência que a crítica profissional devia ser censurada por sua desatenção a tais questões políticas. Mas se nossas convicções a respeito dessas questões políticas específicas contam na

---

7. Ver Stanley Fish, *Is There a Text in This Class?: The Authority of Interpretive Communities* (Cambridge, Mass.: Harvard University Press, 1980).
8. Ver W. J. T. Mitchell (org.), *The Politics of Interpretation* (Chicago e Londres: Chicago University Press, 1983).

decisão de até que ponto um romance, uma peça ou um poema são bons, então devem contar também na decisão de qual interpretação é a melhor, entre várias interpretações particulares dessas obras. Ou assim deve ser se meu argumento for fundamentado.

Podemos também explorar uma ligação mais indireta entre a teoria estética e a política. Qualquer teoria abrangente da arte tende a ter como centro alguma tese epistemológica, algum conjunto de opiniões a respeito das relações válidas entre a experiência, a autoconsciência e a percepção ou formação de valores. Se a teoria atribui à autodescoberta algum papel na arte, irá precisar de uma teoria de identidade pessoal adequada para marcar os limites entre uma pessoa e suas circunstâncias, e entre ela e outras pessoas, ou, pelo menos, para negar a realidade de tais fronteiras. Parece provável que qualquer teoria abrangente de justiça social também terá raízes em convicções sobre essas e outras questões intimamente relacionadas. O liberalismo, por exemplo, que atribui grande importância à autonomia, pode depender de uma imagem específica do papel que os juízos de valor desempenham na vida das pessoas; pode depender da tese de que as convicções das pessoas sobre o valor são crenças, abertas à argumentação e revisão, não simplesmente dados da personalidade, determinados por causas genéticas e sociais. E qualquer teoria política que confira um lugar importante à igualdade também exige suposições a respeito dos limites das pessoas, pois deve distinguir entre tratar as pessoas como iguais e transformá-las em pessoas diferentes.

Talvez fosse um projeto sensato, pelo menos, indagar se não existem certas bases filosóficas compartilhadas por determinadas teorias estéticas e políticas, de modo que possamos falar acertadamente de uma estética liberal, marxista, perfeccionista ou totalitária, por exemplo. Questões e problemas comuns não garantem isso, é claro. Seria necessário verificar, por exemplo, se é realmente possível remontar o liberalismo, como supuseram muitos filósofos, a uma base epistemológica distinta, diferente daquela de outras teorias políticas, e depois indagar se essa base distinta poderia ser transportada para a teoria estética e ali produzir um estilo interpretativo distinto. Não faço a menor ideia de se esse projeto poderia ter sucesso; transmito apenas meu entendimento de que política, arte e Direito estão unidos, de algum modo, na filosofia.

Capítulo 7
*Interpretação e objetividade**

Duas objeções

Desde que foi publicado o texto que constitui o capítulo 6 deste livro, "De que maneira o Direito se assemelha à literatura", ocupei-me da discussão a seu respeito, que ainda prossegue[1]. Usarei este ensaio para acrescentar alguns comentários inspirados por essa discussão. Pelo menos um leitor do ensaio original pensou que, apesar de minhas várias negativas, eu estava engajado numa ingênua teoria metafísica da interpretação, segundo a qual os significados estão "simplesmente ali" no universo, os gêneros literários "prenunciam a si mesmos", os textos atuam como uma "restrição que se faz valer" sobre qualquer interpretação, e a interpretação, portanto, é a descoberta de fatos concretos, não interpretativos e recalcitrantes. Naturalmente, nunca fiz nenhuma dessas afirmações e neguei-as todas, mas pensou-se, mesmo assim, que eu estava comprometido com elas pelo que efetivamente disse. Pois disse, entre outras coisas, que interpretar era diferente de inventar, e que certas interpretações de um livro de mistério de Agatha Christie seriam erradas

---

* Esse novo ensaio baseia-se em material presente em Ronald Dworkin, "My Reply to Stanley Fish (and Walter Benn Michaels): Please Don't Talk about Objectivity Any More", em W. J. T. Mitchell (org.), *The Politics of Interpretation* (Chicago e Londres: University of Chicago Press, 1983). © Ronald Dworkin.

1. Stanley Fish comentou meu ensaio original em "Working on the Chain Gang", *Texas Law Review*, 60: 551-567 (1982); reimpresso em *Critical Inquiry* (setembro de 1982), p. 201. Desde então, publicou mais uma crítica: "Wrong Again", *Texas Law Review*, 62: 299-316 (1983).

porque fariam do romance um desastre. Segundo o argumento que estou agora reportando, essas proposições pressupõem a tola visão do "simplesmente ali", que, como disse, rejeito. Trata-se, na minha opinião, de uma séria confusão, que vale a pena ter o cuidado de dissipar. Baseia-se numa suposição errônea sobre o *sentido* das afirmações interpretativas, isto é, sobre o que as pessoas querem dizer quando endossam ou rejeitam determinada interpretação de um personagem, peça ou doutrina jurídica. Supõe que as pessoas que fazem julgamentos interpretativos pensam que os significados que relatam são "simplesmente dados" no universo, como um fato concreto que todo mundo pode perceber e tem de reconhecer. Mas se isso é ou não verdade – se é isso o que as pessoas pensam quando fazem afirmações interpretativas –, é uma questão de semântica, e, quando olhamos duas vezes, descobrimos que não é, pela seguinte razão decisiva. As pessoas que fazem esses juízos não acreditam em nenhuma dessas bobagens sobre fatos concretos (duvido que exista aí algo em que acreditar) e, no entanto, continuam a fazer suas afirmações interpretativas e a argumentar sobre elas de modo crítico e judicioso, supondo que algumas afirmações são melhores que outras, que algumas são certas e outras erradas.

Meu ensaio foi uma tentativa de melhorar a equivocada teoria do "simplesmente ali" para o sentido dos julgamentos interpretativos. Somente poderemos entender afirmações e argumentos interpretativos sobre literatura se pararmos de tratá-los como tentativas condenadas a relatar significados ontologicamente independentes, espalhados entre os objetos do universo. Devemos compreendê-los, pelo contrário, como afirmações estéticas especiais e complexas sobre o que torna melhor uma determinada obra de arte. Isto é, afirmações interpretativas são interpretativas e, portanto, inteiramente dependentes de uma teoria estética ou política. Mas isso significa, como me esforcei para enfatizar, que a distinção entre interpretar e inventar é, ela própria, o produto de um julgamento interpretativo, pois temos de nos valer de um tipo de convicção ou instinto interpretativo – sobre quais leituras destruiriam a integridade artística de um texto – para rejeitar leituras inaceitáveis que, se fossem aceitáveis, tornariam o trabalho realmente muito bom.

Precisamos dessa dimensão do julgamento interpretativo para explicar por que, por exemplo, não pensamos (a maioria de nós) que uma interpretação calcada no significado da morte é uma boa interpretação de um livro de mistério de Christie, embora consideremos que o significado da morte seja um tema nobre.

Assim, a queixa de que meu ensaio contempla significados "simplesmente ali" é uma grande incompreensão. Porém minha avaliação substitutiva do sentido dos julgamentos interpretativos pode provocar duas objeções muito diferentes e muito mais importantes. A primeira é esta: a interpretação, na minha descrição, não é realmente diferente da criação. A distinção entre essas duas atividades pressupõe que, no caso da interpretação, um texto exerce alguma *restrição* sobre o resultado. Mas, em minha descrição, o próprio texto é o produto de julgamentos interpretativos. Não pode haver mais restrição nessa história do que no exemplo de Wittgenstein, do homem que duvidou do que leu no jornal e comprou outro exemplar para confirmá-lo.

A segunda objeção é ainda mais fundamental. Insiste em que uma interpretação, segundo minha descrição, não pode ser realmente verdadeira nem falsa, boa nem má, porque faço com que a correção de uma interpretação dependa de qual leitura de um poema, romance ou doutrina jurídica torna-os melhores, estética ou politicamente, e não pode haver nenhum resultado objetivo em um julgamento desse tipo, mas apenas reações "subjetivas" diferentes. Essa objeção pressupõe um argumento familiar a estudantes de filosofia moral, que, às vezes, é chamado de argumento da diversidade. As pessoas discordam quanto ao valor estético e, portanto, sobre quais obras de arte são melhores que outras. Discordam quanto à justiça e outras virtudes políticas e, portanto, sobre quais decisões políticas são melhores e quais são piores. Essas não são discordâncias em que um lado possa vencer com algum argumento irrefutável que todos devem aceitar. Assim, as pessoas continuam a discordar, mesmo quando a argumentação se esgotou. Nessas circunstâncias, de acordo com a segunda objeção, ninguém pode pensar sensatamente que suas próprias opiniões a respeito da melhor interpretação são "realmente" verdadeiras. Por isso, minhas recomendações, sobre como os romancistas da corrente e os juízes devem tomar suas decisões, aconselham-nos a agir baseados em convicções absurdas.

Dependência da teoria

A primeira objeção está certa? Ela declara que, se todas as partes de uma interpretação são dependentes da teoria da maneira como digo que são, não pode haver nenhuma diferença entre interpretar e inventar, pois o texto só pode exercer uma restrição ilusória sobre o resultado. Antecipei essa objeção ao argumentar que as convicções interpretativas podem atuar como controles *recíprocos*, de modo a evitar essa circularidade e tornar incisivas as afirmações interpretativas. Dividi as convicções interpretativas em dois grupos – convicções sobre forma e sobre substância – e sugeri que, apesar das interações óbvias, esses dois grupos eram, não obstante, suficientemente separados para permitir que o primeiro restringisse o segundo, da maneira que sugeri com o exemplo do romance em cadeia.

A primeira objeção pode contestar meu argumento no todo ou em parte. Pode negar a própria possibilidade de que partes diferentes de uma estrutura teórica geral possam atuar reciprocamente como restrições ou controles. Ou pode aceitar essa possibilidade mas negar sua aplicação ao caso da interpretação literária ou jurídica. Se a contestação ao argumento é total, negando a possibilidade da restrição teórica interna, ela contradiz um tema importante da filosofia contemporânea da ciência. Pois é uma tese conhecida nessa disciplina que nenhuma das convicções que temos, sobre o mundo e o que está nele, nos é imposta por uma recalcitrante realidade independente da teoria; de que as opiniões que temos são mera consequência de termos aceitado alguma estrutura teórica particular. Segundo uma versão proeminente desse ponto de vista, todas as nossas convicções sobre lógica, matemática, física etc. confrontam a experiência em conjunto, como um sistema interdependente, e não há nenhuma parte desse sistema que não possa, em princípio, ser revista e abandonada se estivermos dispostos e formos capazes de rever e ajustar o restante. Se sustentássemos opiniões muito diferentes sobre as partes teóricas da física e de outras ciências, dividiríamos o mundo em entidades muito diferentes, e os fatos que "encontrássemos" sobre essas diferentes entidades seriam muito diferentes dos fatos que hoje consideramos inatacáveis.

Agora suponha que aceitemos essa visão geral do conhecimento e derivemos dela a surpreendente conclusão de que hipóteses científicas distintas não podem ser avaliadas em confronto com fatos porque, uma vez adotada uma teoria, não há fatos inteiramente independentes que possam ser confrontados com essa teoria para testá-la. Teríamos compreendido erroneamente a tese filosófica que pretendíamos aplicar. Pois a finalidade dessa tese não é negar que os fatos restringem as teorias, mas explicar como o fazem. Não há nenhum paradoxo na proposição de que os fatos dependem das teorias que os explicam e também as restringem. Pelo contrário, essa proposição é uma parte essencial da imagem do conhecimento que acabamos de descrever, como um conjunto de convicções complexas e inter-relacionadas que confrontam a experiência como um todo coerente.

Portanto, a primeira objeção é mais notável se entendermos que contesta, não a possibilidade geral do conhecimento dependente de teoria, mas a sua possibilidade no caso da literatura e da arte. Os fatos controlam as teorias na ciência porque o aparelho teórico geral da ciência é complexo o bastante para permitir tensões internas, controles e equilíbrios. Isso seria impossível se não existissem distinções funcionais, dentro do sistema do conhecimento científico, entre vários tipos e níveis de convicções. Se não tivéssemos opiniões especiais e distintas sobre o que considerar como observação, por exemplo, não poderíamos refutar teorias estabelecidas com observações novas. A primeira objeção deve ser entendida como uma queixa de que nossos sistemas interpretativos são, nesse sentido, menos complexos que nossos sistemas científicos, que os primeiros carecem da estrutura interna exigida para permitir a restrição interna que é uma característica dos segundos.

Penso que se trata de uma percepção de que a distinção entre julgamento e gosto muitas vezes depende da complexidade ou simplicidade do aparelho teórico. Seria tolo afirmar que nossa preferência por chocolate em vez de baunilha, por exemplo, é um julgamento limitado por fatos a respeito do próprio sorvete. A evidente "subjetividade" desse tipo de gosto é muitas vezes considerada uma fenda inicial que abre caminho para o ceticismo estético geral e mesmo para o ceticismo moral. Mas é bem fácil explicar o caso do sorvete de maneira que distingue, em vez de acarretar, julgamentos mais complexos. Opiniões sobre sorvetes não se interligam nem dependem de outras crenças e posturas a ponto de permitir que o gosto por chocolate, uma vez formado, entre em conflito com qualquer outra coisa. Assim, a questão levantada pela primeira objeção, considerada do modo mais interessante, pode ser formulada toscamente: as afirmações interpretativas do tipo que críticos e juristas fazem, assemelham-se mais a afirmações científicas, nesse aspecto, ou mais aos gostos na escolha de sorvetes? Elas têm ou não a estrutura necessária que permite um grau útil de restrição interna?

O capítulo 6, "De que maneira o Direito se assemelha à literatura", tentou demonstrar que elas realmente possuem a estrutura necessária, e é desnecessário repetir meus argumentos. Enfatizei a diferença entre o que chamei de convicções sobre a integridade, pertinentes às dimensões de adequação, e convicções sobre mérito artístico, pertinentes às dimensões de valor. Tentei demonstrar como cada intérprete encontra, na interação entre esses dois conjuntos de posturas e convicções, não apenas restrições e padrões para a interpretação, mas as circunstâncias essenciais dessa atividade, os fundamentos de sua capacidade de conferir sentido distinto aos juízos interpretativos. É verdade que esses dois âmbitos das convicções interpretativas não estão inteiramente isolados um do outro; mas considero que, para cada pessoa, estão suficientemente isolados para produzir fricção e, portanto, sentido à análise interpretativa de qualquer um. É uma outra questão até que ponto convicções interpretativas de cada tipo são – ou devem ser – compartilhadas com o conjunto das pessoas que falam e debatem entre si sobre a interpretação. Alguma sobreposição certamente é necessária para uma pessoa ao menos compreender o julgamento de outra como interpretativo, mas seria um erro pensar que a sobreposição deve ser tão completa quanto é na ciência comum. Pois sabemos que está muito longe de ser completa, e parece que conseguimos dar sentido tanto à concordância quanto à discordância sobre a interpretação. Não quero que esta última observação soe como gracejo. No fim, não podemos dar melhor resposta à primeira objeção que apontar nossas próprias práticas de interpretação. Pois não poderíamos ter nenhuma razão para aceitar um critério, quanto ao que é necessário para dar sentido à interpretação, ao qual nossas práticas não atenderiam, salvo se tivéssemos alguma outra razão para repudiá-las.

A objetividade

Meu interesse pelo problema da objetividade, levantado pela segunda objeção que descrevi, é inteiramente negativo. Não vejo por que tentar encontrar algum argumento geral no sentido que os julgamentos interpretativos morais, políticos, jurídicos ou estéticos *são* objetivos. Os que pedem algum argumento dessa natureza querem algo diferente do tipo de argumentos que eu e eles produziríamos a favor de exemplos ou casos particulares de tais julgamentos. Mas não vejo como poderiam existir tais argumentos diferentes. Não tenho nada a favor da objetividade dos julgamentos morais, a não ser argumentos morais, nada a favor da objetividade dos julgamentos interpretativos, a não ser argumentos interpretativos, e assim por diante.

Acredito, por exemplo, que a escravidão é injusta nas circunstâncias do mundo moderno. Penso que tenho argumentos a favor dessa visão, embora saiba que se esses argumentos fossem contestados eu teria, no fim, de me apoiar em convicções para as quais não tenho nenhum argumento direto. Digo "penso" que tenho argumentos não porque estou preocupado com a posição filosófica dos argumentos que tenho, mas porque sei que outros adotaram uma visão contrária, que posso não ser capaz de convencê-los, e que eles poderiam, na verdade, ser capazes de me convencer se eu lhes desse uma oportunidade decente de fazê-lo. Mas agora suponha que alguém, depois de ouvir meus argumentos, me pergunte se tenho algum argumento diferente a favor da opinião de que a escravidão é objetivamente ou realmente injusta. Sei que não tenho porque, tanto quanto posso dizer, não se trata de uma asserção adicional, mas apenas da mesma asserção colocada de forma levemente mais enfática.

É claro que alguém poderia estipular um sentido para a palavra "objetivamente" que tornaria a proposição "adicional" realmente diferente. Poderia dizer que a questão adicional, sobre se a escravidão é objetivamente injusta, indaga se todos concordam que sim, por exemplo, ou se concordariam em condições favoráveis à reflexão. Nesse caso, diria que não acredito que a escravidão seja objetivamente injusta. Mas isso não afetaria nem ressalvaria, de maneira nenhuma, meu julgamento original, de que a escravidão é injusta. Nunca pensei que todos concordavam ou concordariam.

Portanto, não tenho nenhum interesse em tentar compor uma defesa geral da objetividade de minhas opiniões interpretativas, jurídicas ou morais. Na verdade, penso que toda a questão da objetividade, que domina tanto a teoria contemporânea nessas áreas, é um tipo de embuste. Deveríamos ater-nos a nosso modo de ser. Deveríamos responder por nossas próprias convicções, da melhor maneira possível, prontos a abandonar as que não sobreviverem à inspeção reflexiva. Deveríamos apresentar nossos argumentos aos que não compartilham nossas opiniões e, de boa-fé, parar de argumentar quando não houvesse mais argumento adequado. Não quero dizer que isso é tudo o que podemos fazer porque somos criaturas com acesso limitado à verdadeira realidade ou com pontos de vista necessariamente tacanhos. Quero dizer que não podemos dar nenhum sentido à ideia de que existe alguma outra coisa que poderíamos fazer para decidir se nossos julgamentos são "realmente" verdadeiros. Se algum argumento pudesse persuadir-me de que minhas convicções sobre a escravidão não são realmente verdadeiras, então deveria persuadir-me também a abandonar minhas opiniões sobre a escravidão. E se nenhum argumento pode persuadir-me de que a escravidão não é injusta, nenhum argumento pode persuadir-me de que não é "realmente" injusta.

Mas não posso voltar as costas ao problema da objetividade como gostaria, e o ensaio de Fish mostra por que não. Pessoas como Fish dizem que existe algo radicalmente errado com o que eu e os outros pensamos a respeito do Direito, da moralidade e da literatura. Nossos argumentos supõem, segundo dizem, que os julgamentos feitos nesses âmbitos podem ser objetivamente certos e errados, mas que, na verdade, não podem. A partir da minha visão sobre o que pode significar a afirmação de objetividade nessas disciplinas, sou tentado a retrucar argumentando a favor dos julgamentos que eles dizem que não podem ser objetivos. Contesto a afirmação de que os julgamentos morais não podem ser objetivos repetindo meus argumentos sobre por que a escravidão é injusta, por exemplo. Mas eles não querem que seus argumentos sejam considerados dessa forma. Ao negar que a escravidão possa ser real ou objetivamente injusta, um filósofo moral não quer que o compreendam como se estivesse sustentando a mesma posição de um fascista que argumenta não haver nada errado na escravidão. Ele insiste em que seus argumentos não são morais, mas argumentos filosóficos de natureza muito diferente, aos quais devo responder de maneira muito diferente.

Não posso fazer isso, porém, até compreender a diferença entre a proposição de que a escravidão é injusta, que o fascista nega, e a proposição de que a escravidão é real ou objetivamente injusta, que o filósofo cético nega. O filósofo diz: a segunda proposição é diferente porque afirma que a injustiça da escravidão é parte dos objetos do universo, que está realmente "lá" de alguma maneira. Estamos de volta à terra das metáforas incompreensíveis. Acho mesmo que a escravidão é injusta, que isso não é "apenas a minha opinião", que todos deviam pensar assim, que todos têm uma razão para opor-se à escravidão, e assim por diante. É isso que significa pensar que a injustiça da escravidão faz parte dos dados do universo? Se é, então penso mesmo isso, mas então não consigo perceber a diferença entre a proposição de que a escravidão é injusta e a proposição de que a injustiça da escravidão é parte dos dados do universo. A proposição sobre os dados, interpretada dessa maneira, tornou-se uma proposição moral sobre aquilo em que eu e outros devemos acreditar e fazer, e não entendo como pode haver qualquer argumento contra essa proposição moral que não seja um argumento moral. Que outro tipo de argumento poderia persuadir-me a abandonar essas afirmações sobre aquilo em que os outros devem acreditar e fazer?

O filósofo insistirá, porém, que não entendi o cerne da questão. Dirá que quando se trata de opiniões morais, ele tem as mesmas opiniões que eu. Também pensa que a escravidão é injusta. Discorda de mim não *na* moralidade mas *sobre* a moralidade. Como isso é possível? Como ele pode acreditar que a escravidão é injusta e também acreditar que nenhuma proposição pode ser real ou objetivamente verdadeira? Durante algumas décadas uma explicação foi muito popular. Os filósofos céticos diziam que aquilo que parecem ser convicções morais não são realmente convicções, mas apenas reações emocionais. Assim, quando um filósofo diz, falando como leigo, que a escravidão é injusta, está apenas expressando suas próprias reações subjetivas à escravidão, e não há nenhuma incoerência quando ele afirma, enquanto filósofo, que nenhuma proposição moral pode ser verdadeira. Mas essa explicação não serve, pois as convicções que os filósofos tentam justificar dessa forma não atuam, no seu próprio palco mental, como reações emocionais. Eles consideram argumentos, assumem ou abandonam opiniões diferentes em resposta a argumentos, percebem e respeitam conexões lógicas e de outros tipos entre as opiniões, e, de resto, comportam-se de maneira mais adequada à convicção que à mera reação subjetiva. Assim, a redefinição de suas convicções morais como reações emocionais é falsa. O fato é que consideram a escravidão injusta.

Considere agora uma explicação contemporânea de como é possível pensar assim e permanecer cético. Suponha que façamos distinção entre a verdade dentro de um jogo ou âmbito específico e a verdade real ou objetiva, fora dele. Tomando a ficção como modelo, poderíamos dizer que no âmbito de certa história, alguém matou Roger Ackroyd. Mas, no mundo real, fora desse âmbito, Roger Ackroyd nunca existiu, de modo que não pode ser verdade que alguém o matou. Poderíamos querer conceber as práticas sociais da moralidade, da arte, do Direito e da interpretação de maneira semelhante. Dentro de certo âmbito, produzimos argumentos e temos convicções de certa espécie – que a escravidão é injusta, por exemplo, ou que os romances de Christie mostram certo tipo de mal. Mas quando nos colocamos do lado de fora, sabemos que nenhuma proposição de tal ordem pode ser real ou objetivamente verdadeira.

Essa estratégia é atraente porque, como acabei de dizer, os céticos não apenas têm opiniões morais ou interpretativas mas também as tratam como convicções, e essa nova imagem explica como e por quê. Quando as pessoas fazem julgamentos interpretativos, morais ou jurídicos, estão desempenhando certo jogo de faz de conta, perguntando a si mesmas que interpretação seria melhor se alguma realmente pudesse ser melhor, ou o que seria moralmente certo se alguma coisa pudesse realmente ser moralmente certa, e assim por diante. Não há nenhuma razão para que os filósofos céticos não "joguem o jogo", embora saibam que tudo é realmente, objetivamente falando, sem sentido.

Mas estamos agora de volta ao começo e meu problema inicial persiste: não vejo que diferença poderia fazer a palavra "objetivamente". Pois essa explicação supõe que podemos distinguir entre o jogo e o mundo real, que podemos distinguir entre a afirmação de que a escravidão é injusta, apresentada como uma manobra em algum empreendimento coletivo em que tais julgamentos são feitos e debatidos, e a afirmação de que a escravidão é real ou objetivamente injusta no mundo efetivo; ou que podemos distinguir entre a afirmação de que os romances de Christie são sobre o mal, apresentada como uma manobra em outro tipo de empreendimento, e a afirmação de que realmente são sobre o mal, apresentada como uma afirmação sobre como as coisas realmente são. Supõe que podemos distinguir estes dois tipos diferentes de afirmações da maneira como distinguimos afirmações sobre Roger Ackroyd como personagem de um romance de afirmações sobre Roger Ackroyd como personagem histórico. E isso é exatamente o que não podemos fazer, porque as palavras "objetivamente" e "realmente" não podem mudar o sentido de julgamentos morais ou interpretativos. Se julgamentos morais, estéticos ou interpretativos têm o sentido e a força que têm só porque figuram em um empreendimento humano coletivo, então tais julgamentos não podem ter um sentido "real" e um valor de verdade "real" que transcenda esse empreendimento e, de alguma maneira, apodere-se do mundo "real".

Ainda não encontrei nenhuma razão para pensar que qualquer argumento cético sobre a moralidade não seja um argumento moral, ou que um argumento cético sobre o Direito não seja um argumento jurídico, ou que um argumento cético sobre a interpretação não seja um argumento interpretativo. Penso que o problema da objetividade, tal como geralmente colocado, é um embuste, pois a própria distinção que poderia dar-lhe significado, a distinção entre argumentos substantivos nas práticas sociais e argumentos céticos sobre práticas sociais, é falsa. Devo agora tomar certo cuidado, porém, para evitar mal--entendidos acerca do que disse. Alguém poderia dizer que minha posição é a forma mais profunda possível de ceticismo sobre a moralidade, a arte e a interpretação, porque, na verdade, estou dizendo que julgamentos morais, estéticos ou interpretativos não podem descrever uma realidade objetiva independente. Mas não foi o que eu disse. Disse que a questão do que "independência" e "realidade" constituem, para qualquer prática, é uma questão dentro dessa prática, de modo que a questão de se os julgamentos morais podem ser objetivos é, por si só, moral, e a questão de se existe objetividade na interpretação é, por si só, interpretativa. Isso ameaça tornar o ceticismo não inevitável, mas impossível.

O ceticismo

O ceticismo corre o risco de tornar-se impossível porque se nega, ao que parece, que alguém possa criticar a moralidade, por exemplo, sem assumir o ponto de vista moral. O ceticismo, por essa descrição, anularia a si próprio, pois se o cético precisa produzir argumentos morais para contestar a moralidade, deve admitir o sentido e a validade de argumentos cujo sentido e validade ele quer negar. Mas isso, também, é um exagero, pois ignora o que tentei enfatizar ao longo de todo o meu ensaio original, que é a complexidade das práticas morais e interpretativas que os céticos querem contestar. Meus argumentos sobre a objetividade tornam mesmo o ceticismo muito geral possível como posição *dentro* do empreendimento que ele desafia.

Já assinalei um tipo de argumento cético sobre os julgamentos interpretativos. Alguém poderia tentar demonstrar que os julgamentos interpretativos são muito desestruturados e desconexos para serem controlados por outros julgamentos da maneira que a tarefa da interpretação supõe que tais julgamentos sejam controlados – muito desestruturados para serem considerados convicções mesmo dentro desse empreendimento. Essa forma de ceticismo realmente exige que se assuma certa posição mínima, que, não obstante, pode ser controvertida entre os intérpretes, sobre a finalidade e o valor da interpretação. Parece apoiar-se, na verdade, exatamente na visão que propus em meu ensaio – de que interpretações plausíveis devem estar ligadas a teorias estéticas ou políticas normativas que sejam plausíveis. Usa essa suposição muito geral sobre a finalidade da interpretação para argumentar no sentido da impossibilidade de interpretações bem-sucedidas, e isso deveria ser suficientemente cético para qualquer um (supõe também uma falsa psicologia da interpretação, e é por isso que falha). Esse tipo de ceticismo, porém, embora muito geral, é interno no sentido que agora estou supondo. Ninguém que aceite esse argumento poderia acrescentar que, em sua opinião pessoal, um romance de Christie é realmente uma investigação da natureza do mal. Há muitas outras possibilidades, e mais plausíveis, a favor do ceticismo na interpretação. Um intérprete poderia aceitar alguma teoria sobre a finalidade ou o valor da arte, segundo a qual certas questões interpretativas (ou mesmo todas elas) simplesmente não têm nenhuma resposta porque nenhuma resposta poderia fazer qualquer diferença para o valor de uma obra de arte. Alguém poderia pensar, por exemplo, que a velha questão de se Hamlet e Ofélia eram amantes não tem resposta porque nenhuma das respostas teria ligação com nenhum critério de valor no teatro. A peça não poderia ser mais bem interpretada de uma maneira que de outra. Quase nenhuma teoria da arte teria essa consequência para algumas questões – se Hamlet dormia de lado, por exemplo. Mas algumas a teriam, para a maior parte das questões que os críticos discutem, e essas teorias forneceriam descrições muito céticas da interpretação.

Podemos até imaginar um argumento cético originando-se das questões que parecem importantes para Fish e seus colegas céticos. Eles se detêm no fato de que dois intérpretes muitas vezes discordam quanto à caracterização correta de uma obra de ficção porque as caracterizações são muito dependentes da teoria. Isso, aparentemente, é o que pretendem afirmar nas infelizes metáforas sobre os significados não estarem "simplesmente ali". Se alguém pensa que a finalidade da interpretação é assegurar uma grande medida de concordância interpessoal, notará que a interpretação, como praticada hoje, não oferece nenhuma perspectiva desse tipo, e extrairá as conclusões globais e céticas adequadas. Mas seus argumentos dependerão, então, da plausibilidade dessa visão da finalidade do empreendimento.

Essas diferentes formas de ceticismo sobre a interpretação são todas internas a esse empreendimento. Adotam alguma visão controvertida sobre a finalidade ou natureza da interpretação, como fazem as teorias positivistas, mas adotam uma visão que tem consequências céticas. Podemos construir facilmente exemplos semelhantes do ceticismo interno sobre o valor da arte e sobre a moralidade política. Não surge nenhum problema de coerência para esse tipo de ceticismo porque não estamos mais lidando com o mito de dois pontos de vista, um ponto de vista interno, a partir do qual um intérprete tem sua própria resposta para questões interpretativas, e um ponto de vista externo, a partir do qual ele reconhece que tais questões podem não ter resposta. Ninguém que diga não existir resposta para a questão sobre Hamlet e Ofélia, porque nenhuma resposta torna a peça melhor ou pior, prosseguirá dizendo que, na sua opinião pessoal, eles eram amantes.

Se abandonamos esse mito, ameaçamos não a impossibilidade do ceticismo, mas a impossibilidade do que poderíamos chamar, em comparação com os tipos de ceticismo que reconhecemos, de ceticismo externo. O cético externo supõe que pode controlar todos os julgamentos interpretativos confrontando-os com alguma realidade externa cujo conteúdo não deve ser determinado por argumentos que se tornaram conhecidos pela prática, mas que deve ser apreendido de alguma outra maneira. Ele supõe que pode se colocar fora do empreendimento da interpretação, dar aos julgamentos interpretativos algum sentido diferente daquele que eles têm dentro do empreendimento, avaliar os julgamentos assim concebidos de maneira diferente do confronto dos argumentos utilizados contra e a favor deles na interpretação comum, e julgá-los todos falsos ou desprovidos de sentido quando medidos com um padrão supostamente mais objetivo. Se rejeitarmos esse tipo de ceticismo externo, então diremos, a Fish e outros pretensos céticos, que a única maneira de corroborar sua extravagante afirmação – de que qualquer texto permite absolutamente qualquer interpretação – é produzir um argumento genuíno nesse sentido, expondo alguma atraente teoria normativa sobre a integridade artística que tenha essa consequência. Se Fish quer que cogitemos de tal argumento, deve começar assegurando-nos de sua boa-fé. Se realmente sustenta uma tal teoria, deve abandonar, como incoerente, suas interpretações de textos favoritas, inclusive, por exemplo, sua interpretação de *Paraíso perdido*, para não falar em *Peril at End House*. É claro que se produzisse tal argumento poderia acabar nos convencendo. Não podemos dizer com certeza, antecipadamente, que não o faria. O único tipo de ceticismo excluído por minhas observações anteriores é o ceticismo trazido para um empreendimento do exterior, o ceticismo que não emprega argumentos do tipo que o empreendimento requer, o ceticismo que é simplesmente adicionado à conclusão de nossas várias convicções interpretativas e políticas, deixando-as todas, de alguma maneira, intactas e no lugar. Esse tipo de ceticismo não pode fazer nenhuma diferença para nossos esforços de compreender e melhorar a interpretação, a arte e o Direito. O que perdemos renunciando a ele?

PARTE TRÊS
Liberalismo e justiça

Capítulo 8
*O liberalismo**

Neste ensaio irei propor uma teoria sobre o que é o liberalismo. Mas enfrento um problema imediato. Meu projeto supõe que existe liberalismo, ao passo que, de repente, popularizou-se a ideia de que não existe. Algum tempo antes da Guerra do Vietnã, os políticos que se diziam "liberais" sustentavam certas opiniões que podiam ser identificadas como um grupo. Os liberais eram a favor de maior igualdade econômica, do internacionalismo e da liberdade de expressão e contrários à censura, a favor de maior igualdade entre as raças e contra a segregação, a favor de uma nítida separação entre a Igreja e o Estado, de maior proteção processual aos criminosos acusados, da descriminalização dos delitos "morais", particularmente de delitos ligados às drogas e delitos sexuais consensuais envolvendo apenas adultos, e a favor do uso enérgico do poder governamental central para a obtenção de todos esses objetivos. Essas eram as "causas" liberais, e os que as promoviam podiam ser distinguidos de outro grande segmento da opinião política, chamado de "conservador". Os conservadores, de modo geral, opunham-se a cada uma das causas liberais clássicas.

Mas uma série de acontecimentos nas décadas de 1960 e 1970 colocou em questão se o liberalismo era, afinal, uma teoria política distinta. Um deles foi a guerra. John F. Kennedy e seus homens denominavam-se liberais; Johnson manteve os

---

* Publicado originalmente em Stuart Hampshire (org.), *Public and Private Morality* (Cambridge: Cambridge University Press, 1978). © Cambridge University Press.

homens de Kennedy e introduziu liberais seus, também. Mas a guerra era desumana e desacreditou a ideia de que o liberalismo era o partido da humanidade. Teria sido possível alegar, é claro, que os Bundys, McNamaras e Rostows eram falsos liberais, que sacrificaram princípios liberais em nome do poder pessoal, ou liberais incompetentes, que não compreendiam que os princípios liberais proibiam o que eles faziam. Muitos críticos, porém, chegaram à diferente conclusão de que a guerra revelava as ligações ocultas entre o liberalismo e a exploração. Assim que essas supostas ligações vieram à tona, constatou-se que incluíam exploração não apenas externa, mas também interna, e a linha divisória entre o liberalismo e conservadorismo foi considerada um engodo.

Segundo, a política começou a produzir questões que já não pareciam dividir posições liberais e conservadoras. Não estava claro, por exemplo, se a preocupação de proteger o meio ambiente da poluição, mesmo ao custo do desenvolvimento econômico que poderia reduzir o desemprego, era uma causa liberal ou não. A proteção ao consumidor atraía igualmente os consumidores que se chamavam liberais e os que se diziam conservadores. Muitos grupos diferentes – não apenas os que defendiam o meio ambiente e a proteção ao consumidor – opunham-se ao que denominavam mentalidade desenvolvimentista, isto é, a suposição de que deveria ser uma meta importante do governo promover a riqueza ou produto total do país. Tornou-se moda pedir maior controle local sobre as decisões políticas para grupos pequenos, não tanto porque decisões tomadas localmente tendem a ser melhores, mas porque as relações políticas pessoais de cooperação e respeito mútuo, geradas por decisões locais, são desejáveis por si só. A oposição ao crescimento pelo crescimento e à concentração de poder parece liberal em espírito porque os liberais tradicionalmente se opuseram ao desenvolvimento das grandes empresas e apoiaram a igualdade política. Essas posições, não obstante, condenam as estratégias de organização econômica e política central que, certamente, desde o New Deal, são consideradas estratégias claramente liberais.

Terceiro, e por consequência, os políticos já não se sentiam tão inclinados quanto antes a identificar-se como "liberais" ou "conservadores", e tornaram-se mais propensos a combinar posições políticas antigamente consideradas liberais com as antigamente consideradas conservadoras. O presidente Carter, por exemplo, professava o que pareciam ser posições "liberais" sobre os direitos humanos com posições "conservadoras" sobre a importância de equilibrar o orçamento nacional mesmo em detrimento de programas de assistência melhores, e muitos comentaristas atribuíram sua inesperada candidatura a sua capacidade de romper dessa maneira com as categorias políticas. Na Grã-Bretanha também surgiram novas combinações de antigas posições: o último governo trabalhista não parecia mais "liberal" em questões de censura, por exemplo, que os conservadores, e pouco mais liberal que estes em questões de imigração e polícia.

A presidência de Reagan e a administração de Thatcher detiveram esse processo e reviveram em suas nações a noção de uma linha divisória importante entre o liberalismo e o conservadorismo. As questões que na década de 1970 ultrapassaram essa distinção agora recuaram; as discussões sobre justiça econômica e defesa nacional são hoje mais proeminentes e geram mais dissensão, e é mais fácil classificar os políticos em liberais e conservadores quanto a essas questões. Agora, porém, surgiu um debate entre "antigos" e "neo" liberais. Na disputa pela candidatura democrata, Walter Mondale foi chamado de liberal à antiga, defendendo para o governo um pronunciado papel de supervisão nos assuntos econômicos; considerava-se que Gary Hart, pelo contrário, falava pelos novos liberais, que rejeitavam posturas semelhantes ao New Deal como inadequadas a uma nação com necessidade de uma abordagem mais flexível e perspicaz da política industrial. O Partido Trabalhista, na Grã-Bretanha, deslocou-se para a esquerda; muitos dos "liberais" mais destacados do partido desertaram e formaram o Partido Social-Democrata, que, segundo eles, hoje carrega o estandarte do autêntico liberalismo.

Sustento que certa concepção de igualdade, que chamarei de concepção liberal de igualdade, é o nervo do liberalismo. Mas isso supõe que o liberalismo constitui uma moralidade política autêntica e coerente, de modo que possa fazer sentido falar de "seu" princípio central, e pode-se pensar que a história que acabamos de descrever sugere que não. Parece defender, em vez disso, a seguinte tese cética. "A palavra 'liberalismo' foi usada, desde o século XVIII, para descrever vários aglomerados distintos de posições políticas, mas sem nenhuma similaridade de princípio importante entre os diferentes aglomerados chamados de 'liberais' em diferentes épocas. A explicação de por que diferentes aglomerados, formados em várias circunstâncias, foram chamados de 'liberais', não pode ser encontrada buscando-se tal princípio. Deve ser encontrada, em vez disso, em complicados acidentes históricos, nos quais o interesse isolado de certos grupos, a prevalência de certa retórica política e muitos outros fatores distintos desempenham diferentes papéis. Um aglomerado desse tipo foi formado, por razões semelhantes, no período do New Deal: combinava uma ênfase na redução da desigualdade e no aumento da estabilidade econômica com liberdade política e civil mais ampla para os grupos que faziam campanha por esses objetivos. Nossa noção contemporânea de 'liberal' é formada a partir desse conjunto específico de metas políticas.

"Mas as forças que formaram e mantiveram coeso esse conjunto foram alteradas de várias maneiras. Os homens de negócios, por exemplo, perceberam agora que vários elementos do conjunto – particularmente os que promovem a estabilidade econômica – funcionam a seu favor. Os trabalhadores brancos começaram a ver que certos tipos de igualdade social e econômica para as minorias raciais ameaçam seus próprios interesses. As liberdades políticas foram usadas não apenas, nem mesmo principalmente, pelas pessoas ansiosas em conseguir a limitada igualdade econômica do New Deal, mas também por rebeldes sociais que ameaçam os ideais de ordem social e decência pública que o antigo liberal não questionava. A questão de Israel e as violações soviéticas dos direitos dos intelectuais

LIBERALISMO E JUSTIÇA 273

levaram o antigo liberal a renunciar à sua tolerância inicial perante a União Soviética e a expansão de seu poder. Assim, o 'liberalismo' do New Deal, como conjunto de posições políticas, não é mais uma força política importante. Talvez se forme um novo aglomerado de posições que seja chamado de 'liberal' por seus defensores e críticos. Talvez não. Não importa muito, porque o novo aglomerado, quer seja chamado de liberalismo quer não, não manterá nenhuma importante ligação de princípio com o velho liberalismo. A ideia de liberalismo, como teoria política fundamental que produziu um conjunto de causas liberais, é um mito sem absolutamente nenhum poder explicativo."
Essa é a descrição do cético. Existe, porém, uma descrição alternativa da ruptura do conjunto de ideias liberal. Em qualquer programa político coerente há dois elementos: posições políticas constitutivas que são valorizadas por si mesmas e posições derivadas que são valorizadas como estratégias, como meios de alcançar posições constitutivas[1]. O cético acre-

---

1. Oferecerei, nesta nota, uma análise mais detalhada dessa distinção. Uma teoria política abrangente é uma estrutura na qual os elementos estão relacionados de maneira mais ou menos sistemática, de modo que posições políticas muito concretas (como a de que as taxas do imposto de renda devem ser elevadas ou reduzidas agora) são a consequência de posições políticas mais abstratas (como a de que grandes patamares de desigualdade econômica devem ser eliminados), que, por sua vez, são consequência de posições ainda mais abstratas. Seria irrealista supor que cidadãos e políticos comuns, ou mesmo comentaristas ou teóricos políticos, organizam suas convicções políticas dessa maneira; ainda assim, qualquer um que acredite tomar decisões políticas a partir de princípios reconheceria que certa organização desse tipo de sua posição completa deve, em princípio, ser possível.
Podemos distinguir, portanto, para qualquer teoria política completa, posições políticas constitutivas e derivadas. Uma posição constitutiva é uma posição política valorizada por si só: uma posição política tal que qualquer fracasso em assegurar plenamente essa posição, ou qualquer declínio no grau em que é assegurada, é *pro tanto* uma perda no valor do arranjo político geral. Uma posição política derivada é uma posição que não é, na teoria em questão, constitutiva.
Uma posição constitutiva não é necessariamente absoluta, em qualquer teoria, pois uma teoria pode conter posições constitutivas diferentes e, até certo ponto, antagônicas. Apesar de uma teoria sustentar, por exemplo, que uma perda na igualdade política é, *pro tanto*, uma perda na justiça do arranjo político, pode, não obstante, justificar essa perda para promover a prosperidade, porque a prosperidade econômica geral também é uma posição constitutiva na teoria. Nesse caso, a teo-

dita que o conjunto de ideias liberal não continha nenhuma moralidade política; formou-se por acaso e manteve-se coeso graças aos interesses pessoais. A descrição alternativa afirma que o conjunto tinha uma moralidade constitutiva e rompeu-se porque se tornou menos claro quais posições derivadas atendem melhor a essa moralidade constitutiva. Segundo essa descrição, a ruptura do liberalismo do New Deal foi consequência não de algum desencanto repentino com a moralidade política fundamental, mas antes de mudanças de

---

ria poderia recomendar um arranjo econômico específico (digamos, uma economia mista capitalista e socialista) como a melhor conciliação entre duas posições políticas constitutivas, nenhuma das quais pode ser ignorada. Nem a igualdade nem o bem-estar geral seriam absolutos, mas ambos seriam constitutivos, porque a teoria afirma que se fosse possível encontrar algum meio de conquistar o mesmo nível de prosperidade sem limitar a igualdade, o resultado seria uma melhora da justiça na conciliação que, infelizmente, é necessária. Se, por outro lado, a teoria reconhecesse que a livre empresa, como um todo, é o melhor meio de assegurar a prosperidade econômica, mas estivesse pronta a abandonar a livre empresa, sem nenhum sentido de compromisso, nas poucas ocasiões em que a livre empresa não fosse eficiente, a livre empresa seria, nessa teoria, uma posição derivada. A teoria não sustentaria que se algum meio de alcançar a mesma prosperidade pudesse ser encontrado, sem restringir a livre empresa, esse outro meio seria superior; se a livre empresa é apenas uma posição derivada, a teoria é indiferente quanto ao eventual sacrifício da livre empresa, ou de alguma outra posição derivada para promover o estado de coisas geral. Devemos ter o cuidado de distinguir a questão quanto a uma certa posição ser ou não constitutiva numa teoria da questão diferente de se a teoria preserva a posição argumentando que é errado reexaminar o valor da posição em ocasiões específicas. Uma teoria pode estipular que algumas posições derivadas devem ser mais ou menos preservadas do sacrifício em ocasiões especificadas, mesmo quando as autoridades pensam que tal sacrifício atenderia melhor às posições constitutivas, para proteger melhor os objetivos constitutivos a longo prazo. O primado do utilitarismo é um exemplo familiar, mas os objetivos constitutivos a serem protegidos não precisam ser utilitaristas. Uma teoria política fundamentalmente igualitária pode considerar a igualdade política (um homem, um voto) como uma posição preservada, apesar de derivada, que não permite às autoridades reordenar o poder de votar para obter o que consideram uma igualdade mais fundamental na comunidade, pois a permissão de mexer no direito de voto colocaria em risco, em vez de atender, essa igualdade mais fundamental. As posições derivadas preservadas não precisam ser absolutas – uma teoria pode prever que mesmo uma posição preservada pode ser sacrificada, sem nenhuma perda na justiça geral, mesmo, *pro tanto*, quando o ganho para posições constitutivas é suficientemente visível e pronunciado. Mas as posições preservadas podem tornar-se absolutas sem perder seu caráter de derivadas.

opinião e circunstância que questionaram se as antigas estratégias para impor essa moralidade eram acertadas. Se a descrição alternativa está correta, então o ideal do liberalismo como moralidade política fundamental é não apenas um mito, mas uma ideia necessária a qualquer descrição pertinente da história política moderna e a qualquer análise pertinente do debate político contemporâneo. Essa conclusão, sem dúvida, atrairá os que continuam a pensar em si mesmos como liberais. Mas deve ser também a tese dos críticos do liberalismo, pelo menos dos que acham que o liberalismo, por sua própria natureza, explora ou destrói valores importantes da comunidade ou é, em algum outro sentido, maligno. Pois esses críticos abrangentes, tanto quanto os adeptos, precisam negar que o acordo liberal do New Deal foi uma coincidência meramente acidental de posições políticas.

Mas é claro que não podemos decidir se a descrição cética ou essa descrição alternativa é superior até oferecermos, a favor da segunda, alguma teoria sobre quais elementos do conjunto liberal devem ser considerados constitutivos e quais devem ser considerados derivados. Infelizmente, os liberais e seus críticos discordam, tanto entre si quanto internamente, justamente sobre essa questão. Os críticos muitas vezes dizem, por exemplo, que os liberais estão comprometidos com o crescimento econômico, com o aparelho burocrático do governo e a indústria necessários para o crescimento econômico, e com a forma de vida em que se busca esse crescimento como um fim em si, uma forma de vida que enfatiza a competição, o individualismo e as satisfações materiais. Certamente é verdade que os políticos que consideramos liberais paradigmáticos, como Hubert Humphrey e Roy Jenkins, enfatizaram a necessidade do crescimento econômico. Mas será que essa ênfase no crescimento é uma questão de princípio constitutivo porque o liberalismo está atado a alguma forma de utilitarismo que torna a prosperidade geral um benefício em si mesmo? Se for assim, então o desencanto de muitos liberais com a ideia de crescimento favorece a visão cética de que o liberalismo foi uma aliança temporária de posições políticas díspares, agora abandonada. Ou será uma questão de estratégia derivada dentro da teoria liberal – uma estratégia questionável para reduzir a desigualdade econômica, por exemplo – e, portanto, uma questão sobre a qual os liberais podem discordar sem uma cisão ou crise profunda? Não se pode responder a essa questão assinalando-se simplesmente o fato reconhecido de que muitos dos que se denominam liberais apoiavam o crescimento econômico mais entusiasticamente antes do que fazem agora, assim como não se pode demonstrar que existe uma ligação de princípio entre o imperialismo e o liberalismo simplesmente citando-se homens que se diziam liberais e estiveram entre os responsáveis pelo Vietnã. As questões essenciais aqui são questões de ligação teórica, e de nada serve simplesmente apontar a história, sem pelo menos alguma hipótese sobre a natureza dessas ligações.

    A mesma questão deve ser levantada sobre o tópico mais geral da ligação entre o liberalismo e o capitalismo. A maioria dos que se diziam liberais, tanto nos Estados Unidos como na Grã-Bretanha, estava ansiosa para tornar a economia de mercado mais justa nos seus mecanismos e resultados, ou para combinar a economia de mercado com a economia coletiva, em vez de substituir inteiramente a economia de mercado por um sistema claramente socialista. Essa é a base para a conhecida acusação de que não existe nenhuma diferença genuína, no contexto da política ocidental, entre liberais e conservadores. Mas, novamente, opiniões diferentes sobre a ligação entre capitalismo e liberalismo são possíveis. Pode ser que as posições constitutivas do liberalismo do New Deal devam incluir o princípio da própria livre empresa ou princípios sobre a liberdade que, por razões conceituais, só podem ser satisfeitos por uma economia de mercado. Se for assim, então, quaisquer restrições sobre o mercado que o liberal pudesse aceitar, por meio da redistribuição, regulamentação ou economia mista, seriam uma concessão com princípios liberais básicos, adotada talvez por necessidade prática, para proteger a estrutura básica contra a revolução. A acusação de que as diferenças ideológicas entre o liberalismo e o conservadorismo são relativamente sem importância seria sustentada por essa constatação. Se alguém fosse persuadido a abandonar totalmente o capitalismo, não seria mais um liberal; se muitos liberais antigos fizessem isso, então o liberalismo estaria incapacitado como força política. Talvez, porém, o capitalismo não seja constitutivo, mas, ao contrário, um derivado no liberalismo do New Deal. Talvez tenha sido popular entre os liberais porque parecia ser, acertadamente ou não, o melhor meio de conquistar objetivos liberais diferentes e mais fundamentais. Nesse caso, os liberais podem divergir quanto a se vale ou não a pena preservar a livre empresa sob as novas circunstâncias, mais uma vez sem crise nem cisão teórica, e a importante diferença ideológica com os conservadores ainda pode ser sustentada. Novamente, devemos prestar atenção à questão teórica para formular hipóteses com as quais confrontar os fatos políticos.

Essas duas questões – a ligação do liberalismo com o crescimento econômico e com o capitalismo – são especialmente controvertidas, mas podemos localizar problemas similares na distinção do que é fundamental e do que é estratégico em quase todos os aspectos do consenso liberal do New Deal. Os liberais defendem a liberdade de expressão. Mas a livre expressão é um valor fundamental ou é apenas um meio para outro fim, tal como a descoberta da verdade (como afirmou Mill) ou o funcionamento eficiente da democracia (como sugeriu Michaeljohn)? O liberal desaprova a imposição da moralidade por meio do Direito criminal. Isso sugere que o liberalismo se opõe à formação de um senso comum de decência? Ou o liberalismo é hostil apenas ao uso do Direito criminal para assegurar esse senso comum? Devo dizer, talvez por precaução desnecessária, que essas questões não podem ser resolvidas, no final das contas, separadamente da história e da teoria social desenvolvida; mas não contradiz esse truísmo insistir em que a análise filosófica da ideia de liberalismo é uma parte essencial desse processo.

Assim, minha questão inicial – o que é o liberalismo? – revela ser uma questão que deve ser respondida, pelo menos provisoriamente, antes de enfrentarmos as questões mais claramente históricas colocadas pela tese cética. Pois minha questão é justamente a de qual moralidade é constitutiva em determinados acordos liberais, como o pacote do New Deal.

Meu projeto adota certa opinião acerca do papel da teoria política na política. Ela pressupõe que o liberalismo consiste numa moral política constitutiva que permaneceu a mesma, em linhas gerais, ao longo de certo tempo e que continua a ser influente na política. Supõe que acordos liberais distintos são formulados quando, por uma razão ou outra, os que são movidos por essa moral constitutiva consideram um esquema particular de posições derivadas como adequado para compor uma teoria política liberal prática, e outros, por seus próprios motivos, tornam-se aliados na promoção desse esquema. Tais acordos se desfazem, e também o liberalismo, por consequência, quando essas posições derivadas se mostram ineficazes, ou quando as condições econômicas e sociais mudam, tornando-as ineficazes, quando os aliados necessários para formar uma força política efetiva não são mais atraídos pelo esquema. Não quero dizer que a moralidade constitutiva do liberalismo seja a única força atuante no estabelecimento de acordos liberais, ou mesmo que seja a mais poderosa, mas apenas que é suficientemente distinta e influente para dar sentido à ideia, compartilhada pelos liberais e seus críticos, de que o liberalismo existe, e para dar sentido à prática popular de discutir o que ele é.

A discussão, até agora, demonstrou que a afirmação de que uma determinada posição é antes constitutiva que derivada em uma teoria política é controvertida e complexa. Como procederei? Qualquer definição satisfatória da moralidade constitutiva do liberalismo deve cumprir o seguinte catálogo de condições. (1) Deve formular posições que possam ser sensatamente consideradas como constitutivas de programas políticos para as pessoas de nossa cultura. Não digo apenas que algum conjunto de princípios constitutivos poderia explicar os acordos liberais se as pessoas sustentassem esses princípios, mas que um conjunto particular realmente ajuda a explicar os acordos liberais porque as pessoas efetivamente sustentaram esses princípios. (2) Deve ser suficientemente ligada ao último acordo liberal claro – as posições políticas que descrevi no início como "causas" liberais reconhecidas – a ponto de ser vista como constitutiva para o esquema inteiro, isto é, para que as posições restantes no esquema possam ser tidas como derivadas, dada a moralidade constitutiva. (3) Deve formular princípios constitutivos com detalhes suficientes para distinguir uma moralidade política liberal de outras moralidades políticas rivais. Se, por exemplo, digo apenas que é constitutivo do liberalismo que o governo deve tratar seus cidadãos com respeito, não formulei um princípio constitutivo com detalhes suficientes, pois embora os liberais possam argumentar que todos os seus esquemas políticos seguem esse princípio, os conservadores, marxistas e talvez até mesmo os fascistas afirmariam o mesmo sobre suas teorias. (4) Uma vez satisfeitas essas exigências de autenticidade, inteireza e distinção, uma formulação mais abrangente e moderada é preferível a um esquema menos abrangente e moderado, porque a primeira terá maior poder explicativo e constituirá um teste mais justo da tese de que esses princípios constitutivos precedem acordos particulares e sobrevivem a eles.

A segunda dessas quatro condições oferece um ponto de partida. Portanto, devo repetir a lista do que considero serem as posições políticas do último acordo liberal, e, por comodidade, chamarei de "liberais" os que sustentam essas posições. Na política econômica, os liberais exigem que as desigualdades de riqueza sejam reduzidas pela assistência social e por outras formas de redistribuição financiada por tributos progressivos. Acreditam que o governo deve intervir na economia para promover a estabilidade econômica, controlar a inflação, reduzir o desemprego e fornecer serviços que, de outra maneira, não seriam oferecidos, mas preferem uma intervenção pragmática e seletiva a uma substituição da livre empresa por decisões inteiramente coletivas sobre investimento, produção, preços e salários. Apoiam a igualdade racial e aprovam a intervenção governamental para assegurá-la, por meio de restrições à discriminação pública e privada em educação, moradia e emprego. Mas opõem-se a outras formas de regulamentação coletiva da decisão individual: opõem-se à regulamentação do conteúdo do discurso político, mesmo quando tal regulamentação possa assegurar maior ordem social, e opõem-se à regulamentação da literatura e da conduta sexual, mesmo quando tal regulamentação possa ter considerável apoio da maioria. Suspeitam do Direito criminal e anseiam por reduzir a extensão de seus dispositivos à conduta cuja moralidade é controvertida, e apoiam as limitações e recursos processuais, como as regras contra a admissibilidade de confissões, que tornam mais difícil obter condenações criminais.

Não quero dizer que todos os que sustentam alguma dessas posições sustentarão ou sustentaram todas elas. Algumas pessoas que se denominam liberais não apoiam muitos elementos desse conjunto, algumas que se dizem conservadoras apoiam a maioria deles. Mas essas são as posições que usamos como pedra de toque quando indagamos quão liberal ou conservador alguém é; e, na verdade, das quais nos valemos quando dizemos que a linha que separa liberais de conservadores está agora mais nebulosa que antes. Omiti as posições que apenas discutivelmente são elementos do pacote liberal, como o apoio à intervenção militar no Vietnã, ou a atual campanha pelos direitos humanos nos países comunistas, a preocupação com garantir mais participação local no governo, com a proteção do consumidor diante dos produtores ou com o meio ambiente. Também omiti a extensão discutível das doutrinas liberais, como a mistura de raças na escola e as cotas que discriminam em favor das minorias na educação e no emprego. Vou supor que as posições que são indiscutivelmente liberais constituem o cerne do acordo liberal. Se minha afirmação está certa, de que é possível demonstrar que uma concepção particular de igualdade é constitutiva para esse cerne de posições, teremos, nessa concepção, um dispositivo para formular e testar a afirmação de que algumas posições discutíveis são também "realmente" liberais.

Há um fio de princípios que percorre o cerne das posições liberais e que as distingue das posições conservadores correspondentes? Há uma resposta conhecida para essa questão, que é errada, mas de um modo esclarecedor. A política das democracias, segundo essa resposta, reconhece vários ideais políticos constitutivos independentes, dos quais os mais importantes são os ideais de liberdade e igualdade. Infelizmente, a liberdade e a igualdade muitas vezes entram em conflito: às vezes, o único meio eficaz de promover a igualdade exige certa limitação da liberdade, e, às vezes, as consequências de promover a liberdade são prejudiciais à igualdade. Nesses casos, o bom governo consiste no melhor acordo entre os ideais concorrentes, mas diferentes políticos e cidadãos firmarão esse acordo de maneira diferente. Os liberais tendem a preferir mais igualdade e menos liberdade que os conservadores, e o cerne das posições liberais que descrevi é resultado de se alcançar tal equilíbrio.

Essa descrição oferece uma teoria sobre o que é o liberalismo. O liberalismo compartilha os mesmos princípios constitutivos com muitas outras teorias políticas, inclusive o conservadorismo, mas distingue-se delas por atribuir importância relativa diferente a diferentes princípios. A teoria, portanto, deixa espaço, no espectro que ela descreve, para o radical que se importa mais com a igualdade e menos com a liberdade que o liberal, e, portanto, distancia-se mais ainda do conservador extremo. O liberal torna-se o homem do meio, o que explica por que o liberalismo é tantas vezes considerado indeciso, um consenso insustentável entre duas posições mais incisivas.

Sem dúvida, esta análise da política norte-americana poderia ser mais refinada. Poderia abranger outros ideais constitutivos independentes compartilhados pelo liberalismo e seus oponentes, como a estabilidade ou segurança, de modo que os acordos envolvidos em decisões particulares se revelassem mais complexos. Mas se o nervo da teoria continua a ser a competição entre a liberdade e a igualdade como ideais constitutivos, então, a teoria não pode ter sucesso. Em primeiro lugar, não satisfaz a condição (2) do catálogo de condições que expus. Parece aplicar-se, na melhor das hipóteses, apenas a um número limitado das controvérsias políticas que tenta explicar. Tem como objetivo controvérsias econômicas, mas é irrelevante ou enganosa no caso da censura e da pornografia e, na verdade, no Direito criminal em geral. Mas há uma falha muito mais importante nessa explicação. Ela supõe que a liberdade é mensurável, de modo que, se duas decisões políticas tolhem a liberdade de um cidadão, podemos dizer sensatamente que uma decisão toma-lhe mais liberdade que a outra. Essa suposição é necessária porque, de outro modo, não se pode sustentar o postulado de que a liberdade é um ideal constitutivo tanto das estruturas políticas liberais quanto das conservadoras. Mesmo conservadores convictos concordam com o fato de que sua liberdade de dirigir como querem (como, por exemplo, dirigir no sentido do centro na Lexington Avenue) pode ser tolhida em nome não de algum ideal político rival de importância, mas apenas em favor de ganhos marginais em termos de comodidade ou de padrões de trânsito ordeiros. Mas como a regulamentação do trânsito claramente envolve alguma perda de liberdade, não se pode dizer que o conservador valoriza a liberdade como tal, a menos que ele seja capaz de demonstrar que, por alguma razão, perde-se menos liberdade com a regulamentação do tráfico que com as restrições, por exemplo, à livre expressão, à liberdade de vender por preços que outros estão dispostos a pagar ou a qualquer outra liberdade que ele considera fundamental.

É justamente isso que ele não pode demonstrar, porque não temos um conceito de liberdade que seja quantificável da maneira que a demonstração exigiria. Ele não pode dizer, por exemplo, que os regulamentos de trânsito interferem menos com o que a maioria dos homens e mulheres querem fazer do que interferiria uma lei que os proibisse de se pronunciarem a favor do comunismo ou que exigisse que não fixassem seus preços como acham melhor. A maioria das pessoas importa-se mais com dirigir do que com defender o comunismo e não tem oportunidade de fixar preços, mesmo que queira. Não quero dizer que não podemos entender a ideia de liberdades fundamentais, como a liberdade de expressão. Mas não podemos argumentar a seu favor demonstrando que elas protegem mais a liberdade, considerada como um bem mensurável, ainda que toscamente, do que o faz o direito de dirigir como se bem entende; as liberdades fundamentais são importantes porque valorizamos mais algo que elas protegem. Mas, se é assim, não podemos explicar a diferença entre as posições políticas liberais e conservadoras supondo que as segundas protegem o bem da liberdade, valorizado por si só, de maneira mais eficiente que as primeiras[2].

Pode-se dizer agora, porém, que é possível salvar a outra metade da explicação liberdade-igualdade. Mesmo que não possamos dizer que os conservadores valorizam a liberdade, como tal, mais que os liberais, ainda podemos dizer que eles valorizam menos a igualdade, e que as diferentes posições políticas podem ser explicadas dessa maneira. Os conservadores tendem a diminuir a importância da igualdade quando colocada ao lado de outros objetivos, como a prosperidade geral ou mesmo a segurança, ao passo que os liberais valorizam relativamente mais a igualdade, e os radicais mais ainda. Mais uma vez, é evidente que essa explicação ajusta-se bem a controvérsias econômicas e aplica-se mal a controvérsias não econômicas. Mais uma vez, no entanto, suas falhas são mais gerais e mais importantes. Devemos identificar mais claramente o sentido em que a igualdade poderia ser um ideal constitutivo para liberais ou conservadores. Assim que o fizermos, perceberemos que é enganoso dizer que o conservador valoriza a igualdade, nesse sentido, menos que o liberal. Diremos, em vez disso, que ele tem um concepção diferente do que requer a igualdade.

Devemos distinguir dois princípios diferentes que consideram a igualdade como um ideal político[3]. O primeiro exige que o governo trate todos os que estão a seu cuidado *como iguais*, isto é, como tendo direito a igual atenção e respeito de sua parte. Essa não é uma exigência vazia: a maioria de nós não considera que devemos, como indivíduos, tratar os filhos

---

2. Ver Ronald Dworkin, *Taking Rights Seriously* (Cambridge, Mass.: Harvard University Press, 1977; Londres: Duckworth, 1978), cap. 12.
3. *Ibid.*, p. 227.

de nosso vizinho com a mesma atenção que os nossos, ou tratar todos os que encontramos com o mesmo respeito. Não obstante, é plausível pensar que qualquer governo deva tratar todos os cidadãos como iguais nesse sentido. O segundo princípio exige que o governo trate *igualmente* todos os que estão a seu cuidado na atribuição de oportunidades, ou, pelo menos, que trabalhe para assegurar o estado de coisas em que todos sejam iguais ou mais aproximadamente iguais nesse aspecto. Quase todos admitem que o governo não pode tornar todos iguais em todos os aspectos, mas as pessoas discordam sobre em que medida o governo deveria tentar assegurar a igualdade em algum recurso específico, como, por exemplo, o monetário.

Se olharmos apenas as controvérsias político-econômicas, será plenamente justificado dizer que os liberais querem mais igualdade no sentido do segundo princípio que os conservadores. Mas seria um erro concluir que valorizam mais a igualdade no sentido do primeiro princípio, mais fundamental. Digo que o primeiro princípio é mais fundamental porque suponho que, tanto para liberais como para conservadores, o primeiro é constitutivo e o segundo é derivado. Às vezes, tratar as pessoas igualmente é a única maneira de tratá-las como iguais, mas, às vezes, não. Suponha que uma quantidade limitada de auxílio de emergência esteja disponível para duas áreas igualmente populosas prejudicadas por enchentes; tratar os cidadãos de ambas as áreas como iguais requer dar mais auxílio à área mais seriamente devastada do que dividir igualmente os fundos disponíveis. O conservador acredita que em muitos outros casos, menos evidentes, tratar os cidadãos como iguais equivale a não tratá-los como iguais. Ele poderia reconhecer, por exemplo, que a discriminação positiva nas admissões à universidade funcionará no sentido de tornar as duas raças mais aproximadamente iguais em riqueza, mas, não obstante, sustentar que tais programas não tratam os candidatos negros e brancos como iguais. Se for um utilitarista, terá um argumento similar, embora muito mais geral, contra qualquer redistribuição de riqueza que reduza a eficiência econômica. Dirá que a única maneira de tratar as pessoas como iguais é maximizar a assistência social média aos membros da comunidade, contando ganhos e perdas para todos nas mesmas escalas, e que o livre mercado é o único instrumento, ou o melhor, para alcançar esse objetivo. Esse não é um bom argumento, na minha opinião, mas se o conservador que o apresenta é sincero, não se pode dizer que ele diminuiu a importância de tratar todos os cidadãos como iguais.

Assim, devemos rejeitar a ideia simples de que o liberalismo consiste numa ponderação diferente dos princípios constitutivos de igualdade e liberdade. Mas nossa discussão da ideia de igualdade sugere uma linha mais profícua. Suponho (como disse) que há ampla concordância na política moderna de que o governo deve tratar todos os cidadãos com igual atenção e respeito. Não pretendo negar o grande poder do preconceito, por exemplo, na política norte-americana. Mas poucos cidadãos, e menos políticos ainda, admitiriam agora convicções políticas que contradigam o princípio abstrato de igual atenção e respeito. Pessoas diferentes, porém, como deixou claro nossa discussão, sustentam concepções muito diferentes do que requer esse princípio abstrato em casos particulares.

O que significa para o governo tratar os cidadãos como iguais? Essa questão, penso, é igual à questão do que significa para o governo tratar todos os cidadãos como livres, como independentes ou com igual dignidade. De qualquer modo, é uma questão que tem sido central para a teoria política desde Kant, pelo menos.

Pode-se responder de duas maneiras fundamentalmente diferentes. A primeira considera que o governo deve ser neutro sobre o que se poderia chamar de questão do viver bem. A segunda supõe que o governo não pode ser neutro em tal questão porque não pode tratar os cidadãos como seres humanos iguais sem uma teoria do que os seres humanos devem ser. Devo explicar melhor essa distinção. Cada pessoa segue uma concepção mais ou menos articulada do que dá valor à vida. O estudioso que valoriza uma vida de contemplação tem tal concepção, assim também como o cidadão que vê televisão e bebe cerveja e gosta de dizer "A vida é assim", embora tenha pensado menos sobre a questão e seja menos capaz de descrever ou defender sua concepção.

A primeira teoria da igualdade supõe que as decisões políticas devem ser, tanto quanto possível, independentes de qualquer concepção particular do que é viver bem, ou do que dá valor à vida. Como os cidadãos de uma sociedade divergem em suas concepções, o governo não os trata como iguais se prefere uma concepção à outra, seja porque as autoridades acreditam que uma é intrinsecamente superior, seja porque uma é sustentada pelo grupo mais numeroso ou mais poderoso. A segunda teoria afirma, pelo contrário, que o conteúdo do igual tratamento não pode ser independente de alguma teoria sobre o que é bom para o homem ou o bom da vida, pois tratar uma pessoa como igual significa tratá-la da maneira como a pessoa boa ou verdadeiramente sábia desejaria ser tratada. O bom governo consiste em tratar cada pessoa como se ela desejasse levar a vida que de fato é boa, pelo menos na medida do possível.

Essa distinção é muito abstrata, mas também muito importante. Argumentarei agora que o liberalismo considera, como sua moralidade política constitutiva, a primeira concepção de igualdade. Tentarei sustentar essa afirmação da seguinte maneira. Na próxima sessão deste ensaio demonstrarei como é plausível, e mesmo provável, que uma pessoa conscienciosa, que aceitou a primeira concepção de igualdade, dadas as circunstâncias econômicas e políticas dos Estados Unidos nas últimas décadas, chegue às posições que identifiquei como o cerne conhecido das posições liberais. Se for assim, então a hipótese satisfaz a segunda das condições que descrevi para uma teoria bem-sucedida. Posteriormente, tentarei satisfazer a terceira condição demonstrando como é plausível, e mesmo provável, que alguém que sustentou uma determinada versão da segunda teoria da igualdade chegue ao que normalmente se considera o cerne das posições conservadoras norte-americanas. Digo "uma determinada versão" porque o conservadorismo norte-americano não decorre automaticamente da rejeição da teoria liberal de igualdade. A segunda teoria da igualdade (ou não liberal) sustenta simplesmente que o tratamento que o governo deve aos cidadãos é, pelo menos em parte, determinado por alguma concepção do que é viver bem. Muitas teorias políticas compartilham essa tese, inclusive teorias tão distantes quanto, por exemplo, o conservadorismo norte-americano e várias formas de socialismo ou marxismo, embora estas difiram na sua concepção do que é viver bem e, portanto, nas instituições e decisões políticas que endossam. Nesse aspecto, o liberalismo não é, decididamente, algum meio-termo ou ponto intermediário entre duas posições mais vigorosas, mas coloca-se de um dos lados de uma importante fronteira que o distingue de todos os competidores considerados como grupo.

Não oferecerei, neste ensaio, argumentos para afirmar que minha teoria do liberalismo satisfaz a primeira condição que descrevi – de que a teoria deve oferecer uma moralidade política que é lícito supor que as pessoas de nossa cultura sustentem –, embora considere claro que a teoria realmente cumpre essa condição. A quarta condição exige que uma teoria seja tão abstrata e geral quanto permitem as três primeiras condições. Duvido que haja objeções a minha teoria quanto a esse aspecto.

Defino agora um liberal como alguém que sustenta a primeira teoria, ou teoria liberal, do que a igualdade exige. Suponha que se peça a um liberal que funde um novo Estado. Ele deve ditar sua constituição e instituições fundamentais. Deve propor uma teoria geral da distribuição política, isto é, uma teoria de como distribuir tudo o que a comunidade precisa distribuir, na forma de bens, recursos ou oportunidades. Ele chegará, inicialmente, a algo semelhante ao princípio da igualdade aproximada: recursos e oportunidades devem ser distribuídos, tanto quanto possível, igualmente, de modo que aproximadamente a mesma parcela de tudo o que está disponível seja destinada a satisfazer as ambições de cada um. Qualquer outro objetivo geral de distribuição irá supor que o destino de algumas pessoas deve ser objeto de maior interesse que o de outras, ou que as ambições ou talentos de alguns são mais meritórios e, por isso, devem receber um apoio mais generoso.

Alguém pode objetar que esse princípio da igualdade aproximada é injusto porque ignora o fato de que as pessoas têm gostos diferentes e que a satisfação de alguns deles é mais dispendiosa que a de outros, de modo que, por exemplo, o homem que prefere champanhe precisará de mais recursos para não ser frustrado que o homem que se satisfaz com cerveja. Mas o liberal pode responder que esses gostos quanto aos quais as pessoas divergem não são, de modo geral, aflições, como as doenças, mas gostos cultivados segundo a ideia de cada pessoa de como sua vida deveria ser[4]. A neutralidade mais eficaz, portanto, exige que a mesma parcela seja destinada a cada um, de modo que a escolha entre gostos dispendiosos e gostos menos dispendiosos seja feita por cada pessoa, sem nenhuma noção de que a parcela que lhe cabe será aumentada se escolher uma vida mais dispendiosa, ou que, seja o que for que escolher, sua escolha subsidiará os que escolheram viver mais dispendiosamente[5].

Mas o que o princípio da igualdade aproximada de distribuição exige na prática? Se o governo distribuísse diretamente todos os recursos, fornecendo alimentação, moradia etc., se todas as oportunidades que os cidadãos têm fossem oferecidas pelo governo por meio de disposições dos Direitos civil e criminal, se todo cidadão possuísse exatamente os mesmos talentos, se todo cidadão começasse a vida com o mesmo que qualquer outro cidadão tivesse no início; e se todo cidadão tivesse exatamente a mesma ideia acerca do que é viver bem e, portanto, exatamente o mesmo esquema de preferências que

---

4. Ver Thomas Scanlon, "Preference and Urgency", *Journal of Philosophy*, 72: 655 (1975).
5. Uma objeção muito diferente chama a atenção para o fato de que algumas pessoas são afligidas por incapacidades como a cegueira ou a doença mental, de modo que exigem mais recursos para satisfazer o mesmo esquema de preferência. Essa é uma objeção mais atraente ao meu princípio de igualdade aproximada de tratamento, mas pede não que se escolha um princípio básico diferente de distribuição, mas correções na aplicação do princípio, como as que considero posteriormente.

todos os outros cidadãos, inclusive preferências entre a atividade produtiva de diferentes formas e o lazer, então o princípio da igualdade aproximada poderia ser satisfeito simplesmente pela igual distribuição de tudo a ser distribuído e por leis civis e criminais de aplicação universal. O governo providenciaria a produção que maximizasse o conjunto de bens, inclusive empregos e lazer, que todos preferissem, distribuindo o produto igualmente.

Naturalmente, nenhuma dessas condições de similaridade é válida. Mas a relevância moral de diferentes tipos de diversidade é muito diferente, como pode ser demonstrado pelo seguinte exercício. Suponha que todas as condições de similaridade que mencionei fossem realmente válidas, exceto a última: os cidadãos têm diferentes ideias acerca do que é bom e, portanto, preferências diferentes. Discordam, portanto, quanto ao produto para o qual devem ser usados o trabalho, as matérias-primas e a poupança da comunidade e quanto a quais atividades devem ser proibidas ou regulamentadas para tornar as outras possíveis ou mais fáceis. O liberal, como legislador, precisa agora de mecanismos para satisfazer os princípios de igual tratamento, a despeito dessas discordâncias. Decidirá que não existem à disposição mecanismos melhores, como instituições políticas gerais, que as duas principais instituições de nossa própria economia política: o mercado econômico, para decisões sobre que bens serão produzidos e como serão distribuídos, e a democracia representativa, para decisões coletivas sobre que conduta será proibida ou regulamentada para que outra conduta se torne possível ou conveniente. Pode-se esperar que cada uma dessas instituições conhecidas oferecerá uma divisão mais igualitária que qualquer outro arranjo geral. O mercado, se for possível fazê-lo funcionar com eficiência, determinará para cada produto um preço que reflita os custos em recursos de material, trabalho e capital que poderiam ser aplicados para produzir algo diferente que alguma outra pessoa queira. Esse custo determina, para qualquer um que consome o produto, quanto se deve debitar em sua conta no cálculo da divisão igualitária dos recursos sociais. Oferece uma medida de quanto mais se deve debitar de sua conta por uma casa em vez de um livro, e por um livro em vez de outro. O mercado também fornecerá, para o trabalhador, uma medida de quanto se deve creditar em sua conta por ter escolhido a atividade produtiva ao lazer, e por uma atividade em vez de outra. Sabemos, por meio do preço que coloca no trabalho, quanto o trabalhador deve perder ou ganhar pela decisão de seguir uma carreira e não outra. Essas medições tornam a própria distribuição de um cidadão uma função das preferências pessoais de outros, bem como das suas, e é a soma dessas preferências pessoais que fixa o verdadeiro custo para a comunidade de satisfazer as preferências por bens e atividades. A distribuição igualitária, que exige que o custo de satisfazer as preferências de uma pessoa deve ser igual, tanto quanto possível, ao custo de satisfazer as de outra, não pode ser imposta a menos que sejam feitas essas medições.

Conhecemos bem as consequências anti-igualitárias da livre empresa na prática; portanto, pode parecer paradoxal que o liberal como legislador escolha a economia de mercado mais por razões de igualdade que de eficiência. Mas, sob a condição especial de que as pessoas divergem apenas quanto às preferências por bens e atividades, o mercado é mais igualitário que qualquer alternativa de generalidade comparável. A alternativa mais plausível seria atribuir as decisões acerca da produção, dos investimentos, preços e salários a funcionários eleitos numa economia socialista. Mas que princípios os funcionários deveriam usar ao tomar essas decisões? O liberal poderia dizer-lhes que imitassem as decisões que um mercado tomaria se estivesse funcionando eficientemente, com concorrência adequada e plena informação. Essa imitação seria, na prática, muito menos eficiente que um mercado efetivo. De qualquer modo, a menos que tivesse razão para pensar que seria mais eficiente, o liberal teria bons motivos para rejeitá-la. Qualquer imitação minimamente eficiente de um mercado hipotético iria exigir invasões de privacidade para determinar que decisões os indivíduos tomariam se fossem forçados efetivamente a pagar por seu investimento, consumo e decisões de emprego às taxas de mercado, e essa coleta de informações seria, em vários outros aspectos, muito mais dispendiosa que um mercado efetivo. Além disso, inevitavelmente, as suposições que os funcionários fazem sobre como as pessoas se comportariam em um mercado hipotético refletem suas próprias crenças sobre como as pessoas devem se comportar. Assim, para o liberal, haveria pouco a ganhar e muito a perder numa economia socialista na qual os funcionários tivessem a incumbência de imitar um mercado hipotético.

Mas quaisquer outras orientações seriam uma violação direta da teoria liberal acerca do que a igualdade exige, pois, se se toma a decisão de produzir e vender bens a um preço abaixo do preço que o mercado fixaria, os que preferem esses bens estão, *pro tanto*, recebendo mais que uma parcela igual dos recursos da comunidade, à custa daqueles que prefeririam algum outro uso dos recursos. Suponha que a procura limitada por livros, comparada à procura da polpa de madeira para outros usos, fixasse o preço dos livros um ponto acima do que os gerentes socialistas da economia cobrarão; cobra-se menos dos que querem livros do que exigiria o princípio igualitário. Pode-se dizer que numa economia socialista os livros simplesmente são mais valorizados, por constituírem inerentemente uma utilização mais valiosa dos recursos sociais, independentemente da procura popular por livros. Mas a teoria liberal da igualdade exclui esse recurso ao valor inerente de uma teoria do que é bom na vida.

Numa sociedade em que as pessoas divergissem apenas quanto a preferências, o mercado seria fornecido por suas consequências igualitárias. A desigualdade da riqueza monetária seria consequência exclusiva do fato de que algumas preferências são mais dispendiosas que outras, inclusive a preferência por tempo de lazer em vez da atividade produtiva, mais lucrativa. Mas devemos agora retornar ao mundo real. Na sociedade real, para a qual o liberal deve construir instituições políticas, existem todas as outras diferenças. Os talentos não são distribuídos igualmente, de modo que a decisão de uma pessoa de trabalhar numa fábrica e não em um escritório de advocacia, ou de simplesmente não trabalhar, será governada, em boa parte, mais por suas capacidades que por suas preferências de trabalho ou entre trabalho e lazer. As instituições da riqueza, que permitem às pessoas dispor do que recebem como presente, significa que os filhos dos bem-sucedidos irão começar com mais riqueza que os filhos dos não bem-sucedidos. Algumas pessoas têm necessidades especiais porque são deficientes; sua deficiência não apenas as incapacita para o emprego mais produtivo e lucrativo, mas irá incapacitá-las de usar com a mesma eficiência os rendimentos de qualquer emprego que encontrem, de modo que precisarão de mais do que as não deficientes para satisfazer ambições idênticas.

Essas desigualdades terão grandes efeitos, muitas vezes catastróficos, sobre a distribuição que a economia de mercado irá oferecer. Mas, ao contrário das diferenças em preferências, as diferenças que essas desigualdades produzem são indefensáveis segundo a concepção liberal de igualdade. A concepção liberal obviamente rejeita, por exemplo, que alguém deva possuir mais do que a comunidade como um todo tem para distribuir porque ele ou seu pai teve mais habilidade ou sorte. O legislador liberal enfrenta uma tarefa difícil. Sua concepção de igualdade exige um sistema econômico que produza certas desigualdades (as que refletem os custos diferenciais verdadeiros de bens e oportunidades), mas não outras (as que decorrem de diferenças de capacidade, herança etc.). O mercado produz as desigualdades exigidas e as proibidas, e não há nenhum sistema alternativo no qual se possa apoiar para produzir as primeiras sem as segundas.

O liberal deve, portanto, sentir-se atraído por uma reforma do mercado por meio de um esquema de redistribuição que mantenha relativamente intacto o sistema de fixação de preços mas que limite nitidamente pelo menos as desigualdades de assistência social que seu princípio inicial proíbe. Nenhuma solução parecerá perfeita. O liberal pode encontrar a melhor resposta em um esquema de direitos de assistência social financiados pela redistribuição de renda e por impostos sobre a herança do tipo convencional, que redistribui apenas até o ponto rawlsiano, isto é, até o ponto em que o grupo menos favorecido seria mais prejudicado que beneficiado por transferências adicionais. Nesse caso, ele permanecerá um capitalista relutante, acreditando que uma economia de mercado assim reformada é superior, do ponto de vista da sua concepção de igualdade, a qualquer alternativa socialista na prática. Ou ele pode acreditar que a redistribuição que é possível numa economia capitalista será tão inadequada, ou será obtida ao custo de tamanha ineficiência, que é melhor proceder de maneira mais radical, substituindo decisões de mercado por decisões socialistas em boa parte da economia e, então, valendo-se do processo político para assegurar que os preços sejam estabelecidos de forma pelo menos aproximadamente compatível com sua concepção de igualdade. Nesse caso, ele será um socialista relutante, que reconhece os defeitos do socialismo quanto à igualdade, mas considera-os menos graves que os das alternativas possíveis. Em cada caso, ele escolhe um sistema de economia mista – capitalismo redistributivo ou socialismo limitado – não para conciliar ideais antagônicos de eficiência e igualdade, mas para obter a melhor concretização prática das exigências da própria igualdade.

Suponhamos que, dessa maneira, o liberal aperfeiçoe ou reveja parcialmente sua escolha original da economia de mercado. Ele deve agora considerar a segunda das instituições conhecidas que selecionou primeiramente, que é a democracia representativa. A democracia é justificada porque impõe o direito de cada pessoa ao respeito e consideração como indivíduo; na prática, porém, as decisões de uma maioria democrática podem, muitas vezes, violar esse direito, segundo a teoria liberal do que o direito exige. Suponha que um legislativo eleito por uma maioria decida tornar criminoso algum ato (como pronunciar-se a favor de uma posição política impopular ou participar de práticas sexuais excêntricas), não porque o ato priva outros de oportunidades que eles desejam, mas porque a maioria reprova essas opiniões ou essa moralidade sexual. A decisão política, em outras palavras, reflete não apenas certa acomodação das preferências *pessoais* de todos, de modo a garantir a todos o máximo de igualdade possível em termos de oportunidades, mas o predomínio de um conjunto de preferências *externas*, isto é, preferências que as pessoas têm sobre o que os outros deverão fazer ou ter[6]. A decisão mais viola que aplica o direito dos cidadãos de serem tratados como iguais. Como o liberal pode proteger os cidadãos contra esse tipo de violação de seu direito fundamental? Ao liberal não servirá simplesmente instruir os legisladores, em alguma exortação constitucional, para que desconsiderem as preferências externas de seus eleitores. Os cidadãos votarão nessas preferências ao eleger seus representantes, e um legislador que escolha ignorá-las não sobreviverá. De qualquer modo, às vezes é impossível distinguir, mesmo pela introspecção, os componentes externos e pessoais de uma posição política: é o que acontece, por exemplo, com as preferências de associação, que são preferências que algumas pessoas têm por oportunidades, como a oportunidade de frequentar escolas públicas – mas apenas com outros com os mesmos "antecedentes".

O liberal, portanto, precisa de um esquema de direitos civis cujo efeito seja identificar essas decisões políticas que são antecipadamente propensas a refletir fortes preferências externas e retirar inteiramente essas decisões das instituições políticas majoritárias. O esquema de direitos necessário para isso dependerá das características gerais dos preconceitos e de outras preferências externas da maioria em qualquer época dada, e liberais diferentes discordarão quanto ao que é necessário em qualquer época determinada[7]. Mas os direitos codificados na Carta de Direitos da Constituição dos Estados Unidos, tal como interpretada (no todo) pelo Supremo Tribunal, são aqueles que um número substancial de liberais julgaria razoavelmente condizentes com o que os Estados Unidos agora exigem (embora a maioria pensaria que a proteção do indivíduo em certas áreas importantes, incluindo a publicação e a prática sexuais, seja insuficiente).

---

6. *Taking Rights Seriously*, pp. 234 ss., 275.
7. Ver Ronald Dworkin, "Social Sciences and Constitutional Rights", *The Educational Forum*, 41: 271 (março de 1977).

As partes principais do Direito criminal, porém, apresentam um problema especial que não é facilmente solucionado por um esquema de direitos civis que desautorize o legislativo de tomar certas decisões políticas. O liberal sabe que muitas das decisões políticas mais importantes exigidas por um Direito criminal eficaz não são, absolutamente, tomadas por legisladores, mas por promotores que decidem quem levar a julgamento por qual crime, e por júris e juízes que decidem quem condenar e que sentenças impor. Sabe também que essas decisões são, de antemão, muito propensas a serem corrompidas pelas preferências externas dos que as tomam, pois aqueles a quem julgam, tipicamente, têm posturas e modos de vida muito diferentes dos seus. O liberal não dispõe, como proteção contra essas decisões, de nenhuma estratégia comparável à estratégia de direitos civis que meramente retira a decisão das mãos de uma instituição. As decisões de levar a julgamento, considerar culpado e apenar devem ser tomadas por alguém. Mas ele dispõe, na noção de direitos processuais, de um dispositivo diferente para proteger a igualdade de maneira diferente. Insistirá em que o processo criminal seja estruturado para a obtenção de uma margem de segurança nas decisões, de modo a evitar a condenação do inocente. Seria um erro supor que o liberal pensa que esses direitos processuais irão melhorar a *exatidão* do processo criminal, isto é, a probabilidade de que alguma decisão particular a respeito de culpa ou inocência seja a correta. Os direitos processuais intervêm no processo, mesmo ao custo da imprecisão, para compensar de um modo aproximado o risco antecipado de que um processo criminal, especialmente se for largamente administrado por uma classe contra outra, seja corrompido pela influência de preferências externas que não podem ser eliminadas diretamente. Isto não é mais do que um breve esboço de como vários direitos civis substantivos e processuais decorrem da concepção inicial de igualdade do liberal; pretende sugerir, e não demonstrar, o argumento mais preciso que estaria disponível para direitos mais específicos.

O liberal, portanto, atraído pela economia de mercado e pela democracia política por razões claramente igualitárias, descobre que essas instituições só produzirão resultados igualitários se ele acrescentar a esse esquema tipos diferentes de direitos individuais. Esses direitos funcionarão como trunfos nas mãos dos indivíduos; capacitarão os indivíduos a resistir a determinadas decisões, mesmo que essas decisões tenham sido alcançadas mediante os mecanismos normais das instituições gerais que não são questionadas. A justificativa final desses direitos é que eles são necessários para proteger o igual interesse e respeito; mas não devem ser compreendidos como representando a igualdade, em oposição a algum outro objetivo ou princípio atendido pela democracia ou pela economia de mercado. A conhecida ideia, por exemplo, de que os direitos à redistribuição são justificados por um ideal de igualdade que suplanta os ideais de eficiência do mercado em certos casos, não tem lugar na teoria liberal. Para o liberal, os direitos são justificados não por algum princípio que se opõe a uma justificativa independente das instituições políticas e econômicas que eles modificam, mas para aperfeiçoar a única justificativa de que se podem valer essas outras instituições. Se os argumentos liberais a favor de um determinado direito são bem fundamentados, então o direito é um fator de aperfeiçoamento da moralidade política sem alterá-la, não uma transigência necessária, mas lamentável, com algum outro objetivo independente, como a eficiência econômica.

Afirmei que o conservador sustenta uma entre várias possibilidades diferentes da concepção liberal de igualdade. Cada uma dessas possibilidades compartilha a opinião de que tratar uma pessoa com respeito exige tratá-la como o homem de bem desejaria ser tratado. O conservador supõe que o homem de bem gostaria de ser tratado em conformidade com os princípios de um tipo especial de sociedade, que chamarei de sociedade virtuosa. Uma sociedade virtuosa tem estas características gerais. Seus membros compartilham um sólido conceito de virtude, isto é, das qualidades e inclinações que as pessoas deveriam esforçar-se para possuir e exibir. Compartilham essa concepção de virtude não apenas privadamente, como indivíduos, mas publicamente: acreditam que sua comunidade, na atividade social e política, exibe virtudes, e que é sua responsabilidade, como cidadãos, promover essas virtudes. Nesse sentido, consideram a vida dos outros membros da comunidade como parte de suas próprias vidas. A posição conservadora não é a única que se apoia nesse ideal da sociedade virtuosa (algumas formas de socialismo também o fazem). Mas o conservador distingue-se por acreditar que a sociedade em que vive, com suas atuais instituições, é uma sociedade virtuosa pela razão especial de que sua história e experiência comum são melhores guias para a virtude perfeita do que qualquer dedução não histórica, e portanto abstrata, de virtude, derivada de princípios iniciais.

Suponha que se peça a um conservador para esboçar uma constituição para uma sociedade de modo geral semelhante à nossa, que ele acredita ser virtuosa. Como o liberal, ele verá grande mérito nas instituições da democracia política e da economia de mercado. A atração dessas instituições, porém, será muito diferente para o conservador. O mercado econômico, na prática, atribui recompensas maiores aos que, por terem as virtudes do talento e da diligência, fornecem mais daquilo que é desejado pelos outros membros da sociedade virtuosa, e isso, para o conservador, é o paradigma da equidade na distribuição. A democracia política, por meio de dispositivos do Direito civil e criminal, distribui as oportunidades da maneira que os cidadãos de uma sociedade virtuosa desejam que sejam distribuídas, e esse processo fornecerá mais espaço para a atividade virtuosa e menos para o vício que qualquer outra técnica menos democrática. A democracia, além disso, tem uma vantagem adicional, que nenhuma outra técnica poderia ter. Permite à comunidade usar o processo da legislação para reafirmar, como comunidade, sua concepção pública de virtude.

A atração das instituições conhecidas para o conservador, portanto, é muito diferente da atração que elas têm para os liberais. Como o conservador e o liberal julgam úteis as instituições conhecidas, embora por diferentes razões, a existência dessas instituições, como instituições, não será necessariamente um ponto de controvérsia entre eles. Mas eles discordarão nitidamente sobre quais recursos corretivos, na forma de direitos individuais, são necessários para manter a justiça, e a discordância não será uma questão de grau. Para o liberal, como disse, uma das principais falhas do mercado é permitir que diferenças moralmente irrelevantes, como diferenças de talento, afetem a distribuição, e por isso ele considera que os menos talentosos, segundo a definição de talento do mercado, têm direito a alguma forma de redistribuição em nome da justiça. Mas o conservador preza justamente a característica do mercado que atribui prêmios a talentos valorizados pela comunidade, porque estes são virtudes, numa comunidade virtuosa. Assim, não encontrará nenhum mérito genuíno, mas apenas conveniência, na ideia de redistribuição. Ele concederá espaço para a virtude da caridade, pois é uma virtude que faz parte do catálogo público, mas irá preferir a caridade privada à pública por ser uma expressão mais pura dessa virtude. Pode também aceitar a caridade pública, particularmente quando ela se mostrar necessária à conservação da lealdade política dos que, de outra maneira, sofreriam demais para sequer tolerar uma sociedade capitalista. Mas a caridade pública, justificada quer pela virtude quer pela conveniência, parecerá ao conservador mais uma transigência com a justificativa primária do mercado que um aperfeiçoamento dessa justificativa, como a redistribuição parece ser ao liberal.

Tampouco encontrará o conservador os mesmos defeitos que o liberal vê na democracia representativa. O conservador não terá como objetivo excluir do processo democrático as preferências moralistas ou outras preferências externas mediante algum esquema de direitos civis; pelo contrário, para ele, é o orgulho da democracia que preferências externas sejam convertidas pela legislação em moralidade pública. Mas o conservador encontrará outras falhas na democracia e irá cogitar um esquema de direitos diferente para diminuir a injustiça que elas produzem.

O mercado econômico distribui recompensas aos talentos valorizados pela sociedade virtuosa, mas, como esses talentos são distribuídos desigualmente, a riqueza ficará concentrada, e os ricos estarão à mercê de maiorias políticas invejosas, ansiosas para tomar pela lei o que não se pode tomar pelo talento. A justiça exige certa proteção para os bem-sucedidos.

Os conservadores ficarão ansiosos (como historicamente tem acontecido) para limitar até certo ponto a extensão do voto aos grupos mais propensos a sentir inveja, mas há um conflito evidente entre os ideais da igualdade abstrata, mesmo na concepção conservadora, e a privação de grandes parcelas da população de seus direitos civis. De qualquer modo, para que o conservadorismo seja politicamente poderoso, não deve ameaçar excluir do poder político aqueles a quem se pediria o consentimento, formal ou tácito, para sua própria exclusão. Os conservadores acharão mais atraente, e politicamente mais viável, a ideia dos direitos de propriedade.

Esses direitos têm a mesma força, embora, é claro, conteúdos radicalmente diversos, que os direitos civis do liberal. O liberal, para seus próprios propósitos, aceitará certo direito à propriedade, pois considerará essencial à dignidade certa soberania sobre uma esfera de posses pessoais. Mas o conservador lutará por um outro tipo de direitos à propriedade; desejará direitos que protejam não um domínio mínimo sobre uma esfera de posses independentemente demonstrada como desejável, mas um domínio ilimitado sobre tudo aquilo que foi adquirido por meio de uma instituição que define e recompensa o talento.

O conservador não irá compartilhar com o liberal a preocupação deste com os direitos processuais no processo criminal. Aceitará como acertadas as instituições básicas da legislação criminal e do julgamento, mas verá, na possível absolvição do culpado, não simplesmente uma ineficiência na estratégia da repressão, mas uma afronta ao princípio básico de que a censura do vício é indispensável à honra da virtude. Acreditará, portanto, que processos criminais justos são os que promovem a probabilidade antecipada de que certas decisões de culpa ou inocência sejam exatas. Apoiará direitos contra o interrogatório e a confissão, por exemplo, quando tais direitos parecem necessários à proteção contra a tortura ou outros meios que possam extrair uma confissão do inocente, mas perderá o interesse por tais direitos quando o não uso da violência puder ser garantido de outras maneiras.

O conservador bem intencionado estará preocupado com a discriminação racial, mas sua preocupação será diferente daquela do liberal, e os remédios que irá considerar também serão diferentes. A distinção entre a igualdade de oportunidade e igualdade de resultado é crucial para o conservador: as instituições do mercado econômico e da democracia representativa não podem conseguir o que ele acha que podem, a menos que cada cidadão tenha a mesma oportunidade de investir em seus talentos genuínos e outras virtudes na competição que essas instituições oferecem. Mas, sabendo que essas virtudes são distribuídas desigualmente, o conservador também sabe que a igualdade de oportunidade deve ter sido negada quando o resultado da competição é a igualdade de resultado.

O conservador justo, portanto, deve atentar que o preconceito nega a igualdade de oportunidades entre membros de raças diferentes e deve aceitar a justiça dos remédios destinados a reinstaurar essa igualdade, tanto quanto for possível. Mas irá opor-se a qualquer forma de "ação afirmativa" que ofereça oportunidades especiais, como vagas em escolas de medicina ou empregos, por outros critérios que não alguma concepção propriamente dita da virtude adequada à recompensa.

A questão do controle de armas, que não mencionei até agora, é um exemplo excelente do poder da moralidade política constitutiva do conservador. Ele defende o controle estrito da publicação e da prática sexuais, mas opõe-se ao controle equivalente da posse ou uso de armas de fogo, embora as armas sejam mais perigosas que o sexo. O presidente Ford, no segundo debate Carter-Ford, expôs a posição conservadora sobre o controle de armas de modo especialmente claro. Conservadores sensatos não negam que a posse privada e sem controle de armas leva à violência porque coloca em circulação armas que podem ser mal usadas por homens maus. Contudo (disse o presidente Ford), se enfrentarmos esse problema proibindo que homens bons tenham armas, estaremos punindo as pessoas erradas. Naturalmente, é característico da posição do conservador considerar a regulamentação como condenação e, portanto, como punição. Mas ele tem de considerar a regulamentação dessa maneira, pois acredita que, numa sociedade virtuosa, as oportunidades devem ser distribuídas de modo a promover atos virtuosos à custa de atos viciosos.

Em vez de uma conclusão, falarei um pouco sobre duas das questões mais importantes levantadas pelo que disse. A primeira é a questão colocada na primeira seção deste ensaio. A teoria do liberalismo que descrevi corresponde à tese cética? Explica nossa atual incerteza sobre o que o liberalismo exige agora e se ele é uma teoria política verdadeira e defensável? Uma boa parte dessa incerteza pode ser localizada, como disse, nas dúvidas sobre as ligações entre o liberalismo e a ideia subitamente antiquada de crescimento econômico. É popular a opinião de que alguma forma de utilitarismo, que realmente considera o crescimento um valor em si, é constitutiva do liberalismo; meus argumentos, porém, se tiverem êxito, demonstrarão que essa opinião é errônea. O crescimento econômico, tal como medido convencionalmente, foi um elemento derivado no liberalismo do New Deal. Parece ter desempenhado um papel útil na conquista da complexa distribuição de recursos igualitária que o liberalismo exige. Se agora parece que o crescimento econômico mais prejudica que auxilia a concepção liberal de igualdade, o liberal está livre para rejeitar ou limitar o crescimento como estratégia. Se o efeito do crescimento for discutível, como acredito que seja, os liberais ficarão indecisos e parecerão ambíguos quanto à questão.

Mas a questão é mais complicada do que essa análise faz parecer, pois o crescimento econômico pode ser deplorado por muitas razões diferentes, algumas das quais, obviamente, não estão ao alcance do liberal. Há um sentimento vigoroso de que um modo de vida mais simples é melhor, em si, que a vida de consumo que a maioria dos norte-americanos preferiu adotar recentemente; essa vida mais simples exige viver em harmonia com a natureza e, portanto, perturba-se quando, por exemplo, uma bela encosta é estragada pela mineração do carvão que se encontra no interior da montanha. A encosta deveria ser salva para proteger um modo de vida que depende dela, por meio de regulamentação que proíba a mineração ou por aquisição de um parque nacional com dinheiro dos contribuintes? Um liberal pode apoiar tais políticas, em compatibilidade com sua moralidade política constitutiva? Se ele acredita que a intervenção do governo é necessária para alcançar uma justa distribuição de recursos, com base no fato de que o mercado não reflete com justiça as preferências dos que querem um parque em contraposição às dos que querem o que o carvão produzirá, ele tem uma razão igualitária padrão para apoiar a intervenção. Mas suponha que, em vez disso, ele acredite que os que querem o parque têm uma concepção superior do que é uma vida verdadeiramente digna. Um não liberal pode apoiar a preservação do meio ambiente apoiado nessa tese, mas um liberal não.

Suponha, porém, que o liberal sustente uma opinião diferente, mais complexa, sobre a importância de preservar os recursos naturais. Ele acredita que a conquista, pela economia de consumo, de terrenos intocados é algo irreversível e que se autoalimenta, e que assim um modo de vida antes desejado e considerado satisfatório se tornará, mediante esse processo, inacessível às futuras gerações e, na verdade, ao futuro dos que agora parecem ignorar seu apelo. Ele teme que esse modo de vida venha a tornar-se desconhecido, de modo que o processo não é neutro entre ideias rivais acerca do que é viver bem, podendo na verdade destruir a própria possibilidade de algumas delas. Nesse caso, as razões do liberal para um programa conservacionista não são apenas compatíveis com sua moralidade constitutiva, mas patrocinadas por ela.

Levanto essas possíveis linhas de argumentação não para oferecer ao liberal um caminho mais fácil para uma posição política difundida, mas para ilustrar a complexidade das questões apresentadas pela nova política. O liberalismo parece preciso e poderoso quando é relativamente claro quais posições políticas práticas são derivadas de sua moralidade constitutiva fundamental; nessas circunstâncias, a política permite o que denominei acordo liberal de posições políticas. Mas tal acordo é frágil e, quando se dissolve, os liberais devem reagrupar-se, primeiro pelo estudo e pela análise – o que irá encorajar uma compreensão nova e mais profunda do que é o liberalismo – e, depois, pela formulação de um programa novo e contemporâneo para os liberais. O estudo e a teoria ainda não estão em andamento, e o novo programa ainda não está à vista.

A segunda questão que desejo mencionar, finalmente, não foi ainda abordada por mim. O que dizer a favor do liberalismo? Não acho que tornei o liberalismo mais atraente ao afirmar que sua moralidade constitutiva é uma teoria de igualdade que exige a neutralidade oficial entre teorias sobre o que é valioso na vida. Esse argumento irá provocar uma série de objeções. Alguém poderia dizer que o liberalismo assim concebido repousa no ceticismo a respeito de teorias do que é bom, ou que ele se baseia numa visão mesquinha da natureza humana, que supõe que os seres humanos são átomos que podem existir e encontrar a autorrealização longe da comunidade política, ou que ele se contradiz porque o próprio liberalismo deve ser uma teoria do que é bom ou que priva a sociedade política de sua função mais elevada e, justificativa final, de que a sociedade deve ajudar seus membros a conseguir o que é, na verdade, bom. Não precisamos nos ocupar por muito tempo das três primeiras dessas objeções, pois são baseadas em erros filosóficos que posso nomear rapidamente, se não refutar. O liberalismo não pode basear-se no ceticismo. Sua moralidade constitutiva provê que os seres humanos devem ser tratados como iguais por seu governo, não porque não existe certo e errado na moralidade política, mas porque isso é correto. O liberalismo não se apoia em nenhuma teoria especial da personalidade nem nega que a maioria dos seres humanos pensará que o que é bom para eles é que sejam ativos na sociedade. O liberalismo não se contradiz: a concepção liberal de igualdade é um princípio de organização política exigido pela justiça, não um modo de vida para indivíduos, e para os liberais, como tais, é indiferente que as pessoas prefiram manifestar-se em questões políticas, levar vidas excêntricas ou portar-se como supostamente os liberais preferem. Mas a quarta objeção não pode ser descartada tão facilmente. Não existe nenhuma maneira fácil de demonstrar o papel adequado das instituições que têm um monopólio de poder sobre a vida dos outros; homens razoáveis e éticos discordarão a respeito. A questão, no fundo, é aquela que identifiquei: em que consiste o respeito necessário à dignidade e à independência?

Isso levanta problemas na filosofia moral da mente que são fundamentais para a teoria política, apesar de não serem discutidos aqui; mas este ensaio conduz a uma questão que, às vezes, se considera irrelevante. Diz-se, às vezes, que o liberalismo deve estar errado porque supõe que as opiniões que as pessoas têm sobre o tipo de vida que desejam são autogeradas, ao passo que essas opiniões são, na verdade, produtos do sistema econômico ou de outros aspectos da sociedade em que vivem. Essa seria uma objeção ao liberalismo se este se baseasse em alguma forma de utilitarismo das preferências que sustentasse que a justiça na distribuição consiste em maximizar o âmbito no qual as pessoas têm o que querem. É útil assinalar, contra esse utilitarismo das preferências, que, como as preferências que as pessoas têm são formadas pelo sistema de distribuição já instalado, essas preferências tenderão a apoiar esse sistema, que é circular e injusto. Mas o liberalismo, tal como o descrevi, não faz do conteúdo das preferências o teste de justiça na distribuição. Pelo contrário, ele anseia por proteger os indivíduos que têm necessidades especiais, ou cujas ambições são excêntricas, do fato de que as preferências mais populares são reforçadas institucional e socialmente, pois esse é o efeito e a justificação do esquema de direitos econômicos e políticos do liberal. À asserção de que as preferências são geradas pelos sistemas de distribuição o liberalismo dá a resposta sensata de que, nesse caso, é muito mais importante que a distribuição seja justa em si, não tal como avaliada pelas preferências que produz.

Capítulo 9
*Por que os liberais devem prezar a igualdade**

Embora o liberalismo seja muitas vezes discutido como uma teoria política única, existem, na verdade, duas formas básicas de liberalismo e a distinção entre elas é da maior importância. Ambas combatem a imposição legal da moralidade privada – condenam as opiniões da Maioria Moral a respeito da homossexualidade e do aborto, por exemplo – e ambas defendem maior igualdade sexual, política e econômica. Mas discordam quanto a qual desses dois valores liberais tradicionais é fundamental e qual é derivado. O liberalismo baseado na neutralidade considera fundamental a ideia de que o governo não deve tomar partido em questões morais e apoia apenas as medidas igualitárias que sejam, comprovadamente, resultado desse princípio. O liberalismo baseado na igualdade considera fundamental que o governo trate seus cidadãos como iguais e somente defende a neutralidade moral quando a igualdade a exige.

A diferença entre essas duas versões do liberalismo é crucial porque o conteúdo e o apelo da teoria liberal dependem de qual desses dois valores é compreendido como seu fundamento correto. O liberalismo baseado na neutralidade encontra sua defesa mais natural em alguma forma de ceticismo moral, e isso o torna vulnerável à acusação de que o liberalismo é uma teoria negativa para pessoas sem compromisso. Além disso, não oferece nenhum argumento eficaz contra justificativas utilitaristas e outras justificativas contemporâneas para a desi-

---

* Publicado originalmente em *The New York Review of Books*, 3 de fevereiro, 1983. © Ronald Dworkin.

gualdade econômica, e, portanto, não oferece nenhuma sustentação filosófica para os que ficaram horrorizados com o programa econômico da administração Reagan. O liberalismo baseado na igualdade não apresenta nenhum desses defeitos. Assenta sobre um compromisso positivo com uma moralidade igualitária e constitui, nessa moralidade, um firme contraste com a economia do privilégio.

Irei expor, neste ensaio, o que considero ser os princípios mais importantes do liberalismo baseado na igualdade[1]. Essa forma de liberalismo insiste em que o governo deve tratar as pessoas como iguais no seguinte sentido. Não deve impor sacrifícios nem restrições a nenhum cidadão com base em algum argumento que o cidadão não poderia aceitar sem abandonar seu senso de igual valor. Esse princípio abstrato requer que os liberais se oponham ao moralismo da Nova Direita, pois nenhuma pessoa com autorrespeito que adota um certo modo de vida por considerá-lo mais valioso para si, pode aceitar que esse modo de vida seja vil ou degradante. Nenhum ateu que se preze pode concordar que uma comunidade em que a religião é compulsória é melhor por essa razão, e nenhum homossexual pode concordar que a erradicação da homossexualidade torna a comunidade mais pura.

Portanto, o liberalismo baseado na igualdade justifica o tradicional princípio liberal de que o governo não deve impor a moralidade privada. Mas ele tem uma dimensão econômica além da social. Requer um sistema econômico no qual nenhum cidadão tenha menos que uma parcela igual dos recursos da comunidade apenas para que outros possam ter mais daquilo que lhe falta. Não quero dizer que o liberalismo defende a muitas vezes chamada "igualdade de resultado", isto é, que cada cidadão deve ter a mesma riqueza, em qualquer época de sua vida. Um governo inclinado para esse ideal deve redistribuir constantemente a riqueza, eliminando quaisquer desigualdades de riqueza que sejam produzidas pelas transações de mercado.

---

1. Discuto a liberdade como baseada no conceito de neutralidade em "O que a justiça não é", o próximo ensaio.

Mas isso seria dedicar recursos *desiguais* a vidas diferentes. Suponha que duas pessoas tenham contas bancárias muito diferentes, no meio de suas carreiras, porque uma decidiu não trabalhar, ou não trabalhar no emprego mais lucrativo que poderia ter encontrado, ao passo que a outra trabalhou unicamente por ganho. Ou porque uma tomou para si um trabalho cheio de responsabilidade ou exigências especiais, por exemplo, que a outra recusou. Ou porque uma assumiu mais riscos, que poderiam ter sido desastrosos mas que, na verdade, foram bem sucedidos, ao passo que a outra investiu de maneira conservadora. O princípio de que as pessoas devem ser tratadas como iguais não oferece nenhuma boa razão para a redistribuição nessas circunstâncias; pelo contrário, oferece uma boa razão *contra* ela.

Pois tratar as pessoas como iguais exige que cada uma tenha a permissão de usar, nos projetos aos quais dedica sua vida, não mais que uma parcela igual dos recursos disponíveis para todos, e não podemos computar quanto alguma pessoa consumiu, no final, sem levar em conta os recursos com que contribuiu e os recursos que tirou da economia. As escolhas que as pessoas fazem sobre trabalho, lazer e investimento têm impacto sobre os recursos da comunidade como um todo, e esse impacto deve se refletir no cálculo que a igualdade exige. Se uma pessoa escolhe um trabalho que contribui menos para a vida de outras pessoas em vez de um outro trabalho que poderia ter escolhido, então, embora essa possa ter sido a escolha certa para ela, dados os seus objetivos pessoais, ela, não obstante, acrescentou menos aos recursos disponíveis para os outros, e isso deve ser levado em conta no cálculo igualitário. Se uma pessoa escolhe investir em um empreendimento produtivo em vez de gastar seus recursos imediatamente, e se seu investimento tem sucesso porque aumenta o estoque de bens ou serviços que as outras pessoas efetivamente desejam, sem coagir ninguém, sua escolha acrescentou mais aos recursos sociais que a escolha de alguém que não investiu, e isso também deve se refletir no cálculo que determina se ela, como resultado, obteve mais do que sua parcela.

Isso explica por que os liberais, no passado, foram atraídos pela ideia do mercado como método de distribuir recursos.

Um mercado eficiente para investimento, trabalho e bens funciona como um tipo de leilão em que o custo para alguém do que ele consome, na forma de bens e lazer, e o valor do que ele acrescenta, por meio de suas decisões ou trabalho produtivos, é fixado pela quantia que custa aos outros o uso que ele faz de alguns recursos, ou por quanto suas contribuições os beneficiam, medidos em cada caso pela sua disposição de pagar por isso. Na verdade, se o mundo fosse muito diferente do que é, um liberal poderia aceitar os resultados de um mercado eficiente como *definindo* parcelas iguais de recursos comunitários. Se as pessoas começam com quantias iguais de riqueza e têm aproximadamente níveis iguais de habilidade inicial, uma distribuição de mercado asseguraria que ninguém poderia reclamar com razão que tem menos que outros, ao longo de toda a sua vida. Essa pessoa poderia ter o mesmo que as outras se tivesse tomado as mesmas decisões que elas de consumir, economizar ou trabalhar.

No mundo real, porém, as pessoas não começam suas vidas em termos iguais; alguns partem com acentuadas vantagens de riqueza de família ou educação formal e informal. Outros sofrem porque sua raça é desprezada. A sorte desempenha um papel adicional, muitas vezes devastador, na decisão de quem obtém ou mantém empregos que todos desejam. Além dessas desigualdades inequívocas, as pessoas não são iguais em habilidade, inteligência ou outras capacidades inatas; pelo contrário, divergem muito, não por escolha própria, nas várias capacidades que o mercado tende a recompensar. Assim, algumas pessoas que estão totalmente dispostas, mesmo ansiosas, a fazer exatamente as mesmas escolhas de trabalho, consumo e economia que outras pessoas fazem, acabam com menos recursos, e nenhuma teoria plausível da igualdade pode aceitar isso como algo justo. Esse é o defeito do ideal fraudulentamente chamado de "igualdade de oportunidade": fraudulento porque, numa economia de mercado, as pessoas menos capazes de produzir o que as outras querem não têm igual oportunidade.

Assim, um liberal não pode, no fim das contas, aceitar que os resultados do mercado definam cotas iguais. Sua teoria de justiça econômica deve ser complexa, porque ele aceita dois princípios difíceis de sustentar na administração de uma economia dinâmica. O primeiro requer que as pessoas tenham, em qualquer ponto de suas vidas, quantias diferentes de riqueza na medida em que as escolhas genuínas que fizeram tenham sido mais ou menos dispendiosas ou benéficas para a comunidades, de acordo com o que as outras pessoas querem para suas vidas. O mercado parece indispensável a esse princípio. O segundo requer que as pessoas não tenham diferentes quantias de riqueza só porque têm diferentes capacidades inatas para produzir o que os outros querem, ou porque são favorecidas de maneira diferente pelo acaso. Isso significa que as distribuições do mercado devem ser corrigidas para que algumas pessoas se aproximem mais da parcela de recursos que teriam tido, não fossem essas várias diferenças iniciais de vantagem, sorte e capacidade inerente.

Obviamente, qualquer programa prático que pretenda respeitar esses princípios não funcionará bem e envolverá, inevitavelmente, especulação, acordos e diretrizes arbitrárias diante da ignorância. Pois é impossível descobrir, mesmo em princípio, exatamente quais aspectos da situação econômica da pessoa decorrem de suas escolhas e quais derivam de vantagens ou desvantagens que não foram questões de escolha; e, mesmo que pudéssemos determinar isso para algumas pessoas, individualmente seria impossível desenvolver um sistema tributário, para a nação como um todo, que deixasse intactos os primeiros aspectos e reparasse apenas os últimos. Não existe, portanto, um programa completamente justo de redistribuição. Devemos nos contentar com escolher os programas que mais nos aproximem do complexo e inatingível ideal de igualdade, e estar constantemente prontos a reexaminar a escolha quando novas provas ou novos programas forem propostos[2].

---

2. Em outro artigo tentei desenvolver um padrão teórico para a redistribuição ao longo das seguintes linhas. Suponha que as pessoas têm um risco igual de

Não obstante, apesar da complexidade desse ideal, às vezes pode ser evidente que uma sociedade está muito aquém de qualquer interpretação plausível de suas exigências. É evidente, penso, que os Estados Unidos estão aquém no momento. Uma minoria substancial de norte-americanos que está cronicamente desempregada ou recebe salários abaixo de qualquer "linha de pobreza" realista, é prejudicada de diversas maneiras ou sobrecarregada com necessidades especiais, e a maioria dessas pessoas faria o trabalho necessário para ganhar um salário decente se tivesse oportunidade e capacidade. A igualdade de recursos exigiria mais, não menos redistribuição do que oferecemos agora.

Isso não significa, é claro, que devemos continuar com programas liberais passados, por mais ineficientes que se tenham revelado, ou mesmo que deveríamos insistir em programas "direcionados" do tipo que alguns liberais defenderam – isto é, programas que têm por objetivo oferecer uma determinada oportunidade ou recurso, como educação ou medicina, aos que precisam deles. Talvez uma forma mais geral de transferência, como um imposto de renda negativo, se mostrasse mais eficiente e justa, apesar das dificuldades de tais esquemas. E sejam quais forem os dispositivos escolhidos para aproximar a distribuição da igualdade de recursos, certa ajuda irá, sem dúvida, para aqueles que, em vez de procurar, evitaram empregos. É de lamentar isso, porque ofende um dos dois princípios que, juntos, constituem a igualdade de recursos. Mas chegamos mais perto desse ideal tolerando essa iniquidade do que chegaríamos negando ajuda ao número muito maior

---

perder os talentos que tenham para produzir riqueza para si mesmas e que lhes seja oferecido seguro, em termos iguais, contra esse risco. Dado que sabemos da aversão das pessoas ao risco nos Estados Unidos, podemos especular razoavelmente a respeito da quantidade de seguros que comprariam e a estrutura da taxa de prêmios que se desenvolveria. Podemos modelar, justificadamente, um sistema de taxa e redistribuição sobre esse mercado de seguros hipotético, taxando as pessoas até o limite dos prêmios que teriam pago. Isso ofereceria mais taxas e um fundo maior para redistribuição do que oferecemos no momento presente, mas, obviamente, não a igualdade de resultado. Ver "What is Equality? Part II", em *Philosophy and Public Affairs* (outono de 1981).

dos que trabalhariam se pudessem. Se a igualdade de recursos fosse nosso único objetivo, portanto, não poderíamos justificar o presente recuo de nossos programas de assistência social redistributivos.

Devemos, assim, considerar uma outra questão, mais difícil. Os liberais devem insistir na igualdade de recursos seja qual for o custo para a economia nacional como um todo? Está longe de ser evidente que tratar as pessoas como iguais proíbe qualquer desvio da igualdade de recursos, por qualquer razão. Pelo contrário, as pessoas com um senso vívido de seu valor igual e orgulho de suas convicções podem, não obstante, aceitar certas razões para arcar com ônus especiais, em nome da comunidade como um todo. Numa guerra defensiva, por exemplo, esperamos que os que são capazes para o serviço militar assumam uma parcela muito maior de perigo que outros. Tampouco a desigualdade é permissível apenas em emergências, quando a sobrevivência do governo está em jogo. Poderíamos pensar que é acertado, por exemplo, que o governo dedique recursos especiais ao treinamento de artistas ou músicos especialmente talentosos, mais do que o mercado pagaria pelos serviços que esses artistas produzem, embora isso reduza a cota que os outros têm. Aceitamos isso não porque achamos que a vida de um artista é mais valiosa que outras, mas porque uma comunidade com uma tradição cultural viva oferece um ambiente em que os cidadãos podem viver mais criativamente e da qual podem ter orgulho. O liberalismo não deve ser insensível a essas virtudes da comunidade e a outras semelhantes. A questão não diz respeito a se algum desvio é permitido, mas que razões para o desvio são compatíveis com o igual interesse e respeito.

A pergunta agora exige essa razão. Muitos economistas acreditam que reduzir a desigualdade econômica por meio da redistribuição é prejudicial à economia geral e, a longo prazo, fracassará por si só. Os programas de assistência social, dizem eles, são inflacionários, e o sistema tributário necessário para apoiá-los reduz o estímulo e, portanto, a produção. A economia, afirma-se, só pode ser reestimulada pela redução de impostos e pela adoção de outros programas que, a curto prazo, irão gerar elevado desemprego e prejudicar especialmente os que já estão na posição mais baixa da economia. Mas esse prejuízo será apenas temporário, pois uma economia mais dinâmica irá gerar prosperidade, o que, no fim, oferecerá mais empregos e mais dinheiro para os deficientes e outros realmente necessitados.

Cada uma dessas proposições é duvidosa e podem estar todas erradas. Mas vamos supor que as aceitássemos. Será que elas justificam ignorar os que estão agora nos porões da economia? A tese não poderia ser contraditada, é claro, se *todos* que perderam por causa das políticas restritivas agora estivessem em melhor situação. Contudo, embora isso seja muitas vezes sugerido na descuidada retórica da discussão dos benefícios sociais, é absurdo. É muito improvável que pessoas destituídas há muitos anos, sem receber nenhum novo treinamento eficaz, recobrem seus prejuízos mais tarde, particularmente se forem considerados os danos psicológicos. Crianças que não tiveram alimentação adequada nem chances efetivas de uma educação superior sofrerão prejuízo permanente, mesmo que a economia siga o caminho mais otimista de recuperação. Parte daqueles a quem são negados empregos e assistência social agora, particularmente os idosos, não viverão o suficiente para compartilhar essa recuperação, por mais generalizada que ela venha a ser.

Portanto, o argumento atualmente difundido, de que devemos reduzir os benefícios agora para obter prosperidade geral mais tarde, não passa de um exemplo de utilitarismo, que tenta justificar perdas irreversíveis para uma minoria a fim de garantir ganhos para a grande maioria (um dos relatórios do Conselho de Consultores Econômicos de Reagan foi bastante explícito ao abraçar essa afirmação utilitarista: alegou que suas políticas econômicas eram necessárias para que se evitasse tratar os muito pobres, que perderão permanentemente, com um interesse especial!). Mas isso nega o princípio fundamental do liberalismo baseado na igualdade, o princípio de que as pessoas devem ser tratadas com igual interesse. Pede a algumas pessoas que aceitem vidas de grande pobreza e desesperança, sem nenhuma perspectiva de um futuro proveitoso, apenas para que o grosso da comunidade possa ter uma medida maior daquilo que lhes é sempre negado. Talvez as pessoas possam ser forçadas a aceitar essa posição. Mas tal aceitação não será compatível com um reconhecimento pleno de sua independência e de seu direito a serem tratadas com igual interesse por parte do governo.

Mas suponha que a defesa das políticas da administração seja colocada de maneira diferente, chamando a atenção para os diversos riscos sociais da continuação ou expansão dos programas de redistribuição. Podemos imaginar dois argumentos desse tipo. O primeiro chama a atenção para o dano que a inflação produz, não apenas para o poder aquisitivo, a poupança e as perspectivas da maioria, como indivíduos, mas também para o ambiente público em que todos os cidadãos devem viver e do qual todos podem ter orgulho ou vergonha. À medida que a sociedade empobrece, porque a produção cai e a riqueza declina, perde várias características que apreciamos. A cultura vacila, a ordem declina, o sistema de justiça criminal e civil torna-se menos preciso e menos justo; dessas e de outras maneiras, ela se afasta constantemente de nossa concepção de uma boa sociedade. O declínio não pode ser detido por mais impostos que sustentem esses bens públicos, pois isso irá apenas diminuir ainda mais a produção e acelerar o declínio. Segundo esse argumento, os que perdem com os programas destinados a deter a inflação e a revigorar a economia são chamados a fazer um sacrifício, não somente para beneficiar outros na esfera privada, mas por um senso de lealdade às instituições públicas de sua sociedade.

O segundo argumento é diferente porque chama a atenção para os interesses das futuras gerações. Pede-nos que consideremos que se formos ciosos da igualdade hoje, depreciaremos tanto a riqueza da comunidade que os futuros norte-americanos estarão em situação ainda pior que a dos muito pobres hoje. Os futuros norte-americanos não terão mais, talvez, que os cidadãos de países economicamente achatados do Terceiro Mundo hoje. O segundo argumento resume-se ao seguinte: pede-se aos pobres de hoje que se sacrifiquem pelos seus concidadãos agora, para evitar uma injustiça muito maior, para muito mais cidadãos, posteriormente.

Nenhum dos dois argumentos viola claramente o princípio axiomático liberal de igual interesse e respeito. Cada um deles pode ser apresentado a pessoas que se orgulham de seu igual valor e do valor de suas convicções. Mas apenas em certas circunstâncias. Os dois argumentos, embora de diferentes maneiras, apelam à ideia de que cada cidadão é membro de uma comunidade, e de que ele pode encontrar, no destino da comunidade, uma razão para fardos especiais que ele pode aceitar com honra e não com degradação. Isso só é adequado quando a comunidade lhe oferece, no mínimo, a oportunidade de desenvolver e levar uma vida que ele possa considerar valiosa tanto para si quanto para ela.

Isto é, devemos distinguir entre a condição de membro passivo e membro ativo de uma comunidade. Os regimes totalitários supõem que qualquer um que esteja presente na comunidade, e que portanto esteja sujeito à sua força política, é um membro da comunidade a quem se pode pedir, com justiça, que se sacrifique em nome da grandeza e do futuro da comunidade. Tratar as pessoas com igualdade requer uma concepção mais ativa do que é ser um membro. Quando se pede às pessoas que se sacrifiquem por sua comunidade, é preciso oferecer-lhes alguma razão para explicar por que a comunidade que se beneficia desse sacrifício é a sua comunidade: deve haver algum motivo, por exemplo, para que os negros desempregados de Detroit tenham mais interesse pela virtude pública ou pelas gerações futuras de Michigan do que têm pelas do Máli.

Devemos perguntar em que circunstâncias alguém com a noção correta de sua independência e igual valor pode orgulhar-se de uma comunidade como sendo sua comunidade, e duas condições, pelo menos, parecem necessárias a isso. Ele só pode orgulhar-se dos atrativos atuais de sua comunidade – a riqueza da cultura, a justiça das instituições, a criatividade da educação – se sua vida de alguma maneira se valer dessas virtudes públicas e contribuir para elas. Ele só poderá identificar-se com o futuro da comunidade e aceitar a privação presente como sacrifício e não como tirania se tiver algum poder de ajudar a determinar a forma desse futuro, e apenas se a prosperidade prometida fornecer benefício pelo menos igual às comunidades menores e mais imediatas perante as quais ele sente uma responsabilidade especial, como, por exemplo, sua família, seus descendentes e, se for uma sociedade que tenha tornado isso importante para ele, sua raça.

Essas parecem condições mínimas, mas são, não obstante, exigentes. Juntas, impõem sérias restrições a qualquer política que negue a qualquer grupo de cidadãos, seja ele pequeno ou politicamente insignificante, a igualdade de recursos que o igual interesse lhe conferiria. Naturalmente, nenhum programa viável pode oferecer a cada cidadão uma vida valiosa a seus próprios olhos. Mas essas restrições estabelecem um limite para aquilo que o governo que respeita a igualdade pode escolher deliberadamente quando houver outras escolhas disponíveis. A menos que seja inevitável, as pessoas não devem ser condenadas a vidas em que lhes seja efetivamente negado qualquer papel ativo na vida política, econômica e cultural da comunidade. Assim, se a política econômica cogita um aumento do desemprego, deve também cogitar recursos públicos generosos para o retreinamento ou o emprego público. Não se deve cercear aos filhos dos pobres o acesso à educação, nem se deve mantê-los aprisionados em posição inferior na sociedade. Do contrário, a dedicação dos pais a eles atua não como ponte, mas como obstáculo a qualquer identificação com o futuro que esses pais devem acalentar.

Se isso está certo, então sugere uma ordem de prioridades que qualquer redução em programas de assistência social deveria seguir. Programas como selos de alimentação, ajuda para famílias com filhos dependentes, e os que usam recursos federais para tornar acessível aos pobres a educação superior, são os últimos programas que deveriam sofrer cortes ou (ou que dá no mesmo) ser transferidos aos estados por meio de algum "novo federalismo". Se programas "direcionados" como esses são considerados muito caros, ou muito ineficientes, o governo deve mostrar como planos ou programas alternativos restaurarão a promessa de participação no futuro que eles ofereciam. De qualquer modo, cortes no nível geral de assistência oferecido aos pobres deveriam ser acompanhados de esforços no sentido de melhorar a integração social e a participação política de negros e de outras minorias que sofrem mais, para assegurar-lhes um papel mais proeminente na comunidade pela qual se sacrificam. As reduções na assistência social não deveriam estar ligadas a nenhum recuo geral na ação afirmativa e em outros programas de direitos civis, ou a qualquer tentativa de revogar ou resistir a melhorias na Lei de Direitos de Voto. É por isso que os programas econômicos e sociais até agora propostos ou aprovados pela presente administração parecem tão mesquinhos e cínicos. Tomados em conjunto, mais reduziram que ampliaram a participação política e a mobilidade social da classe da qual exigem o maior sacrifício.

Essas observações oferecem apenas diretrizes aproximadas para as condições necessárias para que se peça às pessoas que sacrifiquem a igualdade de recursos em nome de sua comunidade. Diferentes pessoas interpretarão essas diretrizes de diferentes maneiras, e discordarão sobre quando foram violadas. Mas podem, não obstante, servir como o início de um desenvolvimento, há muito necessário, da teoria liberal. Durante o longo período de preponderância liberal, desde o New Deal e passando pela década de 1960, os liberais estavam convictos de que a redução imediata da pobreza era, de todas as maneiras, boa para a comunidade maior. A justiça social, na expressão de Lyndon Johnson, engrandeceria a sociedade. Os liberais evitaram, assim, a questão do que o liberalismo exige quando a prosperidade é mais ameaçada que realçada pela justiça. Não ofereceram nenhuma definição coerente e praticável do que se poderia denominar direitos econômicos para tempos difíceis: o patamar abaixo do qual não se pode permitir que as pessoas caiam em nome do maior benefício geral.

Se os liberais lembrarem-se do que aconselha o igual interesse, construirão tal teoria agora, indicando os fundamentos mínimos sobre os quais se possa esperar que pessoas com autorrespeito vejam a comunidade como a sua comunidade e considerem o futuro dela como o seu futuro. Se o governo empurra as pessoas para baixo do nível em que elas podem ajudar a moldar a comunidade e extrair dela valor para suas próprias vidas, ou se fala de um futuro brilhante em que se promete a seus filhos apenas vidas de segunda classe, ele se priva da única premissa pela qual sua conduta poderia ser justificada.

Não precisamos aceitar as previsões lúgubres dos economistas da Nova Direita, de que nosso futuro será ameaçado se proporcionarmos a todos meios de conduzir uma vida com escolha e valor, ou se continuarmos a aceitar a mobilidade como prioridade absoluta e tentar fornecer educação superior adequada para todos os ressalvados. Mas, se essas previsões sombrias tivessem fundamento, deveríamos simplesmente modificar nossas ambições para o futuro de acordo com elas. Se nosso governo só pode oferecer um futuro atraente por meio da injustiça do presente – obrigando alguns cidadãos ao sacrifício em nome de uma comunidade da qual estão excluídos em todos os sentidos –, então devemos rejeitar esse futuro, por mais atraente que seja, porque não devemos considerá-lo como o nosso futuro.

Capítulo 10
O que a justiça não é*

Em *Spheres of Influence*, Michael Walzer propõe uma teoria pluralista da justiça social que tem por objetivo o que ele chama de igualdade "complexa". Ele rejeita os objetivos dos igualitários "simples", que querem tornar as pessoas tão iguais quanto possível em sua situação *geral*. Considera que eles ignoram o fato de que as convenções e as opiniões comuns que constituem uma sociedade não tratam todos os bens como sujeitos aos mesmos princípios de distribuição. Nossas convenções, segundo ele, designam diferentes tipos de recursos e oportunidades a diferentes "esferas" da justiça, cada uma das quais é governada por seu próprio princípio de equidade. Nossas convenções constituem o que Walzer chama de "significado social" de diferentes bens; para nós, faz parte do significado social, diz ele, que a medicina e outras necessidades de uma vida decente sejam distribuídas conforme a carência; a punição e as honras, conforme o merecimento das pessoas; a educação superior, conforme o talento; o trabalho, conforme as necessidades do empregador; a riqueza, conforme a habilidade e a sorte no mercado; a cidadania, conforme as necessidades e tradições da comunidade etc.

A teoria da igualdade complexa consiste em duas ideias. Cada tipo de recurso deve ser distribuído de acordo com o princípio adequado à sua esfera, e o sucesso numa esfera não produz um excedente que permita a preponderância em outra.

---

* Originalmente publicado em *The New York Review of Books*, 14 de abril de 1983. © Ronald Dworkin.

Não devemos permitir a alguém que consegue grande riqueza no mercado, por exemplo, comprar votos e, assim, controlar a política. Mas se mantemos intactas as esferas, não necessitamos de nenhuma comparação geral de indivíduos em diferentes esferas; não precisamos nos preocupar com o fato de algumas pessoas terem iates e outras nem mesmo um barco a remo, ou de que algumas sejam mais persuasivas na política que outras, ou que algumas conquistem prêmios e amor enquanto outras carecem de ambos.

Essa é uma visão moderada e agradável da justiça social: promete uma sociedade em paz com suas tradições, sem as constantes tensões, comparações, ciúmes e arregimentação da igualdade "simples". Os cidadãos vivem juntos, em harmonia, apesar de nenhum ter exatamente a mesma riqueza, educação ou oportunidade que qualquer outro, pois cada um compreende que recebeu o que a justiça exige em cada esfera e não acha que seu autorrespeito ou posição na comunidade dependa de alguma comparação de sua situação geral com a dos outros. Infelizmente, Walzer não oferece nenhuma definição abrangente de como seria a vida em tal sociedade, de quem teria qual parcela dos diferentes tipos de recursos que ele discute. Em vez disso, ele oferece exemplos anedóticos e históricos de como diferentes sociedades, inclusive a nossa, desenvolveram princípios distintos para a distribuição em diferentes esferas.

Seu objetivo ao fornecer esses exemplos não é apenas prático. Ele espera romper o domínio que o estilo formal tem exercido sobre a filosofia política anglo-americana. Tais filósofos tentam encontrar alguma fórmula abrangente que possa ser usada para medir a justiça social em qualquer sociedade e que, portanto, possa servir mais como uma avaliação que como um aperfeiçoamento de nossos arranjos sociais convencionais. John Rawls argumenta, por exemplo, que nenhuma desigualdade no que ele chama de "bens primários" é justificada, a menos que melhore a posição geral da classe menos favorecida, e essa fórmula não leva em conta de qual das esferas de Walzer são tirados tais bens. Os utilitaristas insistem, pelo contrário, que é justo qualquer arranjo social que produza maior felicidade a longo prazo para o maior número de pessoas, e isso significa que a justiça pode recomendar a violação de uma das esferas de Walzer leiloando cargos políticos, por exemplo, mesmo que nossas convenções condenem isso. Os igualitários "simples" sustentam que a justiça reside em que todos tenham os mesmos recursos de maneira geral, o que pode significar abandonar prêmios e insígnias de honra, e os "libertários" afirmam que reside em permitir que as pessoas comprem qualquer coisa que os outros possuam legitimamente e desejem vender, quer se trate de cereais, trabalho ou sexo.

Teorias como essas ignoram os significados sociais dos bens que tentam distribuir. Assim, serão inevitavelmente áridas, a-históricas e, acima de tudo, abstratas. Podemos testá-las apenas em confronto com nossas "intuições" particulares do que seria justo nesta ou naquela circunstância, não perguntando como atingiria a maioria dos membros de nossa comunidade, e podemos discutir a respeito delas apenas por meio de exemplos altamente artificiais, trabalhados de modo a evidenciar alguma contradição nítida entre princípios abstratos isolados. Tais teorias parecem mais adequadas à matemática que à política.

Walzer mostra-nos o quanto pode ser diferente, e mais concreta, a análise política. Seus exemplos históricos são muitas vezes fascinantes, e isso, juntamente com sua prosa clara, faz da leitura de seu livro um prazer. Os exemplos são bem escolhidos para ilustrar os traços característicos de cada uma das suas esferas de justiça e a persistência de certos temas nos significados sociais que as pessoas dão à sua experiência. Os gregos forneciam teatro público gratuito porque viam isso como uma necessidade social, mas sua previdência para os pobres era rudimentar; a Idade Média fornecia assistência à alma, mas não ao corpo. As comunidades antigas ofereciam a todos feriados que asseguravam uma vida pública; nós os substituímos pelas férias, cujo significado social é a variedade e a escolha pessoal. Alguns dos exemplos de Walzer têm uma função diferente: ilustram os perigos de não se protegerem as fronteiras entre as esferas. George Pullman, que inventou os vagões Pullman, construiu uma cidade ao redor de sua fábrica e tentou possuir as vidas de seus empregados como possuía as máquinas em que eles trabalhavam. Tentou usar seu sucesso no mercado para determinar as diferentes esferas de política e cidadania, e isso explica por que a sociedade e os tribunais detiveram suas ambições. A amplitude de Walzer é admirável: ele nos leva a examinar as meritocracias da China sob as dinastias, uma empresa cooperativa de coleta de lixo em San Francisco, a prática *Kula* de troca de presentes entre os habitantes da ilha Trobriand e a educação entre os astecas. Contudo, seu argumento central falha. O ideal de igualdade complexa que ele define não é praticável, nem mesmo coerente, e o livro contém muito pouco que possa ser útil na reflexão sobre questões efetivas da justiça. O livro nos diz para olhar as convenções sociais a fim de descobrir os princípios adequados da distribuição de bens específicos, mas o próprio fato de debatermos quanto ao que a justiça requer em casos particulares demonstra que não temos nenhuma convenção do tipo necessário. Nos Estados Unidos patrocinamos a pesquisa médica com impostos e, depois de longas lutas políticas, oferecemos Medicare aos idosos e Medicaid* aos pobres, embora este ainda seja muito controvertido. Walzer acha que esses programas revelam que nossa comunidade consigna o cuidado médico a uma esfera determinada, a esfera das necessidades que o Estado deve satisfazer. Mas o fato cruel é que não oferecemos aos pobres nada semelhante ao que as classes médias conseguem oferecer a si próprias, e, com certeza, isso também conta ao decidir qual é o "significado social" da medicina para nossa sociedade. Mesmo os que acreditam que algum cuidado médico deve ser oferecido a todos, discordam quanto aos limites. Faz parte do significado social da medicina que a cirurgia eletiva seja gratuita? Que as pessoas "necessitem" de transplantes de coração?

---

* Medicare e Medicaid. Sistemas federais de seguro de saúde, introduzidos em 1965 pelo presidente Lyndon Johnson; o primeiro destina-se a pessoas com idade a partir de 65 anos, e o segundo às que necessitam de ajuda financeira. [N. T.]

LIBERALISMO E JUSTIÇA

Nossas discussões políticas quase nunca começam pelo entendimento comum dos princípios de distribuição pertinentes. Cada questão importante é uma competição entre modelos rivais. Tampouco acreditamos que tudo o que julgamos valioso deva sujeitar-se inteiramente a uma lógica simples de distribuição: se reconhecemos esferas de justiça, também reconhecemos a necessidade de interação entre elas. A maneira mais importante pela qual a riqueza influencia a política, por exemplo, é pela compra de tempo na televisão, não de votos. Os que são favoráveis à restrição de gastos de campanha dizem que o dinheiro não deve comprar cargos. Seus oponentes, porém, respondem dizendo que tais restrições violariam os direitos de propriedade, assim como a livre expressão, de modo que a questão não pertence a nenhuma esfera definida de justiça, sendo, antes, matéria de negociação e conciliação sobre a qual se debate interminavelmente.

A resposta de Walzer a esses fatos óbvios a respeito da discussão política demonstra como é realmente insuficiente sua teoria positiva de justiça: "Uma dada sociedade é justa se sua vida substantiva for vivida de certa maneira – isto é, de maneira fiel às opiniões compartilhadas por seus membros (quando as pessoas discordam quanto ao significado dos bens sociais, quando as opiniões são controvertidas, a justiça exige que a sociedade seja fiel às discordâncias, fornecendo canais institucionais para a sua expressão, mecanismos de julgamento e outras possibilidades de distribuição)."

Essa passagem confirma o profundo relativismo de Walzer a respeito da justiça. Ele diz, por exemplo, que um sistema de castas é justo numa sociedade cujas tradições o aceitam, e que seria injusto em tal sociedade distribuir bens e outros recursos igualmente. Mas suas observações sobre o que a justiça requer numa sociedade cujos membros discordam sobre a justiça são obscuras. "Outras possibilidades de distribuição" pode significar cuidado médico para os pobres em algumas cidades, mas não em outras? Como uma sociedade que tem de decidir se permite ou não que comitês de ação política financiem campanhas eleitorais pode realmente ser "fiel" à discordância sobre o significado social das eleições e da expressão política? O que significaria "ser fiel"? Se a justiça é apenas uma questão de seguir as opiniões compartilhadas, como as partes podem estar debatendo sobre a justiça quando não existe nenhuma opinião compartilhada? Nessa situação, nenhuma solução é *possivelmente* justa, pela descrição relativista de Walzer, e a política só pode ser uma luta egoísta. Mesmo dizer que as pessoas discordam sobre significados sociais, o que pode significar? O fato da discordância mostra que não existe nenhum significado social compartilhado sobre o qual discordar. Walzer não levou a termo o pensamento sobre as consequências de seu relativismo para uma sociedade como a nossa, na qual questões de justiça são contestadas e debatidas.

Por que Walzer não reconhece que sua teoria deve ser irrelevante em tal sociedade? Ele realmente discute várias questões políticas contemporâneas com certo detalhe, e essas discussões sugerem uma explicação. Ele não assume nenhuma posição própria a respeito de algumas das questões que analisa, e, quando realmente expressa sua opinião, às vezes não oferece nenhum argumento a favor dela. Mas quando defende suas opiniões, tentando demonstrar como estas decorrem do esquema geral da igualdade complexa, revela que está, na verdade, valendo-se de uma premissa oculta e mística, que não desempenha nenhum papel nos enunciados formais desse esquema, mas que ajuda a explicar por que ele acha que ela pode aconselhar praticamente pessoas em nossas circunstâncias.

Qual é essa premissa? Walzer supõe tacitamente que existe apenas um número limitado de esferas de justiça, cujos princípios essenciais foram estabelecidos de antemão e devem, portanto, permanecer os mesmos para todas as sociedades. Também supõe que, embora nenhuma comunidade seja livre para escolher se atribui ou não algum tipo de recurso a uma ou outra dessas esferas fixas, desenvolvendo as convenções adequadas, deve fazê-lo numa base de tudo ou nada. Não pode construir novos padrões de distribuição que tenham elementos retirados de esferas diferentes. Assim, se uma comunidade reconhece a medicina como algo de que as pessoas necessitam, se estabelece cargos políticos, se desenvolve instituições de educação superior especializadas ou reconhece algum grupo de pessoas como cidadãos está, com isso, comprometida com todas as características das esferas de assistência social, mérito, educação ou cidadania, tal como as compreende Walzer. Um sistema de castas não é injusto em si, mas, se desenvolve uma burocracia oficial de funcionários públicos, não pode reservar os cargos dessa burocracia às castas superiores, pois o conceito de burocracia pertence, segundo Walzer, à sua própria esfera, a do mérito. Uma sociedade capitalista, argumenta ele, pode, com perfeita justiça, atribuir a assistência médica inteiramente ao mercado. Ou pode (talvez) atribuir apenas um nível mínimo, determinado, de assistência à esfera da necessidade. Mas, "desde que os recursos públicos sejam gastos ... para financiar a pesquisa, construir hospitais e pagar as contas de médicos na prática privada, os serviços que essas despesas asseguram devem ser acessíveis a todos os cidadãos" e, então, não há "nenhuma razão para respeitar a liberdade de mercado do médico".

Assim que se revela a suposição oculta – de que uma comunidade deve aceitar uma esfera preestabelecida sobre uma base de tudo ou nada –, a falácia desses argumentos torna-se evidente. Não podemos negar de antemão a possibilidade de que, embora a justiça exija que o Estado intervenha no mercado a favor da medicina, para assegurar que os pobres tenham alguma assistência, ela não exige que se ofereça aos pobres a mesma assistência médica que os ricos podem comprar. Walzer adota a visão contrária, de que a justiça exige um serviço de saúde nacional completo. Podemos achar isso atraente, mas precisamos de um argumento favorável, e meramente construir uma esfera ideal e chamá-la de esfera da necessidade não é argumento. A questão é crucial, pois qualquer argumento genuíno a favor de um serviço de saúde nacional poderia contradizer o relativismo de Walzer. Poderia demonstrar que uma sociedade rica que deixa a assistência médica inteiramente a cargo do mercado não seria uma sociedade justa, como ele pensa, mas, na verdade, seria ainda mais injusta do que uma sociedade, como a nossa, que provê um pouco de assistência médica gratuita, mas não o suficiente.

Walzer vale-se mais ainda da ideia de esferas fixas, preordenadas, na discussão dos programas de admissão à universidade que dão preferência a candidatos das minorias. "Em nossa cultura", diz ele, "supõe-se que as carreiras estejam abertas aos talentos", e "assim como não poderíamos adotar um sistema de detenção preventiva sem violar os direitos de pessoas inocentes, mesmo pesando equitativamente os custos e benefícios do sistema como um todo, não podemos adotar um sistema de cotas sem violar os direitos dos candidatos." Ele sabe, é claro, que muitas pessoas "em nossa cultura" não acham que os programas de ação afirmativa que ele tem em mente violam os direitos dos candidatos. Elas rejeitam a analogia com a punição dos inocentes. Negam que exista um conjunto de qualidades canônicas, fixadas de antemão, de tal modo que as pessoas tenham direito de ser admitidas em escolas médicas com base apenas nessas qualidades, seja qual for a necessidade de médicos que uma sociedade possa ter ou quais necessidades maiores também poderiam ser atendidas por meio da educação profissional. Walzer, pelo contrário, acredita que certa concepção de talento é automaticamente atribuída a certas vagas na universidade ou cargos profissionais, não importa que a comunidade esteja inteiramente dividida a esse respeito. Assim, ele diz que qualquer preferência racial deturpa uma das esferas que ele construiu – a esfera da "profissão" – para atender a esfera da assistência social, e acha que não precisa de nenhum argumento melhor que esse. Está enfeitiçado pela música de suas esferas platônicas.

A crítica da ideia de igualdade complexa de Walzer não deve terminar aqui, porém, porque sua teoria não é apenas inútil, mas incoerente. Ignora o "significado social" de uma tradição muito mais fundamental que as tradições isoladas que nos pede para respeitar. Isso porque faz parte de nossa vida política comum que a justiça seja nossa crítica, não nosso espelho; que qualquer decisão sobre a distribuição de qualquer bem – riqueza, assistência social, honras, educação, reconhecimento, profissão – seja reaberta, não importa quão firmes sejam as tradições então contestadas, que possamos sempre perguntar se é justo algum esquema institucional estabelecido. O relativismo de Walzer é infiel à nossa prática social mais importante: a prática de nos preocupar com o que é realmente a justiça.

Assim, uma teoria que vincula a justiça a convenções não seria aceitável mesmo que disponível. Walzer às vezes parece sugerir que a única possibilidade é a igualdade "simples" que ele descarta, que exige que todos tenham exatamente a mesma parcela de tudo. Mas ninguém defende isso: ninguém sugere que castigos e prêmios Nobel sejam distribuídos por sorteio. Poucos igualitários chegariam a aceitar a igualdade simples de renda ou riqueza. Qualquer versão defensável da igualdade deve ser muito mais sutil; deve permitir que a origem das desigualdades remonte às escolhas que as pessoas fizeram quanto ao tipo de trabalho a exercer, que tipo de riscos correr, que tipo de vida levar[1].

Mas precisamos defender alguma teoria de justiça desse tipo, encontrando e defendendo os princípios críticos gerais adequados. Assim, o livro de Walzer fornece uma defesa inteiramente involuntária do estilo de filosofia que ele quer banir. Seu fracasso confirma o instinto que impele os filósofos para suas fórmulas, exemplos artificiais e intuições pessoais. Talvez tenhamos ido muito longe nessa direção. Funções de preferência matemáticas, contratos sociais fictícios e o resto da paraphernália da teoria política moderna às vezes realmente nos deixam cegos para as distinções sutis que Walzer pinça na história. Os filósofos políticos que influenciam seus estudos históricos – particularmente sua demonstração de como diferentes sociedades conceberam como necessidades recursos muito diferentes – serão mais criativos com respeito às possibilidades de arranjos sociais em nossa própria sociedade.

No fim, porém, a teoria política não pode oferecer nenhuma contribuição para o modo como nos governamos, exceto

---

1. No cap. 9, "Por que os liberais devem prezar a igualdade", descrevo uma versão de igualdade mais complexa que a igualdade simples nesse sentido.

lutando, contra todos os impulsos que nos arrastam de volta à nossa cultura, rumo à generalidade e a alguma base reflexiva para determinar quais de nossas distinções e discriminações tradicionais são genuínas e quais são espúrias, quais contribuem para o florescimento dos ideais que, após reflexão, queremos abraçar e quais servem apenas para nos proteger dos custos pessoais desse exigente processo. Não podemos deixar a justiça à convenção e ao anedótico.

Capítulo 11
Um Estado liberal pode patrocinar a arte?*

Meu tópico neste ensaio são a arte e as humanidades e em que medida o poder público deve patrociná-las para torná-las excelentes e fecundas. As pessoas têm discutido esse tema interminavelmente, e a discussão sempre tem início com a oposição de dois métodos de estudo: a abordagem econômica e a sublime. A abordagem econômica – uso uma definição um tanto generosa – toma como premissa o fato de que uma comunidade deve ter o caráter e a qualidade de arte que deseja comprar ao preço necessário para obtê-la. A abordagem sublime, por outro lado, volta as costas ao que as pessoas pensam que querem; em vez disso, concentra-se no que é bom que as pessoas tenham. Insiste em que a arte e a cultura devem alcançar certo grau de refinamento, riqueza e excelência para que a natureza humana floresça, e que o Estado deve prover essa excelência se as pessoas não o fazem ou não têm como fazê-lo.

Essas duas abordagens, além de diferentes, são geralmente tidas como opostas, pois parece, à primeira vista, que a abordagem econômica não patrocinaria as artes ou patrocinaria muito pouco. O argumento é desenvolvido desta maneira. O *mercado* é o instrumento mais eficiente para decidir que tipo de cultura as pessoas querem pelo preço necessário. As pessoas contemplariam *Aristóteles contemplando Homero* se tivessem de pa-

---

* Esse ensaio foi apresentado numa conferência sobre o patrocínio público das artes, no Metropolitan Museum of Art, Nova York, em abril de 1984, patrocinada pelo Metropolitan Museum e pela Columbia University. © Ronald Dworkin.

gar o custo integral dessa oportunidade, inclusive sua parcela no custo de manter um museu, comprar esse quadro de seus proprietários estrangeiros, colocá-lo no seguro e guardá-lo, e pagar os impostos relativos à propriedade na qual se encontra o museu? Há apenas uma forma de descobrir isso. Que o museu cobre um preço de entrada que reflita todos esses custos; veremos então se o museu estava certo ao pensar que era isso que um número suficiente de pessoas tanto queria. Se a arte for deixada a cargo do mercado dessa maneira – e o mesmo se aplica às universidades que oferecem cursos de humanidades –, então o público terá a arte que realmente quer pelo preço que está disposto a pagar. Mas se entra aí o patrocínio público – se o tesouro público subsidia parte do custo real do espaço diante de um Rembrandt, de modo que o preço das entradas não reflita seu custo real –, isso significa que o público como um todo está gastando mais em arte do que deseja gastar, às custas de qualquer outra coisa que os recursos, de outra maneira, teriam fornecido. Assim, a abordagem econômica parece excluir, quase por definição, o subsídio público.

A abordagem sublime parece um caminho muito mais promissor se começamos, como fazem muitos de nós, por tentar encontrar alguma justificativa para um nível generoso de apoio estatal. Devemos decidir quanto gastar coletivamente em arte perguntando quanto é necessário para tornar nossa cultura excelente. A abordagem econômica, ao contrário, parece muito mundana, quase filisteia.

Contudo, antes de adotar a abordagem sublime, devemos fazer uma pausa para observar seus defeitos. Primeiro, a experiência ensina que os que se beneficiariam mais com os subsídios para universidades, museus e outras instituições culturais são, em geral, pessoas que já estão em boa situação porque foram ensinadas a usar e usufruir a arte. Parece injusto prover, sob o pretexto de algum ideal de florescimento humano, mais benefícios especiais para os que já prosperaram mais do que a maioria. Não seria melhor transferir fundos de museus ricos para clínicas pobres e subsidiar a assistência médica? Segundo, a abordagem sublime parece arrogantemente paternalista.

O liberalismo ortodoxo sustenta que nenhum governo deve apoiar-se, para justificar o uso de fundos públicos, na suposição de que certas maneiras de conduzir a própria vida são mais dignas que outras, de que vale mais a pena contemplar um Ticiano na parede que assistir a um jogo de futebol na televisão. Talvez valha mais a pena contemplar Ticiano; mas não é esse o ponto essencial. Há mais pessoas que discordam dessa opinião do que pessoas que concordam com ela; portanto, deve ser errado que o Estado, que se diz democrático, use seu monopólio de tributação e poder policial para impor julgamentos aceitos apenas por uma minoria.

Essas dificuldades da abordagem sublime levam-nos de volta à abordagem econômica, desta vez para estudá-la com mais indulgência e cuidado. Talvez, no fim das contas, ela possa fornecer algum apoio ao patrocínio estatal das artes. Sugeri que a abordagem econômica deve rejeitar o subsídio porque apenas um mercado não contaminado pelo subsídio pode descobrir as verdadeiras preferências do público sobre como seus recursos devem ser gastos. Mas isso foi uma simplificação: as ligações entre os preços de mercado e as verdadeiras preferências das pessoas nem sempre são tão firmes. O que alguém está disposto a pagar, e pode pagar, por algo depende de quanto tem para gastar no todo. Se a riqueza é distribuída muito desigualmente numa comunidade, o fato de que um homem rico compre caviar enquanto um homem pobre fique sem pão não quer dizer que a comunidade como um todo valorize mais o caviar que o pão. Por essa razão, os preços de mercado e as transações não serão sempre uma medida justa do que a comunidade como um todo realmente quer.

Apresento isto apenas como uma ressalva razoavelmente clara de minha afirmação original a respeito do mercado; infelizmente, não oferece nenhuma ajuda no uso da abordagem econômica para justificar o subsídio às artes. Só pode fornecer um argumento a favor do subsídio – do pão, por exemplo – se os que carecem do que é subsidiado são relativamente pobres. Mas isso não é verdadeiro (ou assim parece) para aqueles que só poderiam pagar para ir à ópera se a ópera fosse subsidiada, mas que poderiam pagar e iriam se ela fosse. Eles pertencem, na maioria, às classes médias; na verdade, essa foi a base das minhas objeções iniciais à abordagem sublime.

Existe, porém, outra ressalva bem conhecida da afirmação de que o mercado permite uma avaliação justa daquilo que a comunidade quer em contraposição com o que ela tem para gastar. Isso é muito mais promissor por que poderia apoiar o argumento de que as artes e as humanidades, bem compreendidas, são o que os economistas chamam de "bens públicos" e, por essa razão, devem ser apoiadas com o tesouro público mais do que com recursos privados.

Os bens públicos são aqueles cuja produção não pode ser deixada com eficiência a cargo do mercado, pois é impossível (ou muito difícil ou caro) impedir os que não pagam de receber o benefício e assim usufruí-lo gratuitamente. As pessoas não têm nenhum incentivo para pagar pelo que receberão de qualquer jeito se os outros comprarem. A defesa militar é um exemplo comum e útil. Se acho que meus vizinhos vão comprar um exército grande o suficiente para repelir uma invasão, não tenho nenhum incentivo para pagar minha parte, porque eles não podem me excluir do benefício que compraram. Não há nenhuma maneira de o exército protegê-los sem me proteger. Os benefícios ao meio ambiente são outro exemplo. Se meus vizinhos gastam o suficiente para purificar o ar que respiram, também purificarão o ar que respiro; não podem me excluir desse benefício porque não paguei minha parcela. Assim, embora pudesse estar ansioso para pagar minha cota justa do custo de um exército ou de ar puro, se fosse necessário que eu pagasse para ter esses benefícios, ainda assim, tenho um forte motivo para não pagar minha cota na expectativa de que os outros adquiram o exército ou purifiquem o ar. Mas, como todos os outros terão o mesmo motivo, há um perigo real de que, coletivamente, não gastemos a soma que estaríamos dispostos a gastar se cada um de nós pensasse que isso era necessário; assim, acabaremos por não gastar o que queremos gastar coletivamente.

Nessas circunstâncias, segundo a teoria econômica ortodoxa, o melhor remédio é que o Estado calcule o que o público estaria disposto a gastar, se necessário, e despender essa mesma soma, arrecadada a partir de impostos que o público, por lei, é obrigado a pagar. Note que a abordagem sublime não desempenha nenhum papel nesse tipo de argumento a favor do patrocínio estatal. Não há nenhuma suposição de que as pessoas devem ter segurança militar ou ar limpo, querendo ou não, mas apenas a suposição, muito diferente, de que elas realmente os querem, pelo preço necessário, de modo que a intervenção estatal é meramente uma solução tática para um problema técnico.

Tal análise supõe que as autoridades públicas podem saber ou, pelo menos, ter uma opinião razoável sobre quanto as pessoas gastariam coletivamente se isso fosse necessário. Os economistas quebraram a cabeça um bocado não apenas indagando como o Estado poderia obter essa informação, mas também fazendo a pergunta mais fundamental, do que significa dizer, a respeito de alguém, que ele pagaria um determinado preço por algo em circunstâncias que, na verdade, nunca ocorrem. Apresentaram várias teorias sobre o que isso significa e como o Estado pode ter alguma ideia do que é esse preço hipotético. Todas essas teorias são complexas, e muitas são engenhosas. Mas o importante no caso é que a utilidade da abordagem centrada nos bens públicos depende da disponibilidade de um dispositivo razoavelmente plausível para decidir o que o público realmente quer pagar por seja o que for que o mercado, por razões técnicas, não pode oferecer.

Certas experiências culturais, como a oportunidade de ouvir certa execução de uma ópera específica, não são bens públicos porque é fácil excluir os que não vão pagar. Mas o problema dos bens públicos pode surgir de forma parcial ou mista, quando transações privadas têm como efeito excedentes que outros valorizam e dos quais não podem ser excluídos. Considere a vacinação. Se alguém paga o preço necessário para ser vacinado, assegura um tipo especial de proteção da qual são excluídos os que não pagam; mas, se um número suficiente de pessoas for vacinado, mesmo as que não o foram irão beneficiar-se um pouco, pois o risco de doença será reduzido para elas. Esse problema de "caroneiros" também pode produzir o resultado perverso de que a sociedade, se a produção for deixada ao mercado, não terá o que quer pelo preço que estaria disposta a pagar. Um número suficiente de pessoas pode decidir não comprar a vacina, na esperança de ter, de qualquer maneira, o benefício, de modo que a proteção geral cai abaixo do nível que a comunidade como um todo realmente quer. Mais uma vez, a provisão de vacinas pelo Estado, de uma forma ou outra, em vez de deixar a vacinação a cargo do mercado, seria justificada com esse fundamento, inteiramente compatível com a abordagem econômica.

Talvez a arte deva ser considerada, pelo menos, como um bem público misto, como a vacinação, e com base nisso talvez se justifique algum subsídio estatal. Essa sugestão supõe que, quando alguém compra arte e cultura – comprando livros, visitando museus gratuitos ou estudando em universidades –, outras pessoas, que não tomam parte nessas transações, se beneficiam de maneira significativa. Evidentemente, essa suposição é justificada até certo ponto, mas o poder da sugestão depende do caráter e da importância do benefício "por tabela". Como transações na cultura beneficiam os que não participam delas? Um volume considerável de literatura econômica foi dedicado a essa questão. A maior parte dela considera uma espécie de benefício "por tabela" que poderíamos chamar de "extrínseco", porque não tem o mesmo caráter estético ou intelectual que os benefícios que recebem os que participam das transações. Por exemplo, nova-iorquinos que nunca usam o Museu Metropolitano podem beneficiar-se financeiramente quando do turistas vão à cidade para visitar o museu – e permanecem para gastar dinheiro em outros lugares. Esses nova-iorquinos podem beneficiar-se de outra maneira: pelo orgulho que podem sentir porque a cultura de sua comunidade é célebre e renomada.

Minha opinião, porém, é que a soma desse tipo de benefícios extrínsecos, ainda que generosamente definidos, não seria elevada o suficiente para justificar nenhum nível substancial de apoio público apenas por essa razão. Penso também que qualquer tentativa de justificar a arte como bem público recorrendo a esse tipo extrínseco de benefício subestima a sugestão de que a arte é um bem público. A atração inicial dessa sugestão, creio, encontra-se em nossa noção de que a arte traz uma contribuição para a comunidade como um todo, e não apenas para os que participam de transações comerciais para usufruí-la – uma contribuição que não é extrínseca à experiência estética e intelectual, mas que, pelo contrário, tem exatamente esse caráter.

A ideia a que me refiro – de que a arte e a cultura trazem benefícios intrínsecos para o público como um todo – apoia-se numa conhecida e sólida suposição: de que a cultura é uma trama inconsútil, que a alta cultura e a cultura popular ou geral não são distintas, mas influenciam-se reciprocamente. Quando digo cultura geral não me refiro apenas a romances, peças e música populares, embora pretenda incluí-los. Refiro-me também a todo o âmbito de elocução, tropo e estilo disponíveis numa comunidade, tal como exibidos em todos os aspectos da comunicação, da reportagem e difusão televisiva de eventos públicos e atléticos a campanhas de publicidade. Refiro-me, em resumo, ao ambiente intelectual geral em que todos vivemos.

A influência da alta cultura sobre a cultura geral ou popular é recíproca, mas devemos nos concentrar na influência que a primeira exerce sobre a segunda e notar as várias dimensões dessa influência. A alta cultura confere forma à cultura popular: a comédia musical e os policiais da televisão exploram gêneros que foram desenvolvidos primeiramente na ópera e no romance. Ela oferece referência à cultura popular: o vocabulário de nossa comunidade está saturado de referências específicas a Édipo, Hamlet, Carmen (um produto para encaracolar o cabelo chamado "Carmen", por exemplo, é decorado com uma rosa e é exibido em reclames na televisão ao som da *Canção do Toureiro*). Como complemento, a alta cultura oferece ressonância à cultura geral. Referências específicas, como essa a Carmen, fornecem não apenas um conjunto conveniente de ideias facilmente evocadas, mas um conjunto de ideias valioso exatamente por ser identificado como pertencente à alta cultura e, portanto, como dotado de um valor estético distinto.

Tudo isso pode ser resumido na conhecida expressão "repercussão". Parece um ponto de partida encorajador para um debate cujo fim pode ser a justificação do patrocínio estatal para a alta cultura. Como a alta cultura, assim como a vacinação, oferece benefícios que repercutem no público em geral, a maior parte do qual não participa das transações comerciais específicas que a financiam, o patrocínio estatal é necessário para impedir que a comunidade tenha menos do que realmente quer da alta cultura por causa do problema do "caroneiro". Infelizmente, há graves falhas nesse argumento, que, tomadas em conjunto, são fatais a ele nessa forma original.

A primeira é o problema do descompasso no tempo. Nos exemplos padrão de bens públicos, como o ar puro e a defesa militar, as pessoas que pagam por esses bens por meio de impostos, se o Estado os oferece, são, na maioria, as próprias pessoas que se beneficiarão deles. Por outro lado, se o Estado patrocina a alta cultura para assegurar benefícios que repercutam na cultura intelectual geral da comunidade como um todo, não podemos ter certeza de que os que arcarão com o custo irão usufruir o benefício, pois o efeito pode demorar tanto que os principais beneficiários pertencerão a uma geração diferente de contribuintes. Essa objeção, por si, não é necessariamente decisiva contra nosso argumento. Pode-se retrucar usando-se o argumento do bem público para apoiar não uma contribuição única do Estado à arte, paga pelos que não recebem o benefício principal, mas um programa contínuo de contribuição, de modo que se possa dizer que cada geração paga pelos benefícios da próxima e que cada uma irá dar e receber.

O segundo problema, porém, liga-se ao primeiro. É o problema da indeterminação. As autoridades públicas podem prever, talvez com alguma certeza, como algum nível de gasto público na defesa militar irá melhor a segurança e, assim, dar ao público o que ele quer coletivamente, e como algum dispositivo ou programa específico para combater a poluição irá afetar a qualidade do ar que as pessoas respiram. Contudo, apesar de sabermos que a decisão de ter mais produções de ópera, coleções maiores de pinturas renascentistas ou cursos universitários avançados de literatura clássica afetará o clima intelectual geral uma geração depois, não temos nenhuma maneira de prever, mesmo aproximadamente, quais gêneros, tropos ou referências contribuirão para esse clima. É da natureza da transferência da alta cultura para a cultura geral que tais efeitos dependam de julgamentos, reações e desenvolvimentos que seriam desprovidos de valor se pudessem ser previstos, já que seriam mecânicos. Esse fato enfraquece de maneira fundamental meu argumento original do bem público a favor do patrocínio estatal das artes. Se não podemos prever que impacto um programa público terá sobre a vida das pessoas no futuro, como podemos justificar esse programa dizendo que ele lhes dá o que realmente querem?

A terceira dificuldade é ainda mais fundamental. Qualquer argumento baseado no bem público exige certo grau de informação sobre aquilo pelo qual o público estaria disposto a pagar para assegurar o benefício em questão. Nos exemplos convencionais – a defesa militar e o ar puro –, os economistas têm dificuldade para elaborar técnicas que identifiquem essa soma, uma vez que o mercado seja descartado como impreciso. Mas são encorajados a procurar por essas técnicas porque supõem, com razão, que a comunidade como um todo realmente quer segurança militar e ar puro por *algum* preço substancial. A dificuldade é de exatidão e sutileza. A suposição correspondente, necessária a um argumento baseado no bem público a favor da arte – de que a comunidade quer uma cultura popular ou geral de certo tipo –, não é apenas problemática; pode muito bem ser incoerente.

A cultura intelectual de uma comunidade exerce uma influência tão profunda sobre as preferências e valores de seus membros que a questão de se, e até que ponto, eles prefeririam uma cultura diferente da que têm torna-se extremamente complexa. Posso explicar o porquê começando com um exemplo exagerado e improvável. Imagine alguma tragédia cultural em que tipos inteiros de experiência estética conhecidos por nós desaparecessem completamente: ninguém sabe, por exemplo, combinar música e teatro no que chamamos de ópera. Não poderíamos dizer que as pessoas que vivem nesse estado culturalmente empobrecido se importariam com isso. Não poderiam, afinal, sentir falta da ópera nem lamentar por não a terem. Parte de sua situação, um aspecto de sua cultura empobrecida, seria o fato de que não teriam capacidade de sentir falta nem lamentar. Que sentido faz, então, dizer que se não preservarmos a ópera estaremos negando algo que elas querem? Certamente desejaríamos dizer que estão perdendo algo, que sua vida, comparada com a nossa, é pobre. Mas isso é muito diferente. Esse não é o julgamento deles a respeito de suas vidas, que é o que exigem a abordagem econômica em geral e o argumento baseado nos bens públicos em particular, mas antes *o nosso* julgamento a respeito de suas vidas. Poderíamos dizer: se eles soubessem o que estão perdendo, sentiriam falta – o que é verdadeiro, mas inútil. Alguém diria: de qualquer modo, eles desejariam prazer, e teriam mais prazer se tivessem ópera. Mas isso não serve. Coloque de lado a questão espinhosa de saber se é sempre (ou alguma vez) correto dizer que as pessoas querem prazer. Coloque de lado a questão de se podemos medir o prazer da maneira que supõe essa sugestão. Como podemos dizer que as pessoas cuja cultura se desenvolveu sem ópera, sendo portanto diferente da nossa em inúmeros outros aspectos, derivariam menos prazer daquilo que sua cultura realmente oferece do que derivamos da nossa? Nós, ou alguns de nós, que conhecemos a ópera, tiramos prazer dela e ficaríamos mortificados se, de repente, descobríssemos que não está disponível. Mas isso é porque a estrutura de nossa cultura tem essa consequência para pessoas plenamente imersas nela e não podemos extrair nenhuma conclusão acerca dos estados hedônicos de pessoas cuja cultura é inteiramente diferente. O gosto por ópera é diferente de alguma matéria-prima – como o petróleo – de que as gerações futuras poderiam ter de se abster. Se supomos que seus desejos assemelham-se muito aos nossos – querem aquecimento, luz e transporte –, podemos dizer que não ter petróleo dá-lhes menos do que querem, mesmo que nunca tenham escutado falar de petróleo. Mas não podemos fazer uma suposição semelhante sobre pessoas cuja cultura é diferente da nossa: não podemos dizer que seus desejos são parecidos com os nossos, pois os desejos agora em questão são produtos e partes inseparáveis da cultura que supomos que elas não têm.

Tampouco ajuda abandonar a especulação sobre gerações futuras e simplesmente perguntar se nós mesmos estaríamos dispostos coletivamente a pagar algum preço específico para conservar certa parcela valiosa de nossa cultura. Isso porque, de qualquer maneira, surge praticamente o mesmo problema. Suponha que perguntemos, por exemplo, se nossa comunidade preferiria ter a presente riqueza e diversidade de sua cultura geral ou mais e melhores parques públicos. Não temos nenhuma maneira de abordar essa questão com inteligência. O valor que os parques públicos têm para nós e as maneiras como encontramos valor neles dependem em grande parte de nossa cultura. Os parques teriam valor e significado muito diferentes para nós se não tivéssemos nenhuma tradição cultural de paisagem romântica, por exemplo, uma tradição que começou na alta cultura, embora hoje se encontre amplamente na cultura geral, inclusive na publicidade. Portanto, a escolha que se acaba de oferecer é espúria: estaríamos assumindo nossa presente cultura ao valorizar algo que só podemos ter, por hipótese, renunciando a essa cultura. Como nosso ambiente cultural oferece as lentes pelas quais identificamos as experiências como valiosas, ele não pode ser sensatamente colocado na balança como uma das experiências que identifica, para ser pesado em comparação com outras e ser julgado mais ou menos valioso que elas.

Esses são exemplos extremos, mas a observação também é válida quando os aspectos ou características de nossa cultura supostamente valorizados são menos abrangentes, mais uma questão de tom ou grau. Imagine que a ópera não desapareça inteiramente, sem deixar traços, mas perca sua penetração, excelência e seriedade geral, deixando de ser encenada bem ou com grandiosidade, não sendo mais considerada uma arte mais elevada, digna de enormes sacrifícios para ser aperfeiçoada, em resumo, não sendo mais levada tão a sério. Isso seria, simultaneamente, uma mudança na qualidade de uma arte e também uma mudança no grau em que as pessoas querem qualidade nessa arte, e não seriam mudanças separadas e distintas. Não podemos mais, só porque o que está em jogo não é tão valioso, separar o que está sendo valorizado do aparelho social e pessoal usado para valorizá-lo. Esse é o golpe final nos esforços de construir um argumento baseado no bem público sobre os efeitos de repercussão da alta cultura. Esse argumento não pode funcionar sem alguma forma de identificar, ou pelo menos formular, juízos razoáveis a respeito, o que as pessoas – no presente ou no futuro – querem à guisa de cultura, e a cultura é muito fundamental, muito básica para nossos esquemas de valor, para tornar inteligíveis questões desse tipo. Nosso problema não é de descoberta, mas de percepção.

Este ensaio começou com a conhecida história da oposição entre a abordagem econômica e a abordagem sublime como maneiras alternativas de indagar a respeito do patrocínio público das artes. Disse que a abordagem econômica, à primeira vista, parecia argumentar contra o patrocínio público, mas procurei considerar se, examinada mais detidamente, a abordagem econômica poderia favorecê-la. A esperança foi alimentada por uma aparente analogia entre os benefícios públicos de transações privadas na arte e exemplos conhecidos de bens públicos, como a defesa militar e campanhas por ar puro. A analogia falhou, mas não de maneira a repor a abordagem econômica como oposta ao patrocínio público. Pelo contrário, todas as dificuldades na afirmação de que a economia favorece o patrocínio público são, igualmente, dificuldades na afirmação oposta, com a qual começamos, de que a economia não o vê com bons olhos. As dificuldades são simétricas para a afirmação positiva e a negativa. Nada do que disse sobre os três problemas, o descompasso no tempo, a indeterminação e a incoerência, indica que o público não quer o que receberia por meio do patrocínio público. Ou que o mercado, incontaminado por algum subsídio, possibilita a melhor avaliação do que o público realmente quer por determinado preço. Minha argumentação, se bem fundada, justifica uma conclusão muito mais radical e interessante, que é a de que a abordagem econômica simplesmente não é viável, em nenhum sentido, como teste para determinar se a arte deve ser patrocinada publicamente ou em que nível. A questão do patrocínio público encontra-se abaixo ou além dos tipos de gostos, preferências e valores que podem ser sensatamente exibidos numa análise econômica. Onde estamos, então? Começamos com duas abordagens, a econômica e a sublime; a primeira agora é considerada inviável e, assim, presume-se que nos resta a segunda. Meu raciocínio, porém, particularmente no que diz respeito à indeterminação da previsão, parece negar também a utilidade da abordagem sublime. Assim que reconhecemos que o impacto principal de qualquer programa de auxílio à alta cultura será, para a maioria das pessoas e a longo prazo, o seu impacto na cultura geral, e também que é praticamente impossível prever os detalhes desse impacto, a afirmação de que devemos auxiliar a cultura a melhorar a vida das pessoas é um tiro no escuro, um artigo de fé. De repente, parece que não temos absolutamente nenhum argumento, em nenhum sentido, e que é hora de reavaliar. É hora de notar uma distinção que até agora deixei latente: a distinção entre duas consequências que nossa cultura tem para nós. Ela oferece pinturas, representações, romances, projetos, esportes e filmes policiais que valorizamos e que nos dão prazer, mas também oferece a moldura estrutural que torna possíveis valores estéticos desse tipo, que os torna valores para nós. Podemos usar essa distinção para definir uma abordagem do problema do patrocínio público das artes que não é econômica e, no entanto, é diferente das versões menos atraentes da abordagem sublime.

Minha sugestão é esta. Deveríamos identificar os aspectos estruturais de nossa cultura geral como sendo, eles mesmos, dignos de atenção. Deveríamos tentar definir uma estrutura cultural rica, que multiplique possibilidades ou oportunidades de valor distintas e considerar-nos curadores, para proteger a riqueza de nossa cultura para os que viverão suas vidas nela depois de nós. Não podemos dizer que, ao fazê-lo, iremos lhes propiciar mais prazer ou um mundo que preferirão a outros possíveis que poderíamos criar de outra maneira. Essa é a linguagem da abordagem econômica e não é viável no caso. Podemos, porém, insistir – como podemos negar isso? – que é melhor para as pessoas ter complexidade e profundidade nas formas de vida abertas a elas e, então, fazer uma pausa para perceber se, ao agirmos de acordo com esse princípio, estamos abertos a qualquer objeção de elitismo ou paternalismo.

Permita-me concentrar-me na estrutura da cultura, nas possibilidades que permite, não em obras ou ocasiões de arte específicas. O centro da estrutura cultural de uma comunidade é sua linguagem compartilhada. Uma linguagem não é um bem privado nem um bem público tal como são tecnicamente definidos; é inerentemente social, como estes não são, e, no todo, gera nossas formas de valorizar e, portanto, não é, ela própria, um objeto de valorização. Mas a linguagem tem similaridades formais com o que chamo de bem público misto. Alguém pode excluir outros, por meios relativamente baratos, daquilo que escreve ou diz em qualquer ocasião específica. As pessoas não podem, porém, ser excluídas da linguagem como um todo; seria, no mínimo, perverso fazê-lo, pois, do ponto de vista dos que usam uma língua, é melhor ter caroneiros do que nenhum passageiro. E as transações privadas na língua – as ocasiões de discurso privado ou controlado – determinam coletivamente o que é a linguagem compartilhada. Os livros que escrevo e leio, a educação que oferecemos e recebemos, os milhões de outras transações que conduzimos diariamente na linguagem, muitas delas comerciais, tudo isso, a longo prazo, determina nossa linguagem. Somos todos beneficiários ou vítimas do que é feito da linguagem que compartilhamos.

Uma linguagem pode se empobrecer; algumas são mais ricas e melhores que outras. Não faz sentido dizer que as pessoas das gerações futuras iriam preferir não ter sua linguagem empobrecida de alguma maneira particular, por perder alguma oportunidade estrutural específica. Elas careceriam do vocabulário no qual expressar – isto é, ter – esse pesar. Tampouco faz muito sentido dizer que prefeririam ter uma linguagem mais rica em oportunidades do que têm no momento. Ninguém pode querer oportunidades se não tem ideia do que são essas oportunidades. Não obstante, é perfeitamente sensato dizer que estariam em pior situação se sua linguagem não oferecesse as oportunidades que a nossa oferece. Naturalmente, ao dizer isso, afirmamos saber o que é do seu interesse, o que tornaria suas vidas melhores.

Isso é paternalismo? Agora precisamos de mais distinções. O paternalismo é primitivo quando os que estão no poder agem contrariando as preferências dos que governam, embora o façam, supostamente, no interesse destes. A polícia faz as pessoas usarem cintos de segurança ou evitar associações sexuais heterodoxas, apesar de seus gostos ao volante e no sexo. O paternalismo é mais refinado quando os que estão no poder tentam não opor-se a preferências já estabelecidas, mas criar preferências que consideram desejáveis e evitar as que consideram nocivas. Esse é o paternalismo de boa parte da educação moral, por exemplo, e a justificativa de boa parte da censura. Proteger a linguagem do aviltamento ou corrupção estrutural não é nenhum desses tipos de paternalismo. Não se opõe, como o paternalismo primitivo, às preferências de ninguém. Tampouco almeja, como o paternalismo sofisticado, criar ou impedir preferências identificadas de antemão como boas ou más. Pelo contrário, permite uma escolha maior, não menor, pois é exatamente nesse aspecto que acreditamos que as pessoas estão em melhor situação com uma linguagem mais rica do que com uma linguagem mais pobre. Nossa aversão ao paternalismo oferece uma razão favorável, não contrária, a nos nomearmos curadores da estrutura das oportunidades linguísticas.

A ligação entre essas observações sobre a linguagem e nosso problema sobre a arte e as humanidades é evidente. Isso porque o aspecto estrutural de nossa cultura artística nada mais é que uma linguagem, uma parte especial da linguagem que agora compartilhamos. As possibilidades da arte, de encontrar valor estético em um certo tipo de representação ou de objetos, depende de um vocabulário comum de tradição e convenção. Essa parte de nossa linguagem poderia ter sido muito mais pobre. Suponha que ninguém nunca houvesse encontrado valor na criação narrativa, isto é, numa história. Nossa linguagem não teria tido os recursos complexos de que dispõe para distinguir um romance de uma mentira. Ninguém poderia, repentinamente, apenas por inspiração criativa, escrever um romance. Não haveria recursos disponíveis para que reconhecesse valor numa narrativa falsa, para que os outros recebessem o que ele lhes oferecia desse modo. Pode-se dizer o mesmo, evidentemente, sobre a pintura, a escultura, a música e a pintura. E, a propósito, sobre a história, a filosofia e as humanidades.

Embora não possamos imaginar nossa cultura perdendo inteiramente algo do vocabulário básico da arte – não podemos nos imaginar perdendo o poder de distinguir entre ficção e mentira –, podemos imaginar facilmente uma mudança adversa menos dramática. Por exemplo, temos agora o equipamento conceitual para descobrir valor na continuidade histórica e cultural. Podemos considerar estimulantes, e consideramos várias formas de citação extraídas da história de nossa cultura; encontramos valor na ideia de que a arte contemporânea retrabalha temas ou estilos de outras épocas ou é rica em alusões a elas, de que o passado está conosco, retrabalhado, no presente. Mas essa ideia complexa depende tanto de uma prática compartilhada quanto a ideia da ficção narrativa. Ela só pode ser sustentada se essa prática persistir de forma viva, apenas se o passado for mantido vivo entre nós, na cultura maior que irradia do museu e da universidade em círculos concêntricos que abarcam a experiência de uma comunidade muito maior. A própria possibilidade de encontrar valor estético na continuidade depende de continuarmos a ter sucesso e interesse pela continuidade, e isso, por sua vez, pode muito bem exigir um rico estoque de coleções ilustrativas e comparativas que só podem ser mantidas, ou mantidas da melhor maneira, em museus e exploradas em universidades e outras academias. Se é certo que a comunidade como um todo, e não apenas os que usam essas instituições diretamente, compartilha e emprega as possibilidades estruturais da continuidade e da referência, reabilita-se o argumento do bem público a favor do patrocínio estatal de tais instituições.

A linguagem da cultura pode empobrecer-se de uma segunda maneira, não pela perda de dimensões particulares de valor, como a continuidade, mas por tornar-se menos inovadora, deixando de desenvolver ou elaborar novas dimensões. Nossa própria cultura tem tido momentos de originalidade específica, quando um uso da linguagem ou um tipo de apresentação é repentinamente reivindicado pela arte, como valioso na dimensão estética, e a reivindicação é bem sucedida. Nossa capacidade de inovar baseia-se na tradição de duas maneiras, ou em dois níveis. Devemos ter uma tradição *de* inovação e formas específicas de arte, suficientemente abertas e receptivas à reinterpretação, para que a continuidade possa ser preservada *por meio* da inovação, para que as pessoas possam perceber o que é novo como ligado ao que elas já consideram como um modo de arte, suficientemente ligado para ser aceito como enquadrando-se no mesmo modo geral da experiência. Essas tradições podem definhar e tornar-se um acordo acadêmico ou convencionalista quando as fronteiras do que se pode considerar como arte tornam-se muitos estritas e a arte degenera no que é meramente familiar, bonitinho ou, pior ainda, útil para algum fim não estético. O estado da arte em algumas tiranias é um lembrete deprimente do que é possível em termos de degeneração.

Temos muito menos dificuldade para imaginar mudanças que podem ser consideradas mais como corrupção que extinção de algum ramo principal da cultura. Nossa pergunta era: pode haver, em princípio, alguma objeção à aceitação do postulado e do programa que descrevi – que as pessoas estão em melhor situação quando as oportunidades que sua cultura oferece são mais complexas e diversas, e que deveríamos agir como curadores para com o futuro da complexidade de nossa cultura? Vimos, mas vale a pena repetir, que a abordagem econômica e os valores democráticos que essa abordagem representa não oferecem nenhuma objeção. Usar fundos estatais dessa maneira não nega ao público futuro o que ele quer. Assinalei duas objeções persistentes à abordagem sublime do patrocínio estatal às artes: paternalismo e elitismo. Se a finalidade do subsídio estatal é mais proteger a estrutura que oferecer eventos estéticos específicos, a acusação de paternalismo é atenuada. Também o é a acusação de elitismo, pois a estrutura afeta a vida de quase todos e de maneiras tão fundamentais e imprevisíveis que carecemos do equipamento conceitual para medir quem se beneficia mais das várias possibilidades e ideias que elas geram.

Certa vez, bem no início deste debate, as perspectivas pareciam negras para o patrocínio estatal das artes. Agora, repentinamente, parecem muito róseas. Podemos mesmo encerrar o debate simplesmente anunciando que a finalidade do patrocínio estatal é proteger a estrutura de nossa cultura intelectual? Não, é claro que não. Devemos conquistar, não apenas reivindicar, a descrição da estrutura e então mostrar que tipo e nível de patrocínio essa descrição justifica nas circunstâncias. Mudamos os termos do debate, mas não o vencemos antecipadamente.

Quanto patrocínio estatal pode ser justificado dessa maneira? Um ponto precisa ser assinalado imediatamente. O debate, na melhor das hipóteses, justifica que as autoridades públicas coloquem a proteção da cultura entre seus objetivos; não justifica que façam dele seu objetivo principal ou mais urgente. Eles ainda devem fixar prioridades no que se refere a quanto gastar nas artes e nas humanidades em confronto com demandas rivais que incluirão, para alguns, defesa militar e, para outros, justiça social. Está bem além de meu tema considerar como essas prioridades devem ser ordenadas. Mas a escolha entre a arte e o restante não é a escolha entre o luxo e a necessidade, a grandiosidade e o dever. Herdamos uma estrutura cultural e temos certo dever, por simples justiça, de deixar essa estrutura pelo menos tão rica quanto a encontramos.

Minha argumentação, porém, pretende demonstrar que a arte tem os requisitos necessários para merecer o patrocínio estatal, não oferecer sustentação e proteção a esse patrocínio. Mas a arte tem os requisitos necessários apenas com certa premissa: que o patrocínio estatal tenha como finalidade antes proteger a estrutura que promover qualquer conteúdo específico para essa estrutura em qualquer época específica. Assim, a diretriz do subsídio estatal deve ser este objetivo: atentar para a diversidade e a qualidade inovadora da cultura como um todo, não para aquilo que as autoridades públicas consideram ser a excelência em ocasiões particulares dessa cultura. O resto é estratégia e tática: máximas e práticas criadas para serem rompidas. Em geral, o auxílio deve ser oferecido na forma de subsídios indiscriminados, tais como isenções de impostos para doações a instituições culturais em vez de subsídios específicos a instituições particulares, salvo se a doação privada demonstrar que prejudica mais que favorece a diversidade e a inovação. Quando houver discriminações, elas devem favorecer formas de arte que são muito dispendiosas para ser sustentadas por transações de mercado, inteiramente privadas. Se estas incluem (como penso) coleções de pintura abrangentes e caras ou estudos abrangentes que o mercado não sustentaria, como boa parte dos programas das grandes universidades, não pode constituir objeção o fato de que apenas um número relativamente pequeno de pessoas já privilegiadas de várias maneiras irá beneficiar-se direta e imediatamente. Não quero dizer que devemos ser insensíveis ao apelo de programas com outros objetivos, sobretudo aqueles que tentam assegurar uma audiência mais ampla para as artes e a erudição. Essa ambição continua a ser importante e urgente. Pode ser defendida de várias maneiras, inclusive salientando-se que isso também ajuda a proteger a frágil estrutura de nossa cultura.

PARTE QUATRO
A visão econômica do Direito

Capítulo 12
*A riqueza é um valor?**

Neste ensaio examino e rejeito uma teoria política sobre o Direito muitas vezes chamada de análise econômica do Direito (esse nome é o título de um extenso livro de Richard Posner[1], e irei me ocupar de boa parte dos argumentos que o próprio Posner apresentou). A análise econômica do Direito tem um ramo descritivo e outro normativo. Afirma que pelo menos os juízes do *Common Law* decidiram casos controversos, em geral, para maximizar a riqueza social e que devem decidir tais casos dessa maneira. Discutirei principalmente o aspecto normativo da teoria, embora, no fim do ensaio, sustente que as falhas normativas da teoria são tão grandes que lançam dúvida sobre suas pretensões descritivas, a menos que essas pretensões possam ser incluídas numa teoria normativa muito diferente.

O conceito de maximização da riqueza está no centro tanto dos aspectos descritivos como dos normativos da teoria. Mas é um conceito facilmente mal compreendido e que foi muitas vezes mal compreendido por seus críticos. A expressão "maximização da riqueza", na teoria, não pretende descrever a mesma coisa que "eficiência de Pareto". Nesta seção introdutória, tentarei explicar cada um desses termos, para demonstrar por que é uma compreensão errônea da análise econômica do Direito supor,

---
* Publicado originalmente em *The Journal of Legal Studies*, 9: 191-226 (março de 1980). © Ronald Dworkin.
 1. Richard A. Posner, *Economic Analysis of Law* (2ª ed., Boston: Little, Brown, 1977).

como fizeram os críticos, que a definição do primeiro pelo jurista é uma tentativa tosca de capturar o significado do segundo.

A maximização da riqueza, tal como definida, é alcançada quando bens e outros recursos estão nas mãos dos que a valorizam mais, e alguém valoriza mais um bem se puder e estiver disposto a pagar mais em dinheiro (ou no equivalente do dinheiro) para possuí-lo. Um indivíduo maximiza sua riqueza quando aumenta o valor dos recursos que possui; sempre que ele consegue, por exemplo, adquirir algo que valoriza por alguma soma menor que o máximo que estaria disposto a pagar por ela. Seu valor para ele é medido pelo dinheiro que pagaria se fosse necessário; se pode pagar, digamos, $4 pelo que pagaria $5 se fosse necessário, sua riqueza foi aumentada em $1. Uma sociedade maximiza sua riqueza quando todos os recursos dessa sociedade são distribuídos de tal maneira que a soma de todas as valorizações individuais é tão elevada quanto possível.

Há muitas dificuldades conceituais nessa ideia de maximização da riqueza individual e social. Algumas delas surgirão no decorrer de nossa discussão, mas uma se destaca o bastante para ser eliminada agora. Para a maioria das pessoas há uma diferença entre a soma que estariam dispostas a pagar por alguma coisa que não têm e a soma que receberiam em troca dela se já a tivessem. Às vezes, a primeira soma é maior – o conhecido fenômeno da "galinha mais gorda", que leva alguém a cobiçar a propriedade do vizinho mais do que se fosse sua. Se muitas pessoas estivessem com frequência nessa posição, a maximização da riqueza seria inerentemente instável. A riqueza social seria promovida por uma transferência de certa propriedade de A para B, mas depois promovida por uma retransferência de B para A, e assim por diante. Isto é, nessas circunstâncias, a maximização da riqueza seria um padrão cíclico – uma propriedade muito desagradável em um padrão de promoção social. O segundo caso talvez seja mais comum (embora nem mais nem menos racional); alguém pedirá mais por algo que possui do que pagaria para adquiri-lo. Quando tenho sorte suficiente para comprar ingressos para Wimbledon por £5 na loteria anual, não vou vendê-los por, digamos, £50, embora

A VISÃO ECONÔMICA DO DIREITO 353

certamente não vá pagar £20 para comprá-los quando perco na loteria. Se muitas pessoas estão nessa posição no que diz respeito a muitos bens, então a maximização não será independente da direção; a distribuição final que alcança uma maximização da riqueza será diferente, mesmo dada a mesma distribuição inicial, dependendo da ordem em que sejam feitas as transferências intermediárias. A dependência da direção não é uma falha séria como a ciclicidade, mas, não obstante, introduz um elemento de arbitrariedade em qualquer esquema de transferência com o intuito de promover a maximização da riqueza social.

Nem Posner nem outros proponentes da análise econômica do Direito parecem incomodar-se muito com alguma dessas possibilidades. Eles supõem, talvez, estipulações de racionalidade que excluem diferenças em valor de pegar ou largar desse tipo. Ou talvez estejam ocupados principalmente com o comportamento de empresas comerciais onde tais estipulações não pareceriam tão arbitrárias. Não fará mal, porém, tornar mais estritas suas definições. Podemos dizer que o objetivo da maximização da riqueza só é alcançado por uma transferência ou distribuição específica quando essa transferência aumentar a riqueza social medida pelo que as pessoas em cujas mãos o bem cai pagariam para adquiri-lo se fosse necessário, e *também* pelo que aceitariam para separar-se dele. Nos casos em que as duas avaliações discordam, o padrão de maximização da riqueza social é indeterminado. A indeterminação, em alguns casos, não constitui grande objeção a qualquer padrão de promoção social, contanto que tais casos não sejam desagradavelmente numerosos.

O conhecido conceito econômico da eficiência de Pareto (ou ótimo de Pareto*) é uma questão muito diferente. Uma distribuição de recursos é eficiente segundo Pareto se não se pu-

---

* Vilfredo Pareto, 1848-1923, professor em Lausanne, que desenvolveu uma versão da teoria econômica do equilíbrio da concorrência perfeita. O "ótimo de Pareto" corresponde à eficiência na utilização dos recursos referida a seguir pelo autor. [N. R. T.]

der fazer nenhuma mudança nessa distribuição que não deixe ninguém em pior situação e, pelo menos, uma pessoa em melhor situação. Assinalou-se muitas vezes que quase qualquer distribuição ampla de recursos satisfaz essa exigência. Mesmo trocas de boa vontade, que promovem a situação de ambas as partes, podem afetar adversamente uma terceira parte, mudando preços, por exemplo. Seria absurdo dizer que os juízes não deveriam tomar nenhuma decisão, a não ser as que movam a sociedade de um estado de ineficiência para um estado de eficiência de Pareto. Essa restrição é muito forte porque há poucos estados de ineficiência de Pareto; mas também é muito fraca porque, se realmente existe uma situação de ineficiência de Pareto, qualquer quantidade de diferentes mudanças alcançaria uma situação de eficiência de Pareto, e a restrição não escolheria entre elas.

Suponha que nenhum tribunal decidiu, por exemplo, se um fabricante de doces é responsável perante um médico quando a máquina do fabricante dificulta a prática da medicina no edifício adjacente[2]. O médico não tem um direito jurídico reconhecido a danos ou a uma injunção, mas tampouco o fabricante tem um direito reconhecido de operar sua máquina sem pagar tais danos. O médico aciona o fabricante de doces e o tribunal deve decidir qual dos dois direitos reconhecer. Nenhuma decisão terá a superioridade de Pareto sobre a situação anterior à decisão, pois qualquer decisão promoverá a situação de uma das partes à custa da outra. Ambas as decisões alcançarão um resultado de eficiência de Pareto, pois nenhuma mudança na posição jurídica beneficiaria um sem prejudicar o outro. Portanto, a exigência de que o tribunal deve decidir a favor de uma regra superior segundo Pareto, se houver alguma, seria inútil em tal caso.

Mas a recomendação diferente, de que o tribunal deve escolher a regra que maximize a riqueza social, está longe de ser

---

2. Comparar Sturges v. Bridgman, 11 Ch. D. 852 (1879) e a discussão desse caso em R. H. Coase, "The Problem of Social Cost", *Journal of Law and Economics*, 3: 1 (1960).

inútil. R. H. Coase argumentou que, se os custos da transação fossem zero, não faria diferença qual das duas decisões o tribunal tomaria[3]. Se a decisão em si não maximizasse a riqueza, então as partes negociariam uma solução que o fizesse. Mas como os custos da transação são sempre positivos, na prática haverá uma diferença. Se o fabricante de doces perdesse $10 por não ligar sua máquina e o médico apenas $9 se a máquina funcionasse, a riqueza social não seria maximizada por uma norma que desse ao médico o direito de impedir o funcionamento da máquina se os custos da transação excedessem $1. O juiz, portanto, deve escolher de modo que os bens (neste caso, o direito de praticar a medicina livre de barulho ou o direito de fazer doces livre de injunção) sejam dados diretamente, por meio de sua decisão, à parte que compraria o direito se este não lhe fosse atribuído, e que não o venderia se lhe fosse atribuído, supondo, em ambos os casos, que os custos da transação fossem zero. Em muitos casos, essa exigência, ao contrário da exigência de superioridade de Pareto, ditaria uma solução única. Se o fabricante de doces ganha o suficiente com sua máquina barulhenta para compensar plenamente o médico pela perda de sua prática e, ainda assim, resta-lhe lucro, como acontece com base nos números que acabamos de supor, deve-se atribuir ao fabricante de doces o direito de fazer barulho sem compensação. Naturalmente, isso não produzirá a *distribuição* que seria alcançada se o direito fosse atribuído ao médico e não houvesse nenhum custo de transação. Nesse caso, o médico teria algo acima de $9 e o fabricante de doces menos de $1. Agora o fabricante de doces terá $10 e o médico nada. Mas isso produz mais riqueza *social* total que a única alternativa efetiva, dado o custo da transação, que é a de que o fabricante de doces não tenha nada e o médico, $9.

Assim, a teoria da maximização da riqueza não só é diferente da teoria da eficiência de Pareto como também mais prática. A análise econômica do Direito, que torna central o conceito de maximização da riqueza, deve, portanto, ser distinguida

---

3. *Ibid.*

da análise do Direito dos economistas, isto é, da aplicação a contextos jurídicos da noção de eficiência dos economistas, que é a eficiência de Pareto. Quando o economista pergunta se uma norma de Direito é eficiente, geralmente quer saber se a situação produzida pela norma é eficiente segundo Pareto, não se ela promove a maximização da riqueza. Muita confusão poderia ter sido evitada se Posner e outros não tivessem usado as palavras "econômico" ou "eficiente" na descrição do seu próprio trabalho. Os economistas não teriam ficado tão preocupados em assinalar que essas palavras obviamente não são usadas em seu sentido técnico normal. Não teriam, então, suposto que Posner e seus colegas haviam cometido alguns erros conceituais simples.

Agora, porém, vem o cerne do problema. A análise econômica sustenta, em seu aspecto normativo, que a maximização da riqueza social é um objetivo digno, de modo que as decisões judiciais deveriam tentar maximizar a riqueza social atribuindo, por exemplo, direitos aos que os comprariam, não fossem os custos da transação. Mas não está claro *por que* a riqueza social é um objetivo digno. Quem pensaria que uma sociedade que tem mais riqueza, tal como definida, é melhor ou está em melhor situação que uma sociedade que tem menos, a não ser alguém que cometeu o erro de personificar a sociedade e, portanto, pensou que uma sociedade está em melhor situação se tem mais riqueza, da mesma maneira que ocorre com qualquer indivíduo? Por que alguém que não cometeu esse erro deveria pensar que a maximização da riqueza social é um objetivo digno?

Há várias respostas possíveis para essa pergunta e começarei expondo algumas distinções entre elas. (1) Pode-se pensar que a riqueza social é, ela própria, um componente do valor social – isto é, algo que por si só vale a pena ter. Há duas versões dessa afirmação. (a) A versão imodesta sustenta que a riqueza social é o *único* componente do valor social. Argumenta que o único aspecto em que uma sociedade pode ser melhor ou estar em melhor situação que outra é o da riqueza social. (b) A versão modesta argumenta que a riqueza social é um componente entre outros do valor social. Uma sociedade, *pro tanto*, é melhor que outra se tem mais riqueza, mas pode ser pior, de modo geral, quando outros componentes são levados em conta, inclusive componentes de distribuição.

(2) Pode-se pensar na riqueza social não como um componente, mas como um instrumento do valor. As melhoras na riqueza social não são valiosas em si mesmas, mas valiosas porque podem ou irão produzir outras melhoras que são valiosas em si. Mais uma vez, podemos distinguir diferentes versões da afirmação instrumental. (a) A afirmação causal argumenta que melhoras na riqueza social não podem, por si só, causar outras melhoras: melhoras na riqueza, por exemplo, melhoram a posição do grupo em pior situação na sociedade, aliviando a pobreza mediante algum processo invisível. (b) Uma segunda afirmação alega que melhoras na riqueza social são ingredientes do valor social porque, embora não funcionem automaticamente para causar outras melhoras, fornecem o material para tais melhoras. Se uma sociedade tem mais riqueza, está em melhor situação porque pode usar essa riqueza aumentada para reduzir a pobreza. (c) Uma terceira afirmação sustenta que a riqueza social não é causa nem ingrediente do valor social, mas um substituto dela. Se a sociedade almeja diretamente algum progresso no valor, tal como tentar aumentar a felicidade geral entre seus membros, seu fracasso na obtenção desse objetivo será tanto maior quanto seria se, em vez dele, almejasse promover a riqueza social. A riqueza social é, segundo essa descrição de "alvo falso", um segundo melhor objetivo, valorizado não por si nem porque causará ou poderá ser usado para ocasionar outras melhoras, mas porque existe uma correlação suficientemente alta entre melhoras na vida social e tais outras melhoras para fazer do alvo falso um alvo bom.

Uma outra distinção contraria estas. Cada um desses modos de afirmação da riqueza social, exceto a versão imodesta do componente de valor, pode ser combinada com alguma afirmação funcional da responsabilidade institucional que afirma ser função especial dos tribunais buscar exclusivamente a riqueza social, embora não seja, por exemplo, necessariamente a função das legislaturas fazê-lo. Poder-se-ia dizer, por exemplo, que, embora a maximização da riqueza seja apenas um entre vários componentes do valor social, é, não obstante, o único que os tribunais devem buscar, deixando os outros componentes a outras instituições. Ou que, embora a riqueza social seja apenas um ingrediente do valor social, deve-se deixar a cargo dos tribunais maximizá-lo compreendendo que o uso adicional do ingrediente é competência de outras instituições. Ou que a riqueza social é um valor substituto para os tribunais porque estes, por alguma razão, não podem perseguir o verdadeiro alvo diretamente, embora outras instituições o possam e, portanto, não precisem de um substituto ou precisem de um substituto diferente. Chamarei tal teoria de teoria institucional forte – "institucional" porque especifica razões para que uma instituição busque a maximização da riqueza social, e "forte" porque requer que essas instituições o façam de maneira exclusiva.

A afirmação normativa da análise econômica admite, assim, muitas variações. Calabresi, Posner e outros defensores dessa análise não foram tão claros quanto poderiam ser a respeito de qual variação desejam promover, de modo que qualquer discussão detalhada de suas afirmações deve considerar possibilidades diferentes, com nuances razoavelmente amplas. Começarei examinando se a afirmação de que a riqueza social é um componente do valor, nas versões imodesta ou modesta dessa afirmação, é uma ideia defensável.

Acho evidente que não é. Talvez ninguém ache que é, embora tenha havido muita retórica descuidada a respeito[4]. Antes,

---

4. Ver, por exemplo, Richard A. Posner, "Utilitarianism, Economics and Legal Theory", *Journal of Legal Studies*, 8: 103 (1979). As seguintes passagens desse ensaio (entre outras) ilustram a suposição de que a maximização da riqueza é um valor em si, de modo que as afirmações a favor da maximização da riqueza devem ser compreendidas como afirmações da mesma ordem que as afirmações dos utilitaristas – com as quais rivalizam – de que a felicidade é um valor em si: *(a)* "o

porém, de oferecer uma ilustração que me pareça decisiva contra a teoria do componente do valor, tentarei esclarecer o ponto em questão. Se a análise econômica afirma que as ações judiciais devem ser decididas de modo a aumentar a riqueza social, definida do modo descrito, deve demonstrar por que uma sociedade com mais riqueza, por essa única razão, é melhor ou está em melhor situação que uma sociedade com menos riqueza. Distingui, e agora proponho examinar, uma forma de resposta: a riqueza social é, em si, um componente do valor. Essa resposta formula uma teoria do valor. Sustenta que se uma sociedade muda, de modo que haja mais riqueza, essa mudança é, em si, pelo menos *pro tanto*, um aumento no valor, mesmo que não haja outras mudanças que constituam também um aumento no valor, e mesmo que a mudança represente, em outros aspectos, uma queda no valor. A presente questão não é se uma sociedade que segue a análise econômica do Direito produzirá mudanças que constituem aumentos de riqueza sem nada mais que as recomende. A questão é se tais mudanças constituiriam um aumento no valor. Essa é uma questão de filosofia moral, no seu sentido mais amplo, não de como a análise econômica funciona na prática. Se a resposta à minha pergunta é não – um mero progresso na riqueza social não é um aumento no valor –, a afirmação de que a riqueza social é um componente do valor não se sustenta e a afirmação normativa da análise econômica precisa de outro apoio.

Considere este exemplo hipotético. Derek tem um livro que Amartya quer. Derek venderia o livro a Amartya por $2 e

---

economista, quando fala normativamente, tende a definir o bom, o certo ou o justo como a maximização do 'bem-estar' em um sentido indistinguível do conceito de utilidade ou felicidade do utilitarista ... Mas, para meus propósitos normativos, quero definir a *maximand* mais estritamente, como "valor" no sentido econômico do termo ou, mais claramente, penso, como 'riqueza'" (p. 119). *(b)* "Embora hoje relativamente poucas das pessoas que, em nossa sociedade, pensam sobre essas coisas considerem a maximização da riqueza ou alguma outra versão da eficiência o valor social supremo, poucas julgam que seja irrelevante. E, como foi mencionado, às vezes é o único valor em jogo numa questão ... Mas reluto em deixar a questão nesses termos, pois me parece que a análise econômica pode ser considerada como uma *base* coerente e atraente para julgamentos éticos. Não tenho tanta certeza de que o utilitarismo o possa" (p. 110; itálico meu).

Amartya pagaria $3 por ele. T (o tirano encarregado) toma o livro de Derek e o dá a Amartya com menos gasto de dinheiro ou equivalente do que seria consumido em custos de transação se os dois fossem regatear a distribuição do valor excedente de $1. A transferência forçada de Derek para Amartya produz um ganho de riqueza social, embora Derek tenha perdido algo que valoriza sem nenhuma compensação. Chamemos de "Sociedade 1" a situação que ocorreu antes da transferência forçada e de "Sociedade 2" a que ocorreu depois dela. A Sociedade 2 é superior à Sociedade 1 *em qualquer aspecto*? Não estou perguntando se o ganho em riqueza é superado pelo custo em justiça, ou em igualdade de tratamento, ou em qualquer outra coisa, mas se o ganho em riqueza, considerado por si só, chega a ser um ganho. Acho que a maioria das pessoas concordaria comigo se eu dissesse que a Sociedade 2 não é melhor em nenhum aspecto[5].

Pode-se objetar que, na prática, a riqueza social deveria ser maximizada pelas regras de Direito que proíbem o roubo e defendem uma troca de mercado quando viável, como é no meu caso imaginário. É verdade que Posner e outros recomendam transações de mercado, exceto em casos em que os custos da transação (os custos para as partes de identificar-se e concluir um acordo) são altos. Mas é crucial o fato de que recomendem as transações de mercado por seu valor *comprobatório*. Se duas partes concluem uma barganha com certo preço,

---

5. Qualquer um que deseje um exemplo mais familiar (embora mais complexo) pode substituí-lo por este. Suponha que um órgão público necessite de um pedaço de terra que esteja em mãos privadas, mas cujo proprietário não queira vender. Nessas circunstâncias, um tribunal pode ordenar a transferência compulsória por certo preço que o órgão público esteja disposto a pagar e que o vendedor, na verdade, aceitaria se acreditasse que era o melhor que poderia obter. Se supomos que existe tal preço, então (em nosso caso substituto) o tribunal obriga a transferência sem absolutamente nenhuma compensação para o vendedor. Os custos do litígio para fixar a compensação precisa serão economizados e supomos que sejam maiores que quaisquer custos consequentes (ver Posner, acima, nota 1, pp. 40-4). A situação, imediatamente após a transferência forçada e não compensada, é, em algum aspecto, superior à situação imediatamente anterior (as recomendações que ofereço no texto quanto à incompreensão da força do exemplo também seriam válidas aqui?).

podemos ter certeza de que a riqueza foi aumentada (colocando de lado problemas de exterioridades) porque cada uma delas tem alguma coisa que prefere ter àquilo a que renunciaram. Se os custos da transação são "elevados" ou a transação, pela natureza do caso, é impossível, Posner e outros recomendam o que chamam de "imitar" o mercado, o que significa impor o resultado a que, segundo acreditam, o mercado teria chegado. Reconhecem, portanto, ou antes insistem em que a informação sobre o que as partes teriam feito numa transação de mercado pode ser obtida na ausência da transação, e que tal informação pode ser suficientemente confiável para que se atue com base nela.

Presumo, portanto, que temos a informação disponível. Sabemos que haverá um ganho na riqueza social se transferirmos o livro de Derek para Amartya. Sabemos que haverá menos ganho (por causa do que qualquer um dos dois, ou ambos, poderia, de outra maneira, produzir) se permitirmos que "desperdicem" tempo regateando. Sabemos que não pode haver mais ganho na riqueza social se forçarmos Amartya a pagar qualquer coisa a Derek como compensação (cada um pagaria o mesmo em dinheiro por dinheiro). Se achamos que a Sociedade 2 não é superior em nenhum aspecto à Sociedade 1, não podemos pensar que a riqueza social é um componente do valor.

Agora, porém, pode-se objetar que a maximização da riqueza é mais bem atendida por um sistema jurídico que atribua direitos às pessoas e depois insista em que ninguém perca aquilo a que tem direito exceto por meio de uma transação voluntária. Ou (se sua propriedade foi danificada) em troca de compensação adequada, medida idealmente pelo que teria recebido por ela em tal transação. Isso explica por que alguém que acredita que a maximização da riqueza é um componente do valor pode, não obstante, negar que a Sociedade 2 é melhor que a Sociedade 1. Se presumimos que Derek tem direito ao livro em um sistema de direitos calculado para maximizar a riqueza, então tomar o livro sem nenhuma compensação ofende, em vez de promover, a maximização da riqueza.

Discutirei posteriormente a teoria de direitos que supostamente decorre do objetivo de maximizar a riqueza. Devemos observar agora, porém, que o objetivo justifica apenas direitos instrumentais, como o direito de Derek ao livro. A instituição de direitos, e as atribuições de direitos, são justificadas apenas na medida em que promovem a riqueza social com mais eficácia que outras instituições ou alocações. O argumento a favor desses direitos é formalmente similar à definição de direitos utilitário-normativa. Às vezes, um ato que viola o que a maioria das pessoas pensa que são direitos – como tomar o livro de Derek e dá-lo a Amartya – aumenta a utilidade total. Alguns dos utilitaristas normativos argumentam que tais direitos, não obstante, devem ser respeitados, como uma estratégia para conquistar utilidade a longo prazo, embora a utilidade se perca em qualquer caso isolado considerado por si mesmo.

Essa forma de argumento não é pertinente aqui. Não perguntei se é uma estratégia prudente, do ponto de vista de maximizar a riqueza social a longo prazo, permitir que tiranos tomem coisas que pertencem a uma pessoa e as ofereçam a outros. Perguntei se na história de Amartya e Derek, a Sociedade 2 é superior à Sociedade 1 em algum aspecto. O utilitarista, supondo que Amartya obteria mais utilidade do que perderia Derek, pode responder que sim. Pode dizer que, se restringirmos nossa atenção apenas a esse caso, a Sociedade 2 é melhor porque há mais felicidade, ou menos sofrimento, ou seja lá o que for. Ele acrescentaria, porém, que, não obstante, deveríamos impor ao tirano uma regra que proibisse a transferência, porque, embora o ato melhore a situação imediata, suas consequências irão piorar muito a situação no futuro. Essa distinção é importante porque um utilitarista que adota essa diretriz deve reconhecer que, se o ato do tirano não tivesse, a longo prazo, as consequências utilitaristas adversas que ele supõe (porque o ato poderia ser mantido em segredo, ou porque uma exceção adequadamente limitada à regra geral que ele endossa poderia ser obtida e mantida), então o tirano *deveria* agir assim. Mesmo que sustente que uma regra proibindo a transferência em alguns casos promoverá a utilidade a longo prazo, o utilitarista ainda admitirá que se perde algo do valor por meio da regra, ou seja, a utilidade que teria sido obtida, não fosse pela regra. A resposta do maximizador de riqueza à minha pergunta sobre Amartya e Derek – que a análise econômica não recomendaria um conjunto de regras jurídicas permitindo que o tirano transferisse o livro sem compensação – é simplesmente uma evasão. Como a resposta de que as trocas de mercado fornecem a informação mais confiável sobre o valor, ela compreende erroneamente o sentido da minha história. Ainda pergunto se a situação será melhor em algum aspecto com a transferência. Se a Sociedade 2 não for superior de maneira nenhuma à Sociedade 1, a riqueza social não é nem sequer um entre os vários componentes do valor social.

Até aqui, porém, presumi que você concordará comigo em que a Sociedade 2 não é superior. Talvez esteja errado. Você talvez dissesse que uma situação é melhor, *pro tanto*, se os bens estão nas mãos dos que pagariam mais para tê-los. Nesse caso, suspeito que você esteja fazendo a seguinte suposição adicional: se Derek aceitaria apenas $2 pelo livro e Amartya pagaria $3, o livro então dará mais satisfação a Amartya do que a Derek. Isto é, você supõe que a transferência aumentará a utilidade geral além da riqueza. Mas Posner, pelo menos, é agora explícito em que riqueza é conceitualmente independente da utilidade. Ele agora reconhece que comparações interpessoais de utilidade fazem sentido e sustenta que aumentos na riqueza podem produzir decréscimo na utilidade e vice-versa[6] (ele se vale de casos em que isso acontece para apoiar parte de sua argumentação de que a análise econômica é superior ao utilitarismo enquanto teoria moral).

Assim, devo tornar meu exemplo mais específico. Derek é pobre, doente e infeliz, e o livro é um de seus poucos confortos. Ele só está disposto a vendê-lo por $2 porque precisa de medicamento. Amartya é rico e satisfeito. Está disposto a gas-

---

6. Posner, nota 4 acima. Em Posner, nota 1 acima, o sentido das comparações interpessoais é contestado com fundamentos conhecidos. Não se faz nenhum esforço no último artigo para reconciliar as duas posições.

tar $3 pelo livro, o que representa uma parcela bem pequena de sua riqueza, com base na possibilidade fortuita de algum dia poder lê-lo, embora saiba que provavelmente não o fará. Se o tirano forçar a transferência, sem compensação, a utilidade total se reduzirá muito. Mas a riqueza, tal como especificamente definida, aumentará. Não pergunto se você aprovaria o ato do tirano. Pergunto se, com a ação do tirano, a situação terá, de alguma maneira, uma melhora. Creio que não. Em tais circunstâncias, o fato de os bens estarem nas mãos dos que pagariam mais para tê-los é tão irrelevante, do ponto de vista moral, quanto o livro estar nas mãos da parte alfabeticamente anterior.

Assim que é separada da utilidade, a riqueza social perde toda a plausibilidade como componente do valor. Perde até mesmo a atração espúria que a personificação da sociedade confere ao utilitarismo. Os puritanos às vezes argumentam que, do mesmo modo que um indivíduo está necessariamente em melhor situação se tem mais felicidade ao longo de toda a sua vida, apesar de ter menos em dias específicos, assim também uma sociedade deve estar em melhor situação se tem mais felicidade distribuída entre seus membros, apesar de muitos deles terem menos. Na minha opinião, esse é um argumento ruim por duas razões diferentes. Primeiro, não é verdade que um indivíduo esteja necessariamente em melhor situação se tem mais felicidade total ao longo de sua vida a despeito da distribuição. Alguém poderia preferir uma vida com menos prazer total a uma vida de miséria com um mês de incrível êxtase, e o perjuro Clarence não teria aliviado a agonia de seu sonho "ainda que fosse para comprar um mundo de dias felizes"[7]. Segundo, a sociedade não se relaciona com as pessoas como o indivíduo se relaciona com os dias da sua vida. A analogia, portanto, é uma forma de cometer o pecado ambíguo de "não levar a sério a diferença entre as pessoas".

O argumento paralelo em nome da maximização da riqueza social, porém, é muito pior. É falso mesmo que um indivíduo esteja necessariamente em melhor situação se tem mais

---

7. *Ricardo III*, ato I, cena IV, verso 6.

riqueza, uma vez que ter mais riqueza é considerado independente da utilidade. Posner reconhece que mais riqueza não conduz necessariamente a mais felicidade. Deveria também reconhecer que às vezes conduz a uma perda de felicidade, pois, como ele diz, as pessoas querem outras coisas além da riqueza, e essas preferências adicionais podem ser colocadas em risco pelo aumento da riqueza. Esta é, no final das contas, uma afirmação básica da ficção sentimental e de contos de fadas nem um pouco sentimentais. Suponha, portanto, que um indivíduo tenha de escolher entre uma vida que o fará mais feliz (ou mais satisfeito, mais bem sucedido a seus olhos, ou seja o que for) e uma vida que o tornará mais rico em dinheiro ou no equivalente a dinheiro. Seria irracional de sua parte escolher a segunda. Tampouco, e isto é crucial, ele perde ou sacrifica qualquer coisa de valor ao escolher a primeira. Não que deva preferir a primeira, reconhecendo que, na escolha, sacrifica algo de valor na segunda. O dinheiro ou seu equivalente é útil na medida em que capacita alguém a levar uma vida mais valiosa, mais bem sucedida, mais feliz ou mais moral. Qualquer um que o considere mais valioso é um fetichista das verdinhas.

É importante observar que a história de Derek e Amartya demonstra o insucesso não apenas da versão imodesta, mas também da versão modesta da teoria de que a riqueza social é um componente do valor. Pois a história demonstra não apenas que um ganho de riqueza pode ser contrabalançado por perdas de utilidade, de justiça ou de alguma outra coisa. Demonstra que um ganho de riqueza social, considerado por si só e separadamente de seus custos ou de outras consequências, boas ou más, não é absolutamente um ganho. Ela nega a teoria modesta, assim como a imodesta. Portanto aproveitarei esta oportunidade para comentar uma ideia conhecida que, em sua interpretação mais plausível, pressupõe a teoria modesta, ou seja, de que a riqueza social é um entre outros componentes do valor social.

Essa é a ideia de que a justiça e riqueza social podem ser sabiamente intercambiadas, sacrificando-se um pouco de uma para obter mais da outra. Guido Calabresi, por exemplo, começa *The Costs of Accidents* assinalando que o Direito acidentário tem dois objetivos, que ele descreve como "justiça" e "redução de custos", e observa também que esses objetivos podem às vezes entrar em conflito, de modo que é necessária uma escolha "política" sobre qual objetivo buscar[8]. Pretende-se ilustrar o mesmo ponto com as curvas de indiferença que vi desenhadas em inúmeros quadros-negros, um espaço definido por eixos, dos quais um é rotulado como "justiça" (ou, às vezes, "moralidade") e outro como "riqueza social" (ou, às vezes, "eficiência").

De quem são as curvas de indiferença que devem ser desenhadas nesse espaço? Os relatos costumeiros falam da escolha "política" ou "coletiva" em que "nós" decidimos a quanta justiça estamos dispostos a renunciar em troca de mais riqueza ou vice-versa. Sugere-se que as curvas representam escolhas individuais (ou funções coletivas de escolhas individuais) em sociedades possíveis definidas como exibindo misturas diferentes de justiça e riqueza. Mas que tipo de escolha o indivíduo, cujas preferências são assim exibidas, deve ter feito? É uma escolha da sociedade em que ele gostaria de viver ou a escolha da sociedade que ele considera melhor do ponto de vista da moralidade ou de alguma outra perspectiva normativa? Teremos de considerar as duas interpretações separadamente.

Na primeira, pode-se pensar que entra diretamente o interesse pessoal, de um modo antagônico à justiça, como no caso de um indivíduo decidindo entre levar uma vida perfeitamente justa, que o deixará pobre, ou uma vida em que às vezes age injustamente, mas na qual é mais rico, ou uma vida de muitos atos injustos na qual é ainda mais rico. Como creio que as pessoas podem agir de maneiras que consideram injustas (e mui-

---

8. Guido Calabresi, *The Costs of Accidents* (New Haven: Yale University Press, 1970). Calabresi diz que, embora a passagem que cito tenha sido frequentemente considerada como defendendo alguma barganha entre justiça e redução de custos, essa não era sua intenção. Ver, porém, Guido Calabresi, "About Law and Economics: a Letter to Ronald Dworkin", *Hofstra Law Review*, 8: 553 (1980), e cap. 13, "Por que a eficiência?"

tas vezes o fazem), reconheço que os indivíduos "trocam" justiça por bem-estar pessoal nas suas vidas. Mas que sentido faz supor que trocam justiça não por bem-estar em suas próprias vidas, mas por riqueza na sociedade, tal como definida pela análise econômica? Talvez a questão seja que um indivíduo escolhe uma sociedade que tem mais riqueza como um todo porque existe a probabilidade de que ele tenha mais riqueza pessoalmente numa sociedade mais rica. Isso torna as supostas preferências semelhantes àquelas exibidas na posição original de Rawls. Os indivíduos escolhem uma mistura de justiça e eficiência visando a maximizar sua utilidade individual sob condições de incerteza extrema; ou, em vez disso, negociando os ganhos que esperam ter, assim concebidos, com perdas no caráter justo da sociedade (isso é muito diferente da escolha feita na própria versão de Rawls da posição original, na qual as pessoas maximizam seu interesse pessoal não como uma troca pela justiça, mas como parte de uma demonstração – de Rawls, não deles – de quais princípios constituem a justiça).

Os indivíduos nesse exercício seriam imprudentes ao considerar ganhos na riqueza social como um indicador de ganhos em seu bem-estar, mesmo em condições de incerteza quanto ao papel que ocuparão. Justamente nessas condições, usarão um indicador muito diferente. Que indicador usarão dependerá de se decidem formular suas preferências na sociedade na linguagem da utilidade ou na linguagem da riqueza. Que linguagem usam – a da utilidade ou a da riqueza individual – dependerá de cálculos sobre qual delas, na prática, irá maximizar o bem--estar. Se escolhem a linguagem da utilidade, então, como afirmam Hirsany, Mackie e outros, escolherão como substituto para maximizar seu bem-estar a utilidade média. Se escolherem (como penso que deveriam) a linguagem da riqueza individual, certamente não escolherão, como esse substituto, aquela função da riqueza individual constituída pela riqueza social tal como definida pela análise econômica do Direito. Isso seria insensato. Tampouco escolherão, como substituto, a riqueza individual média, por causa dos efeitos da utilidade marginal.

Seria mais prudente escolher algo muito mais próximo do *maximin* de riqueza individual, por exemplo, que é o segundo princípio de Rawls. Não penso que escolheriam apenas o *maximin* – permitiriam que alguns ganhos dos que estão em melhor situação, se suficientemente grandes, superassem o valor de pequenas perdas para os que estão em pior situação. Mas se sua escolha fosse apenas o *maximin* ou a mais alta riqueza social, certamente escolheriam a primeira.

Isso tudo, porém, é irrelevante. Calabresi e outros contemplam escolhas políticas efetivas – supõem que a análise econômica do Direito é útil porque demonstra quanta riqueza se perde quando se escolhe algum outro valor. Mas, nesse caso, não conseguimos compreender o eixo da riqueza ou eficiência, nas curvas de indiferença tal como geralmente apresentadas, como um substituto para julgamentos sobre o bem-estar individual antecedente em condições de incerteza. Devemos compreender o eixo como representando julgamentos sobre o bem-estar individual, a ser trocado por justiça, como as coisas efetivamente se encontram. *Nenhum* indivíduo particular, então, irá preocupar-se com a riqueza social (ou, na verdade, com a eficiência de Pareto). Não faz nenhum sentido para ele trocar qualquer coisa, muito menos a justiça, por *isso*. Ele se preocupará com seu destino individual, e como, por hipótese, ele agora conhece sua real posição, pode escolher entre as sociedades trocando justiça por acréscimos no seu bem-estar individual nessas diferentes sociedades. A riqueza *social* (ou eficiência de Pareto) não desempenha nenhum papel nesses cálculos.

Voltemo-nos para a segunda interpretação do suposto intercâmbio e justiça por riqueza. Supõe-se que um indivíduo esteja escolhendo que combinação de justiça e riqueza representa não a sociedade em que ele, como indivíduo com motivos morais e de interesse pessoal, preferiria viver, mas a sociedade moralmente melhor. A própria ideia de uma troca entre justiça e riqueza torna-se agora incompreensível. Se o indivíduo deve escolher a sociedade moralmente melhor, por que não considerar sua justiça exclusivamente?

Podemos esperar uma dentre duas respostas a essa pergunta. Pode-se dizer, primeiro, que a justiça não é a única virtude de uma boa sociedade. Com certeza, faz sentido, a partir de uma perspectiva normativa, falar da troca entre justiça e cultura, e também da troca entre justiça e riqueza social, como duas virtudes distintas, às vezes rivais. A segunda resposta é diferente na forma, mas similar na essência. Sugere que, quando as pessoas falam de uma troca entre justiça e riqueza social, usam "justiça" para referir-se apenas a parte do que significa essa palavra na linguagem comum e na filosofia política – isto é, usam-na para referir-se às características distribucionais, meritocráticas ou de merecimento da justiça no sentido mais amplo. Referem-se à troca entre esses aspectos específicos da justiça e outros aspectos que estão compreendidos em "maximização da riqueza".

Essas duas respostas são similares em essência porque ambas presumem que a maximização da riqueza é um componente do valor social. Na primeira, a maximização da riqueza é tratada como um componente que rivaliza com a justiça e, na segunda, como um componente da justiça, mas que rivaliza com outros componentes desse conceito. Ambas as respostas são insatisfatórias por essa razão. É absurdo considerar a maximização da riqueza um componente do valor, dentro ou fora do conceito de justiça. Lembre-se de Derek e Amartya.

Naturalmente, se alguém nega que a riqueza seja um componente do valor, mas argumenta que às vezes ela é instrumental na obtenção do valor, em um dos sentidos que distinguimos anteriormente neste ensaio, não falaria de uma troca entre justiça e riqueza. Ou, antes, estaria confuso se o fizesse. Não faz nenhum sentido falar de trocar meios por fins, ou de as pessoas serem indiferentes a respeito de combinações diferentes de um meio particular e do fim a que ele supostamente serve. Alguém que fale dessa maneira deve ter em mente um objetivo inteiramente diverso. Pode querer dizer, por exemplo, que às vezes alcançamos mais do fim desejado se almejamos apenas o que é (nesse sentido) um meio. Essa é a teoria instrumental do "falso objetivo" que mencionei antes e discutirei mais tarde.

É distorcer totalmente essa teoria descrevê-la como exigindo alguma troca entre justiça e qualquer outra coisa.

Mas suponha que esteja errado ao considerar que a troca descrita nas curvas de indiferença conhecidas, ou em textos como o de Calabresi, é uma questão de preferências individuais, ou alguma função coletiva de preferências individuais. Talvez a escolha deva ser a escolha da sociedade como um todo, concebida como uma entidade composta. Penso que a escolha é representada mentalmente dessa maneira, embora não de maneira refletida, por muitos dos que falam de trocas entre justiça e riqueza. Eles têm em mente uma comunidade personificada, como a referência ao "nós" na proposição de que "nós" queremos uma sociedade de tal e tal tipo. Essa imagem deve ser negada quando se torna explícita. É uma personificação tola e nociva.

Mesmo que a sociedade seja personificada dessa maneira tola, permanece incompreensível a razão pela qual a sociedade assim concebida desejaria uma troca entre justiça e riqueza. Primeiro, a escolha da riqueza, considerada como independente da utilidade, não faria mais sentido para a sociedade enquanto pessoa composta do que faz para os indivíduos enquanto pessoas reais. Segundo, e mais interessante, a marca característica da "justiça" seria perdida. A justiça (pelo menos quando do se trata da troca) é uma questão de distribuição – da relação entre os indivíduos que constituem a sociedade, ou entre a sociedade como um todo e esses indivíduos. Assim que personificamos a sociedade de modo a tornar a escolha social uma escolha individual, não há mais nada a ser considerado sob o aspecto da justiça. A sociedade personificada pode, é claro, ainda estar preocupada com questões de ordenamento ou distribuição entre seus membros. Mas o alcance de tais ordenamentos não inclui a justiça. Um indivíduo importa-se com a distribuição de benefícios ou experiências ao longo dos dias de sua vida. Mas não se importa sob o aspecto da justiça.

Nenhuma dessas interpretações da troca entre justiça e riqueza faz sentido. Espero que a ideia, por mais familiar que seja, logo desapareça da teoria econômica e política. Meu presente objetivo é mais básico. A argumentação, até agora, nega tanto as afirmações normativas modestas da análise econômica, tais como as sugeridas por Calabresi, quanto as afirmações imodestas, mais plenamente desenvolvidas, de Posner.

Volto-me agora para a afirmação de que uma sociedade com mais riqueza é melhor porque a riqueza tem uma ligação instrumental importante – seja como causa, seja como ingrediente, ou como falso alvo – com algum componente independente do valor. Caracterizei certas versões da afirmação instrumental como "fortes", e devemos ter o cuidado de distingui-las de afirmações mais fracas. Uma afirmação instrumental fraca sustenta meramente que, às vezes, incrementos na riqueza social causam melhorias de outros tipos. Às vezes esse é claramente o caso, por várias razões. Se, por exemplo, os juízes conseguirem aumentar muito a riqueza por meio de alguma decisão que tomaram, então, dentro de talvez um quarto de século, todos os que estão vivos poderão encontrar-se em melhor situação do que estariam se o ganho não tivesse sido obtido, seja porque a riqueza aumentada será distribuída pela ação política, de modo que mesmo os pobres se beneficiarão, seja porque o mesmo resultado será obtido mediante algum mecanismo invisível sem nenhuma ação política direta. Mas a afirmação instrumental fraca – a de que, algumas vezes, será esse o caso – é insuficiente para sustentar que os juízes devem aceitar a maximização da riqueza como o único parâmetro para a mudança no *Common Law*. Para tanto seria necessária a tese forte, de que os juízes que aceitam tal parâmetro produzirão mais do que é valioso independentemente, como a mitigação da pobreza, do que se adotassem uma avaliação mais minuciosa e tentassem maximizar a riqueza apenas nos casos em que têm alguma razão especial para pensar que, ao fazê-lo, aumentariam o valor independente.

Esse é um ponto importante. A diferença entre uma afirmação instrumental forte e uma fraca não é medida apenas em alcance. Uma teoria forte não precisa afirmar que os juízes devem buscar a maximização da riqueza como o único padrão de suas decisões em todos os casos em litígio, ou mesmo em todos os casos de *Common Law* ou em todos casos de natureza civil – embora, quanto maior for o alcance da afirmação, mais interessante ela será. Mas a teoria tem de afirmar que os juízes devem buscar unicamente a riqueza em algum tipo de casos especificados independentemente da própria afirmação instrumental – isto é, especificados de outra maneira que não como "os casos em que maximizar a riqueza irá, de fato, produzir o verdadeiro objetivo." Se o ramo normativo da análise econômica não inclui pelo menos alguma afirmação instrumental forte desse tipo – se repousa apenas na afirmação fraca e sem elaboração de que, às vezes, buscar a riqueza levará a bons resultados –, o ramo normativo da teoria é tedioso e desorientador: tedioso porque ninguém contestará a afirmação, e desorientador porque a teoria deve, então, ser nomeada não de acordo com a riqueza, mas de acordo com o verdadeiro objetivo, até agora não especificado, a que às vezes se considera que a riqueza serve.

Presumirei, portanto, que se a análise econômica rejeita a riqueza como componente do valor e afirma apenas que a maximização da riqueza é instrumental para outro objetivo ou valor conceitualmente independente, ela defende essa ligação instrumental de alguma forma forte, embora não vá supor que a afirmação forte que ela faz tenha algum alcance específico. A tese forte não precisa supor (naturalmente, não precisa negar) que, em todos os casos, uma decisão judicial que maximize a riqueza social promoverá o verdadeiro objetivo. Mas deve demonstrar por que, se em alguns casos a maximização da riqueza não tiver esse efeito desejável, trata-se, não obstante, de uma estratégia prudente buscar a maximização da riqueza em todos os casos abrangidos pela afirmação.

Qualquer afirmação forte, mesmo que de alcance limitado, deve especificar o objetivo ou valor independente que supõe ser promovido instrumentalmente pela maximização da riqueza social. Os defensores da análise econômica podem ter qualquer número de valores independentes em mente, ou al-

A VISÃO ECONÔMICA DO DIREITO   373

gum conjunto estruturado ou intuitivo de diversos valores independentes. Não podemos avaliar a afirmação instrumental a favor da maximização da riqueza até que o valor ou combinação independente de valores seja especificado, ainda que aproximadamente.

É surpreendente que, apesar da suposta popularidade da análise econômica, houve poucas tentativas de fazer isso. Essa omissão sustenta minha visão de que muitos juristas presumiram acriticamente que a riqueza é, pelo menos, um componente do valor. Em um artigo recente, porém, e, muito mais claramente, em observações preparadas para uma recente conferência, Posner sugere diferentes afirmações instrumentais que ele, pelo menos, poderia sentir-se tentado a fazer[9]. Sugere que a maximização da riqueza é um valor porque uma sociedade que considera a maximização da riqueza seu padrão central de decisões políticas desenvolverá outras características atraentes. Em particular, respeitará os direitos individuais, encorajará e recompensará uma variedade de virtudes "protestantes", e dará objetivo e efeito ao impulso das pessoas para criar benefícios mútuos. Posner acredita que ela se sairá melhor promovendo essas características e consequências atraentes do que uma sociedade que considera, como seu padrão central de decisões políticas, o utilitarismo ou alguma posição "kantiana"[10].

O argumento tem a forma de uma afirmação instrumentalista forte de natureza causal. Tem um âmbito muito amplo. Especifica um conjunto de características da sociedade – direitos individuais, virtudes agradáveis e instintos humanos – que podem ser plausivelmente consideradas como componentes do valor. Sugere, então, que a combinação "certa" destes componentes será obtida da melhor forma por uma atenção exclusiva à maximização da riqueza como padrão de decisões políticas, inclusive decisões judiciais. O problema começa, porém, quan-

---
9. Posner, nota 4 acima.
10. Posner, nota 4 acima, define "kantiano" de modo a descrever uma teoria política que rejeita "qualquer forma de consequencialismo" (p. 104). Kant, por essa definição, não é um kantiano.

do perguntamos que argumentos ele poderia oferecer para sustentar essa afirmação instrumentalista forte e ampla.

Podemos começar com a afirmação de que a maximização da riqueza encorajará o respeito pelos direitos individuais. Uma sociedade que se propõe maximizar a riqueza social exigirá certa atribuição de direitos à propriedade, ao trabalho etc. Essa é uma exigência conceitual porque a riqueza é medida pelo que as pessoas estão dispostas a pagar, em dinheiro ou equivalente, mas ninguém pode pagar o que não tem ou tomar emprestado se não tem nada como garantia ou se os outros não têm o que emprestar. A sociedade inclinada a maximizar a riqueza deve especificar que direitos as pessoas têm ao dinheiro, trabalho e a outras propriedades, para que se possa determinar o que podem gastar e, dessa maneira, onde se promove a riqueza. Uma sociedade, porém, não é uma sociedade melhor apenas porque especifica que certas pessoas têm direito a certas coisas. Veja a África do Sul. Tudo depende de quais direitos a sociedade reconhece e se esses direitos devem ser reconhecidos segundo alguma avaliação independente. Isto é, ela não pode oferecer uma afirmação instrumental a favor da maximização da riqueza que leve ao reconhecimento de certos direitos individuais, se tudo o que se pode dizer a favor do valor moral desses direitos é que são direitos que um sistema de maximização da riqueza reconheceria.

Há, porém, um risco de que o argumento de Posner se torne circular. Segundo a análise econômica do Direito, os direitos *devem* ser atribuídos instrumentalmente, de tal maneira que a atribuição de direitos promova a maximização da riqueza. Esse é o principal uso do padrão de maximização da riqueza no contexto judicial. Lembre o caso do médico e do fabricante de doces. A questão colocada perante o tribunal era se deveria ou não ser reconhecido ao médico o direito de parar a máquina barulhenta. A análise econômica não considera que exista algum argumento moral independente a favor de conceder ou negar esse direito. Portanto, *não se pode* afirmar, a favor da análise econômica, que ela indica qual é, independentemente, a resposta certa, segundo fundamentos morais. Pelo contrário, afirma

A VISÃO ECONÔMICA DO DIREITO 375

que a resposta certa é certa apenas porque a resposta promove a riqueza social.

Posner tampouco limita o alcance desse argumento – de que as atribuições de direitos devem ser feitas instrumentalmente – ao que poderiam ser chamados de direitos menos importantes, como o direito à proibição de um ato nocivo ou à reparação de danos por negligência. Pelo contrário, ele é explícito ao dizer que a mesma avaliação deve ser usada para determinar os direitos humanos mais fundamentais dos cidadãos, inclusive seu direito à vida e ao controle de seu próprio trabalho em vez de ser escravos de outros. Ele considera uma importante virtude da maximização da riqueza o fato de que ela explica por que as pessoas têm esses direitos. Mas se a maximização da riqueza deve ser apenas um valor instrumental – e essa é a hipótese que está sendo considerada agora –, então deve haver alguma afirmação moral independente a favor dos direitos que a maximização da riqueza recomenda. Esses direitos não podem ser uma exigência moral sobre nós simplesmente porque reconhecê-los promove a riqueza.

Suponhamos, portanto, que Posner acredite que as pessoas têm direito a seus próprios corpos e a conduzir seu trabalho como desejam por causa de alguma razão moral independente. Suponha que também afirme que a maximização da riqueza é o valor instrumental porque uma sociedade que maximiza a riqueza reconhecerá justamente esses direitos. Resta uma séria dificuldade conceitual. O argumento supõe que uma ordem social inclinada apenas à maximização da riqueza, que não faz nenhum julgamento independente sobre a equidade das distribuições de recursos, reconhecerá os direitos do proprietário "natural" ao seu corpo e ao seu trabalho. Isso é verdade apenas se a suposição desses direitos puder ser justificada pelo teste da maximização da riqueza, o que requer que, se os direitos ao corpo ou ao trabalho do "proprietário natural" forem atribuídos a outra pessoa, ele, não obstante, estará disposto e será capaz de adquirir esses direitos, se presumirmos que não haverá custo de transação.

Não podemos, porém, especular inteligivelmente se alguém compraria o direito ao seu próprio trabalho, a menos que façamos algumas suposições sobre a distribuição da riqueza. Posner reconhece isso. Na verdade, ele usa esse exemplo – a capacidade de alguém de comprar o direito a seu próprio trabalho se for escravizado – para afirmar que isso, alguém poder comprar esse direito, vai depender da sua riqueza e da riqueza dos outros, e, em particular, do tamanho da parcela dessa riqueza que tal direito representa. Ele diz que, nesse caso, "a análise econômica não prevê uma alocação única de recursos a menos que a atribuição inicial de direitos seja especificada"[11]. Se A é escravo de B, ele pode não ter condições de comprar de volta o direito a seu trabalho; embora, se não fosse, B não poderia comprar esse direito dele. Se a análise econômica faz o direito inicial de alguém ao seu próprio trabalho depender de se ele compraria o direito se este fosse atribuído a outro, esse direito não pode ser "derivado" da análise econômica, a menos que já saibamos quem tem inicialmente o direito. Isso parece ser um círculo vicioso. Não podemos especificar uma atribuição inicial de direitos a menos que respondamos a perguntas que não podem ser respondidas sem que se especifique uma atribuição inicial de direitos.

Podemos romper esse círculo? Poderíamos, por exemplo, estipular que devemos fazer nossa pergunta sobre quem compraria o que em estado natural quando ninguém tem nenhum direito a coisa alguma. Isso significa, a meu ver, não apenas que ninguém já possui seu próprio trabalho, mas também que ninguém tem nenhum dinheiro, equivalente a dinheiro, ou qualquer outra coisa. Nesse caso, a questão não tem significado, ou, se tem, a resposta é que ninguém compraria nada.

Poderíamos, mais plausivelmente, estipular que devemos fazer a pergunta *agora*, isto é, em um momento em que *outros* direitos, inclusive a riqueza, estão no lugar (o que não exclui perguntar a mesma coisa mais tarde, quando suspeitarmos que pode haver uma resposta diferente). Há, talvez, uma resposta determinada à questão de quem valoriza mais o direito nessas circunstâncias. Para testar a afirmação – de que a maximização

---

11. *Ibid.*, p. 108.

A VISÃO ECONÔMICA DO DIREITO 377

da riqueza atribuiria (determinadamente) o direito ao trabalho ao "proprietário natural" –, supomos que o direito ao trabalho de certo grupo facilmente distinguível de pessoas (digamos, aquelas com QI acima de 120) lhes é tirado (talvez por alguma proclamação antiemancipação) e atribuído a outros. A presente riqueza dos que perderam esses direitos (assim como a presente riqueza dos que os ganharam) não é, de outra maneira, perturbada. Podemos dizer que pelo menos a maioria dos que perderam seus direitos iria agora recomprá-los ou o faria, não fossem os custos da transação?

Devemos nos lembrar de que a disposição para comprar esses direitos supõe a capacidade de comprá-los – a capacidade de pagar o que aqueles que têm os direitos pediriam no mercado. Pode ser – seria, para a maior parte das pessoas hoje – impossível recomprar o direito ao seu trabalho, porque o valor desse trabalho representa mais da metade da sua presente riqueza. Poderiam pedir emprestado, no mercado financeiro, os recursos necessários? Posner fala dessa possibilidade. Ele diz: "Sem dúvida, as dificuldades inerentes a pedir emprestado por conta de capital humano derrotariam alguns esforços do proprietário natural de comprar de volta o direito de seu trabalho ... mesmo de alguém que realmente não o valorizasse mais do que ele –, mas essa é simplesmente uma razão a mais para, inicialmente, investir do direito o proprietário natural"[12]. Essas "dificuldades inerentes" devem ser os custos de transação ou outras imperfeições do mercado, porque Posner é muito estrito sobre como a análise econômica deve compreender o verbo "valorizar". Alguém valoriza alguma coisa mais que outra pessoa (e o sistema da análise econômica depende disso) apenas se está disposto a pagar mais por ela (e é capaz de fazê-lo). Se (por outras razões que não imperfeições de mercado) o proprietário natural é incapaz de pagar o que o proprietário do direito aceitaria, ele *não* o valoriza mais.

Assim, suponhamos que as "dificuldades inerentes" possam ser superadas, de modo que alguém que perdeu o direito

---

12. *Ibid.*, pp. 125-6.

ao seu trabalho possa pedir emprestado por conta do valor descontado de seu trabalho futuro. Ganhará com isso capital suficiente para ter certeza de que ele (ou a maioria das pessoas na sua posição) será capaz de comprar de volta de outra pessoa o direito ao seu trabalho? Quase certamente não, pois é improvável que o valor *monetário* de seu trabalho valha mais para ele, para esse propósito, do que para outra pessoa.

Suponha uma pessoa chamada Agatha, que é pobre, mas sabe escrever histórias de detetives de maneira tão brilhante que as pessoas gostarão e pagarão por quantos livros ela venha a escrever. Suponha que o direito ao trabalho de Agatha é atribuído a Sir George. Isso significa que Sir George pode dirigir o modo como deve ser usado o trabalho de Agatha: ela é sua escrava. Sir George, é claro, será um proprietário de escravos esclarecido, no sentido de que não submeterá Agatha a excesso de trabalho a ponto de fazer declinar o valor total do que ela produz. Mas fará com que trabalhe quase nesse limite. Suponha que Agatha, se tivesse o direito ao seu trabalho, trabalharia como decoradora, trabalho em que ganharia muito menos dinheiro, mas julgaria sua vida mais satisfatória. Ou suponha que viesse a escrever muito menos histórias de detetives do que poderia, sacrificando o ganho adicional para passar o tempo em seu jardim. Em *algum* ponto, ela preferiria parar de escrever para aproveitar o que fez, em vez de ganhar mais dinheiro marginalmente mas sem ter tempo para aproveitar nada. Ela pode, talvez, trabalhar com mais eficiência enquanto é dona de si própria – mas, provavelmente, trabalhará em um serviço menos lucrativo e, quase certamente, trabalhará menos.

Se ela diz ao gerente do banco que pretende ser decoradora ou trabalhar no jardim, não conseguirá o empréstimo necessário para comprar de Sir George o direito ao seu trabalho. Se não conseguir, mas, mesmo assim, levar a vida dessa maneira, logo estará cheia de dívidas. Só poderá conseguir um empréstimo suficiente, inclusive para tornar Sir George indiferente a respeito de vender-lhe o direito ao seu trabalho, se assumir levar uma vida tão detestável quanto a que levaria sob Sir George. Terá de executar quase os mesmos trabalhos que ele prescreveria, como mestre esclarecido do interesse pessoal. Deixará de ser escrava dele apenas para tornar-se escrava do First National Bank (de Chicago, é claro). Na verdade, sua situação é ainda pior, porque ignorei os juros que o banco cobrará (a taxa pode ser alta se outros estão, ao mesmo tempo, tentando encontrar capital para comprar de volta o direito ao *seu* próprio trabalho). Portanto, sua capacidade de obter um empréstimo suficiente para satisfazer Sir George dependerá das outras oportunidades de investimento deste e (se ele tiver confiança nas capacidades dela) da aversão dele ao risco. Tampouco é claro que, se pudesse obter emprestado dinheiro suficiente, ela o faria. Ela conquista bem pouco controle efetivo sobre a condução de sua vida, como vimos, e perde um grau considerável de segurança. O valor principal da liberdade é o valor da escolha e da autocondução, e se ela começa sua carreira como escrava nunca conseguirá recuperar mais que uma quantidade simbólica destas. Não podemos ter confiança (para dizer o mínimo) em que uma análise detalhada justificaria a conclusão de que Agatha poderia comprar ou compraria de volta o direito ao seu trabalho. Portanto, não podemos afirmar que a análise econômica apoia que se conceda esse direito a ela primeiramente.

Os leitores, sem dúvida, pensarão que fiquei louco há algum tempo. Pensarão que o tipo de argumentos que estive desenvolvendo avilta a argumentação contra o aspecto normativo da análise econômica do Direito. Muitos julgarão mais importante dizer que uma teoria que faz o valor moral da escravidão depender de custos de transação é grotesca. Eles estão certos. Meu objetivo presente, porém, não é dizer que a maximização da riqueza, considerada seriamente, pode levar a resultados grotescos. Trata-se do objetivo mais limitado de dizer que é inteiramente sem êxito esse esforço específico de demonstrar que a maximização da riqueza tem valor instrumental.

Posner tem outro argumento que devemos mencionar aqui. Ele concede certo espaço a uma afirmação instrumental diferente: a maximização da riqueza tem valor porque uma sociedade que busca apenas a maximização da riqueza social encorajará virtudes pessoais atraentes, sobretudo a virtude da beneficência. Esse não é um argumento desconhecido. Os defensores do capitalismo muitas vezes chamam a atenção para como as virtudes "protestantes" da diligência e da autoconfiança florescem em um sistema capitalista, mas não dão proeminência a virtudes especificamente altruístas. É essa característica da afirmação que torna a descrição de Posner tão paradoxalmente atraente.

O argumento de Posner é direto: numa sociedade dedicada à maximização da riqueza, as pessoas somente podem melhorar sua posição beneficiando outros, pois, quando alguém produz bens e serviços que os outros compram, deve estar produzindo algum benefício não apenas para si, mas também para os outros. O argumento não especifica o sistema de medida que presume para verificar se uma sociedade inclinada à riqueza produz mais atividade benéfica para outros do que uma sociedade que encoraja um altruísmo mais direto. Não é fácil perceber que medida seria adequada. Mesmo que a riqueza produzida para os outros seja considerada como medida, sem levar em conta a distribuição, está longe de ser claro que as pessoas produzirão mais riqueza para outras pessoas, que não elas próprias, na maximização da riqueza do que em um sistema de tributação e redistribuição, mesmo que o segundo tenha, no conjunto, produzido menos riqueza. Com certeza, o bem-estar para todos é uma medida melhor da conquista moral do que simplesmente a riqueza para os outros, e, por causa da utilidade marginal, o bem-estar para os outros é um padrão que inclui exigências de distribuição. Está longe de ser claro que a maximização da riqueza irá gerar mais bem-estar para outros que outras estruturas políticas e econômicas mais conciliadoras.

Mas essa é uma questão empírica. Além disso, não precisamos tratar dela aqui, pois há uma falha mais fundamental no argumento de Posner, de que a maximização da riqueza tem valor instrumental porque aumenta o número de pessoas que beneficiam outras. Isso porque o valor moral da atividade beneficente, considerado em si, consiste na vontade ou intenção do autor. Se ele atua a partir do desejo de promover o bem-estar de outros, esse ato tem valor moral inerente, mesmo que ele não beneficie outros. Mas não tem nenhum valor moral inerente se ele age com a intenção de beneficiar apenas a si mesmo. Posner deixa claro que suas afirmações acerca da produção para os outros não têm relação nenhuma com as intenções dos agentes do processo econômico para com os outros. Ele supõe, pelo contrário, que eles atuarão para maximizar o benefício para si mesmos, beneficiando os outros apenas por sua incapacidade de absorver até o último bocado do excedente do consumidor, como gostariam de fazer. Quanto melhor uma pessoa é na maximização da riqueza pessoal – quanto mais demonstra habilidades e talentos a serem recompensados pelo sistema –, menos os seus atos beneficiarão outros, porque mais ele será capaz de reter do excedente em cada transação ou empreendimento. Qualquer benefício para os outros vem da mão invisível, não da boa vontade. Não pode ser o valor intrínseco dos atos que geram riqueza que recomenda a maximização da riqueza.

Talvez sejam as consequências desses atos. Talvez os indivíduos que busquem apenas a riqueza pessoal produzam uma distribuição justa. Essa sugestão, no seu âmbito mais amplo, supõe que uma sociedade que busca a maximização da riqueza chegará mais perto dos ideais de justiça distributiva do que uma sociedade que não persiga exclusivamente esse objetivo. Esses ideais de justiça distributiva devem ser especificados ou, pelo menos, concebidos, independentemente da maximização da riqueza. Será incorreto dizer que a justiça distributiva é qualquer estado de coisas que seja produzido pela maximização da riqueza. Isso porque a afirmação de que a maximização da riqueza leva à justiça distributiva seria mera tautologia.

Portanto, essa nova interpretação da descrição instrumental deve ser completada, pelo menos, por uma especificação aproximada da justiça. Seria natural para um analista econômico escolher uma dentre várias definições de justiça tradicionais na filosofia política – utilidade total ou média mais alta, por exemplo, ou igualdade, ou *maximin* em bem-estar ou riqueza, ou alguma teoria meritocrática. A teoria selecionada deve ser antes padronizada que histórica, para usar a útil distinção de Robert Nozick[13]. As teorias históricas afirmam que uma distribuição é justa, sejam quais forem suas desigualdades ou outras características que exibe, se for obtida em concordância com princípios corretos de justiça na aquisição e na transferência. As teorias padronizadas sustentam que uma distribuição é justa apenas quando se conforma a algum padrão que possa ser distinguido independentemente da história de como a distribuição ocorreu. A maximização da riqueza aponta antes para uma avaliação padronizada que histórica para a atribuição de Direitos: a decisão quanto a ser o médico ou o fabricante de doces quem tem o direito que busca deve ser tomada com um padrão em vista – os bens devem estar nas mãos dos que pagariam mais para tê-los. É quase incoerente propor que uma distribuição padronizada possa ser instrumental na obtenção de uma distribuição historicamente contingente.

O defensor da riqueza deve escolher, assim, alguma concepção padronizada de justiça, como utilidade, igualdade, *maximin*, meritocracia ou merecimento mais elevados. Posner descarta as três primeiras especificamente. As teorias de mérito ou merecimento são mais condizentes com seu espírito, de modo que consideraremos estas primeiro.

As teorias meritocráticas sustentam que a justiça consiste numa distribuição em que as pessoas são recompensadas de acordo com seus méritos. Suponha agora que a maximização da riqueza possa ser declarada como de forte valor instrumental porque (por meio de algum mecanismo invisível ou de falso alvo) uma sociedade cujas leis buscam apenas a maximização da riqueza produzirá a distribuição meritocrática exigida ou chegará mais perto dela que qualquer outro sistema alternativo. Devemos agora, porém, distinguir duas concepções de mérito que tal argumento poderia empregar. Poderíamos chamar a

---

13. Robert Nozick, *Anarchy, State and Utopia* (Nova York: Basic Books, 1974).

A VISÃO ECONÔMICA DO DIREITO 383

primeira de concepção independente de mérito. Requer que possamos definir o que vale como mérito, independentemente da maximização da riqueza, de modo que a maximização da riqueza recompensar o mérito, assim formulado, se torne uma hipótese empírica. Contudo, para *qualquer* lista de méritos independentes, essa hipótese empírica deve falhar, pois se trata de uma questão de tecnologia, gosto e sorte quais capacidades ou traços serão recompensados em qualquer comunidade específica em qualquer tempo específico. Considere que um conjunto de talentos indispensáveis atinja um ponto extremo constantemente. Se qualquer lista de méritos independentes não incluir esse conjunto, será falso que em nossa sociedade a maximização da riqueza recompense méritos melhor que outras alternativas. Ted Williams será recompensado, em tal sistema, muito mais do que qualquer outra pessoa que esteja em posição superior no conjunto de méritos que listamos.

Se, porém, listamos seu conjunto de talentos como méritos, será falso que a maximização da riqueza caracteristicamente recompense méritos. Esse conjunto de talentos não foi recompensado antes que o beisebol se desenvolvesse, não é recompensado agora onde o beisebol não foi assim desenvolvido e não será recompensado se o beisebol declinar e desaparecer. Podemos generalizar: como depende de uma variedade de fatores quais talentos são recompensados pelo mercado, não se pode confiar em que a busca da eficiência recompense qualquer conjunto específico destes méritos, fixados como independentes, ao longo do tempo. Tampouco, porém, pode-se confiar em que desconsidere qualquer conjunto específico.

Chamarei a segunda concepção de mérito de concepção dependente. Ela sustenta que o mérito é constituído pelo conjunto de talentos que permitem a alguém ser bem sucedido no mercado durante certo tempo. Alguns desses talentos são relativamente fixos, tais como a diligência, a astúcia e, talvez, a cobiça. Normalmente, embora não inevitavelmente, uma pessoa sai-se melhor com diligência e astúcia do que sem elas. Outros talentos tornam-se méritos apenas em virtude de gostos transitórios e sorte; são méritos durante algum tempo porque capacitam alguém a produzir o que outros consideram ser benefícios para si e têm disposição e condições de comprar. Pela concepção dependente de mérito, *é* verdadeiro que uma economia de mercado ajustada para a maximização da riqueza recompensará méritos. É verdadeiro demais, pois, na concepção dependente de mérito, a afirmação instrumental degenerou em tautologia. Pelo menos para Posner, portanto, não podemos encontrar nenhuma concepção de justiça independente na literatura da filosofia política. Ele faz uma defesa ampla da maximização da riqueza, mas rejeita todas as concepções que impedem essa defesa ampla de tornar-se falsa ou trivial. E as concepções pluralistas de justiça? Refiro-me às teorias que rejeitam qualquer valor único, como a utilidade, a igualdade ou o mérito, como constituindo toda a justiça da distribuição, argumentando, em vez disso, que uma distribuição verdadeiramente justa chegará a uma combinação sensata de vários desses valores. A distribuição justa, numa concepção pluralista, será aquela em que o nível médio de bem-estar seja razoavelmente alto, em que não haja muita desigualdade, e em que aquilo que as pessoas têm está, pelo menos aproximadamente, relacionado com o afinco com que trabalharam ou quanto produziram. Pode não ser possível especificar a combinação exata dos diferentes componentes da sociedade justa. Contudo, alguém pode afirmar que a reconhece ao vê-la. É sensato dizer que a maximização da riqueza está relacionada instrumentalmente, no sentido forte, com alguma concepção pluralista de justiça?

O perigo é bem evidente. A afirmação instrumental concluída dessa maneira corre o risco de tornar-se novamente uma tautologia, a menos que a concepção pluralista seja formulada com clareza suficiente para permitir que seja testada empiricamente. Isso é quase impossível. Suponhamos que a exclusiva busca da maximização da riqueza, numa sociedade específica, produza certo nível cardeal de utilidade média, um fator de desigualdade específico (medido, por exemplo, pelo coeficiente de Gini), e uma correlação determinada entre mérito, definido de alguma maneira, e riqueza. Suponha ainda que um crítico proponha uma conciliação com a maximização de riqueza – por

A VISÃO ECONÔMICA DO DIREITO

exemplo, por meio de uma redistribuição que reduza a riqueza total da comunidade. Essa conciliação produziria uma utilidade média e uma desigualdade ligeiramente menores, assim como uma diferente correlação entre mérito e riqueza. Cada um desses fatores torna-se um tanto diferente, mas não radicalmente, do resultado obtido na exclusiva maximização da riqueza. O partidário da maximização da riqueza nessa tese instrumental deve considerar que a combinação original desses diversos componentes do valor social é melhor que a nova. Não é suficiente para ele supor que a combinação original é melhor que o *maximand* de qualquer um dos três componentes: melhor que a sociedade em que a utilidade média é tão elevada quanto possível, ou a desigualdade tão baixa quanto possível, ou em que as pessoas nunca são recompensadas, a não ser em proporção ao mérito. Deve também acreditar que é melhor que as diferentes combinações desses três *desiderata* que seriam alcançados em sistemas políticos e econômicos menos intransigentes que a sua exclusiva produção de riqueza.

Sua opinião é implausível. É altamente indeterminado, *ex ante*, qual nível cardeal de utilidade média, qual coeficiente de desigualdade e qual correlação de riqueza e mérito (em qualquer definição não tautológica de mérito) serão produzidos por um programa de maximização da riqueza. Também é altamente indeterminado qual combinação desses *desiderata* putativos seria obtida mediante qualquer conciliação com a maximização da riqueza. Portanto, é implausível que exista uma combinação específica que seja *ao mesmo tempo* preferível independentemente, segundo fundamentos morais, a outras possibilidades, e que também tenha, de antemão, mais probabilidade de ser assegurada pela maximização de riqueza do que por conciliações distintas. Não quero dizer que seja impossível *definir* previamente a "melhor" combinação de componentes, a não ser da maneira "reconheço quando vejo" – apesar de isso ser um mau sinal. Quero dizer que, no nível da sintonia fina necessária para distinguir os resultados da maximização da riqueza dos resultados das conciliações, simplesmente não existe nenhuma combinação previamente "melhor" que tenha mais probabilidade de ser produzida por uma do que por outra dessas técnicas sociais. A análise instrumental pluralista é mais fraca do que poderia ser uma transposição direta da maximização da riqueza para uma teoria tradicional – o utilitarismo, por exemplo. No segundo caso, o objetivo que essas diferentes teorias instrumentais competem para maximizar é, pelo menos, especificável.

Há um ponto importante e mais geral aqui. Mesmo teorias padronizadas de justiça podem deixar algo às contingências da história. Em certo nível de sintonia fina, por exemplo, mesmo um igualitário estrito admitirá que o resultado de uma troca entre iguais respeita a igualdade apenas porque é uma troca entre iguais, não porque seus resultados sejam aqueles especificamente exigidos pela igualdade. Suspeito que partidários da maximização da riqueza também acreditem que uma certa distribuição é justa apenas porque é a distribuição obtida por regras maximizadoras da riqueza, não vice-versa. Com certeza, essa suspeita é sustentada pelo grande volume de escritos que desenvolvem a análise econômica do Direito. Mas, é claro, esse julgamento leva-nos de volta à tese da riqueza como componente do valor. Não pode ser sustentado por nenhuma defesa instrumental da maximização da riqueza. Supõe, em vez disso, que a maximização da riqueza é um procedimento imparcial, cujos resultados são justos, da mesma forma que um igualitário supõe que uma troca entre iguais é um processo inerentemente imparcial. Portanto, um maximizador da riqueza, ao sustentar que uma distribuição é justa se for o produto de regras maximizadoras da riqueza, não pode valer-se de *qualquer* justificativa instrumental, pelo menos, desse aspecto da sua teoria.

Estivemos considerando como as várias formas da afirmação instrumental a favor da maximização da riqueza podem ser completadas pela especificação de uma concepção independente do valor social que a maximização da riqueza promove. Primeiro, deixo de lado a concepção utilitarista de justiça porque Posner rejeita explicitamente essa concepção. Contudo, as próprias sugestões de Posner – direitos individuais, virtude individual e alguma combinação impressionista de diversos valores – falham e, embora ele tenha sido o maximizador de riqueza mais explícito e extremado entre os juristas, sua rejeição do utilitarismo não é obrigatória para os outros. A tradição utilitarista oferece uma maneira de completar a defesa instrumental da riqueza?

Ao levantar essa questão, não pretendo endossar o utilitarismo em qualquer de suas várias formas. Pelo contrário, parece-me que o utilitarismo, como teoria geral do valor ou da justiça, é falso, e que sua presente impopularidade é muito merecida. Não se trata, porém, de uma teoria que possa ser rejeitada sem mais nem menos, com um argumento tão simples quanto o que usei para descartar a teoria de que a riqueza é um valor em si. Ela gozou do apoio de um grande número de filósofos refinados e sensíveis. Portanto, vale a pena perguntar se um utilitarista consumado pode ser levado a sustentar a maximização da riqueza com uma base utilitarista.

Mais uma vez, devemos ser sensíveis aos diferentes tipos de teoria instrumental. Há as versões da mão invisível, do ingrediente e do falso alvo da tese instrumental, e também versões de âmbito mais amplo ou mais restrito. As versões compartilham, porém, um problema conceitual comum. O utilitarismo supõe que os níveis de bem-estar individual são, pelo menos às vezes, comparáveis, de modo que os níveis de utilidade total ou média podem ser ordenados de acordo com as várias escolhas de programas sociais. Os economistas, como grupo, têm sido céticos quanto a comparações interpessoais de utilidade. Se o utilitarismo deve ser um motor da maximização da riqueza, os maximizadores de riqueza devem renunciar a esse ceticismo e afastar-se ainda mais da presente ortodoxia econômica. Quando, porém, admitimos generalizações sobre comparações de bem-estar em grandes comunidades – como a generalização de que a utilidade marginal da riqueza declina –, então qualquer versão ampla da teoria utilitarista-instrumentalista torna-se imediatamente implausível. É implausível pensar que uma sociedade que busca exclusivamente a maximização da riqueza conseguirá mais utilidade total que uma sociedade que busca a maximização da riqueza mas coloca um limite superior no nível de desigualdade que irá tolerar em nome da riqueza social. Assim, qualquer teoria utilitarista-instrumentalista plausível da maximização da riqueza deve ser uma teoria razoavelmente restrita. Elaboremos uma amostra de teoria restrita ligada à prestação jurisdicional. Esta sustenta que uma sociedade cujos juízes decidem casos controversos do *Common Law* escolhendo a regra que, segundo se espera, irá maximizar a riqueza social, conseguirão mais utilidade total a longo prazo que uma sociedade que escolhe outro programa distinto para decidir tais casos, inclusive uma sociedade cujos juízes decidem tais casos escolhendo a regra que, segundo se espera, irá maximizar a utilidade total a longo prazo. Essa é uma teoria instrumentalista forte; ela define um grupo de decisões políticas (casos controversos do *Common Law*) em que se exige que as autoridades decidam todos os casos de tal tipo de modo a maximizar a riqueza, em vez de indagarem-se, em cada caso, se maximizar a riqueza nesse caso promoveria a utilidade. Que espécie de prova empírica, ou conjunto de suposições correlatas, sustentaria essa teoria?

A suposição mais aceitável considera a maximização de riqueza seletiva mais como ingrediente que como causa ou falso alvo do valor. Supõe que se os juízes decidissem tais casos de modo que aumentasse a riqueza total, outras instituições – legislativas talvez – redistribuiriam a riqueza total aumentada para promover a utilidade média ou total. Essa cadeia de eventos é, sem dúvida, concebível, uma vez que aceitemos que comparações interpessoais de utilidade individual fazem sentido em princípio. Não é, porém, inevitável. O processo político poderia, por várias razões, deixar intactos os ganhos dos que mais ganham com a maximização da riqueza. Devíamos, portanto, perguntar se a teoria utilitarista-instrumental requer que os legisladores redistribuam efetivamente para promover a utilidade total ou se, para apoiar essa teoria, é suficiente simplesmente que possam fazê-lo.

A VISÃO ECONÔMICA DO DIREITO

Considere o seguinte desenvolvimento da teoria. Os juízes decidem casos distintos do *Common Law* tendo como pano de fundo uma dada distribuição de riqueza e direitos jurídicos. Nenhuma decisão que um juiz tome em um caso específico afetará significativamente essa distribuição. O melhor que pode fazer um juiz inclinado a aumentar a utilidade total é aumentar o suprimento total de riqueza. Se o legislador descobre alguma maneira de redistribuir a riqueza aumentada de modo a otimizar a utilidade, muito bem. Se não descobre, nada se perdeu. É melhor oferecer ao legislador uma oportunidade de promover a utilidade, mesmo que a oportunidade não seja aproveitada, do que não fazer nada.

Essa é uma boa defesa da nossa teoria restrita? Ela se baseia numa grande suposição: que não há nada que os juízes possam fazer diretamente para promover a utilidade mais do que possam fazer simplesmente maximizando a riqueza, mesmo quando sabem que o legislativo não fará nada mais para promover esse objetivo. Supõe que os juízes promoveriam menos a utilidade como um todo, mesmo nessas circunstâncias, se às vezes se perguntassem se uma abordagem menos exclusiva, mais diferenciada, promoveria a utilidade em casos específicos. Baseia-se na suposição de que a maximização da riqueza é um bom alvo falso para a utilidade, mesmo quando não é um ingrediente útil da utilidade. Podemos testar essa suposição da seguinte maneira. Suponha que alguém sugira o seguinte programa alternativo para a prestação jurisdicional. Os juízes devem tomar a decisão, nos casos difíceis do *Common Law*, que promova a utilidade melhor que qualquer outra decisão possível. Em alguns casos, a maioria talvez, será a decisão maximizadora de riqueza; em alguns, não. Tudo depende das circunstâncias, e é impossível dizer antecipadamente com que frequência essa teoria recomendará decisões não maximizadoras de riqueza.

Essa é (no sentido definido) uma teoria instrumental fraca da maximização da riqueza. Surgem duas questões. A teoria fraca recomendará uma decisão judicial que a teoria forte e estrita não recomendaria? Uma sociedade cujos juízes seguem a teoria fraca produzirá mais utilidade a longo prazo que uma sociedade que segue a teoria forte? A resposta à primeira dessas perguntas dependerá de uma variedade de questões, mas, quase certamente, é sim. O paternalismo propiciará ocasiões em que a regra maximizadora de utilidade difere da regra maximizadora de riqueza. Suponha, por exemplo, que a comunidade pagará mais por doces que pelo cuidado médico perdido por causa do barulho de uma máquina de doces, mas o doce será ruim para a saúde e, portanto, para sua utilidade a longo prazo. As gerações futuras proporcionam outras ocasiões: assim que a utilidade de gerações futuras é levada em conta, mesmo decisões do *Common Law* – como as que afetam o meio ambiente – podem prejudicar a utilidade se promoverem a riqueza na sua presente distribuição. Inteiramente separadas desses fatores, algumas decisões do *Common Law* são potencialmente redistributivas. Suponha que uma decisão possa proteger os trabalhadores de uma indústria decadente e, possivelmente, não competitiva ou apressar seu desemprego reconhecendo direitos a favor de uma nova indústria em desenvolvimento? A decisão maximizadora de riqueza pode ser a segunda; a decisão que promove a utilidade, não obstante, é a primeira.

Se há muitas ocasiões em que as duas teorias – a fraca e a forte – recomendariam decisões diferentes, a resposta para a segunda questão é, provavelmente, não. É verdade que alvos falsos às vezes são bons alvos: às vezes ganhamos mais ao afastar um pouco a mira daquilo que desejamos, como um homem inclinado ao prazer faria bem em não almejá-lo diretamente. Mas nem sempre, nem geralmente, é assim, e parece não haver, *a priori*, mais razão para que seja válido no caso de tribunais do que no caso de legislativos. Se às vezes é verdade que o legislativo deveria escolher uma decisão que não maximiza a riqueza porque, apesar disso, promoverá a utilidade, parece não haver nenhuma razão para que um tribunal também não deva fazer o mesmo. As ocasiões em que um tribunal tem essa escolha são, talvez, menos frequentes, mas isso, evidentemente, é uma outra questão.

Portanto, a teoria utilitarista-instrumental realmente parece depender de algum julgamento de que o legislativo atuará em cooperação com os tribunais na redistribuição, de modo que produza mais utilidade a partir da riqueza que o tribunal provê. Mas, se é assim, a teoria está seriamente incompleta porque, tanto quanto sei, essa afirmação nunca foi feita. Tampouco é imediatamente plausível. Pelo contrário, se está certa a suposição conhecida de que a utilidade ótima exigiria muito mais igualdade de riqueza do que existe agora em nosso país, parece ser embaraçosamente desmentida a hipótese de que os legislativos, federal e estaduais, têm estado ocupados a redistribuir em busca da utilidade.

Mesmo que essa hipótese tivesse fundamento, seria necessário muito mais para defender a maximização judicial da riqueza dessa maneira. Ainda teríamos de demonstrar por que, quando mais utilidade poderia ser produzida por uma decisão voltada diretamente para a utilidade, o tribunal deve, em vez disso, objetivar a maximização da riqueza. A hipótese de que o legislativo se ocupará da utilidade não é uma resposta satisfatória em si. Os ganhos de utilidade não seriam obtidos mais cedo e mais seguramente em uma etapa do que em duas? Parece não haver nenhuma razão para preferir uma teoria instrumental fraca: os tribunais deveriam decidir maximizar a utilidade, reconhecendo que a existência de legislativos dispostos a redistribuir poderia significar que, em algumas ocasiões, aumentos na riqueza poderiam ser o melhor meio de aumentar a utilidade a longo prazo. Se qualquer teoria forte for preferida a essa teoria fraca, ela deve, mais uma vez, basear-se na teoria (não verificada) do alvo falso.

Examinei, nesta parte do ensaio, se uma teoria instrumental forte pode defender a maximização da riqueza, considerada como o objetivo exclusivo de, pelo menos, uma parte distinta da prestação jurisdicional, com base na suposição de que a utilidade total é um valor por si só. Afirmo que essa teoria parece débil e está longe de ter sido demonstrada. O mesmo argumento aplica-se, penso eu, a qualquer afirmação instrumental forte a favor da maximização da riqueza que considere o *maximin* (quer no espaço da riqueza, quer no da utilidade), e não a utilidade total, como um valor social em si. Mais uma vez, levanta-se a questão de por que uma teoria fraca, que encoraja os juízes a buscar diretamente soluções *maximin*, levando em conta o potencial papel instrumental da maximização da riqueza, não seria superior. Não se apresentou nenhuma resposta a essa questão, e não está claro que exista uma boa resposta. Encerrarei esta seção, porém, observando o que espero ter sido evidente na discussão até agora. As afirmações instrumentais a favor da maximização da riqueza são mais plausíveis se forem associadas a uma das teorias padronizadas, não meritocráticas, de justiça, tal como as teorias de utilidade ou *maximin*, do que a qualquer outra. Elas não podem ser excluídas conceitualmente, como, por exemplo, as afirmações instrumentais de Posner. Mas ainda são – no estado atual, com certeza – afirmações sem nenhum fundamento.

A análise econômica do Direito é uma teoria descritiva e normativa. O fracasso do ramo normativo prejudica o ramo descritivo? O segundo procura explicar um aspecto da conduta humana, ou seja, as decisões de juízes do *Common Law* nos casos que a análise econômica propõe-se explicar. Há vários modos (ou, como diriam alguns, níveis) de explicação da conduta humana. Alguns deles são não motivacionais. Incluem avaliações genéticas, químicas ou neurológicas do comportamento reflexo ou reflexivo. Os modos de explicação motivacionais também podem ter formas diferentes. A mais direta é a explicação a partir do ponto de vista do agente, uma explicação que cita os objetivos ou intenções do agente e sua opinião a respeito de meios adequados. Mas há outras formas mais complexas de explicação motivacional. As explicações da mão invisível, por exemplo, supõem que as pessoas agem a partir de certos motivos, e explicam por que, sendo assim, elas, coletivamente, chegam a algo diferente do que almejam individualmente. Uma classe de explicações freudianas também supõe que as pessoas agem a partir de motivos, mas sustenta que esses motivos são inconscientes. Essas explicações freudianas são, não obstante, motivacionais, pois seu poder explicativo apoia-se na afirmação de que as pessoas cuja conduta é assim explicada agem de um modo que se expressa melhor pela analogia com a conduta de pessoas que sustentam tais motivos conscientemente. A teoria, portanto, depende de uma compreensão dessa afirmação motivacional direta.

O argumento da análise econômica, de que os juízes decidem casos controversos de modo a maximizar a riqueza social, não é uma explicação genética, química, neurológica, nem qualquer outra forma de explicação não motivacional. Tampouco é uma explicação da mão invisível. É verdade que algo semelhante a uma explicação da mão invisível foi oferecida à questão de por que as decisões do *Common Law* promovem a riqueza social[14], mas ela não é parte das afirmações de Posner, Calabresi ou de outros proponentes da análise econômica. Pelo que sei, a análise econômica nunca foi apresentada como uma análise freudiana. Mesmo se o fosse, porém, essa análise iria pressupor o sentido de uma afirmação direta. Assim, a análise econômica, no seu ramo descritivo, parece fundamentar-se no sentido e na verdade de uma motivação direta, que é a de que os juízes decidem casos com a intenção de maximizar a riqueza social.

Meu argumento contra o ramo normativo da análise econômica, porém, também questiona tal afirmação motivacional. Não afirmei que maximizar a riqueza social é apenas um entre vários objetivos possíveis, ou que é um objetivo social mesquinho, pouco atraente e impopular. Afirmei que ela não faz nenhum sentido como objetivo social, mesmo entre outros. É absurdo supor que a riqueza social é um componente do valor social, e implausível que a riqueza social seja fortemente instrumental para um objetivo social porque promove a utilidade ou algum outro componente do valor social melhor do que faria uma teoria instrumental fraca. Portanto, é bizarro atribuir aos

---

14. Ver os ensaios de Paul H. Rubin e George Priest em *Journal of Legal Studies*, 9 (março de 1980).

juízes o motivo de maximizar a riqueza social por si mesma ou de perseguir a riqueza social como um alvo falso para algum outro valor. Mas uma explicação motivacional direta não faz nenhum sentido, a menos que faça sentido atribuir o motivo em questão aos agentes cuja conduta está sendo explicada. Decorre daí que as afirmações descritivas da análise econômica, tal como foram apresentadas, são radicalmente incompletas. Para que tenham poder descritivo, devem ser reformuladas. Podem ser reformuladas, por exemplo, de maneira adequada à afirmação instrumental fraca. Os argumentos, então, devem ser mais minuciosos. Devem destacar categorias específicas de decisões judiciais e explicar por que era plausível os juízes suporem que uma norma promovendo a riqueza social tinha a probabilidade, por essa razão, de promover algum objetivo social independente valorizado por esses juízes – a utilidade, o *maximin*, o alívio da pobreza, o poder econômico do país em assuntos externos, ou algum outro objetivo. Isso dá à afirmação uma grande complexidade, pois envolve não apenas uma avaliação causal detalhada, mas uma história intelectual ou sociologia detalhadas. Os juízes que desenvolveram o sistema de falhas por negligência ou de responsabilidade estrita pensavam que suas decisões promoveriam a utilidade total média? Esses juízes eram todos utilitaristas, que, portanto, considerariam isso uma vantagem? Essa explicação é válida apenas para certo grupo de casos, em um momento específico do desenvolvimento do *Common Law*? É plausível supor que os juízes, ao longo de um extenso período, sustentaram a mesma teoria de valor social? É plausível supor, por exemplo, que foram utilitaristas antes, durante e depois do êxito acadêmico dessa teoria de justiça social? Isso apenas arranha a superfície do tipo de avaliação que seria necessária para oferecer uma explicação instrumental fraca da conduta judicial segundo diretrizes de maximização da riqueza, mas é suficiente, talvez, para sugerir quão longe de fazê-lo está a presente literatura.

 Pode-se objetar, contudo, que estou pedindo muito, e desconsiderando injustamente o que já foi feito. Suponha que os analistas econômicos estabeleceram uma correlação importante entre as decisões dos juízes do *Common Law* em alguma área específica – digamos, reparação por turbação, negligência ou danos contratuais – e as decisões que seriam tomadas por juízes que buscassem explicitamente maximizar a riqueza social. Suponha que, embora nem todas as decisões tomadas sejam a decisão que um tal juiz tomaria, a grande maioria é (sei que essa correlação putativa é contestada, e presumo-a nesta seção *arguendo*). Pareceria tolo, para não dizer grosseiro, voltar as costas a toda essa informação. Podemos sustentar a seguinte atitude. Sem dúvida, seria melhor ainda se uma descrição histórica intelectual pudesse explicar por que os juízes reais agiram dessa maneira, seja demonstrando que consideraram a própria maximização da riqueza como componente do valor, seja porque sustentavam uma teoria instrumental forte da maximização da riqueza ou uma teoria instrumental fraca que teve as consequências descobertas. Mas a correlação, em si e por si mesma, aumenta significativamente nossa compreensão do processo jurídico.

Penso que essa postura é errada. É errada porque uma correlação desse tipo não tem nenhum poder explicativo, a menos que seja sustentada por alguma hipótese motivacional que faça sentido independentemente da correlação observada. Suponha o seguinte exercício. Vamos construir uma sequência de prioridades alfabética binária para todos os casos já decididos pelo tribunal mais elevado de Illinois (consideramos 1 se o nome da parte vencedora é alfabeticamente anterior ao da perdedora; caso contrário, consideramos 0; esqueça as complicações ou vínculos). Chame a sequência de Arthur. Não diríamos que Arthur explica as decisões judiciais desses casos, embora Arthur seja, na verdade, uma correlação perfeita. Arthur tem, vagamente, muitas projeções no futuro. Suponha que cada jurista acadêmico dos Estados Unidos projetasse Arthur aleatoriamente em cem lugares. Teríamos então uma variedade muito grande de sequências adicionais (Arthur Posner, Arthur Michelman, Arturo Calabresi, e assim por diante), uma das quais preveria os resultados, digamos, das cem decisões seguintes do tribunal de Illinois melhor do que qualquer outra e, muito provavelmente, bastante bem. Contudo, não diríamos, por exemplo, que Arthur Michelman tem um grande poder de previsão ou que é uma teoria de decisão judicial melhor em Illinois por causa disso. A questão é evidente e importante. Nossos modelos de explicação da conduta humana exigem, para que alguma descrição chegue a constituir uma explicação plausível, que ela aplique uma descrição biológica ou motivacional. Se uma correlação, por mais segura que seja, não pode prometer nem mesmo a perspectiva de tal ligação – se essas ligações não podem ser sensatamente consideradas nem mesmo como mistérios à espera de solução –, torna-se apenas coincidência. As afirmações astrológicas ou ocultistas sobre a conduta são duvidosas dessa mesma maneira. Impressiona muitas pessoas o fato de que tanto uma descrição motivacional como biológica sejam afastadas por conclusões positivas da física que não admitem questionamentos, mas impressiona a outros o fato de que o conselho de Hamlet a Horácio tenha fundamento e seja pertinente.

Temos três escolhas. Podemos desconsiderar a correlação putativa entre decisões efetivas e maximizadoras da riqueza como coincidência e tentar elaborar teorias de prestação jurisdicional que a ignorem. Isso parece um desperdício e nocivo, pois a correlação, se existe, difere em um aspecto importante da correlação entre Arthur e os casos a partir dos quais Arthur foi elaborado. No caso de Arthur, o método de elaboração garante que a correlação é mais de coincidência que de explicação. No caso da análise econômica, a coincidência é apenas uma hipótese.

Segundo, podemos empreender o que sugeri anteriormente nesta seção. Podemos tentar construir uma teoria instrumental fraca da maximização da riqueza demonstrando por que, justamente nas áreas do Direito em que a correlação é válida, a teoria instrumental fraca, atrelada a alguma ideia convencional de valor social, como a utilidade, recomendaria a estratégia maximizadora de riqueza como um bom meio, e por que é plausível que os juízes perceberam isso, pelo menos de maneira aproximada e inarticulada. Esse empreendimento levaria a análise econômica a um detalhamento da teoria política e da história intelectual do qual ela nem ao menos se aproximou. Mas o empreendimento não pode ser descartado antecipadamente.

Há uma terceira escolha. Podemos tentar embasar a correlação em um tipo radicalmente diferente de análise e explicação. Podemos tentar demonstrar que as decisões que parecem maximizar a riqueza são necessárias, não como decisões instrumentais buscando produzir certo estado de coisas, de riqueza social, utilidade, ou qualquer outra meta de política, mas, antes, como decisões de princípio aplicando uma concepção plausível de equidade. Isto é, poderíamos buscar uma explicação de princípio em vez de uma explicação de política. Tentei, em várias ocasiões, demonstrar por que uma descrição de decisões judiciais fundada em princípio sempre deveria ser preferida a uma fundada na política, por razões normativas e positivas. Também ilustrei uma estratégia para uma descrição de decisões judiciais fundada em princípios que atentem para as consequências, inclusive consequências para terceiros[15]. Essa estratégia de princípios parece-me mui-

---

15. Ver Ronald Dworkin, *Taking Rights Seriously*, pp. 98-100, 294-327 (brochura, 1978). Ver também cap. 13, "Por que a eficiência?". No artigo que critiquei aqui, Posner faz vários comentários a respeito de meu trabalho. Suas observações não são de coerência cristalina. Ele me cita como seu primeiro exemplo de filósofo jurídico a argumentar que a teoria jurídica não deve basear-se no utilitarismo. Até aí, tudo bem. Mas, então, especula se sou um "kantiano genuíno" ou apenas algo que ele chama de um "utilitarista da escola igualitária". Depois acrescenta que é possível argumentar que eu seja o que ele chama de "utilitarista de esquerda". Posso ajudar? Não sou um "kantiano", tal como definido (ver nota 10 acima), embora sinta-me muito atraído pelo que considero o liberalismo e igualitarismo essenciais da teoria de Kant. Não sou um igualitarista, embora tenha tentado descrever uma concepção de igualdade, que exige que os indivíduos sejam tratados como iguais, não que recebam tratamento igual conforme alguma definição específica, e alguns dos meus críticos afirmem que essa não é a concepção correta de igualdade. Não sei se sou um esquerdista porque não compreendo bem o sentido para aceitar a ligação. Contudo, escapa-me por que devo ser considerado um utilitarista, disfarçado, secreto ou de algum outro tipo. Afirmei na medida em que os cálculos utilitaristas têm algum lugar na argumentação política (e penso que algo *semelhante* aos cálculos utilitaristas nas preferências realmente têm *algum* lugar), eles devem, pelo menos, ser purificados do que chamo de preferências "externas".

to mais promissora que o programa instrumental fraco de política que acabei de descrever[16]. Contudo, ainda não ofereci nenhuma razão convincente para que você compartilhe dessa minha convicção.

Um utilitarista, porém, não é alguém que argumente que tais cálculos têm algum lugar. Ele sustenta que devem ocupar todo o espaço disponível. Os que sentem algum interesse por essa questão autobiográfica talvez queiram consultar *Taking Rights Seriously* (Cambridge, Mass.: Harvard University Press, 1977; Londres: Duckworth, 1978).

16. Esse artigo, tal como publicado originalmente no *Journal of Legal Studies*, continha um pós-escrito com uma refutação dos argumentos apresentados em Richard A. Posner, "The Value of Wealth: a Comment on Dworkin and Kronman", *Journal of Legal Studies*, 9: 243 (1980).

Capítulo 13
*Por que a eficiência?**

A combinação certa de Calabresi

Guido Calabresi contesta a minha análise de como a sua teoria relaciona justiça e eficiência[1]. Mas o exemplo que cita de seu livro, *The Costs of Accidents*, confirma essa análise[2]. Pois me faz lembrar seu argumento de que a justiça deveria ser uma proibição à busca da eficiência, de modo que nenhum programa para reduzir os custos gerais de acidentes deveria ser aceito se fosse realmente injusto. Concordo que é enganoso descrever esse quadro como remetendo a uma troca entre justiça e eficiência. Refere-se a um intercâmbio apenas no sentido restritivo (na verdade, pickwikiano) de um ordenamento léxico de uma acima da outra, que é mais bem descrito como negando uma troca. Mas esse poder de veto ou ordenamento lexical supõe que há uma troca em questão – isto é, que ela está conceitualmente em jogo. Portanto, oferece uma versão particularmente aguda da equivocada teoria da eficiência que eu disse que Calabresi sustenta, juntamente com outros economistas do Direito que contemplam trocas mas não conferem à justiça o poder dominante que ela usufrui na versão de Calabresi.

---

* Publicado originalmente em *Hofstra Law Review*, 8: 563-590 (1980). © Ronald Dworkin.
 1. Ver Guido Calabresi, "About Law and Economics: a Letter to Ronald Dworkin", *Hofstra Law Review*, 8: 553 (1980), na qual Calabresi responde a Dworkin, "Is Wealth a Value?", *Journal of Legal Studies*, 9: 191 (1980).
 2. Guido Calabresi, *The Costs of Accidents* (New Haven: Yale University Press, 1970).

Essa é a teoria de que vale a pena buscar a riqueza social por alguma razão que não a justiça. Quando Calabresi insiste em que os objetivos da redução de custo podem entrar em conflito com princípios de justiça, caso em que os segundos têm um poder de veto, deve estar valendo-se exatamente dessa teoria. Isso porque, a menos que a riqueza social seja considerada desejável em si, como o que chamei de componente do valor, ou como instrumental perante alguma outra coisa que seja um componente do valor, não faz nenhum sentido dizer que a justiça deve operar como um veto à busca da riqueza social.

Calabresi fala de uma troca ou combinação, não entre a justiça e a redução de custo, mas entre a riqueza total e a sua distribuição. Mas é duvidoso que tenha abandonado inteiramente a ideia errônea latente na distinção inicial, segundo a qual a riqueza total tem valor por si só. Para expor o problema devo fazer uma distinção adicional. Sempre que a ideia de uma "combinação certa" está em jogo, devem-se distinguir dois sentidos dessa ideia. O primeiro é a ideia de uma troca ou conciliação entre dois bens e duas qualidades desejadas independentemente. Uma pessoa que gosta de parques e de colheitas, por exemplo, deve pensar na melhor combinação de parque e campos cultivados em sua propriedade. Ela quer tudo o que pode ter de cada um, mas, como a propriedade total é limitada, precisa sacrificar parte do que quer para ter mais de outra coisa que também quer. Se escolheu uma combinação específica como sendo a "certa" e depois descobre uma maneira de produzir mais colheitas na terra que cultivou, irá considerar isso como uma melhoria evidente e sem restrições (ela pode ou não alterar a combinação, de modo a destinar mais terra para o parque).

Essa noção de "conciliação" numa troca ou combinação certa deve ser distinguida da ideia de "receita", na qual certa mistura de ingredientes é a combinação certa apenas porque levará ao melhor produto final. Alguém fazendo um bolo pode preocupar-se com a mistura certa de farinha e ovos, não porque valoriza independentemente cada um e quer ter tanto quanto possível de ambos, mas porque uma certa mistura é melhor que qualquer outra mistura para bolos. Suponha que a mistura correta seja dois ovos para uma xícara de farinha. Se dissermos a um confeiteiro que ele pode acrescentar três ovos sem por isso diminuir a farinha que pode acrescentar, ele não achará que essa sugestão indica o caminho para melhorar sua situação, mas apenas o caminho para o desastre.

Calabresi fala de uma troca ou combinação de riqueza e distribuição. Ele quer dizer "combinação certa" no sentido de conciliação ou de receita? No meu artigo, supus que ele se referia ao sentido de conciliação. Assinalei que, nesse caso, ele devia estar supondo aquilo que eu estava negando, ou seja, que a riqueza é um componente do valor. Isso porque, se uma distribuição igualitária é, em si, um componente do valor – algo que por si só vale a pena ter – não faz sentido combinar esse valor com outra coisa, a menos que essa outra coisa também seja um componente do valor. Se consideramos que as colheitas têm valor, não faz sentido ter menos colheitas em troca de área de parque, a menos que a área de parque também seja algo de valor.

Calabresi, porém, diz que concorda comigo em que a riqueza social não é um componente do valor. Restam, ao que parece, duas maneiras de interpretar sua posição. Quando fala em combinação certa, ele pode estar se referindo a uma receita, não a uma conciliação. Ou pode querer designar uma conciliação, mas uma conciliação não entre um padrão igualitário de distribuição e a riqueza como componente do valor, mas entre esse padrão e a riqueza como substituto de alguma outra coisa.

Ele se refere a uma receita? O caso pode ser o seguinte. A utilidade máxima é a única coisa de valor em si. A utilidade total máxima possível será produzida por uma receita que combine algo menos que a riqueza total máxima com algo menos que o padrão mais igualitário possível, e essa é a combinação *certa* de riqueza e distribuição. Ora, isso é uma receita, pois nem a riqueza nem um padrão igualitário são valorizados por si mesmos. São tratados da mesma maneira que o padeiro que quer apenas bolo trata os ovos e a farinha. Mas é justamente por isso que duvido ser esse o caso de Calabresi. Tenho a impressão de que ele quer dizer que uma distribuição mais igualitária *é* algo a ser valorizado por si só. Portanto, pode valer a pena ter menos utilidade total como um todo para ter uma distribuição mais igualitária. Esse é o espírito de seu agradável pluralismo – na verdade, ele desconsidera expressamente um interesse monista na utilidade. Assim, presumo que esse não seja um caso inequívoco de receita de utilidade – pelo menos até que ele me diga o contrário.

Chego, portanto, ao caso mais complexo, isto é, suponho que ele tem em mente uma conciliação, não uma receita, mas uma conciliação entre um padrão igualitário valorizado por si mesmo e a riqueza social valorizada como um substituto (ou como um "falso alvo") para algo que é valorizado por si mesmo. Mas o que é a outra coisa que a riqueza social substitui? Ele poderia dizer: a utilidade total. A conciliação subjacente é entre a utilidade total e uma distribuição igualitária; isso se torna, na prática, a conciliação entre a riqueza total e uma distribuição igualitária. Calabresi não é um utilitarista monista ou absoluto, mas pode ser um utilitarista parcial, tolerante.

É essa a posição dele? Antes de decidirmos afirmativamente, quero elaborar um caso diferente para oferecer a ele. É um caso de receita. Mas é antes um caso de receita de igualdade que de receita de utilidade. Antes de descrever esse caso de receita de igualdade, devo dizer algo sobre a igualdade como ideal político. Presumo que ambos aceitamos, como fundamental, o princípio de que as pessoas devem ser tratadas *como iguais* na questão da distribuição. Mas sabemos que é uma questão difícil saber exatamente o que esse princípio significa. Na seção seguinte, apresentarei uma interpretação plausível do princípio de tratamento igual – uma interpretação da igualdade.

Uma interpretação da igualdade de tratamento

Se uma soma fixa de bens idênticos deve ser distribuída, nosso princípio de igualdade de tratamento requer que cada um tenha uma parcela igual desses bens. Mas em todas as sociedades, exceto as mais primitivas, formas diferentes de bens deixam de ser distribuídas porque podem ser produzidas, e porque os direitos e oportunidades devem ser distribuídos, assim como outras formas de propriedade. Em uma comunidade real, pessoas sensatas podem divergir quanto ao que é exatamente uma distribuição igualitária. Suponha, por exemplo, que podemos distribuir reparações por turbação ou negligência de maneira que as pessoas detenham parcelas quase iguais de uma produção total de bens mais baixa ou parcelas menos iguais de uma produção total maior. Se o segundo estado de coisas é superior ao primeiro, nos termos de Pareto, então não teremos nenhuma dificuldade para dizer que o primeiro não trata as pessoas como iguais. Isso porque demonstra desprezo pelas pessoas para recusar-lhes benefícios em deferência apenas às preferências externas de outros (estou supondo que o segundo estado de coisas tem realmente a superioridade de Pareto, de modo que ninguém está em situação pior, mesmo quando se leva em conta qualquer dano possível para o autorrespeito que resulte da privação relativa). Mas se o segundo estado de coisas não tem a superioridade de Pareto porque algumas pessoas teriam bem-estar superior no primeiro, surge um problema diferente. É necessário descobrir por que a riqueza total é aumentada na segunda situação.

Às vezes, uma distribuição de riqueza inegualitária é o produto de um sistema político ou econômico que, patentemente, não trata as pessoas como iguais. Suponha, para citar um exemplo gritante, que a distribuição seja o resultado de decisões políticas que concedem a um grupo direitos jurídicos negados a outro. Mas às vezes pode-se, pelo menos, argumentar que é uma distribuição igualitária de riqueza que nega a igualdade profunda – isto é, que a igualdade de riqueza não trata as pessoas como iguais. Suponha, por exemplo, uma comunidade em que cada um dos membros tem aproximadamente as mesmas capacidades e talentos, mas com concepções muito diferentes de como conduzir melhor sua vida. Suas preferências divergem, sobretudo, quanto às formas de trabalho e à melhor combinação de trabalho e lazer. Mas todos recebem o mesmo salário total, por qualquer trabalho que façam, e a riqueza é igual.

Podemos apresentar duas queixas sobre essa situação. Primeiro, ela pode ser ineficiente em riqueza, porque um conjunto diferente de salários – os fixados em um mercado para o trabalho – proveria, nas circunstâncias, mais incentivos para a produção e aumentaria a riqueza total. Segundo, pode ser injusta, pois os salários não refletem quais são os custos verdadeiros para os outros de cada pessoa satisfazer suas preferências quanto às formas de trabalho. Um conjunto diferente de salários – aqueles fixados em um mercado para o trabalho – trataria as pessoas como mais aproximadamente iguais porque exigiria que cada um assumisse a responsabilidade pelos verdadeiros custos de suas escolhas. Se sustentamos uma teoria de igualdade de tratamento que inclui o princípio de que as pessoas devem assumir essa responsabilidade, podemos então fazer objeção ao arranjo com base tanto na igualdade quanto na eficiência. Nossas duas objeções podem ser idênticas: o arranjo é injusto (por essa concepção de igualdade) exatamente da mesma maneira que é ineficiente. Atendemos às nossas queixas quanto à distribuição e à riqueza abandonando a igualdade de riqueza.

Meu exemplo é artificial porque supõe que as pessoas são iguais em talentos, de modo que escolhas diferentes de ocupação representam apenas diferentes conjuntos de preferências. No mundo real, escolhas diferentes de ocupação refletem também talentos e condições iniciais diferentes. Contudo, mesmo no mundo real, diferentes escolhas de ocupação dependem, em parte, de diferenças em conjuntos de preferências, de modo que um esquema de salários ineficiente quanto à riqueza pode ser reprovável do ponto de vista da igualdade porque se aproxima muito de prover igualdade de salários, embora o esquema de salários eficiente quanto à riqueza também possa ser reprovável do mesmo ponto de vista. No mundo real, seria uma questão de julgar qual grau de eficiência quanto à riqueza no arranjo de salários chega mais perto das exigências de igualdade. Presumivelmente, seria um ponto entre a igualdade de salários total e a eficiência de riqueza total.

Além disso, em muitos casos, a igualdade exigiria arranjos sociais que maximizassem a eficiência da riqueza sem levar em conta as consequências de distribuição independentes desses próprios arranjos. Suponha, como afirma Richard Posner, um sistema de falta por negligência que seja mais eficiente quanto à riqueza que um sistema de responsabilidade estrita[3], mas (contrariamente a sua suposição adicional) que perdura em benefício de uma classe de pessoas — vamos chamá-las de pedestres inveterados — que não são, porém, distintos de outra maneira enquanto um grupo econômico em pior situação. A responsabilidade estrita, poderíamos dizer, modifica, mas não redistribui a riqueza no sentido de um padrão mais atraente de distribuição (estou supondo tudo isto apenas *arguendo*, pois sei que outros discordariam). Nesse caso, a responsabilidade estrita seria, do ponto de vista do princípio mais profundo, inegualitária, pois os pedestres estariam pagando sua atividade por um preço muito baixo, medido em relação a um leilão igualitário ideal, e a marca e medida da desigualdade seria justamente a ineficiência em riqueza. A igualdade exigiria, mais uma vez, uma mudança no sentido de um sistema menos exigente do ponto de vista da produção da riqueza.

Uma teoria-receita para a igualdade

Alguém que sustente essa teoria da igualdade profunda não pensa que a riqueza total ou a utilidade total, por um lado, ou a igualdade da riqueza, por outro, são um valor em si. Acredita realmente que, em algumas ocasiões, a igualdade genuína exige uma mudança para a igualdade de riqueza e, em algumas ocasiões, uma mudança para a eficiência de riqueza. Mas não quer dizer que, quando essas exigências de justiça são corretamente avaliadas e satisfeitas, algo valioso foi sacrificado. Suponha que a igualdade profunda peça que se abandone a responsabilidade estrita, mesmo que isso signifique que alguns pedestres terão menos bem-estar. Se todos fossem igualmente ricos antes — ou mesmo mais próximos de ser igual-

---

3. Richard Posner, "The Ethical and Political Basis of the Efficiency Norm in Common Law Adjudication", *Hofstra Law Review*, 8: 487, 492-496 (1980).

mente ricos –, a igualdade de riqueza declinou. Mas isso não é motivo de pesar porque, nesse caso, a igualdade de riqueza seria injusta, e é absurdo lamentar não possuir mais daquilo que, nas circunstâncias, não queremos ter. Seria como lamentar não poder colocar mais ovos no bolo com a farinha. Alguém que sustente essa segunda teoria lamentaria que os pedestres não pudessem ter o que querem. Mas isso é lamentar a perda que essas pessoas sofrem, o que ele lamentaria quer outros ganhassem, quer não, e isso é uma história diferente. Ele não lamenta a perda de igualdade na riqueza em si se acredita que a igualdade profunda condena, em vez de exigir, essa forma de igualdade.

Suponha, por outro lado, que a igualdade profunda exija um aumento na igualdade de riqueza que terá a consequência de diminuir a riqueza total. Esse declínio na riqueza total deve significar que alguém terá menos do que teria de outra maneira, e isso pode ser um motivo de pesar. Isto é, lamentamos nossa incapacidade de fazer uma melhoria de Pareto numa distribuição justa, o que certamente faríamos se pudéssemos. Mas isso não significa que lamentamos sacrificar um nível agregado de riqueza (ou utilidade) mais elevado por um mais baixo para conseguir a justiça, ou mesmo que consideramos essa troca como um sacrifício. Alguém que sustente a teoria da igualdade profunda negará que haja sequer, *pro tanto*, uma perda de justiça quando a utilidade total declina, se a utilidade superior era produzida por uma distribuição que não tratava as pessoas como iguais.

Assim, o caso da igualdade profunda é muito diferente de uma conciliação entre a igualdade de riqueza e a utilidade mais elevada possível, embora as recomendações operacionais das duas teorias possam, em algumas circunstâncias, ser quase as mesmas. Isto é, embora ambas levem em consideração a igualdade da riqueza e a eficiência da riqueza e peçam uma "combinação certa" entre elas. Pois a teoria da igualdade profunda é uma teoria-receita: sustenta que a justiça consiste na distribuição em que as pessoas são tratadas como iguais (ou em melhoria de Pareto nessa distribuição) e nega a existência de qualquer valor independente, à parte desse cálculo, na igualdade de riqueza, na riqueza agregada mais elevada ou na utilidade. O caso da conciliação considera a igualdade de riqueza e a utilidade total como dotadas de valor moral independente, de modo que a redução de qualquer uma delas, mesmo que necessária para aumentar a outra, é, *pro tanto*, uma perda de justiça. Isto é, na teoria da conciliação, a "combinação certa" tem importância derivada ou parasítica: é valiosa como a conciliação certa entre dois objetivos de valor dominante ou primário. Mas, na teoria da igualdade profunda, a "combinação certa" é dominante e primária, e é por isso que é equivocado, embora compreensível, para um igualitário profundo falar de alguma "troca".

Uma segunda diferença importante entre as teorias é consequência da primeira. Para a teoria da conciliação, a questão da justiça é uma questão de equilíbrio, e o equilíbrio é impessoal e intuitivo. Impessoal porque os indivíduos tornam-se os instrumentos para obter quantidades agregadas – tanto de igualdade como de utilidade. Intuitivo porque o equilíbrio correto deve ser uma questão de "sensação" inarticulada. Para a teoria igualitária, por outro lado, a questão da justiça é uma questão de equidade pessoa a pessoa, mais do que de equidade de somas agregadas – e o julgamento de alguém sobre a equidade com as pessoas depende de julgar argumentos para um certo resultado, não de alcançar equilíbrios agregados intuitivos e indeterminados.

Essas são diferenças importantes entre a teoria da conciliação e a da igualdade profunda. A importância dessas diferenças, na prática, dependerá da teoria da igualdade profunda que alguém sustenta. O princípio de que as pessoas devem ser tratadas como iguais admite, como disse, interpretações e concepções diferentes. Esse princípio é apenas um esquema para diferentes teorias de igualdade – diferentes teorias sobre o que exige tratar as pessoas como iguais. Suponha que alguém sustente a seguinte teoria de igualdade: "As pessoas são tratadas como iguais quando se tornam iguais no bem-estar – exceto quando as diferenças no bem-estar produzam muito mais bem-estar como um todo. Não se pode formular nenhum princípio claro que governe a aplicação dessa condição; tudo dependerá de julgamentos intuitivos, feitos em casos específicos." Nessa teoria, as diferenças entre a teoria da conciliação e a teoria da igualdade profunda quase desaparecem, pois a conciliação simplesmente foi encerrada na definição de igualdade profunda. Mas existem descrições melhores e mais precisas da igualdade profunda do que essa. A descrição utilitarista da igualdade, com certeza, é mais precisa. Sustenta que as pessoas são tratadas como iguais quando bens e oportunidades são distribuídos de maneira a maximizar a utilidade média entre elas. Agora, se uma teoria da conciliação exigir a conciliação entre a igualdade de bem-estar e o bem-estar total mais elevado, uma teoria utilitarista de igualdade profunda fornecerá, sem dúvida, resultados diversos, pois negará que alguma vez seja justo reduzir o bem-estar total, em um dado grupo, em troca da igualdade de bem-estar dentro desse grupo.

Prefiro uma descrição diferente e mais complexa da igualdade profunda do que a utilitarista, que é a teoria que utilizei no breve esboço da última seção. Ela afirma que os indivíduos são tratados como iguais quando uma parcela igual dos recursos da comunidade, medida abstratamente – isto é, antes que esses recursos sejam confiados a qualquer rota de produção específica –, é dedicada à vida de cada um. Duvido que essa definição faça muito sentido, formulada assim tão brevemente, e tentei descrever a teoria e suas consequências com mais vagar em outra parte[4]. Meu presente objetivo não é persuadir o leitor dos méritos dessa descrição de igualdade profunda (ou de qualquer outra), mas apenas ilustrar minha afirmação de que, em certas descrições, a teoria da conciliação e a teoria da igualdade profunda oferecerão resultados muito diferentes, embora nenhuma exija que a sociedade se comprometa com a igualdade de riqueza total ou com a maximização de riqueza total.

---

4. Ronald Dworkin, "What is Equality", partes I e II, *Philosophy and Public Affairs*, 10.3 e 10.4 (1981).

A VISÃO ECONÔMICA DO DIREITO

Uma ideia polêmica, mas valiosa

Espero persuadir Calabresi a abraçar alguma teoria-receita da igualdade profunda em vez da teoria da conciliação e, portanto, renunciar a falar de uma "troca" entre a distribuição e a riqueza, concebidas ou como valiosas, em si mesmas, ou como substitutos para a igualdade do bem-estar e a maximização do bem-estar. Que argumentos deveria usar? Meu argumento positivo mais forte seria o desenvolvimento de uma convincente teoria de igualitarismo profundo. Trataremos disso depois. Enquanto isso, ofereço a seguinte sugestão, polêmica, negativa, mas, não obstante, valiosa. Duvido que ele julgará atraente uma teoria da conciliação quando examinar os fundamentos de qualquer teoria desse tipo.

A teoria da conciliação que descrevi – a conciliação entre igualdade do bem-estar e o bem-estar agregado mais elevado possível – exige que se aceite o que se poderia chamar de utilitarismo pluralista. Essa teoria sustenta que o bem-estar agregado não é o único bem, mas é, pelo menos, um bem que se pode conciliar com considerações acerca da distribuição e com o que Calabresi chama de "outras" considerações de "justiça". Isto é, o conciliador deve ser parcialmente um utilitarista, pois, do contrário, não poderia considerar a maximização da riqueza valiosa como substituto para a utilidade agregada, mas apenas parcialmente utilitarista, pois, de outra forma, não poderia permitir que figurassem direitos e outros fatores não utilitários que ele diz serem desejáveis.

O utilitarismo é realmente duas teorias diferentes, ou, melhor, há duas maneiras diferentes de ser um utilitarista. Uma sustenta que a utilidade total é um valor porque o prazer (ou a felicidade, numa concepção mais refinada) é bom em si, de modo que quanto mais dele, melhor, independentemente de sua distribuição. Isso é utilitarismo teleológico. A outra sustenta que os bens devem ser distribuídos de modo a produzir a utilidade média mais elevada em uma dada população, pois apenas uma distribuição desse tipo trata as pessoas como iguais. Esse é o igualitarismo que mencionei anteriormente neste ensaio – chamei-o de teoria utilitarista da igualdade. Os conhecidos filósofos utilitaristas clássicos, como Bentham, parecem-me utilitaristas igualitários, embora isso esteja sujeito a contestação. Certamente, a moderna defesa do utilitarismo, no espírito de Harsanyi[5] e Hare[6], por exemplo, é explicitamente utilitarismo igualitário. O utilitarismo teleológico parece fazer bem pouco sentido. Como assinalou Rawls (e muitos outros), recomenda um mundo de população abundante, em que nenhuma vida vale a pena ser vivida, contanto que a felicidade agregada seja maior que em um mundo com menos pessoas cuja felicidade média é muito maior[7]. Ora, mesmo um utilitarista parcial deve escolher entre essas duas maneiras de ser utilitarista. Se é um utilitarista igualitário – se sustenta que a maneira certa de tratar as pessoas como iguais é considerar uma por uma e apenas uma em um cálculo benthamiano –, então ele pode, não obstante, sacrificar o bem-estar médio mais elevado por uma variedade de razões – para servir melhor a Deus, por exemplo, ou promover a cultura, ou melhorar o estoque genético. Mas não pode, coerentemente, comprometer o bem-estar médio mais elevado numa dada população em nome da simples igualdade de riqueza ou bem-estar. Tratar as pessoas como iguais, na concepção de igualdade do utilitarista, exige o mais elevado bem-estar agregado, e não se pode, coerentemente, tratar as pessoas de outra maneira que não como iguais em nome de alguma concepção mais profunda de igualdade. (Pode-se *refinar* a concepção utilitarista de igualdade – por exemplo, desconsiderando preferências externas[8] –, de modo que tratar as pessoas como iguais não seja exatamente maximizar o bem-estar médio. Mas isso é abandonar uma conciliação em nome de uma teoria-receita.)

---

5. J. C. Harsanyi, "Morality and the Theory of Rational Behaviour", *Social Research*, 44: 623 (1977).
6. R. M. Hare, *Freedom and Reason* (Oxford: Oxford University Press, 1963), pp. 112-36.
7. Ver, geralmente, John Rawls, *A Theory of Justice* (Cambridge, Mass.: Harvard University Press, 1971), pp. 22-7.
8. Ver Ronald Dworkin, *Taking Rights Seriously* (Cambridge, Mass.: Harvard University Press, 1977; Londres, Duckworth, 1978), caps. 9, 12.

Portanto, se Calabresi sustenta a teoria de conciliação que ofereci, ele deve ser um utilitarista teleológico. Não é logicamente incoerente acreditar que o prazer (ou algum outro conceito de utilidade) é um bem em si, independentemente da distribuição, de modo que o mundo *pro tanto* será melhor quanto mais prazer houver, não importa quão miseráveis as pessoas sejam. Mas não é sensato porque o utilitarismo teleológico não é uma teoria sensata. Não é sensato acreditar que o prazer em si seja um bem, independentemente da distribuição, não importa quão miseráveis todos sejam. Isso é fetichismo de prazer, que é tão tolo quanto o fetichismo de riqueza. Calabresi não preferiria renunciar à ideia de uma troca entre distribuição e riqueza[9]?

O ponto de partida equivocado de Posner

Richard Posner acredita que os órgãos do governo, particularmente os tribunais, deveriam tomar decisões políticas de modo a maximizar a riqueza social[10]. Em "The Ethical and Political Basis of the Efficiency Norm in Common Law Adjudication" ele delimita sua afirmação e oferece um novo argumento[11]. Procura demonstrar não, como antes, por que a sociedade como um todo deveria procurar a maximização da riqueza em todas as decisões políticas, mas apenas por que os juízes do *Common Law* deveriam decidir os casos de modo a maximizar a riqueza. Ele oferece dois argumentos que se supõe estarem ligados (ou que, talvez, sejam apenas um único argumento)[12]. Primeiro, pode-se considerar que todos (ou, pelo menos, quase todos) aprovaram antecipadamente os princípios ou

---

9. Guido Calabresi respondeu às minhas observações; ver, nota 1 acima, p. 533n. Respondi à réplica em um parágrafo que foi omitido na reimpressão deste artigo.
10. Richard A. Posner, "Utilitarianism, Economics, and Legal Theory", *Journal of Legal Studies*, 8: 103 (1979).
11. Em *Hofstra Law Review*, 8 (1980).
12. *Ibid.*, pp. 491-7.

regras que aplicarão os juízes que buscam maximizar a riqueza. Segundo, a imposição desses princípios e regras é do interesse de todos (ou quase todos), inclusive dos que, com isso, perdem as ações judiciais. O primeiro argumento – do consentimento – supostamente introduz a ideia de autonomia (e, portanto, um traço de Kant) no argumento a favor da riqueza. O segundo argumento – do interesse universal – insiste na relevância contínua do bem-estar para a justiça e, portanto, supostamente acrescenta uma dose de utilitarismo. Posner sugere que os argumentos combinados mostram que a maximização da riqueza – pelo menos pelos juízes – provê o melhor dessas teorias tradicionais de moralidade política e evita seus famosos problemas.

Posner ilustra a segunda afirmação demonstrando por que, se as regras da responsabilidade por negligência são superiores do ponto de vista da maximização da riqueza às regras da responsabilidade estrita, decorre daí que os que se beneficiam dos custos de direção reduzidos – quase todo o mundo – estariam em melhor situação sob um regime de negligência do que sob um regime de responsabilidade estrita. Supõe-se então que a primeira afirmação – sobre o consentimento – é uma decorrência direta: se for realmente verdadeiro que quase todos estariam em melhor situação em um regime de responsabilidade por negligência do que em um regime de responsabilidade estrita, então é justo supor que quase todos teriam escolhido a negligência se a escolha lhes tivesse sido oferecida numa ocasião inicial; portanto, é justo julgar que quase todos aceitaram a responsabilidade por negligência, embora ninguém o tenha feito efetivamente.

O argumento do consentimento

Esses argumentos são mais complexos e mais confusos do que parecem à primeira vista (discuti ambos com vagar vários anos atrás[13]). É importante lembrar, primeiro, que o consenti-

---

13. *Taking Rights Seriously*, cap. 6.

A VISÃO ECONÔMICA DO DIREITO 413

mento e o interesse pessoal são conceitos independentes que têm papéis independentes na justificação política. Se dei meu consentimento antecipado ao domínio de certo governo, isso conta como razão para que se imponha a mim o governo a que dei consentimento. Naturalmente, ao determinar quanta razão meu consentimento efetivo oferece, devemos atentar para as circunstâncias do consentimento, a fim de verificar, sobretudo, se foi esclarecido e voluntário. Nessa última investigação, a questão de determinar se era do meu interesse pessoal consentir pode figurar como prova: se não era inequivocamente de meu interesse, isso pode sugerir, embora não prove, que meu consentimento foi desinformado ou forçado. Mas o simples fato de que o consentimento era contra o meu interesse não oferece nenhum argumento em si contra a aplicação do meu consentimento contra meus desejos posteriores.

Inversamente, o fato de que teria sido do meu interesse dar meu consentimento a algo às vezes é prova de que realmente consenti, se a questão de determinar se de fato consenti estiver, por alguma razão, em dúvida. Mas apenas prova: o fato de haver interesse próprio não constitui de maneira nenhuma um consentimento efetivo. Em algumas circunstâncias, porém, o fato de haver interesse próprio é uma boa prova para o que poderíamos chamar de consentimento contrafactual: isto é, a proposição com a qual eu consentiria se me pedissem. Mas um consentimento contrafactual não oferece nenhuma razão em si para que se aplique contra mim aquilo com o qual eu teria consentido (mas não consenti). Talvez o fato do meu interesse próprio anterior realmente forneça um argumento para que se aplique o princípio contra mim agora. Considerarei isso mais tarde. Mas o consentimento contrafactual, do qual o interesse próprio é prova, não pode oferecer nenhum argumento adicional além de qualquer argumento que o interesse pessoal possa oferecer. Como o argumento do consentimento de Posner depende inteiramente do consentimento contrafactual, e como o consentimento contrafactual é irrelevante em si para a justificação política, o argumento do consentimento falha completamente. O recurso à "autonomia" de Posner – e sua afirmação de ter captado o que há de mais valioso nas teorias "kantianas" – é totalmente espúrio. A autonomia, concordo, é um conceito diferente do consentimento. Ela contempla o que às vezes é chamado – talvez de modo equivocado – de consentimento autêntico, o consentimento da pessoa verdadeira ou genuína. Essa ideia obscura é muitas vezes tratada como um tipo de consentimento hipotético ou contrafactual. Mas, então, a autenticidade é oferecida – e tudo depende disso – pela maneira como as condições do consentimento contrafactual são especificadas. O próprio Kant valeu-se de uma complexa psicologia metafísica para identificar o consentimento da pessoa genuína contrafactualmente. Rawls constrói uma elaborada "posição original" para um propósito discutivelmente similar. Mas o argumento de Posner carece de uma estrutura comparável e, portanto, não oferece nenhuma razão para pensar que o consentimento contrafactual que descreve tem mais direito à autenticidade – e, portanto, à autonomia – que qualquer outra escolha que as pessoas poderiam ter feito, mas não fizeram.

Por que Posner confundiu o interesse próprio e o consentimento dessa maneira aparentemente elementar? Seu artigo fornece várias pistas. Veja esta passagem extraordinária:

> A noção de consentimento usada aqui é a que os economistas chamam de compensação *ex ante*. Sustento, espero que de maneira incontrovertida, que se você compra um bilhete de loteria e perde a loteria... você consentiu com a perda. Muitas das perdas involuntárias, não compensadas no mercado, ou toleradas pelas instituições que tomam o lugar do mercado onde não se pode fazer que o mercado funcione com eficácia, são compensadas *ex ante* e, portanto, foram consentidas[14].

Essa passagem confunde duas questões: É justo que alguma pessoa sofra algum prejuízo? Ela consentiu em sofrer esse prejuízo? Se compro um bilhete de loteria conhecendo as chances e sem ser coagido, talvez seja justo que eu sofra o pre-

14. *Hofstra Law Review*, 8: 492.

juízo que se segue porque recebi um benefício ("compensação") por assumir o risco. Mas daí não decorre, e tampouco é verdadeiro, que consenti na perda. O que, na verdade, isso significaria? (Talvez que concordei com que o jogo fosse arranjado para que eu perdesse.) Em algumas circunstâncias, pode-se dizer que consenti no *risco* do prejuízo, o que é diferente, embora mesmo isso force uma ideia e em muitos casos seja simplesmente falso. Suponha (sem nenhuma questão de fraude ou coerção) que superestimei insensatamente minha chance de vencer – talvez tenha pensado que se tratava de coisa certa. Não obstante, pode ser justo que eu perca, se o bilhete teve preço justo, embora não tivesse apostado se houvesse avaliado com exatidão minhas chances de vencer. Tudo isso – a importância de distinguir entre justiça e consentimento – é ainda mais claro no caso dos "riscos empresariais" que Posner discute. Ele imagina um caso em que alguém compra uma terra que depois é desvalorizada quando a maior indústria da cidade muda-se inesperadamente. Ele diz que o prejuízo foi compensado *ex ante* (e, portanto, foi "consentido") porque "a probabilidade de que a indústria se mudasse foi descontada no preço de compra que se pagou"[15]. A última sugestão é incompreensível. Supõe que o preço era mais baixo porque ambas as partes da venda esperavam a mudança? Mas, então, a mudança não teria sido inesperada. Ou significa apenas que qualquer um que compre ou venda sabe que o inesperado pode acontecer? Em qualquer caso, o argumento incorre em petição de princípio, mesmo como argumento de que é justo que o comprador sofra o prejuízo. Isso porque supõe que já foi estabelecido e compreendido pelas partes que o comprador deve arcar com o prejuízo – de outro modo, o preço não teria refletido apenas o risco de que a indústria se mudasse, mas também o risco de que se exigiria que o comprador arcasse com o prejuízo se ela realmente se mudasse.

De qualquer modo, porém, é simplesmente errado dizer, em ambos os casos, que o comprador consentiu no prejuízo.

---

15. *Ibid.*, pp. 491-2.

Talvez, embora o comprador soubesse que a indústria provavelmente se mudaria e que estava conseguindo um preço de barganha porque o vendedor esperava que ele arcasse com o prejuízo se a indústria realmente se mudasse, o comprador esperasse ser capaz de persuadir algum tribunal a rescindir a venda se a temida mudança realmente ocorresse ou a persuadir o legislativo a repará-lo. Seria justo, nessas circunstâncias, que o tribunal recusasse a rescisão, mas completamente errado dizer que o comprador consentiu no prejuízo. Isto é, o argumento da equidade deve valer por si e não ganha nada com nenhuma suposição a respeito do consentimento. A autonomia não é um conceito em jogo aqui.

Portanto, Posner pode ter confundido interesse e consentimento porque confundiu consentimento, de maneira mais geral, com os fundamentos da equidade. Uma segunda pista é oferecida por suas observações a respeito do que ele denomina "consentimento implícito"[16]. Ele reconhece que não se pode dizer que os queixosos em ações por negligência deram consentimento expresso às regras sobre a negligência e não à responsabilidade estrita – mesmo da maneira como ele acredita que os compradores de bilhetes de loteria consentiram em perder. Mas diz que os tribunais podem *imputar* o consentimento a tais queixosos da maneira como os tribunais imputam intenções às partes de um contrato que não especificaram todos os termos, ou a legisladores cujas leis são obscuras por ambiguidade. Mais uma vez, a analogia de Posner revela uma confusão; nesse caso trata-se de uma confusão entre consentimento não expresso e consentimento contrafactual.

Os juristas discordam quanto à melhor maneira de definir uma interpretação contratual ou legal. Segundo uma das teorias, o tribunal considera o que as partes ou os legisladores dizem expressamente como provas – como pistas para a existência de um estado psicológico individual ou grupal que é uma intenção efetiva, embora nunca expresso formalmente. Segundo a teoria rival, o tribunal não se propõe descobrir tal estado

---

16. *Ibid.*, pp. 494-5.

psicológico oculto, mas, antes, usa a ficção de um estado psicológico não expresso como veículo para uma afirmação sobre o que as partes ou o legislativo teriam feito (ou, talvez, deveriam ter feito) se houvessem atentado para a matéria agora em questão. Essas são teorias diferentes e antagônicas da intenção criativa justamente porque descrevem justificativas muito diferentes para uma decisão judicial. Se um juiz realmente descobriu um estado psicológico efetivo mas oculto – alguma compreensão comum das partes de um contrato ou dos membros de um grupo legislativo –, então o fato dessa compreensão comum oferece um argumento direto a favor dessa decisão. Mas se o estado psicológico putativo é apenas ficção, a ficção não pode constituir nenhum argumento em si. Nesse caso, são usados os argumentos que o próprio juiz utiliza, sobre o que as partes ou o legislativo teriam ou deveriam ter feito, e a ideia do consentimento não desempenha absolutamente nenhum papel. Quando Posner diz que os tribunais poderiam imputar o consentimento aos queixosos em casos de acidente automobilístico, não pode haver dúvida quanto ao tipo de descrição que pretende sugerir. Ele não supõe que os queixosos deram consentimento real, mas secreto, às regras sobre a negligência, fazendo um voto silencioso nesse sentido todas as manhãs antes do café. Ele quer dizer que o consentimento imputado seria uma ficção. Tem em mente apenas o consentimento contrafactual, não expresso. Mas um consentimento contrafactual não é uma forma pálida de consentimento. Não é consentimento nenhum.

    A terceira pista que Posner nos oferece é mais interessante. Observa que Rawls (além de Harsanyi e outros economistas) desenvolveram argumentos sofisticados a favor de teorias de justiça, que se baseiam no consentimento contrafactual[17]. Ele pretende produzir o mesmo tipo de argumento, embora, como deixa claro, tenha em mente uma base diferente para o consentimento contrafactual e uma teoria de justiça diferente. Indaga não o que as partes de alguma posição original teriam consentido sob condições de incerteza radical, mas o que pes-

---

17. *Ibid.*, pp. 497-9.

soas reais, todas elas conhecendo detalhadamente sua situação particular, consentiriam na plenitude dessa compreensão. Responde dizendo que consentiriam não princípios que buscam o *maximin* na riqueza ou mesmo a utilidade média, mas apenas as regras que empregariam os juízes do *Common Law* preocupados em maximizar a riqueza social.

Mas Posner ignora o fato de que a força dos argumentos de Rawls e de Harsanyi está justamente em que as questões que colocam devem ser respondidas sob condições de incerteza radical. Na verdade (como tentei deixar claro em outra parte[18]), a posição original de Rawls é um poderoso mecanismo de reflexão sobre a justiça, pois o intuito dessa posição incorpora e aplica a teoria da igualdade profunda descrita na última parte deste ensaio. Incorpora essa teoria precisamente ao estipular que as partes consentem princípios de justiça sem nenhum conhecimento de quaisquer qualidades ou atributos que lhes deem vantagens sobre outros, e sem nenhum conhecimento de que concepção do bem sustentam em contraposição a outros.

Posner diz que seus argumentos superam os de Rawls, pois ele se ocupa de pessoas reais tomando decisões sob o que ele chama de ignorância "natural" – refere-se, suponho, à ignorância sobre se irão ou não efetivamente ter má sorte – não sob o que ele chama de ignorância "artificial" e mais radical de Rawls[19]. Mas essa "superação" é fatal. Posner não contempla, como vimos, o consentimento efetivo. Se o fizesse, o grau de ignorância "natural" a ser atribuído aos que escolhem (ou, o que dá no mesmo, a data na qual definir essa ignorância) seria dado. Seria a data da escolha efetiva, histórica. Mas, como Posner tem em mente uma escolha contrafactual e não uma escolha efetiva, qualquer seleção de grau ou data de ignorância deve ser inteiramente arbitrária, e seleções diferentes ditariam regras muito diferentes. Seria claramente arbitrário, por exemplo, criar ignorâncias "naturais", de modo que ninguém sou-

---

18. Dworkin, *Taking Rights Seriously*, cap. 6.
19. Posner, *Hofstra Law Review*, 8: 497-499.

besse se era um dos poucos pedestres inveterados cujo esperado bem-estar seria promovido pela responsabilidade estrita e não pelas regras de negligência para acidentes automobilísticos. Mas, se a ignorância natural não exclui tal autoconhecimento, Posner não pode afirmar que mesmo o consentimento contrafactual seria unânime. Deve ser uma questão de escolha contrafactual da maioria das pessoas, que ofereça, como veremos, não uma versão melhorada do argumento rawlsiano, mas apenas um argumento utilitarista.

A situação é ainda pior. Porque se apenas a ignorância "natural" está em jogo, não há nenhuma razão não arbitrária para excluir o conhecimento dos que sabem que já tiveram má sorte – isto é, os queixosos das ações judiciais específicas em que se pede ao juiz que decida aplicando uma norma maximizadora da riqueza. Afinal, em algum momento algumas pessoas estão nessa posição, e seu consentimento não ocorrerá, nem mesmo contrafactualmente. Posner claramente quer produzir o consentimento sob condições que se revelam não de ignorância natural, mas de ignorância forjada, que é ainda mais artificial que a posição original de Rawls. Para qualquer queixoso específico, ele quer obter o consentimento em algum momento após estarem suficientemente bem formados os hábitos de direção dessa pessoa, de modo que ela tenha lucrado com a redução dos custos de direção, mas antes de ter sofrido um acidente não segurado, ocasionado não por negligência. Que momento é esse? Por que esse momento é decisivo? Rawls escolheu sua posição original, com a ignorância radical, por razões de moralidade política: a posição original, assim definida, é um dispositivo para aplicar uma teoria da igualdade profunda. Posner parece ser capaz de definir suas condições de escolha contrafactual apenas para chegar aos resultados que quer.

O argumento do interesse

O segundo argumento principal de Posner, como disse antes, é um argumento do interesse pessoal da maioria das pessoas. Ele pretende demonstrar que é do interesse de quase todos que os juízes decidam casos do *Common Law* aplicando as normas que maximizam a riqueza social. Mesmo as pessoas que não dirigem, observa ele, usam veículos motorizados – tomam ônibus ou viajam guiadas por outros – e, portanto, ganham com a redução dos custos de direção. Se um regime de regras de negligência, em vez de regras de responsabilidade estrita, reduzisse os custos de direção, e se quase todos viessem a beneficiar-se com essa redução, então tem-se para a negligência uma justificativa bem semelhante à de Pareto no âmbito do bem-estar. Quase todos estão em melhor situação e ninguém está em situação pior. Naturalmente, nem todos estarão em melhor situação – podemos imaginar alguém que é sempre um pedestre e nunca um passageiro –, mas "apenas um fanático" insistiria na unanimidade completa quando uma justificativa de Pareto está em jogo[20].

Esse é o argumento de Posner do paretianismo não fanático, despido de suas afirmações de autonomia ou consentimento. O que fazemos com ele? Antes de mais nada, devemos tentar ser mais claros sobre quem o "quase todos" deixa de fora. Suponha que eu seja um motorista e me beneficie regularmente dos custos de direção reduzidos possibilitados pelo instituto da culpa por negligência. Um dia, sou atropelado (numa de minhas raras caminhadas no quarteirão) por um motorista não negligente, e tenho despesas médicas e de outro tipo bem superiores à quantia que economizei com custos de direção reduzidos e que irei economizar no futuro com custos reduzidos de ambulância e de cadeira de rodas motorizada. Em que sentido me beneficio de um regime de negligência que me nega o reembolso, em comparação com um regime de responsabilidade estrita? Apenas no sentido do que poderia chamar de meu interesse pessoal antecedente. Estava em melhor situação no sistema de negligência antes de ser atropelado, pelo menos com base na suposição razoável de que minhas chances de ser atropelado não eram maiores que as de qualquer outra pessoa. Afi-

---

20. *Ibid.*, p. 495.

nal (por hipótese), poderia ter feito um seguro contra atropelamento com parte do que economizei como motorista com custos de direção mais baixos. Mas *depois* do acidente (se, na verdade, não fiz tal seguro) estaria em melhor situação em um sistema de responsabilidade estrita. A diferença também pode ser expressa, não temporalmente, como uma diferença no bem-estar esperado em diferentes estados de conhecimento. Quando não sei que serei atropelado, meu bem-estar esperado é mais elevado no sistema da culpa por negligência. Quando sei disso, meu bem-estar esperado é mais elevado no sistema da responsabilidade estrita.

Mas qual é o ponto adequado (expresso temporalmente ou como uma função do conhecimento) para calcular meu bem-estar esperado? Suponha que meu caso seja contestável no Direito porque ainda não ficou decidido, em minha jurisdição, se é a negligência ou a responsabilidade estrita que se aplica a casos como o meu (afinal, é justamente em tais casos controversos que precisamos de uma teoria de prestação jurisdicional como a que propõe Posner). Ora, o fato de que estaria em melhor situação, antes do acidente, em um sistema de negligência parece irrelevante. Na verdade, não tive os benefícios de uma regra de negligência. Em tal caso, a questão – sob qual regra todos estarão em melhor situação – deve atentar apenas para o futuro. E eu não estarei em melhor situação no sistema da negligência. Estarei melhor no da responsabilidade estrita.

Mas suponha que se diga que todos os outros – ou todos, exceto os poucos que andam a pé, nunca dirigem e nunca viajam em veículos guiados por outros – estarão em melhor situação. Apenas eu e esses pedestres inveterados estaremos em situação pior. Isso é verdade? É verdade que (ignorando esses pedestres inveterados) o bem-estar esperado de todos os outros, fixado na época da minha ação judicial, será aumentado. Mas não é verdade que o bem-estar efetivo de todos será aumentado. Isso porque haverá alguns que não farão o seguro adequado, e terão má sorte. Sofrerão tantos prejuízos não indenizados em decorrência de acidentes em que não houve negligência, que estariam em melhor situação, *ex post*, se o tribunal tivesse estabelecido um regime de responsabilidade estrita em meu caso, mesmo quando levados em consideração, nesse meio-tempo, os custos de direção reduzidos e, depois, os custos de ambulância reduzidos. Suponha que você seja uma dessas pessoas sem sorte. Você promove uma ação judicial. Não pode dizer que não teve nenhum benefício no sistema de negligência, mas, não obstante, sugere que o sistema de negligência seja abandonado agora e que se institua a responsabilidade estrita, a partir do seu caso.

Não se pode dizer, como razão para recusar a solicitação, que você ganhou mais do que perdeu a partir da decisão do meu caso. Isso não aconteceu – você perdeu mais do que ganhou. Mas suponha que fosse verdade que ganhou mais do que perdeu. Mudemos os fatos mais uma vez para que seja esse o caso. Suponha que seu presente acidente ocorra perto do fim de sua expectativa de vida e que você fez o seguro após a decisão do meu caso, de modo que, se perder a causa, seu prêmio terá apenas um aumento de pouca duração. Você ganhou mais em custos de direção reduzidos nesse meio-tempo do que irá perder, mesmo que perca a causa. Contudo, não é verdade que ganhará mais *no futuro* se o juiz de seu caso recusar sua solicitação e mantiver o sistema de negligência. Mesmo pelo novo conjunto de regras, você ganhará mais se a responsabilidade estrita for instituída a partir de seu caso. De outro modo (sendo racional) você não teria feito a solicitação que fez.

Espero que agora a questão esteja clara. Se nos propomos justificar quaisquer decisões do *Common Law* a partir de fundamentos paretianos, a classe das exceções – dos que ficam em situação pior com a decisão – deve incluir, no mínimo, os que perdem a ação judicial e outros em casos semelhantes. Não melhora a justificativa paretiana o fato de que a regra agora aplicada aumentaria o bem-estar esperado do perdedor se houvesse sido aplicada antes. Nem o fato de que a regra foi imposta mais cedo, de modo que seu bem-estar esperado efetivamente aumentou em alguma data anterior. Nem o fato de que, como a regra já foi aplicada anteriormente, o perdedor no presente caso ganhou mais com a regra passada do que perde agora. Cada um desses fatos é irrelevante porque uma justificativa paretiana é voltada para o futuro, não para o passado. Ela propõe que uma decisão está certa porque ninguém está em situação pior pelo fato de que *essa* decisão foi tomada. Contudo, todos os que estão em pior situação a partir de um ponto de vista voltado para o futuro devem figurar como contraexemplos de uma pretensa justificativa paretiana. Essas diferentes considerações voltadas para o passado podem muito bem ser relevantes para um diferente tipo de justificativa de uma decisão judicial. Podem, em particular, ser relevantes para um tipo conhecido de argumento de equidade (considerarei esse argumento mais tarde). Mas não são relevantes para uma justificativa paretiana, justificativa que Posner desdobra-se para oferecer.

Posner salva-se aqui com sua advertência, de que apenas um fanático insistiria na unanimidade absoluta? Talvez soe realmente fanático insistir em que até a última pessoa deva beneficiar-se – ou, pelo menos, não perder – antes que qualquer decisão social seja tomada. Se aceitássemos essa restrição, quase nenhuma decisão social seria justificada. Não obstante, isso é exatamente o que exige o critério de Pareto. Ele insiste em que ninguém fique em pior situação e, se alguém ficar, a justificativa paretiana não é simplesmente enfraquecida; ela é destruída. Pareto é tudo ou nada, como a gravidez e a morte jurídica.

Por quê? Porque, a menos que o critério de Pareto seja tratado como tudo ou nada, como fanático nesse sentido, ele degenera no critério utilitarista. Em particular, assume o ônus dos defeitos conceituais e morais das teorias utilitaristas. Suponha que formulemos o critério de Pareto da seguinte maneira, não fanática. "Uma decisão política (incluindo uma decisão judicial) é justificada se deixar a grande massa de pessoas em melhor situação e apenas um número relativamente baixo de pessoas em pior situação." Com certeza, devemos interpretar esse teste de modo a levar em conta a quantidade de bem-estar ganho ou perdido assim como o número dos que ganham ou perdem. Do contrário, poderiam justificar-se prejuízos devastadores para alguns poucos em troca de lucros triviais para a maioria, de modo que a soma destes, qualquer que fosse o cálculo, seria menor que a soma dos primeiros. Mas quando introduzimos a dimensão da quantidade de bem-estar ganho ou perdido, introduzimos também os conhecidos problemas de comparações interpessoais de utilidade. Uma afirmação importante a favor do critério de Pareto é que ele evita tais comparações; se, no fim das contas, revelar-se que não as evita, essa afirmação deve ser retirada.

Uma segunda afirmação a favor do critério de Pareto é de moralidade política. O utilitarismo enfrenta o problema de explicar a alguém que perdeu em um cálculo benthamiano por que é justo fazê-lo sofrer para que outros possam prosperar. Os críticos do utilitarismo sustentam que qualquer justificativa benthamiana que lhe for oferecida cometerá o que denominei o pecado ambíguo de ignorar a diferença entre as pessoas[21]. Ora, se há uma justificativa paretiana fanática para uma dada decisão política, é melhor evitar esse problema – explicar por que alguém deve ficar em situação pior para que outros fiquem em situação melhor. Não quero dizer que as justificativas de Pareto sejam inteiramente destituídas de problemas. Alguém que sustente uma teoria de igualitarismo profundo sobre a igualdade absoluta de bem-estar fará objeção a uma decisão que coloca alguém em melhor situação e ninguém em situação pior se essa decisão destruir uma igualdade absoluta e preexistente de bem-estar. Mas as justificativas paretianas com certeza evitam o problema, obviamente mais sério, de justificar o prejuízo de alguns para que outros possam lucrar.

É importante, porém, perceber que esse problema não tem a ver com o número dos que sofrem prejuízo. Suponha que, em um cálculo benthamiano, só uma pessoa perca. Se o prejuízo que ela sofre é justificado pelo fato de que o lucro para os outros supera, no total, a perda dessa pessoa, então a mesma justificativa deve, obviamente, valer quando o número de prejudicados sofre qualquer acréscimo, contanto que o lucro agregado ainda exceda o prejuízo agregado. A questão do princípio apresenta-se de maneira decisiva no caso individual. Esse é o bura-

---

21. Ver Dworkin, *Taking Rights Seriously*, p. 233.

A VISÃO ECONÔMICA DO DIREITO

co da agulha; se a utilidade pode passar por esse buraco, ganha o céu. Portanto, nosso flexível critério paretiano não pode ter nenhuma vantagem de moralidade política perante o benthamismo franco. O paretianismo não fanático é mero utilitarismo. É hora de fazer uma avaliação. Posner compraz-se em afirmar que a maximização da riqueza combina as características mais atraentes da preocupação kantiana com a autonomia e da preocupação utilitarista com as preferências individuais, ao mesmo tempo que evita os excessos de qualquer uma dessas teorias tradicionais. Seu argumento a partir do consentimento contrafactual tem o intuito de fornecer as características kantianas. Mas isso é espúrio: a ideia de consentimento não funciona na teoria, e o recurso à autonomia, portanto, é uma fachada. Seu argumento a partir do interesse comum tem como objetivo fornecer as características utilitárias. Só que exagera. Ele não pode reivindicar uma justificativa paretiana genuína para decisões do *Common Law*, seja em casos controversos, seja em casos fáceis. Sua versão flexível de paretianismo não passa de utilitarismo, com defeitos e tudo. A viagem deste ensaio termina na teoria tradicional que ele antes estava mais ansioso para refutar.

Para além do consentimento e do interesse

Podemos descobrir, nas várias discussões de Posner, algum argumento de justiça mais atraente que aqueles que ele coloca explicitamente? O seguinte princípio geral (do interesse antecedente) parece estar, de certo modo, em jogo. Se uma norma é do interesse antecedente de todos na época em que é estabelecida, é justo aplicá-la mesmo contra os que serão prejudicados com sua adoção, contanto que não tenham, antecipadamente, mais probabilidade que os outros de ter prejuízo com ela. Isso não é, como vimos, o critério de Pareto, e nem todos concordarão que é um princípio justo. Na verdade, oferecerei razões para que se duvide disso. Mas tem suficiente apelo inicial para que perguntemos se fornece ou não uma base para os argumentos de Posner a favor da maximização da riqueza na prestação jurisdicional.

O princípio do interesse antecedente não pode ser usado diretamente a favor de nenhuma regra específica de maximização de riqueza que um juiz pudesse adotar, pela primeira vez, em um caso controverso. Isso porque qualquer regra específica fracassará no teste que o princípio provê: não será do interesse da parte contra a qual é usada na ocasião de sua adoção porque a ocasião de sua adoção é justamente a ocasião em que é usada contra ela. Mas o princípio do interesse antecedente realmente parece sustentar uma metarregra de prestação jurisdicional (vamos chamá-la de alfa), que estabelece que, em um caso controverso, os juízes deveriam escolher e aplicar essa regra, que é, naquele momento, do interesse antecedente da grande maioria das pessoas, embora não do interesse da parte que perde. Uma vez que alfa tenha vigorado numa comunidade durante algum tempo, pelo menos, ela própria satisfaz o teste do princípio do interesse antecedente. Para cada indivíduo, alfa pode, infelizmente, tornar mais provável que seja adotada alguma regra contrária aos seus interesses. Para pedestres inveterados, por exemplo, alfa pode tornar mais provável que a regra de culpa por negligência seja adotada. Mas, como cada indivíduo ganhará com a adoção de outras regras por causa de alfa – os pedestres inveterados irão ganhar com todos os tipos de normas do *Common Law* que beneficiem a eles e à maioria dos outros –, pode-se dizer, plausivelmente, que a *própria* alfa é do interesse antecedente de absolutamente todos. Contudo, mesmo que isso se revele errado – que existe certa minoria econômica ou de outro tipo, que sistematicamente sofre prejuízo com um amplo espectro de regras particulares que respondem ao teste de alfa –, então alfa pode ser adequadamente emendada. Portanto, reformulemos alfa desta maneira: em um caso controverso, os juízes devem escolher a regra que seja do interesse antecedente da grande maioria das pessoas e não contrarie os interesses do grupo econômico em pior situação ou de qualquer outro grupo que teria desvantagem geral e antecedente, como grupo, com a aplicação desse princípio sem essa ressalva.

Ora, Posner acredita que alfa (considerada, a partir de agora, como emendada dessa maneira) exigiria que os juízes adotassem um teste de maximização da riqueza para a prestação jurisdicional no *Common Law*, pelo menos em geral. Se é assim, a combinação da regra de interesse antecedente com alfa pode dar a impressão de oferecer um argumento de equidade a favor da sentença maximizadora de riqueza (pelo menos geral) no *Common Law*. Essa seria uma importante conclusão e, na minha opinião, um avanço claro ante as tentativas anteriores de justificar a maximização de riqueza como padrão para a prestação jurisdicional. É mais convincente afirmar que, nas condições da prestação jurisdicional do *Common Law*, as regras de maximização de riqueza são justas, do que dizer que a riqueza é um bem em si ou que tem uma relação causal com outros bens, formulados de maneira independente, de modo que justifique instrumentalmente a doutrina de que a sociedade deve buscar exclusivamente a riqueza.

Portanto, temos uma boa razão para perguntar se o princípio do interesse antecedente é justo. Devemos notar que se esse princípio pudesse ser aplicado sensatamente pelas partes da posição original de Rawls, e se elas escolhessem aplicá-lo, selecionariam o princípio da utilidade média como princípio fundamental de justiça em lugar dos princípios que Rawls diz que escolheriam (Harsanyi e outros, como nos lembra Posner, argumentaram a favor da utilidade média exatamente dessa maneira). Podemos, porém, perceber imediatamente uma razão para que as partes da posição original, à vista da enumeração de seus interesses, não aceitassem o princípio do interesse antecedente. Se fossem conservadoras no que diz respeito a riscos e, por essa razão, adotassem uma estratégia *maximin*, evitariam esse princípio, pois ele age contra os que, de uma maneira ou outra, sempre têm muito má sorte.

Já vimos por que é assim. Suponha que alfa está em vigor por gerações. Mas nunca se estabeleceu se é a negligência ou a responsabilidade estrita que é válida para acidentes automobilísticos. Alguém que seja ferido por um motorista não negligente, e que não tenha seguro, descobre que o tribunal, em conformidade com alfa, escolhe uma regra de negligência e, portanto, ele será arruinado pelas despesas médicas. Ele argumenta que isso é injusto. Não é uma boa resposta dizer que o grupo econômico ao qual ele pertence lucra, junto com todos os outros, em um regime de culpa por negligência. Ele perde. Tampouco é necessariamente verdadeiro que, do modo como as coisas aconteceram, ele ganhou mais do que perdeu com o fato de alfa ser aceita em sua comunidade. É difícil adivinhar quanto ele ganhou. Teríamos de perguntar que outros argumentos estavam a favor das regras que foram adotadas anteriormente em virtude de alfa para decidir se elas teriam sido adotadas mesmo que alfa tivesse sido rejeitada logo no início. Mas se ele fica completamente arruinado por causa de seu acidente não indenizado, poderia estar em muito melhor situação, *ex post*, se alfa nunca tivesse sido reconhecida.

Suponha que lhe digamos, em resposta à sua queixa, que ele deveria saber que alfa resolveria qualquer caso em que se avaliasse a negligência diante da responsabilidade estrita por acidentes, deveria ter imaginado que alfa exigia a negligência, e deveria ter feito o seguro adequado contra danos causados por motoristas não negligentes. Ele responderá, com certa força, que incorremos na petição de todos os princípios importantes. Primeiro, do fato de alfa recomendar a negligência não decorre que a alegação de que o faz esteja, no sentido adequado, publicamente disponível. Essa alegação pode assentar-se numa análise econômica razoavelmente profunda, desenvolvida e elaborada pela primeira vez em ligação com esse litígio. Segundo, nossa resposta supõe que alfa é justa, de modo que ele deveria ter feito reservas para o seguro à vista dela, embora seja justamente isso que ele questiona. Não podemos dizer que ele deu consentimento a alfa apenas porque era do seu interesse antecedente quando estabelecida – essa afirmação repetiria o erro inicial de Posner. Tampouco ele aceitará que é justo impor-lhe algum padrão apenas porque teve algum benefício com alfa no passado, particularmente se não teve nenhuma escolha quanto a aceitar ou não esse benefício[22]. Devemos demonstrar que o princípio do interesse antecedente é justo, não apenas supor que é. Esclareceremos essas objeções se construirmos um princípio diferente (vamos chamá-lo de beta). Beta não é, na sua formulação básica, um princípio de prestação jurisdicional, como alfa, mas fornece um. Beta é basicamente uma teoria da responsabilidade social. Poderíamos formulá-la, na sua forma mais abstrata, da seguinte maneira. As pessoas deveriam assumir a responsabilidade por tais custos de acidentes (definidos, como em outra parte deste ensaio, amplamente) se essa responsabilidade lhes fosse atribuída pela legislação numa comunidade ideal em que todos atuassem e votassem com senso de justiça e igual consideração e respeito mútuos, baseados em informações que também estão disponíveis para o ator, de maneira fácil, pública e confiável. Alguém poderia muito bem dizer que beta (formulado nesse nível de abstração) é apenas um esquema a favor do princípio de responsabilidade, não um princípio em si. Pessoas razoáveis que a aceitem irão, não obstante, discordar quanto ao que ela exige, pois discordam sobre como exatamente as pessoas deveriam atuar e votar (poderíamos dizer que beta admite interpretações ou concepções diferentes). Contudo, mesmo colocada assim abstratamente, beta está longe de ser vazia. Pelo contrário, é muito exigente – talvez demais exigente –, pois propõe aplicar a legislação que seria adotada em certas circunstâncias improváveis, mas que, na verdade, ainda não foi. Beta é uma teoria da responsabilidade forte, pois é uma teoria da responsabilidade natural ligada a proposições contrafactuais sobre a legislação. Uma pessoa poderia acreditar que beta exige que as pessoas assumam, elas próprias, a responsabilidade pelos custos de acidentes em que não houve negligência, e, no entanto, negar que devam fazê-lo até que, e a menos que, a legislação descrita em beta esteja efetivamente em vigor. Isto é, ela aceita que beta exija uma atribuição específica de responsabilidade, mas rejeita beta.

---

22. Ver A. John Simmons, "The Principle of Fair Play", *Philosophy and Public Affairs*, 8: 307 (1979).

Apesar de beta ser uma teoria da responsabilidade natural, fornece uma orientação para a prestação jurisdicional, particularmente contra o fundo de uma teoria geral da prestação jurisdicional que sustenta que, em princípio, os direitos e os deveres naturais devem ser aplicados no tribunal. Suponha, porém, que agora alguém diga que beta nada mais é que alfa. Ou (talvez com mais plausibilidade) que alfa é uma interpretação ou concepção de beta. Qualquer uma seria um erro e uma séria confusão. Pois alfa, sob certas circunstâncias muito frequentes, recomendará decisões judiciais que nenhuma interpretação plausível de beta poderia admitir. Suponha, como acabamos de imaginar, que uma regra específica satisfaça as exigências de alfa, mas por razões que não são do conhecimento geral, mas que se desenvolvem no julgamento da mesma maneira que a análise ou os dados econômicos profundos poderiam adequadamente desenvolver-se atentando para a legislação. Alfa insistirá em que essa regra deve ser aplicada a alguém que, embora consciente de alfa, não poderia ter antecipado a regra. Beta não eliminará todas as surpresas: se as pessoas discordam radicalmente quanto ao que ela exige, porque discordam quanto às questões morais subjacentes, alguém realmente pode se surpreender com sua aplicação. Mas os fundamentos e incidentes dessa surpresa diferem muito nos dois princípios.

Uma segunda diferença parece-me mais importante. Considere o seguinte e conhecido argumento a respeito das consequências de um princípio como alfa. Suponha que considerações de justiça recomendem que os membros de algum grupo – os pobres, por exemplo, ou os analfabetos – devem ter certos privilégios ou imunidades contratuais, seja por meio de regras especiais, seja por regras gerais que terão importância especial para pessoas em sua situação. Mas se um tribunal adotar uma tal regra, os membros desse grupo sofrerão a longo prazo, pois serão menores as probabilidades de que sejam contratados por comerciantes ou outros contratantes, ou então insistirão em aumentos de preço ou outras condições compensatórias, ou frustrarão, de uma maneira ou de outra, o propósito da regra em questão. Alfa agora argumenta contra a regra imediatamente protetora. Quando se segue alfa, perde, no presente caso, a pessoa a quem se diz que, embora a equidade justificasse uma decisão a seu favor se seu caso fosse considerado isoladamente, ela deve perder para proteger outros de sua classe econômica no futuro. Beta, por outro lado, argumenta de outra maneira. Considera o fato de que outros procurariam minar as exigências de equidade como irrelevantes para a questão da responsabilidade natural, e, portanto, irrelevantes para a questão colocada em julgamento. Os comerciantes que ignorarem essas exigências do grupo em desvantagem, reivindicações que supomos, *arguendo*, serem exigidas pela justiça, não estão se comportando como se comportariam nas condições contrafactuais estipuladas para fixar a responsabilidade natural.

Os legisladores seriam mais sensatos, sem dúvida, se considerassem o mundo real em vez dessas condições contrafactuais e, portanto, se preferissem alfa a beta como guia para a legislação voltada para o futuro a respeito de imunidades contratuais, responsabilidade por acidentes etc. Algumas pessoas poderiam pensar que os juízes que decidem casos difíceis devem também preferir alfa a beta, embora outras, talvez mais sensíveis às diferenças entre as questões colocadas para as duas instituições, discordem. Meu ponto de vista é apenas que beta é diferente de alfa, tanto naquilo que exige como na sua base filosófica.

Mas beta exigirá muito do que alfa exige. Se Posner está certo a respeito da distribuição das economias de custo sob uma regra de culpa por negligência, por exemplo, tanto alfa como beta recomendarão, em certo espectro de casos, um regime de negligência, não um regime de responsabilidade estrita. Com suposições ainda mais plausíveis, tanto beta como alfa recomendarão alguma versão do teste Hand como base para calcular a negligência[23]. Talvez beta e alfa recomendassem regras de maximização da riqueza para os tipos de disputas que chegam a julgamento no *Common Law* (talvez beta recomendasse a

---

23. Ver United States v. Carrol Towing Company, 159 F.2d 169, 173 (2.ª Circ. 1947).

regra maximizadora de riqueza em mais casos desse tipo do que alfa). Que conclusões devemos tirar? Beta parece-me naturalmente mais atraente como guia para o julgamento que alfa. Beta é um princípio sobre a responsabilidade natural e portanto, como guia para a prestação jurisdicional, une o julgamento e a moralidade privada e permite a afirmação de que uma decisão em um caso controverso, atribuindo responsabilidade a alguma das partes, simplesmente reconhece a responsabilidade moral dessa parte. Alfa não é um princípio de responsabilidade, mas apenas um guia para a legislação sensata voltada para o futuro. Deve valer-se do princípio do interesse antecedente para fornecer um argumento de justiça no julgamento, e esse princípio (como observamos ao considerar as queixas de alguém que perde quando se aplica alfa) é seriamente defeituoso.

De qualquer modo, porém, há uma objeção fatal ao recurso à combinação de alfa com o princípio do interesse antecedente para justificar as decisões de maximização de riqueza em nosso sistema jurídico. Desviei-me desse problema ao explicar o argumento a favor de alfa, mas devo confrontá-lo agora. O princípio do interesse antecedente nunca poderia justificar a introdução de alfa em um caso controverso, pois se algum membro da comunidade perde – seja a parte perdedora nesse caso ou alguma outra pessoa –, e de outra não teria perdido, o princípio do interesse antecedente é violado. Só depois que alfa esteve em vigor por algum tempo é que poderia ser do interesse antecedente de todos os que *então* fossem membros da comunidade *tê-la* introduzido. Nunca pode ser justo introduzir alfa pela primeira vez (se a justiça de fazê-lo depende do princípio do interesse antecedente), embora a justiça de tê-la introduzido possa desaparecer com o tempo.

Esse é um aspecto técnico maçante, que chama atenção apenas para alguma suposta injustiça em um passado longínquo, ou algo de importância prática? Depende do que se considera ser a adoção de alfa. Podemos dizer que alfa já foi adotada como princípio para a prestação jurisdicional em um sistema jurídico quando as decisões a que chegaram os tribunais

A VISÃO ECONÔMICA DO DIREITO 433

(ou a que tenderam a chegar) são as mesmas decisões que alfa teria exigido se fosse adotada expressamente? Ou apenas quando alfa foi expressamente adotada e serviu de base para essas decisões? O princípio do interesse antecedente sustenta alfa apenas depois que alfa foi adotada no segundo sentido. Esse princípio supõe um momento em que o interesse antecedente ou o bem-estar esperado das pessoas é promovido por uma decisão social de julgar de certa maneira, e esse momento não é propiciado simplesmente por um conjunto de decisões a que chegaria uma instituição que tivesse tomado essa decisão. Isso porque não se promoveria o bem-estar esperado de ninguém, da maneira que promete alfa, apenas por meio de um conjunto de decisões, por mais compatíveis que fossem com alfa, que não tivessem o compromisso de aplicar alfa de modo geral, e isso é verdadeiro mesmo se o conjunto de decisões funcionasse para aplicar alfa não por coincidência, mas por meio de alguma mão invisível, ou mesmo pela motivação subconsciente dos juízes. O compromisso é essencial, e isso só pode ser conseguido pela adoção no segundo sentido.

Contudo, já que é assim, alfa nunca foi adotada em nosso sistema jurídico no sentido pertinente, mesmo que as afirmações objetivas de Posner e outros a respeito do poder explicativo da maximização de riqueza sejam aceitas inteiramente. Portanto, não podemos nos valer de alfa para demonstrar que decisões maximizadoras de riqueza no passado foram justas por causa de alguma combinação de alfa e do princípio do interesse antecedente. Tampouco podemos nos valer da combinação para justificar quaisquer decisões maximizadoras de riqueza no futuro. Isto é, em um exame mais cuidadoso, alfa é excluída como candidata para constituir a base de uma teoria normativa da maximização da riqueza.

Poderíamos muito bem ficar com beta. Beta não se vale do princípio do direito antecedente como fazia alfa. Beta é um princípio de equidade – é, como disse, um princípio da responsabilidade natural – e, embora pareça ser muito exigente, não requer nenhum auxílio do princípio do interesse antecedente para ser válido como argumento de equidade na prestação jurisdicional. Portanto, é irrelevante que beta nunca tenha sido expressamente reconhecida como um compromisso de nosso sistema jurídico. Ela tem, por assim dizer, suas próprias razões para ser um princípio de equidade. Se for possível demonstrar que as decisões passadas teriam sido justificadas por beta, isso realmente servirá como argumento de que essas decisões foram justas. Se for possível demonstrar o mesmo para decisões futuras, apenas isso já recomendará essas decisões como justas.

Portanto, seria bom levar mais adiante do que fiz aqui a possibilidade de que beta exige decisões do *Common Law* que são (pelo menos em certo espectro de casos) justamente as decisões que maximizam a riqueza. Se beta realmente tem essa consequência, uma justificativa kantiana da maximização da riqueza pode realmente ser possível. A longa busca de Posner por uma base filosófica para sua teoria normativa da prestação jurisdicional pode, portanto, terminar no que parecia, de início, um território improvável para ele. Pois as raízes da moralidade kantiana (como beta proclama) são profundamente igualitárias.

PARTE CINCO
A discriminação inversa

Capítulo 14
O caso de Bakke: *as cotas são injustas?**

Em 12 de outubro de 1977, o Supremo Tribunal ouviu a sustentação oral no caso *Regentes da Universidade da Califórnia contra Allan Bakke*. Nenhuma ação judicial foi acompanhada tão de perto ou tão debatida pela imprensa nacional e internacional antes da decisão do Tribunal. Ainda assim, alguns dos fatos mais pertinentes colocados perante o Tribunal não foram resumidos claramente.

A escola de medicina da Universidade da Califórnia em Davis tem um programa de ação afirmativa (chamado "programa de força-tarefa") com o intuito de admitir mais estudantes negros e de outras minorias. Reserva dezesseis vagas para as quais concorrem apenas membros de "minorias em desvantagem educacional e econômica". Allan Bakke, branco, candidatou-se a uma das oitenta e quatro vagas restantes; foi rejeitado mas, como as notas de seu teste eram relativamente altas, a escola de medicina reconheceu que não podia provar que ele teria sido rejeitado se as dezesseis vagas estivessem abertas a ele. Bakke promoveu uma ação, argumentando que o "programa de força-tarefa" o havia privado de seus direitos constitucionais. O Supremo Tribunal da Califórnia concordou e ordenou que a escola de medicina o admitisse. A universidade recorreu ao Supremo Tribunal.

O programa de Davis para minorias é, em certos aspectos, mais franco que os planos similares hoje em vigor em muitas

---
* Publicado originalmente em *The New York Review of Books*, 10 de novembro, 1977. © Ronald Dworkin.

outras universidades e escolas profissionalizantes dos Estados Unidos. Tais programas têm como objetivo aumentar a matrícula de estudantes negros e de outras minorias admitindo que o critério racial conte afirmativamente como parte das razões para admiti-los. Algumas escolas estabelecem o "alvo" de uma quantidade específica de vagas para minorias em vez de estabelecer um número fixo de vagas. Davis, porém, não queria preencher as vagas reservadas a menos que houvesse dezesseis candidatos de minorias que considerasse claramente qualificados para a formação médica. A diferença, portanto, é de estratégia administrativa e não de princípio.

Portanto, a questão constitucional levantada por *Bakke* é de importância capital para a educação de nível superior nos Estados Unidos, e um grande número de universidades e escolas deu entrada em mandatos *amicus curiae* instando o Tribunal para que modificasse a decisão californiana. Elas acreditam que se não forem livres para usar critérios raciais explícitos em seus programas de admissão, serão incapazes de cumprir o que consideram ser suas responsabilidades para com a nação.

Muitas vezes se diz que os programas de ação afirmativa têm como objetivo alcançar uma sociedade racialmente consciente, dividida em grupos raciais e étnicos, cada um deles, como grupo, com direito a uma parcela proporcional de recursos, carreiras ou oportunidades. Essa é uma análise incorreta. A sociedade norte-americana, hoje, é uma sociedade racialmente consciente; essa é a consequência inevitável e evidente de uma história de escravidão, repressão e preconceito. Homens e mulheres, meninos e meninas negros não são livres para escolher por si mesmos em que papéis – ou como membros de quais grupos sociais – outros irão caracterizá-los. Eles são negros, e nenhum outro atributo de personalidade, lealdade ou ambição irá influenciar tanto o modo como os outros irão vê-los ou tratá-los, e que tipo e dimensão de vida estarão abertos a eles.

O número ínfimo de médicos e outros profissionais negros é uma consequência e uma causa contínua da consciência

A DISCRIMINAÇÃO INVERSA 439

racial do país, um elo numa longa e autossuficiente reação em cadeia. Os programas de ação afirmativa usam critérios racialmente explícitos porque seu objetivo imediato é aumentar o número de membros de certas raças nessas profissões. Mas almejam a longo prazo *reduzir* o grau em que a sociedade norte--americana, como um todo, é racialmente consciente.

Os programas baseiam-se em dois juízos. O primeiro diz respeito à teoria social: que os Estados Unidos permanecerão impregnados de divisões raciais enquanto as carreiras mais lucrativas, gratificantes e importantes continuarem a ser prerrogativa de membros da raça branca, ao passo que outros se veem sistematicamente excluídos de uma elite profissional e social. O segundo é um cálculo de estratégia: que aumentar o número de negros atuando nas várias profissões irá, a longo prazo, reduzir o sentimento de frustração, injustiça e constrangimento racial na comunidade negra, até que os negros passem a pensar em si mesmos como indivíduos capazes de ter sucesso, como os outros, por meio do talento e da iniciativa. Nesse ponto futuro, as consequências, quaisquer que venham a ser elas, dos programas de admissão não raciais, poderão ser aceitas sem nenhuma impressão de barreiras ou injustiça raciais.

Portanto, é a pior incompreensão possível supor que os programas de ação afirmativa têm como intuito produzir uma América balcanizada, dividida em subnações raciais e étnicas. Eles usam medidas vigorosas porque as mais suaves fracassarão, mas seu objetivo final é diminuir, não aumentar a importância da raça na vida social e profissional norte-americana.

Segundo o censo de 1970, apenas 2,1 por cento dos médicos norte-americanos eram negros. Os programas de ação afirmativa pretendem prover mais médicos negros para atender pacientes negros. E não porque é desejável que negros tratem negros e brancos tratem brancos, mas porque agora é improvável que os negros, e isso não é culpa deles, sejam bem atendidos por brancos, e porque a omissão em oferecer-lhes médicos em que confiem irá antes exacerbar que reduzir o ressentimento que hoje os leva a confiar apenas nos seus. A ação afirmativa tenta colocar mais negros nas salas de aula junto com médicos brancos, não porque seja desejável que uma escola de medicina reflita a constituição racial da comunidade como um todo, mas porque a associação profissional entre negros e brancos diminuirá entre os brancos a atitude de considerar os negros como raça e não como indivíduos, e, assim, a atitude dos negros de pensar em si próprios da mesma maneira. Ela tenta oferecer "modelos de papéis" para futuros médicos negros, não porque seja desejável que um menino ou menina negros encontrem modelos apenas entre negros, mas porque nossa história tornou-os tão conscientes de sua raça que é provável que o sucesso de brancos, por enquanto, signifique pouca coisa ou nada para eles.

A história da campanha contra a injustiça racial desde 1954, quando o Supremo Tribunal decidiu *Brown contra Conselho de Educação*, é, em grande parte, uma história de fracassos. Não conseguimos reformar a consciência racial de nossa sociedade por meios racialmente neutros. Portanto, somos obrigados a olhar os argumentos a favor da ação afirmativa com solidariedade e espírito aberto. Naturalmente, se Bakke está certo em que tais programas, não importa quão eficazes sejam, violam seus direitos constitucionais, eles não devem ter permissão para continuar. Mas não devemos proibi-los em nome de alguma máxima descuidada, como a de que não pode estar certo combater fogo com fogo ou de que o fim não pode justificar os meios. Se as alegações estratégicas a favor da ação afirmativa são válidas, não podem ser descartadas com a justificativa de que testes racialmente explícitos são repugnantes. Se tais testes são repugnantes, só pode ser por motivos que tornam ainda mais repugnantes as realidades sociais subjacentes que os programas atacam.

Dizem que, numa sociedade pluralista, a condição de membro de um grupo específico não pode ser usada como critério de inclusão ou exclusão de benefícios. Mas a condição de membro de um grupo, como questão antes de realidade social que de padrões formais de admissão, é hoje parte do que determina

A DISCRIMINAÇÃO INVERSA 441

a inclusão ou a exclusão para nós. Se devemos escolher entre uma sociedade realmente liberal e uma sociedade não liberal, que evita escrupulosamente critérios raciais formais, não podemos recorrer aos ideais do pluralismo liberal para preferir a segunda.

Archibald Cox, da Escola de Direito de Harvard, falando pela Universidade da Califórnia em uma sustentação oral, disse ao Supremo Tribunal que essa é a escolha que os Estados Unidos devem fazer. Tal como estão as coisas, disse ele, os programas de ação afirmativa são o único meio eficiente de aumentar o número absurdamente baixo de médicos negros. O Supremo Tribunal da Califórnia, ao aprovar a reivindicação de Bakke, instara para que a universidade perseguisse esse objetivo por meio de outros métodos que não levassem a raça explicitamente em conta. Mas isso não é realista. Devemos distinguir, alegou Cox, entre duas interpretações do que significa a recomendação do Tribunal da Califórnia. Pode significar que a universidade deve almejar o mesmo objetivo imediato, de aumentar a proporção de estudantes negros e de outras minorias na escola de medicina, por meio de um processo de admissão que, superficialmente, não utilize critérios raciais evidentes.

Essa é uma recomendação hipócrita. Se os que administram os padrões de admissão, seja qual for a forma que estes assumam, compreenderem que seu objetivo imediato é aumentar o número de negros na escola, usarão a raça como critério ao fazer os vários julgamentos subjetivos que os critérios explícitos exigirão, porque essa será, dado o objetivo, a única maneira correta de fazer esses julgamentos. A recomendação pode significar, por outro lado, que a escola deveria adotar algum objetivo que não se baseasse em critérios raciais, como aumentar o número de estudantes desfavorecidos de todas as raças, e, então, esperar que esse objetivo produza, como efeito colateral, um aumento no número de negros. Contudo, mesmo que essa estratégia seja menos hipócrita (o que está longe de ser claro), ela quase certamente fracassará, pois nenhum objetivo diferente, escrupulosamente administrado, sem consciência de raça, aumentará significativamente o número de estudantes negros de medicina. Cox ofereceu provas poderosas a favor dessa conclusão, que são sustentadas pelo relatório recente e abrangente do Carnegie Council on Policy Studies in Higher Education. Suponha, por exemplo, que a escola de medicina reservasse vagas para candidatos "em desvantagem" em um teste racialmente neutro, como a pobreza, permitindo que apenas candidatos assim desfavorecidos competissem por elas. Se a escola selecionar nesse grupo os que tiverem melhores notas nos testes de aptidão para a escola de medicina, não aceitará quase nenhum negro, pois os negros têm notas relativamente baixas mesmo comparados com os que se encontram em desvantagem econômica. Mas se a escola escolher entre os candidatos em desvantagem tomando outra base que não as notas dos testes, de modo que mais negros tenham sucesso, não estará administrando o procedimento especial sem consciência de raça.

Portanto, Cox conseguiu colocar seu argumento na forma de duas proposições simples. Um teste de admissão baseado na consciência de raça, mesmo que reserve vagas exclusivamente para candidatos qualificados da minoria, serve a objetivos que são, em si, irreprováveis e até mesmo urgentes. Tais programas, além disso, são o único meio que oferece alguma promessa significativa de alcançar esses objetivos. Se esses programas forem detidos, não mais que um número ínfimo de estudantes negros entrará nas escolas de medicina ou de outras profissões por, pelo menos, mais uma geração.

Se essas proposições têm fundamento, com base em que se pode pensar que tais programas são errados ou inconstitucionais? Devemos observar uma importante distinção entre dois tipos diferentes de objeções que podem ser feitas. Esses programas têm a intenção, como disse, de diminuir a importância da raça nos Estados Unidos a longo prazo. Pode-se objetar, primeiro, que os programas irão mais prejudicar que promover esse objetivo. Não há como provar que não é assim. Cox reconheceu em sua argumentação que há custos e riscos nesses programas. Os programas de ação afirmativa parecem encorajar, por exemplo, um mal-entendido popular, de que eles supõem que grupos raciais ou étnicos têm direito a cotas proporcionais de oportunidade, de modo que minorias italianas ou polonesas, na teoria, têm direito às suas cotas proporcionais como os negros, chicanos ou índios têm direito às cotas que os atuais programas lhes oferecem. Isso é um erro óbvio: os programas não se baseiam na ideia de que os que recebem auxílio têm direito a auxílio, mas apenas na hipóteses estratégica de que ajudá-los agora é uma maneira eficaz de atacar um problema nacional. Algumas escolas de medicina podem muito bem fazer esse julgamento, sob certas circunstâncias, a respeito de uma minoria étnica branca. Na verdade, parece provável que algumas escolas de medicina estejam agora tentando ajudar candidatos brancos da região dos Apalaches, por exemplo, com programas de distribuição regional.

Portanto, a compreensão popular está errada, mas, enquanto persistir, é um custo para o programa, pois as posturas que encoraja tendem, até certo ponto, a reforçar nas pessoas a consciência de raça. Há outros custos possíveis. Dizem, por exemplo, que alguns negros acham degradante a ação afirmativa: acham que ela os torna ainda mais conscientes do preconceito contra sua raça como tal. Essa postura também se baseia numa percepção errônea, penso, mas para uma pequena minoria de negros, pelo menos, é um custo genuíno.

Na visão de muitas universidades importantes que possuem tais programas, porém, os ganhos provavelmente excederão os prejuízos na redução da consciência de raça de um modo geral. Essa visão não é tão implausível que seja errado essas universidades buscarem adquirir a experiência que nos permitirá julgar se estão certas ou não. Seria especialmente tolo proibir essas experiências se sabemos que o fracasso da tentativa significará, como mostram as provas, que o *status quo* quase certamente continuará. De qualquer modo, essa primeira objeção não poderia oferecer nenhum argumento que justificasse uma decisão do Supremo Tribunal considerando inconstitucionais os programas. O Tribunal não tem de substituir o julgamento de educadores profissionais pelo seu julgamento especulativo sobre as prováveis consequências das políticas educacionais.

Assim, as reconhecidas incertezas quanto aos resultados a longo prazo de tais programas não poderiam justificar uma decisão do Supremo Tribunal tornando-as ilegais. Mas há uma segunda forma de objeção, muito diferente. Pode-se argumentar que, mesmo *sendo* eficazes no que diz respeito a tornar nossa sociedade menos dominada pela raça, os programas, não obstante, são inconstitucionais, pois violam os direitos constitucionais individuais daqueles que, como Allan Bakke, perdem vagas por causa deles. Na sustentação oral, Reynold H. Colvin, de San Francisco, o advogado de Bakke, deixou claro que sua objeção assume esta segunda forma. O juiz White perguntou-lhe se aceitava que os objetivos dos programas de ação afirmativa eram objetivos importantes. Colvin reconheceu que sim. Suponha, prosseguiu o juiz White, que os programas de ação afirmativa fossem, como argumentara Cox, o único meio eficaz de buscar tais objetivos. Ainda assim, Colvin sustentaria que os programas eram inconstitucionais? Sim, insistiu ele, porque seu cliente tinha o direito constitucional de que os programas fossem abandonados, quaisquer que fossem as consequências.

Colvin foi prudente ao basear suas objeções no segundo fundamento; foi prudente ao afirmar que seu cliente tem direitos que independem de qualquer julgamento a respeito das consequências plausíveis da ação afirmativa para a sociedade como um todo, pois, se ele sustenta essa reivindicação, o Tribunal deve conceder-lhe a reparação que procura.

Mas ele pode estar certo? Se Allan Bakke tem um direito constitucional tão importante que os objetivos urgentes da ação afirmativa devam ceder, isso deve ser porque a ação afirmativa viola algum princípio fundamental da moralidade política. Es-

A DISCRIMINAÇÃO INVERSA

se não é um caso no qual o que se poderia chamar de Direito formal ou técnico exija uma decisão em um sentido ou em outro. Não há nenhum texto na Constituição cujo significado claro proíba a ação afirmativa. Apenas as teorias mais ingênuas de interpretação legislativa poderiam afirmar que tal resultado decorre de qualquer decisão anterior do Supremo Tribunal, da Lei dos Direitos Civis de 1964 ou de qualquer outra decisão do Congresso. Se Colvin está certo, deve ser porque Allan Bakke tem não somente um direito jurídico técnico, mas também um importante direito moral.

O que poderia ser esse direito? O argumento popular, colocado com frequência nas páginas de editoriais, é o de que Bakke tem direito de ser avaliado segundo seu mérito. Ou que tem direito de ser avaliado como indivíduo, não como membro de um grupo social. Ou que tem direito, tanto quanto qualquer negro, de não ser sacrificado ou de ter uma oportunidade excluída apenas por causa de sua raça. Mas essas expressões capciosas são enganosas no caso porque, como a reflexão demonstra, o único princípio genuíno que descrevem é o de que ninguém deve sofrer com o preconceito ou o desprezo dos outros. E esse princípio não está absolutamente em jogo nesse caso. Apesar da opinião popular, a ideia de que o caso *Bakke* apresenta um conflito entre um objetivo social desejável e direitos individuais importantes é uma confusão intelectual.

Considere, por exemplo, a afirmação de que indivíduos que se candidatam a vagas na escola de medicina devem ser avaliados segundo o mérito, exclusivamente. Se esse lema significa que os comitês de admissão não devem levar mais nada em consideração, além das notas em algum teste de inteligência específico, ele é arbitrário e, de qualquer modo, contestado pela prática consagrada de todas as escolas de medicina. Se significa, por outro lado, que uma escola de medicina deve escolher os candidatos que, segundo acredita, serão os médicos mais úteis, tudo depende do julgamento de quais fatores tornam úteis diferentes médicos. A escola de medicina de Davis atribuiu a cada candidato regular, assim como a cada candidato de minorias, aquilo que chamou de "nota de referência de nível". Essa nota refletia não apenas o resultado de testes de aptidão e médias do colégio, mas uma avaliação subjetiva das chances do candidato de atuar como um médico eficiente, em vista das presentes necessidades de serviço médico da sociedade. Presumivelmente, as qualidades consideradas importantes eram diferentes daquelas que uma escola de Direito, engenharia ou administração buscaria, exatamente como os testes de inteligência que uma escola médica poderia usar seriam diferentes dos testes que essas outras escolas julgariam adequados.

Não há nenhuma combinação de capacidades, méritos e traços que constituam o "mérito" no sentido abstrato; se mãos ágeis contam como "mérito" no caso de um possível cirurgião, é somente porque mãos ágeis irão capacitá-lo a atender melhor o público. Se uma pele negra, infelizmente, capacita outro médico a fazer melhor um outro trabalho médico, a pele negra, em prova do que digo, também é um mérito. Para alguns, esse argumento pode parecer perigoso, mas apenas porque confundem sua conclusão – que a pele negra pode ser uma característica socialmente útil em dadas circunstâncias – com a ideia muito diferente e desprezível de que uma raça pode ter inerentemente mais valor que outra.

Considere a segunda das expressões capciosas que mencionei. Dizem que Bakke tem direito de ser avaliado como "indivíduo" na decisão de admiti-lo ou não na escola de medicina e, assim, na profissão médica, e não como membro de algum grupo que está sendo julgado como um todo. O que isso pode significar? Qualquer processo de admissão deve valer-se de generalizações sobre grupos justificadas apenas estatisticamente. O processo de admissão regular em Davis, por exemplo, estabeleceu uma nota de corte para médias do colégio. Candidatos cujas médias estivessem abaixo desse número não eram chamados para nenhuma entrevista e, portanto, eram rejeitados imediatamente.

Um candidato cuja média fosse um ponto abaixo do limite poderia muito bem possuir qualidades pessoais de dedicação ou solidariedade que se teriam revelado numa entrevista, e isso faria dele um médico melhor que algum candidato cuja média fosse um ponto acima do limite. Mas o primeiro é excluído do processo com base numa decisão tomada por conveniência administrativa e fundada na generalização, cuja validade para todos os indivíduos é improvável, de que todos os que têm médias abaixo do limite não terão outras qualidades suficientemente persuasivas. Mesmo o uso dos testes padrão de aptidão para a faculdade de medicina como parte do processo de admissão exige que se avaliem as pessoas como parte de grupos, pois supõe que as notas dos testes são um guia para a inteligência médica, que, por sua vez, é um guia para a capacidade médica. Embora essa julgamento, sem dúvida, seja verdadeiro estatisticamente, não é válido para todos os indivíduos.

O próprio Allan Bakke foi recusado em duas outras escolas de medicina, não por causa de sua raça, mas por causa de sua idade: as escolas acharam que um estudante que entrasse na escola de medicina com 33 anos provavelmente contribuiria menos para o serviço médico ao longo de sua carreira do que alguém que entrasse na idade padrão de 21 anos. Suponha que, para determinar se Bakke tinha capacidades que negariam a generalização no seu caso específico, essas escolas tenham se baseado não numa investigação detalhada mas numa regra empírica que permitia apenas um exame superficial de candidatos acima de, digamos, 30 anos. Essas duas escolas de medicina violaram o direito dele de ser avaliado como indivíduo e não como membro de um grupo?

A escola de medicina de Davis permitiu que brancos se candidatassem às dezesseis vagas reservadas para membros de "minorias em desvantagem educacional ou econômica", uma expressão cujo significado poderia incluir minorias étnicas brancas. Na verdade, vários brancos se candidataram, embora nenhum tenha sido aceito, e o Tribunal da Califórnia considerou que o comitê especial encarregado de administrar o programa havia decidido, antecipadamente, contra a admissão de qualquer branco. Suponha que essa decisão tenha se baseado na seguinte teoria administrativa: é tão improvável que algum médico branco possa contribuir, tanto quanto um médico negro bem ressalvado e treinado, para compensar o desequilíbrio racial na profissão médica que o comitê, por razões de conveniência, deve proceder baseado no pressuposto de que nenhum médico branco poderia fazê-lo. Esse pressuposto, na verdade, é mais plausível que o pressuposto correspondente a respeito de estudantes de medicina com mais de 30 anos, ou mesmo do pressuposto sobre candidatos com médias abaixo da nota de corte. Se esses últimos pressupostos não negam o alegado direito dos indivíduos de ser avaliados como indivíduos em um processo de admissão, o primeiro também não.

Colvin, na sustentação oral, atestou a terceira das expressões capciosas que mencionei. Disse que o seu cliente tinha direito de não ser excluído da escola de medicina apenas por causa de sua raça, e isso, como formulação de um direito constitucional, soa mais plausível que afirmações sobre o direito de ser avaliado por mérito ou como indivíduo. Soa plausível, porém, porque sugere o seguinte princípio, mais complexo. Todo cidadão tem o direito constitucional de não sofrer desvantagem, pelo menos na competição por algum benefício público, porque a raça, religião ou seita, região ou outro grupo natural ou artificial ao qual pertença é objeto de preconceito ou desprezo.

Trata-se de um direito constitucional de importância fundamental, que foi sistematicamente violado durante muitos anos por exclusões racistas e cotas antissemitas. As barreiras por cor e cotas para judeus não eram injustas apenas porque tornavam relevantes a raça ou a religião ou porque se fixavam em qualidades além do controle individual. É verdade que negros ou judeus não escolhem ser negros ou judeus. Mas também é verdade que os que têm notas baixas em testes de aptidão ou admissão não escolhem seus níveis de inteligência. Tampouco os que tiveram negada a admissão porque são muito velhos, ou porque não vêm de uma parte do país com representação baixa na escola, ou porque não sabem jogar basquete direito, escolhem não ter as qualidades que fizeram a diferença.

A raça parece diferente porque as exclusões baseadas na raça foram motivadas historicamente não por algum cálculo instrumental, como no caso da inteligência, idade, distribuição regional ou capacidade atlética, mas por causa do desprezo pela raça ou religião excluídas. A exclusão por raça era um insulto, pois era gerada pelo desprezo. A reivindicação de Bakke, portanto, deve tornar-se mais específica. Ele diz que foi excluído da escola de medicina por causa de sua raça. Quer dizer que foi excluído porque sua raça é objeto de preconceito ou desprezo? Essa sugestão é absurda. Uma proporção muito alta dos que foram aceitos (e, presumivelmente, dos que dirigem o programa de admissão) eram membros da mesma raça. Portanto, ele quer dizer simplesmente que se fosse negro teria sido aceito, sem nenhuma sugestão de que isso teria ocorrido porque os negros são considerados mais dignos ou honrados que os brancos.

Isso é verdade: sem dúvida, ele teria sido aceito se fosse negro. Mas também é verdade, e exatamente no mesmo sentido, que teria sido aceito se fosse mais inteligente, se causasse melhor impressão na entrevista ou, no caso de outras escolas, se fosse mais jovem quando decidiu tornar-se médico. A raça não é, no caso *dele*, uma questão diferente desses outros fatores igualmente fora do seu controle. Não é uma questão diferente porque no seu caso a raça não se distingue pelo caráter especial do insulto público. Pelo contrário, o programa pressupõe que sua raça ainda é amplamente considerada superior às outras, ainda que isso seja um equívoco.

No passado fazia sentido dizer que um estudante negro ou judeu excluído estava sendo sacrificado por causa de sua raça ou religião; isso significava que sua exclusão, por si só, era tida como desejável, não porque contribuísse para algum objetivo do qual ele e o resto da sociedade poderiam orgulhar-se. Allan Bakke está sendo "sacrificado" no mesmo sentido artificial por causa de seu nível de inteligência, já que teria sido aceito se fosse mais inteligente do que é. Em ambos os casos, está sendo excluído não por preconceito mas por causa de um cálculo racional do uso socialmente mais benéfico de recursos limitados para a educação médica.

Pode-se dizer agora que essa distinção é muito sutil, e que se as classificações raciais foram e ainda podem ser usadas para propósitos malignos, todo o mundo tem um direito claro de que as classificações raciais não sejam usadas. Esse é o conhecido recurso à preguiçosa virtude da simplicidade. Supõe que se é difícil traçar uma linha ou que, se traçada, ela seria difícil de administrar, é prudente não tentar traçá-la. Pode haver casos em que isso seja prudente, mas seriam casos em que não se perderia nada de grande valor como consequência. Se as políticas de admissão conscientes da raça agora oferecem a única esperança substancial de introduzir mais médicos negros e de outras minorias na profissão, será uma grande perda as escolas médicas não terem permissão para empreender tais programas voluntariamente. Estaríamos renunciando a uma chance de combater certa injustiça presente para obter proteção, da qual talvez não precisemos, contra abusos especulativos que temos outros meios de evitar. E tais abusos não podem, de qualquer modo, ser piores que a injustiça à qual nos estaríamos rendendo.

Consideramos três lemas conhecidos, cada um deles amplamente considerado como nomeando um direito constitucional que permite a Allan Bakke deter programas de ação afirmativa, não importa quão eficazes ou necessários estes possam ser. Quando examinamos esses lemas, descobrimos que não podem representar nenhum princípio genuíno, exceto um. É o importante princípio de que ninguém em nossa sociedade deve sofrer porque é membro de um grupo considerado menos digno de respeito, como grupo, que outros. Temos em mente diferentes aspectos desse princípio quando dizemos que os indivíduos devem ser avaliados segundo seu mérito, que devem ser avaliados como indivíduos e que não devem sofrer desvantagens por causa de sua raça. O espírito desse princípio fundamental é o espírito do objetivo a que a ação afirmativa pretende servir. O princípio não fornece nenhum apoio para os que acham, como Bakke, que seus próprios interesses estão em conflito com esse objetivo.

É lamentável quando as expectativas de um cidadão são derrotadas por novos programas que atendem a algum interesse mais geral. É lamentável, por exemplo, que empresas pequenas e estabelecidas fracassem porque estradas novas e superiores são construídas; nesse caso, as pessoas investiram mais do que Bakke. E têm mais razão para acreditar que sua empresa continuará do que Bakke tinha para supor que poderia ter entrado na escola de medicina aos 33 anos, mesmo sem um programa de força-tarefa.

Não há, naturalmente, nenhuma sugestão nesse programa de que Bakke divide alguma culpa individual ou coletiva pela injustiça racial nos Estados Unidos, ou que ele tem menos direito a ser tratado com consideração ou respeito que qualquer estudante negro aceito no programa. Ele ficou desapontado e merece a devida solidariedade por essa frustração, assim como qualquer outro candidato desapontado – mesmo um com notas muito piores, que não teria sido aceito de maneira nenhuma. Todos ficam desapontados, porque as vagas em escolas de medicina são recursos escassos que devem ser usados para oferecer à sociedade aquilo de que ela mais necessita. Não é culpa de Bakke que a justiça racial agora seja uma necessidade especial – mas ele não tem o direito de impedir que sejam usadas as medidas mais eficazes para assegurar essa justiça.

Capítulo 15
O que Bakke realmente decidiu?*

A decisão do Supremo Tribunal em *Bakke* foi recebida pela imprensa e boa parte do público com grande alívio, como um ato de competência judicial que deu a cada parte do debate nacional aquilo que ela parecia mais desejar. Tal sensação de alívio, porém, não parece justificada, e é importante explicar por quê.

Todos conhecem um pouco os fatos do caso. A escola de medicina da Universidade da Califórnia implementou um processo de admissão de duas vias, no qual dezesseis das cem vagas disponíveis foram reservadas para membros de grupos "minoritários". Allan Bakke, um candidato branco que fora rejeitado, moveu uma ação judicial. O Supremo Tribunal da Califórnia ordenou que a escola de medicina o admitisse e proibiu as universidades da Califórnia de levar em conta a raça nas decisões quanto à admissão.

A decisão do Supremo Tribunal dos Estados Unidos ratificou a ordem do Supremo Tribunal da Califórnia, no sentido de que Bakke fosse admitido, mas revogou a proibição daquele tribunal quanto a levar em consideração a raça sob qualquer circunstância. Portanto, os oponentes dos programas de ação afirmativa poderiam apontar a vitória individual de Bakke como uma justificativa para sua opinião de que tais programas podem muitas vezes ir longe demais, ao passo que os seus proponentes ficaram aliviados ao descobrir que os objetivos principais da ação afirmativa ainda podiam ser buscados, por meio

---

* Publicado originalmente em *The New York Review of Books*, 17 de agosto, 1983. © Ronald Dworkin.

de planos mais complexos e sutis que aquele utilizado por Davis e rejeitado pelo Supremo Tribunal.

É cedo demais, porém, para concluir que a tão esperada decisão de *Bakke* estabelecerá as linhas principais de um acordo nacional sobre a ação afirmativa na educação de nível superior. A aritmética das opiniões de vários juízes e o fundamento restrito da opinião essencial do juiz Powell significam que *Bakke* estabeleceu bem menos do que se esperava e, tanto no que concerne ao princípio geral, quanto à sua aplicação detalhada, deixou muita matéria para posteriores decisões do Supremo em futuras questões que são agora inevitáveis.

Os advogados de Bakke levantaram duas questões contra o programa de cotas de Davis. Argumentaram, primeiro, que o programa era ilegal segundo os termos da Lei de Direitos Civis de 1964, que provê que ninguém "em razão da raça... será excluído de participação, será privado dos benefícios ou sujeito a discriminação em qualquer programa" que receba auxílio federal (Davis, como todas as escolas de medicina, recebe tal auxílio). Argumentaram, em segundo lugar, que o programa era inconstitucional porque negava a Bakke a igual proteção garantida na Décima Quarta Emenda.

Cinco em nove juízes – os juízes Brennan, White, Marshall, Blackmun e Powell – sustentaram que Bakke não tinha um caso baseado no primeiro fundamento – a Lei dos Direitos Civis de 1964 – e que, portanto, o caso tinha de ser decidido pelo segundo – a Constituição. Disseram que os termos da Lei dos Direitos Civis, adequadamente interpretados, tinham por objetivo tornar ilegal apenas as práticas que seriam proibidas aos estados pela própria cláusula de igualdade perante a lei. Isto é, decidiram que é impossível decidir um caso como *Bakke* com base em fundamentos legais sem tocar na questão constitucional, pois a lei não condena o programa de Davis a menos que a Constituição o faça. Os quatro juízes restantes – o presidente do Supremo, juiz Burger, e os juízes Stewart, Rehnquist e Stevens – acharam que Bakke estava certo pelo primeiro fundamento, a

Lei dos Direitos Civis, e que, portanto, não tinham de considerar o segundo, a própria Constituição, e assim não o fizeram. Dos cinco juízes que consideraram o segundo argumento, o argumento constitucional, quatro – Brennan, White, Marshall e Blackmun – sustentaram que Bakke também não tinha um caso pela Constituição. O juiz Powell alegou o contrário. Sustentou que a cláusula de igualdade perante a lei proíbe cotas explícitas ou vagas reservadas, a menos que a escola em questão possa demonstrar que esses meios são necessários para realizar objetivos de forçosa importância, e sustentou que Davis não atendera a esse ônus da prova. Mas sustentou também que as universidades podem levar a raça em conta explicitamente, como um entre vários fatores que afetam as decisões de admissão em casos particulares, para conseguir a diversidade racial nas aulas (citou o programa de admissões de graduandos em Harvard como exemplo). Disse que a Constituição permite esse uso da raça e, como o Supremo Tribunal da Califórnia sustentara o contrário, votou para que se revogasse a decisão do tribunal nesse ponto. Portanto, uma maioria dos que consideraram a questão votaram contra Bakke em *ambos* os argumentos; não obstante, Bakke venceu porque cinco juízes acharam que deveria vencer segundo algum fundamento, embora discordassem quanto a qual deles.

O que tudo isso representa para o futuro? O Supremo Tribunal agora decidiu, por uma votação de cinco a quatro, que a Lei dos Direitos Civis, em si e por si, não impede programas de ação afirmativa, mesmo aqueles que, como o de Davis, usam cotas explícitas. Decidiu, por uma votação de cinco a zero, que a Constituição autoriza programas de ação afirmativa, como o de Harvard, que permite que a raça seja levada em consideração, indivíduo por indivíduo, com a finalidade de obter um corpo estudantil razoavelmente diversificado.

Ambas as decisões são importantes. A questão da Lei dos Direitos Civis não foi difícil, na minha opinião, mas é útil que tenha sido retirada da argumentação. A argumentação do Supremo Tribunal da Califórnia – de que programas de admissão com consciência de raça são sempre inconstitucionais – teria sido desastrosa para a ação afirmativa se houvesse prevalecido no Supremo Tribunal dos Estados Unidos e, portanto, é de grande importância que tenha sido rejeitada ali. Também é importante que pelo menos cinco juízes tenham concordado em que um programa como o de Harvard é constitucional. O modelo de Harvard estabeleceu um padrão; se os funcionários da admissão em outras universidades estiverem satisfeitos com o fato de seu programa ser como o de Harvard em todos os aspectos pertinentes, podem prosseguir com confiança.

Contudo, é igualmente importante enfatizar que o Supremo Tribunal *não* decidiu que apenas um programa como o de Harvard é constitucional. Não decidiu sequer que um programa com uma cota rígida como o usado por Davis é inconstitucional. O juiz Powell limitou-se ao seguinte em seu parecer: disse que um programa usando cotas é inconstitucional; seus argumentos sugerem que apenas algo bem parecido com o programa de Harvard é constitucional. Mas sua opinião é apenas uma opinião; nenhum outro juiz concordou, e quatro outros juízes discordaram expressamente dele em ambos os pontos. Assim, o limite de Powell irá tornar-se o limite do Supremo Tribunal apenas se nenhum dos quatro juízes que silenciaram a respeito da questão constitucional assumir uma posição menos restritiva que a de Powell sobre essa questão. Nessas circunstâncias, parece prematuro tratar a opinião de Powell, e a distinção que ele traçou, como o fundamento de uma decisão constitucional que acabará por surgir.

Parece haver pouca dúvida de que os quatro juízes que silenciaram a respeito da questão constitucional terão de romper esse silêncio num prazo razoavelmente curto. Isso porque há uma variedade de casos de ação afirmativa que provavelmente serão levados em breve perante o Tribunal, nos quais nenhuma lei pode oferecer uma razão para evitar a questão constitucional. O Tribunal, por exemplo, fez voltar à instância inferior um caso que contesta a disposição da Lei de Contratação nos Ser-

A DISCRIMINAÇÃO INVERSA

viços Públicos de 1977, de que pelo menos dez por cento dos fundos gastos conforme essa lei sejam aplicados a negócios de "minorias". Como o Congresso aprovou essa lei, não pode existir o argumento de que suas disposições violam a vontade do Congresso, e os quatro juízes terão de enfrentar a questão de se tais provisões de cotas são inconstitucionais quando esse caso (ou algum caso similar) finalmente estiver diante deles. Naturalmente, esses não serão casos da educação, e o parecer de Powell limita-se cuidadosamente a tais casos. Mas os argumentos de princípio dos quais se valeu ao adotar uma visão mais restritiva que a dos outros juízes a respeito do que permite a cláusula da igualdade perante a lei são igualmente aplicáveis ao emprego e a outros casos.

Na verdade, pode-se argumentar que, na teoria estrita, os quatro juízes que silenciaram teriam de discutir a questão constitucional mesmo que outro caso educacional, como o caso *Bakke*, por algum motivo, chegasse ao Tribunal. Suponha (embora seja difícil de acreditar) que alguma universidade que implementa um sistema de cotas como o de Davis se recusasse a desmantelá-lo a favor de um sistema mais flexível, e o Supremo Tribunal tivesse de rever a inevitável disputa. Como *Bakke* decidiu que a Lei de Direitos Civis não é mais restritiva que a Constituição, os quatro juízes poderiam considerar que a decisão exclui esse ponto em qualquer caso futuro, caso em que teriam de enfrentar a questão constitucional que evitaram.

(Anthony Lewis, no *New York Times*, disse que era surpreendente que esses juízes não dessem seu parecer sobre a Constituição mesmo em *Bakke*, já que sabiam que o Tribunal como um todo rejeitara seu argumento de que o caso podia ser resolvido pela lei. Lewis especula que um dos cinco juízes que rejeitaram o argumento legal pode ter sustentado a visão contrária até bem antes de a decisão ser emitida, de modo que os outros quatro tiveram pouco tempo para voltar-se à questão constitucional.

Ele pode estar certo, mas há uma outra possibilidade. Suponha que pelo menos um dos quatro acreditasse que mesmo o programa de cotas de Davis era constitucional. Se tivesse dito isso e, não obstante, votasse a favor de Bakke quanto à questão legal, o Tribunal teria ordenado que Bakke fosse admitido mesmo que a maioria de todo o Tribunal, e não simplesmente a maioria dos que se pronunciaram sobre cada questão, fosse contra Bakke com base em ambos os fundamentos, e mesmo que o Tribunal fosse obrigado, por precedente, a aprovar um programa de cotas no futuro. Isso teria sido ainda mais bizarro e confuso que a presente decisão. Mas tudo não passa de especulação multiplicada.)

Além de exercício acadêmico, têm alguma razão de ser essas especulações sobre a posição que os quatro silentes assumiriam sobre a questão constitucional? Alguns juristas já disseram que os principais objetivos dos programas de ação afirmativa, pelo menos na educação de nível superior e nas escolas profissionalizantes, podem ser cumpridos por programas que se enquadrem facilmente no que permitiu expressamente o juiz Powell. Se é assim, pode ser prudente proceder como se a opinião de Powell, apesar de ser a opinião de apenas um juiz, estabelecesse o Direito constitucional para programas educacionais universitários, e, depois, em outros casos, tentar elaborar soluções similares para outras áreas, como o emprego. Porém, não tenho tanta certeza de que seja assim, pois o parecer de Powell, pelo menos até que seja esclarecido por decisões posteriores, é menos coerente e pode muito bem ser menos permissivo do que se tem considerado de maneira geral.

Powell exclui expressamente programas de admissão como o de Davis, que reservam certos lugares apenas para membros de minorias. Aprovou programas como o de Harvard, citado por ele, que nem sequer estabelecem números de aceitação de minorias a serem alcançados. Tais programas almejam a diversidade no corpo estudantil. Reconhecem que a diversidade racial é tão importante quanto a diversidade geográfica ou a diversidade de talentos extracurriculares e ambições de carreira, e, assim, o fato de um candidato ser negro pode inclinar a balança a seu favor exatamente como pode inclinar a favor de outro candidato o fato de ele ser um flautista talentoso.

Contudo, muitos programas de admissão de ação afirmativa encontram-se entre esses dois extremos. Não reservam expressamente um número definido de vagas a serem disputadas apenas por candidatos de minorias, e, não obstante, estabelecem números aproximados "a serem atingidos" que representam uma decisão geral a respeito da proporção da classe que deveria, em princípio, ser preenchida por candidatos de minorias. O número de tais candidatos aceitos irá variar de ano para ano, mas oscilará dentro de um âmbito que será menos variável que a proporção de, por exemplo, músicos talentosos ou candidatos de uma determinada área do país. Na maioria dos casos, o comitê de admissão relatará o número de candidatos de minorias selecionados para a faculdade como um todo, como uma estatística separada, e tentará explicar uma porcentagem particularmente baixa em algum ano específico. Os candidatos de minorias serão, desse modo, tratados de modo bem diferente dos candidatos músicos ou residentes da costa oeste. Tais "metas" aproximadas, usadas dessa maneira, tornarão inconstitucional um programa segundo a análise que Powell propôs?

A resposta pode depender do objetivo ou propósito da "meta". Powell considerou vários objetivos que se poderia esperar que os programas de ação afirmativa numa escola de medicina alcançassem, e disse que alguns objetivos eram permitidos constitucionalmente, ao passo que outros não. Rejeitou, em particular, "o propósito de auxiliar certos grupos que a faculdade ... percebia como vítimas da 'discriminação social'" (disse que não se deve buscar esse objetivo mediante classificações que imponham desvantagens a outros, que não têm nenhuma responsabilidade pela discriminação precedente). Aceitou como permissível o objetivo de fornecer mais profissionais a comunidades mal atendidas, mas negou que Davis houvesse demonstrado que um programa "deve preferir membros de grupos étnicos específicos" para alcançar esse objetivo. Também aceitou o objetivo da diversidade educacional, que, na sua opinião, justificava o plano flexível de Harvard, embora não o plano de cotas de Davis.

A constitucionalidade de um plano de ação afirmativa depende, portanto, segundo Powell, além de sua estrutura, de seu propósito. Não fica muito claro como os tribunais devem decidir qual é o propósito de um programa de admissão com consciência de raça. Talvez não devam olhar por trás de uma declaração institucional oficial de que o plano busca a diversidade educacional, se tal declaração parece plausível.

Contudo, no caso de algumas escolas profissionais, pode não ser plausível, e Powell diz, quanto a esse aspecto, que a "boa-fé" deve ser presumida apenas quando estiver "ausente um sinal contrário". Talvez os motivos de membros individuais do comitê de admissão ou da faculdade como um todo não sejam relevantes. Não obstante, é verdade que muitos membros de faculdades, particularmente de escolas profissionais, apoiam programas de admissão com consciência de raça porque realmente acreditam que tais programas são necessários para oferecer mais profissionais aos guetos. Apoiam-nos, além disso, porque estão ansiosos para que suas escolas auxiliem os grupos que sofreram desvantagem por discriminação, oferecendo modelos de profissionais bem-sucedidos provenientes desses grupos, por exemplo.

Os líderes de muitas instituições afirmam, na verdade, que são esses os seus objetivos (podem ou não acreditar também que o nível de diversidade que seria obtido em suas classes sem programas com consciência racial seria insatisfatório por razões puramente educacionais). Candidatos frustrados com essas instituições podem agora promover ações judiciais, colocando em evidência declarações que membros da faculdade fizeram a respeito dos propósitos de planos com consciência de raça ou intimando funcionários envolvidos no processo seletivo para que seus motivos sejam examinados sob juramento?

A opinião de Powell levanta essas questões, mas faz pouco para ajudar a respondê-las, pois sua base argumentativa é fraca. Ela não oferece um fundamento intelectual sólido para a solução conciliatória que o público achou tão atraente. A conciliação é atraente politicamente, mas daí não decorre que reflita alguma diferença importante de princípios, que é o que exige uma solução constitucional, diferentemente de uma solução política. Na verdade, há importantes diferenças entre o tipo de programa de ação afirmativa por "cotas" – que reserva vagas apenas para "minorias" – e planos mais flexíveis que fazem da raça um fator, mas apenas um fator, na composição de todas as vagas. Mas essas diferenças são administrativas e simbólicas. Um programa flexível provavelmente é mais eficiente, a longo prazo, porque permitirá que a instituição aceite menos que a meta aproximada de candidatos de minorias quando o grupo total de candidatos for menor, e mais quando for maior. Certamente, é melhor simbolicamente, por várias razões. Reservar um programa especial para candidatos de minorias – oferecendo um caminho separado pelo qual eles, e apenas eles, possam entrar – preserva a estrutura, embora, é claro, não o propósito, de formas clássicas dos sistemas de casta e do *apartheid*, e parece denegrir os candidatos de minorias enquanto os ajuda. Os programas flexíveis enfatizam, por outro lado, que os candidatos de minorias bem-sucedidos foram julgados mais valiosos, de modo geral, como estudantes que os candidatos brancos com quem competiram diretamente.

Mas a superioridade administrativa e simbólica dos programas flexíveis, por mais clara que seja, não pode justificar uma distinção constitucional do tipo que Powell faz. Não deve haver nenhuma distinção constitucional, a menos que um programa de cotas viole ou ameace os direitos constitucionais de candidatos brancos como *indivíduos* de alguma maneira que não ocorre com os programas mais flexíveis.

Powell não demonstra tal diferença, e é difícil imaginar como poderia fazê-lo. Se a raça conta em um programa flexível, haverá algum candidato branco que perderá uma vaga, mas que a teria conseguido se a raça não contasse. O dano é o mesmo – nem maior nem menor – que o sofrido por Bakke. Não podemos dizer que em um sistema flexível menos brancos perdem vagas porque a raça figura na decisão; isso dependerá da comparação de detalhes dos programas flexíveis e dos programas de cotas, da natureza dos candidatos e de outras circunstâncias. Contudo, mesmo que fosse possível demonstrar que menos brancos perderiam em um plano flexível, daí não decorreria que os direitos desses indivíduos que perderam eram diferentes ou foram tratados de modo diferente.

Powell argumenta que em um plano flexível, um candidato branco marginalizado está, pelo menos, em posição de demonstrar que, apesar de sua raça, deve ser preferido a um candidato negro porque tem alguma contribuição especial que o candidato negro não tem. Sua raça não o exclui automaticamente nem mesmo de parte da competição.

Esse argumento pode basear-se em um quadro irreal de como os comitês de admissão devem lidar com o enorme volume de candidatos, mesmo em um plano flexível. Um funcionário da admissão usará limites de corte informais, não importa quão flexível seja o programa em princípio, e um candidato de maioria com uma nota baixa pode ser cortado da competição sem nenhum exame posterior que revele, por exemplo, se ele é um bom músico, embora pudesse ser resgatado por um exame adicional se fosse negro.

Mesmo, contudo, que seja realista a percepção de Powell de como funciona um plano flexível, seu argumento ainda é fraco. Um candidato individual, no começo da disputa por vagas, tem um registro de notas, uma média de notas no teste, personalidade, talentos, um ambiente geográfico e uma raça particulares. O que importa, para um candidato branco, é a chance que estes lhe dão na competição, e, em princípio, não faz nenhuma diferença para ele se sua raça representa uma pequena desvantagem constante na competição por todas as vagas ou nenhuma desvantagem para um número ligeiramente menor de vagas. Seu destino depende de quanto a desvantagem ou a exclusão reduzem suas chances gerais de sucesso, e não há nenhum motivo para supor, *a priori*, que uma terá impacto maior ou menor que a outra. Isso dependerá dos detalhes do plano – do grau da desvantagem ou da proporção da exclusão – não de que tipo de plano é.

A DISCRIMINAÇÃO INVERSA

Powell observa uma importante diferença entre uma desvantagem e uma exclusão parcial. Diz que na primeira, mas não na segunda, o candidato é tratado "como um indivíduo" e suas qualificações são "avaliadas de maneira justa e competitiva" (ele reprova os juízes Brennan, White, Marshall e Blackmun por não falarem da importância desse "direito à consideração individualizada"). Mas isso parece errado. Se um candidato compete por todas ou apenas por parte das vagas, o privilégio de chamar a atenção para outras qualificações não diminui em nada o peso ou a injustiça dessa desvantagem, se é que é injusta. Se a desvantagem não viola seus direitos em um programa flexível, uma exclusão parcial não viola seus direitos em um sistema de cotas. A desvantagem e a exclusão parcial são apenas meios diferentes de aplicar as mesmas classificações fundamentais. Em princípio, afetam um candidato branco exatamente da mesma maneira – reduzindo suas chances gerais – e nenhuma é, em nenhum sentido importante, mais "individualizada" que a outra. A questão não é (como Powell uma vez sugere) que a faculdade que implementa um sistema flexível pode transformá-lo veladamente em um programa de cotas. A questão é, antes, que não há nenhuma diferença, do ponto de vista dos direitos individuais, entre os dois sistemas.

Há um segundo problema sério na opinião de Powell, que é mais técnico, mas, no fim, mais importante. Powell e os outros juízes que chegaram à questão constitucional discutiram se as classificações raciais usadas nos programas de ação afirmativa em benefício de minorias são classificações "suspeitas" que o Supremo Tribunal deveria submeter a "investigação rigorosa". Esses são termos técnicos e devem explicar brevemente o fundo doutrinal.

Legislativos e outras instituições que tomam decisões políticas devem usar classificações gerais nas regras que adotam. Quaisquer que sejam as classificações gerais que usem, certos indivíduos sofrerão uma desvantagem que não teriam sofrido se as diretrizes tivessem sido traçadas de maneira diferente, às vezes porque as classificações consideram que eles possuem ou não certas qualidades, quando não é esse o caso. Os códigos de trânsito estaduais, por exemplo, estipulam que ninguém com menos de 16 anos pode dirigir um automóvel, apesar de algumas pessoas abaixo dessa idade serem tão competentes nisso quanto a maioria. Normalmente, o Supremo Tribunal não irá considerar inconstitucional essa classificação geral mesmo acreditando que uma classificação diferente, que colocaria outras pessoas em desvantagem, seria mais razoável ou mais eficiente. É suficiente que a classificação que o legislativo faz não seja irracional, isto é, que ela possa servir a um objetivo social útil e conveniente. É bastante fácil responder a esse teste, mas se o Tribunal usasse um teste mais rigoroso para julgar toda a legislação, estaria substituindo o julgamento de matérias inerentemente controvertidas obtido por um processo político democrático, pelo seu próprio julgamento.

Há, porém, uma importante exceção a essa regra. Diz-se que certas classificações são "suspeitas", e quando um legislativo estadual emprega essas classificações na legislação, o Supremo Tribunal considerará a legislação inconstitucional, a menos que ela satisfaça um teste muito mais exigente, que passou a ser chamado de teste da "investigação rigorosa". Deve-se demonstrar não simplesmente que o uso dessa classificação não é irracional, mas que é "necessário" para que se obtenha o que o Supremo denominou um interesse governamental "compulsório". Obviamente, é uma questão crucial, no litígio constitucional, se uma classificação específica é uma classificação comum e, portanto, merece apenas a investigação rotineira, ou se é uma classificação suspeita, que deve sofrer investigação rigorosa (ou se, como certos juízes algumas vezes sugeriram, encontra-se em algum lugar entre esses dois padrões de revisão).

Classificações raciais que colocam em *desvantagem* uma raça de "minoria" são casos paradigmáticos de classificações suspeitas. No famoso caso *Korematsu*, o Supremo Tribunal disse que "Todas as restrições que restringem os direitos de um grupo racial são imediatamente suspeitas. Isso não significa que todas as restrições desse tipo sejam inconstitucionais. Signi-

A DISCRIMINAÇÃO INVERSA 465

fica que os tribunais devem sujeitá-las à mais rígida investigação". Mas e as classificações raciais destinadas a *beneficiar* um grupo de minorias em desvantagem? Nunca se decidira, antes de *Bakke*, se tais classificações "benignas" são suspeitas. Os quatro juízes que votaram para apoiar o programa de Davis não afirmaram que classificações raciais "benignas" deviam atender apenas ao padrão rotineiro – isto é, que é possível que servissem a um objetivo social útil. Contudo, tampouco acharam apropriado usar o mesmo padrão elevado da investigação rigorosa utilizado para julgar classificações raciais que prejudicam as minorias. Sugeriram um padrão intermediário, que é o de que classificações raciais reparadoras "devem servir a objetivos governamentais mais importantes e devem estar substancialmente relacionadas com a obtenção desses objetivos". Sustentaram que o propósito da escola de medicina de Davis, de "reparar os efeitos da discriminação social passada", era suficientemente importante, e que a classificação racial usada em Davis estava "substancialmente relacionada" com esse objetivo.

Mas o juiz Powell discordou. Sustentou que a classificação racial "benigna" devia ser objeto da mesma análise extremamente rigorosa que se aplica às classificações raciais que colocam em desvantagem uma minoria. Portanto, exigiu que a classificação de Davis fosse "necessária" para um propósito "compulsório", e sustentou que ela não era. Argumentou que não se deveria fazer nenhuma distinção entre o teste aplicado às classificações raciais que beneficiam e as que desfavorecem uma minoria estabelecida, por duas razões. Em primeiro lugar, porque qualquer distinção desse tipo estaria baseada em julgamentos, como os julgamentos sobre quais grupos são, no sentido relevante, minorias, e quais classificações encerram um "estigma", que Powell denominou "subjetivo" e "desprovido de padrão". Em segundo lugar, porque categorias constitucionalmente importantes estariam, então, mudando constantemente à medida que mudassem as condições sociais ou econômicas (ou a percepção de tais condições pelos juízes do

Supremo Tribunal), de modo que a minoria em desvantagem de ontem se tornaria a maioria poderosa de hoje, ou a ajuda de ontem se tornaria o estigma de hoje. Evidentemente, o argumento tem certa força. Sendo todo o resto igual, é melhor quando os princípios constitucionais são tais que juristas sensatos não discordarão a respeito de sua aplicação. Contudo, os direitos políticos e morais dos indivíduos muitas vezes dependem de considerações que pessoas diferentes avaliarão de maneira diferente, e, nesse caso, o Direito obteria certeza apenas ao preço de imperfeições e de injustiça. O Direito norte-americano – especialmente o Direito constitucional – recusou-se a pagar esse preço e tornou-se, em consequência, motivo de inveja de sistemas jurídicos mais formalistas.

Além disso, é fácil exagerar a "subjetividade" das distinções em jogo aqui. Uma vez que se estabeleça a distinção entre as classificações raciais que colocam em desvantagem uma minoria "insular", como a detenção de americanos de origem japonesa no caso *Korematsu*, e as que têm como objetivo beneficiar tal minoria, homens razoáveis não podem divergir sinceramente quanto à classificação da escola de medicina de Davis. Tampouco é recente ou transitório o padrão social de prejuízo e discriminação que o programa de Davis atacou. É antigo como o país, tragicamente, e não desaparecerá tão cedo.

Meu presente objetivo, porém, é diferente. O argumento de Powell a favor da análise rigorosa de todas as classificações raciais, que é o de que a distinção putativa entre classificações benignas e malignas se vale de julgamentos "subjetivos" e "desprovidos de padrão", não é e não pode ser compatível com o resto de seu julgamento, pois sua aprovação de programas de admissão flexíveis, como o de Harvard, pressupõe exatamente os mesmos julgamentos. Powell inicia sua defesa de programas de admissão flexíveis, mas racialmente conscientes, com a seguinte formulação, excepcionalmente ampla, de um direito das universidades, amparado pela Constituição, de escolher suas próprias estratégias educacionais:

> A liberdade acadêmica, embora não seja um direito constitucional especialmente relacionado, há muito tem sido vista

como uma preocupação especial da Primeira Emenda. A liberdade de uma universidade de fazer seus próprios julgamentos quanto à educação inclui a seleção de seu corpo estudantil. O juiz Frankfurter resumiu as "quatro liberdades essenciais" que compreendem a liberdade acadêmica: "É uma atmosfera em que prevalecem as quatro liberdades essenciais de uma universidade – determinar ela própria, com base em fundamentos acadêmicos, quem pode ensinar, o que pode ser ensinado, como será ensinado e quem pode ser admitido para estudar."

A diversidade é o objetivo "compulsório" que Powell acredita que as universidades podem buscar por meio de políticas flexíveis racialmente conscientes. Mas e se uma faculdade de Direito, no exercício de seu direito de "determinar ela própria... quem será admitido para estudar", decidisse qualificar o fato de um candidato ser judeu como uma consideração negativa, embora não uma exclusão absoluta, na disputa por todas as suas vagas? Ela poderia decidir que é prejudicial para a "diversidade" ou para a "robusta troca de ideias" que os judeus constituam uma parte tão grande e desproporcional das classes de Direito, como acontece hoje. E se uma escola de medicina do sul descobrisse um dia que um número desproporcionalmente grande de candidatos negros estava sendo admitido por testes racialmente neutros, que ameaçavam a diversidade de seu corpo estudantil, em detrimento de seu processo educacional? Poderia então considerar o fato de ser branco como um fator benéfico para a admissão, como ser músico ou ter a intenção de praticar medicina numa região rural.

Os quatro juízes que votaram a favor do programa de Davis como constitucional não teriam nenhum problema para distinguir esses programas flexíveis que consideram ser judeu como uma desvantagem ou ser branco como um fator benéfico. Nenhum desses programas poderia ser defendido como ajudando a reparar "os efeitos da discriminação social passada". Poderiam argumentar, pelo contrário, que, como esses programas colocavam em desvantagem membros de raças que foram e continuam a ser vítimas de preconceito sistemático, eles devem, por essa razão, ser submetidos a "investigação rigorosa" e proibidos, a menos que se demonstre positivamente que são "necessários" e compulsórios.

O juiz Powell, é claro, não tinha nenhum programa desse tipo em mente quando escreveu seu parecer. Certamente não poderia aceitá-los como constitucionais. Mas, ao contrário dos quatro juízes, ele não conseguiu distinguir de maneira coerente tais programas com base em seus fundamentos, já que os julgamentos que acabo de descrever envolvem justamente os julgamentos sobre o estigma que são "subjetivos" e "desprovidos de padrão", e que ele rejeitou como inadequados aos princípios constitucionais.

A questão, penso eu, é simples. A diferença entre uma classificação racial geral que causa desvantagem adicional aos que sofreram por preconceito, e uma classificação desenvolvida para ajudá-los é moralmente significativa e não pode ser coerentemente negada por um Direito constitucional que não exclua inteiramente o uso da raça. Se o padrão nominal para testar as classificações raciais nega a diferença, esta, não obstante, reaparece quando o padrão é aplicado, pois (como mostram esses improváveis exemplos hipotéticos) nosso senso de justiça insistirá numa distinção. Se é assim, o padrão, seja como for redigido, não é o mesmo e não será assim considerado.

Levanto essas objeções à opinião de Powell não apenas porque discordo de seus argumentos, mas porque acredito que a solução conciliatória que elaborou, embora imediatamente popular, pode não ser bastante forte, em princípio, para fornecer a base para um direito constitucional coerente e duradouro da ação afirmativa. Os casos posteriores, é claro, tentarão absorver sua opinião numa solução mais geral, porque foi a coisa mais próxima de uma opinião do Tribunal no famoso caso *Bakke* e porque é uma prática louvável do Tribunal tentar acomodar, em vez de desautorizar, a história inicial de sua própria doutrina. Mas a opinião de Powell sofre de fraquezas fundamentais e, para que o Tribunal chegue a uma posição coerente, resta muito mais trabalho judicial a ser feito do que percebe o público aliviado.

Capítulo 16
*Como ler a Lei de Direitos Civis**

Quando *Siderúrgicos contra Weber* iniciou seu percurso pelos tribunais federais em 1976, muitos pensaram que o caso se mostraria um desafio ainda mais importante para os programas de ação afirmativa que o famoso caso *Bakke*, o qual avaliou os programas de ação afirmativa em universidades e escolas profissionalizantes. *Weber*, porém, avaliou a legalidade de programas que dão aos negros vantagens de treinamento para a indústria, programas que beneficiariam mais diretamente negros e que, pelo que se podia esperar, teriam um impacto mais rápido sobre a desigualdade racial e econômica.

Os negros eram seriamente mal representados na força de trabalho da fábrica da Kaiser Aluminum Company, em Gramercy, Louisiana, onde Brian Weber, um trabalhador branco, estava empregado. Os negros não desempenhavam praticamente nenhuma das funções ou ofícios qualificados da fábrica. A Kaiser entrou em acordo com seu sindicato para estabelecer um programa de treinamento para funções qualificadas, ao qual seriam admitidos empregados já contratados segundo o tempo de casa, isto é, pela ordem em que haviam começado a trabalhar na fábrica – exceto pelo fato de que seria admitido um empregado negro para cada empregado branco até que a proporção de negros no total dos trabalhadores qualificados fosse igual à proporção de negros no total da força de trabalho da região de Gramercy.

---

* Publicado originalmente em *The New York Review of Books*, 20 de dezembro, 1979. © Ronald Dworkin.

Weber inscreveu-se para o programa mas não tinha tempo de casa suficiente para obter uma vaga "branca", embora tivesse mais tempo de casa que candidatos que receberam vagas "negras". Ele processou a Kaiser, argumentando que o programa usava um sistema de cotas racial e que, portanto, era ilegal segundo a Lei de Direitos Civis de 1964, que provê, na seção 703(a) do título VII, que é ilegal um empregador:

(1) deixar de contratar ou recusar-se a contratar, ou despedir, qualquer indivíduo ou discriminar qualquer indivíduo no que diz respeito a compensação, termos, condições ou privilégios de emprego por causa da raça, cor, religião, sexo ou origem nacional de tal indivíduo ou

(2) limitar, segregar ou classificar seus empregados ou candidatos a emprego de qualquer maneira que prive qualquer indivíduo de oportunidades de emprego ou que afete adversamente sua condição como empregado por causa da raça, cor, religião, sexo ou origem nacional de tal indivíduo.

Cinco juízes – Brennan, Marshall, White, Stewart e Blackmun – sustentaram que Weber estava errado, e que essa lei não tornava ilegal o programa da Kaiser. Disseram que o Congresso não pretendia tornar ilegais planos de ação afirmativa desse tipo e que se um tribunal interpretasse a lei como Weber desejava, o "propósito" dela seria frustrado. O juiz Burger, presidente do tribunal, e o juiz Rehnquist discordaram. Os dois outros juízes – Powell e Stevens – não tomaram partido no caso.

No caso *Bakke*, Powell sustentara que o programa de admissão da escola de medicina de Davis era inconstitucional porque reservava um número fixo de vagas para candidatos de minorias. O plano de treinamento da Kaiser também reservava um número fixo de vagas para negros, mas não se podia dizer que era inconstitucional. A cláusula de igualdade perante a lei da Constituição exige que os estados (e, portanto, as escolas profissionalizantes das universidades estaduais) tratem as pessoas como iguais, mas não impõe tal exigência a instituições privadas, a menos que a "ação estadual" esteja envolvida no que fazem essas instituições privadas. O Tribunal considerou que a decisão voluntária da Kaiser não constituía ação estadual e que o caso, portanto, não apresentava nenhuma questão constitucional. A questão levantada em *Weber*, portanto, era apenas a questão de determinar se a Lei de Direitos Civis tornava ilegal o programa da Kaiser.

Essa pode parecer uma questão menos importante que a de determinar se o plano é constitucional. Se o Congresso desaprova a decisão de um tribunal ao interpretar uma lei federal, sempre pode reverter a decisão mudando a lei. Não pode alterar uma decisão que interpreta a Constituição. Nas presentes circunstâncias, porém, uma decisão do Supremo Tribunal sobre a legalidade de programas de ação afirmativa é, na prática, quase tão irreversível quanto uma decisão de sua validade constitucional. Parece improvável que o Congresso venha a aprovar legislação explicitamente justificando ou proibindo a ação afirmativa no emprego, pelo menos enquanto essa questão permanecer tão politicamente volátil como é agora. Portanto, é provável que a decisão do Tribunal sobre as consequências jurídicas do que o Congresso já fez permaneça em vigor por algum tempo, qualquer que seja a decisão.

Weber não foi um caso de decisão simples. A Lei de Direitos Civis é explícita, na seção 703(j), em que o governo não pode *ordenar* que instituições privadas adotem programas de ação afirmativa. Mas o programa da Kaiser não foi ordenado pelo Departamento de Justiça nem por qualquer outro órgão governamental; foi um acordo entre a companhia e o sindicato. O caso teria sido mais fácil se a Kaiser tivesse admitido que praticara a discriminação contra negros no passado. Se tivesse dito que suas políticas de contratação anteriores haviam sido, de alguma maneira, discriminatórias, de modo a violar o título VII, e se isso tivesse sido provado, seu programa de ação afirmativa teria sido justificado como uma reparação autoimposta, do tipo que um tribunal poderia ter ordenado. O juiz do julgamento disse que "era possível argumentar" que a Kaiser violara o título VII no passado. Mas a Kaiser certamente não reconheceu que o fizera – admitir isso a deixaria vulnerável a uma grande quantidade de ações judiciais por parte de negros.

E nenhuma outra parte privada na ação tinha qualquer interesse em levantar a questão.

Burger e Rehnquist acharam que a linguagem de 703(a) do título VII era tão precisa e clara que não havia necessidade de que o Tribunal fizesse mais nada além de ler a lei. Burger disse que se estivesse no Congresso em 1964, teria votado contra a ilegalidade de programas como o da Kaiser, mas achava que não podia haver nenhuma dúvida de que as palavras da seção citada acima faziam justamente isso. Essa visão da lei não é persuasiva. Contra o pano de fundo de séculos de maléfica discriminação racial, expressões como "discriminação contra alguém por causa de raça" ou "privar alguém de uma oportunidade por causa da raça" podem ser usadas em um sentido neutro (ou, como Brennan colocou em seu parecer, "literal"), de modo que absolutamente *qualquer* classificação racial esteja incluída. Ou podem ser usadas (e penso que é isso, tipicamente, o que aconteceu) de maneira avaliatória, para distinguir classificações raciais que são odiosas, porque refletem um desejo de colocar uma raça em desvantagem perante a outra, ou arbitrárias, porque não servem a nenhum propósito legítimo ou refletem favoritismo ao tratar os membros de uma raça com mais consideração que os membros de outra. No primeiro sentido, escolher um ator negro em vez de um branco para interpretar Otelo ou instituir um plano de ação afirmativa para ajudar a estabelecer igualdade racial geral são considerados como discriminação contra brancos e privação de oportunidades de brancos por causa da raça. Mas no segundo sentido, avaliatório, não se pode dizer isso. É uma questão difícil qual sentido atribuir ao título VII.

Naturalmente, em cada sentido, as disposições do título VII seriam aplicadas à discriminação racial contra brancos e contra negros. Em um caso anterior, *McDonald contra Santa Fe Trail Transportation Co.*, o Supremo Tribunal sustentou que era ilegal uma companhia de caminhões despedir arbitrariamente um empregado branco quando empregados negros culpados da mesma infração foram mantidos. Esse era um caso explícito de favoritismo – sem relação com nenhum programa legítimo e estabelecido de ação afirmativa –, como o contrário teria sido. Mas, nesse caso, o Tribunal, explícita e cuidadosamente, deixou aberta a questão de se a lei proibia programas de ação afirmativa "que não envolvem discriminação contra nenhuma raça, branca ou negra, mas têm a intenção de compensar a discriminação racial passada."

Weber exigiu que o Tribunal decidisse a questão que fora deixada em aberto em *McDonald*. Se fosse claro que "discriminar... por causa de... raça" era usado no sentido neutro, não teria feito nenhum sentido para o Tribunal deixar em aberto a questão de se isso se aplicava à ação afirmativa. A maioria em *Weber* estava correta tanto na questão da linguagem comum quanto na do precedente: a questão de como o título VII deveria ser interpretado não pode ser respondida simplesmente contemplando as palavras que o Congresso usou.

Essa é, obviamente, uma questão de importância crucial. As opiniões da maioria e da dissidência descrevem duas concepções muito diferentes da Lei de Direitos Civis, e é importante decidir qual versão é parte do Direito dos Estados Unidos. Segundo Brennan, que escreveu pela maioria, a lei representa uma decisão do Congresso para promover a igualdade racial na educação, no emprego e em outras áreas e pôr fim a uma era econômica em que os negros não totalmente desempregados restringem-se a trabalhos menos interessantes e mal remunerados. Portanto, seria incompatível com a política subjacente da lei interpretá-la de modo a proibir planos industriais voluntários voltados para esses objetivos.

Rehnquist discorda veementemente. Disse que a maioria agiu como a tirania de *1984*, de Orwell, ao chegar à conclusão que queria de maneira intelectualmente desonesta, apesar do que Rehnquist considerou argumentos devastadores e conclusivos no sentido contrário. Segundo Rehnquist, a lei incorpora uma concepção de igualdade que proíbe absolutamente quaisquer distinções baseadas na raça, de modo que a decisão da maioria, longe de promover a política da lei, "introduz no título VII uma tolerância pelo próprio mal que o Direito tinha a intenção de erradicar". Se Rehnquist estiver certo, a decisão de *Weber*, embora muito comemorada por grupos de direitos civis hoje, pode muito bem ser radicalmente limitada ou mesmo sobrepujada no futuro por casos correlatos.

As duas opiniões – a maioria e a dissidência – assumem posições rivais na questão de quais procedimentos o Tribunal deveria usar para interpretar uma lei do Congresso, e não podemos compreender tais opiniões sem discutir essa questão doutrinária. Primeiro, é necessário distinguir entre uma lei que é um conjunto canônico de sentenças aprovadas pelo Congresso, e a legislação criada por essa lei, isto é, o conjunto de direitos, deveres, poderes, permissões ou proibições que a lei cria ou confirma. Nos Estados Unidos (como em todo sistema jurídico maduro) há regras estritas e precisas, objeto de acordo entre todos, que determinam o que vale como lei. É o conjunto de sentenças aprovado pelo Congresso quando ele vota, tal como certificado por um escrevente, e subsequentemente assinado pelo presidente. Mas é muito controvertido determinar quais princípios determinam a legislação* que uma lei específica cria. Quando são satisfeitas duas condições – quando os termos da lei exigem inequivocamente certa decisão sobre direitos e deveres legais, e quando essa decisão está claramente relacionada com algum objetivo político que conte com amplo apoio – não é controvertido que a legislação inclua essa decisão, e os juízes são obrigados a aplicá-la, quer a aprovem, quer não, a menos que acreditem que ela seja inconstitucional.

Quando não são satisfeitas essas duas condições – quando, por exemplo, as palavras usadas podem expressar qualquer uma das duas decisões –, deve-se fornecer um argumento estabelecendo qual decisão, se é que alguma, realmente faz parte da legislação. Qualquer argumento de tal tipo presumirá o que se pode denominar uma teoria da legislação, isto é, uma teoria de como determinar quais direitos e deveres legais o Congresso estabeleceu ao aprovar um conjunto específico de sentenças.

---

* Traduziu-se literalmente *legislation*, porque o autor define claramente, a seguir, o sentido de "direito legislado" em que usa a palavra. [N. R. T.]

Não há nenhuma concordância a respeito de teorias da legislação entre os juízes norte-americanos ou, na verdade, entre os juízes de qualquer sistema jurídico desenvolvido. Pelo contrário, o conceito de legislação figura na doutrina jurídica como aquilo que os filósofos chamam de conceito "controvertido". As teorias da legislação não são expostas em leis ou mesmo fixadas pelo precedente judicial; cada juiz deve aplicar uma teoria cuja autoridade, para ele e para outros, encontra-se na sua força de persuasão.

A opinião dissidente de Rehnquist tem a virtude de expor a sua teoria da legislação de um modo razoavelmente claro. "Nossa tarefa neste caso, como em qualquer outro caso envolvendo a interpretação de uma lei", disse ele, "é aplicar a intenção do Congresso. Para adivinhar essa intenção, tradicionalmente, olhamos primeiro para os termos da lei e, se eles não são claros, para a história legislativa da lei" (os juristas usam a expressão "história legislativa" para referir-se aos registros das considerações feitas pelo Congresso acerca de um projeto que se torna lei, incluindo relatórios de comitês e debates no recinto). Rehnquist acredita que, pela sua teoria da legislação, que considera que a legislação é fixada apenas pelo que ele chama a "intenção" do legislativo, programas como o da Kaiser estão claramente fora da lei. Seu desprezo pela opinião da maioria demonstra que, segundo ele, essa teoria da legislação não apenas é a melhor, mas a única teoria concebível, de modo que a maioria não somente estava errada, mas foi intelectualmente desonesta ao aplicar, como fez, uma teoria diferente.

É verdade que a teoria de Rehnquist sobre a intenção do Congresso é bastante conhecida. Ela tem duas vantagens evidentes e correlatas. Em primeiro lugar, parece aplicar os princípios gerais da democracia: como o legislativo tem a incumbência de fazer o direito, deve-se considerar que o legislativo fez o que pretendia, pelo menos se as palavras que usou são capazes de sustentar essa interpretação. Em segundo lugar, parece tornar a decisão do Tribunal uma decisão politicamente neutra: supõe-se que o Tribunal deve responder a uma pergunta histórica – o que o legislativo pretendia que a lei fizesse – e não fazer o seu próprio julgamento político. Na verdade, porém, ambos os recursos são parcialmente ilusórios, e a teoria da intenção legislativa, quando examinada, revela-se muito menos útil do que parece.

A teoria parece útil apenas porque explora uma ambiguidade na ideia de intenção legislativa. Dois conceitos diferentes foram descritos pela expressão, e o estudo e a prática jurídicos não atentaram o suficiente para a diferença. O primeiro é a ideia de uma *intenção institucionalizada*, uma política ou princípio, ou algum conjunto destes, que, de alguma maneira, é *decretado* de modo a tornar-se parte da legislação por decisão legislativa expressa. As leis às vezes contêm declarações de propósito explícitas, expressas no que se chamam "preâmbulos", embora isso tenha sido mais comum outrora do que é hoje nos Estados Unidos. Se a Lei de Direitos Civis contivesse um preâmbulo, dizendo que sua intenção era assegurar que nenhuma pessoa obtivesse alguma vantagem por meio de classificações raciais, essa compreensão teria se tornado parte da legislação, e as normas descritas pelo restante da lei teriam sido adequadamente interpretadas apenas sob essa luz.

Embora os preâmbulos agora sejam raros, a convenção estabeleceu outros métodos pelos quais os propósitos são aprovados como parte das leis. O método mais usado, penso, é o do relatório de comitê: se um comitê do Congresso analisou um projeto de lei e publicou um relatório extenso recomendando-o, a convenção agora trata qualquer compreensão do que esse projeto de lei irá realizar, que esteja expressa no relatório, como se estivesse vinculada à lei. Se o projeto de lei é aprovado, entende-se que essa formulação foi aprovada também, como uma descrição institucionalizada de seu propósito.

Somente por meio da convenção é que se consegue essa associação de um relatório de comitê com uma lei, e é somente por meio dessa convenção que a associação se justifica. Como os membros do Congresso compreendem a convenção e têm o relatório do comitê perante eles como parte do material institucional no qual votam, é justo considerar qualquer formulação no relatório como parte do que votam para aprovar, a menos, é

A DISCRIMINAÇÃO INVERSA 477

claro, como às vezes acontece, que a lei seja deliberadamente emendada para anular alguma formulação do relatório. Preâmbulos e relatórios de comitê não esgotam os mecanismos da intenção institucionalizada. Tais intenções também podem ser criadas por formulações dos congressistas em debate sobre o projeto de lei no recinto, embora os detalhes dessa convenção não possam ser formulados tão energicamente. Se um defensor proeminente do projeto de lei propõe uma compreensão geral do que o projeto de lei fará, e se essa é aceita por outros congressistas como um tipo de esclarecimento oficial ou emenda informal, a formulação terá essa força, e hoje é comum que os tribunais atentem para tais pronunciamentos. Mas a ressalva – de que a formulação deve ser aceita tal como compreendida para fazer parte da lei – é essencial. Se mesmo o pronunciamento de um defensor importante do projeto de lei é contradito por outros legisladores, esse pronunciamento torna-se simplesmente um relato de sua opinião de como a lei deve ou será interpretada pelo executivo e tribunais, não uma intenção institucionalizada.

O primeiro conceito da intenção legislativa – o conceito da intenção institucionalizada – não é, de forma alguma, um conceito psicológico. Um preâmbulo, uma declaração explícita em um relatório de comitê ou uma compreensão proposta e não contestada são considerados parte do que é aprovado, não por causa de alguma suposição a respeito das esperanças, motivos, crenças ou outro estado de espírito de qualquer congressista específico, mas porque a convenção que vincula a declaração à lei agora é parte da instituição da legislação nos Estados Unidos. A convenção tem a mesma posição lógica (apesar de, é claro, não ser explícita nem segura) que as normas constitucionais estabelecidas que estipulam a forma em que uma lei deve ser elaborada.

O conceito da intenção institucionalizada, portanto, deve ser nitidamente distinguido do segundo conceito da intenção legislativa, que chamarei de conceito da compreensão coletiva, e que é, claramente, um conceito psicológico. Esse segundo conceito considera uma intenção legislativa como alguma combinação – qual combinação é matéria de controvérsia – das convicções de certos congressistas que redigem, defendem, opõem-se, pressionam a favor ou contra, e votam para que seja aprovada ou rejeitada uma determinada lei. Naturalmente, os senadores ou representantes que são, dessa maneira, parte do processo legislativo, bem como suas equipes e outros órgãos ou funcionários governamentais, realmente atuam com base em algumas convicções a respeito da legislação que a lei realmente estabelecerá. Um congressista pode ter votado a favor da Lei de Direitos Civis, por exemplo, justamente por pensar que ela proibiria certo tipo de programas de ação afirmativa; outro pode ter votado a favor dela apenas porque achava que ela não o faria. Esse conceito psicológico de intenção legislativa supõe que alguma combinação ou função dessas crenças individuais constitui a compreensão coletiva da instituição como um todo, de modo que, por exemplo, se existiu a combinação a favor da compreensão de que a ação afirmativa era ilegal, então essa foi a intenção do próprio legislativo.

O conceito de intenção legislativa é inútil a menos que a combinação de compreensões necessárias para constituir a intenção coletiva seja especificada pelo menos em linhas gerais. Os juristas que parecem valer-se desse conceito de intenção legislativa raramente são explícitos sobre essa questão e supõem que a combinação necessária pode ser formada de maneiras diferentes. Contudo, se a teoria da intenção legislativa busca permanecer fiel aos princípios democráticos, uma exigência mínima deve ser satisfeita: um número suficiente dos que votaram a favor de uma lei deve ter uma compreensão comum, de modo que esse número sozinho pudesse ter aprovado a lei, mesmo que todos os outros – os que não compartilhavam dessa compreensão – tivessem votado contra.

A ideia de uma compreensão legislativa coletiva, portanto, é de uso limitado. Algumas de suas limitações foram muitas vezes assinaladas na extensa literatura jurídica sobre a interpretação da lei. Os juristas sabem, por exemplo, que é muito difícil para um tribunal descobrir, anos após o fato, qual foi a compreensão de algum legislador específico, de modo que é difícil saber qual foi a intenção composta. Essa é uma dificuldade epistemológica que o próprio Rehnquist reconhece ao admitir que, em alguns casos, pode ser difícil afirmar qual era a intenção do legislativo, embora ele pense que não seja assim no caso da Lei dos Direitos Civis.

Há outras dificuldades na ideia, menos conhecidas. Suponhamos, por um momento, que todos os congressistas que votaram a Lei de Direitos Civis tinham certa opinião a respeito de se a lei baniria ou não a ação afirmativa. Suponha que, de cem senadores, sessenta votaram a favor da lei, mas apenas 49 deles acreditavam que ela proibiria programas como o da Kaiser. Nesse caso, não poderia haver nenhuma compreensão coletiva em nenhum sentido, mesmo que todos os que votaram contra a lei também pensassem da mesma maneira, perfazendo um total de 89 congressistas com a mesma opinião. E, na verdade, a suposição que fizemos é quase sempre injustificada. É errado supor que todos os legisladores que votam um projeto de lei compreendem todas as consequências que o projeto pode ter. Parece bastante provável, por exemplo, que alguns dos senadores e representantes que votaram a Lei dos Direitos Civis não prestaram nenhuma atenção ao problema de se a lei proibiria ou não programas voluntários como o da Kaiser. Parece igualmente provável que muitos dos que pensaram a esse respeito não estavam certos de que a lei o faria, e ou não tinham nenhum motivo para tentar esclarecer a questão ou tinham um motivo muito forte para não fazer isso. Se um número significativo de congressistas não tinha nenhuma compreensão firme em nenhum dos sentidos, ou se a maioria que aprovou a lei estava dividida em sua opinião, mais uma vez não é que a compreensão coletiva seja simplesmente difícil de descobrir. Ela não existe.

Mesmo quando um número suficiente de congressistas compartilha uma opinião a respeito do que uma lei fará, essa concordância pode não constituir uma compreensão coletiva do tipo que um tribunal poderia aplicar. Pois devemos ter cuidado para distinguir entre os diferentes tipos de opinião que um congressista pode ter a respeito de uma disposição vaga ou ambígua de uma lei que ele deve votar. Ele pode supor que a linguagem da própria disposição determina alguma questão controvertida, ou que algum preâmbulo ou formulação incontestada constitui uma intenção institucionalizada em um sentido ou outro. Se o texto é verdadeiramente ambíguo, porém, é mais provável que ele pense que o texto da lei deixa a questão em aberto, como uma questão de interpretação a ser decidida pelos tribunais. Nesse caso, qualquer opinião que ele possa sustentar ou expressar a respeito das consequências da lei seria uma questão de prever a decisão que os tribunais irão tomar. A decisão que ele prevê pode ser a decisão que ele prefere e que teria aprovado explicitamente se pudesse tê-lo feito. Isto é, pode representar suas esperanças. Se for assim, e se um número suficiente de outros congressistas expressa a mesma esperança, isso representaria a vontade do Congresso. Mas a previsão de um congressista pode representar não suas esperanças, mas simplesmente suas expectativas ou mesmo seus temores. Nesse caso, seria uma grave confusão supor que se um tribunal cumpre sua previsão, aplica sua vontade. Para que a ideia de uma compreensão coletiva represente algum papel útil numa teoria da legislação, deve ser definida de maneira que apenas as provas das esperanças do legislador, não de suas meras previsões, por mais confiantes que sejam, valham como provas de uma compreensão coletiva[1]. Mas isso torna ainda menos provável que venha a existir alguma compreensão coletiva em qualquer

---

1. Os legisladores devem usar as próprias teorias acerca da legislação para formar opiniões ou fazer previsões quanto às consequências de leis obscuras. Mas um legislador não pode usar, como parte de sua teoria da legislação, um conceito psicológico de intenção legislativa que torne a sua opinião, juntamente com a de outros, decisiva para o conteúdo da legislação. Isso porque nem ele nem eles podem *ter* tais opiniões, a menos que já tenham aplicado uma teoria *diferente* da legislação: nenhum grupo pode aplicar a teoria de que o conteúdo da legislação é o que o grupo pensa que é. A menos que o conceito de compreensão coletiva seja cuidadosamente limitado às esperanças, não simplesmente às opiniões dos legisladores, o conceito torna-se incoerente. Fornece um teste para aferir o conteúdo da legislação que supõe que aqueles cujas opiniões são utilizadas no teste usaram, eles próprios, um teste diferente para a mesma coisa.

caso específico, e mais provável que a "descoberta" de tal compreensão por um tribunal seja apenas uma invenção.

Nada ilustra melhor a necessidade dessas distinções que os debates do Congresso em 1964 que levaram à Lei de Direitos Civis. Os oponentes argumentaram repetidamente que o título VII permitiria que órgãos federais impusessem cotas raciais na indústria privada. Detestavam tal interferência e esperavam conquistar o apoio de outros que pensavam da mesma maneira. Por fim, a lei foi emendada, adicionando-se a seção 703(j) ao título VII, que declarava expressamente que nada na lei deveria ser interpretado de modo a permitir tais cotas impostas. Se, porém, a lei não tivesse sido emendada, seria incorreto citar os pronunciamentos dos oponentes para provar que a lei realmente realizava o que eles temiam. Seria igualmente incorreto citar os proponentes do projeto de lei que argumentaram que a lei *não* permitia cotas compulsórias como provas de alguma vontade do Congresso de que tais cotas fossem proibidas. Muitos dos patrocinadores da lei pensavam que ela seria interpretada para proibir tais cotas impostas mesmo antes da emenda – isso certamente é o que eles disseram –, mas não era necessariamente o que eles queriam. Muitos congressistas sem expressão que defenderam o projeto de lei mesmo antes da emenda, podem ter feito isso temendo que esses líderes estivessem certos, mas esperando que estivessem errados, e que a lei seria interpretada de modo a permitir exatamente o tipo de integração da indústria supervisionada pelo governo que eles queriam.

Devemos agora examinar o argumento de Rehnquist para ver qual dos dois conceitos de intenção legislativa que distinguimos ele tinha em mente. Ele constrói sua argumentação em torno do debate que já descrevi: entre os oponentes da Lei de Direitos Civis nos debates do Congresso de 1964, que disseram que a lei, tal como redigida, autorizaria agências federais a ditar que indústrias privadas fizessem contratações segundo cotas raciais, e os proponentes, que replicavam que isso não aconteceria. Muitos desses proponentes foram adiante e declararam que o projeto de lei não permitiria que *nenhuma* decisão de emprego, mesmo as decisões voluntárias, fosse tomada com base na raça. O senador Humphrey, por exemplo, argumentou que o título VII "diz que a raça, a religião e a origem nacional não devem ser usadas como base para contratar e demitir. O título VII tem como objetivo encorajar a contratação com base na capacidade e nas qualificações, não em raça ou religião."

Os senadores Joe Clark e Clifford Case, que foram designados "capitães" bipartidários do projeto de lei, apresentaram o que chamaram de "memorando interpretativo", dirigido ao problema das cotas impostas, segundo o qual: "Não há nenhuma exigência no título VII de que um empregador mantenha um equilíbrio racial na sua força de trabalho. Pelo contrário, qualquer tentativa deliberada de manter um equilíbrio racial ... envolveria uma violação do título VII, pois manter tal equilíbrio exigiria que um empregador contratasse ou se recusasse a contratar com base na raça ... Ele não teria a obrigação – nem, na verdade, a permissão – de demitir brancos a fim de contratar negros, ou preferir negros para futuras vagas, ou, uma vez que negros fossem contratados, conceder-lhes direitos especiais por tempo de casa à custa de trabalhadores brancos contratados anteriormente."

Nenhum dos pronunciamentos satisfez os oponentes que temiam ordens do governo tornando obrigatórios as cotas raciais ou o equilíbrio racial. No fim, foi necessário introduzir uma emenda proibindo explicitamente tais ordens. Essa foi a seção 703(j), que dizia que nada no título VII "será interpretado como exigindo que todo empregador ... conceda tratamento preferencial a algum indivíduo ou grupo" para reduzir o desequilíbrio racial na força de trabalho. O juiz Brennan, escrevendo pela maioria em *Weber*, enfatizou que essa nova disposição dizia apenas que a ação afirmativa não era exigida, não que a ação afirmativa voluntária era proibida. Rehnquist, porém, enfatizou que a história anterior e os muitos pronunciamentos que descobrira, argumentando que a nova disposição não era necessária, impedia toda forma de emprego ou programa de promoções baseado em critérios raciais.

O que, segundo Rehnquist, esses pronunciamentos demonstram? Constituem uma intenção institucionalizada, de modo que a lei deve ser interpretada como se esses pronunciamentos fossem formalmente uma parte dela, como um preâmbulo oral? Isso é extremamente implausível. Não há nenhuma convenção legislativa que transforme em preâmbulos mesmo os pronunciamentos de líderes ou de "capitães bipartidários". Se houvesse tal convenção, não seria adequado que os oponentes do projeto de lei expressassem temores depois de feitos os pronunciamentos tranquilizadores. Pelo contrário, seria absurdo. Tampouco teria sido necessário acrescentar a seção 703(j). Teria sido redundante, uma mera repetição do que os senadores Humphrey, Clark, Case e outros já haviam acrescentado ao projeto de lei.

O acréscimo da seção 703(j) demonstra que os congressistas não reconhecem uma convenção que transforma em emendas os pronunciamentos de senadores importantes. Naturalmente, esses pronunciamentos *poderiam* ter sido apresentados e considerados por todos como constituindo uma intenção institucionalizada. Mas claramente não foram. Os líderes citados por Rehnquist apresentaram suas opiniões sobre o efeito do projeto de lei apenas *como* suas opiniões, que continuaram a ser contestadas por outras, de modo que foi necessário resolver a questão por meio de emenda formal. Um senador ou representante secundário votando a favor da Lei de Direitos Civis não precisava ter suposto que estava preso ao que Humphrey ou o memorando Clark-Case disseram que a Lei de Direitos Civis faria, e é injusto – e contrário à democracia – insistir que estava.

Será que Rehnquist pensa, ao contrário, que os pronunciamentos dos líderes que citou são provas de algum estado psicológico compartilhado, de alguma compreensão coletiva dos legisladores como um todo? Se for assim, as provas são realmente muito fracas. Rehnquist só consegue citar as observações de alguns poucos congressistas, que segundo ele sustentam a opinião de que a lei proibiria programas de ação afirmativa como o da Kaiser. Vários que ele cita achavam que a lei, até ser emendada, teria autorizado cotas raciais obrigatórias do governo, baseadas nas porcentagens de negros na força de trabalho, e, portanto, esses congressistas devem ter sustentado a opinião contrária sobre os planos de ação afirmativa, isto é, que a lei permitiria que a indústria fizesse voluntariamente o que o governo podia ordenar que fizesse.

Nada sugere que a maioria dos legisladores, ou um número suficiente dos que votaram pela aprovação da lei, acatou qualquer uma dessas duas opiniões – ou, se o fez, qual delas adotou –, nem mesmo, na verdade, que eles tinham alguma opinião. Contudo, mesmo supondo que tinham e que concordavam com a interpretação de Rehnquist, não decorre daí que essa era sua vontade. Muitos podem ter lamentado seriamente ter de aprovar uma lei que bloquearia a ação afirmativa (presumindo que era isso que achavam estar fazendo) para impedir a inequívoca discriminação racial no emprego. Teriam ficado satisfeitos em ser persuadidos de que seu julgamento de como a lei seria interpretada estava errado.

As únicas observações, em cada uma das legislaturas, a afirmar diretamente que seria proibido pela lei um empregador negro dar preferência a empregados negros para promover a condição econômica de negros diziam que isso era motivo de grande pesar (foi um diálogo entre os senadores Curtis e Cotton, oponentes do projeto de lei, cuja solidariedade com o empregador negro pode ter sido diplomática). Se Rehnquist pretende usar o conceito psicológico de intenção composta, seu uso exibe toda a longa lista de defeitos desse conceito mal compreendido. Não se trata apenas de que necessitamos de mais provas para descobrir qual era a compreensão coletiva. As provas que temos na verdade sugerem que não havia compreensão alguma a ser descoberta.

Portanto, o argumento de Rehnquist fracassa, quer consideremos que se baseia na concepção institucional, quer na concepção psicológica de intenção legislativa. Sua atração para ele pode ser proveniente de uma incapacidade de distinguir esses dois conceitos. De modo que pode considerar argumentos a favor do ramo psicológico como argumentos a favor da garantia do ramo institucional. Ele não devia ter aproveitado essa ocasião para acusar seus colegas tão violentamente de usar argumentos descuidados para encobrir um julgamento puramente político, pois os seus próprios argumentos eram muito mais fracos do que ele pensava.

Devemos perguntar, porém, se a maioria tinha argumentos melhores que os de Rehnquist. Pois sua acusação de que a decisão deles baseou-se em convicções políticas puramente pessoais não se responde simplesmente demonstrando que seus próprios argumentos são fracos. O parecer da maioria foi redigido pelo juiz Brennan. Contém dois argumentos diferentes, um deles explícito e um que deve ser reconstruído a partir de observações independentes. O argumento explícito é a imagem refletida do argumento contrário de Rehnquist e sofre dos mesmos defeitos. Utiliza observações gerais a respeito do propósito da Lei de Direitos Civis, juntamente com o fato da seção 703(j), para estabelecer uma intenção legislativa de eximir a ação afirmativa do título VII. Brennan não determina explicitamente se essa é uma intenção institucionalizada ou uma compreensão coletiva.

Se o Congresso não pretendia autorizar programas afirmativos voluntários, argumenta o juiz, teria declarado em 703(j) que tais programas não eram exigidos nem permitidos, mas disse apenas que não eram exigidos. "A inferência natural é que o Congresso escolheu não proibir toda ação afirmativa voluntária consciente de raça." Essa inferência não é natural, mas falaciosa. O argumento demonstra que o Congresso não escolheu excluir da lei a ação afirmativa, mas daí não decorre que o Congresso escolheu não o fazer. Personificar o Congresso encoraja o erro (a opinião de Brennan está cheia de expressões como "a preocupação primordial do Congresso", "o Congresso temeu" etc.). Mas não é verdade mesmo no caso de um indivíduo que ele ou escolhe permitir algo ou escolhe não permitir algo. Ele pode não ter escolhido nada.

O segundo argumento de Brennan é muito mais bem-sucedido. Se fosse mais explícito, assumiria mais ou menos a seguinte forma.

(1) Podemos identificar um programa político incontestado que sustenta plenamente as disposições principais do título VII da Lei de Direitos Civis. É o programa de reduzir a inferioridade econômica de negros e outras minorias. Muitos membros de ambas as legislaturas endossaram expressamente esse programa e nenhum o contestou.

(2) Esse programa será promovido permitindo planos como o da Kaiser. Tornar tais planos ilegais seria detê-lo bruscamente.

(3) A seção 703(j) é sustentada por um princípio político diferente, e até certo ponto rival, de que é errado o governo intervir nas políticas privadas de contratação e recursos humanos apenas para assegurar um equilíbrio racial. Embora tal intervenção viesse a promover o programa principal de obter mais igualdade racial na economia, é errado porque ab-roga o que Brennan denomina "prerrogativas tradicionais de gerenciamento". Apesar de esse princípio não estar livre de controvérsia, não há tampouco nenhuma discordância quanto a ele na história legislativa.

(4) Uma regra que proíba a ação afirmativa voluntária certamente constitui uma intervenção em decisões tradicionais de gerenciamento e, portanto, viola o princípio que sustenta a seção 703(j); além disso, seria não uma intervenção para promover o programa central da igualdade econômica, mas para impedir esse programa e, portanto, condenado por tal princípio *a fortiori*. Por todas essas razões, a lei não deve ser interpretada de modo a proibir o plano da Kaiser.

Esse é um bom argumento? Ele não personifica o Congresso de nenhuma maneira nem pressupõe qualquer intenção do Congresso de eximir da lei planos privados e voluntários de emprego baseados em critérios raciais. Portanto, não sofre dos erros do primeiro argumento de Brennan ou da opinião de Rehnquist. Apoia-se, em vez disso, numa teoria da legislação diferente, que poderíamos chamar de teoria da coerência. Supõe que um estatuto deve ser interpretado para promover políticas ou princípios que fornecem a melhor justificativa política à lei.

Pode, é claro, ser controvertido quais princípios ou políticas oferecem a melhor justificativa para uma lei específica, alguma disposição ou limitação específica dessa lei. Também não é possível expressar nenhuma fórmula mecânica para determinar a resposta a essa questão. Só se pode aceitar uma justificativa que seja compatível com as disposições da lei e encontre apoio substancial na atmosfera política da época. A justificativa que Brennan forneceu para o título VII da Lei de Direitos Civis – o programa de promover a desigualdade econômica entre as raças, sujeito ao princípio de que empregadores privados não devem ser obrigados a manter um equilíbrio racial – satisfaz esse teste de compatibilidade. Poder-se-ia esperar que as disposições principais do título VII, que proíbem a discriminação tradicional contra os negros, reduzissem a desigualdade econômica, e apesar dos vários discursos que Brennan citou, que incluem um pronunciamento do presidente Kennedy e pronunciamentos de vários senadores, não deixam claro que tal justificativa tivesse ampla circulação e atrativo político.

Contudo, embora a justificativa proposta por Brennan realmente satisfaça esse teste de compatibilidade, justificativas diferentes também podem fazê-lo. É fácil construir uma outra justificativa, segundo a qual a teoria da coerência da legislação sustentaria não a decisão da maioria a favor da ação afirmativa, mas a opinião de Rehnquist condenando-a. Poderíamos dizer que o título VII é justificado não por uma política de promover a igualdade econômica, mas pelo princípio de que qualquer uso de critérios raciais para contratar ou promover empregados é injusto. O princípio também se ajusta às disposições centrais da lei e, portanto, também é sustentado por uma parcela substancial da opinião pública. Mas se é *esse* princípio que se considera como a justificativa do título VII, e não a política de promover a igualdade racial, então trata-se de uma decisão a favor de Weber, não a favor do plano da Kaiser, que é mais compatível com a lei assim justificada.

Como um tribunal deve escolher entre duas justificativas a favor de uma lei, quando cada uma delas se ajusta à lei e encontra uma base na opinião política? Se uma dessas justificativas foi vinculada à lei como uma intenção institucionalizada, por meio de alguma convenção legislativa do tipo descrito anteriormente, o tribunal deve aplicá-la mesmo que prefira outra. Se a história legislativa demonstra que, enquanto uma justificativa teve grande apoio entre muitos legisladores, a outra passou despercebida ou foi rejeitada pelos que a notaram, isso pode muito bem ser prova de que a segunda não reflete, afinal, nenhuma opinião política definida. Mas, na maioria dos casos controversos que testam se uma lei se aplica em circunstâncias controvertidas, quando há duas justificativas disponíveis que apontam em direções opostas, ambas as justificativas acomodarão suficientemente bem o texto da lei e o clima político da época, e nenhuma estará vinculada à lei por convenção. *Weber* foi um desses casos. Em tais casos não vejo outro procedimento para a decisão – nenhuma teoria da legislação – que não seja este: uma justificativa de uma lei é melhor que outra, e oferece a direção para o desenvolvimento coerente da lei, se fornece uma análise mais precisa, sensível ou bem fundada dos princípios morais subjacentes. Portanto, os juízes devem decidir qual das duas justificativas rivais é superior em matéria de moralidade política e aplicar a lei de modo a promover essa justificativa. Juízes diferentes, que discordam quanto à moralidade, irão, portanto, discordar quanto à lei. Mas isso é inevitável, e se cada juiz enfrentar a decisão moral abertamente, um público informado estará em melhor posição de compreendê-los e criticá-los do que se os fundamentos morais da decisão estiverem escondidos sob argumentos confusos a respeito de intenções legislativas inexistentes.

Não adianta protestar que esse procedimento permite aos juízes substituir o julgamento de representantes eleitos do povo pelo seu próprio julgamento político. O protesto é duplamente enganoso. Sugere, em primeiro lugar, que os legisladores realmente fizeram um julgamento, de modo que é errado os juízes substituírem esse julgamento. Mas se não existe nenhuma intenção institucionalizada, nenhuma compreensão coletiva pertinente, e duas justificativas rivais, não existe tal julgamento. Em segundo lugar, o protesto sugere que os juízes têm alguma maneira de decidir tal caso que *não* exija que façam um julgamento político. Mas não existe tal procedimento, exceto um método que deixa a decisão ao acaso, como no jogo de cara e coroa.

A questão doutrinária aqui em jogo pode ser colocada de duas maneiras diferentes. Podemos dizer que a legislação produzida por uma lei, quando seus termos não são decisivos e não há nenhuma intenção institucionalizada, depende diretamente da moralidade política. Quando um tribunal pergunta, por exemplo, se o Congresso tornou ilegal a ação afirmativa no título VII, deve indagar, como parte *dessa* questão, se a ação afirmativa é injusta, porque, se for, então o Congresso de fato a proibiu. Ou podemos dizer que, em tal caso, o que o Congresso fez não é incerto, mas indeterminado: ele nem declarou ilegal a ação afirmativa nem deixou de fazê-lo, de modo que quando um tribunal decide com base em um julgamento a respeito da justiça da ação afirmativa, não pode estar substituindo um julgamento do Congresso. Deve estar suplementando esse julgamento da única maneira racional de que dispõe. Creio que a primeira dessas duas descrições é mais precisa: reflete uma compreensão mais profunda da ideia complexa de legislação. Mas a segunda pode parecer mais sensata para juristas que preferem teorias mais tradicionais dessa instituição. A diferença não é importante no presente contexto, pois, sob *qualquer* compreensão, a objeção à decisão da maioria em *Weber* – de que essa decisão se baseia nas convicções dos juízes a respeito da equidade e da prudência da ação afirmativa – não é uma objeção.

Podemos perceber agora por que a amarga condenação da maioria por Rehnquist é tão mal orientada. *Weber* ofereceu ao Supremo Tribunal não a ocasião de um exercício de reconstituição do estado de espírito de vários senadores e congressistas, mas uma questão séria e complexa a respeito da natureza da discriminação e da equidade da ação afirmativa. Foi, na verdade, a mesma questão que o Tribunal enfrentou em *Bakke*, mas que, como Tribunal, não respondeu. A discriminação convencional, praticada contra negros há séculos nos Estados Unidos, é errada. Mas por quê? É errada porque qualquer distinção baseada em raça é sempre e inevitavelmente errada, mesmo quando usada para corrigir a desigualdade? Se é assim, seria correto, pela teoria da coerência da legislação, interpretar o título VII como declarando ilegais todas as distinções de tal tipo no emprego. Ou a discriminação tradicional é errada porque reflete o preconceito e o desprezo por um grupo em desvantagem e, portanto, aumenta a desvantagem desse grupo? Nesse caso, seria mais sensato atribuir ao título VII o programa diferente, de declarar ilegal tal discriminação maligna e procurar remover suas consequências inegualitárias, e seria incorreto, e não sensato, entender que a lei proíbe esforços privados nessa direção[2].

Qualquer decisão no caso – a decisão da minoria, assim como a da maioria – deve ser sustentada por alguma resposta a essas questões. A observação do presidente do Tribunal, o juiz Burger – de que votaria pela permissão de programas como o da Kaiser se estivesse no Congresso, mas que, não obstante, acreditava que o Congresso os havia declarado ilegais – é, portanto, mais espantosa do que parece à primeira vista. Se a interpretação de Burger do título VII só pode ser sustentada pela suposição de que a ação afirmativa está errada como questão de princípio moral, e se ele não pensa que é errada, porque teria votado a favor dela se estivesse no Congresso, não pode continuar com sua opinião acerca de qual é o Direito. Isto é, se aceitasse a tese sobre a prestação jurisdicional deste ensaio, teria de mudar seu voto em *Weber* e em casos posteriores.

Não podemos fazer a mesma suposição sobre o voto dissidente de Rehnquist. Ele argumentou, como disse, que foi obrigado a votar como votou por argumentos neutros de interpretação da lei. Mas, mesmo que aceitasse que não há tais argumentos disponíveis e que qualquer decisão do caso deve refletir alguma resposta à questão da moralidade política, poderia ainda responder que a ação afirmativa é injusta e que o plano da Kaiser é, por essa razão, proibido pela lei. Nada na sua opinião sugere ou supõe o contrário.

---

2. Para uma discussão dessa importante questão, ver os dois ensaios precedentes, "O caso *Bakke*: as cotas são injustas?" e "O que *Bakke* realmente decidiu?"

E os cinco juízes que formaram a maioria? Quatro deles – os juízes Brennan, Blackmun, Marshall e White – votaram em *Bakke* para sustentar a constitucionalidade inclusive do programa de cotas usado pela escola de medicina de Davis para assegurar uma proporção fixa de estudantes de minorias. Seus votos pressupõem que mesmo um programa de cotas não viola direitos políticos fundamentais de estudantes brancos que, com isso, tiveram vagas negadas. Assim, seus votos em *Weber* são compatíveis com seus votos em *Bakke*, mesmo se admitimos que seus votos em *Weber* basearam-se no segundo e mais bem-sucedido argumento de Brennan. O quinto juiz da maioria foi o juiz Stewart e esse fato, penso, é de alguma importância.

A decisão de *Bakke* não foi decisiva porque os quatro juízes que alegaram que o programa de Davis era ilegal pelo título VII da Lei de Direitos Civis, não expressaram nenhuma opinião quanto a ser ou não inconstitucional e, portanto, nenhuma opinião explícita sobre a questão subjacente: a questão moral da equidade da ação afirmativa. Stewart foi um deles e seu presente voto com a maioria em *Weber* é especialmente importante se de fato sinaliza sua aceitação do segundo argumento de Brennan, pois isso estabeleceria uma clara maioria a favor do princípio de que a ação afirmativa do tipo usado em *Weber* – um programa baseado em critérios raciais, com o objetivo de promover a igualdade racial e não colocar ninguém em desvantagem por pertencer a uma raça desfavorecida – não ofende os direitos políticos de ninguém.

Coloco esse ponto com cautela pois meu argumento não oferece nenhuma base sólida para previsões quanto a casos futuros de ação afirmativa. Stewart pode ter se juntado à maioria porque aceitou algum argumento a respeito da intenção legislativa, como o primeiro argumento de Brennan. De qualquer modo, a opinião da maioria é cuidadosamente limitada, de várias maneiras. Enfatiza, por exemplo, que o plano da Kaiser limitou-se antes a garantir que a manter um equilíbrio racial e, embora essa distinção seja irrelevante como questão de princípio moral, poderia ser usada para limitar o impacto da decisão no futuro.

A opinião da maioria enfatiza, além disso, que se trata da interpretação de apenas um título da Lei de Direitos Civis e não se refere a nenhuma questão constitucional. Não obstante, o desenvolvimento do Direito constitucional é governado mais por princípios morais latentes pressupostos por uma boa justificativa das decisões do Supremo Tribunal do que por argumentos e restrições mais técnicos expressos em votos específicos, e isso é especialmente verdadeiro quando, como em *Weber*, esses aspectos mais técnicos não resistem à análise rigorosa. A decisão do Tribunal em *Weber* é de grande importância, não apenas porque permitiu a continuidade de programas valiosos desenvolvidos pela iniciativa privada. Apesar de todas as cuidadosas limitações, o caso marca outro passo nos esforços do Tribunal para desenvolver uma nova concepção do que exige a igualdade na busca da justiça racial. Em retrospecto, esse passo parecerá mais importante do que a hesitante conciliação do Tribunal em *Bakke*.

PARTE SEIS
A censura e a liberdade de imprensa

Capítulo 17
*Temos direito à pornografia?**

Objetivos

A estratégia Williams

É um problema antigo da teoria liberal determinar até que ponto as pessoas devem ter o direito de fazer algo errado. Os liberais insistem em que as pessoas têm o direito legal de dizer o que desejam em matéria de controvérsia política ou social. Mas devem ser livres para incitar o ódio racial, por exemplo? O Direito britânico e o norte-americano agora dão respostas diferentes a essa questão específica. A lei de relações raciais do Reino Unido torna crime defender o preconceito racial, mas a Primeira Emenda da Constituição dos Estados Unidos proíbe que o Congresso ou qualquer dos estados adote lei semelhante. A pornografia em suas várias formas constitui outro exemplo da mesma questão. A maioria das pessoas em ambos os países prefeririam (ou assim parece) a censura substancial, se não a total proibição, de livros, revistas, fotografias e filmes "sexualmente explícitos", e essa maioria inclui um número considerável dos que são, eles próprios, consumidores de qualquer pornografia que seja oferecida (faz parte da complexa psicologia do sexo que muitos dos que nutrem um gosto fixo pelo obsceno preferem vigorosamente que seus filhos, por exemplo, não os acompanhem nesse gosto). Vamos supor que a maioria

---

* Publicado originalmente em *Oxford Journal of Legal Studies*, 1: 177-212 (verão de 1981). © Ronald Dworkin.

está certa, e que as pessoas que publicam e consomem pornografia fazem algo errado ou, pelo menos, exibem o tipo errado de caráter. Será que, apesar disso, elas têm o direito legal de fazê-lo? Alguns juristas e filósofos políticos consideram o problema da pornografia apenas uma instância do primeiro problema que mencionei, o da liberdade de expressar pensamentos impopulares ou depravados. Mas devemos suspeitar dessa afirmação, pois os mais fortes argumentos a favor da publicação de *Mein Kampf* parecem não se aplicar ao romance *Whips Incorporated* ou ao filme *Sex Kittens*. Penso que nenhuma pessoa é impedida de igual participação no processo político, por mais amplamente concebido que seja, quando se lhe proíbe fazer circular fotografias de órgãos genitais entre o grande público, ou que se nega a ela o direito de uma explicação quando é proibida de contemplar essas fotografias ao seu bel-prazer. Se acreditamos que é errado censurar essas formas de pornografia, devíamos tentar encontrar a justificativa para essa opinião em outra parte, não na literatura que celebra a liberdade de expressão e de imprensa.

Deveríamos considerar duas estratégias um tanto diferentes, que supostamente poderiam justificar uma atitude permissiva. A primeira sustenta que mesmo que a publicação e o consumo de pornografia sejam prejudiciais à comunidade como um todo, considerada por si só, as consequências de tentar censurar ou suprimir a pornografia seriam, a longo prazo, muito piores. Chamarei isso de estratégia "baseada no objetivo". A segunda argumenta que mesmo que a pornografia piore a situação da comunidade, mesmo a um prazo muito longo, é, não obstante, errado censurá-la ou restringi-la, pois isso viola os direitos morais e políticos individuais dos cidadãos que se indignam com a censura. Chamarei isso de estratégia "baseada nos direitos".

Qual dessas estratégias, se é que alguma, segue o Relatório do Comitê sobre a Obscenidade e a Censura de Filmes[1] (o

---

1. Cmnd. 7772, HMSO, Londres, 1979.

Relatório Williams) de 1979? O Relatório recomenda que a presente lei sobre a obscenidade seja revisada radicalmente e oferece uma importante distinção como peça central do novo esquema jurídico que sugere. Certas formas de pornografia devem ser inteiramente proibidas. Estas incluem espetáculos de sexo ao vivo (cópula, sexo oral e similares efetivos, não simulados, executados ao vivo diante de um público) e filmes e fotografias produzidos por meio da exploração de crianças. Outras formas de pornografia não devem ser proibidas, mas restringidas de várias maneiras. As restrições incluem normas sobre exibição ou propaganda ofensivas em locais públicos, limitação da venda de pornografia em lojas especializadas e um esquema elaborado de exame prévio e autorização de filmes. Discutirei posteriormente se essas recomendações admiravelmente claras podem ser todas justificadas de maneira coerente. Quero primeiro identificar a justificativa que o Relatório oferece.

Ele expressa e endossa o que chama de condição prejudicial, que "nenhuma conduta deve ser suprimida por lei a menos que se possa demonstrar que prejudica alguém". Observa a aceitação dessa condição, mas acrescenta corretamente que essa condição perde aceitação ou poder quando se torna menos ambígua. Tudo depende do que se considera ser "prejuízo". Se "prejuízo" inclui apenas dano físico direto a pessoas específicas ou dano direto à sua propriedade ou a seus interesses financeiros, a condição é excessivamente forte, já que contradiria uma grande parte do Direito vigente britânico e norte-americano. Proibiria a regulamentação do desenvolvimento comercial de certas áreas das cidades ou a restrição do uso privado de recursos naturais como a faixa costeira. Quase todos rejeitariam a condição prejudicial assim interpretada. Mas se "prejuízo" for ampliado de modo a incluir aflição mental ou irritação, a condição torna-se muito débil para ter alguma utilidade na teoria política, já que qualquer tipo de conduta provável de tornar-se criminosa numa democracia é conduta que causa irritação ou sofrimento a alguém. Suponha que o conceito de "prejuízo" exclua a aflição mental, mas inclua o dano ao ambiente sociocultural geral. Então, a condição prejudicial não tem, em si, nenhuma utilidade na consideração do problema da pornografia, pois os oponentes da pornografia argumentam, com certa força, que o livre comércio da obscenidade causa dano ao ambiente cultural geral.

Portanto, a condição prejudicial não recomenda, em si, uma atitude permissiva com respeito à pornografia, exceto numa forma vigorosa demais para ser aceita, e o Relatório dá pouca ênfase a essa condição. Seu arrazoado, em vez disso, inicia-se com uma teoria especial e atraente sobre o valor geral da livre expressão. John Stuart Mill sugeriu, em *Da liberdade*, que a sociedade tem mais chance de descobrir a verdade, não apenas na ciência mas também a respeito das melhores condições para a prosperidade humana, quando tolera o livre mercado de ideias. O Relatório rejeita as ideias otimistas de Mill (para não dizer complacentes) quanto às condições mais propícias para a descoberta da verdade. Não obstante, aceita algo próximo da opinião de Mill na importante passagem a seguir.

> A ideia mais básica, à qual Mill vinculou o modelo do mercado, continua a ser uma ideia correta e profunda: a de que não conhecemos antecipadamente que desenvolvimentos sociais, morais ou intelectuais se revelarão possíveis, necessários ou desejáveis para os seres humanos e o seu futuro, e que a livre expressão, intelectual e artística – algo que talvez seja preciso incentivar e proteger, além de simplesmente permitir –, é essencial para o desenvolvimento humano, como um processo que não apenas acontece (de uma forma ou de outra, acontecerá de qualquer jeito), mas, tanto quanto possível, é compreendido racionalmente. A livre expressão é essencial não apenas como um meio para o desenvolvimento humano, mas como parte dele. Como os seres humanos não estão apenas sujeitos à sua história, mas aspiram a ter consciência dela, o desenvolvimento dos indivíduos, da sociedade e da humanidade em geral é um processo adequadamente constituído em parte pela livre expressão e pelo intercâmbio da comunicação humana.[2]

---

2. Relatório, p. 55.

A CENSURA E A LIBERDADE DE IMPRENSA 499

Essa descrição do valor da livre expressão exige certa complementação antes que possa oferecer uma justificativa para boa parte da pornografia contemporânea, pois as ofertas do Soho e da Oitava Avenida – revistas pornográficas e *Beyond the Green Door* – não são evidentemente manifestações do desenvolvimento humano desejável. O Relatório encontra essa complementação na topologia da encosta escorregadia[3]. É difícil, se não impossível, elaborar uma fórmula que possamos ter certeza que, na prática, irá separar o que é lixo imprestável de contribuições potencialmente valiosas. Qualquer fórmula será administrada por promotores, jurados e juízes com seus próprios preconceitos, seu próprio amor ou temor pelo novo, e, no caso dos promotores, sua viva percepção das vantagens políticas da conformidade. De qualquer modo, autores e editores, ansiosos por evitar riscos e problemas, exercitarão a autocensura por cautela e ampliarão as restrições impostas por quaisquer palavras que encontremos. Portanto, se reconhecemos o valor geral da livre expressão, deveríamos aceitar um pressuposto contra a censura ou a proibição de qualquer atividade quando esta, mesmo discutivelmente, expressa uma convicção sobre como as pessoas devem viver ou sentir, ou quando se opõe a convicções estabelecidas ou difundidas. O pressuposto não precisa ser absoluto. Pode ser superado pela demonstração de que o prejuízo que a atividade ameaça produzir é grave, provável e incontroverso, por exemplo. Mas deve, não obstante, ser um pressuposto forte para proteger o objetivo de longo prazo de assegurar, a despeito de nossa ignorância, as melhores condições ao nosso alcance para o desenvolvimento humano.

Essa estratégia geral, que chamarei às vezes de "estratégia Williams", organiza os argumentos e distinções mais específicos do Relatório. O comitê reconhece, por exemplo, a relevân-

---

3. Puristas jurídicos podem objetar que o argumento do Relatório, aqui, não depende da encosta escorregadia, mas daquela arma diferente, a linha brilhante (ou a ausência dela). Mas está perfeitamente claro qual argumento se tem em mente, e sigo a linguagem do Relatório.

cia de determinar se um aumento da pornografia em circulação na comunidade pode produzir mais violência ou mais crimes sexuais de algum tipo específico. Se esse tipo de prejuízo puder ser demonstrado, o pressuposto pode ser afastado. Mas o comitê não encontra nenhuma prova persuasiva dessa influência causal. A mesma estratégia sustenta a distinção crucial entre a proibição inequívoca e as várias formas de limitação da pornografia. A limitação não reduz severamente a contribuição que a pornografia pode oferecer ao intercâmbio de ideias e atitudes, embora mude o caráter dessa contribuição. Portanto, a encosta escorregadia não é uma ameaça tão grande quando a questão é determinar se algum livro só deve ser vendido em lojas especiais como é quando a questão diz respeito a se ele pode ser publicado.

A estratégia Williams é uma versão da estratégia baseada no objetivo, que distingui anteriormente da estratégia baseada nos direitos. Ela não define o objetivo que busca promover como o resultado que produz o maior excedente de prazer em contraposição à dor – como poderia fazer o benthamiano primário – ou como, talvez, o resultado em que mais pessoas têm mais daquilo que desejam ter – como o definiria um utilitarista mais refinado. Em vez disso, o Relatório fala do desenvolvimento humano e insiste em que alguns desenvolvimentos sociais, morais e intelectuais são mais "desejáveis" que outros. Não estaríamos muito errados, penso, se resumíssemos a concepção do Relatório acerca da melhor sociedade como aquela que mais contribui para que os seres humanos tomem decisões inteligentes sobre qual é a melhor vida a levar e depois prosperem nessa vida. A estratégia Williams enfatiza, porém, uma importante ideia latente dessa concepção. Seria errado pensar que as decisões sociais e políticas são voltadas apenas para a produção da melhor sociedade em algum tempo futuro específico (e, portanto, arbitrário), de modo que os atos e abstenções das pessoas agora sejam meramente partes de um desenvolvimento a ser julgado por seu valor instrumental na produção da melhor sociedade futura. O modo como se desenvolve uma sociedade é uma parte importante do valor dessa sociedade, agora concebida a partir de uma perspectiva maior, que inclui o presente e também o futuro indefinido. Em particular, o desenvolvimento social dos ideais da prosperidade humana deve ser "consciente", "racionalmente compreendido" e "um processo constituído em parte pela livre expressão e pelo intercâmbio da comunicação humana". O desenvolvimento humano deve ser o autodesenvolvimento, ou seu valor será comprometido logo de início.

Sexo ao vivo

Sob vários aspectos, essa é uma imagem mais atraente da boa sociedade do que aquela que pode oferecer o utilitarista primário ou o mais refinado. Não obstante, é uma teoria (como são essas imagens menos atraentes) sobre quais resultados são bons como um todo, não uma teoria sobre quais direitos devem ser reconhecidos, mesmo à custa de aceitar menos que o melhor resultado como um todo. Quero agora perguntar se a atraente teoria do Relatório, baseada em objetivos, justifica suas recomendações a respeito da pornografia. Começarei com uma questão razoavelmente específica e limitada. A estratégia Williams recomenda que espetáculos de sexo ao vivo sejam inteiramente proibidos, e não apenas que sofram restrições quanto à propaganda, à localização do teatro em que ocorrem ou ao material exibido do lado de fora, ou à idade dos que podem ser admitidos? Dessa maneira espetáculos com sexo explícito são tratados de maneira mais rigorosa que espetáculos ao vivo com sexo simulado ou filmes com sexo real. A estratégia Williams pode demonstrar por quê?

Poderíamos, à guisa de preparação para essa questão, compor uma lista de possíveis justificativas para tratar de maneiras diferentes formas diferentes de pornografia. Suponho que não temos nenhuma boa razão para crer que alguma das formas de pornografia que estamos considerando ofereça uma contribuição positiva e valiosa para o livre intercâmbio de ideias a respeito da prosperidade humana. (O Relatório examina a afirmação de que alguma forma o faz e parece rejeitá-la como bobagem. Recomenda apenas que aceitemos o pressuposto de que alguma pornografia pode oferecer tal contribuição.) Assim, não podemos discriminar entre formas diferentes com base em nossas convicções atuais de que as contribuições positivas de alguma são maiores do que as de outra, de que a contribuição positiva do filme *Garganta profunda* é maior, por exemplo, que a representação em um cabaré dos principais eventos desse filme. Podemos, porém, justificar a discriminação entre formas diferentes de pornografia, em conformidade com a estratégia Williams, de uma outra maneira. Afinal, se realmente pensamos que a pornografia apela aos aspectos menos atraentes da personalidade humana, podemos muito bem pensar que a publicação e o consumo irrestritos de pornografia opõem-se ao florescimento humano. Podemos ser persuadidos pela estratégia Williams de que o dano para o desenvolvimento poderia ser maior ainda se toda pornografia fosse proibida, porque não podemos ter certeza de nossas opiniões sobre o florescimento humano, porque o argumento da encosta escorregadia nos previne de que podemos proibir em demasia e porque, seja como for, qualquer restrição, por si só, danifica o processo de desenvolvimento social, ao reduzi-lo enquanto uma questão de escolha racional e deliberada. Mas trata-se, em grande parte, de encontrar um equilíbrio, e podemos estar preparados para restringir certas formas de pornografia mais que outras, apesar desses argumentos conflitantes da estratégia Williams, se (1) acreditamos que essas formas realmente apresentam um perigo especial de prejuízo pessoal, estritamente concebido, ou (2) acreditamos que essa forma apresenta algum perigo especial de poluição cultural que irá, segundo pensamos, causar mais dano às perspectivas da prosperidade humana que outras formas, ou (3) pensamos que é possível conseguir uma posição mais segura na encosta escorregadia proibindo essa forma, isto é, que podemos redigir uma legislação especificamente voltada para essas formas, que, na prática, não elimine nada valioso junto com o lixo.

O Relatório diz que espetáculos ao vivo são diferentes de filmes porque os primeiros requerem que o espectador "esteja no mesmo espaço" que as "pessoas efetivamente empenhadas na atividade sexual". É "dessa relação entre pessoas reais que surge o peculiar caráter reprovável que muitos atribuem à ideia do espetáculo de sexo ao vivo e a noção de que o tipo de *voyeurismo* envolvido é especialmente degradante, tanto para os que estão no palco como para os que estão na plateia"[4]. Esta última sugestão pode ser considerada ambígua. Pode significar que a justificativa para proibir o espetáculo de sexo ao vivo encontra-se no fato de que tantas pessoas reprovam que se encene ou assista a esse tipo de espetáculo, que muitas outras acreditam que isso seja degradante. Nesse caso, o argumento é do primeiro tipo que acabamos de distinguir: o dano em questão é dano pessoal direto, na forma de sofrimento ou dor mental dos que sabem que outros estão se comportamento de maneira degradante. Mas o Relatório não será coerente se recorrer a esse tipo de dano para justificar uma proibição, porque, em outros casos, rejeita explicitamente a ideia de que esse tipo de dano pode ser levado em conta. "Se alguém aceitasse, como base para coagir as ações de uma pessoa, o fato de que outras ficariam perturbadas só de pensar que ela estaria praticando essas ações, estaria negando toda liberdade individual substantiva"[5].

Portanto, deveríamos adotar a outra interpretação das observações sobre os espetáculos de sexo ao vivo, ou seja, de que devem ser proibidos não porque tanta gente acredita que são degradantes, mas apenas porque são degradantes. Deve-se compreender isso como um recurso ao segundo tipo de justificativa para a restrição: o pressuposto forte a favor da liberdade de expressão tem de ceder à proibição aqui, pois a poluição cultural que esses espetáculos infligiriam, e portanto o revés que isso representaria para a conquista das melhores condições para o desenvolvimento humano, é grande demais para que se mantenham esses espetáculos no pressuposto da estratégia Williams. Essa, porém, é uma justificativa excepcional para destacar assim os espetáculos de sexo ao vivo. Porque o Relatório Williams

---
4. Relatório, p. 138.
5. Relatório, p. 100.

enfatiza que, de qualquer maneira, os espetáculos de sexo ao vivo são tão raros, atraem um público tão limitado e são relativamente tão caros, que o impacto que poderiam ter sobre o ambiente geral deve ser muito pequeno, quer para o bem, quer para o mal. Seria muito improvável que os espetáculos ao vivo oferecessem uma ameaça maior de poluição cultural que as fotografias e filmes inanimados e de uma obscenidade deprimente, que o Relatório restringe mas permite, e que podem ser copiados e distribuídos aos milhões. O terceiro tipo de argumento apresentado acima é melhor nesse caso? A encosta escorregadia é um perigo menor no caso do sexo ao vivo? O Relatório de fato diz que "parece-nos, na verdade, que a apresentação de sexo real no palco introduz imediatamente um pressuposto de que os motivos não têm mais nenhuma pretensão artística"[6]. Mas essa parece uma observação imponderada. Não conheço nenhuma apresentação dramática séria que use "sexo real". Mas isso porque, à parte os óbvios problemas de elenco, não seria permitida agora. Com certeza, o trabalho dramático sério usa sexo simulado, como reconhece o Relatório, e não se pode considerar que a paixão por realismo no palco seja incompatível com a "pretensão artística". Toda uma escola de teoria dramática argumenta justamente no sentido contrário. Em certo ponto, o Relatório observa, aparentemente como argumento a favor da proibição, que "o espetáculo ao vivo é um acontecimento contemporâneo com um desfecho desconhecido, que o público pode ser capaz de influenciar ou do qual pode participar"[7]. Mas essa passagem poderia ter sido tirada de um ensaio sobre os objetivos de Artaud, Genet, até mesmo de Brecht, ou de dúzias de outros dramaturgos ambiciosos, e qualquer diretor que fosse inteiramente indiferente a essa concepção de teatro seria, provavelmente, um tedioso charlatão. O argumento da encosta escorregadia parece especialmente forte mais que especialmente fraco no caso de sexo ao vivo no palco. A contínua e taxativa proibição

---

6. Relatório, p. 139.
7. Relatório, p. 138.

de cópula real sem dúvida limita o teatro no seu exame da relação entre arte e tabu, e a suposição de que as consequências do sexo ao vivo no teatro sério são previsíveis e muito ruins trai, penso, exatamente a pretensão de onisciência que a estratégia Williams deplora. Não é meu presente objetivo sugerir que a proibição seja relaxada, mas apenas que a estratégia do Relatório não oferece nenhum argumento muito claro nem muito eficaz para que assim não seja.

Por que restringir?

Não devemos dar muita importância às dificuldades do Relatório para acabar com os espetáculos de sexo ao vivo. Embora seja um exemplo notável de argumento político, o Relatório, não obstante, é um argumento político, tanto no sentido de que espera encorajar a legislação como no sentido diferente de que é o produto conjunto de muitas pessoas com diversos pontos de vista. Talvez os membros do comitê tenham julgado que os espetáculos de sexo ao vivo, mesmo que submetidos a restrições, eram intoleráveis, com ou sem bons argumentos. Mas o ponto é importante porque ilustra a grande força das diferentes suposições encerradas na estratégia Williams e como é difícil justificar, dentro dessa estratégia, qualquer exceção à política permissiva que geralmente recomenda.

Poderíamos, portanto, voltar nossa atenção para uma parte muito mais importante das recomendações do Relatório, que é a distinção que ele traça entre a restrição e a proibição da pornografia. Se a estratégia Williams argumenta contra a proibição inequívoca de imagens e filmes pornográficos, exceto em casos muito limitados, ela pode, coerentemente, aceitar as restrições que o Relatório recomenda? O Relatório oferece diferentes argumentos que propõem justificar a distinção. Esses argumentos classificam-se em grupos bastante parecidos com os diferentes tipos de argumentos que consideramos justificar o tratamento especial dado aos espetáculos de sexo ao vivo. A favor das restrições que defende para a exibição e propaganda da pornografia, ele argumenta, por exemplo, (1) que o dano pessoal causado por tal exibição é muito maior que o dano causado pelo consumo privado solitário, (2) que a poluição cultural também é maior, e que (3) a encosta escorregadia é um perigo menor no caso da restrição porque, se algum material autenticamente valioso for alvo da restrição, ainda assim terá permissão para entrar no intercâmbio de ideias de um modo suficientemente eficaz. Devemos examinar cada uma dessas afirmações, e irei considerá-las na ordem inversa.

O Relatório argumenta, a favor da última afirmação, que limitar uma publicação pornográfica a um público voluntário não impede os objetivos da publicação, distintos talvez dos objetivos do seu autor, que pode ganhar menos dinheiro. Mas essa personificação adota uma visão um tanto estrita dos objetivos de uma publicação, uma visão que não se acomoda confortavelmente na estratégia Williams. Do ponto de vista da estratégia, que enfatiza a contribuição que a expressão pode oferecer para a busca refletida de novas possibilidades de prática sociocultural, a maneira como a pornografia é apresentada ao público pode ter a mesma importância que seu conteúdo. Embora a pornografia possa não ser em si uma forma de arte (o Relatório discute instrutivamente a problemática questão), a analogia é adequada no caso. Quando Duchamp pendurou um urinol na parede de uma galeria de arte, fez uma afirmação sobre a natureza da arte – uma afirmação na qual os críticos se empenhariam por muitos anos – que não poderia ter feito ao convidar um público voluntário para ver o mesmo objeto num sanitário público. O seu meio certamente era a sua mensagem. Se atentarmos apenas para o propósito imediato da pornografia e considerarmos que esse propósito é a satisfação dos que estão dispostos a encarar os problemas e a correr o risco do constrangimento para assegurá-la, a publicação pode servir a esse propósito. Mas se estamos preocupados – como a estratégia Williams diz que devemos estar – com as consequências da publicação para a exploração de formas de vida, a publicação com restrições não é apenas publicação menor. É a publicação de algo diferente. A publicação com restrições deixa certa hipótese inteiramente por formular: a hipótese de que o sexo deve entrar em todos os níveis da cultura pública, no mesmo pé de igualdade que os romances de telenovelas ou as trivialidades cinematográficas, por exemplo, e desempenhar o papel que então desempenharia na vida cotidiana. Pode haver uma boa razão para não se permitir que essa hipótese seja apresentada da maneira mais neutra e eficaz. Mas não pode ser a razão oferecida agora, de que os que já se converteram não podem reclamar, contanto que suas necessidades sejam satisfeitas (talvez de maneira inconveniente).

Tem mais força o segundo tipo de argumento, de que, embora o perigo de poluição cultural não seja forte o suficiente para justificar a proibição, é, porém, forte o suficiente para justificar a restrição? Penso que o argumento aqui está contido nos seguintes comentários do Relatório:

> Uma testemunha que vimos deixou claro que esperava ansiosamente por uma sociedade em que nada que se visse acontecendo no parque fosse mais surpreendente que qualquer outra coisa, exceto, talvez, no sentido de ser mais improvável. A maioria de nós tem dúvidas se esse dia chegará ou se nada se perderá se chegar. Muito menos esperamos ansiosamente por um mundo em que a atividade sexual seja não apenas conduzida livremente em público e possa ser vista, mas que se ofereça a ser vista, com as partes em cópula solicitando a atenção do transeunte. Mas isso, na verdade, é o que faz a pornografia exibida publicamente... A questão básica de que a pornografia implica, por natureza, alguma violação das fronteiras entre o público e o privado, é ampliada quando a pornografia existe não apenas para consumo privado, mas é exibida publicamente[8].

A "questão básica" da última frase sugere que a exibição pública ameaça romper a distinção culturalmente importante entre a atividade pública e a privada. Mas isso parece um exagero. Penso que seria mais exato dizer que a exibição pública da pornografia tira partido dessa distinção – o que ela exibe

---
8. Relatório, pp. 96-7.

não seria chocante nem atraente (para os que a considerassem assim) sem essa distinção –, mas tira partido de uma maneira que poderia (ou não) reordenar as fronteiras, de modo que as pessoas acostumadas (talvez devêssemos dizer endurecidas) pela exibição pública de imagens de cópula não mais julgariam que tais exibições eram inteiramente inadequadas ao espaço público. Não decorre daí que, se as fronteiras fossem reordenadas dessa maneira, seriam ainda mais reordenadas, de modo que as pessoas assumissem a mesma postura perante a cópula nos espaços abertos dos parques. O próprio Relatório, como observamos, insiste no caráter especial do sexo ao vivo apenas porque estar "no mesmo espaço" que pessoas efetivamente copulando é muito diferente de olhar para imagens de tais pessoas. Suponha, porém, que a exibição pública de fotografias aproximasse o dia em que as fronteiras seriam ainda mais reordenadas, de modo que a própria cópula se tornasse muito mais uma atividade pública do que é agora. Isso não significa que a distinção entre público e privado, que certamente tem grande importância cultural, cairia. Vimos grandes reordenamentos dessas fronteiras mesmo em anos recentes. As pessoas agora comem nas ruas, beijam-se e abraçam-se em público e brincam nuas pelo menos em certas praias públicas, e essas atividades, não muito tempo atrás, pertenciam muito mais claramente ao espaço privado. No mesmo período, e em outros aspectos, contraíram-se as fronteiras que a cultura estabelece quanto ao que é público: agora é muito menos provável que as pessoas rezem em público, por exemplo, porque a postura de que a oração é uma atividade mais privada que pública, limitada ao lar ou a locais especiais de culto, tornou-se muito mais difundida. Com certeza, as dimensões e contornos do espaço público pertencem adequadamente ao diálogo, por meio de exemplo, a respeito das possibilidades do desenvolvimento humano, o diálogo que a estratégia Williams deseja proteger. A vitalidade e o caráter da distinção básica, a ideia básica de que deve existir um espaço privado, é mais ameaçada por um congelamento legalmente imposto das fronteiras estabelecidas em qualquer tempo específico do que permitindo que o mercado da expressão reexamine e redesenhe essas fronteiras constantemente. O comitê diz que não gostaria de ver um mundo em que os contornos do privado fossem estabelecidos da maneira específica que descreve e teme. Mas essa parece ser exatamente a opinião que a estratégia Williams defende que deveria ser tratada com respeitoso ceticismo. Não está claro por que merece ser imposta por lei, mais do que a opinião de outros que temem um mundo em que seus filhos tenham liberdade para fantasiar privadamente com fotografias obscenas.

E quanto ao primeiro tipo de razão que poderia sustentar a distinção central entre proibição e restrição? Essa recorre a um dano pessoal maior. O Relatório argumenta que, se a pornografia não fosse restringida da maneira que sugere, o dano pessoal que causaria seria muito maior, ou teria um caráter para o qual a lei deveria dar mais atenção, do que o dano pessoal que causaria a pornografia restrita e transformada em atividade essencialmente privada. Se isso é correto, poderia realmente oferecer um argumento a favor da restrição que não é válido para a proibição inequívoca. Se for possível demonstrar que a exibição pública de pornografia, na forma de propaganda, por exemplo, causa um dano acentuado ou especial ao passante, embora o pressuposto da estratégia Williams seja forte o suficiente para derrotar os argumentos da proibição, pode capitular perante as reivindicações a favor da restrição. Mas qual é o dano especial ou sério que a exibição pública poderia causar? Não é o perigo de assalto violento ou abuso sexual. O Relatório rejeita as provas oferecidas a favor disso, de que mesmo a pornografia irrestrita causaria um aumento de tais crimes, como sendo, na melhor das hipóteses, inconclusivas. O dano é do tipo sugerido pelas palavras que o Relatório adota: "caráter ofensivo."

Mais uma vez, vale a pena expor a linguagem clara e concisa do próprio Relatório:

> Normas jurídicas contra o sexo público seriam geralmente consideradas compatíveis com a condição prejudicial, no sentido de que, se membros do público são perturbados, constrangidos, enojados, escandalizados ou embaraçados por testemunhar alguma classe de atos, isso constitui um aspecto em que a exe-

cução pública desses atos prejudica seus interesses e lhes dá um motivo para objeção ... O caráter ofensivo da pornografia publicamente exibida parece-nos estar em concordância com regras tradicionalmente aceitas que protegem o interesse pela decência pública. Restrições à venda aberta dessas publicações e medidas análogas para os filmes parecem-nos, assim, ser justificadas ... Se, porém, seguirmos inteiramente essa linha, chegaremos à situação em que as pessoas fariam objeção mesmo a tomar conhecimento de que a pornografia estaria sendo lida privadamente, e se alguém aceitasse, como base para coagir as ações de uma pessoa, o fato de que outras ficariam perturbadas só de pensar que ela estaria praticando essas ações, estaria negando toda liberdade substantiva. Qualquer ofensa da causa por tais lojas (de material pornográfico) seria, claramente, muito menos vívida, direta e séria do que a causada pela exibição das publicações, e não aceitamos que poderia ter mais peso que os direitos dos que desejam ver esse material ou, mais geralmente, que o argumento a favor da restrição, em vez da supressão da pornografia[9].

A última frase, se a compreendo corretamente, levanta um argumento distinto dos outros, de que o nojo ou outra ofensa que se possa causar às pessoas que são afetadas só de saber que a pornografia existe será "menos vívido, direto e sério" que o nojo causado por deparar diretamente com exibições indecentes. Mas isso parece longe de estar claro, particularmente se levarmos em conta o número dos que podem sofrer esses diferentes danos. Tudo depende, é claro, de quanta exibição o mercado poderia suportar e de onde o mercado faria as exibições se a pornografia fosse inteiramente irrestrita. Mas se tomamos a presente situação na cidade de Nova York como guia útil, apenas uma parte muito pequena da população da Grã-Bretanha seria obrigada a deparar com frequência com material em exibição, ou teria de ajustar muito suas vidas para evitar encontrá-lo. Sem dúvida, uma parte muito maior da população ficaria

---

9. Relatório, pp. 99-100. Quanto à questão a respeito de negar a liberdade substantiva, na penúltima sentença, o Relatório cita H. L. A. Hart, *Law, Liberty, and Morality* (Stanford: Stanford University Press, 1963), pp. 45 ss.

bastante perturbada só pelo fato de o material pornográfico ser exibido publicamente, mesmo que fora de seus trajetos habituais, mas isso seria um exemplo de perturbar-se com o conhecimento do que outros estariam fazendo, não pela visão disso. Mesmo que meu palpite esteja errado (como pode muito bem estar) e o infortúnio de tropeçar em pornografia fosse realmente uma fonte de aflição mental numa sociedade que permitisse a pornografia sem restrições, isso não é tão óbvio e tão prontamente previsível de modo que se justifique a distinção crucial do Relatório sem uma boa quantidade de provas empíricas.

Contudo, é errado prosseguir com essa questão porque o Relatório claramente coloca mais ênfase no ponto precedente, de que a aflição dos que se enojam só de saber que existe pornografia não deve ser levada em conta em nenhum cálculo geral do dano pessoal ocasionado pela pornografia. Mas por que não deve ser levada em conta? O Relatório diz apenas que se esse tipo de dano fosse levado em conta, estaríamos negando toda liberdade individual. Poderíamos muito bem perguntar, se essa observação faz sentido, por que ela argumenta apenas contra levar em conta o dano de repulsa que se origina do simples fato de saber que existe algo que se considera repulsivo. Em vez disso, por que não se opõe a que se leve em conta todo e qualquer dano de repulsa, inclusive aquele proveniente da visão efetiva do ato que se alega ser repulsivo? A questão, ao que parece, é que devemos nos deter em algum ponto antes de levar em conta o dano de repulsa, mas isso não justifica parar especificamente no ponto escolhido pelo Relatório.

Mas não prosseguirei nesse problema, pois não consigo entender muito bem a afirmação inicial do Relatório. Naturalmente, a liberdade individual seria muito restringida se ninguém tivesse permissão de fazer nada que outra pessoa julgasse ofensivo. Mas a sugestão em questão agora, que segundo o comitê negaria "qualquer liberdade substantiva", é muito mais débil que isso[10]. A sugestão é apenas de que a repulsa sentida

---

10. O Relatório cita Hart para sustentar seu argumento aqui. Mas o argumento de Hart parece consistir apenas no erro já identificado. "Punir pessoas por

pelas pessoas quando tomam conhecimento de que outros estão fazendo o que consideram ofensivo, deveria figurar entre os outros tipos de aflição mental e física que se consideram ao determinar se o pressuposto a favor da liberdade deve ser derrubado. Portanto, a questão é determinar se o dano para os que se sentem ofendidos deve suplantar o desejo de todos os que desejam fazer o que os ofenderia. Se apenas uma ou poucas pessoas se sentissem ofendidas, haveria pouco perigo de que isso ocorresse. Seria diferente se uma grande maioria julgasse repulsiva alguma atividade. Mas determinar se o escândalo da maioria permitiria muita liberdade individual substantiva dependeria do que a maioria julgasse escandaloso. Se a maioria achasse repulsivo alguém praticar uma religião que não fosse a religião estabelecida, a liberdade seria violada de uma maneira que, com razão, poderíamos considerar grave (é por isso que falamos de direito à liberdade religiosa). Mas suponha que a maioria simplesmente ache nojento que as pessoas leiam ou contemplem pornografia privadamente. O argumento da encosta escorregadia chama nossa atenção para o fato de que, se a maioria for satisfeita, os indivíduos podem ser impedidos de ler algumas coisas que lhes são valiosas. Mesmo assim, porém, seria um exagero dizer que se as pessoas não tivessem permissão para ter contato com literatura ou arte explicitamente sexual perderiam inteiramente sua liberdade.

Pode ser que o Relatório queira dizer algo diferente disso. Talvez queira dizer que se fosse adotada a sugestão de que as pessoas não podem fazer nada que a maioria julgue profundamente repulsivo, mesmo privadamente, elas perderiam seu *direito* à liberdade – porque não podem mais defender que é sempre errado a maioria restringi-las por essa razão –, mesmo que a perda efetiva de liberdade não se revelasse tão grande.

---

causarem essa forma de perturbação seria equivalente a puni-las simplesmente porque outros têm objeções ao que elas fazem, e a única liberdade que coexistiria com essa extensão do princípio utilitarista é a liberdade de fazer as coisas às quais *ninguém* tem objeções sérias. Tal liberdade é clara e inteiramente ineficaz." Hart, *Law, Liberty, and Morality*, p. 47 (itálico meu). A primeira dessas sentenças é um *non sequitur* e não oferece nenhum argumento contra a sugestão descrita no texto.

Concordo que algum direito de tal tipo é importante (embora hesite em chamá-lo de direito à liberdade como tal)[11]. Mas determinar se as pessoas têm esse direito, como questão de princípio, é exatamente o que está em disputa agora. Lorde Devlin, por exemplo, e, presumivelmente, a sra. Whitehouse, lorde Longford e os outros membros da putativa "Maioria Moral" podem ser compreendidos como contestando a proposição de que elas têm esse direito. De qualquer modo, se é algum direito à liberdade, não a liberdade em si, que está em jogo no caso, o Relatório abandonou a estratégia Williams, a menos que se possa demonstrar que esse direito, e não meramente uma grande parte da liberdade, é essencial para o desenvolvimento social reflexivo. O Relatório não oferece argumentos para explicar por que é assim. Na seção seguinte, argumentarei que essa ideia é antagônica ao caráter da estratégia Williams, baseada nos objetivos. Mesmo supondo, porém, que tal direito pode ser derivado dessa estratégia, a questão que coloquei de lado um momento atrás reaparece. Se o direito à liberdade é o direito de uma pessoa de não ter sua liberdade limitada simplesmente porque outros sentem nojo do que ela se propõe fazer, por que esse direito não inclui o direito de fazer o que quer em público, livre da possível ofensa da maioria ao presenciá-lo? Penso que não há nada no caráter subjetivo do dano que a maioria sofre ao ver o que julga nojento que possa oferecer a distinção necessária no caso. Isso porque a ofensa em questão não é simplesmente a ofensa aos gostos estéticos da maioria, como a ofensa que as pessoas poderiam sentir diante de uma casa cor-de-rosa em Belgravia. A ofensa está carregada de convicções morais, particularmente de convicções a respeito de que tipos de visões são indecentes e não apenas lamentáveis no espaço público, de modo que as pessoas se sentiriam ofendidas com um cartaz pornográfico entre o material feio e barato que está em exibição em Piccadilly ou no Times Square. O Relatório não explica por que permitir que sejam levadas em conta dessa

---

11. Ver a segunda parte deste ensaio; ver também Dworkin, *Taking Rights Seriously* (Cambridge, Mass.: Harvard University Press, edição 1978), cap. 12.

maneira as convicções morais, pela ofensa que as pessoas sentem diante de exibições públicas por causa de suas crenças morais, não viola o direito individual que, porém, é violado quando a maioria se defende da ofensa, talvez mais dolorosa, de saber o que se passa por trás de portas fechadas.

Por que não proibir?

Portanto, a estratégia Williams não oferece nenhum fundamento persuasivo para fazer valer a distinção que o Relatório torna fundamental para as suas recomendações, a distinção entre proibição e restrição. Mas a situação é ainda pior, pois não está claro que a estratégia ofereça ao menos um bom argumento a favor das recomendações geralmente permissivas do Relatório a respeito do uso privado de pornografia. A estratégia adota uma postura de ceticismo tolerante sobre a questão de quais "desenvolvimentos sociais, morais ou intelectuais" irão revelar-se "mais desejáveis" para a prosperidade humana. Recomenda, com vigor, algo semelhante a um livre mercado na expressão de ideias a respeito de como as pessoas devem ser e viver, não porque a liberdade de expressão seja algo bom em si, mas porque possibilita uma variedade de hipóteses sobre o melhor desenvolvimento a ser formulado e testado na experiência. Essa estratégia, porém, deixa espaço suficiente para a hipótese que agora exerce (ou parece exercer) apelo mais amplo? Trata-se da hipótese de que os humanos se desenvolverão de maneira diferente e melhor, e encontrarão as condições mais adequadas para sua prosperidade, se seu direito cultivar uma atitude enobrecedora, não degradante, perante a atividade sexual, proibindo, mesmo privadamente, práticas que são, na verdade, perversões ou corrupções da experiência sexual. Não podemos ter certeza de que essa hipótese, que chamarei de hipótese da imposição, seja fundada. Para muitos de nós ela pode ser infundada. Mas podemos ter certeza disso? O Relatório às vezes sugere que apenas os que "pensam que as verdades morais humanas fundamentais foram estabelecidas incontestavel-

A CENSURA E A LIBERDADE DE IMPRENSA

mente e para sempre, por exemplo em termos religiosos"[12], instarão a favor da hipótese da imposição. Mas não vejo por que tem de ser assim. Os que julgam plausível a hipótese da imposição podem dizer que ela representa o seu melhor julgamento, embora, é claro, possam estar errados, exatamente como devem reconhecer que podem estar errados os que rejeitam a hipótese.

Suponha que nossa resposta seja que a proibição congela o mercado da expressão, de modo que a hipótese da imposição é a única visão que não se deve permitir pôr à prova, pois se tornará imune ao reexame. A experiência não sustenta essa afirmação, pelo menos não nas democracias. Pois embora a lei referente à obscenidade na Grã-Bretanha tenha sido relativamente repressora desde os tempos vitorianos, tornou-se na prática, se não no texto, progressivamente mais liberal como um todo, como resultado do debate político não pornográfico a respeito da pornografia e, também, como resultado dos atos daqueles que nutrem sentimentos vigorosos a respeito do princípio ou que são ávidos o bastante para violar a lei. De qualquer modo, esse é um cumprimento que pode ser retribuído facilmente. Talvez uma sociedade entorpecida pela conformidade em questões de prática e expressão sexual tenha menos probabilidade de encontrar voz e ouvintes na política. Mas uma sociedade enfraquecida pela permissividade é, de modo correspondente, uma sociedade com menos probabilidade de atentar para as vantagens de uma moralidade pública e publicamente imposta.

Esse não é um argumento no sentido de que a estratégia Williams recomenda efetivamente a proibição, mas de que deve ser neutra entre a proibição e a permissividade. O ceticismo a respeito dos desenvolvimentos mais desejáveis para os seres humanos, ou sobre as condições mais desejáveis para sua prosperidade, não devem excluir um conjunto de condições que muitas pessoas acreditam ser o mais promissor de todos. Realmente recomenda um processo político aberto, sem nenhuma

---

12. Relatório, p. 55.

parte substantiva do Direito criminal, por exemplo, criando obstáculos à mudança. Mas isso, como acabei de dizer, não é um argumento a favor da permissividade, não mais do que da proibição no atual momento. O ceticismo talvez possa oferecer um argumento a favor de dar vantagem a uma hipótese e não a outra por meio do que algo como a teoria dos "cinquenta laboratórios" de Louis Brandeis. O famoso juiz propôs que os diferentes estados (e territórios) dos Estados Unidos experimentassem diferentes modelos econômicos e sociais, de modo que o melhor sistema pudesse surgir por comparação. Mas nenhum país específico precisa esquivar-se agora à proibição da pornografia por esse motivo. Já existe experiência suficiente no nível da permissividade que o Relatório recomenda, se não em possibilidades mais radicais, em outros países.

Até agora, porém, ignorei a insistência da estratégia Williams em que o desenvolvimento cultural deve ser consciente e refletido, isto é, que deve ser autodesenvolvimento. Pode-se pensar que isso sugere que o desenvolvimento cultural deve ser o produto de indivíduos decidindo por si mesmos que forma de vida melhor se ajusta à sua condição ou, se isso parece muito pomposo, qual sapato parece lhes servir, e, portanto, que exclui logo de início a hipótese da imposição. Mas é difícil perceber por que a ideia, reconhecidamente atraente, de que a busca da sociedade pelas melhores condições para a plenitude deve ser refletida e autoconsciente, exige essa forma particular de individualismo. Pois numa democracia a política é um veículo adequado (alguns diriam o veículo adequado), através do qual as pessoas lutam para determinar as circunstâncias de sua situação e fazer vigorar suas convicções a respeito das condições da prosperidade humana. Somente na política, por exemplo, a pessoa pode expressar de algum modo efetivo o seu senso de justiça, de conservação da arte do passado, de planejamento do espaço em que viverão e trabalharão ou da educação que seus filhos receberão. Há perdedores na política, mas não podemos dizer que o desenvolvimento cultural de uma sociedade é irrefletido ou inconsciente, ou que não seja autodesenvolvimento, apenas porque as convicções de algumas pessoas não triunfam.

Ao admitir que a atividade política é parte da ideia de autodeterminação social, não podemos extrair da ideia de que os seres humanos devem ser agentes conscientes no processo de desenvolvimento de sua cultura nenhuma desqualificação da hipótese da imposição como teoria da prosperidade humana, com direito a espaço igual ao de outras teorias. O Relatório declara, como disse antes, que decorre dessa ideia que o desenvolvimento humano é "um processo adequadamente constituído em parte pela livre expressão e pelo intercâmbio da comunicação humana"[13]. Contudo, fica repentinamente ambíguo o que isso significa. Essa inferência é irretocável, se significa apenas que a livre expressão, tal como convencionalmente definida, deve ser protegida. Mas não é válida se significa que as pessoas devem ter um direito à privacidade que impeça a maioria de conquistar um ambiente cultural que julga, após plena reflexão, ser o melhor. Suponha que a comunidade esteja persuadida de que tal direito existe e que, como consequência, seria errado proibir o uso privado da pornografia. Essa decisão limitaria muito a capacidade dos indivíduos de influenciar, de maneira consciente e refletida, as condições do seu desenvolvimento e de seus filhos. Limitaria a sua capacidade de criar a estrutura cultural que pensam ser a melhor, uma estrutura na qual a experiência sexual geralmente tem dignidade e beleza, sem a qual a experiência sexual sua e de suas famílias será propensa a ter menos dessas qualidades. Eles não seriam livres para fazer campanha a favor da hipótese da imposição na política da mesma maneira que outros são livres para fazer campanha, por exemplo, a favor de programas de preservação ou de auxílio estatal para as artes, isto é, de simplesmente oferecer suas razões para crer que a imposição provê as melhores condições para a realização humana. Encontrariam a resposta de que uma sociedade que escolhesse a imposição iria tornar-se, por esse motivo, uma sociedade de autômatos, guiados por forças cegas, não uma sociedade com o domínio de seus próprios assuntos. Mas essa resposta está

---

13. *Ibid.*, citado acima, nota 2.

errada. Se estamos preocupados apenas com o poder dos indivíduos de influenciar as condições em que devem tentar prosperar, qualquer teoria de autodesenvolvimento que proíba a maioria de usar a política e o Direito, mesmo o Direito criminal, é, pelo menos *prima facie*, uma teoria que derrota a si mesma.

Tudo isso aponta para a importância de não confundir o argumento da estratégia Williams, de que as pessoas devem comandar o desenvolvimento das condições sociais em que tentam florescer, em vez de ser os objetos ignorantes das forças sociais, com o argumento, muito diferente, de que cada pessoa, por alguma outra razão, deve possuir uma esfera privada, na qual é a única responsável, responsável apenas para com seu próprio caráter, pelo que faz. Essas duas ideias não são (como às vezes se pensa) dois lados da mesma moeda, mas ideias antagônicas, porque a proteção de uma esfera privada, o reconhecimento de um direito individual a esse tipo de privacidade, reduz o poder das pessoas em geral de pôr em prática suas próprias ideias a respeito das melhores circunstâncias para a prosperidade humana. Seu poder para isso fica reduzido, quer se confira reputar legal a esse direito, incorporando-o a alguma Constituição como a dos Estados Unidos, quer se o aceite simplesmente como parte de uma constituição moral. O conceito de um direito à privacidade pertence, portanto, não à classe das estratégias baseadas em objetivos, para defender uma atitude permissiva perante a pornografia, mas à classe muito diferente das estratégias baseadas em direitos, porque esse conceito argumenta que as pessoas devem ter uma esfera privada, mesmo que isso prejudique, em vez de promover, os objetivos a longo prazo da sociedade e, portanto, conceda à maioria das pessoas menos controle efetivo sobre o planejamento de seu ambiente. Nem mesmo da refinada versão de Williams de uma estratégia baseada em objetivos, pelo menos tal como se encontra agora, se pode derivar o direito à privacidade.

Portanto, a questão principal permanece. A estratégia Williams deve ser tão receptiva à hipótese da imposição quanto ao esquema mais permissivo do Relatório. Devo ter cuidado para não descrever erroneamente esse ponto. Não estou afirmando (no espírito dos que expressam esse argumento contra o liberalismo) que a estratégia seja circular ou autocontraditória. Não estou dizendo, por exemplo, que a estratégia deve aplicar a si mesma o mesmo ceticismo que aplica às teorias sobre as condições desejáveis para o desenvolvimento humano. Qualquer teoria política tem o direito – na verdade, a obrigação – de reivindicar a verdade para si e, portanto, a eximir-se de qualquer ceticismo que endosse. Meu propósito é distinguir entre o conteúdo e as consequências da estratégia Williams. Os que defendem a proibição inequívoca da pornografia poderiam, concordo, colocar sua posição no mesmo nível dessa estratégia e em franca oposição a ela. Poderiam argumentar que podemos ter certeza de que a melhor possibilidade para o desenvolvimento humano encontra-se numa sociedade que proíba toda a pornografia, em todos os lugares, de modo que não devemos nem sequer permitir a discussão política das alternativas. Mas eles não *precisam* defender a proibição dessa maneira. Podem aceitar a estratégia Williams e recorrer a ela como garantia para a ação política voltada para a avaliação de suas convicções a respeito dos melhores desenvolvimentos para a prosperidade humana (nas quais acreditam, é claro, embora não possam ter certeza). Se constroem seu argumento nesse nível, não é resposta dizer que, se são bem sucedidos, tornam mais difícil ou muito menos eficaz a campanha a favor de opiniões antagônicas. Pois eles podem replicar que qualquer decisão política, inclusive a de que a proibição é errada em princípio, terá exatamente essa consequência para outras opiniões.

Os oponentes da proibição seriam remetidos a um ou outro dos dois argumentos substantivos que o Relatório reconhece como possíveis argumentos mas que ele próprio não expressa. Podem fazer a corajosa afirmação de que uma sociedade na qual as pessoas leem pornografia privadamente oferecerá, por essa razão, condições mais desejáveis para a excelência humana. O Relatório evita sempre e deliberadamente essa afirmação. Ou podem fazer a afirmação diferente, e talvez mais plausível, de que uma sociedade na qual as pessoas são legalmente livres para ler pornografia privadamente, mesmo que algumas pessoas o façam, oferece condições melhores do que uma sociedade em que ninguém o faz porque não pode. Essa afirmação vai muito além do argumento da estratégia Williams, de que teorias diferentes a respeito das melhores condições devem ser livres para competir, porque afirma que uma teoria de tal tipo é melhor que outras teorias, não apenas que pode ser. Sem dúvida, alguns membros do comitê realmente acreditam nisso, mas o Relatório não oferece nenhum fundamento. Precisamos de um argumento positivo no sentido de que a liberdade de escolha individual de ler ou não ler romances sádicos ou observar fotografias de sexo oral é uma condição essencial ou altamente desejável para a prosperidade humana. Ou, pelo menos, de que é uma condição indesejável dizer às pessoas que querem essas coisas que elas não podem fazê-lo. O ceticismo geral da estratégia Williams nem sequer começa a divisar tal argumento, mesmo sendo sustentado pela proposição de que o desenvolvimento humano deve ser autoconsciente, não automático.

Um novo começo

Espero que agora esteja claro o que pretendo. Não afirmo que as conclusões do Relatório sejam muito conservadoras nem, certamente, que sejam muito liberais. Apenas que a estratégia baseada em objetivos utilizada pelo Relatório é inadequada para sustentar suas conclusões. Não decorre daí que nenhuma estratégia melhor e mais refinada desse tipo poderia fazê-lo. Mas devemos lembrar que o comitê incluiu vários membros de grande capacidade intelectual e prática e que teve como presidente um famoso filósofo, de poder e sutileza incomuns. É evidente que uma estratégia baseada em objetivos, que promete que as coisas serão melhores para todos a longo prazo se aceitarmos aquilo de que agora não gostamos, pareceria uma premissa atraente para um documento político. Mas não parece provável que algum outro comitê conseguiria extrair dessa premissa argumentos muito melhores que aqueles oferecidos por esse comitê.

De qualquer modo, meus argumentos apontam para uma fraqueza geral dos argumentos baseados em objetivos, que pode ser especialmente evidente quando eles são usados para defender uma postura liberal perante a pornografia, mas que é latente mesmo quando são usados para defender a proteção de outras atividades impopulares como, por exemplo, o discurso político espúrio ou odioso. A maioria de nós, por razões que talvez não possamos formular plenamente, sente que seria errado impedir os comunistas de subir em caixotes de sabão no Hyde Park e defender a invasão russa do Afeganistão ou os neonazistas de publicar textos celebrando Hitler. A justificativa baseada em objetivos dessas convicções propõe que apesar de podermos ficar em pior situação a curto prazo por tolerar o discurso político odioso, porque ele nos perturba e porque sempre existe alguma chance de que se torne persuasivo para outros, há razões para que, não obstante, fiquemos em melhor situação a longo prazo – para que nos aproximemos de cumprir os objetivos que devemos estabelecer para nós mesmos – se tolerarmos esse discurso. Esse argumento tem a fraqueza de oferecer razões contingentes para convicções que não sustentamos contingentemente. Pois a história que geralmente se conta para explicar por que a liberdade de expressão é de nosso interesse a longo prazo não é tirada de nenhuma necessidade física profunda como as leis do movimento, ou mesmo de fatos profundos da estrutura genética ou da constituição psíquica dos seres humanos; o argumento é altamente problemático, especulativo e, de qualquer modo, marginal. Se a história é verdadeira, poderíamos dizer, é apenas verdadeira, e ninguém pode ter nenhum fundamento avassalador para aceitá-la. Mas nossas convicções a respeito da liberdade de expressão não são provisórias, mornas nem marginais. Não são apenas e meramente convicções. Podemos construir facilmente uma *explicação* baseada em objetivos de por que pessoas como nós desenvolveriam convicções que julguemos profundas e duradouras, embora as vantagens para nós de ter essas convicções fossem temporárias e contingentes. Mas isso não importa para a presente questão de que essas explicações não oferecem uma *justificativa* do significado que essas convicções têm para nós.

Esse problema de todas as justificativas baseadas em objetivos de convicções políticas fundamentais é agravado, no caso das convicções liberais a respeito da pornografia, porque a história baseada em objetivos parece não apenas especulativa e marginal, mas também implausível. No caso da liberdade de expressão política, poderíamos muito bem reconhecer, a favor da teoria baseada em objetivos, que cada pessoa tem um interesse importante pelo desenvolvimento de suas convicções políticas independentes, pois isso é uma parte essencial de sua personalidade e porque suas convicções políticas serão mais autenticamente suas, mais o produto de sua própria personalidade, quanto mais variadas forem as opiniões dos outros que encontra. Poderíamos também reconhecer que a atividade política numa comunidade torna-se mais vigorosa pela variedade, isto é, mesmo com a inclusão de pontos de vista inteiramente desprezíveis. Esses são bons argumentos para explicar por que os indivíduos e a comunidade como um todo estão, pelo menos em certos aspectos, em melhor situação quando o nazista fez seu discurso; são argumentos não apenas a favor da liberdade de expressão política, mas também a favor de mais discurso político, não menos. No caso da pornografia, os argumentos paralelos, porém, parecem tolos, e poucos dos que defendem o direito das pessoas de ler pornografia privadamente afirmariam efetivamente que a comunidade ou qualquer indivíduo fica em melhor situação quando há mais pornografia que menos. Portanto, um argumento baseado em objetivos a favor da pornografia deve funcionar sem os que parecem ser os elementos mais fortes (apesar de, ainda assim, contingentes) do argumento baseado em objetivos a favor da livre expressão. A estratégia Williams ignora engenhosamente esse defeito, oferecendo um argumento a favor da tolerância da pornografia que, ao contrário dos argumentos padrão a favor da tolerância da expressão, não supõe que quanto mais se tolera, melhor é para todos. Mas esse argumento falha, como vimos, justamente porque não inclui essa suposição, nem nada semelhante. Sua exigência de ceticismo para com o valor da pornografia (mesmo auxiliada pela encosta escorregadia) não produz nada mais forte que ceticismo imparcial quanto ao valor de proibi-la. Quero examinar que tipo de argumento se poderia encontrar no outro tipo de estratégia que mencionei no início, a estratégia baseada em direitos. As pessoas têm mais direitos morais ou políticos tais que seria errado proibi-las de publicar, ler ou contemplar livros, imagens ou filmes sujos, mesmo que a comunidade estivesse em melhor situação – oferecesse condições mais adequadas para o desenvolvimento de seus membros – se elas não o fizessem? Esses direitos, não obstante, permitiriam os tipos limitados de proibição que o Relatório aceita? Esses direitos também permitiriam restrições como as que o Relatório recomenda quanto à exibição pública de material pornográfico que ele não proíbe inteiramente? Quero aproveitar a ocasião do Relatório não apenas para colocar essas questões especiais a respeito da postura adequada no direito com respeito à pornografia, mas também para perguntar algo mais geral, sobre o que significam perguntas como essas e como elas poderiam ser respondidas em princípio.

Direitos

Considere a seguinte sugestão. As pessoas têm o direito de não sofrer desvantagem na distribuição de bens e oportunidades sociais, inclusive desvantagem nas liberdades que lhes são concedidas pelo Direito criminal, apenas porque suas autoridades ou concidadãos acham que suas opiniões a respeito da maneira certa de levarem suas próprias vidas são ignóbeis ou erradas. Chamarei esse direito (putativo) de direito de independência moral, e examinarei aqui qual seria a força desse direito sobre o direito acerca da pornografia, se fosse reconhecido. Na seção seguinte considerarei que fundamentos poderíamos ter para reconhecê-lo.

O direito à independência moral é muito abstrato (ou, se preferir, a formulação do direito que ofereci é uma formulação muito abstrata do direito) porque desconsidera o impacto de direitos rivais. Não tenta decidir se o direito sempre pode ser satisfeito conjuntamente para todos ou como os conflitos com outros direitos, se surgirem, devem ser solucionados. Essas questões adicionais, juntamente com outras questões correlatas, são deixadas para formulações mais concretas do direito. Ou (o que dá quase no mesmo) para formulações dos direitos mais concretos que as pessoas têm em virtude do direito abstrato. Não obstante, as questões que desejo colocar podem ser proveitosas, com respeito tanto à formulação abstrata quanto ao direito abstrato.

Alguém que recorre ao direito de independência moral para justificar um regime jurídico permissivo da obscenidade não supõe que a comunidade estará em melhor situação a longo prazo (segundo certa descrição do que faz com que uma comunidade esteja em melhor situação, como, por exemplo, a descrição oferecida na estratégia Williams) se as pessoas tiverem liberdade para contemplar imagens obscenas privadamente. Ele não nega isso. Seu argumento está no modo condicional: mesmo que as condições não sejam tão adequadas à prosperidade humana quanto poderiam ser, o direito, não obstante, deve ser respeitado. Mas que força tem o direito então? Quando o governo viola esse direito?

Podemos dizer que ele viola o direito, pelo menos neste caso: quando a única justificativa evidente ou plausível de um esquema de regulamentação da pornografia inclui a hipótese de que as posturas a respeito do sexo exibidas ou promovidas pela pornografia são aviltantes, bestiais ou inadequadas aos melhores seres humanos, embora essa hipótese possa ser verdadeira. Também viola o direito quando essa justificativa inclui a proposição de que a maioria das pessoas na sociedade aceita essa hipótese e, portanto, sofre ou enoja-se quando outros membros da comunidade, por cujas vidas, compreensivelmente, sente especial responsabilidade, leem livros sujos ou veem imagens sujas. O direito, portanto, é, ou pelo menos parece ser, uma limitação poderosa para a regulamentação da pornografia, porque proíbe dar peso exatamente aos argumentos que a maioria das pessoas pensa que são os melhores argumentos para uma política moderada e esclarecida de restrição da obscenidade. Que espaço é deixado por esse direito aparentemente poderoso, para que o governo faça alguma coisa a respeito da pornografia? Suponha que se descubra que o consumo privado de pornografia aumenta significativamente o perigo de crimes violentos, em geral ou particularmente os crimes de violência sexual. Ou suponha que o consumo privado tenha algum efeito especial e deletério sobre a economia geral, causando grande absenteísmo no trabalho, por exemplo, como às vezes se diz que fazem a bebida ou a televisão pela manhã. O governo então teria, nesses fatos, uma justificativa para restringir e até, talvez, proibir a pornografia que não inclui a hipótese ofensiva, quer diretamente, pela suposição de que a hipótese é verdadeira, quer indiretamente, na proposição de que muitas pessoas pensam que é verdadeira. Afinal (como se assinalou várias vezes em discussões sobre a obscenidade, inclusive no Relatório Williams), mesmo a Bíblia ou Shakespeare poderiam gerar essas infelizes consequências, e nesse caso o governo teria uma razão para banir esses livros que não exigiria uma hipótese comparável a respeito deles.

Essa possibilidade levanta uma questão mais sutil. Suponha que se descobrisse que todas as formas de literatura emocionalmente poderosa (inclusive Shakespeare, a Bíblia e muitas formas de pornografia) contribuem significativamente para o crime. Só que o governo reagiu seletivamente a essa descoberta, banindo a maior parte dos exemplos de pornografia e de outra literatura que considerou sem valor, mas permitindo Shakespeare e a Bíblia, com a alegação de que estes tinham tal valor literário e cultural que valia a pena preservá-los, apesar do crime que causavam. Nada nessa seleção e discriminação (tal como formulada até agora) viola o direito à independência moral. O julgamento em questão – que a pornografia, na verdade, não oferece contribuição de valor literário suficiente, ou que não é suficientemente informativa ou imaginativa a respeito das diversas maneiras em que as pessoas poderiam expressar-se ou encontrar valor em suas vidas, para justificar a aceitação do dano do crime como custo de sua publicação – não é o julgamento de que os que gostam da pornografia têm caráter pior por causa disso. Qualquer juízo de valor literário ou cultural será um juízo a respeito do qual pessoas honestas e razoáveis irão discordar. Mas isso é verdadeiro a respeito de muitos outros tipos de julgamentos que o governo, não obstante, deve fazer. O presente julgamento, sem dúvida, é especial porque pode ser usado como fachada de um julgamento diferente, que ofenderia o direito à independência, o julgamento de que a pornografia deve ser tratada de modo diferente da Bíblia porque as pessoas que a preferem são piores. Esse perigo poderia ser forte o bastante para que uma sociedade que zela pelo direito de independência moral, por razões profiláticas, proíba as autoridades de fazer o julgamento literário que distinguiria *Sex Kittens* de *Hamlet* se se descobrisse que ambos incitam ao crime. Isso não toca o presente ponto, de que o julgamento literário é diferente, e não ameaça o direito de independência; e vale a pena acrescentar que muito poucas pessoas dentre as que admitem gostar de pornografia reivindicam mérito literário distinto para ela. Reivindicam, no máximo, o tipo de mérito que outras, com ideias convencionais a respeito de diversão, reivindicam para filmes de suspense.

Mas isso, de qualquer modo, é apenas especulação acadêmica, pois não há nenhuma razão para supor uma ligação suficientemente direta entre o crime e *Sex Kittens* ou *Hamlet*, que forneça um fundamento para banir qualquer um dos dois como entretenimento privado. Mas e a exibição pública? Podemos encontrar uma justificativa plausível para restringir a exibição de pornografia, que não viole o direito de independência moral? Podemos, obviamente, construir certo argumento nessa direção, da seguinte maneira. "Muitas pessoas não gostam de encontrar material exibindo órgãos genitais no caminho da quitanda. Esse gosto não é nem reflete necessariamente alguma opinião adversa sobre o caráter dos que não se importam com isso. Alguns dos que não gostariam de deparar com pornografia nos seus trajetos habituais podem mesmo não ter objeção a encontrá-la em outros lugares. Podem simplesmente ter gostos e preferências que rejeitam certas combinações na sua experiência, como alguém que gosta de um pôr de sol cor-de-rosa, mas não de uma casa cor-de-rosa em Belgravia, que não tem nada contra o néon da Leicester Square mas que iria odiá-lo nos Cotswolds. Ou pode ter um esquema de preferências mais estruturadas ou mais consequencialistas a respeito de seu ambiente. Pode julgar ou acreditar, por exemplo, que seu prazer pelos corpos de outras pessoas é diminuído ou fica menos intenso e especial quando a nudez se torna excessivamente familiar para ele ou menos peculiar às ocasiões em que lhe oferece prazer especial, que podem ser no museu, no seu quarto, ou em ambos. Ou que o sexo passará a ser diferente e menos valioso para ele se lhe for lembrado, com muita frequência e vigor, que tem um significado diferente, mais comercial ou mais sádico, para outros. Ou que seu objetivo, de que seus filhos desenvolvam gostos e opiniões similares, será frustrado pela exibição ou propaganda a que ele se opõe. Nenhuma dessas opiniões e queixas diferentes são necessariamente o produto de alguma convicção de que os que têm outras opiniões e gostos são pessoas de mau caráter, não mais do que aqueles que esperam que o teatro patrocinado pelo estado produza exclusivamente clássicos devem pensar que os que preferem teatro experimental são pessoas menos dignas."

Esse retrato dos motivos que as pessoas poderiam ter para não querer encontrar pornografia nas ruas é concebível. Suspeito, porém, como sugeri anteriormente, que é muito tosco e unidimensional enquanto imagem do que realmente são esses motivos. O desconforto que muitas pessoas sentem ao deparar com a nudez escancarada nos tapumes raramente é tão independente de suas convicções morais como sugerem essas várias descrições. Parte da ofensa, para muitas pessoas, é que elas se detestam por sentir curiosidade por tais comportamentos. Para outros, é parte importante da ofensa serem forçados a lembrar de como são seus vizinhos e, mais particularmente, do que fazem impunemente. Isto é, as pessoas reprovam a exibição de homens e mulheres nus em poses eróticas mesmo quando essa exibição ocorre em áreas da cidade que não seriam bonitas, em nenhum sentido, mesmo sem a pornografia. Além disso, mesmo se considerarmos literalmente a descrição dos motivos das pessoas no argumento que expus, somos obrigados a reconhecer a significativa influência das convicções morais nesses motivos, pois a ideia que uma pessoa tem acerca daquilo que deseja que sejam suas posturas para com o sexo e, com certeza, sua ideia acerca das posturas que espera encorajar em seus filhos não apenas são influenciadas, mas constituídas por suas opiniões morais, no sentido amplo.

Encontramos, portanto, nos motivos das pessoas para reprovar a propaganda ou a exibição de pornografia, pelo menos uma mistura e interação de posturas, crenças e gostos que excluem qualquer asserção segura de que a regulamentação justificada pelo recurso a esses motivos não violaria o direito à independência moral. Não sabemos se, caso fosse possível desemaranhar os diferentes componentes de gosto, ambição e crença, de modo que se separassem as que expressam condenação moral ou que só existiriam por causa dela, os componentes restantes justificariam algum esquema particular de regulamentação ou exibição. Não se trata apenas de uma deficiência de informação que custaria caro obter. O problema é mais conceitual que isso: o vocabulário que usamos para identificar e individualizar motivos – os nossos, assim como os de outros – não pode fornecer a discriminação de que precisamos.

Uma sociedade ansiosa por defender o direito abstrato à independência moral diante dessa complexidade tem, pelo menos, duas opções. Pode decidir que se as atitudes correntes para com uma minoria ou uma prática minoritária estão misturadas dessa maneira, de modo que o impacto de convicções morais adversas não pode ser excluído nem medido, todas essas atitudes devem ser consideradas influenciadas por tais convicções e nenhuma regulamentação é permissível. Ou poderia decidir que as posturas mistas constituem um caso especial na administração do direito abstrato, de modo que formulações mais concretas daquilo a que fazem jus essas pessoas, por esse direito, devem levar em conta a existência dessas posturas mistas. Isso poderia ser feito, por exemplo, estipulando-se, no nível mais concreto, que nenhuma pessoa deve sofrer dano *sério* por meio de restrição jurídica quando esta só puder ser justificada pelo fato de que o que ela propõe fazer irá frustrar ou contrariar as preferências de outros, as quais, temos motivos para crer, estão misturadas com a convicção, ou são consequências da convicção de que pessoas que agem dessa maneira são de mau caráter. Essa segunda opção, que define um direito concreto, adaptado ao problema das preferências mistas, não é um relaxamento ou concessão do direito abstrato, mas antes uma aplicação (sem dúvida, controvertida) dele a essa situação especial. Qual das duas opiniões (ou que outra opinião) oferece a melhor resposta ao problema dos motivos mistos é parte do problema mais geral da justificação, que adiei para a próxima seção. O processo de tornar um direito abstrato sucessivamente mais concreto não é simplesmente um processo de dedução ou interpretação da formulação abstrata, mas um novo passo na teoria política.

Se, no caso da pornografia, uma sociedade adota a segunda opção que acabo de descrever (como penso que deve, por razões que exponho posteriormente), suas autoridades devem decidir que dano é sério e que dano é trivial para os que desejam publicar ou ler pornografia. Mais uma vez, autoridades sensatas e honestas discordarão quanto a isso, mas estamos tentando descobrir não um algoritmo para o direito acerca da obscenidade, mas se uma concepção concreta plausível de um direito abstrato oferecerá um esquema sensato de regulamentação. Devíamos, portanto, considerar o caráter do dano que seria infligido aos consumidores de pornografia por, digamos, um esquema de zoneamento exigindo que a venda de materiais pornográficos e a exibição de filmes pornográficos ocorra apenas em áreas específicas, um esquema de propaganda que proíba, em lugares públicos, anúncios que seriam, de modo geral, considerados indecentes, e um esquema de rotulação que prevenisse as pessoas de que poderiam julgar indecente o conteúdo de cinemas e lojas. Há três tipos de dano que tal regime poderia infligir aos consumidores: inconveniência, despesa e embaraço. Se a inconveniência é séria depende, por exemplo, de detalhes do zoneamento. Mas não deve ser considerada séria se os consumidores de pornografia tiverem de percorrer em média o mesmo que compradores de equipamento estereofônico, diamantes e livros usados têm de percorrer para encontrar os centros de tal comércio. É difícil prever em quanto esse esquema de restrição aumentaria o preço da pornografia. Talvez a restrição à propaganda diminuísse o volume de vendas e, portanto, aumentasse o custo unitário. Mas parece improvável que esse efeito fosse grande, particularmente se a proibição jurídica disser respeito ao caráter, não ao alcance da propaganda, e permitir, como deve, não apenas anúncios "secos" e austeros, mas todas as técnicas tristemente eficazes que os fabricantes usam para vender sabão e aparelhos de videocassete.

O embaraço levanta uma questão mais interessante e importante. Alguns estados e países exigiram que pessoas se identificassem como membros de uma religião específica ou adeptos de certas convicções políticas apenas pela identificação em si e pela desvantagem que ela traz consigo. O regime de braçadeiras amarelas para judeus durante o nazismo, por exemplo, ou registro de membros de grupos de direitos civis que alguns estados sulistas estabeleceram e que o Supremo Tribunal considerou inconstitucional em *NAACP contra Alabama ex rel Patterson*[14]. Já que, em casos como esses, a identificação é exigida apenas como marca de desprezo público ou para prover a pressão social e econômica que decorre desse desprezo, tais normas jurídicas são excluídas mesmo pela forma abstrata do direito. Mas a situação é um tanto diferente se a identificação for antes um subproduto que o propósito de um esquema de regulamentação, e se for tão voluntária quanto o permitem os objetivos distintos da regulamentação. Violaria claramente o direito de independência moral se as casas de pornografia não tivessem permissão para usar papel de embrulho pardo para

---

14. 357 US 449 (1958).

fregueses que preferissem o anonimato porque o embaraço seria o objetivo dessa restrição, não um subproduto. E também, segundo penso, se a lei proibisse as lojas de pornografia de vender nada mais além de pornografia, de modo que um pornógrafo tímido não pudesse sair da loja com um guarda-chuva novo e um volume no bolso do casaco. Mas o direito de independência moral não encerra nenhuma obrigação governamental de assegurar que as pessoas possam exercer esse direito em locais públicos sem que o público saiba que elas o fazem. Talvez o governo fosse obrigado a tomar medidas especiais para evitar o embaraço numa sociedade em que as pessoas tivessem a probabilidade efetiva de sofrer dano econômico sério se fossem vistas deixando uma loja portando o sinal errado. Mas isso é improvável no caso dos pornógrafos tímidos neste país, no momento atual, dos quais se poderia exigir que suportassem o fardo social de serem conhecidos como o tipo de pessoa que são.

Concluo que o direito à independência moral, se é um direito genuíno, exige uma atitude jurídica permissiva para com o consumo privado de pornografia, mas que certa concepção concreta desse direito, não obstante, permite um esquema de restrição bastante semelhante ao que recomenda o Relatório Williams. Resta considerar se esse direito e essa concepção podem ser justificados na teoria política. Poderia observar, porém, que nada nas minhas conclusões entra em choque com minha afirmação inicial de que a estratégia Williams, de que se vale o Relatório, não pode sustentar sua postura permissiva nem seu esquema restritivo. Isso porque não aleguei, para sustentar minha afirmação, que o esquema restritivo imporia grande dano aos indivíduos. Disse apenas que a estratégia Williams como um todo, que baseava seus argumentos não nos interesses dos pornógrafos, mas na contribuição que poderiam trazer para uma troca benéfica de comunicação, não conseguia oferecer a distinção necessária. Tampouco recorro agora ao ideal que é o cerne dessa estratégia – que a comunidade seja livre para desenvolver as melhores condições para a prosperidade humana – para sustentar minhas conclusões a respeito do direito sobre a pornografia. Em vez disso, argumento que, sejam ou não fundamentadas as reivindicações instrumentais do Relatório Williams, a liberdade privada é exigida e a restrição pública é permitida quando se recorre a uma concepção atraente de um direito político importante.

A igualdade

Um trunfo sobre a utilidade

O restante deste ensaio examina a questão de como defender o direito à independência moral, tanto na sua forma abstrata como na concepção mais concreta que discutimos ao considerar a exibição pública de pornografia. A importância dessa questão ultrapassa o problema relativamente trivial da própria obscenidade: o direito tem outras aplicações, mais importantes, e a questão de quais tipos de argumento sustentam uma reivindicação de direito é uma questão urgente na teoria política.

Os direitos, como afirmei em outra parte[15], são mais bem compreendidos como trunfos sobre a mesma justificativa de fundo para decisões políticas que formula um objetivo para a comunidade como um todo. Se alguém tem direito à independência moral, isso significa que, por alguma razão, é errado que as autoridades atuem violando esse direito, mesmo que acreditem (corretamente) que a comunidade como um todo estaria em melhor situação se assim o fizessem. Há muitas teorias diferentes sobre o que faz uma comunidade estar em melhor situação como um todo, isto é, muitas teorias diferentes a respeito de qual deveria ser o objetivo da ação política. Uma teoria proeminente (ou, melhor, um grupo de teorias) é o utilitarismo em suas formas conhecidas, que supõe que a comunidade está em melhor situação se seus membros forem, na média, mais felizes ou se tiverem mais preferências satisfeitas. Outra teoria, em certos aspectos diferente, é a que encontramos na

---

15. Dworkin, *Taking Rights Seriously*.

estratégia Williams, segundo a qual a comunidade está em melhor situação se fornece as condições mais desejáveis para o desenvolvimento humano. Existem, é claro, muitas outras teorias a respeito do verdadeiro objetivo da política, muitas delas ainda mais diferentes de qualquer uma dessas duas teorias do que são estas entre si. Até certo ponto, o argumento a favor de um determinado direito deve depender de qual dessas duas teorias a respeito de objetivos desejáveis foi aceita, isto é, deve depender de sobre qual justificativa de fundo geral para decisões políticas o direito em questão pretende prevalecer. Na discussão seguinte suponho que a justificativa de fundo que nos interessa é alguma forma de utilitarismo, que adota, como objetivo da política, o cumprimento de todos os objetivos possíveis que as pessoas tenham nas suas vidas. Essa continua a ser, penso, a justificativa de fundo mais influente, pelo menos da maneira informal em que figura hoje na política das democracias ocidentais[16].

---

16. Deixo para outra ocasião, talvez, a questão de quais direitos de fundo deveríamos aceitar como trunfos se escolhêssemos, como justificativa de fundo, algo mais próximo do objetivo de "melhores condições para a prosperidade humana, da estratégia Williams. Podemos observar, porém, que essa teoria pode não estar tão longe das formas mais refinadas de utilitarismo do que parece à primeira vista, pelo menos a partir da seguinte suposição. O objetivo da prosperidade humana admite duas interpretações, que poderíamos chamar de interpretação platônica e interpretação liberal. A interpretação platônica sustenta que as melhores condições são aquelas em que é mais provável que as pessoas realmente escolham e levem a vida que para elas seja a mais valiosa. A interpretação liberal afirma, em vez disso, que as melhores condições são as que oferecem às pessoas a escolha melhor e mais informada sobre como levar suas vidas. As melhores condições para a escolha, nesse sentido liberal, não exigem simplesmente uma ampla escolha de possibilidades permitidas pelo direito, mas também um ambiente público no qual se evidenciem exemplos de diferentes maneiras de viver, uma tradição cultural na qual estas sejam exploradas imaginativamente em várias formas de arte e um sistema jurídico que ofereça as instituições e relações que muitos desses modos de vida exigem e que os proteja de várias formas de corrupção. A estratégia Williams tenta unir as interpretações platônica e liberal na afirmação de que o melhor meio de descobrir quais vidas são realmente as melhores é fornecer as melhores condições de escolha no sentido liberal. Mas isso é apenas uma hipótese: temos razões para duvidar disso, e o mundo à nossa volta não lhe dá muito apoio. Portanto, a escolha entre as duas interpretações é uma escolha genuína. A interpretação platônica não justifica necessariamente lavagem cerebral ou as outras técni-

Suponha que aceitemos, pelo menos de modo geral, que uma decisão política é justificada se promete tornar os cidadãos mais felizes ou concretizar mais das suas preferências, em média, do que poderia fazer qualquer outra decisão. Suponha que consideremos que a decisão de proibir inteiramente a pornografia não passa por esse teste porque os desejos e preferências de editores e consumidores são sobrepujados pelos desejos e preferências da maioria, inclusive suas preferências sobre como os outros devem conduzir suas vidas. Como poderia alguma decisão contrária, permitindo o uso privado da pornografia, ser justificada?

Dois argumentos poderiam fornecer tal justificativa. Em primeiro lugar, poderíamos argumentar que, embora o objetivo utilitarista formule um importante ideal político, ele não é o único ideal importante, e que se deve permitir a pornografia para proteger algum outro ideal que, nas circunstâncias, seja mais importante. Em segundo lugar, poderíamos argumentar

---

cas de controle do pensamento que aprendemos a temer. Mas duvido que seja atraente para muitas pessoas e presumirei que a interpretação liberal é a teoria agora em questão. Vimos, na primeira parte deste ensaio, que as várias características de um bom ambiente para a escolha podem estar em conflito. Se a lei proíbe a pornografia mesmo privadamente, ela limita a escolha de um modo importante. Se não proíbe, porém, limita a escolha de outra maneira: os que desejam formar relações sexuais baseadas em atitudes de respeito e beleza culturalmente respaldadas, e criar seus filhos segundo esse ideal, podem achar muito mais difícil realizar seus planos se a pornografia assumir uma posição muito firme na cultura popular, o que pode ocorrer mesmo sem exibição pública. Assim, o objetivo das melhores condições para a prosperidade humana, pelo menos na interpretação liberal, exige trocas e conciliações tanto quanto qualquer forma de utilitarismo. Nesse caso, podemos plausivelmente (pelo menos para alguns propósitos) considerar o objetivo de prover essas condições como uma forma particularmente esclarecida de utilitarismo, que mede o valor de uma comunidade não pela oportunidade que oferece às pessoas em geral, no agregado, de satisfazer quaisquer preferências que tenham, mas, antes, pela oportunidade que lhes oferece, novamente no agregado, de desenvolver e satisfazer concepções coerentes e informadas da vida mais valiosa a levar (embora devamos lembrar que o professor Williams rejeita, pelo menos como teoria de moralidade pessoal, formas mais tradicionais de utilitarismo; ver J. J. C. Smart e Bernard Williams, *Utilitarianism: For and Against*, Cambridge University Press, 1973). Mas não insistirei aqui nessa assimilação nem examinarei como o argumento que forneço teria de ser modificado se tirássemos essa interpretação generosa das fronteiras do utilitarismo.

que a análise adicional dos fundamentos que temos para aceitar o utilitarismo como justificativa de fundo – reflexão adicional sobre por que desejamos tentar alcançar esse objetivo – mostra que a utilidade deve ceder a certo direito de independência moral no caso. A primeira forma de argumento é pluralista: argumenta a favor de um trunfo sobre a utilidade, com base no fundamento de que, embora a utilidade sempre seja importante, não é a única coisa que importa e que outros objetivos e ideais são às vezes mais importantes. A segunda supõe que a compreensão adequada do que é o utilitarismo e de por que ele é importante justificará o direito em questão.

Não acredito que o argumento pluralista tenha muita perspectiva de sucesso, pelo menos não tal como aplicado ao problema da pornografia. Mas não desenvolverei agora os argumentos que seriam necessários para sustentar essa opinião. Quero, em vez disso, oferecer um argumento do segundo tipo, que, em resumo, é o seguinte. O utilitarismo deve seu apelo, qualquer que seja ele, ao que poderíamos chamar de seu matiz igualitário (ou, se isso for muito forte, que perderia todo o seu apelo não fosse por esse matiz). Suponha que alguma versão do utilitarismo estipulasse que as preferências de algumas pessoas deveriam contar menos que as de outras no cálculo de como melhor realizar a maioria das preferências, quer porque essas pessoas fossem, em si, menos dignas, menos atraentes ou menos amadas, quer porque as preferências em questão se combinassem para formar um modo de vida desprezível. Isso nos pareceria francamente inaceitável e, de qualquer modo, muito menos atraente que as formas padrão de utilitarismo. Em qualquer uma de suas versões padrão, o utilitarismo pode reivindicar oferecer uma concepção de como o governo trata as pessoas como iguais, ou como o governo respeita a exigência fundamental de que deve tratar as pessoas como iguais. O utilitarismo afirma que as pessoas são tratadas como iguais quando as preferências de cada uma, avaliadas apenas no que diz respeito à intensidade, são equilibradas na mesma balança, sem nenhuma distinção de pessoa ou mérito. A versão correta do utilitarismo que acaba de ser descrita, que confere menos peso a algumas pessoas que a outras ou descarta algumas preferências porque elas são ignóbeis, perde o direito a essa reivindicação. Mas se, na prática, o utilitarismo não for detido por algo como o direito de independência moral (e por outros direitos afins), ele irá descambar, para todos os propósitos práticos, exatamente nessa versão.

Suponha uma comunidade de muitas pessoas que inclua Sarah. Se a Constituição mostra uma versão de utilitarismo que estipula que as preferências de Sarah devem valer duas vezes mais que as dos outros, essa seria a versão inegualitária e inaceitável do utilitarismo. Suponha agora, porém, que o dispositivo constitucional é a forma padrão de utilitarismo, isto é, que é neutra para com todas as pessoas e preferências, mas que um número surpreendente de pessoas ama muito Sarah e, portanto, prefere vigorosamente que suas preferências valham duas vezes mais que as dos outros nas decisões políticas cotidianas feitas no cálculo utilitarista. Se Sarah deixa de receber o que receberia se suas preferências valessem duas vezes mais que as dos outros, essas pessoas ficam infelizes, pois suas preferências advindas do amor a Sarah não são satisfeitas. Permitindo-se que essas preferências sejam consideradas, portanto, Sarah receberá muito mais na distribuição de bens e oportunidades do que conseguiria de outro modo. Afirmo que isso destrói o matiz igualitário da Constituição utilitarista aparentemente neutra tanto quanto se o dispositivo neutro fosse substituído pela versão rejeitada. Na verdade, o dispositivo aparentemente neutro solapa a si mesmo porque confere um peso crítico, ao decidir qual distribuição promove a utilidade, à opinião dos que promovem a teoria, profundamente não neutra (alguns diriam antiutilitarista), de que as preferências de alguns devem valer mais que as dos outros.

A resposta que um utilitarista ansioso por resistir ao direito de independência moral daria a esse argumento é óbvia: o utilitarismo não confere peso à verdade dessa teoria, mas apenas ao fato de que muitas pessoas (erroneamente) sustentam essa teoria e, portanto, ficam desapontadas quando a distribuição a que o governo chega não é a distribuição que elas acreditam ser correta. O que conta é o seu desapontamento, não a verdade de suas opiniões, e não há nisso nenhuma incoerência lógica nem pragmática. Mas essa resposta é muito rápida. Pois há aqui um tipo de contradição particularmente acentuado. O utilitarismo deve reivindicar (como disse anteriormente, qualquer teoria política deve reivindicar) a verdade para si e, portanto, deve reivindicar a falsidade de qualquer teoria que o contradiga. Isto é, deve ocupar todo o espaço lógico que seu conteúdo exige. Mas o utilitarismo neutro reivindica (ou, de qualquer modo, pressupõe) que ninguém, em princípio, tem mais direito que qualquer outro a ter alguma de suas preferências satisfeitas. Afirma que a única razão para negar o cumprimento dos desejos de uma pessoa, quaisquer que sejam eles, é que mais desejos ou desejos mais intensos sejam satisfeitos. Insiste em que a justiça e a moralidade política não podem oferecer nenhuma outra razão. Essas são, poderíamos dizer, as *razões* do utilitarismo neutro para tentar alcançar uma estrutura política na qual a realização média das preferências seja tão alta quanto possível. A questão não é se um governo pode chegar a essa estrutura política se considera preferências políticas como as dos que amam Sarah[17], ou se o governo terá considerado alguma preferência duas vezes, contradizendo, portanto, o utilitarismo de maneira direta. Trata-se, na verdade, de determinar se o governo pode conseguir tudo isso sem contradizer implicitamente essas razões.

Suponha que exista na comunidade um nazista, por exemplo, cujo conjunto de preferências inclua a preferência de que os arianos tenham mais preferências concretizadas que os judeus apenas por serem quem são. Um utilitarista neutro não pode dizer que não há nenhuma razão na moralidade política para rejeitar ou desmerecer essa preferência, para não descartá-la como errada, para não se empenhar em cumpri-la com toda a dedicação que as autoridades devotam à realização de

---

17. Embora existam riscos evidentes de um círculo aqui. Ver Dworkin, "What is Equality? Part I: Equality and Welfare", *Philosophy and Public Affairs*, 10: 3 (1981).

qualquer outro tipo de preferência. Isso porque o próprio utilitarismo oferece tal razão: seu princípio mais fundamental é que as preferências das pessoas devem ser pesadas em base igual na mesma balança, que a teoria nazista de justiça é profundamente errada e que as autoridades devem opor-se à preferência dos nazistas e lutar para derrotá-la, não para concretizá-la. Um utilitarista neutro é impedido, por razões de coerência, de assumir a mesma postura politicamente neutra com respeito à preferência política nazista que adota para com outros tipos de preferências. Não poderia, porém, defender as razões descritas a favor da utilidade média máxima computada levando-se em conta essa preferência.

Não quero dizer que endossar o direito de alguém ter suas preferências satisfeitas automaticamente endossa suas preferências como boas ou nobres. O utilitarista bom, que diz que o jogador de *pinball* tem o mesmo direito à satisfação de seu gosto que o poeta, não está, por essa razão, comprometido com a proposição de que uma vida de *pinball* é tão boa quanto uma vida de poesia. Somente os críticos vulgares do utilitarismo insistiriam nessa inferência. O utilitarista diz apenas que nada na teoria da justiça fornece alguma razão para que as decisões e os arranjos políticos e econômicos da sociedade devam estar mais próximos dos que o poeta preferiria do que daqueles que o jogador de *pinball* preferiria. Do ponto de vista da justiça política, seria apenas uma questão de quantas pessoas prefeririam ser uma coisa à outra e com que intensidade. Mas ele não pode dizer o mesmo a respeito do conflito entre o nazista e o oponente utilitarista neutro do nazismo, pois a teoria política correta, a sua teoria política, justamente a teoria política à qual recorre ao atentar para o fato da reivindicação do nazista, realmente trata do conflito. Ela diz que a preferência do utilitarista neutro é justa e descreve com exatidão o que as pessoas têm direito a ter em matéria de moralidade política, mas que a preferência do nazista é profundamente injusta e caracteriza o que ninguém tem direito a ter em matéria de moralidade política. Mas, então, é contraditório dizer, novamente como questão de moralidade política, que o nazista tem tanto direito quanto o utilitarista ao sistema político que prefere.

A questão pode ser colocada desta maneira. As preferências políticas, como a preferência do nazista, estão no mesmo nível – pretendem ocupar o mesmo espaço – que a própria teoria utilitarista. Portanto, embora a teoria utilitarista deva ser neutra entre preferências pessoais como as preferências por *pinball* ou poesia, em matéria de teoria da justiça ela não pode, sem contradição, ser neutra entre ela mesma e o nazismo. Não pode aceitar imediatamente o dever de derrotar a falsa teoria de que as preferências de algumas pessoas devem contar mais que as de outras, e o dever de lutar para realizar as preferências políticas dos que aceitam passionalmente essa falsa teoria, tão energicamente quanto luta por quaisquer outras preferências. A distinção sobre a qual repousa a resposta a tais argumentos, a distinção entre a verdade e o fato das preferências políticas nazistas, cai por terra, porque se o utilitarismo considera o fato dessas preferências, nega o que não pode negar, ou seja, o fato de que a justiça exige que ele se oponha a elas.

Poderíamos escapar dessa questão distinguindo duas formas ou níveis diferentes de utilitarismo. A primeira seria apresentada simplesmente como uma teoria débil de como se deve escolher uma constituição política numa comunidade cujos membros preferem tipos diferentes de teorias políticas. A segunda seria uma candidata à constituição a ser escolhida; poderia argumentar a favor de uma distribuição que maximizasse a satisfação agregada das preferências pessoais na distribuição efetiva de bens e oportunidades, por exemplo. Nesse caso, a primeira teoria argumentaria apenas que as preferências do nazista deveriam receber o mesmo peso que as preferências do segundo tipo de utilitarismo na escolha de uma constituição, pois cada uma tem igual direito à constituição que prefere e não haveria nenhuma contradição nessa proposição. É claro, porém, que a teoria utilitarista neutra que estamos considerando não é uma teoria débil desse tipo. Ela propõe uma teoria da justiça como constituição política plena, não apenas uma teoria sobre como escolher uma, e, portanto, não pode escapar à contradição pela modéstia.

Ora, o mesmo argumento é válido (embora talvez de modo menos evidente) quando as preferências políticas não são conhecidas e desprezíveis, como a teoria nazista, porém mais informais e alegres, como as preferências dos que amam Sarah, para os quais as preferências dela devem valer duas vezes mais. Estes poderiam, na verdade, ser "sarocratas", que acreditam que ela tem direito ao tratamento que recomendam em virtude do nascimento ou de outras características que são exclusivamente dela. Contudo, mesmo que suas preferências se originem de uma afeição especial e não da teoria política, elas invadem o espaço reivindicado pelo utilitarismo neutro e, portanto, não podem ser levadas em conta sem que se destruam as razões que o utilitarismo apresente. Meu argumento, portanto, resume-se ao seguinte. Se o utilitarismo deve figurar como parte de uma teoria política funcional e atraente, é preciso que seja ressalvado de modo a restringir as preferências a considerar pela exclusão de preferências políticas tanto do tipo formal quanto informal. Uma maneira prática de conseguir essa restrição é oferecida pela ideia dos direitos como trunfos sobre o utilitarismo irrestrito. Uma sociedade comprometida com o utilitarismo como justificativa de fundo geral que não desqualifica em termos nenhuma preferência, poderia conseguir essa desqualificação adotando um direito à independência política: o direito de que nenhuma pessoa sofra desvantagem na distribuição de bens com base no fundamento de que outros pensam que elas deveriam ter menos pelo que são ou não são, ou de que outros se importam menos com elas do que se importariam com outras pessoas. O direito de independência política teria o efeito de proteger os judeus das preferências dos nazistas, e os que não são Sarah das preferências dos que a adoram.

O direito de independência moral pode ser defendido de maneira análoga. O utilitarismo neutro rejeita a ideia de que algumas ambições que as pessoas possam ter em suas vidas deveriam ter menos poder sobre os recursos e oportunidades sociais que outras, exceto quando isso seja consequência de pesar todas as preferências em base igual na mesma balança. Rejeita o argumento, por exemplo, de que a concepção de algumas pessoas de como deveria ser a experiência sexual e de que parte a fantasia deveria desempenhar nessa experiência, e de qual deveria ser o caráter dessa fantasia, é inerentemente degradante ou doentia. Mas, então, não pode levar em conta (pelos motivos retratados) as preferências morais dos que sustentam tais opiniões para avaliar se os indivíduos que formam alguma minoria sexual, incluindo homossexuais e pornógrafos, devem ser proibidos de ter as experiências sexuais que desejam. O direito de independência moral é parte da mesma coleção de direitos que o direito de independência política, e deve ser justificado como trunfo sobre uma defesa utilitarista irrestrita de leis proibitivas da pornografia, numa comunidade dos que se julgam ofendidos simplesmente pela ideia de que seus vizinhos estão lendo livros sujos, do mesmo modo que esse direito é justificado como trunfo sobre uma justificativa de dar menos aos judeus ou mais a Sarah numa sociedade nazista ou de pessoas que amam Sarah.

Resta considerar se o direito abstrato à independência moral, defendido dessa maneira, permitiria, não obstante, a restrição da exibição pública de pornografia numa sociedade cujas preferências contra essa exibição fossem apoiadas pelos motivos mistos que examinamos na última parte. Essa é uma situação na qual o matiz igualitário do utilitarismo é ameaçado não em uma, mas em duas direções. Na medida em que os motivos em questão são preferências morais sobre como os outros devem comportar-se, e que esses motivos são levados em conta, a neutralidade do utilitarismo é comprometida. Mas na medida em que esses são tipos de motivos um tanto diferentes daqueles que consideramos, que enfatizam não como os outros devem conduzir suas vidas, mas o caráter da experiência sexual que as pessoas querem para si mesmas, e que esses motivos são desconsiderados, a neutralidade do utilitarismo é comprometida na outra direção, pois torna-se desnecessariamente inóspita para as ambições especiais e importantes dos que perdem controle de um aspecto crucial de seu próprio autodesenvolvimento. A situação, portanto, não constitui um argumento adequado para uma recusa profilática em considerar qualquer motivo sempre que não podemos ter certeza de que esse motivo não está misturado com o moralismo, pois o perigo de injustiça encontra-se de ambos os lados, não apenas de um. A alternativa que descrevi na seção precedente é, pelo menos, melhor que essa. Esta argumenta que a restrição pode ser justificada, embora não possamos ter certeza de que as preferências que as pessoas têm pela restrição não estão contaminadas pelo tipo de preferências que deveríamos excluir, contanto que o dano ocasionado aos que são afetados adversamente não seja um dano sério, mesmo a seus olhos. Permitir restrições à exibição pública é, em certo sentido, uma concessão, mas é uma concessão recomendada pelo direito de independência moral, uma vez que se apresentem as razões para esse direito, não uma concessão desse direito.

As objeções de Hart

Existem, então, bons fundamentos para os que aceitam o utilitarismo como uma justificativa de fundo geral para as decisões políticas também aceitarem, como parte do mesmo pacote, um direito de independência moral na forma que acabei de argumentar, que sustentaria ou permitiria as recomendações principais do Relatório Williams. Terminarei este ensaio considerando certas objeções que H. L. A. Hart fez, em 1980[18], a um argumento similar que apresentei há alguns anos, a respeito da ligação entre o utilitarismo e esses direitos[19]. As objeções de Hart demonstram, na minha opinião, uma compreensão equivocada desse argumento, que minha formulação anterior, tal como a vejo agora, encorajou; poderia, portanto, ser útil, para evitar uma incompreensão semelhante agora, relatar essas objeções e os motivos que tenho para pensar que concebem erroneamente o meu argumento.

---

18. Hart, "Between Utility and Rights", *Columbia Law Review*, 79: 828, 836 ss. (1980).
19. Ver Dworkin, *Taking Rights Seriously*, introdução, cap. 12 e apêndice, pp. 357-8. Ver também Dworkin, "Liberalism", em Stuart Hampshire (org.), *Public and Private Morality* (Cambridge, Inglaterra.: Cambridge University Press, 1978) e Dworkin, "Social Science and Constitutional Rights: the Consequences of Uncertainty", *Journal of Law and Education*, 6: 3 (1977).

Sugeri, na primeira formulação do presente argumento, que se um utilitarista inclui na sua contagem preferências semelhantes às preferências dos que amam Sarah, essa é uma "forma" de contagem dupla, pois as preferências de Sarah são contadas duas vezes, uma vez por causa dela e uma vez pelas preferências secundárias de outros que incorporam as preferências dela como referência. Hart diz que isso é um erro porque, na verdade, as preferências de nenhuma pessoa são contadas duas vezes, e seria contar a menos as preferências dos que amam Sarah e, portanto, deixar de tratá-los como iguais, se suas preferências a favor dela fossem desconsideradas. Haveria algo de verdade nessa afirmação se o que estivesse em questão fossem votos, não preferências, porque se alguma pessoa desejasse votar a favor do sucesso de Sarah em vez do seu, seu papel no cálculo seria esgotado por esse presente, e se seu voto fosse então desconsiderado, ela poderia muito bem reclamar que foi lesada no seu direito de igual participação na decisão política. Mas as preferências, tal como figuram nos cálculos utilitaristas, não são como votos. Alguém que relate mais preferências ao computador utilitarista não diminui (exceto trivialmente) o impacto de outras preferências que também relata; com efeito, aumenta o papel de suas preferências gerais, em comparação com o papel das preferências de outras pessoas, no cálculo gigante. Portanto, alguém que prefere o sucesso de Sarah ao sucesso das pessoas em geral, e, ao contribuir com essa preferência para um cálculo utilitarista irrestrito assegura mais a ela, não tem menos para si – para o cumprimento de suas preferências mais pessoais – do que outra pessoa para quem o destino de Sarah é indiferente.

Não penso que a minha descrição, de que contar as preferências de alguém a favor de Sarah é uma forma de contagem dupla, seja equivocada nem injusta. Mas seu objetivo era resumir o argumento, não formulá-lo, e não insistirei nessa caracterização particular. Como Hart observa, fiz isso apenas com respeito a alguns dos exemplos que ofereci, nos quais o utilitarismo irrestrito produziu resultados obviamente inegualitários. Hart apresenta razões mais substanciais acerca de um exemplo diferente que usei, que levantou a questão de se os homossexuais têm direito de praticar seus gostos pessoais privadamente. Ele pensa que quero dizer "que se, como resultado de [preferências que expressam reprovação moral dos homossexuais] inclinar-se a balança, as pessoas tiverem negada alguma liberdade, digamos, de ter certas relações sexuais, os que forem assim privados sofrem porque, por esse resultado, seu conceito de uma forma adequada ou desejável de vida é desprezado, e isso equivale a tratá-los como inferiores ou menos dignos que os outros, ou como não merecedores de igual consideração e respeito"[20].

Mas isso exprime erroneamente minhas razões. Não é o resultado (ou, como Hart mais tarde o descreve, o "produto") do cálculo utilitarista que causa ou concretiza o fato de os homossexuais serem desprezados por outros. É o contrário: quando se nega a alguma pessoa a liberdade da prática sexual em virtude de uma justificativa utilitarista que se apoia nas preferências moralistas de outras pessoas, ela sofre desvantagem pelo fato de seu conceito de uma vida adequada já ser desprezado por outros. Hart diz que a "principal fraqueza" de meu argumento – a característica que o torna "fundamentalmente errado" – é presumir que se a liberdade de alguém é restringida, isso deve ser interpretado como uma negação de igual tratamento. Meu argumento, porém, é de que isso nem sempre ou geralmente é assim, mas apenas quando a justificativa da restrição se apoia, de alguma maneira, no fato de outros condenarem as convicções ou valores daquela pessoa. Hart diz que a interpretação da negação da liberdade como a negação de igual consideração é "ainda menos crível" no caso que discuto, isto é, quando a negação é justificada por meio de um argumento utilitarista, porque, diz ele, a mensagem dessa justificação não é a de que a minoria derrotada ou suas convicções sejam inferiores, mas apenas que eles são muito poucos para contrabalançar as preferências da maioria, que só podem ser alcançadas se for negada à minoria a liberdade que ela deseja. Contudo,

---

20. Hart, *Law, Liberty, and Morality*, p. 842.

mais uma vez, isso ignora a distinção que quero fazer. Se a justificativa utilitarista para negar a liberdade de prática sexual aos homossexuais pode ser bem sucedida sem se levarem em conta as preferências moralistas da maioria (como poderia ser, se houvesse bons motivos para se acreditar no que, na verdade, é incrível, que a expansão da homossexualidade promove o crime violento), a mensagem da proibição seria apenas aquela que Hart aponta, que poderia ser colocada desta maneira: "É impossível que todos sejam protegidos em todos os seus interesses, e os interesses da minoria devem ceder, lamentavelmente, ao interesse da maioria para sua segurança." Não existe, pelo menos no meu presente argumento, nenhuma negação do tratamento como igual nessa afirmação. Mas se a justificativa utilitarista não pode ter sucesso sem que se recorra às preferências moralistas sobre como a minoria deve viver, e o governo, não obstante, insiste nessa justificativa, a mensagem então é muito diferente e, na minha opinião, mais repulsiva. Consiste exatamente em que a minoria deve sofrer porque outros julgam repulsivas as vidas que ela se propõe viver, o que não parece mais justificável, numa sociedade comprometida com tratar as pessoas com igualdade, que a proposição que examinamos anteriormente e rejeitamos como incompatível com a igualdade, de que algumas pessoas devem sofrer desvantagem pela lei porque outros não gostam delas.

Hart apresenta razões adicionais. Sugere, por exemplo, que foram as preferências políticas "desinteressadas" dos liberais que inclinaram a balança a favor da revogação de leis contra relações homossexuais na Inglaterra em 1967, e pergunta como alguém poderia considerar que *essas* preferências, naquela época, ofendiam o direito de alguém de ser tratado com igualdade. Mas essa questão compreende erroneamente minhas razões, em um aspecto fundamental. Não afirmo – como alguém poderia fazê-lo? – que os cidadãos de uma democracia não devem fazer campanha e votar a favor do que pensam que é justo. A questão não é se as pessoas devem trabalhar pela justiça, mas antes que avaliação nós e elas devemos aplicar para determinar o que é justo. O utilitarismo sustenta que devemos aplicar o seguinte teste: devemos trabalhar para alcançar a máxima satisfação possível das preferências que encontramos distribuídas em nossa comunidade. Se aceitássemos esse teste de maneira irrestrita, consideraríamos as atraentes convicções políticas dos liberais da década de 1960 como dados simplesmente, a serem confrontados com as convicções menos atraentes de outros, para ver quais levariam a melhor na disputa de número e intensidade. É concebível que a posição liberal vencesse. É provável que não.

Argumentei, porém, que esse é um teste falso, que solapa as razões do utilitarismo, se as preferências políticas dos liberais ou de seus oponentes forem contadas e pesadas para determinar o que a justiça exige. É por isso que recomendo, como parte de qualquer teoria política geral na qual o utilitarismo figura como justificativa de fundo, direitos à independência política e moral. Mas os liberais que na década de 1960 fizeram campanha pelos interesses dos homossexuais na Inglaterra certamente não adotaram o teste que rejeito. *Expressaram* suas próprias preferências políticas nos seus votos e argumentos, mas não *recorreram* à popularidade dessas preferências para fornecer um argumento a favor do que queriam, como o argumento utilitarista irrestrito a que me oponho os teria encorajado a fazer. Recorreram, talvez, a algo como o direito de independência moral. De qualquer modo, não se valeram de um argumento incompatível com esse direito. Tampouco é necessário que nos apoiemos em algum argumento desse tipo para dizer que o que fizeram estava certo e que trataram as pessoas com igualdade. A prova é esta: as razões para a reforma teriam sido igualmente fortes na teoria política, mesmo que muito poucos ou nenhum heterossexual quisesse a reforma, embora, é claro, a reforma, então, não tivesse sido possível na prática. Se for assim, não podemos condenar o procedimento que produziu a reforma alegando que ofendia o direito de alguém à independência.

A incompreensão de Hart no caso foi, sem dúvida, encorajada por minha descrição de como funcionam direitos como o direito à independência moral em um sistema constitucional como o dos Estados Unidos, que usa os direitos como pedra de toque da legalidade da legislação. Disse que um sistema constitucional desse tipo é valioso quando a comunidade como um todo nutre preconceitos contra alguma minoria, ou convicções de que o modo de vida dessa minoria é ofensivo contra pessoas de bom caráter. Nessa situação, o processo político comum tem a probabilidade antecedente de chegar a decisões que não passariam no teste que construímos, pois essas decisões limitariam a liberdade da minoria e, contudo, não poderiam ser justificadas pela teoria política, exceto supondo que algumas formas de vida são inerentemente erradas ou degradantes, ou considerando como parte da justificativa o fato de que a maioria pensa que o são. Como essas decisões *repressivas* seriam erradas, pelas razões que ofereço, o direito constitucional proíbe-as de antemão.

A decisão a favor da reforma que Hart descreve não seria – não poderia ser – uma decisão justificada apenas com base na alegação de ofensa. Mesmo que as benignas preferências liberais figurassem como dados, não como argumentos, como penso que não deveriam figurar, ninguém estaria em posição de reivindicar o direito à independência moral ou política como escudo contra a decisão a que, na verdade, se chegou. Mas alguém poderia ser levado a supor, pela minha discussão, que eu condeno qualquer processo político que permita que se tomem decisões políticas quando as razões das pessoas para apoiar uma decisão em lugar de outra tendem a estar além de seus interesses pessoais. Espero agora que esteja claro por que isso é errado. *Essa* posição não permitiria que uma democracia votasse a favor de programas de bem-estar social, ajuda externa ou preservação para gerações futuras. Na verdade, na ausência de um sistema constitucional adequado, a única esperança de justiça é justamente que o povo vote com um senso de justiça desinteressado. Condeno um processo político que supõe que o próprio fato de as pessoas terem tais motivos é parte das razões de moralidade política a favor do que eles preferem. Os liberais heterossexuais de Hart podem ter apresentado o seguinte argumento a seus concidadãos. "Sabemos que muitos de vocês julgam a ideia de relações homossexuais perturbadora e até mesmo ofensiva. Alguns de nós também. Mas vocês devem reconhecer que negaria a igualdade, na forma da independência moral, considerar o fato de que temos esses sentimentos como uma justificativa para a legislação penal. Sendo assim, não temos, na verdade, nenhuma justificativa para o direito atual, e devemos, com toda a justiça, reformá-lo." Nada nesse argumento considera como argumento o fato de os liberais, ou aqueles a quem se dirigem, terem quaisquer preferências ou convicções: o argumento é apresentado recorrendo-se à justiça, não ao fato de que muitas pessoas querem justiça. Não há nada nesse argumento que deixe de tratar os homossexuais como iguais. Pelo contrário. Mas é esse justamente o meu ponto.

Considerarei em conjunto algumas das outras objeções de Hart. Ele menciona minha afirmação, de que os direitos que as pessoas têm dependem da justificativa de fundo e das instituições políticas que também estão em jogo, pois o argumento a favor de qualquer direito particular deve reconhecê-lo como parte de um complexo pacote de outras suposições e práticas às quais ele se sobrepõe. Mas ele acha isso estranho. Pode fazer sentido, observa ele, dizer que as pessoas *precisam* menos de direitos em algumas formas de governos do que em outras. Mas faz sentido dizer que elas *têm* menos direitos numa situação do que em outra? Também reprova a minha sugestão (que é central à argumentação que fiz na última seção) de que os direitos que durante muito tempo se pensou serem direitos à liberdade, como o direito dos homossexuais à liberdade da prática sexual ou o direito dos pornógrafos de ver privadamente o que gostam de ver, são realmente (pelo menos nas circunstâncias das democracias modernas) direitos à igualdade de tratamento. Essa proposição, que Hart denomina "fantástica", teria a consequência, diz ele, de que um tirano, que tivesse proibido uma forma de atividade sexual ou a prática de uma religião, eliminaria efetivamente o mal em vez de aumentá-lo se ampliasse a proibição de modo que se incluísse toda a prática sexual e todas as religiões, removendo assim a desigualdade de tratamento. O ponto fraco nas proibições de atividades sexuais ou religiosas, diz ele, é que estas diminuem a liberdade, não a igual liberdade; acrescentar uma violação da igualdade à conta torna a igualdade uma ideia vazia e fútil, sem nenhuma serventia.

Essas diferentes objeções estão claramente ligadas, pois supõem que quaisquer direitos que as pessoas tenham são, pelo menos em grante parte, direitos atemporais necessários à proteção de interesses duradouros e importantes, fixados pela natureza humana e fundamentais ao desenvolvimento humano, como interesses na escolha de parceiros e atos sexuais e na escolha de convicção religiosa. Essa é uma teoria conhecida do que são direitos e para que servem, e disse que não exporia, neste ensaio, as razões que tenho para pensar que se trata de uma teoria de direitos inadequada. Disse de fato que é improvável que essa teoria produza alguma defesa do direito que estive examinando, que é o direito de independência moral tal como aplicado ao uso da pornografia, porque parece implausível que quaisquer interesses humanos importantes sejam prejudicados pela proibição de livros ou filmes sujos. Mas esse não é um bom argumento contra a teoria geral de direitos baseada nos interesses fundamentais, porque os que aceitam essa teoria podem estar prontos a reconhecer – talvez mesmo a defender – que o recurso aos direitos a favor dos pornógrafos é um erro que avilta a ideia de direitos, e que não há nada na moralidade política que condene a proibição total da pornografia se isso for o que concretizará melhor as preferências da comunidade como um todo.

Meu objetivo é desenvolver uma teoria de direitos que seja relativa aos outros elementos de uma teoria política e examinar até que ponto essa teoria pode ser elaborada a partir da ideia tremendamente abstrata (mas nem um pouco vazia) de que o governo deve tratar as pessoas com igualdade. Essa teoria torna os direitos relativos apenas em um sentido. Estou ansioso para demonstrar como os direitos se ajustam aos diferentes pacotes, de modo que quero verificar, por exemplo, que direitos deveriam ser aceitos como trunfos sobre a utilidade caso a utilidade seja aceita, como muitos acreditam que deve ser, como o fundo adequado para a justificativa. Essa é uma questão importante porque, como disse, pelo menos um tipo informal de utilitarismo tem sido aceito, desde há algum tempo, nas práticas políticas. Ele forneceu, por exemplo, a justificativa eficaz da maior parte das restrições à nossa liberdade através do direito que aceitamos como adequado. Mas não decorre dessa investigação que devo endossar (como às vezes dizem que faço)[21] o pacote do utilitarismo junto com os direitos que o utilitarismo exige, como o melhor pacote que se pode construir. Não endosso. Embora os direitos sejam relativos aos pacotes, ainda assim, um pacote deve ser escolhido como o melhor de preferência aos outros, e duvido que, no fim, qualquer pacote baseado em alguma forma conhecida de utilitarismo se revele o melhor. Tampouco decorre do meu argumento que não há direitos que qualquer pacote defensável deva conter — nenhum direito que seja, nesse sentido, um direito natural —, embora o argumento de que existem tais direitos, e a explicação do que são eles, deva, obviamente, seguir um caminho diferente daquele que tomei ao argumentar a favor do direito à independência moral como trunfo sobre as justificativas utilitaristas.

Mas se os direitos figuram no complexo pacote da teoria política, é desnecessário e muito simplista recorrer aos direitos como única defesa contra decisões políticas estúpidas ou más. Sem dúvida, Hitler e Nero violaram todos os direitos que alguma teoria política plausível poderia oferecer; mas também é verdade que o mal que esses monstros causaram não poderia encontrar apoio nem mesmo na justificativa de fundo de qualquer teoria desse tipo. Suponha que algum tirano (um Angelo ainda mais enlouquecido) proibisse o sexo inteiramente, sob pena de morte, ou banisse toda a prática religiosa numa comunidade cujos membros fossem todos devotos. Deveríamos dizer que o que ele fez (ou tentou fazer) era insano ou mau, ou que ele não tinha absolutamente nenhuma consideração por seus súditos, que é a exigência mais básica que a moralidade

---

21. Ver, p. ex., *ibid.*, p. 845, n. 43.

A CENSURA E A LIBERDADE DE IMPRENSA

política impõe aos que governam. Talvez não precisemos da ideia de igualdade para explicar essa última exigência (sou deliberadamente cauteloso aqui). Tampouco precisamos, porém, da ideia de direitos.

Somente precisamos dos direitos, enquanto um elemento distinto da teoria política, quando alguma decisão que prejudique certas pessoas encontre, não obstante, apoio *prima facie* na afirmação de que isso deixará a comunidade como um todo em melhor situação segundo alguma descrição plausível de onde reside o bem-estar geral da comunidade. Mas a fonte mais natural de qualquer objeção que possamos ter a tal decisão é a de que, no seu interesse pelo bem-estar, prosperidade ou florescimento das pessoas como um todo, ou na concretização de algum interesse difundido na comunidade, a decisão não presta suficiente atenção ao seu impacto sobre a minoria, e certo recurso à igualdade parece uma expressão natural de uma objeção proveniente dessa fonte. Queremos dizer que a decisão está errada, apesar de seu mérito aparente, porque não leva em conta, da maneira correta, o dano que causa a alguns e, portanto, não trata essas pessoas como iguais, com direito à mesma consideração que outras.

Esse ataque nunca é válido por si mesmo. Deve ser desenvolvido mediante alguma teoria sobre o que exige o igual interesse, ou, como no caso do argumento que ofereci, sobre o que a própria justificativa de fundo supõe que o tratamento igual requer. Outros inevitavelmente rejeitarão qualquer teoria desse tipo. Alguém pode dizer, por exemplo, que o tratamento igual exige apenas que as pessoas recebam aquilo a que têm direito quando suas preferências são confrontadas com as preferências, inclusive políticas e morais, de outros. Nesse caso (se estou correto em que o direito à liberdade sexual baseia-se na igualdade), ele não mais apoiaria esse direito. Mas como poderia? Suponha que a decisão de banir a homossexualidade, mesmo privadamente, seja a decisão a que se chegou após confrontarem-se as preferências que, segundo ele, dizem respeito à homossexualidade. Ele não poderia dizer que, embora a decisão trate os homossexuais com igualdade, dando-lhes tudo o que a igualdade de tratamento por sua situação exige, a decisão, não obstante, é errada porque invade sua liberdade. Se algumas restrições à liberdade podem ser justificadas pela comparação das preferências, por que não essa?[22] Suponha que ele retomasse a ideia de que a liberdade sexual é um interesse fundamental. Ela, porém, trata as pessoas como iguais para violar seus interesses fundamentais em nome dos ganhos menores para um grande número de outros cidadãos? Ele dirá talvez que sim, porque o caráter fundamental dos interesses violados foi levado em conta no processo de pesagem, de modo que se estes são suplantados, é porque os ganhos para outros, pelo menos no agregado, são muito grandes para serem ignorados com justiça. Mas se é assim, anuir aos interesses da minoria suplantada seria dar à minoria mais atenção do que permite a igualdade, o que é favoritismo. Como pode, então, reprovar a decisão a que chegou o processo de pesagem? Portanto, se alguém realmente pensa que banir as relações homossexuais é tratar os homossexuais com igualdade, quando essa é a decisão a que se chegou por uma pesagem utilitarista, irrestrita, ele parece não ter nenhum fundamento persuasivo para dizer que a decisão, não obstante, invade seus direitos. Minha hipótese, de que os direitos que foram tradicionalmente descritos como consequências de um direito geral à liberdade são, na verdade, as consequências da igualdade, pode, no fim, revelar-se errada. Mas não é, como Hart diz, "fantástica".

---

22. Ver Dworkin, *Taking Rights Seriously*, pp. 266-72.

Capítulo 18
O caso Farber*:*
*repórteres e informantes**

Em 1978, o dr. Mario Jascalevich foi a julgamento em Nova Jersey pelo assassinato, por envenenamento com curare, de vários pacientes de hospital em 1965 e 1966. Seu indiciamento foi o resultado direto de uma série de artigos a respeito das mortes desses pacientes, escrita pelo repórter Myron Farber, do jornal *The New York Times*. O advogado de Jascalevich, Raymond Brown, pediu ao juiz que ordenasse a Farber e ao *Times* que entregassem à defesa todas as anotações, memorandos, gravações de entrevistas e outros materiais que Farber compilara durante suas investigações. O juiz Arnold, em vez disso, ordenou que tudo fosse entregue a ele, para que ele próprio pudesse avaliar se alguma parte do material era relevante o suficiente para que devesse ser entregue a Brown. Farber recusou-se a obedecer à ordem e foi preso por contumácia, apesar de ser subsequentemente libertado. Inicialmente, o *Times* recusou-se a entregar qualquer material sob seu controle e também foi citado por contumácia e obrigado a pagar pesadas multas diárias. Posteriormente, entregou alguns arquivos, mas o juiz que impôs as multas, Trautwein, apresentou a acusação de que esses arquivos haviam sido "limpos" e não remediavam a contumácia.

Farber e o *Times* recorreram ao Supremo Tribunal de Nova Jersey, afirmando que a ordem do juiz Arnold era ilegal segundo dois fundamentos diferentes. Argumentaram que a ordem

---

* Publicado originalmente em *The New York Review of Books*, 26 de outubro, 1978. © Ronald Dworkin.

violava a "lei de proteção" de Nova Jersey, a qual provê que, em qualquer processo jurídico, um jornalista "tem a prerrogativa de recusar-se a revelar" qualquer "fonte" ou "notícia ou informação obtidas no decorrer do exercício de sua atividade profissional." Argumentaram também que, inteiramente à parte da Lei de Proteção, a ordem violava seus direitos sob a Primeira Emenda da Constituição dos Estados Unidos, que assegura a liberdade de imprensa.

Cada um desses argumentos jurídicos é controvertido. Pode-se afirmar que a Lei de Proteção, na medida em que concede aos repórteres a prerrogativa de não revelar informações que possam provar a inocência de um acusado, é inconstitucional porque nega ao acusado o direito a um julgamento justo, garantido pela Sexta Emenda. Se for assim, o juiz Arnold agiu corretamente ao pedir que as anotações e o material de Farber lhe fossem entregues reservadamente, para que pudesse determinar se parte dele poderia sustentar a inocência do dr. Jascalevich.

O argumento da Primeira Emenda é ainda mais fraco. O Supremo Tribunal, numa decisão de 1972, *Branzburg contra Hayes*, negou que a Primeira Emenda concedesse automaticamente aos jornalistas a prerrogativa de recusar fontes e outras informações em processos jurídicos. Quatro dos cinco juízes da maioria afirmaram categoricamente que a Primeira Emenda não garante aos jornalistas nenhum privilégio especial acima daqueles dos cidadãos comuns. O juiz Powell concordou em que os repórteres dos casos que o Tribunal estava examinando não tinham os privilégios que afirmavam. Acrescentou, porém, em um parecer ao mesmo tempo breve e obscuro, que, em certas circunstâncias, a Primeira Emenda podia exigir que os tribunais protegessem os repórteres contra a obrigatoriedade de revelar informações que não servissem a "nenhuma necessidade legítima de aplicação da lei". Falou da necessidade de encontrar "um equilíbrio adequado entre a liberdade de imprensa e a obrigação de todos os cidadãos de prestarem testemunhos relevantes no que diz respeito à conduta criminosa."

Não interpreto a opinião de Powell como um reconhecimento de uma prerrogativa outorgada pela Primeira Emenda contra a revelação ordenada a pedido de um advogado criminal, que é muito diferente da revelação pedida pela promotoria ou por outros órgãos aplicadores do direito. Os tribunais estaduais, porém, discordaram quanto à interpretação correta da opinião de Powell, e alguns reconheceram o direito do repórter de reter a informação requisitada pela defesa quando for evidente que a informação, na melhor das hipóteses, será apenas tangencialmente relevante para a argumentação da defesa. Contudo, mesmo que essa interpretação da opinião de Powell seja correta, o juiz Arnold agiu corretamente ao ordenar que o material lhe fosse fornecido reservadamente, para que pudesse determinar sua relevância e importância para a defesa e em que medida a "liberdade de imprensa" seria comprometida pela sua revelação pública.

Portanto, é no mínimo duvidoso que os argumentos jurídicos de que se valeram Farber e o *Times* tenham fundamento. O caso foi debatido publicamente, porém, não como uma questão jurídica técnica, mas como um acontecimento que levanta questões importantes de princípio político. Os comentaristas dizem que a disputa é um conflito entre dois direitos políticos fundamentais, cada um deles protegido pela Constituição. Farber e o *Times* (apoiados por muitos outros jornais e repórteres) recorreram ao direito de expressão e publicação; afirmaram que esse direito, crucial numa democracia, é violado quando a imprensa é sujeitada a ordens que cerceiam sua capacidade de colher informação.

Os que apoiaram o juiz Arnold alegaram que o direito de livre expressão e publicação, embora de importância fundamental, não é absoluto e, às vezes, deve ceder a direitos rivais. Recorreram portanto ao princípio, que consideraram fundamental, de que um réu tem direito a um julgamento justo, direito que, afirmaram eles, inclui a utilização de qualquer material que ele acredite que possa sustentar sua inocência. Ambos os lados compartilhavam a suposição de que, nessas circunstâncias, um ou ambos os direitos civis importantes devem ser conciliados em certo grau, embora discordassem quanto ao ponto em que se obteria essa conciliação. Mas a suposição que compartilhavam está errada. A prerrogativa reivindicada por Farber não tem nenhuma relação com o direito político de expressão ou de publicação livres de censura ou restrições. Nenhuma autoridade ordenou-lhe que não investigasse ou publicasse o que queria, nem ameaçou prendê-lo pelo que de fato publicou. A intimação do juiz Arnold foi muito diferente das tentativas do governo de impedir que o *New York Times* publicasse os documentos do Pentágono, do processo contra Daniel Ellsberg ou mesmo das ações civis contra Frank Snepp. Sem dúvida, é valioso para o público que os repórteres tenham acesso a informações confidenciais. Mas não é uma questão de direitos de ninguém. A questão levantada pelo caso *Farber* não é a questão difícil de como conciliar direitos conflitantes; trata-se de até que ponto a eficiência dos repórteres, valorizada pelo público, deve, não obstante, ser sacrificada para assegurar que o direito a um julgamento justo não seja comprometido.

A discussão pública em torno do caso *Farber* deixou de observar uma distinção importante entre dois tipos de argumento que são usados para justificar uma norma jurídica ou alguma outra decisão política. As justificativas de *princípio* argumentam que uma norma específica é necessária para proteger um direito individual que alguém (ou, talvez, um grupo) tenha contra outras pessoas ou contra a sociedade ou o governo como um todo. Leis antidiscriminação, como as que proíbem o preconceito na oferta de emprego ou habitação, podem ser justificadas com argumentos de princípio: os indivíduos realmente têm o direito de não serem prejudicados na distribuição de recursos importantes porque outros sentem desprezo pela sua raça.

As justificações de *política*, por outro lado, sustentam que uma norma específica é desejável porque trabalhará pelo interesse geral, isto é, pelo benefício da sociedade como um todo. Os subsídios do governo a certos fazendeiros, por exemplo, podem ser justificados não pelo fundamento de que esses fazendeiros têm direito a tratamento especial, mas porque se acredita que lhes dar subsídios promoverá o bem-estar econômico da comunidade como um todo. Naturalmente, uma norma específica pode ser justificada pelos dois tipos de argumentos. Pode ser verdade, por exemplo, que os muito pobres têm direito a tratamento médico gratuito e que prover tratamento a eles favorecerá o interesse geral, pois irá fornecer uma força de trabalho mais saudável.

A distinção, porém, é de grande importância, porque, às vezes, princípio e política argumentam em sentidos opostos e, quando o fazem (a menos que as considerações de política tenham importância crucial, de modo que a comunidade venha a sofrer uma catástrofe se forem ignoradas), a política deve ceder ao princípio. É um pensamento difundido, por exemplo, que o crime diminuiria, os julgamentos seriam menos dispendiosos e a comunidade estaria melhor como um todo, se fossem abandonadas as normas estritas de processo criminal que protegem contra a condenação de inocentes, ao custo inevitável da absolvição de alguns culpados. Mas esse é um argumento de política contra essas normas processuais, de modo que não se justificaria relaxar as normas se os acusados de crime têm direito (como pensa a maioria dos liberais) à proteção que as normas oferecem.

A distinção entre princípio e política é relevante para o caso *Farber* porque os argumentos apresentados por Farber e pelo *Times*, em defesa de uma prerrogativa especial dos repórteres de reter informações, eram argumentos de política, não de princípio. Não quero dizer que os argumentos clássicos da Primeira Emenda são argumentos de política; pelo contrário, o cerne da Primeira Emenda é uma questão de princípio. Os cidadãos individualmente têm o direito de expressar-se livres da censura governamental; nenhuma autoridade pode limitar o conteúdo do que dizem, mesmo acreditando que tem boas razões de política para fazê-lo e mesmo que esteja certo. Muitos norte-americanos acharam que era de interesse nacional censurar os que se opunham à guerra no Vietnã. Sem dúvida, era do interesse da comunidade de Skokie, Illinois, que o Partido Nazista Americano fosse impedido de marchar pela cidade. Mas, como questão de princípio, os que protestavam contra a guerra tinham direito de falar, e os nazistas, direito de marchar, protegidos pela Constituição, e assim decidiram os tribunais.

Repórteres, colunistas, noticiaristas, autores e romancistas têm o mesmo direito de livre expressão que outros cidadãos, a despeito do grande poder da imprensa. Peter Zenger, editor do período colonial com quem Farber algumas vezes foi comparado, foi preso por atacar o governador na imprensa, e o objetivo da cláusula de imprensa da Primeira Emenda foi proibir essa forma de censura. Mas os jornalistas, como questão de princípio, não têm nenhum direito maior que o dos outros à livre expressão.

Existem, porém, razões de política que podem justificar normas especiais que reforçam a capacidade de investigar dos repórteres. Se suas fontes confidenciais forem protegidas da revelação, mais pessoas que temem ser expostas falarão com eles, e o público pode beneficiar-se. Há uma necessidade específica de sigilo, por exemplo, e um interesse público especial em ouvir o que os informantes podem dizer, quando o informante é um funcionário que denuncia corrupção ou má conduta oficial ou quando a informação diz respeito a um crime.

É esse o argumento de política que justifica as leis de proteção que muitos estados aprovaram, como a lei de Nova Jersey descrita anteriormente, e que justifica várias outras prerrogativas especiais de que os jornalistas usufruem. O Departamento de Justiça adotou diretrizes, por exemplo, instruindo seus agentes a não procurar informações confidenciais junto a repórteres, a menos que a informação seja crucial e não possa ser obtida em outras fontes. A posição especial da imprensa é justificada não porque os repórteres tenham direitos especiais, mas porque se acredita que a comunidade como um todo irá beneficiar-se de seu tratamento especial, exatamente como os produtores de trigo podem receber um subsídio não porque têm direito a ele, mas porque a comunidade irá beneficiar-se com isso.

Os próprios argumentos do *Times* confirmaram que o privilégio que ele buscava era uma questão de política, não de princípio. O jornal argumentou que fontes importantes iriam "secar" se a ordem do juiz Arnold fosse mantida. É difícil avaliar esse argumento, embora não pareça vigoroso, nem mesmo como argumento de política. A decisão do Supremo Tribunal em *Branzburg contra Hayes*, embora sua força seja discutível, sustentou claramente que um repórter pode ser obrigado a revelar suas fontes quando a informação for crucial para a argumentação de um réu, tal como determinado por um juiz. Portanto, mesmo agora os repórteres não podem, ou não deveriam, prometer sigilo incondicional a um informante. Qualquer promessa desse tipo deve ser ressalvada, se o repórter é escrupuloso, pela afirmação de que, sob certas circunstâncias, não inteiramente definidas por decisões anteriores de tribunal e impossíveis de prever antecipadamente, um tribunal pode obrigá-los juridicamente à revelação.

Pode-se afirmar que a ordem do juiz Arnold no caso *Farber* – de que lhe fosse permitido examinar as anotações do repórter para determinar se algum material poderia ser importante para a argumentação do réu, embora a defesa não houvesse demonstrado a probabilidade da existência de tal material – ampliou os limites de sigilo de *Branzburg*. Mas não está claro em quanto a ampliação aumentou, se é que aumentou, o risco da revelação pública e se muitos informantes, já desencorajados por *Branzburg*, seriam desencorajados pelo risco adicional de revelação apenas para um juiz. Portanto, é inteiramente especulativo em que medida o bem-estar geral seria afetado se as informações oferecidas por informantes desse tipo especial fossem perdidas.

De qualquer modo, porém, esse argumento de política, por mais forte ou fraco que seja como argumento de política, deve ceder aos direitos genuínos do réu a um julgamento justo, mesmo que com certo custo para o bem-estar geral. As razões que ele oferece para a suplantação desses direitos não são maiores que as razões oferecidas pelo argumento de política a favor de condenar mais criminosos culpados para suplantar os direitos dos que podem ser inocentes. Em ambos os casos, não há nenhuma questão de direitos rivais, mas apenas a questão de se a comunidade arcará com o custo, em conveniência ou bem-estar públicos, exigido pelo respeito por direitos individuais. A retórica do debate popular a respeito de *Farber*, que supõe que a imprensa tinha direitos que deviam ser "pesados" em confronto com os direitos do réu, foi profundamente enganosa.

Também é perigosa porque essa retórica confunde os privilégios especiais que os jornais buscam, justificados por fundamentos de política, com os direitos genuínos da Primeira Emenda. Mesmo que esse privilégio especial tenha alguma validade constitucional (como sugerem os quatro juízes dissidentes em *Branzburg*), ele foi e continuará a ser nitidamente limitado para proteger uma série de outros princípios e políticas. Seria triste se essas limitações inevitáveis fossem compreendidas como sinal de uma preocupação menor para com os direitos de livre expressão em geral. Elas poderiam ser tomadas como precedentes para limitações genuínas desse direito fundamental – precedentes, por exemplo, para a censura de declarações políticas por motivos de segurança.

É mais seguro e mais preciso descrever o privilégio de sigilo que a imprensa reivindica não como parte de um direito constitucional de expressão ou publicação, mas como uma prerrogativa francamente fundamentada na eficiência, como a que o FBI reivindica de não nomear seus informantes, ou como o privilégio executivo reivindicado por Nixon para não entregar suas gravações. Em *Rovario contra Estados Unidos*, o Supremo Tribunal sustentou que nem o FBI nem seus informantes têm qualquer direito (mesmo *prima facie*) ao sigilo, embo-

… A CENSURA E A LIBERDADE DE IMPRENSA 561

ra tenha reconhecido que, por razões de política, seria prudente que os tribunais não exigissem a revelação na ausência de fundamentos positivos demonstrando que a informação seria importante para a defesa. Um privilégio executivo do presidente, como enfatizou o Tribunal no caso Nixon, não é uma questão de seu direito, ou do direito do governo como um todo. É um privilégio conferido por razões de política, para que o executivo possa funcionar com eficiência, e, portanto, deve ceder quando há razões para crer que um interesse público diferente – o interesse do público em proteger-se do crime do executivo – exige a restrição desse privilégio. Se os fortes argumentos de política a favor do privilégio executivo devem ceder quando esse privilégio pode colocar em risco a ação judicial contra um crime, então, *a fortiori*, o privilégio de um repórter, sustentado por argumentos de política mais fracos, deve ceder quando se opõe ao direito de um réu a colher material que possa provar sua inocência.

Portanto, a questão levantada por *Farber* é simplesmente a de determinar até que ponto se estende o direito moral e constitucional do réu à informação, não apenas diante dos repórteres, mas a qualquer um que tenha a informação que ele quer. Muitos comentaristas perspicazes, que não contestam que o privilégio do jornalista deve ceder se a informação em questão é vital para a defesa, argumentam, não obstante, que a ordem do juiz Arnold estava errada nesse caso porque Brown, o advogado de defesa, não havia demonstrado nenhuma expectativa razoável de que as anotações de Farber seriam importantes para seu caso. Assinalam que seria intolerável se todos os réus criminais pudessem requisitar todas as anotações e arquivos de todos os jornais que tivessem relatado seu caso, com a magra esperança de que algo inesperado pudesse surgir. Os juristas chamam esse tipo de investigação de "pescaria", e os tribunais sempre recusaram aos réus a oportunidade de "pescar" nos arquivos de qualquer um.

Na verdade, sugeriu-se que Brown fez a solicitação não porque acreditasse que descobriria alguma coisa útil para seu cliente, mas porque tinha a esperança de que o pedido seria recusado, de modo que poderia afirmar, em recurso, que o julgamento fora injusto (também se sugeriu que o juiz Arnold ordenou que o material lhe fosse mostrado reservadamente, em vez de rejeitar categoricamente o pedido, para frustrar essa suposta estratégia). Teria sido melhor, sugerem esses comentaristas, que o juiz tivesse exigido alguma demonstração inicial de por que era era razoável supor que os arquivos conteriam material relevante, antes de ordenar que lhes fossem mostrados reservadamente.

Mesmo essa posição mais moderada, porém, parece errada nesse caso específico. As investigações de Farber levaram a polícia a reabrir um caso de assassinato, anos depois de terem sido suspensas as investigações. Ele acumulou um grande volume de informações até então não disponíveis, e não se contesta que essas informações foram a causa aproximada do indiciamento. Em particular, Farber descobriu e entrevistou testemunhas que agora parecem vitais para a acusação e que poderiam ter prestado declarações a ele que ampliassem ou contradissessem suas provas ou os relatos que ele publicou. Não existe, é claro, nenhuma sugestão aqui de que Farber deliberadamente reteve alguma coisa que seria útil para a defesa. Mas, como qualquer outro repórter, exerceu o julgamento editorial e não se poderia esperar que fosse sensível aos mesmos detalhes que interessariam a um bom advogado cujo cliente estivesse sendo julgado por assassinato.

Esses fatos são suficientes para distinguir o caso de Farber de casos imaginados, nos quais o jornal não fez muito mais do que relatar fatos ou procedimentos desenvolvidos ou iniciados por outros. O juiz Arnold sustentou que o papel incomum de Farber no caso *constituía* em si uma suficiente demonstração de probabilidade de que seus arquivos continham material que um advogado de defesa competente deveria ver – suficiente, pelo menos, para justificar o próprio exame preliminar do arquivo pelo juiz. Talvez ele tivesse exigido uma demonstração adicional de relevância provável, ou uma formulação mais precisa do material que buscava, se não se tratasse de um julgamento por assassinato. Talvez outro juiz houvesse exigido mais precisão, mesmo em um caso de assassinato. Sem dúvida, o juiz Arnold deveria ter realizado uma audiência na qual os advogados de Farber e do *Times* pudessem ter colocado suas objeções legais e pedido maior especificidade antes de seus clientes serem responsabilizados por contumácia (o Supremo Tribunal de Nova Jersey sustentou que, no futuro, tal audiência deveria ser feita se assim fosse solicitado). Não obstante, a decisão do juiz Arnold, de que os fatos desse caso constituíam em si a demonstração necessária, revelou uma sensibilidade elogiável aos problemas de um réu perante uma investigação cujo segredo o privava do conhecimento de que necessitava para mostrar sua necessidade de saber.

Devo acrescentar, porém, que não foi razoável ordenar a prisão de Farber ou aplicar ao *Times* multas punitivas diárias enquanto seus argumentos legais estivessem pendentes diante de tribunais de apelação. Eles se valeram, com boa-fé, de sua compreensão da Lei de Proteção e da Primeira Emenda[1]. É inútil dizer que deveriam ter aquiescido à ordem do juiz Arnold e contestado sua legalidade depois. Acreditavam que seus direitos teriam sido violados e que os princípios em jogo seriam comprometidos, mesmo por uma aquiescência inicial à

---

1. O juiz federal Lacey, em audiência sobre a petição de *habeas corpus* de Farber, enfatizou que Farber se propusera escrever um livro sobre o caso Jascalevich. Muitos jornais e colunistas acharam, desde então, que o livro proposto enfraquece o caso de Farber jurídica e moralmente. Parece-me, pelo contrário, quase irrelevante. O contrato de Farber com seu editor não condiciona a publicação do livro à condenação de Jascalevich e não há o menor indício de que Farber publicará no livro o material que procurou negar ao tribunal, ou que tenha qualquer interesse financeiro ou pessoal na condenação de Jascalevich. Não há nenhuma razão para duvidar que Farber teria agido exatamente como agiu mesmo que não planejasse escrever um livro.

ordem do juiz. Estavam errados, mas nosso sistema jurídico muitas vezes ganha quando as pessoas, acreditando que o direito e os princípios estão do seu lado, escolhem não aquiescer a ordens que acreditam ser ilegais, pelo menos até que tribunais de apelação tenham uma chance de examinar plenamente seus argumentos, e não serviu a nenhum propósito prender Farber ou multar o *Times* antes que fossem ouvidos os seus argumentos. Certamente isso não era necessário para defender a dignidade do tribunal do juiz Arnold ou do processo criminal. Os tribunais devem, a todo custo, assegurar o direito de um réu criminal a um julgamento justo. Mas, dentro desse limite, não deveriam demonstrar escândalo, mas cortesia e até mesmo gratidão a pessoas como Myron Farber, que agem, com sacrifício pessoal, para oferecer a constante revisão judicial de princípio que é a última proteção da Constituição.

Capítulo 19
*A imprensa está perdendo a Primeira Emenda?**

A imprensa tem passado por uma fase de altos e baixos nos tribunais recentemente. Várias decisões excitaram seu temor de que a proteção da Primeira Emenda à Constituição estava diminuindo. Um ponto baixo foi a decisão do Supremo Tribunal em 1980 no caso surpreendente de *Estados Unidos contra Snepp*, no qual a Corte ordenou que um autor cedesse ao governo todos os seus lucros sem sequer realizar uma audiência sobre a questão. Mas a imprensa também conseguiu o que considera importantes vitórias. Uma foi o caso *Richmond Newspapers*, de 1980, no qual o Tribunal inverteu sua decisão de um caso anterior e sustentou que os repórteres, pelo menos em princípio, têm direito de assistir a julgamentos criminais mesmo quando o réu deseja excluí-los[1].

Estados Unidos contra Snepp é, de longe, o mais importante dos dois casos. Snepp assinou um contrato quando se juntou à CIA, prometendo submeter-lhe qualquer coisa que escrevesse posteriormente a seu respeito. A CIA argumenta que

---

* Publicado originalmente em *The New York Times Review of Books*, 4 de dezembro, 1980. © Ronald Dworkin.
1. O caso anterior foi *Gannett contra DePasquale* do qual a imprensa se ressentiu especialmente. A decisão permitiu que um juiz excluísse repórteres de uma audiência pré-julgamento, e o arrazoado do presidente do Tribunal, o juiz Burger, no caso *Richmond Newspapers*, declara que a decisão anterior tinha a intenção de aplicar-se apenas a tais audiências, não a julgamentos efetivos. Mas a opinião de Burger no caso *Gannett*, assim como as opiniões dos outros juízes, parecia abranger também julgamentos efetivos, de que a decisão de *Richmond Newspapers* foi, provavelmente, uma mudança de opinião, como diz o juiz Blackmun no parecer separado que emitiu no segundo caso.

esse acordo, que obtém de cada agente, é necessário para que ela possa julgar antecipadamente se algum material que um autor proponha publicar é confidencial, e promover ação jurídica para proibir o que realmente julga confidencial se o autor não aceita seu julgamento. Depois de deixar a agência, Snepp escreveu um livro chamado *Decent Interval*, no qual critica asperamente a conduta da CIA no Vietnã durante os últimos meses da guerra[2]. Ele temia que a agência utilizasse seu direito de rever o original para retardá-lo ou hostilizá-lo, afirmando que questões sem importância eram confidenciais, como a agência certamente fizera no caso de Victor Marchetti, outro antigo agente que escrevera um livro e o submetera a apreciação[3]. Depois de muita indecisão, Snepp decidiu publicar o livro sem submetê-lo antes à CIA.

A CIA valeu-se do contrato para processá-lo. Snepp argumentou que a Primeira Emenda tornava nula sua aceitação do contrato, pois este era uma forma de censura. Contudo, nem a Corte do distrito federal nem o Tribunal de Apelação, ao qual Snepp recorreu, aceitou a reivindicação. O tribunal do distrito ordenou que Snepp, à guisa de reparação, entregasse ao governo todos os lucros obtidos com o livro – seus únicos ganhos durante vários anos de trabalho –, mas o Tribunal de Apelação alterou a decisão do tribunal do distrito nesse ponto. Disse que o governo deveria contentar-se com o reparo efetivo dos danos que pudesse provar ter sofrido pelo fato de Snepp ter rompido seu contrato, que é a reparação normal em casos de quebra de contrato.

Snepp recorreu ao Supremo Tribunal baseado na Primeira Emenda. O governo pediu ao tribunal que *não* aceitasse o caso para revisão e disse que, nas circunstâncias, estava satisfeito com a reparação por danos que o Tribunal de Apelação ordenara. Acrescentou, porém, que se o tribunal realmente aceitasse o caso, aproveitaria a oportunidade para argumentar no sen-

---

2. Frank Snepp, *Decent Interval: an Insider's Account of Saigon's Indecent End Told by the CIA's Chief Strategy Analyst in Vietnam* (Nova York: Random House, 1977).

3. Victor Marchetti e John D. Marks, *The CIA and the Cult of Intelligence* (Nova York: Knopf, 1974).

tido de que o tribunal restabelecesse a reparação muito mais onerosa do tribunal do distrito. No fim, o tribunal realmente aceitou o caso, contra os desejos do governo, mas, como se revelou depois, apenas com o propósito de restabelecer a pena mais severa. O tribunal fez isso, contrariando todas as tradições de equidade judicial, sem oferecer oportunidade de argumentação a ninguém. Um tribunal supostamente dominado pelo ideal de comedimento judicial distorceu princípios de equidade processual para chegar a um resultado que nenhuma das partes pedira.

Alguns jornalistas especulam que o tribunal está furioso com a imprensa por causa de *The Brethren*, a "história dos bastidores" do tribunal, de Woodward e Armstrong, publicada em 1980, e aproveitou essa oportunidade para vingar-se[4]. Contudo, muitos advogados da Primeira Emenda adotam a visão mais preocupante de que o caso é apenas o exemplo mais recente e dramático do declínio da liberdade de expressão nos Estados Unidos.

Vale a pena descrever mais detalhadamente as provas a favor dessa sombria opinião. Nenhum constitucionalista de renome (exceto o juiz Black) jamais pensou que a Primeira Emenda impedisse o governo de qualquer regulamentação da expressão. Sempre foi possível para as pessoas processarem umas às outras nos tribunais norte-americanos por difamação e calúnia, por exemplo, e mesmo os mais famosos defensores da liberdade de expressão reconheceram que ninguém tem o direito constitucional de gritar "fogo" em um teatro lotado ou de publicar informações a respeito de movimentos de tropas em tempo de guerra. Não obstante, têm ocorrido "marés" na preocupação do tribunal com a liberdade de expressão quando há outros interesses em jogo, e o presente momento dá a muitos comentaristas a impressão de constituir uma maré bem baixa.

O tribunal de Warren foi bem longe, por exemplo, no sentido de proteger a pornografia contra o censor, com o fundamento de que não é parte das atribuições do Estado decidir o que as pessoas, privadamente, devem ou não devem julgar de

---

4. Bob Woodward e Scott Armstrong, *The Brethren* (Nova York: Simon and Schuster, 1980).

mau gosto ou embaraçoso. Mas o tribunal de Burger endossou a ideia de censura em conformidade com padrões locais de decência e, embora isso não tenha trazido problemas para os pornógrafos de Times Square, deixou muito cautelosos vários cinemas de cidades pequenas. Processos de difamação movidos por figuras públicas contra jornais fornecem outro exemplo. O tribunal de Warren, na sua famosa decisão em *Times contra Sullivan*, sustentou que uma personalidade pública não podia processar um jornal por difamação, mesmo que o material publicado fosse falso e danoso, a menos que conseguisse demonstrar que o jornal não apenas errara, mas fora também maldoso ou imprudente no que publicou. O tribunal alegou que é de se supor que as figuras públicas renunciaram ao direito conferido pelo *Common Law* de mover ação legal por relato incorreto.

O tribunal de Burger não anulou a decisão de *Sullivan*, mas restringiu a classe de pessoas que são consideradas personalidades públicas para esse propósito, e, no recente caso *Herbert contra Landau*, sustentou que, mesmo quando uma figura pública move uma ação legal, os repórteres podem ser interrogados, sob juramento, a respeito de seus métodos de investigação e julgamento editorial, num esforço para demonstrar sua maldade ou imprudência. O tribunal rejeitou os protestos de jornais e redes de televisão, de que tais interrogatórios, nos quais os repórteres seriam obrigados a defender julgamentos largamente subjetivos, inibiriam a liberdade de investigação dos repórteres e, portanto, iria torná-los menos eficientes como servidores do público.

Duas das mais importantes decisões judiciais recentes envolvendo a Primeira Emenda nunca chegaram ao Supremo Tribunal. A primeira delas foi a do caso, muito comentado, do repórter Myron Farber, do *New York Times*, que discuti no ensaio precedente. Os tribunais de Nova Jersey sustentaram que Farber poderia ser preso por contumácia porque se recusou a entregar aos advogados de defesa seus arquivos, que poderiam conter informações úteis para um réu acusado de assassinato. O *Times* (apoiado por outros jornais) argumentou que, a menos que os repórteres possam prometer sigilo aos informantes, suas fontes desaparecerão e o público perderá uma importante fonte de informação. Os tribunais, porém, não aceitaram esse argumento[5].

O segundo foi o caso do jornal *The Progressive*, que terminou em comédia mas foi, não obstante, a ocasião para a primeira injunção preliminar jamais concedida nos Estados Unidos antecipadamente contra uma publicação. A revista se propôs a publicar um artigo intitulado "O segredo da bomba H: como conseguimos – por que estamos contando" e submeteu-o à Comissão de Energia Atômica para liberação informal. O autor, na verdade, usou apenas informação pública e legalmente disponível. Mas a Comissão, valendo-se da alegação de que toda informação relacionada com armas atômicas "nasce confidencial" segundo a Lei de Energia Atômica e não pode ser publicada, a menos que liberada pela Comissão, recusou-se a aprovar o artigo e moveu ação para proibi-lo. A Comissão persuadiu um juiz do tribunal distrital, que ouviu testemunho do governo secretamente, de que a publicação seria danosa para a segurança nacional porque poderia capacitar uma nação menor (a Uganda de Idi Amin era o exemplo do dia) a construir uma bomba de hidrogênio.

O *Progressive* recorreu da decisão do tribunal distrital mas, antes que o Tribunal de Apelação atuasse, ficou evidente que toda a informação que o autor usaria encontrava-se disponível numa biblioteca pública mantida pela Comissão, e vários jornais publicaram então o conteúdo do artigo proposto sem pedir liberação. O governo recuou, com certo embaraço, e o artigo do *Progressive* finalmente foi publicado. Não obstante, foi sinistro que a Primeira Emenda tivesse oferecido tão pouca proteção nesse caso. O argumento da Comissão, da informação que "nasce confidencial" – que é ilegal publicar qualquer informação sobre armas atômicas que não tenha sido liberada especificamente –, é absurdamente amplo e não teria sido corroborado, penso, por tribunais superiores. Mas os tribunais podiam muito bem ter sustentado um processo que permitisse a

---

5. Tampouco a Câmara dos Lordes britânica, em um caso recente, em que a British Steel Corporation processou a televisão Granada para descobrir o nome de um informante na gerência da Steel Corporation.

um juiz decidir casos específicos de censura em processos secretos, nos quais o juiz pode ser indevidamente impressionado por "especialistas" técnicos do governo. A era atômica não é um ambiente saudável para a liberdade de expressão.

Nem todos os testemunhos do presente declínio da liberdade de expressão são extraídos das decisões judiciais. A Lei de Liberdade de Informação, que foi fortalecida pelo Congresso após o escândalo de Watergate, provê que qualquer um pode obter qualquer informação em poder do governo federal, com certas exceções destinadas a proteger a privacidade pessoal, os segredos comerciais, a segurança nacional e similares. Devemos muitas informações valiosas – por exemplo, partes do livro de William Shawcross sobre o Camboja – a essa lei. Mas tem crescido a pressão a favor de uma alteração substancial. Médicos assinalam que as experiências de *double-blind** para testar drogas e procedimentos novos são arruinadas quando os repórteres descobrem informações que destroem o sigilo que torna os experimentos estatisticamente significativos. Os cientistas argumentam que o incentivo à pesquisa pode ser colocado em risco quando os jornais publicam detalhes de pedidos de financiamento. O Centro Nacional de Controle de Doenças acha que os hospitais não buscarão sua ajuda para localizar infecções hospitalares se os jornalistas puderem colocar à disposição de possíveis litigantes os relatórios do Centro para os hospitais.

A imprensa, como disse, não perdeu todas as batalhas. O tribunal de Burger rejeitou unanimemente a tentativa da administração Nixon de impedir a publicação dos Documentos do Pentágono e afirmou, no caso *Richmond Newspapers*, que a imprensa de fato tem certa posição constitucionalmente protegida pela Primeira Emenda, forte o suficiente para garantir que um juiz tenha de apresentar alguma razão especial para excluir repórteres de um julgamento criminal. A imprensa, porém, acredita que está perdendo terreno de um modo geral.

---

* *Double-blind* (duplo cego). Experimentos em que nem o experimentador nem o sujeito têm conhecimento de identidade etc., que possam levar a um resultado tendencioso. [N. R.]

Nat Hentoff, no seu abrangente livro sobre a história da Primeira Emenda, descreve a ascensão da ideia da liberdade de expressão e de imprensa nos Estados Unidos desde Peter Zenger, e observa, com visível tristeza, os sintomas do que claramente considera o seu presente declínio[6]. O livro é notavelmente legível e amplo. Tem o grande mérito de mostrar como a ideia da livre expressão assume conteúdo diferente à medida que questões substantivas subjacentes passam da política educacional para a obscenidade e para o relato de julgamentos criminais. O tom do livro parece desinteressado. Na maior parte, Hentoff argumenta citando outros. Mas não há dúvida quanto à sua posição. Ele é um partidário da liberdade de expressão, e nesse livro há vitórias e derrotas para a liberdade, heróis e covardes da imprensa, amigos e inimigos da liberdade.

Mas não há muitas tentativas de análise dos fundamentos filosóficos da livre expressão ou da liberdade da imprensa, nem de encontrar os limites das liberdades e dos poderes que Hentoff quer defender. Nesse aspecto ele tipifica os jornalistas que reclamam do destino da Primeira Emenda nos tribunais, embora escreva melhor, com mais entusiasmo e conhecimento que a maioria. A imprensa toma a Primeira Emenda como uma espécie de privilégio privado e ataca, de modo mais ou menos automático, toda recusa dos tribunais de ver mais proteção nesse privilégio. Os jornais e redes denunciaram as decisões dos casos *Farber* e *Herbert* tão ferozmente quanto as dos casos do *The Progressive* e *Snepp* – na verdade, até mais ferozmente.

Mas essa estratégia de recurso automático à Primeira Emenda é, na minha opinião, uma estratégia pobre, mesmo que a imprensa esteja preocupada apenas em expandir sua força jurídica tanto quanto possível. Isso porque se ganha popularidade a ideia de que a Primeira Emenda é um escudo de múltiplas utilidades para os jornalistas, repelindo ações por difamação, depoimentos e investigações, além da censura, deve, então, tornar-se um escudo mais fraco porque parecerá óbvio que um

---

6. Nat Hentoff, *The First Freedom: the Tumultuous History of Free Speech in America* (Nova York: Delacorte, 1979).

poder tão grande da imprensa necessariamente será confrontado com outros interesses privados e sociais na comunidade. O prejuízo recairá, então, sobre a função historicamente central da Primeira Emenda, que é simplesmente assegurar aos que desejam pronunciar-se sobre questões de controvérsia política e social a liberdade de fazê-lo. Talvez a surpreendente fraqueza da Primeira Emenda em proteger os réus nos casos do *The Progressive* e *Snepp*, por exemplo, seja em parte uma consequência da própria eficácia da imprensa em persuadir os tribunais, anteriormente, de que o poder da Primeira Emenda ultrapassa casos inequívocos de censura.

Para examinar essa suspeita, devemos considerar uma questão que Hentoff e outros amigos da Primeira Emenda negligenciam. Para que serve a Primeira Emenda? A quem ela deve proteger? Inúmeras opiniões são possíveis. A teoria dominante entre os constitucionalistas norte-americanos supõe que os direitos constitucionais de livre expressão – inclusive a liberdade de imprensa, que, na linguagem constitucional, significa qualquer expressão tornada pública, e não apenas a dos jornalistas – destinam-se à proteção do público. Isto é, protegem não quem fala ou escreve, mas o público que se deseja atingir. Segundo essa visão, jornalistas e outros autores estão protegidos da censura para que o público em geral possa ter acesso à informação de que necessita para votar e conduzir seus negócios de maneira inteligente.

Em seu famoso ensaio *Da liberdade*, John Stuart Mill ofereceu uma justificativa mais fundamental para o direito da livre expressão. Disse que se alguém é livre para propor qualquer teoria de moralidade privada ou pública, não importa quão absurda ou impopular ela possa ser, é mais provável que a verdade surja do mercado de ideias resultante, e a comunidade como um todo estará em melhor situação do que estaria se as ideias impopulares fossem censuradas. Por essa razão, mais uma vez, certos indivíduos têm permissão de falar para que a comunidade a que se dirigem possa beneficiar-se a longo prazo.

Contudo, outras teorias da livre expressão – no sentido amplo, que inclui a liberdade de imprensa – sustentam que o direito destina-se à proteção daquele que fala, isto é, que os indivíduos têm o direito de falar não para que outros se beneficiem, mas porque eles mesmos sofreriam um dano ou insulto inaceitável se fossem censurados. Qualquer um que sustente essa teoria deve, é claro, demonstrar por que a censura é um dano mais sério que outras formas de regulamentação. Deve demonstrar por que alguém que é proibido de falar o que pensa sobre política sofre um dano mais grave do que quando é proibido, por exemplo, de dirigir em alta velocidade, invadir propriedade alheia ou fazer acordos para restringir o comércio.

Podem-se propor teorias diferentes: que a censura é degradante porque sugere que aquele que fala ou escreve não é digno da igualdade de tratamento como cidadão, ou que suas ideias não são dignas da igualdade de respeito; que a censura é insultuosa porque nega ao que fala igualdade de participação na política e, portanto, nega sua condição de indivíduo livre e igual; ou que a censura é grave porque inibe o desenvolvimento da personalidade e integridade do indivíduo. Mill afirma algo semelhante a isso em *Da liberdade*, além de seu argumento do mercado de ideias, e, portanto, pode-se dizer que sua teoria preocupa-se em proteger não só o público, mas também quem fala.

Teorias preocupadas em proteger o público geralmente apresentam o que chamei de argumento de política a favor da liberdade de expressão e de imprensa[7]. Isto é, afirmam que um repórter deve ter certos poderes não porque ele ou qualquer outra pessoa tenha direito a alguma proteção especial, mas para assegurar um benefício geral à comunidade como um todo, exatamente como os fazendeiros devem, às vezes, ter certos subsídios, não por si mesmos, mas também para assegurar algum benefício à comunidade. Teorias preocupadas em proteger aquele que fala, por outro lado, apresentam argumentos de princípio a favor da livre expressão. Afirmam que a posição especial daquele que fala, como alguém que quer expressar suas convicções em questões de importância política ou so-

---

7. Ver *Taking Rights Seriously* (Cambridge, Mass.: Harvard University Press, 1977; Londres: Duckworth, 1978).

cial, autoriza-o, com justiça, a uma consideração especial, mesmo que a comunidade como um todo possa *sofrer* por permitir que ele fale. Assim, o contraste é grande: no primeiro caso, o bem-estar da comunidade constitui o fundamento para a proteção, ao passo que, no segundo, o bem-estar da comunidade é desconsiderado.

A distinção é relevante para a presente discussão em muitos aspectos. Se a liberdade de expressão é justificada por fundamentos de política, então é plausível que os jornalistas recebam privilégios e poderes especiais, que não estão à disposição dos cidadãos comuns, porque eles têm uma função especial e, na verdade, indispensável em proporcionar informação ao público como um todo. Mas se a livre expressão é justificada por princípio, seria escandaloso supor que os jornalistas deveriam ter uma proteção especial, pois isso afirmaria que eles são, como indivíduos, mais importantes ou dignos de consideração que os outros.

Uma vez que os poderes que a imprensa reivindica, como o de assistir a julgamentos criminais, devem ser especiais para ela, é natural que a imprensa favoreça uma visão da liberdade de expressão baseada no argumento de política preocupado em proteger o público: a de que a imprensa é essencial para um público informado. Existe, porém, um risco correspondente nessa descrição. Se a livre expressão é justificada como questão de política, sempre que se tomar uma decisão quanto a determinar se a livre expressão exige alguma exceção ou privilégio, dimensões rivais do interesse público devem ser confrontadas com o seu interesse pela informação.

Suponha que a questão, por exemplo, seja determinar se a Lei de Liberdade de Informação deve ser modificada para que o Centro de Controle de Doenças não tenha de colocar seus relatórios à disposição dos jornalistas, ou para que a Comissão de Energia Atômica tenha permissão de proibir que uma revista publique um artigo que possa tornar a informação sobre energia atômica mais prontamente disponível para potências estrangeiras. O interesse geral do público em ser bem informado argumenta contra o sigilo e a favor da publicação em ambos os casos. Mas o público também tem interesse em hospitais livres de infecção e na energia atômica, e esses dois tipos de interesse devem ser confrontados, como numa análise de custo-benefício, para determinar onde se encontra o interesse geral do público. Suponha que, a longo prazo (e levando-se em conta os efeitos colaterais), o público perca mais se a informação em questão for publicada. Seria contraditório, nesse caso, argumentar que deve ser publicada no interesse do público, e o argumento a favor da livre expressão, baseado em fundamentos de política, estaria derrotado.

O problema é inteiramente diverso se consideramos que a livre expressão é uma questão de princípio. Isso porque, agora, qualquer conflito entre livre expressão e o bem-estar do público não é um falso conflito entre dois aspectos do interesse do público que podem dissolver-se em algum julgamento de seu interesse geral. É um conflito genuíno entre os direitos de um falante específico, como indivíduo, e os interesses conflitantes da comunidade como um todo. A menos que o interesse rival seja muito grande – a menos que a publicação contenha a ameaça de alguma emergência ou de outro risco grave –, o direito do indivíduo deve sobrepor-se ao interesse social, porque é isso que significa supor que ele tem esse tipo de direito.

Portanto, é importante decidir, quando a imprensa reivindica algum privilégio ou proteção especial, se essa reivindicação é baseada em política ou em princípio. A importância da distinção às vezes é obscurecida, porém, por uma ideia que acaba de virar moda, de que o público tem o "direito de conhecer" a informação que os repórteres possam colher. Se isso significa simplesmente que o público tem interesse no conhecimento – que a comunidade fica em melhor situação se sabe mais e não menos a respeito de, digamos, julgamentos criminais, pedidos de auxílio financeiro ou segredos atômicos –, a expressão então é apenas outra maneira de formular o conhecido argumento de política a favor de uma imprensa livre e forte: um público mais bem informado resultará numa sociedade melhor. Mas a sugestão de que o público tem o *direito* de saber sugere algo mais forte do que isso, que existe um argumento de *princípio*, protetor do público, a favor de qualquer privilégio que promova a capacidade da imprensa de colher notícias.

Mas essa sugestão mais forte é, na verdade, profundamente enganosa. É errado supor que membros individuais da comunidade têm, em qualquer sentido forte, o direito de saber o que os repórteres podem desejar descobrir. Nenhum cidadão teria sua igualdade, independência ou integridade negadas se Farber, por exemplo, escolhesse não escrever nenhuma das suas reportagens sobre o dr. Jascalevich no *New York Times*, e nenhum cidadão poderia processar Farber, exigindo que ele o fizesse ou pedindo compensação por danos ocasionados pelo fato de ele não ter escrito. Seria possível que o cidadão médio ficasse em pior situação se as reportagens não tivessem sido escritas, mas essa é uma questão do bem-estar geral, não de direito individual.

De qualquer modo, o alegado direito de saber é tido como um direito não de cidadãos individuais, mas do público como um todo. Isso é quase incoerente porque "o público", neste contexto, é apenas outro nome para a comunidade como um todo. E é bizarro dizer que mesmo que a comunidade, atuando por meio de seus legisladores, desejasse modificar a Lei de Liberdade de Informação para eximir relatórios preliminares de pesquisa médica, por acreditar que a integridade de tal pesquisa é mais importante do que a informação a que renuncia, não deve fazê-lo por causa de seu direito a ter essa informação. A análise de questões relativas à Primeira Emenda progrediria muito se o interesse do público por informação, que poderia muito ser sobrepujado pelo seu interesse pelo sigilo, não fosse erroneamente catalogado como um "direito" de saber.

Agora talvez esteja claro porque acredito que a estratégia da imprensa para expandir o alcance da Primeira Emenda seja uma estratégia ruim. Sempre existe um grande risco de que os tribunais – e a profissão jurídica em geral – favoreçam uma teoria a respeito de um dispositivo constitucional específico. Se a proteção da Primeira Emenda limitar-se ao princípio de que não se pode censurar ninguém que deseje pronunciar-se sobre questões ou de maneiras que considere importantes, a única teoria da Primeira Emenda será uma teoria de direitos individuais. E isso significa que as exigências da livre expressão não podem ser sobrepujadas por algum argumento de que o interesse público é mais bem atendido pela censura ou regulamentação em alguma ocasião específica.

Mas se a reivindicação de proteção da emenda tiver que se basear em algum argumento visando a proteção do público – se for dito que os repórteres não devem ser interrogados quanto ao seu julgamento editorial em ações por calúnia porque seriam menos eficazes na coleta de notícias para o público –, a única teoria que poderia justificar uma emenda tão ampla tem de ser uma teoria de política. Não é de surpreender que as opiniões divergentes nos casos dos quais se queixa a imprensa – as opiniões que argumentam que a imprensa deveria ter tido o que pediu – contenham muitos argumentos de política e poucos argumentos de princípio. No caso *Herbert*, por exemplo, o juiz Brennan baseou sua opinião divergente numa teoria da Primeira Emenda notavelmente semelhante à teoria de Mill voltada para a proteção do público. Brennan citou a conhecida observação de Zechariah Chafee: "A Primeira Emenda protege ... um interesse social na obtenção da verdade, de modo que o país pode não apenas adotar o curso de ação mais prudente, mas levá-lo a cabo da maneira mais prudente."

É claro, porém, que esses apelos ao bem-estar geral do público convidam à resposta de que, em alguns casos, o interesse real do público, comparativamente, seria mais bem atendido pela censura que pela publicação. Pelo contrário, se a Primeira Emenda se limita à proteção essencial ao falante, pode oferecer, ao recorrer a direitos individuais e não ao bem-estar geral, um princípio de Direito forte o suficiente para fornecer significativa proteção em um caso que verdadeiramente diz respeito à Primeira Emenda, como o do *The Progressive*. Mas se a emenda torna-se muito ampla, só pode ser defendida com fundamentos de política, como os apresentados por Brennan. Isto é, só pode ser defendida com fundamentos que a deixam mais vulnerável justamente quando ela é mais necessária.

Se atentamos apenas para a essência da Primeira Emenda, que protege o falante por uma questão de princípio, o registro recente do Tribunal e do Congresso parece melhor, embora esteja longe de ser perfeito. Antes do caso *Snepp*, essa essência de princípio só foi ameaçada, mesmo que discutivelmente, pelas decisões a respeito de obscenidade, que não despertam muito a atenção da imprensa, e no caso do *Progressive*, que foi apenas a decisão de um tribunal distrital e que, de qualquer maneira, terminou com vitória da imprensa. As outras decisões que tanto irritaram os jornalistas – como nos casos *Farber* e *Herbert* – simplesmente recusaram-se a reconhecer os argumentos de política dos repórteres no sentido de que o público em geral estaria em melhor situação se os repórteres tivessem direitos especiais. O efeito desalentador que a imprensa previu para essas decisões não se materializou – na verdade, Mike Wallace, um dos repórteres que resistiu ao interrogatório no caso *Herbert*, disse recentemente que a imprensa talvez tenha merecido perder esse caso.

De qualquer modo, se a democracia trabalhar com alguma eficiência, e se os argumentos de política dos repórteres tiverem fundamento, eles, de qualquer forma, ganharão os poderes que buscam a longo prazo, por meio do processo político, e, portanto, não perderam nada de importância duradoura quando lhes foram negados esses poderes nos tribunais. Isso porque se o público em geral fica realmente em melhor situação quando a imprensa é poderosa, pode-se esperar que o público perceba, mais cedo ou mais tarde, onde se encontra o seu interesse próprio – ajudado, talvez, pelos próprios conselhos da imprensa. Exceto em casos como *Farber*, em que os direitos de indivíduos – nesse caso, o direito a um julgamento justo – seriam infringidos pela expansão do poder da imprensa, o público pode dar à imprensa, por meio da legislação, o que ela quer.

Surge, porém, a questão de determinar se a decisão de *Richmond Newspapers* (na qual, como disse, o Supremo Tribunal sustentou que, na ausência de fortes interesses contrários, os repórteres têm direito de assistir a julgamentos criminais) demonstra que o tribunal agora está comprometido com uma teoria da Primeira Emenda que ultrapassa o princípio e se estende à proteção do bem-estar geral do público. Certamente é verdade que o resultado desse caso poderia ser justificado por um argumento de política como o argumento de Brennan no caso *Herbert*. A opinião de Burger no caso *Richmond Newspapers* assinala, por exemplo, que o público encontra-se em melhor situação se seu interesse profundo pelo processo criminal, e mesmo se seu desejo inevitável de retaliação for satisfeito pelos relatos dos julgamentos nos jornais. Contudo, uma leitura cuidadosa das várias opiniões no caso demonstra que, embora os sete juízes que votaram a favor da imprensa (o juiz Rehnquist discordou e o juiz Powell não tomou partido no caso) tenham procedido com base em teorias um tanto diferentes, dois argumentos foram preponderantes, sendo que nenhum deles era um argumento de política inequívoco do tipo proposto por Mill.

O primeiro, enfatizado especialmente por Burger e, ao que parece, por Blackmun, vincula a proteção da Primeira Emenda à história. Argumenta que se qualquer processo importante do governo foi aberto ao público por tradições duradouras da doutrina jurídica anglo-americana, os cidadãos têm direito, assegurado pela Primeira Emenda, à informação sobre esse processo, e a imprensa, portanto, tem o direito derivado de assegurar e proporcionar essa informação. O direito do cidadão não é absoluto, pois deve ceder diante de direitos rivais do réu, por exemplo. Mas se sustenta em casos como o *Richmond Newspapers*, em que nenhum interesse importante do réu está em jogo ou em que o tribunal pode defender esses interesses por outros meios que não a interdição dos repórteres.

Esse argumento da história me parece fraco, pois não há nenhuma razão pela qual o costume deva amadurecer e tornar-se um direito, a menos que exista algum argumento de princípio independente para que as pessoas tenham direito ao que o costume lhes dá. De qualquer modo, porém, não se trata de um argumento que exija que os tribunais decidam se o bem-estar, na avaliação final, é atendido quando se nega o acesso da imprensa à informação ou quando se impede a liberdade de expressão em alguma ocasião específica. Ele sustenta que a imprensa deve ser admitida a menos que alguma razão especial, e não apenas a avaliação do bem-estar geral, argumente contra isso.

O segundo argumento, enfatizado especialmente na opinião de Brennan, é mais importante e mais complexo. Insiste em que alguma proteção especial para a imprensa é necessária, não apenas para promover o bem geral, mas para preservar a própria estrutura da democracia. A afirmação clássica de Madison desse argumento muitas vezes é citada nas petições apresentadas pela imprensa em casos constitucionais. Ele disse que "um governo popular, sem informação popular ou os meios de obtê-la, é apenas o prólogo de uma farsa ou tragédia ou, talvez, ambos... um povo que pretende ser seu próprio governante deve armar-se com o poder que o conhecimento oferece."

Esse não é o argumento de Mill, de que quanto mais informação as pessoas tenham, mais probabilidade terão, de modo geral, de assegurar o que mais querem. Antes, é o argumento de que as pessoas precisam de informações até para serem capazes de formar concepções do que querem e participar como iguais no processo de governar a si mesmas. O argumento de política de Mill é aberto: quanto mais informação, melhor. Mas o argumento madisoniano, da estrutura da democracia, não pode ser aberto, pois terminaria no paradoxo e na autocontradição.

Isso porque qualquer ampliação da Primeira Emenda é, do ponto de vista da democracia, uma faca de dois gumes. Reforça a democracia porque a informação pública aumenta o poder geral do público. Mas também reduz a democracia porque qualquer direito constitucional tira a capacidade do legislativo eleito popularmente de aprovar alguma legislação que poderia desejar, e isso diminui o poder geral do público. A democracia implica que a maioria tem o poder de governar efetivamente naquilo que considera ser o interesse geral. Se é assim, qualquer ampliação da proteção constitucional à expressão e à imprensa tanto aumentará como diminuirá esse poder, dessas duas maneiras diferentes. Qualquer pessoa específica pode ser mais eficaz politicamente porque saberá mais, por exemplo, sobre as instalações de energia atômica. Mas também pode ser menos eficaz politicamente porque perderá o poder de eleger congressistas que votem a favor da censura de informações a respeito da energia atômica. No balanço, ela pode considerar essa troca, de modo geral, como uma perda de poder político, particularmente se ela própria preferisse sacrificar o seu conhecimento de informações sobre energia atômica para obter a segurança maior que advém do fato de outras pessoas tampouco possuírem essa informação.

Qualquer decisão sobre censura confronta cada cidadão com esse tipo de questão de custo-benefício, e não se pode dizer que ele inevitavelmente ganha em poder político quando a matéria é tirada da política e decidida pelo Supremo Tribunal. Na verdade, é tentador argumentar, pelo contrário, que a democracia pura, verdadeira, não exigiria nenhuma Primeira Emenda, pois toda questão de censura seria decidida pela vontade da maioria, por meio do Congresso e dos legislativos estaduais. Mas isso vai longe demais, porque, como preveniu Madison, as pessoas precisam de alguma estrutura geral e protegida de informação pública, mesmo para decidir com inteligência se querem mais informação. Não há democracia entre os escravos que poderiam tomar o poder se soubessem como.

O erro oposto, porém, é igualmente sério, pois é absurdo supor que o eleitorado norte-americano, que já tem acesso a um volume muito maior, e mais refinado, de informação pública do que parece disposto a usar, ganharia em poder democrático se o Supremo Tribunal decidisse, por exemplo, que o Congresso não pode alterar a Lei de Liberdade de Informação, de modo a excetuar os relatórios do Centro de Controle de Doenças, não importa quantas pessoas acreditem que tal isenção seja uma boa ideia. Assim, o argumento da estrutura da democracia exige, por sua própria lógica interna, que se estabeleça algum limite entre as interpretações da Primeira Emenda que protegeriam e as que violariam a democracia.

Há uma maneira evidente, ainda que difícil, de traçar esse limite. Ela exige que o Supremo Tribunal descreva, pelo menos em termos gerais, que modalidade de violação dos poderes da imprensa restringiria o fluxo de informação para o público, de modo a deixá-lo incapaz de decidir com inteligência entre abolir ou não essa limitação da imprensa por meio de legislação adicional. O tribunal pode decidir, por exemplo, que a recusa geral e arbitrária de um órgão governamental de fornecer qualquer informação ou oportunidade de investigação à imprensa, deixando o público completamente sem informação quanto à necessidade ou não de investigar as práticas desse órgão, está no lado errado desse limite[8]. Contudo, é extremamente implausível supor que o público seria incapacitado dessa maneira dramática se a imprensa fosse excluída dos poucos julgamentos criminais em que o réu pedisse tal exclusão, a promotoria concordasse e o juiz pensasse que os interesses da justiça seriam cumpridos pela exclusão. O público de um estado que adotasse essa prática permaneceria competente para decidir se desaprova esse arranjo e, em caso afirmativo, torná-lo ilegal por meio do processo político. Assim, se o argumento da estrutura da democracia de Madison fosse aplicado a casos particulares por meio da ideia de um limite da competência pública, o caso *Richmond Newspapers* deveria ter sido decidido de outra maneira.

Existe, porém, outro modo de aplicar o argumento da estrutura, sugerido no parecer de Brennan a esse caso. Ele disse que, embora a imprensa deva, em princípio, ter pleno acesso à informação, algum limite precisa ser traçado na prática, e propôs traçar o limite, não da maneira que acabamos de discutir, mas pesando os fatos de cada caso isolado. Isto é, ele admitiria que qualquer restrição do acesso da imprensa à informação é inconstitucional, a menos que existam interesses rivais que a justifiquem, caso em que a questão seria decidir qual conjunto de interesses – o interesse do público pela informação ou os interesses rivais – tinha maior peso. No caso *Richmond Newspapers* ele não encontrou tais interesses rivais e, portanto, julgou desnecessário discutir até que ponto a estrutura da democracia seria danificada pela exclusão em questão.

---

8. O Tribunal enfrentou essa questão no recente caso de *Houhins contra KGBX*, em que administradores carcerários recusaram a uma estação de televisão todas as oportunidades de investigar as condições da prisão. Talvez porque dois juízes não puderam participar do caso, o Tribunal não chegou a nenhuma disposição eficaz das questões do princípio jurídico.

Tudo isso aproxima perigosamente o argumento da estrutura de Brennan de um argumento de política do tipo proposto por Mill. Embora o próprio Brennan fosse um dos defensores mais apaixonados da livre expressão, seu argumento convida à censura nos casos em que o bem-estar geral, conforme a avaliação, se beneficiasse dela ou, melhor, quando o público achasse que iria beneficiar-se. Isso porque o balanço que Brennan descreve poderia ir contra e não a favor do *Progressive*, por exemplo. Não é absurdo supor que a publicação de dados sobre energia atômica aumente o risco público em certo grau. Mas é absurdo pensar que a restrição a tal publicação, considerada em si como Brennan recomenda, prejudicaria a estrutura da democracia norte-americana em algum grau considerável ou deixaria o público, que tem um bom conhecimento geral dos perigos atômicos, incapaz de decidir se muda ou não de ideia e remove a restrição por meio da ação política comum. O próprio Brennan distinguiria entre casos que dizem respeito ao acesso à informação, como o *Richmond Newspapers*, e casos de censura inequívoca, como o do *Progressive*. Mas a teoria que ele descreveu para abranger os primeiros casos poderia muito bem transformar-se numa teoria estrutural geral da Primeira Emenda, e a liberdade seria prejudicada.

Os procedimentos do Supremo Tribunal no caso Frank Snepp foram extraordinários e indefensáveis. Mas a decisão também foi errada quanto ao mérito, e não simplesmente quanto ao procedimento e à reparação. Com o propósito de isolar a exata questão constitucional em questão, podemos supor os seguintes fatos, alguns dos quais formulei anteriormente. Quando Snepp juntou-se à CIA, assinou um contrato exigindo que ele submetesse para liberação qualquer material que mais tarde pudesse querer publicar a respeito da agência. Ele não conseguiria o posto se se recusasse a assinar o acordo. *Decent Interval*, o livro que acabou publicando sem submeter a exame, não continha nenhuma informação confidencial. Se nunca tivesse trabalhado para a CIA e nunca tivesse assinado tal acordo, estaria livre para publicar um livro contendo a mesma informação, sem liberação prévia, e não estaria sujeito a absolutamente nenhuma pena. Na verdade, se o Congresso aprovasse uma lei exigindo que autores de livros sobre a CIA submetessem a ela os originais para liberação, essa lei seria inconstitucional porque violaria os direitos dos autores segundo a Primeira Emenda[9].

A questão, portanto, é esta: quando Snepp juntou-se à CIA e assinou o acordo, renunciou aos seus direitos constitucionais de publicar informação não confidencial a respeito da agência, um direito que qualquer outra pessoa, se não estivesse em sua posição, claramente teria? Coloco a questão dessa maneira para demonstrar que um dos argumentos da CIA contra Snepp é descabido. A agência argumentou que a exigência de liberação prévia que lhe impôs por contrato não lhe causava nenhum dano. Se a revisão revelasse que ele desejava publicar informação confidencial, a agência então agiria para impedir isso. Mas Snepp, como a CIA afirmou corretamente, não tem direitos constitucionais de publicar informação confidencial. Ele continuava livre para publicar informação não confidencial depois de completada a revisão, exatamente como qualquer outra pessoa. A exigência contratual de liberação (a CIA argumenta) meramente dava à agência uma oportunidade legítima de avaliar por si mesma se o material que ele propunha publicar era confidencial e tomar medidas para impedir a publicação de qualquer informação que o fosse. Portanto, o contrato não era uma renúncia a nenhum direito constitucional.

Se, porém, como presumo, nem o Congresso poderia exigir que pessoas que não tivessem nenhuma ligação com a CIA submetessem originais a ela para exame prévio, não está aberto à agência argumentar que o exame prévio não tem nenhuma relação com a censura. A experiência de Victor Marchetti com a CIA, depois de submeter seus originais, demonstra (se alguma demonstração era necessária) que uma exigência de exame

---

9. É uma outra questão, que não posso examinar agora, em que medida o Congresso pode proibir constitucionalmente os cidadãos em geral, e antigos agentes em particular, de publicar informações que podem ser verdadeiramente secretas e perigosas, como o nome de atuais agentes, tal como o projeto de lei que descrevi anteriormente pretende fazer.

prévio faz do que o autor pode dizer uma questão de concessão, negociação e demora, tudo sob a ameaça de litígio, em vez de uma questão do que o autor *quer* dizer, que é o que a Primeira Emenda insiste que deveria ser[10].

Portanto, a questão é simplesmente se Snepp renunciou a algum direito da Primeira Emenda que, do contrário, teria tido. Mais uma vez, tudo depende da visão que se assume do objetivo e da força do direito de livre expressão. Os advogados de Snepp argumentaram, na petição para nova audiência no Supremo Tribunal, que "as memórias não examinadas de antigos funcionários do governo em posições de confiança, com acesso às mais sensíveis informações de segurança nacional, ofereceram contribuições de enorme valor para o debate e a compreensão do público. A publicação de inúmeros trabalhos de tal tipo, sem nenhum prejuízo demonstrado para o bem-estar da nação, desmente a necessidade de contenção prévia dos funcionários da CIA." Esse argumento não é persuasivo se tiver como intenção sugerir que permitir a Snepp renunciar à Primeira Emenda seria errado porque iria contra o bem-estar geral.

É verdade que se a CIA e outros órgãos de segurança tivessem permissão para impor exigências de liberação prévia de publicações como condição para oferecer emprego, sem dúvida, o público, ao longo dos anos, perderia algumas informações que, de outro modo, teria. Mas os argumentos de política da CIA contra esse ponto – que a eficácia de suas operações de coleta de informação seria comprometida se ela não tivesse a oportunidade de examinar previamente as publicações de antigos agentes – não são frívolas. Sem dúvida, a agência exagerou a importância desse exame. Ela diz, por exemplo, que agências estrangeiras deixariam de oferecer informações aos Estados Unidos se Snepp tivesse vencido o caso. Essas agên-

---

10. A CIA inicialmente relacionou 339 seções do livro de Marchetti que dizia constituir informação classificada. Estas incluíam uma declaração a respeito do relatório de Richard Helms ao Conselho de Segurança Nacional, no qual Marchetti relatou que "seu desempenho, em outros aspectos irretocável, foi prejudicado pela pronúncia incorreta de Malgaxe, antigamente Madagáscar, ao se referir à jovem república." Marchetti e Knopf levaram a questão a litígio, durante o qual a própria CIA reconheceu que 171 dessas seções não eram classificadas.

cias estrangeiras não são tão estúpidas a ponto de pensar que livros de antigos agentes são as principais fontes de vazamento da CIA. Não obstante, mesmo se descontarmos o exagero, ainda é plausível supor que a CIA será mais eficiente se tiver uma chance de argumentar a respeito desta ou daquela passagem antecipadamente e alertar seus amigos, incluindo agências de informação estrangeiras, sobre o que surgirá em breve nas livrarias.

Mas isso significa que há uma questão de política de custo-benefício a decidir: o bem-estar público ganha ou perde mais, a longo prazo, se livros como o de Snepp forem retardados ou hostilizados? A questão de se Snepp renunciou ou não a seus direitos é nova no Direito constitucional. Não foi solucionada por nenhuma decisão anterior do Supremo Tribunal nem por nenhuma política constitucional implantada favorecendo a livre expressão. Supondo que deve ser solucionada por algum cálculo de custo-benefício quanto ao que deixará a comunidade como um todo numa situação melhor a longo prazo, como podem sugerir os argumentos dos advogados de Snepp, então o argumento de que deve ser solucionada pelos tribunais a favor de Snepp, não pelo Congresso e pelo povo, não é muito forte.

O argumento de seus advogados parece muito mais forte, e me parece certo, se o que pretende é chamar a atenção não para o bem-estar geral, mas para os direitos dos que querem escutar o que Snepp quer dizer. Isso porque esses cidadãos acreditam que estarão em melhores condições de exercer sua influência em decisões políticas que afetam a CIA se souberem mais a respeito da conduta da agência, e seu direito constitucional de ouvir não deve ser eliminado pela decisão privada de Snepp, de renunciar ao seu direito de falar a eles.

Devo agora dizer algo a respeito desse direito constitucional de ouvir. A Constituição como um todo define, e também estipula, as condições sob as quais os cidadãos vivem numa sociedade justa, e torna central para essas condições que cada cidadão possa votar e participar da política igualmente a qualquer outro. A livre expressão é essencial para a igualdade de participação, mas também é direito de cada cidadão que outros, cujo acesso à informação pode ser superior ao seu, não sejam impedidos de falar a ele. Isso, claramente, não é uma questão de política: não se trata de proteger a vontade da maioria ou de assegurar o bem-estar geral a longo prazo. Assim como a maioria viola o direito do falante ao censurá-lo, mesmo em ocasiões em que a comunidade ficaria em melhor situação se o fizesse, ela viola o direito de todo ouvinte potencial que acredita que sua participação na política ganharia, em termos de eficácia ou de significado para ele, se ouvisse esse falante.

O direito de ouvir é geralmente dependente do direito de falar, que constitui a essência da Primeira Emenda, e normalmente é protegido de maneira adequada por uma aplicação sem concessões desse direito essencial de falar. Isso porque o direito de ouvir não é o direito de saber o que ninguém quer contar[11]. Mas o direito de ouvir seria seriamente comprometido se todos os órgãos do governo tivessem liberdade de condicionar o emprego à renúncia de seus funcionários ao direito de revelar informações não sigilosas sem um exame prévio.

A lei permite que cidadãos ou firmas particulares obtenham promessas de sigilo, é claro, quanto a segredos comerciais ou ao conteúdo de diários pessoais e similares. Mas o caso de Snepp é diferente. O direito de ouvir é parte do direito de igual participação política, e a informação a respeito da conduta da CIA no Vietnã é, claramente, mais pertinente para a atividade política do que a informação a respeito de segredos comerciais ou assuntos pessoais de cidadãos particulares[12].

Portanto, a questão de aplicar ou não renúncias contratuais ao direito de falar, dado o direito, constitucionalmente protegido, que os outros têm de ouvir, exige, como muitas outras questões jurídicas, uma definição de limites. Havia dois limites disponíveis para o Supremo Tribunal em *Snepp*. Ele

---

11. Como questão jurídica, é necessário reconhecer um direito constitucional independente para proteger os que querem ouvir alguém que não tem o direito constitucional de falar. O Supremo Tribunal, por exemplo, sustentou que a Primeira Emenda protege norte-americanos que queiram receber material político de autores estrangeiros que, é claro, não são protegidos pela Constituição dos Estados Unidos.

12. Em casos particulares, diferenças desse tipo podem ser diferenças apenas de grau. Segredos comerciais, por exemplo, podem ser questões de importância política. Mas, se for assim, o argumento contra impor renúncias em tais casos é, correspondentemente, mais forte.

podia ter dito que os órgãos do governo, sendo distintos de pessoas ou firmas particulares, nunca podem condicionar o emprego a qualquer renúncia aos direitos da Primeira Emenda. Essa distinção seria justificada com base no fundamento de que a informação a respeito de órgãos do governo é, presumivelmente, altamente relevante para a participação na política, ao passo que a informação a respeito de firmas privadas, embora também possa sê-lo, presumivelmente não o é.

Ou poderia ter dito que um órgão do governo nunca pode tornar essa renúncia uma condição de emprego, a menos que essa condição fosse expressamente imposta pelo Congresso, não pelo próprio órgão. Essa exigência mais fraca seria justificada com o fundamento de que tal decisão – sobre se a ameaça que representa para a segurança nacional a publicação, sem revisão prévia, de materiais de antigos agentes, é grande o bastante para justificar a supressão do direito de ouvir – é uma decisão que deveria ser tomada pelo próprio legislativo, não por um órgão cujos próprios interesses pelo sigilo poderiam afetar seu julgamento. Pode-se muito bem duvidar de que essa segunda exigência, mais fraca, seja suficiente para satisfazer os padrões da Primeira Emenda. Mas não é necessário, aqui, especular mais sobre essa questão, pois tanto a exigência mais fraca quanto a mais forte teriam sustentado uma decisão a favor de Snepp.

Vale a pena perguntar, porém, se um argumento diferente, baseado não no direito de ouvir dos outros, mas diretamente no direito de Snepp de falar assegurado pela Primeira Emenda, também teria justificado uma decisão de recusar-se a aplicar sua renúncia contratual. Pode parecer que tal argumento, baseado diretamente nos direitos de Snepp, deve falhar, pois sua escolha de aceitar um emprego pelo preço da renúncia foi uma escolha livre e informada. Se Snepp (que sabia, como disse sucintamente o advogado da CIA, que não estava se juntando aos escoteiros) barganhou livremente os seus direitos plenos da Primeira Emenda ao concordar com um exame prévio, por que os tribunais deveriam agora liberá-lo da barganha quando ela se mostra inconveniente? Por que os tribunais deveriam impedir que outros fizessem a mesma barganha no futuro, como fariam se a decisão agora favorecesse Snepp?

Esse foi o argumento da CIA e ele prevaleceu. Mas não é tão forte quanto parece porque se baseia numa analogia equivocada entre um direito constitucional e um pedaço de propriedade. A Primeira Emenda não distribui direitos como marcas comerciais, cujo objetivo é aumentar a riqueza total de cada cidadão. A Constituição como um todo afirma, como disse, as condições sob as quais os cidadãos serão considerados parte de uma comunidade de iguais. Um cidadão individual não é mais capaz de redefinir essas condições do que a maioria. A Constituição não permite que ele se venda como escravo ou que ceda seu direito de escolher sua própria religião. Não porque nunca seja do interesse dele fazer tal troca, mas porque é intolerável que algum cidadão seja escravo ou que hipoteque sua consciência.

A pergunta que se deve fazer, quando consideramos se é possível renunciar a algum direito constitucional em particular, é esta: a renúncia deixará alguma pessoa numa condição que se considera negar a igualdade pela Constituição? Como a Primeira Emenda, ao definir a igualdade de condições, inclui o direito de falar o que alguém acredita ser importante para seus concidadãos, assim como o direito de ser fiel à consciência em questões de religião, o direito à liberdade da expressão não deve ser mais livremente disponível à troca que o direito à crença religiosa. É por isso que a analogia com direitos de propriedade é tão pobre. Se faço uma barganha financeira da qual posteriormente me arrependo, perco dinheiro. Mas minha condição de pessoa que participa da política como igual não foi prejudicada, não pelo menos segundo a definição constitucional do que é essencial para essa condição. Não me vendi como escravo nem fiquei numa situação que a Constituição julga ser parte da escravidão.

Mais uma vez, o argumento não justifica a conclusão de que uma pessoa não deve ter o poder de concordar em não publicar certa informação ou em submetê-la a exame prévio. Pois nem todo acordo desse tipo deixa essa pessoa numa posição que comprometa sua condição de igualdade política. O Supremo Tribunal, portanto, deve encontrar um limite para distinguir renúncias permissíveis de renúncias não permissíveis ao direito constitucional de falar, e qualquer um dos limites que definimos ao considerar, agora há pouco, o direito do público de ouvir poderia ser adequado para proteger o direito de falar do falante.

Isto é, o Tribunal poderia dizer que nenhuma renúncia é permissível como condição de emprego em um órgão governamental ou que nenhuma renúncia de tal tipo é permissível, a menos que autorizada especificamente pelo Congresso. Mas o tribunal, em sua opinião *per curiam*, breve e insatisfatória, não considerou essas possíveis distinções, que teriam ambas sustentado a reivindicação de Snepp. O tribunal considerou que qualquer um que seja empregado por um órgão governamental pode renunciar a seus direitos resultantes da Primeira Emenda mesmo sem autorização específica do Congresso. Essa suposição comete o erro de supor que um direito constitucional é simplesmente um objeto de propriedade pessoal.

Assim, não se deveria ter considerado que Snepp renunciou aos seus direitos decorrentes da Primeira Emenda. Esse resultado é necessário para proteger o direito de ouvir dos outros e também para proteger a própria independência de Snepp. Mas esse argumento a favor de Snepp depende da concepção de liberdade de expressão e da Primeira Emenda que defendi anteriormente. Depende de considerar que a livre expressão é uma questão de princípio e, portanto, que se trata de uma grande injustiça, não apenas de uma ameaça abstrata para o bem-estar geral da comunidade, que quando alguém quer falar o que pensa seja amordaçado, detido ou retardado. Somente quando se vê a liberdade de expressão sob essa luz é que se torna claro por que é tão importante proteger mesmo um ex-agente da CIA que assinou um contrato e sabia que não estava se juntando aos escoteiros. Os casos *Farber* e *Herbert* mostram por que a Primeira Emenda, assim concebida, não dará à imprensa todos os poderes e privilégios que deseja. O caso *Richmond Newspapers* mostra por que ela pode até mesmo subtrair algo do que a imprensa conquistou. Mas os casos *Progressive* e *Snepp* mostram por que essa concepção, não obstante, é essencial para a democracia constitucional norte-americana. A Primeira Emenda deve ser protegida de seus inimigos, mas também deve ser salva de seus melhores amigos.

3ª edição julho de 2019 | **Diagramação** Studio 3 | **Fonte** Times New Roman
Papel Offset 75 g/m² | **Impressão e acabamento** Corprint